Eiskalt ist die Zärtlichkeit

Die Autorin

KAREN ROSE, geboren in Washington, arbeitete lange als Chemikerin. Sie ist selbst leidenschaftliche Leserin von Ladythrillern und begann kurz nach der Geburt ihrer beiden Töchter selbst zu schreiben. Die USA-Today-Bestsellerautorin lebt heute mit ihrer Familie in Florida.

KAREN ROSE

Eiskalt ist die Zärtlichkeit

Thriller

Aus dem Amerikanischen
von Elisabeth Hartmann

Weltbild

Die amerikanische Originalausgabe erschien 2003 unter dem Titel
»*Don't Tell*« bei Warner Books, Inc., New York.

Besuchen Sie uns im Internet:
www.weltbild.de

Genehmigte Lizenzausgabe für Verlagsgruppe Weltbild GmbH,
Steinerne Furt, 86167 Augsburg
Copyright der Originalausgabe © 2003 by Karen Rose Hafer
Copyright der deutschsprachigen Ausgabe © 2005 by Knaur Taschenbuch.
Ein Unternehmen der Droemerschen Verlagsanstalt
Th. Knaur Nachf. GmbH & Co. KG, München.
Übersetzung: Elisabeth Hartmann
Umschlaggestaltung: JARZINA kommunikations-design, Holzkirchen
Umschlagmotiv: Mauritius Images, Mittenwald
Gesamtherstellung: CPI Moravia Books s.r.o., Pohorelice
Printed in the EU
ISBN 978-3-86800-331-4

2013 2012 2011 2010
Die letzte Jahreszahl gibt die aktuelle Lizenzausgabe an.

Prolog

Asheville, North Carolina
Vor neun Jahren

Die Geräusche wirkten beruhigend. Das sanfte Piepsen der Monitore, das leise Scharren der Schwesternschuhe auf dem gefliesten Boden, die gedämpften Stimmen auf dem Flur. Sie lullten sie trotz der Schmerzen ein, und sie fiel in einen unruhigen Schlaf. *In Sicherheit*, dachte sie, bevor sie wegdämmerte.
»Wo ist meine Frau? Ich muss zu meiner Frau!«
Die verzweifelte Stimme riss Mary Grace aus ihrem Dämmerschlaf. Sie versuchte, die Augen zu öffnen, erinnerte sich aber dann, dass sie zugeschwollen waren. *Er ist hier.*
Jemand hielt ihn zurück. Jemand mit einer tiefen Stimme, die in ihr kleines Zimmer drang. Vielleicht der Arzt. *Ja, so musste es sein.*
»Immer langsam, Officer Winters. Ihre Frau braucht Ruhe.«
»Was ist passiert? Lassen Sie mich los! Ich will zu Mary Grace!«
»Ihre Frau hatte einen bösen Unfall. Sie sieht ziemlich mitgenommen aus.«
»Was ...« Sie hörte, wie er sich räusperte. »Ist sie schwer verletzt?«

Mary Grace lauschte angestrengt. *Wie schwer war sie verletzt?* Der scharfe Schmerz in ihrem Arm und ihrem Kopf drohte ihr das Bewusstsein zu rauben. Der Rest ihres Körpers fühlte sich taub an. *Das kommt von den Schmerzmitteln*, dachte sie und wehrte sich gegen die Benommenheit, die sie zu überwältigen drohte.

»Sie hat einen komplizierten Armbruch erlitten, den wir an zwei Stellen mit Metallstiften richten mussten. Auch ihr rechtes Bein ist gebrochen. Wir haben direkt über dem Knie einen weiteren Metallstift eingesetzt. Außerdem hat sie zahlreiche Blutergüsse im Gesicht und am Hinterkopf und über dem Auge eine tiefe Platzwunde. Es hat nur wenig gefehlt, und sie hätte das Auge verloren.«

Mary Grace unterdrückte ein Schaudern. Jede noch so kleine Kopfbewegung schmerzte höllisch.

»Aber sie wird sich bestimmt wieder erholen.« Sie hörte die Verzweiflung in der Stimme ihres Mannes.

Eine lange Pause folgte, die Mary Graces Herz zum Rasen brachte.

»Sie wird doch wieder gesund werden, oder? Verdammt, Doktor, sagen Sie mir die Wahrheit!«

Ja, bitte, die Wahrheit, dachte Mary Grace. *Und machen Sie schnell.* Die Benommenheit drohte sie wieder einzuholen.

»Ihre Frau ist eine Treppe hinuntergestürzt, Officer Winters. Dabei hat sie sich den neunten Wirbel des Rückgrats gebrochen. Sie ist eine ganze Weile mit gequetschtem Rückenmark bewusstlos dagelegen.«

»Oh mein Gott!«

Ihr Herz hörte auf zu rasen und schien stillzustehen. Es dauerte einen Moment, bis sie wieder mühsam atmen konnte.

»Nun, sie hat Lähmungserscheinungen.«
Oh mein Gott, dachte Mary Grace. *Oh mein Gott.*
»Ist das … geht das vorüber?«
»Das ist zu diesem Zeitpunkt schwer zu sagen. Wir müssen warten, bis die Schwellung abklingt, dann lassen wir einen Spezialisten für Rückenmarksverletzungen aus Raleigh kommen, der Ihre Frau gründlich untersuchen wird.«
»Kann ich sie sehen?«
»Nur für ein paar Minuten. Ich werde hier auf Sie warten.«
Sie hörte, wie er sich in das Krankenzimmer schob; seine Cowboystiefel knirschten auf dem Boden. Dann konnte sie ihn riechen, sein aufdringliches Aftershave, das er stets benutzte. Sie spürte seine Körperwärme, als sich seine große Gestalt zu ihr herabbeugte.
»Gracie«, sagte er bekümmert. »Mary Grace, was hast du dir getan, Liebling?« Seine Finger strichen über ihren Handrücken, und ein kalter Schauer fuhr ihr über den Nacken. Er neigte sich vor, und seine Lippen streiften ihre Wange. Sein Schnauzbart kitzelte ihre Haut, als er ihre Wange bis zum Ohr mit einer Spur kleiner Küsse bedeckte.
Dann geschah es. Sie hatte darauf gewartet, hatte gewusst, dass es kommen würde.
»Ein Wort«, hauchte er so leise an ihr Ohr, dass niemand außer ihr ihn hören konnte. »Ein Wort aus deinem dämlichen Mund, und das nächste Mal leiste ich ganze Arbeit, das schwöre ich dir.« Es sah aus, als würde er mit den Lippen ihr Ohrläppchen liebkosen. »Verstanden?«
Mary Grace schaffte es, ein wenig mit dem schmerzenden Kopf zu nicken, damit er sich zufrieden gab. Er richtete sich auf, strich ihr mit der Hand über das Haar und griff unmerklich

hinein, als wolle er daran ziehen. Eine Welle von Übelkeit überrollte sie.

»Ach, Gracie, Liebling. Ich ertrage es nicht, dich so zu sehen.« Instinktiv wich ihr Körper vor seiner bekümmert klingenden Stimme zurück, doch jede Muskelanspannung bereitete ihr weitere Schmerzen.

»Mehr Zeit kann ich Ihnen heute nicht gestatten, Officer Winters. Am besten gehen Sie zurück zur Wache, und wir benachrichtigen Sie, wenn sich etwas ändert. Noch besser wäre es allerdings, wenn Sie nach Hause fahren würden.«

»Das werde ich tun.« Sein schwerer Seufzer hing in der Luft. »Wo ist der Junge?«

Wieder setzte ihr rasendes Herz für einen Moment aus. *Robbie. Wo war Robbie?* Eine trübe Erinnerung nagte an ihrem Bewusstsein. Robbie, wie er ihre Hand hielt, wie er sie anflehte, nicht zu sterben, sie anflehte, doch zu warten, bis der Rettungswagen kam. War es dieses oder das vorige Mal gewesen? Sie kämpfte gegen die lähmende Wirkung der Medikamente an, denn sie musste wissen, bei wem ihr Sohn untergebracht war.

»Er ist bei der Krankenhaustherapeutin. Er hat seine Mutter gefunden, verstehen Sie? Der Schock kann ein böses emotionales Trauma in einem Jungen seines Alters auslösen.«

Robs barsche Stimme drang durch den Raum. *Er steht jetzt neben dem Arzt,* dachte sie. *Er wird gleich gehen. Dann ist er allein mit meinem Sohn.* »Der Junge ist stark. Er wird es überleben.«

Mary Grace krallte ihre Hände in das Laken, zerrte daran, bis ihre Finger schmerzten. Sie fühlte sich losgelöst von ihrem Bewusstsein. Hilflos in ihrem eigenen Körper gefangen. *Er wird es überleben. Er muss überleben. Bitte, Robbie, halte durch, bis ich nach Hause komme.*

Danach wird sich unser Leben ändern. Sie musste ihren Sohn beschützen und schwor sich, dass Rob Winters ihnen beiden nie wieder ein Haar krümmen würde. Aber wie sollte sie das schaffen?
Ich werde einen Weg finden.

1

Gegenwart

Douglas Lake, East Tennessee
Sonntag, 4. März, 9:30 Uhr

»Gott, das hier hasse ich am meisten an unserer Arbeit. Wie, zum Teufel, kannst du jetzt etwas essen?«
Hutchins blickte über den Lake Douglas hinweg, der in der stillen Morgenfrühe vor ihnen lag, und dachte an die Leiche, die sie herausziehen würden, und an die widersinnige Verschwendung von Leben. Mit der unerschütterlichen Ruhe eines Sheriffs, der auf eine langjährige Erfahrung zurückblickte, stopfte er den Rest seines Doughnuts in sich hinein. »Weil ich bestimmt keinen Appetit mehr habe, wenn sie den Jungen rausgeholt haben. Verhungern will ich aber auch nicht.« Er warf einen mitfühlenden Blick auf das blasse Gesicht seines jüngsten Rekruten. »Wirst dich schon daran gewöhnen, Junge.«
McCoy schüttelte den Kopf. »Man sollte meinen, dass sie vernünftiger wären.«
»Die jungen Leute sind selten vernünftig. Schon gar nicht, wenn sie Frühjahrsferien haben. Auch daran wirst du dich gewöhnen. Ich rechne fest damit, dass wir noch weitere aus dem See ziehen werden, bevor die Urlaubssaison vorüber ist.«

»Vermutlich werde ich die Eltern informieren müssen, wenn unsere Arbeit beendet ist.«

Hutchins zuckte mit den Schultern und zündete sich eine Zigarette an. »Du hast den Fall übernommen, Junge. Dann musst du ihn auch zu Ende bringen. Meine Lieblingsbeschäftigung ist das auch nicht gerade, aber du musst noch lernen, schlechte Nachrichten zu überbringen.«

McCoy konzentrierte sich auf das Boot, das langsam einen Haken über den Boden des Sees zog. »Sie hoffen immer noch, dass er lebt. Heiliger Strohsack, Hutch – wie können Eltern sich dermaßen an ihre Hoffnung klammern? Die anderen Jungs haben es klar und deutlich zu Protokoll gegeben. Sie haben getrunken und herumgealbert, und der Kleine hat seinen Jet-Ski kaputtgefahren. Sie haben gesehen, wie er untergegangen ist.«

Hutchins sog an seiner Zigarette und stieß den Rauch mit einem Seufzer wieder aus. »College-Kids sind dumm. Ich sag's dir immer wieder. Aber Eltern …« Er schüttelte seinen grauen Kopf. »Eltern hoffen. Sie hoffen, bis du sie zwingst, eine Leiche zu identifizieren.«

»Oder das, was davon übrig ist«, brummte McCoy.

»Hey, Tyler.« Die Worte tönten unter statischem Knistern aus McCoys Funkgerät.

»Hey, Wendell«, antwortete McCoy und schluckte. Bei der Vorstellung, was Wendells Haken zutage beförderte, kam ihm die Galle hoch. »Was hast du gefunden?«

»Tja, eine Leiche ist es nicht, so viel steht fest.«

Hutchins griff nach dem Funkgerät. »Was redest du da, Junge?«

»Es ist ein Auto, Sheriff.«

Hutchins schnaubte verächtlich. »Da unten liegen genug Autos herum, um einen Gebrauchtwagenhandel aufzumachen. Das Haus meiner Urgroßmutter steht auch da unten.« Der ganze Mist war noch übrig aus der Zeit, als die Tennessee Valley Authorities in den dreißiger Jahren die Staudämme gebaut und das Tal geflutet hatten. Das war allgemein bekannt.
»Ja, lauter Fords der Serie Model T. Der hier ist neueren Datums. Sieht aus wie ein Ford aus den späten Achtzigern. Auf dem Rücksitz liegt ein Kinderrucksack – einer von diesen Mutant-Ninja-Turtle-Dingern. Wir holen ihn ran.«
»Verdammt.« Hutchins zertrat seine Zigarette unter dem Stiefelabsatz. »Irgendwas ist immer. Holt ihn ran und sucht dann weiter nach dem Jungen.

Asheville, North Carolina
Sonntag, 4. März, 22:30 Uhr

»Verdammter Hurensohn.« Der Junge rang nach Luft. »Scheißkerl.«
Rob Winters starrte den Halbwüchsigen, der bereits kurz vor der Ohnmacht stand, leidenschaftslos an. Schade eigentlich. Er hatte gehofft, der Junge habe mehr Mumm. Mit vierzehn hatte er die Schläge seines Alten hoch erhobenen Hauptes über sich ergehen lassen. Er verstärkte den Druck auf die Hand des dunkelhäutigen Jungen, die er wie ein Schraubstock umklammert hielt. Der Junge stöhnte wieder

und taumelte rücklings gegen die Gassenmauer. Ein dumpfer Aufprall ertönte, als sein Kopf mit den albernen Zöpfchen gegen den Stein schlug.
»Ich weiß nichts. Hab ich doch schon gesagt.« Der Junge sog scharf den Atem ein und versuchte seine Hand zu befreien. »Sie können mich ruhig gehen lassen. Ich sag den Bullen nichts, ich schwör's, Mann. Beim Grab meiner Mutter.«
Winters verzog höhnisch die Lippen. »Ich wette den Monatsvorrat an Lebensmittelmarken deiner Mama darauf, dass sie noch quicklebendig ist, und wenn du auch am Leben bleiben willst, dann sagst du mir, was ich wissen will.« Winters' Stimme klang ruhig und leise, im krassen Gegensatz zu den keuchenden Schreien, die über die blutigen, geschwollenen Lippen des Jungen kamen. »Alonzo Jones. Wo ist er?«
Der Junge wehrte sich, doch Winters drückte ihn fester an die Gassenmauer. Er wimmerte, woraufhin Winters seinen unbarmherzigen Griff noch verstärkte. Winters neigte sich so dicht dem Kopf des Jungen entgegen, dass seine Lippen dessen Ohr streiften. »Hör zu, Junge, hör mir sehr gut zu, denn ich sag's nur einmal. Ich muss wissen, wo ich Alonzo Jones finde, und du willst eine gesunde Hand behalten. Wenn ich noch fester zudrücke, werden deine Nerven dauerhaft beschädigt sein, und du bekommst Probleme, wenn du das nächste Mal vorhast, ein Kaufhaus auszuräumen.«
Die Augen des Jungen weiteten sich, und das Weiße darin blitzte hell in der Dunkelheit auf. »Ich hab kein Kaufhaus ausgeräumt, Mann. Ich schwör's. Oh, verdammt!« Das letzte entfuhr ihm als schriller Schrei, als Winters seine Hand hart quetschte.
»Doch, hast du. Wir haben dich auf Video aufgenommen,

Junge. Du und diese Bande, mit der du dich rumtreibst. Anführer ist ein gewisser Alonzo Jones. Jetzt kannst du mit mir zur Wache kommen und uns ganz genau erzählen, wie ihr einem zweiundsechzigjährigen unbewaffneten Weißen ein Messer in den Bauch gestoßen habt, oder du erzählst mir, wo ich Alonzo Jones finde. Den will ich noch dringender sprechen, als ich deinen traurigen Arsch im Knast vergammeln sehen will.«
Der Junge fuhr sich mit der Zunge über seine blutige Lippe, und seine Augen wurden schmal vor Hass. »Du bist ein Bulle? Scheiße, Mann. Ich muss gar nicht mit dir reden. Ich brauche mit keinem anderen außer mit meinem Anwalt zu reden. Über brutale Übergriffe der Polizei. Ihr weißen Bullen habt Spaß daran, uns Schwarze zu verprügeln.« Er ließ sich gegen die Mauer fallen. Schweißperlen traten ihm auf die Stirn, als er versuchte, seine Hand aus dem eisernen Griff zu befreien. »Du bist am Arsch.«
Winters lächelte und genoss den Anblick des Jungen, als der Hass in seinen Augen wieder der Angst wich. Dann drückte er kräftig zu und senkte den Kopf, um über das Brüllen des Jungen hinweg das Knacken der Knorpel zu hören.
»Arschficker, Scheißkerl!«
»Dass deine ach so heilige Mutter dir einen solchen Wortschatz durchgehen lässt! Sag, wo Jones ist. *Auf der Stelle.*«
Der Junge sackte in sich zusammen, und seine Knie schlugen auf dem Asphalt auf. »Bei seiner Frau.«
Winters ließ die Hand des Jungen los, krallte die Finger um seinen dünnen, schmutzigen Hals und drückte sein Gesicht auf die Straße, während der Junge schützend seine verletzte Hand bedeckte. »Ihr Name?«

»Ich weiß ...« Ein erstickter Schmerzensschrei unterbrach seine erbärmliche Lügen. Dann hob Winters den Daumen vom Kehlkopf des Jungen. »Chaniqua«, keuchte er.
Winters' Stiefel traf den Jungen an der Hüfte, der sich daraufhin zusammenkrümmte und wie ein kleines Kind weinte. »Den Nachnamen, du unnützes ...«, er trat erneut zu, und seine Stiefelspitze traf den Jungen in den Bauch und schleuderte ihn auf den Rücken, »... feiges Stück Scheiße.« Ein schwaches Stöhnen drang zu ihm hinauf. »Pierce. Chaniqua Pierce. Friseurin. In ... der Innenstadt.«
Winters verzog das Gesicht, als der Junge auf seine Stiefel kotzte. Wut und Abscheu kochten in ihm hoch, und er trat wieder nach dem Jungen. Dann noch einmal. Und noch einmal. »Jetzt weißt du, wie der alte Mann sich gefühlt hat, als er zusammengerollt auf dem Boden seines Ladens lag und in einer Lache seines eigenen Bluts sterben musste.« Winters wischte mit einem Stiefel den größten Teil des Erbrochenen an der schmutzigen Hose des Jungen ab. Dann zielte er erneut und trat hemmungslos zu. Der magere Körper des Jungen prallte gegen die Ziegelmauer, seine Augäpfel rollten nach hinten, und Blut floss in einem steten Strom aus seinem Mundwinkel. Ein finaler Tritt gegen den Kopf gab ihm den Rest, und der Junge erzitterte und stieß seinen letzten Atemzug aus.
Winters holte tief Luft und wischte den anderen Stiefel am Hemd des Jungen ab.
Ein Stück Scheiße weniger auf der Straße. Er fand, dass er gute Arbeit geleistet hatte, schälte sich die dünnen Latex-Handschuhe von den Fingern und warf sie in einen Müllcontainer. Man konnte nie vorsichtig genug sein, wenn man

mit Straßengangs zu tun hatte. Fiese Krankheiten lauerten überall auf der Straße.

Während er die Viertelmeile zum Parkplatz seines Lieferwagens zurücklegte, entfernte er die Wattepads aus seinem Mund, den falschen Überbiss von seinem Oberkiefer und zog sich die graue Perücke vom Kopf. Nun konnte ihn niemand mehr mit diesem Straßenjungen in Verbindung bringen, selbst dann nicht, wenn sich jemand die Mühe machte, die Polizei zu rufen. Er warf einen raschen Blick über die Straße, bevor er sorgfältig seine Perücke verstaute, dann wechselte er die Stiefel und warf das schmutzige Paar mit gerunzelter Stirn auf den Rücksitz. Es waren seine besten Stiefel. Winters zuckte mit den Schultern. Sue Ann würde sie später reinigen. Er schwang sich auf den Fahrersitz und fühlte sich unbesiegbar.

Es war an der Zeit, *Miss* Chaniqua Pierce einen Besuch abzustatten.

Er war kaum fünf Minuten gefahren, als sich sein Pieper meldete. Aus dem Augenwinkel spähte er nach der Nummer, während er den Blick ansonsten auf den Abschaum gerichtet hielt, der zu dieser Zeit, wo anständige Menschen längst im Bett waren, herumlungerte. Verdammte Scheiße. Konnte dieses Weibsstück ihn nicht mal fünf Minuten in Ruhe lassen. Mit einem wütenden Knurren zog er sein Telefon aus der Tasche und gab die Nummer ein.

»Ross.«

Winters knirschte mit den Zähnen. Ross, wie in Lieutenant Ross. Wie in Quotenfrau, geschrieben in großen, schwarzen Druckbuchstaben. Das Miststück, das den Job an sich gerissen hatte, der ihm zustand.

Er bemühte sich, so viel falsche Freundlichkeit in seine Stimme zu legen, wie er mit halb vollem Magen zustande bringen konnte. »Winters. Was gibt's?«

»Dasselbe wie die letzten sechs Male in der vergangenen Stunde, als ich versucht habe, Sie zu erreichen. Was ist Ihnen denn so viel wichtiger, als meine Anrufe zu beantworten, Detective?«

Winters holte tief Luft. Sie hatte ihn schon einmal wegen Insubordination abgemahnt. Insubordination. Schon bei dem Gedanken revoltierte sein Magen, und die Wut nagte an ihm. Er war »verwarnt« worden. Verwarnt, verdammt noch mal, von einem inkompetenten Miststück mit einem Arsch, so groß wie South Carolina. Mit einiger Mühe gelang es ihm, sich zu beherrschen. »Ich war bei einem Informanten, Lieutenant.«

»Haben Sie Jones gefunden?«

»Nein, aber ich weiß, wo er ist.«

»Möchten Sie mir verraten, wo?«

Damit sie einen ihrer handverlesenen, arschkriechenden Lieblinge hinschicken und ihn verhaften lassen konnte? Nie im Leben, zum Teufel. »Ich möchte lieber warten, bis ich mir sicher bin.«

»Das kann ich mir denken. Ich möchte es aber lieber jetzt wissen.«

Miststück. »Er ist bei seiner Freundin.«

Am anderen Ende der Leitung entstand eine angespannte Pause. Ein Punkt für mich, dachte er. »Hat diese Freundin einen Namen, Detective? Und treiben Sie bitte nicht wieder Ihre Spielchen mit mir. Ich will Antworten, und zwar sofort.«

Winters biss die Zähne so heftig zusammen, dass es wehtat.

»Sie heißt Chaniqua Priest.« Oder Pierce oder so. Am Ende hatte der Junge nur noch gegurgelt. Vielleicht hatte er auch Priest gesagt.

»Haben Sie eine Adresse?«

»Ich weiß nur, dass sie in der Innenstadt wohnt.«

»Sehr hilfreich, Detective. Halten Sie Ihren Informanten zur Verfügung, für den Fall, dass wir noch Fragen haben.«

Winters unterdrückte ein leises Lachen. Wenn sein Informant noch Fragen beantwortete, dann höchstens aufgespießt von den Zinken einer glühenden Forke. »Ja, Sir«, antwortete er, wohl wissend, dass das »Sir« sie mehr ärgerte als alles andere, wenngleich sie rein technisch gesehen ihn deswegen nicht belangen konnte. »Hatte es einen besonderen Grund, dass Sie mich sprechen wollten, Lieutenant?«

»Ja. Sheriff Hutchins aus dem Sevier County in Tennessee hat versucht, Sie zu erreichen. Er sagt, Sie sollen ihn dringend anrufen.« Sie rasselte die Telefonnummer herunter, und er speicherte sie unverzüglich in seinem Gedächtnis. Namen und Zahlen konnte er sich leicht merken. Auf dem Weg nach Gatlinburg war er einmal durch Sevier County gefahren, aber von einem Hutchins hatte er noch nie gehört. Winters bog auf den Parkplatz des ersten Kaufhauses ein, an dem er vorbeikam, und wählte Hutchins' Nummer. Der Sheriff wäre in Kürze zu sprechen, wie Hutchins' Assistent ihm erklärte, er möge bitte warten. Winters tat brummend wie ihm geheißen. Wehe, es ist nichts Wichtiges, dachte er. Er vergeudete wertvolle Minuten, während er warten musste. Endlich bequemte sich der erlauchte Sheriff ans Telefon zu kommen.

»Entschuldigen Sie, dass ich Sie warten ließ, Officer Winters«,

sagte er atemlos, und Winters hörte im Hintergrund das Ächzen eines Stuhls, als der Sheriff sich offenbar setzte.
»Ich bin Detective Winters«, korrigierte er scharf. Hatte Ross ihm das nicht gesagt? Miststück.
»Oh, Verzeihung. Ihr Lieutenant sagte mir bereits, dass Sie befördert worden sind. Mein Gehirn ist im Augenblick ein bisschen überlastet. Wir haben den ganzen Tag lang den Douglas Lake nach einem Unfallopfer abgesucht, und eben gerade hatte ich das Vergnügen, die Eltern informieren zu müssen.«
»Ach, du Schande«, sagte Winters und verdrehte die Augen.
»Aber was geht es Sie an, nicht wahr? Hören Sie, Winters, als wir den See abgesucht haben, haben wir noch etwas anderes gefunden. Ich dachte, Sie sollten es erfahren, bevor die Bürokraten sich einmischen.«
Winters lauschte gespannt den Worten des Sheriffs, und plötzlich waren Lieutenant Ross und Alonzo Jones so ziemlich das Letzte, was ihn interessierte.
Sie hatten seinen Wagen gefunden. Sieben Jahre hilfloser Wut stürzten mit der Wucht eines Güterzugs auf ihn ein. Sie hatten seinen Wagen gefunden, aber sein Junge war nicht darin gewesen.
Seine Frau auch nicht.

2

Chicago
Montag, 5. März, 7:00 Uhr

»Na, was ist der Anlass?«
Caroline fuhr so heftig zusammen, dass sie sich mit dem Mascarabürstchen über die Stirn fuhr und einen breiten schwarzen Streifen hinterließ. Mit erzwungener Ruhe wandte sie sich um, die Mundwinkel ärgerlich herabgezogen, die Augen schmal zusammengekniffen. Sie hasste ihre nervösen Reaktionen, die ihr auch die Zeit noch nicht hatte austreiben können, denn sie gaben ihr das Gefühl, in einer fremden Haut zu stecken. Caroline holte tief Luft und steckte das Mascarabürstchen wieder in seine Patrone zurück.
»Du sollst das nicht tun, das weißt du doch.«
Dana lehnte mit verschränkten Armen am Pfosten der Schlafzimmertür und hob die Augenbrauen. »Verzeihung.« Dann lächelte sie. »Du siehst ein bisschen wie ein Waschbär aus.«
Caroline stieß einen Seufzer aus, während sie ihr ruiniertes Make-up im Spiegel betrachtete. »So etwas kann ich heute wirklich nicht gebrauchen, Dana. Ich habe schon genug Stress, auch ohne dass du dich von hinten an mich heran-

schleichst.« Sie kramte in der Schublade nach einer Tube mit Make-up-Entferner.
Dana erstarrte. »Ich habe mich nicht angeschlichen. Ich habe nach dir gerufen, als ich in die Wohnung kam, und dann habe ich fünf Minuten lang mit Tom geredet, bevor ich dich gesucht habe. Du hast einfach nichts gehört. Ach, zum Kuckuck, Caro, mach doch nicht so ein Theater deswegen. Wisch es einfach ab.«
Caroline schloss ein Auge und rubbelte an dem verpfuschten Make-up herum. »Geht nicht. Es ist wasserfest.«
»Ich hasse dieses wasserfeste Zeug.« Dana beugte sich über Carolines Frisiertisch und griff nach der Mascara. »Seit wann benutzt du wasserfeste Wimperntusche?«
Caroline nahm ihr die Mascara aus der Hand und konzentrierte sich aufs Schminken. »Seit Eli gestorben ist.«
Danas Miene wurde ernst. »Entschuldige, Caroline. Das war gedankenlos von mir.«
Caroline schloss die Schublade mit einem Ruck. »Schon gut. Man könnte meinen, dass es inzwischen vorbei wäre, aber offenbar überstehe ich keinen Tag, ohne wenigstens ein oder zwei Mal ein bisschen zu heulen.«
»Es ist ja erst zwei Monate her, Schätzchen.«
»Zwei Monate und zwölf Tage.« Eli Bradford war ihr Lehrer gewesen, ihr Chef, ihr Freund. Abgesehen von Dana und Tom war Eli der einzige Mensch auf der Welt gewesen, der ihr verborgenstes Geheimnis kannte. In der mittlerweile vertrauten Reaktion auf die Erinnerung an den Mann, der ihrer Vorstellung von einem Vater näher kam als jeder andere, schnürte sich ihr die Kehle zusammen. Jetzt war er nicht mehr da, und er fehlte ihr mehr, als sie es für möglich ge-

halten hätte. Sie zwang sich, an etwas anderes zu denken.
»Nun, wenn du schon mal in meine Privatsphäre eingedrungen bist: Wie sehe ich aus?«
Dana schürzte die Lippen und neigte den Kopf, bereit, auf Carolines gewünschten Themenwechsel einzugehen. »Der Haaransatz ist zu hell. Du musst nachfärben.«
Caroline beugte sich vor, um ihren Scheitel zu betrachten. Ein schmaler, goldener Streifen, der eindeutig in starkem Kontrast zu den kaffeebraunen Wellen stand, zog sich über ihren Kopf. »Verdammt. Ich habe doch erst vor zwei Wochen nachgefärbt.«
»Ich habe dir gesagt, dass du keine dunkle Farbe nehmen sollst. Aber hast du auf mich gehört? Nein.«
»Klugscheißerin. Damals dachte ich, es wäre am besten so.« Rasch flocht sie ihr Haar, um das verräterische Blond zu verbergen.
Dana schüttelte den Kopf. »Es ist zu dunkel. War von Anfang an zu dunkel. Du solltest es ein bisschen aufhellen.«
»Da-na«, seufzte Caroline und gab sich keine Mühe zu verbergen, wie gereizt sie war.
»Caro-line.« Dana imitierte ihren Tonfall, wurde dann jedoch sachlich. »Nach so langer Zeit glaubst du immer noch, dass du dich hinter dieser Haarfarbe verstecken musst?«
»Ich gehe lieber auf Nummer sicher.« Das war ihre Standardantwort.
»Auf jeden Fall«, sagte Dana leise und senkte für einen Moment den Blick. Dann sah sie Caroline mit ernster Miene an. »Du könntest es ein ganz klein wenig aufhellen. Der Kontrast lässt dein Gesicht so blass erscheinen. Besonders zu dieser Jahreszeit, wenn der Winter gerade erst vorüber ist.«

»Vielen Dank.«

Dana lächelte, und die Stimmung im Zimmer hellte sich plötzlich auf. »Keine Ursache. Aber dein Pulli gefällt mir wirklich. Das Blau passt gut zu deiner Augenfarbe.«

»Zu spät und nicht genug, liebe Freundin. Und diese Bezeichnung meine ich nur im weitläufigen Sinne.« Das war denkbar weit von der Wahrheit entfernt, und sie wussten es beide. Danas einzigartige Mischung aus Frohsinn und Nüchternheit hatte Caroline schon über manchen schwarzen Tag hinweggeholfen. Sie waren beste Freundinnen. Und nachdem sie über so viele Jahre hinweg völlig allein und auf sich gestellt gewesen war, wusste Caroline Stewart den Wert einer besten Freundin wie Dana Dupinsky weiß Gott zu schätzen. Eine bessere, klügere oder treuere gab es nicht. Caroline schob die Füße in ein Paar Pumps mit flachem Absatz. »Sieht man, dass die hier ein Sonderangebot zu zehn neunundneunzig sind?«

Mit zusammengekniffenen Augen musterte Dana Carolines Füße. »Nein. Wozu dieser Aufwand heute Morgen? Und das bringt uns zu meiner Frage zurück: Was ist der Anlass?«

»Mein neuer Boss hat heute seinen ersten Tag. Ich will einfach nur einen guten Eindruck hinterlassen.« Sie drehte sich seitlich zum Spiegel und prüfte ihre Erscheinung. »Ich möchte professionell aussehen, ohne zu übertreiben.« Sie betrachtete sich noch eingehender. »Meinst du, dass diese Ohrringe zu gewagt sind?«

Dana schnaubte durch die Nase. »Diese Ohrringe sind so weit davon entfernt wie du selbst, mein Herz.«

»Zieh jetzt bloß nicht über mein Liebesleben her. Beantworte einfach nur meine Frage.«

»Du hast kein Liebesleben, Caroline. Und die Ohrringe sind in Ordnung. Keine Sorge. Du siehst großartig aus. Du bist eine ausgezeichnete Sekretärin, und dein neuer Boss wird beeindruckt sein.«
Caroline seufzte. »Das hoffe ich. Ich habe mich so an die Zusammenarbeit mit Eli gewöhnt. Ich wusste, was er brauchte, noch bevor er es ausgesprochen hatte. Und diesen Job muss ich unbedingt behalten, wenigstens bis zu meinem Abschluss.« Nach dem College-Abschluss wollte sie sich an der juristischen Fakultät einschreiben, und dann wären die täglichen Sorgen einer Sekretärin, die das Büro der Historischen Abteilung am Carrington College zu organisieren hatte, Schnee von gestern.
»Alles wird gut.«
Caroline warf ihr einen milde tadelnden Blick zu. »Das sagst du immer.«
»Und ich habe immer Recht.«
Caroline lächelte. »Was bist du nur für ein Dickkopf.«
»Aber ein Dickkopf, der Recht hat.«
»Das stimmt.« Caroline trat dichter an den Spiegel heran und zog den Rollkragen ihres Pullis herab, um ihren Hals zu betrachten.
»Man sieht sie nicht«, sagte Dana weich. »Keine Angst.«
Caroline rückte den Kragen wieder zurecht und straffte den Rücken. »Dann bin ich bereit, Dr. Maximillian Alexander Hunter entgegenzutreten.«
Dana lachte. »Heißt er so? Das hört sich an, als wäre er ein vierhundert Jahre alter Geschichtsprofessor.«
»Er *ist* Geschichtsprofessor.«
»Sag ich doch.«

Caroline zuckte mit den Schultern. »Wahrscheinlich ist er nicht älter, als Eli war. Solange ich nicht für Monika Shaw arbeiten muss, bin ich glücklich, selbst wenn Hunter sich als vierhundert Jahre altes ausgestopftes Känguru erweisen sollte.«

Sie ging in Richtung der Küche, und Dana folgte ihr auf den Fersen. »Wie nimmt die alte Shaw-Zicke es auf?«

Caroline lachte leise, doch ihre Miene wurde wieder ernst, als sie Tom an dem winzigen Klapp-Küchentisch sitzen und Cornflakes löffeln sah. Pro Tag verschlang er mindestens eine Packung. Mit vierzehn Jahren hatte er einen Wachstumsschub nach dem anderen und fraß ihr buchstäblich die Haare vom Kopf. Sie bediente sich ihres Mom-Tonfalls, als sie sagte: »Dana, hör bitte auf, sie als Zicke zu bezeichnen.«

»Lass es gut sein, Mom«, sagte Tom, und sein Löffel hielt auf halbem Weg zum Mund inne. »Ich hab gesehen, wie du gelacht hast.«

»Du!« Caroline zauste sein dickes, blondes Haar. Kurz geschoren, wie er es trug, fühlte es sich wie eine Scheuerbürste an und kitzelte ihre Handfläche. »Erwischt. Du musst dich beeilen, sonst ...«

»Verpasst du den Bus«, vollendete Tom den Satz. Er schaufelte sich weitere vier Löffel in den Mund, bevor er nach seinem Rucksack griff. »Muss los. Nach der Schule hab ich Training, Mom. Vor fünf bin ich nicht zu Hause.«

»Pass ...«

»Auf dich auf«, sagte er mit einem frechen Grinsen. »Du auch auf dich. Viel Glück mit Hunter.« Sein Lächeln erstarb. »Und nimm dich in Acht vor der Shaw, ja?«

Caroline legte eine Hand an seine Wange. Tom war über einsachtzig groß und seine Wange damit beinahe außerhalb ihrer Reichweite. »Mach ich. Keine Angst. Die Shaw kann uns nichts tun. Sie ist gehässig und rachsüchtig, aber eher gewinne ich den Nobelpreis, als dass sie sich die Zeit nimmt, unsere Familiengeheimnisse auszugraben. Mach dir keine Sorgen, Schatz, bitte.«

Tom furchte die Stirn, und seine blauen Augen sprühten vor einer Mischung aus Angst und Zorn. »Machst du dir selbst eigentlich niemals Sorgen?«

Caroline betrachtete sein Gesicht, das das Abbild ihres eigenen war. In dieser Hinsicht war das Schicksal ihnen gnädig gewesen. Hätte Tom ausgesehen wie *er*, wäre es entschieden schwieriger gewesen, den Jungen zu verstecken. »Doch, ich mache mir Sorgen«, erwiderte sie aufrichtig. Sie hatten so vieles gemeinsam durchgestanden, dass er nichts als die reine Wahrheit verdiente. »Manchmal überstehe ich einen ganzen Tag ohne die Angst, dass er hinter irgendeinem Gebüsch hervorspringt und mich zurückschleppt, doch diese Tage sind selten. An manchen Tagen wünsche ich mir, wir könnten uns wieder im Hanover House verstecken, aber ich weiß, dass Dana uns in den Allerwertesten treten und auf die Straße setzen würde.« Sie sah das Aufblitzen eines Lächelns in seinen Augen und wusste, dass ihr Humor seiner Angst die Spitze genommen hatte, wie immer.

Dana drängte sich neben Tom und legte ihm den Arm um die Schultern. »Genau das würde ich tun. In der Beziehung bin ich eine böse Hexe.«

Tom brachte ein schwaches Lächeln zustande. »Ja, ich erinnere mich. ›Iss deine Erbsen auf‹«, imitierte er Danas

Stimme. »›Mach deine Hausaufgaben‹. ›Nach halb neun kein Gameboy-Spielen mehr.‹ Mann, war ich froh, als wir aus diesem Gefängnis ausziehen konnten.«
Das stimmte nicht. Caroline erinnerte sich noch sehr gut an den Tag, als sie den Schutz von Hanover House verlassen und in die große, böse Welt Chicagos hinaustreten mussten, mit nichts in der Hand außer einem Koffer voller Kleiderspenden von anderen, die das Schicksal weniger herausgefordert hatte. Sie erinnerte sich an seine stillen Tränen, den Ausdruck von höchster Not auf seinem kleinen Gesicht, die Art, wie sein Blick hektisch hin und her gehuscht war. Immer auf der Hut. Aber er hatte gehorcht. Hatte seine kleine Hand in ihre geschoben und war ohne einen einzigen Blick zurück auf die Straße hinausgetreten. In den sieben Jahren hatte er es weit gebracht. Sie beide hatten es weit gebracht.
»Tom, Schätzchen.« Caroline schüttelte den Kopf und suchte nach den richtigen Worten. »Ich habe noch Angst. Aber ich bin nicht mehr zu Tode verängstigt. Er könnte uns aufspüren, das ist schon richtig. Er könnte aus irgendeinem Gebüsch springen und uns zurück nach North Carolina zerren.« Von »zu Hause« redete sie längst nicht mehr; sie sagte auch nie »Vater« oder »mein Mann«. Niemals, wirklich niemals benutzten sie die Namen, die sie hinter sich gelassen hatten. In diesen kleinen Dingen waren sie noch genauso wachsam wie vor sieben Jahren. Ihre Beachtung hatte ihnen Sicherheit beschert.
Und es war entschieden besser, Vorsicht als Nachsicht walten zu lassen, denn alles andere hätte ihren Tod bedeutet.
Caroline richtete sich ein wenig auf. »Aber jetzt sind wir stär-

ker, wir beide. Jetzt stehen uns Waffen zur Verfügung, die wir damals nicht hatten.«

Dana verstärkte ihren Griff um Toms Schultern. »Ja, ich zum Beispiel.«

Caroline lächelte. »Und sie ist wirklich Furcht erregend, vergiss das nicht. Aber wir haben noch mehr. Ich besitze jetzt eine Ausbildung. Ich kenne meine Rechte.« Sie zögerte. »Und ich weiß, wie man wegläuft.«

Tom biss die Zähne zusammen. »Ich will nicht wieder weglaufen.«

»Und wir werden es wahrscheinlich nie wieder tun. Aber falls er kommt ...«

»Wenn er kommt, lass ich dich nicht im Stich.«

Caroline seufzte und zuckte mit den Schultern. »Schatz, darüber haben wir schon tausend Mal geredet.«

»Ich laufe nicht weg«, versicherte er. »Ich lass dich nicht allein.« Plötzlich wirkte er so viel älter als vierzehn. Caroline stellte fest, dass ihr Sohn im Begriff war, ein Mann zu werden. Und sie wusste, was sie sagen musste, selbst, als ihr die Worte fast im Halse stecken blieben.

»In Ordnung. Sollte dieser Tag jemals kommen, bleiben wir unzertrennlich zusammen.« Wieder hob sie die Hand, um sein Gesicht zu berühren. »Aber mach dir wenigstens heute keine Sorgen. Und das Gleiche gilt für morgen und übermorgen.«

»Denk nicht über den Tag hinaus«, flüsterte er wie zu sich selbst.

»Du hast ihm viel beigebracht, Caro.«

Carolines Blick glitt von ihrem Sohn zu ihrer besten Freundin. Sie hatten ihm in der Tat viel beigebracht. Sie beide zusammen, sie und Dana. Und ob sie zusammenblieben oder nicht, Tom hatte das Zeug zu überleben, ganz gleich, was geschah. Sie hatte ihm geholfen, Freunde zu finden, die sich sofort seiner annehmen würden, sollte ihr etwas zustoßen. Das war eine tröstliche Sicherheit.

»Zeit für die Schule. Hab einen schönen Tag, Schatz.«

»Ich will's versuchen.« Er zögerte kurz, beugte sich dann herab und gab ihr ein Küsschen auf die Wange. »Tschüss.«

Beim Hinausgehen ließ er die Tür so stark hinter sich ins Schloss fallen, dass die Wände der kleinen Wohnung erzitterten. Einen Moment lang stand Caroline reglos da, dann zwang sie sich zurück in die Gegenwart. »Möchtest du Kaffee?«

»Nein. Ich habe schon welchen getrunken. Wie seid ihr ausgerechnet heute auf das Thema gekommen?«

»Ach, Tom hat Angst, dass Shaw sich an mir rächen will, weil ich zu dem Komitee gehörte, das Hunter als Elis Nachfolger empfohlen hat.«

»Sie wollte wohl selbst Fachbereichsleiterin werden, wie?«

»Von Anfang an. Ich glaube, sie hat die Tage bis zu Elis Pensionierung gezählt. Und als er dann den Herzinfarkt hatte ...« Sie musste sich räuspern, damit ihre Stimme nicht brach, und unterdrückte mit Mühe das Zittern ihrer Hände, als sie sich eine Tasse Kaffee einschenkte. »Du hättest sie auf Elis Begräbnis sehen sollen.«

»Ich habe sie gesehen.« Dana holte einen Karton halbfette Milch aus dem Kühlschrank und goss ein wenig davon in Carolines Tasse. »Sie war wie die sprichwörtliche Katze, die den Sahnetopf ausgeschleckt hat.«

»Tja, ich bin heilfroh, dass ich nicht für sie arbeiten muss.

Hunter müsste schon fast so schlimm sein wie Jack the Ripper, damit ich ihn so ... ablehne, wie ich Monika Shaw ... ablehne.«

»Ablehne?« Dana hörte auf, Cornflakes in ein Schälchen zu schütten, und blickte grinsend über die Schulter zurück. »Starke Worte benutzt die Dame heute Morgen.«

Caroline erwiderte ihr Grinsen. »Na gut, ich hasse sie. Sie ist ein gemeines Luder. Zufrieden?«

Danas heiseres Lachen erfüllte die Küche. »Ja. Die reine Wahrheit reicht mir.«

Caroline warf einen viel sagenden Blick auf Danas gefülltes Cornflakes-Schälchen. »Ich dachte, du willst kein Frühstück.«

»Ich habe nur gesagt, dass ich keinen Kaffee will. Ich komme um vor Hunger. Meine Schränke sind leer.«

»Da-na.« Caroline seufzte. Sie setzten sich an den Tisch.

»Was?«

»Du hast alles den Kindern gegeben, nicht wahr?« Im Grunde war das keine Frage, sondern eine Feststellung.

Dana hob kampflustig das Kinn. »Ja.« Dann ließ sie die Schultern sinken. »Wir haben gestern eine neue Familie reingekriegt. Aus Toledo. Sie waren halb verhungert, Caro, im wahrsten Sinne des Wortes. Die Mutter war so zugerichtet, dass ihr Gesicht nicht mal mehr zu erahnen war. Ihr Rücken ...« Sie schauderte. »Es geht mir immer noch an die Nieren, nach all den Jahren.«

»Weil du ein Mensch bist. Wäre es nicht so, könntest du in deinem Beruf nicht so großartig sein, wie du es bist.«

Und Danas Beruf, dachte Caroline, besteht darin, Leben zu retten. Im wahrsten Sinne des Wortes. Dana führte

Hanover House, eine Zuflucht für misshandelte Frauen und ihre Kinder. Hanover House bot Sicherheit und medizinische Betreuung, falls nötig – und meistens war sie dringend notwendig. Doch das Beste war, dass Hanover House Hoffnung und die Aussicht auf einen Neubeginn bot. Caroline wusste nicht genau, woher Dana neue Versicherungskarten und Geburtsurkunden bekam, und sie hatte sie nie danach gefragt. Sie war so dankbar gewesen, als sie die Urkunde mit dem neuen Namen ihres Sohnes in den Händen hielt, dass sie hatte weinen müssen. An diesen Augenblick erinnerte sie sich, als wäre es gestern gewesen und nicht vor sieben Jahren. Tom Stewart. Geboren im Rush Memorial Krankenhaus in Chicago, Illinois. Vater unbekannt. Der Nachname entsprach dem auf der Geburtsurkunde, die sie für sich selbst … entliehen hatte. Caroline Stewart. Es gab sogar Tage, an denen sie eine oder zwei Stunden lang nicht daran dachte, wer sie in Wirklichkeit war. Woher sie wirklich kam. An denen Mary Grace Winters nichts weiter als ein Albtraum war. An denen Mary Grace Winters nicht mehr existierte.

Caroline Stewart war ihre Zukunft. Und Caroline hatte die feste Absicht, das Beste daraus zu machen.

»Caroline?« Dana klimperte mit ihrem Löffel an den Rand des Schälchens.

Caroline seufzte. »Ich dachte nur gerade an meine eigenen Erfahrungen in Hanover House.« Über den Tisch hinweg drückte sie Danas Hand, sah die dunklen Ringe unter den braunen Augen ihrer Freundin, die ihr vorher nicht aufgefallen waren. »Und an meine Erlebnisse mit dir. Aber was ist mit dir, Dana? Geht es dir gut? Du siehst so müde aus.«

»Wenn ich ein paar Stunden geschlafen habe, geht es mir wieder gut. Ich bin von Hanover House aus direkt zu dir gekommen. Eines der neuen Kinder aus Toledo hat Streptokokken, und ...«
»Und du hast die ganze Nacht bei ihm gesessen.«
»Er ist erst drei Jahre alt und schrecklich verstört.« Danas braune Augen füllten sich mit Tränen, was bei ihr nicht oft zu beobachten war. »Scheiße, Caroline. Der Kleine hat Narben. Schlimmer noch als die Mutter. Ich hatte ihn im Arm, weil er nicht im Bett liegen mochte. Sein Rücken war ein einziger blau-schwarzer Bluterguss. Sobald ich ihn berührte, hat er geschrien. Sein Vater ...« Jetzt liefen ihr Tränen über die Wangen. »Sein Vater hat ihn mit Zigaretten verbrannt. An den Füßen, verdammte Scheiße!« Sie erstickte ein Schluchzen und schob die halb leere Schüssel mit Cornflakes von sich.
Caroline drückte mit einer Hand Danas zusammengeballte Finger, die andere glitt seitlich an ihrem Hals hinauf und berührte ihre eigenen Narben. Make-up und Kragen verbargen sie vor den Augen anderer, doch für sie waren sie immer gegenwärtig. Vor ihrem inneren Auge sah sie sie wie damals, als sie noch frisch waren, und sie fühlte noch immer die lähmende Angst, roch noch immer den stechenden Geruch von verbranntem Fleisch.
»Die Narben an den Füßen werden heilen, Dana. Du musst dich darauf konzentrieren, die Verletzungen der Seele zu kurieren.«
Dana schüttelte den Kopf. »Ich weiß nicht, ob ich das noch kann, Caroline. Ich bin so müde.«
Caroline wehrte sich gegen das unwillkürliche Stirnrunzeln,

denn Dana war stets unermüdlich. Sie hatte noch nie zuvor von Aufgeben gesprochen, selbst wenn keinerlei Geldmittel mehr aufgetrieben werden konnten und sie sich selbst eine Nullrunde nach der anderen auferlegen musste, selbst wenn es in Hanover House mehr Frauen und Kinder als Betten gab. Sogar wenn die Frauen selbst aufgaben. Dana war immer stark. Aber heute nicht. *Wahrscheinlich stößt jeder mal an seine Grenzen*, dachte Caroline und verschob ihre aufmunternden Worte auf einen anderen Zeitpunkt.

»Dann geh doch zu Bett, meine Liebe. Wenn du ausgeschlafen hast, sieht alles nicht mehr so furchtbar aus. Du kannst mein Bett haben. Alles, was ich habe, steht dir zur Verfügung. Aber meine Vorratsschränke sind leider auch ziemlich leer.« Sie drückte Dana eine Papierserviette in die Hand. »Tom und seine Freunde sind gestern nach einem Basketball-Spiel wie die Heuschrecken hier eingefallen. Haben alles gegessen, was nicht bei drei auf den Bäumen war. Ich schätze, mir fehlen sogar ein Messer und drei Gabeln. Hoffentlich lösen sie keinen Alarm aus, wenn sie den Metalldetektor am Eingang der Schule passieren.«

Dana schaffte ein kleines Lachen und wischte sich über die Augen. »Danke, aber ich kann nicht. Ich muss zurück und nach Cody sehen.«

»Nach dem kleinen Jungen? Ich kann das in der Mittagspause für dich übernehmen, Dana. Ich kann nach ihm sehen. Falls er einen Arzt braucht, hole ich Dr. Lee.« Dr. Lee war ein Kinderarzt im Ruhestand, der das Frauenhaus auf freiwilliger Basis betreute. Als Dana den Mund aufmachte, um zu widersprechen, hob Caroline warnend den Zeigefinger. »Komm gar nicht erst auf die Idee, nein zu sagen. Wenn du dich überforderst, fängst du dir Streptokokken ein, und dann steckt dir Dr. Lee seinen Spatel in den Rachen, und du musst aaaah sagen.«

Dana ließ müde die Schultern sinken. »Du hast ja Recht. Am besten bleibe ich ein paar Stunden hier. Siehst du Evie heute noch?«

»Wahrscheinlich. Sie arbeitet heute Nachmittag im Büro.«

Evie war ihr neuester Fall, ein durchgebrannter Teenie, der inzwischen volljährig war. Evie wohnte bei Dana, solange sie am Carrington College studierte, wo sie als Carolines Assistentin im Büro der Historischen Abteilung arbeitete.

»Dann sag ihr, dass alles in Ordnung ist. Sie kriegt Angst, wenn ich nicht nach Hause komme.«

»Mach ich. Und jetzt muss ich zur Arbeit. Um nichts in der Welt möchte ich Dr. Maximillian Hunter an seinem allerersten Tag warten lassen.«

Asheville
Montag, 5. März, 8:00 Uhr

»Ist …«, Sue Ann räusperte sich. »Ist alles in Ordnung, Rob?«

Gott bewahre ihn vor dummen Weibern. Winters saß in Unterhosen, den Kopf in die Hände gestützt, auf der Bettkante, und Miss Oberschlau wollte wissen, ob alles in Ordnung war. »Sehe ich so aus, als wäre alles in Ordnung, Sue Ann?«

Sie zögerte kurz, bevor sie mit ihrer weinerlichen Flüsterstimme antwortete. »Nein, Rob. Soll ich dir irgendetwas holen? Ein Aspirin?«

Er dachte an die leere Flasche auf dem Nachttisch. *Noch was zu trinken.* Hinter den vorgehaltenen Händen kniff er die Augen noch fester zu. *Mein Sohn. Ich will meinen Sohn.* Aber sein Sohn würde nie wieder nach Hause kommen. Das wusste er jetzt. »Nein, du sollst mir nichts holen«, antwortete er bitter. »Hau einfach ab und lass mich in Ruhe.«

Eine Bodendiele knarrte, und er roch ihr billiges Parfüm, als sie näher kam. Der Duft war so aufdringlich, dass ihm davon übel wurde. Von *ihr* wurde ihm übel. »Rob, ich weiß, du fühlst dich nicht gut, aber …«

Auf ihren Schmerzensschrei folgte eine lange Zeit der Stille.

»Ich habe gesagt, du sollst mich in Ruhe lassen. Muss ich dir erst erklären, was das heißt?«, knurrte er, ballte die Hand zur Faust und öffnete sie wieder.

Langsam rappelte Sue Ann sich hoch und betastete behutsam ihren Wangenknochen. »Möchtest du frühstücken?«

Allein bei der Erwähnung von Essen drehte sich Winters der Magen um. Er fuhr herum, holte gleichzeitig weit aus, und seine Faust verfehlte nur knapp ihr Ziel, als Sue Ann zurückwich. »Ich will nur, dass du deine verdammte Fresse hältst. Ich will weiter nichts, als dass mein Sohn hier ist und nicht auf dem Grund vom Lake Douglas. Ich will nur, dass jeder, der ihm auch nur ein Haar gekrümmt hat, tot ist.« Er blickte auf seine Hände, die sich zu Fäusten ballten und wieder öffneten. Was er wollte, war, denjenigen, der ihm seinen Sohn genommen hatte, aufspüren und den Schweinehund mit seinen eigenen Händen umbringen.

»Du weißt doch gar nicht mit Sicherheit, ob er tot ist, Rob. Sie haben keine ...« Sie räusperte sich erneut und schob mit einer Hand eine Haarsträhne, die sich gelöst hatte, zurück in ihren schlaffen Knoten. »Vielleicht könntest du noch einen Sohn haben. Unseren Sohn.«

Ein roter Schleier senkte sich vor seine Augen, und er stand langsam auf. »Du glaubst, dein Wurf könnte ihn ersetzen?« Ein warmes Gefühl der Befriedigung überkam ihn, als er ihren Wangenknochen unter seinem Handrücken spürte, das dumpfe Geräusch hörte, als ihr Körper gegen die Wand prallte, und ihr ersticktes Schluchzen, das sie zu unterdrücken versuchte, als sie in eine Zimmerecke kroch. *Blöde Kuh.* »Hau endlich ab.«

»Aber es wäre doch dein Baby, Rob«, flüsterte Sue Ann aus der Ecke. »Dein Sohn.«

»Verdammt noch mal, widersprich mir nicht.« Er verzog das Gesicht, als sein Zeh gegen ihr Schienbein stieß. »Wag es nie wieder, mir zu widersprechen.« Dann richtete er sich auf, ging zum Bett hinüber und streckte sich darauf aus. »Lass mich in Ruhe.«

Er hörte das Rascheln ihres Kleids, als sie sich mühsam aufrichtete. Früher war sie einmal ganz akzeptabel gewesen. Sogar hübsch, wenn man nicht so genau hinsah. Aber die Jahre hatten Sue Ann nicht eben freundlich behandelt. Klar, kochen und sauber machen, das konnte sie immer noch. Aber die Vorstellung, sie zu heiraten, reichte, um seine Übelkeit noch zu verstärken. Und das würde er tun müssen. Sie heiraten. Wenn er noch einen Sohn haben wollte, musste er mit der Frau, die ihn gebar, verheiratet sein. Kein Mensch durfte behaupten, dass Rob Winters seinen Sohn nicht rechtmäßig

behandelte. Kein Mensch. Er wandte den Kopf ein wenig und sah, wie Sue Ann auf die Tür zuging.
»Sue Ann?«
»Ja, Rob.«
»Ruf Ross an und sag ihr, ich hätte die Grippe. Ich gehe heute nicht zur Arbeit.
Er fing ihren Blick auf, der die leere Flasche betrachtete, und sah sie aus zusammengekniffenen Augen an, zufrieden, dass ihr Mondgesicht noch blasser wurde.
»Ja, Rob.« Die Tür knarrte, als sie sie öffnete.
»Draußen auf der hinteren Veranda stehen meine Stiefel. Die müssen geputzt werden.«
»Ja, Rob.«
Er wartete, bis die Tür sich geschlossen hatte. Langsam wälzte er sich auf den Bauch und griff nach dem gerahmten Foto, das auf seinem Nachttisch stand. Mit ernsten blauen Augen blickte der kleine strohblonde Junge zu ihm auf. Rob Winters schloss die Augen und stellte sich wieder einmal vor, wie er den Mann, der ihm den Sohn gestohlen hatte, bestrafen würde. Aber heute … Heute war es anders. Heute würde diese Bestrafung unendlich viel härter ausfallen. Denn bevor Hutchins den Wagen aus dem See gezogen hatte, war ihm ein winziger Hoffnungsschimmer geblieben, dass Robbie nach Hause kommen könnte. Jetzt aber wusste Winters, dass er nie mehr zurückkommen würde.

3

Carrington College, Chicago
Montag, 5. März, 10:15 Uhr

Jeder sagt, dass Montage die Hölle sind, doch für Caroline brachten sie ein willkommenes Gefühl der Routine mit sich, denn in ihrem Leben hatte es bisher wenig Konstantes gegeben. Irgendwie schienen die Budgetfragen, das Archivieren, die unablässigen Fragen ratloser Studenten sie eher aufzubauen als zu langweilen. Das hier war ihre eigene kleine Welt, die andere vielleicht als unbedeutend bezeichnen würden, doch hier blühte sie auf.

Ein trauriges Lächeln umspielte ihren Mund, als ihr Blick zufällig auf das gerahmte Foto von Eli auf ihrem Schreibtisch fiel. Er war ihr erster Professor in Carrington gewesen. Ihr erster und ihr bester. Er verfügte über die seltene Begabung, Geschichte in dreidimensionalen Bildern auferstehen zu lassen, sodass sie lebte und atmete, was Caroline von Anfang an in seinen Bann gezogen hatte. Sie hatte lange überlegt, welches Hauptfach sie vor dem Jurastudium belegen sollte. Ein Seminar bei Eli Bradford hatte ihr die Entscheidung kinderleicht gemacht.

Sie dachte an ihre erste Woche in der Abendschule. An das

ungewohnte Gefühl, nach so vielen Jahren wieder in einem Klassenzimmer zu sitzen. Sie war eine junge Mutter mit einem siebenjährigen Sohn, einem Vollzeit-Knochenjob und herzlich wenig Zeit, den einzigen Kurs, den sie sich in diesem Vierteljahr leisten konnte, zu genießen. Sie war Eli aufgefallen, und er hatte sie am dritten Abend gebeten, nach dem Ende des Seminars noch zu bleiben.
Als er bemerkt hatte, dass sie auf die Vorstellung, mit ihm allein zu sein, wie ein verängstigtes Kaninchen reagierte, war Mitgefühl in seine freundlichen alten Augen getreten. »Sie sind geradezu gierig nach Wissen, Miss Stewart«, hatte er gesagt. »Das gefällt mir.« Dann hatte er ihr eine Stelle als seine Sekretärin angeboten, einschließlich aller Vorteile, die das Carrington College seinen Beschäftigten zu bieten hatte. Er erwies sich als flexibel, ließ zu, dass sie ihre Arbeitszeit nach ihrem Stundenplan einrichtete und dass sie Tom in den Schulferien und an den Wochenenden, wenn sie arbeitete, ins Büro mitbrachte. Eli und Dana hatte sie es zu verdanken, dass sie nie einen Babysitter benötigt hatte, nicht ein einziges Mal in den sieben Jahren, seit sie mit kaum mehr als den Kleidern, die sie am Leibe trug, nach Chicago gekommen war.
Und jetzt war er tot. Eli war tot. Die Trauer durchbohrte sie wie ein Dolchstoß. Er würde es nicht erleben, dass sie ihren Abschluss machte, und sie stand schon so kurz davor. Nur noch ein Vierteljahr, dann hatte sie ihr Diplom in der Tasche. Es war noch immer kaum zu glauben. Sie, die die Highschool abgebrochen hatte, bekam ein College-Diplom. Sie war Dana, die sie so gedrängt hatte, ihren Highschool-Abschluss nachzuholen, zutiefst dankbar, und ebenso Eli,

dass er ihr die Chance gegeben hatte, so viel mehr zu erreichen, als sie in ihren kühnsten Träumen für möglich gehalten hatte.

Ihr Seufzer ließ die Papiere auf dem Schreibtisch rascheln. Und jetzt war Eli tot.

Caroline warf einen Blick auf die Uhr, entschlossen, sich nicht den ganzen Tag lang ihrem Kummer hinzugeben. Ihr blieb nur noch eine Stunde bis zu Dr. Hunters Eintreffen, gerade noch Zeit genug, die Gehaltsabrechnungen fertig zu stellen.

Ein schlurfendes Geräusch riss sie aus ihrer Konzentration. Dieses Geräusch hatte sie schon einmal gehört, vor sehr langer Zeit. Es war ein Geräusch, wie es in Krankenhäusern vorkam, von Patienten, die, gestützt auf Stöcken oder Gehwagen, über Fliesenböden schlurften und vor der schmerzlichen Aufgabe standen, wieder laufen lernen zu müssen. Ein Geräusch, das sie immer noch erschauern ließ. Aber sie unterdrückte diesen Impuls. Es war ein ungeschriebenes Gesetz in der Reha gewesen, dass man niemals Mitleid oder Ekel vor verletzten und genesenden Menschen in seiner Umgebung zeigte. Caroline hob den Blick von ihren Papieren, als das Schlurfen aussetzte, und lächelte. Sie sah eine glatte, weiße Hand mit langen Fingern, die das gebogene Ende eines Gehstocks umklammerten. Als sie an der Gestalt hinaufsah, bemerkte sie eine schlanke Taille und einen sehr kräftigen Oberkörper in einem Doppelreiher. Sie schluckte und ließ den Blick weiter hinaufwandern, bis er das Gesicht eines Mannes erreichte, der vor ihrem Schreibtisch stand. Er war groß, größer als Tom. Ein dunkler Typ, aber eindeutig nicht bedrohlich, sein Kinn war kantig und stark ausgeprägt,

seine dunklen Brauen waren leicht zusammengezogen, das Haar dicht und schwarz, im Nacken kurz geschnitten. Eine Locke fiel ihm in die Stirn, was ihm etwas Jungenhaftes verlieh. Sein marineblauer Anzug war maßgeschneidert und saß gut an den breiten Schultern. Der Mann trug eine Krawatte mit Paisleymuster, die seine kräftigen Halsmuskeln betonte. Rauchgraue Augen erwiderten ihren Blick, sein ernster Mund zeigte nicht den Hauch eines Lächelns. Abrupt hakte er den Stock hinter seinem Rücken in den Gürtel ein, sodass sein Jackett ihn verbarg.
Aus unerfindlichen Gründen klopfte Carolines Herz ein wenig schneller. Das war ein Mann, der diese Bezeichnung verdiente, wie Dana sagen würde. Jetzt begriff Caroline, was »Sexappeal« bedeutete. Er entströmte nahezu jeder seiner perfekten Poren.
Erbarmen.
Caroline räusperte sich. »Kann ...« Sie verschluckte sich fast an dem Wort und spürte, wie ihr vor Verlegenheit die Glut ins Gesicht stieg. Aber ein Mann wie er ließ sicher täglich schmachtende, stotternde Frauen in seinem Gefolge zurück. Sie räusperte sich noch einmal. »Kann ich Ihnen behilflich sein?«
»Das hoffe ich. Ich suche Caroline Stewart.«
Die Augen der Frau weiteten sich, und Max hatte plötzlich das Gefühl, dass der Raum um ihn herum enger wurde. Ihr Lächeln war echt gewesen und hatte beinahe ausgereicht, um ihn die strenge Miene vergessen zu lassen, die er an seinem ersten Tag aufsetzen wollte. Ihr dunkelbraunes Haar war zu einem lockeren Zopf geflochten, der ihr bis zur Hälfte des Rückens ging, ein paar Löckchen, die sich daraus ge-

löst hatten, umrahmten ihr Gesicht. Es war ein hübsches Gesicht mit regelmäßigen Zügen, einer schönen, mittelgroßen Nase, vollen Lippen und zarten, fragend hochgezogenen Brauen. Doch es waren vor allem ihre Augen, die ihn anzogen. Blau wie die karibische See mit einem offenen Blick, sodass er in ihnen lesen konnte wie in einem Buch. Sein Gesicht hatte großen Eindruck auf sie gemacht. Das passierte ihm häufig. Sein Stock überraschte sie, schreckte sie jedoch nicht ab. Diese Reaktion war eher ungewöhnlich und hatte entschieden mehr zu bedeuten.
Dann erhob sie sich und streckte ihm ruhig die Hand entgegen. Sie hatte hübsche, saubere, unlackierte Nägel, die zu dem schlichten Make-up passten, das ihre Gesichtszüge dezent unterstrich. Sie reichte ihm nicht einmal bis zur Schulter. Wie er sie so ansah, kam er sich größer und stärker vor. Wieder sprach sie, und ihre Stimme mit der gedehnten Sprachweise war wie geschmeidiger Honig, sie klang tief und erotisch.
»Ich bin Caroline Stewart.«
Ihr Lächeln war eine Spur strahlender geworden, was seine Lippen ebenfalls leise zucken ließ. Seine Sekretärin. Schön, schön. Endlich hellt sich das Leben ein bisschen auf, dachte er, als er die ihm dargebotene Hand schüttelte. »Ich bin Dr. Hunter.« Sie blinzelte, und ihr Mund blieb überrascht offen stehen. Ihre kleine Hand erschlaffte in seiner. »Sie haben mich doch erwartet, oder?«
»Ich – hm.« Sie schluckte heftig und gewann ihre Fassung zurück. »Ja, ich habe Sie erwartet.« Ihre Mundwinkel kräuselten sich zu einem Lächeln, was ein Grübchen auf ihre Wangen zauberte. »Aber *Sie* habe ich nicht erwartet. Nicht wirklich.« Sie schüttelte ihm herzlich die Hand.

»Und wen haben Sie erwartet? Wirklich erwartet?«
»Einen fünfundsechzigjährigen Mann.« Sie neigte den Kopf zur Seite und kniff ihre unglaublichen Augen leicht zusammen. »Dieser alte Heimlichtuer. Sie haben Wade Grayson sicher schon kennen gelernt, nicht wahr? Einen der Professoren?«
Er nickte verhalten. »Ja, ich bin ihm einmal begegnet. Während meines Vorstellungsgesprächs beim Dekan.«
Seine Sekretärin lachte leise, ein volltönendes, belustigtes Lachen. »Seit der Dekan Ihre Einstellung angekündigt hat, hat er mich in dem Irrglauben gelassen, dass Sie ein allein stehender, älterer Herr wären.« Sie hob den Blick, und ihr Grübchen vertiefte sich. »Keine Sorge. Früher oder später werde ich es ihm heimzahlen. Sie sind also mein neuer *junger* Chef. Willkommen, Dr. Hunter.«
Hübsch *und* entzückend. *Das wird ja von Sekunde zu Sekunde besser*, dachte er. »Danke. Freut mich, Sie kennen zu lernen, Ms Stewart.«
»Hier nennen mich alle Caroline. Wie möchten Sie am liebsten angeredet werden?« Ihre tiefblauen Augen blitzten ihn an. »Ich hoffe, Sie verlangen nicht, mit Ihrem vollständigen Namen angesprochen zu werden.«
Er konnte ein Lächeln nicht mehr länger unterdrücken. »Es würde Ihnen recht geschehen, wenn ich darauf bestünde.« Er zögerte, fasste dann einen Entschluss. Diese Phase seines Lebens wollte er ohne die alten Barrieren beginnen. Schluss mit »Dr. Hunter«. »Nennen Sie mich Max.«
»Das klingt entschieden besser als Maximillian Alexander.« Sie schüttelte den Kopf, und ihr Blick drückte immer noch Belustigung aus. »Ihre Eltern haben wohl große Hoffnungen in Sie gesetzt.«

Ihr Sinn für Humor gefiel ihm. »Ist das nicht der Hauptgrund, weshalb man Kinder hat?«

Caroline dachte an Tom und alles, was sie für ihn geopfert hatte und weiterhin bereitwillig opfern würde. »Ja, da haben Sie vollkommen Recht.« Sie trat hinter dem Schreibtisch hervor und blieb vor ihm stehen, den Kopf in den Nacken gelegt. »Ich zeige Ihnen Ihr Büro, und dann müssen Sie mir sagen, wie Sie vorzugehen gedenken.«

Sie ging zu einer geschlossenen Tür, und fünf Herzschläge lang rührte sich Max nicht vom Fleck, sondern heftete den Blick auf ihre runden, anmutig schwingenden Hüften. Die Heftigkeit seiner körperlichen Reaktion überrumpelte ihn. *Verliere jetzt nicht den Verstand*, ermahnte er sich selbst. *Suche keine Entschädigung für Elise, indem du dich in das erste weibliche Wesen verknallst, das dir über den Weg läuft.* Er hörte jedoch nicht auf die Stimme der Vernunft, das wusste er selbst, sondern betrachtete immer noch ihr rundes Hinterteil in dem schlichten schwarzen Rock. Er schluckte und war kaum in der Lage, den Blick zu heben, als sie, die Hand auf dem Türgriff, innehielt. Sie blickte über die Schulter zurück und sah ihn immer noch reglos auf der Stelle stehen.

»Das hier ist Ihr Büro«, sagte sie, und ihre Augen blickten wieder nüchtern. Die Veränderung kam so abrupt und unvermittelt wie der traurige Stich in seinem Herzen. Ihre Stimme sagte: »Ihr Büro.« Ihre Augen sagten, dass der Raum auf ewig Eli Bradford gehöre. Sie hatte den alten Professor geliebt, so viel stand fest.

Max griff nach seinem Stock und folgte ihr in das holzgetäfelte Büro mit den Unmengen von Bücherregalen. Ein weinroter Plüschteppich bedeckte den Boden und bildete einen schönen Kontrast zu dem Holz. Mit dem Hauch von Zitronenduft der Möbelpolitur mischte sich der angenehme Geruch alter Bücher und des Leders eines langen, abgenutzten Sofas, das zu einem gelegentlichen Nickerchen einlud. An den Wänden hingen gerahmte Drucke, eine Auswahl von Monet, Warhol und O'Keefe. In einer Zimmerecke fand ein imaginärer Luftkampf zwischen zwei Modellflugzeugen statt, einer britischen Spitfire und einer deutschen ME-109, die an dünnen Drähten hingen. Max bemerkte mit einem Lächeln, dass die ME-109 in Flammen aufging. In Dr. Bradfords Welt trugen offenbar noch die Guten den Sieg davon.

Ein großer Mahagonischreibtisch beherrschte den Raum, dazu gab es einen passenden Sessel, der von hinten durch ein großes Panoramafenster erhellt wurde. Der Blick führte auf den verschneiten Hof, wo gelegentlich ein Student der Kälte trotzte, die den Vorfrühling beherrschte. Ein schönes Büro, dachte er erfreut. Doch beim Anblick des Schreibtischs, der abgenutzt, zerkratzt und völlig leer geräumt war, zog er eine Augenbraue hoch. Das restliche Zimmer war angefüllt mit Büchern, was den leeren Schreibtisch noch stärker in den Mittelpunkt rückte.

Caroline durchquerte das Zimmer und justierte die Jalousien, um die grelle Morgensonne auszublenden. »Von hier aus hat man so ziemlich den schönsten Ausblick auf den Campus. In einem Monat können Sie die Blumengärten der Landwirtschaftsschule sehen.« Sie wandte sich um und bemerkte seinen viel sagenden Blick auf den leeren Schreibtisch. »Er hat ... Dr. Bradford gehört. Ich wusste nicht, ob Sie Ihren eigenen Schreibtisch haben oder lieber diesen benutzen wollen.« Mit einer unbewusst zärtlichen Geste strich

ihre Hand über die zerkratzte Platte. »Falls Sie ihn behalten möchten, werde ich Ihnen einen Katalog geben, aus dem Sie alles an Büromaterial, was Sie benötigen, bestellen können.«
Sie hob den Blick und sah ihn an, und er war nicht sicher, ob sie sich des Flehens in den blauen Tiefen ihrer Augen überhaupt bewusst war. Es war noch deutlicher als das Lächeln wenige Minuten zuvor. Dekan Whitfield hatte ihm gesagt, wie beliebt Bradford gewesen war. Offenbar übertraf die Zuneigung seiner Sekretärin noch die aller anderen.
Sie schluckte und wandte sich ab, doch er hatte das kummervolle Schimmern in ihren Augen trotzdem bemerkt. »Falls Sie … seine Sachen lieber nicht übernehmen wollen, lassen Sie es mich bitte wissen. Viele von uns sind nur zu gern bereit, sie an Ihrer Stelle zu behalten.«
Die Hand, die über die Schreibtischplatte strich, zitterte, und das weckte sein Mitleid, ein ungewohntes Gefühl, das ihn überrumpelte. Er besaß einen Schreibtisch, einen, den er vor Jahren extra hatte anfertigen lassen, doch allein der Gedanke, dass er an ihrem traurigen Blick schuld sein könnte, war ihm plötzlich unerträglich. »Ich würde es als große Ehre betrachten, wenn ich das Büro so, wie es ist, übernehmen dürfte, Caroline.« Ihre Erleichterung war überdeutlich spürbar. »Allerdings benötige ich etwas zusätzliches Mobiliar.« Er drehte sich um und maß mit den Augen den Raum ab. »Ich besitze eine Fußbank. Für mein Bein«, fügte er hinzu und zog ein wenig die Brauen zusammen. Sie verzog keine Miene und wurde auch nicht verlegen, was für sie sprach. Damit war sie in seiner Achtung gestiegen. »Und einen Computertisch.«
»Ich kümmere mich darum. Ist beides noch in Denver?«

»Nein, beides befindet sich in meinem Haus in Wheaton, etwa eine Stunde Fahrt von der Stadt entfernt.«

Caroline blickte erstaunt zu ihm auf. »Sie besitzen bereits ein Haus in Chicago?«

»Das Haus meiner Großmutter. Sie hat es mir vor ein paar Jahren überschrieben, aber einer meiner Neffen hat dort gewohnt und das Haus in Schuss gehalten. Man hat ihm eine Stelle an der Ostküste angeboten, und letzte Woche ist er dorthin umgezogen. Dekan Whitfields Angebot war geradezu ... Vorsehung.« Er dachte an Denver, an den Schmerz, das verlassen zu müssen, was er nie wirklich besessen hatte. Es schien tatsächlich Vorsehung gewesen zu sein, dass er ausgerechnet zu diesem Zeitpunkt nach Chicago berufen worden war. »Nun, gut, wenn Sie mir die Adresse geben, lasse ich alles, was Sie brauchen, hierher transportieren.« Sie zögerte, und aus ihrem Blick sprach unverkennbar ihre Unsicherheit. »Was kann ich heute sonst noch für Sie tun?«

Max zog die Augenbrauen hoch. »Ich bin noch nie Leiter einer Fakultät geworden, deren Gründer unerwartet das Zeitliche gesegnet hat. Was würden Sie empfehlen?«

Er sah, wie sie erleichtert aufatmete. Was für eine Art von Mann hatte sie bloß erwartet? Dass sein Ruf ihm so rasch vorangeeilt war, hielt er für unwahrscheinlich. »Nun ja, ich könnte Ihnen die Personalakten und das Budget der Abteilung zur Durchsicht vorlegen« – sie begann, die einzelnen Posten an den Fingern abzuzählen – » und Sie müssten heute die Gehaltsabrechnung unterschreiben, sonst revoltieren die Eingeborenen. Ich habe Ihren Stundenplan vorbereitet – den ersten Kurs haben Sie morgen um halb zehn. Eli hat für das gesamte Semester Aufzeichnungen vorbereitet. Sie kön-

nen seine benutzen oder Ihre eigenen, versteht sich. Für heute sind von halb zwei bis fünf Uhr abends Konferenzen mit der Belegschaft anberaumt. Um sechs ist ein Abendessen mit Dekan Whitfield vorgesehen. Er schickt Ihnen einen Wagen. Dann sind da natürlich noch die Akten der Studenten und ...«
»Halt, stopp!« Max hob in gespielter Kapitulation eine Hand. »Schön der Reihe nach. Besteht die Möglichkeit, einen Kaffee zu bekommen? Ich bin immer noch auf die Zeit in Denver eingestellt.«
Ihr Grübchen tauchte wieder auf. »Ich koche uns welchen. Wie trinken Sie ihn?«
»Mit Milch und Zucker. Viel Zucker. Wenn Sie mir eine Kaffeemaschine besorgen, koche ich ihn mir künftig selbst und muss Sie nicht damit belästigen.« Er machte Anstalten, sich hinter den Schreibtisch zu setzen, um seine Hüfte zu entlasten. »Und, Caroline?«
An der Tür drehte sie sich um, und er musterte ihre Erscheinung, unfähig, seinen Blick länger ausschließlich auf ihrem hübschen Gesicht ruhen zu lassen. Von vorn war sie genauso ansprechend wie von hinten, stellte er fest. In ihrem schlichten schwarzen Rock war sie der Inbegriff natürlicher Weiblichkeit. Der Farbton ihres blauen Rollkragenpullovers betonte das tiefe Blau ihrer Augen; die Wolle schmiegte sich sanft an ihre offenbar sehr hübschen Brüste. Es kribbelte ihn in den Handflächen, als er mit den Blicken Maß nahm. Sie hatten die ideale Größe, genug, um sie in seinen Hände zu wiegen, aber nicht zu viel. Er hatte schon immer Frauen mit weiblichen Rundungen gemocht. Caroline Stewarts Figur war schlicht und einfach perfekt. Der Rock

umspannte ihre schlanken Hüften und reichte bis zur Mitte ihrer Waden, hauchfeine Strümpfe bedeckten, was von ihren ausgesprochen schönen Beinen zu sehen war. Ihre Schuhe waren schlicht, ohne modischen Schnickschnack, und brachten doch ihre Waden perfekt zur Geltung. Abrupt riss er den Blick los und sah ihr wieder ins Gesicht. Sie beobachtete ihn, und er bemerkte eine gewisse Neugier in ihrem Blick, von der aufrichtigen Sorte. Er war seit längerem aus dem Training, aber doch nicht so lange, dass er nicht den Blick einer Frau erkannte, die sich der Gegenwart eines Mannes bewusst war. Der sie aufrichtig, ehrlich und auf gesunde Weise reizte. *Gesund.* Das Wort erschreckte ihn, als es ihm durch den Sinn ging. In diesem Moment traf er eine Entscheidung, die er wahrscheinlich später zu Tode analysieren würde. Doch das hier war ein Neubeginn, seine zweite Chance, und gleich heute wollte er damit anfangen, seiner selbstauferlegten Forderung, dem Leben künftig spontaner zu begegnen, Genüge zu tun.

Carolines Personalakte würde er zuerst lesen und damit die Frage klären, ob sie verheiratet war. Und wenn sie nicht verheiratet war, würde er sie bitten, mit ihm auszugehen. So einfach war das.

Caroline spürte, wie ihr die Hitze am Hals hinaufkroch, als er sie von Kopf bis Fuß musterte. Sie bemerkte, dass ihr das Wasser im Mund zusammenlief, und sie schluckte heftig, als ihr klar wurde, wie viel Zeit soeben verstrichen war. Schon seit mindestens einer Minute stand sie da und starrte ihn an. Er hatte sie angesprochen. Doch sie konnte sich kaum daran erinnern, worüber sie geredet hatten.

»Ja?« Ihr war bewusst, dass er sie mit seinen rauchgrauen

Augen taxierte, und das ließ sie tief in ihrem Inneren erzittern, während sie sich fragte, zu welchem Schluss er wohl gekommen sein mochte. Er war ein äußerst attraktiver Mann. Sie wehrte sich gegen den Impuls, die Stirn zu runzeln. Und er war ihr Chef, und sie war im Begriff, sich in trügerische und sehr gefährliche Gewässer zu begeben.
»Schenken Sie sich auch einen Kaffee ein und setzen Sie sich zu mir. Als Erstes möchte ich Sie kennen lernen.«

Zwanzig Minuten später fand Caroline ihn hinter Elis Schreibtisch vergraben vor, umgeben von Stapeln von Elis Büchern. Nein, korrigierte sie sich und spürte erneut den Schmerz des Verlustes. Er saß an *Max'* Schreibtisch, umgeben von *Max'* Büchern. Das war ein wichtiger Unterschied, und sie würde sich täglich daran erinnern müssen.
Sie räusperte sich und stellte das Kaffeetablett auf dem Sideboard ab. »Hier sind Milch und Zucker. Bedienen Sie sich dieses Mal selbst, dann weiß ich für die Zukunft Bescheid.«
Max' Brauen zogen sich zusammen, und zum ersten Mal sah sie, wie finster er blicken konnte. »Es war mir ernst, was ich hinsichtlich des Kaffeekochens gesagt habe, Caroline. Es ist nicht Ihre Aufgabe, mir Kaffee zu besorgen. Dazu bin ich nun wirklich selbst in der Lage.«
Sie sah ihn erstaunt an und setzte sich auf den Stuhl vor dem Schreibtisch, die Kaffeetasse zwischen beiden Händen. Sie hatte den untrüglichen Eindruck, dass sein Wunsch, sich selbst mit Kaffee zu versorgen, weniger ihrer Entlastung diente, sondern er ihr vielmehr zeigen wollte, dass sein Stock ihn nicht behinderte. Was von beidem auch zutreffen mochte, ihr sollte es recht sein. Gerade sie verstand seinen Drang

zu beweisen, dass eine Behinderung nicht behindernd war, ganz besonders gut.
Mit einem Schulterzucken entgegnete sie: »Ist mir recht. Aber weisen Sie auch meine Sahnetörtchen zurück?«
Die ärgerliche Miene war in null Komma nichts verflogen. »Sahnetörtchen? Selbst gemacht?«
Sie verbarg ihr Lächeln hinter der Kaffeetasse. Offenbar hatte dieser umwerfende Mann eine Schwäche für Süßes. »Selbst gebacken.«
Mit purem Wohlbehagen nahm er den ersten Bissen. »Caroline, ich schlage Ihnen einen Handel vor. Ich sorge künftig für den Kaffee, Sie für den Kuchen.« Er leckte sich die Finger ab, und die Geste jagte kleine Schauer über Carolines Rücken. Sie ähnelten dem, was sie gefühlt hatte, als Dana und sie den Typen aus der Diät-Cola-Werbung angeschmachtet hatten, wenngleich ihre Empfindungen in diesem Moment entschieden ausgeprägter waren. Und wie seine rauchgrauen Augen ihr Gesicht fixierten … Sie trank einen großen Schluck Kaffee und verzog das Gesicht, als sie sich prompt den Gaumen verbrühte.
»Also …« Er lehnte sich in seinem Sessel zurück und forschte in ihrem Gesicht. »Erzählen Sie mir von sich.«
Caroline wurde unbehaglich unter seinem prüfenden Blick zumute, und sie zuckte wieder mit den Schultern. »Ich fürchte, da gibt es nicht viel zu erzählen. Ich bin jetzt seit fast sieben Jahren hier und habe als Dr. Bradfords Büroleiterin und Sekretärin gearbeitet. Ich erledige, was hier getan werden muss, und arbeite in der mir verbleibenden Zeit an meinem Diplom.«
»Dann sind Sie auch Studentin?«

»Ich gehöre zu *Ihren* Studenten. Konstitutionelle Monarchie. Ihr Vortrag über die *Magna Carta* soll besonders interessant sein.«

»Sagen Sie's mir, wenn Sie ihn gehört haben. Das Seminar über die Konstitutionelle Monarchie ist Teil der Examensvorbereitung.« Er lehnte sich wieder zurück. »Dann stehen Sie kurz vor der Magisterprüfung?«

»Nein, ich arbeite noch an meinem Bachelor. Konstitutionelle Monarchie belege ich nur aus Spaß und als Gasthörerin, nicht für einen Schein.« Sie blickte versonnen drein. »Ich wollte Eli noch ein letztes Mal als Lehrer haben. Zum Ende des Frühjahrs mache ich meinen Abschluss.«

»Und was haben Sie danach vor?«

Sie hob ein wenig das Kinn. »Ich bin an der Juristischen Fakultät der Universität von Illinois angenommen worden.«

Er neigte den Kopf leicht zur Seite. »An der Juristischen Fakultät der Universität von Illinois. Sehr gut. Wollen Sie weiterhin hier arbeiten, wenn Sie Ihren Bachelor gemacht haben?«

Sein schlichtes Lob ließ sie erröten. Ihr war es noch nie gelungen, das Erröten unter Kontrolle zu halten, es war ein Kreuz, das sie wohl tragen musste. Sie verlagerte ihr Gewicht, schlug die Beine übereinander und bemerkte, dass sein Blick jeder ihrer Bewegungen folgte. *Erbarmen.* »Nun ja, wir hatten geplant, dass ich dann in Teilzeit arbeite und Evie den Rest übernimmt, aber Eli hat anders disponiert.« Sie hörte das Zittern in ihrer Stimme und schluckte. Die Tatsache, dass Eli sie in seinem Testament bedacht hatte, rührte sie immer noch zu Tränen. Er hatte ihr im Laufe der Jahre so viel gegeben. Und jetzt ... »Er hat mir genug hinterlassen,

dass ich die Ausbildung und meine übrigen Ausgaben finanzieren kann. Also wird Evie nach meinem Abschluss meinen gesamten Job übernehmen.«
»Evie?«
»Ja, Evie Wilson. Zur Zeit ist sie meine Assistentin, aber Eli war auch der Meinung, dass sie fit für den Job ist, wenn ich meinen Abschluss in der Tasche habe.«
Max entging nicht, wie der Blick in ihren Augen bei der Erwähnung ihrer Assistentin warm und herzlich wurde. Sie hegte zweifellos eine große Zuneigung für sie, aber er sprach trotzdem aus, was er dachte. »Nichts gegen Dr. Bradford, aber das werde ich schon selbst entscheiden müssen.« Fasziniert beobachtete er daraufhin das Blitzen in ihren Augen, die wie Saphire in ihrem elfenbeinfarbenen Teint glänzten. *Und sie kann auch ganz schön aufbrausend sein*, dachte er und fand diese Tatsache ziemlich erregend. »Ich sagte: ›Nichts gegen Dr. Bradford‹, Caroline.« Sofort legte sich das Blitzen, und Caroline senkte den Kopf und sog leicht zitternd den Atem ein.
»Verzeihung. Natürlich haben Sie Recht.« Sie straffte sich und hob den Kopf. »Nun, was möchten Sie sonst noch wissen?«
Darf ich Sie morgen Abend zum Essen einladen?, hätte er gern gefragt, doch er hielt sich zurück. Angesichts ihrer Zuneigung zu Dr. Bradford musste er ihr ein bisschen Zeit lassen, sich an ihn, Max, zu gewöhnen. Erst dann würde er spontan handeln, das schwor er sich. »Woher stammen Sie?«
Caroline konnte knapp verhindern, dass sie zusammenzuckte, und blinzelte stattdessen. So gut sie innerlich auch darauf vorbereitet war, diese Frage warf sie immer noch aus der

Bahn. Sie verabscheute den Zwang, von einer erfundenen Vergangenheit zu erzählen. Doch es war unumgänglich. Nach wie vor. Für immer.

»Ich bin in St. Louis geboren.« So stand es in ihrer »geliehenen« Geburtsurkunde. »Aber meine Eltern sind ständig umgezogen, als ich noch klein war.« Das war ihre Erklärung für ihren typischen Dialekt aus North Carolina, den sie nie ganz hatte eliminieren können.

»War Ihr Vater beim Militär?«

Caroline schüttelte den Kopf. »Nein, sie sind halt nur häufig umgezogen. Das hatte zur Folge, dass ich vorzeitig die Highschool verlassen habe.« Das immerhin entsprach der Wahrheit. Zu jener Zeit war sie schwanger mit Tom und völlig verängstigt gewesen. »Als ich dann nach Chicago kam, habe ich meinen Highschool-Abschluss nachgeholt, dann in einem Lager gearbeitet und mich in Abendkursen zur Sekretärin ausbilden lassen.« Die Arbeit als Lageristin war ein Knochenjob gewesen, sie hatte Kisten schleppen müssen, die fast so schwer waren wie sie selbst. Damals hatte ihre Rückenverletzung sie noch geplagt, und sie hatte einen Stock gebraucht, um von ihrer kleinen Wohnung zur Bushaltestelle und dann zur Arbeit zu gelangen. Oft hatte sie sich abends vor Schmerzen in den Schlaf geweint. Einzig ihre wilde Entschlossenheit, Danas ständiges Drängen und der Gedanke, dass ihr Sohn nicht in Armut aufwachsen sollte, hatten sie veranlasst, Maschineschreiben und Steno zu trainieren, bis ihre Augen brannten.

»Dann lernte ich Eli kennen; er bot mir eine Stelle an, und seitdem arbeite ich hier.«

Max schlug ihre Personalakte auf, die zuoberst auf seinem

Stapel lag. Sie wartete, bis seine Augen sich erstaunt weiteten, und da wusste sie, dass er auf Tom gestoßen war.
»Und Sie haben einen vierzehn Jahre alten Sohn.«
In seinen grauen Augen zeigte sich erstauntes Interesse, während er im Geiste nachrechnete. »Deswegen haben Sie die Schule verlassen. Sie konnten damals nicht älter als ...«
Sie hob das Kinn. »Ich war sechzehn, als er geboren wurde.«
Er blickte ihr fest ins Gesicht. »Und bald haben Sie Ihr Diplom in der Tasche. Ich hoffe, Ihr Sohn weiß zu schätzen, was er an Ihnen hat.«
Unvermittelt wurden ihre Züge weich. »Tom ist ein guter Junge. Ich bin sehr stolz auf ihn.«
»Dr. Bradford auch, wie ich diesen Aufzeichnungen entnehme.« Max schlug die Akte zu und griff nach seiner Kaffeetasse. »Sie wollen also Anwältin werden.« Er verzog in gespielter Abscheu das Gesicht. »Hoffentlich keine Halsabschneiderin, die für ein Unternehmen bis zum Letzten geht?«
Caroline lachte laut auf, woraufhin seine grauen Augen ihr zulächelten. »Oh nein, ich doch nicht. Ich will mich auf Familienrecht spezialisieren.« Sie würde misshandelte Frauen vertreten, die Frauen, die von ihren erfolgreichen Ehemännern wegen einer Jüngeren ohne nennenswerte Absicherung verlassen wurden. Sie würde sie vertreten und gewinnen.
»Millionärin werden Sie auf diese Weise nicht.«
»Nein. Aber ich bewahre mir meine Selbstachtung.«
Er warf ihr einen flüchtigen Blick zu, dann wandte er sich der nächsten Akte zu. »Gut. Erzählen Sie mir von der übrigen Belegschaft. Beginnen wir mit Wade Grayson.«

»Er hat Eli geholfen, die Historische Fakultät hier am Carrington College aufzubauen. Er ist ein Absolvent der Universität von Illinois ...«
»Nein. Das alles kann ich nachlesen. Erzählen Sie, wie er *ist*.«
Caroline musterte ihn lange Zeit mit nüchternem Blick. »Wade ist ein guter Mann. Freundlich und sanft. Er würde sein letztes Hemd hergeben, wenn jemand in Not ist. Er ist hochintelligent, ohne eine Spur von Arroganz. Er und seine Frau leben noch immer in derselben Wohnung, in die sie eingezogen sind, als er sein Amt übernahm. Einmal wöchentlich spielen sie mit alten Freunden Canasta.«
Max machte sich auf dem Innendeckel der Akte eine Notiz.
»Was haben Sie da geschrieben?«
Max sah hoch und begegnete ihrem nüchternen Blick mit entsprechender Distanz. »Dass er loyal ist.«
Sie nickte erfreut. »Sie haben Recht.«
Er hob die Brauen. »Deswegen bin ich der Leiter der Fakultät.« Seine Bemerkung zeigte den beabsichtigten Effekt. Sie lachte laut auf. Es war ein wunderbares Lachen, das er möglichst oft hören wollte. Sie sprachen noch über drei weitere Professoren und über sechs Examenskandidaten, bevor die letzte Akte seines Stapels vor ihm lag. »Und was ist mit Monika Shaw?«
Das Lächeln verschwand abrupt, und Carolines Miene versteinerte. Nun ja, das war verräterisch, fand Max. Offenbar war sie sehr um eine behutsame Wortwahl bemüht, und er wartete geduldig ab, neugierig auf ihre diplomatischen Fähigkeiten.
»Dr. Shaw ist ...« Sie zögerte, seufzte, setzte dann noch einmal von vorn an. »Dr. Shaw arbeitet sehr gründlich.«

Abwartend runzelte er die Stirn, als sie die Hände im Schoß faltete und die vollen Lippen zu einem dünnen Strich zusammenpresste.
»Und?«
»Das ist so ziemlich alles.«
»Das kann doch nicht sein, Caroline.«
Nun war sie es, die die Stirn runzelte und stocksteif auf ihrem Stuhl saß. »Das ist alles, was Sie von mir zu hören bekommen.«
»Es verrät mir eine ganze Menge.«
Ihr verkrampftes Schulterzucken verriet ihm sogar noch mehr. »Bitte, Dr. Hunter. Max«, fügte sie rasch hinzu, als er den Mund öffnete, um sie zu korrigieren. »Bitte verlangen Sie nicht, dass ich noch mehr zu dem Thema sage. Sie werden sich, wie in Evies Fall, Ihr eigenes Urteil über uns alle bilden müssen. Mich eingeschlossen. Ich möchte Sie nicht gleich an Ihrem ersten Tag mit irgendwelchen Geschichten belasten.«
Er fragte sich, ob ihr bewusst war, dass ihr näselnder Dialekt zum Vorschein kam, wenn sie sich aufregte. Unter anderen Umständen hätte er das reizend gefunden, doch im Augenblick hörte er nur ihre Not heraus. »In Ordnung.« Er wehrte sich gegen das Gefühl der Enttäuschung, als sie sich erhob. »Das reicht für einen Tag. Wann lerne ich sie kennen?«
»Wen?«
»Dr. Shaw.«
Tausende von Emotionen spiegelten sich in rascher Folge in ihren ausdrucksvollen Augen wider. Zorn und Abneigung hatte er erwartet, doch die Selbstzweifel in ihrem Blick bestürzten ihn. Monika Shaw vermittelte Caroline ein Gefühl

der Unterlegenheit. Das war deutlich zu erkennen. Irgendwie weckte das Max' Zorn.
»Sie treffen sie um halb drei. Falls Sie noch etwas brauchen, rufen Sie mich einfach.

Sevier County, Tennessee
Montag, 5. März, 15:30 Uhr

Langsam näherte sich Winters der polizeilichen Autowerkstatt von Sevier County, und jeder Schritt fiel ihm zunehmend schwer. In der Garage von Asheville war er wohl hundert Mal gewesen, vielleicht sogar tausend Mal im Lauf seiner Karriere bei der dortigen Polizeibehörde. Doch bisher war das immer im Rahmen seiner Pflichtausübung geschehen. Heute … Er schob die schwere Stahltür auf, und sein Herzschlag beschleunigte sich zu einem Rasen. Heute hatte er den Ort gesehen, an dem sein Sohn sich aufgehalten hatte, bevor er … ihm genommen worden war. Winters brachte es nicht über sich, das Wort auszusprechen, das die Endgültigkeit von Robbies Schicksal bezeichnete.
Ein starker Ölgestank schlug ihm entgegen. Wie schafften es die Mechaniker, in dieser Umgebung bei Bewusstsein zu bleiben? Eine Lüftungsanlage war nicht vorhanden. Er atmete die halbwegs frische Luft einmal tief ein und zwang sich, weiterzugehen. Vier Streifenwagen standen in einer Reihe und mussten gewartet werden. Der Rest der Halle war voll gestellt mit einem Dutzend verschiedener Fahr-

zeuge, von einer schnittigen roten Corvette bis zu dem Schlamm bedeckten Ford, den er mit Übelkeit erregender Sicherheit erkannte, kaum dass sein Blick ihn gestreift hatte.
Der Name des Werkstattleiters war Russ Vandalia.
»Vandalia!«, rief er und hoffte, der Mechaniker möge nicht da sein. Hoffte, dass sich ihm die Gelegenheit bot, den Wagen vor allen anderen allein in Augenschein zu nehmen. Er wollte Beweise. Er wollte Anhaltspunkte. Er wollte den Scheißkerl, der seinen kostbaren Sohn gekidnappt und auf den Grund des Lake Douglas befördert hatte.
»Ja, was ist?«, antwortete Vandalia seelenruhig und tauchte hinter einem drei Meter entfernt stehenden Wagen auf, das runzlige alte Gesicht von Öl verschmiert, eine graustoppelige Wange ausgebeult von einem Kaugummi. »Kann ich etwas für Sie tun?« Dann wandte Vandalia sich ab und spie mehr oder weniger diskret in eine alte Kaffeebüchse.
»Ich bin Detective Rob Winters von der Polizei in Asheville.«
Vandalia musterte ihn ausgiebig und nickte. »Dachte mir, dass Sie bald hier aufkreuzen würden.« Er drehte sich wortlos um und ging den Gang zwischen den abgestellten Autos entlang. Ein paar Chrysler, ein Minivan mit eingedrücktem Kühler, eine Sammlung japanischer Wagen, die feuerwehrrote Corvette. Vandalia tätschelte die Corvette im Vorbeigehen. »Drogen-Razzia«, bemerkte er. »Ich sitze mitten in der ersten Reihe, wenn diese Schönheit versteigert wird.«
Endlich gelangte er zu dem schmutzigsten Wagen in der gesamten Werkstatt. Das Kennzeichen war sauber gewischt worden, doch Winters brauchte es gar nicht anzusehen. Er kannte die Nummer auswendig. Dieses Kennzeichen hatte auf der Fahndungsliste jeder Polizeiwache in North und

South Carolina und drei weiteren Staaten gestanden. Er selbst hielt, wenn er mit dem Wagen unterwegs war, immer noch danach Ausschau.
Natürlich hatte er dieses Kennzeichen nie entdeckt. Kein Mensch hatte es je wieder gesehen. Offenbar hatte es lange, lange Zeit auf dem Grund des Lake Douglas gelegen. Winters stand da und starrte den Wagen an, bis Vandalia sich räusperte. »Ein Ford Tempo aus dem Jahre fünfundachtzig. Er steht Ihnen zur Verfügung, Detective. Gestern Morgen, gleich nachdem man ihn aus dem See gefischt hatte, hat Sevier County das Kennzeichen und die Seriennummer überprüft. Ist gestern Nachmittag hier reingekommen.«
»Haben Sie irgendetwas darin gefunden?«, hörte Winters sich fragen.
Vandalia zuckte mit den Schultern. »Eine Tonne Dreck. Den Rucksack eines kleinen Jungen.«
Winters' Kehle wurde eng. »Mutant Ninja Turtles?«, fragte er mit rauer Stimme.
»Ja.«
Winters zwang sich, den Kloß in seinem Hals zu schlucken, der ihn zu ersticken drohte. Er hatte Robbie diesen Rucksack zum siebten Geburtstag geschenkt. Robbie war so stolz darauf gewesen. Winters erinnerte sich daran, wie Robbie den Rucksack ganz besonnen und gründlich untersucht hatte. Wie er stramm gestanden hatte, als er ihn sich zum ersten Mal auf den Rücken schnallte. Wie er respektvoll »Danke, Pa« gesagt hatte, so, wie Jungen sich heutzutage nicht mehr benehmen. Sein Junge war etwas Besonderes gewesen. Seine Hände ballten sich zu Fäusten. »Was sonst noch?«

Vandalia scharrte verlegen mit den Füßen. »Detective, Sie dürften eigentlich nicht mal hier sein, bevor die erste ...«
Winters trat einen einzigen Schritt vor und bedachte Russell Vandalias dürren Körper in dem schmutzigen Overall mit einem strengen Blick. »Was sonst noch?«, stieß er zähneknirschend hervor.
Vandalia blieb ruhig stehen und rührte keinen Finger. Winters hasste ihn, hasste seine Angewohnheit, sich Zeit zu lassen, wie es ihm passte, unbeeindruckt von wichtigen Dingen, die um ihn herum vorgingen. Dann zuckte Vandalia wieder mit den Schultern, drehte sich um und spuckte erneut in seine verdammte Kaffeebüchse. »Die Handtasche Ihrer Frau.«
»Ihre Brieftasche?«
»War noch drin. Und ihr Führerschein. Kein Bargeld, keine Kreditkarten.«
Sie hatte keine Kreditkarten besessen. Das hatte er ihr nie gestattet. Mehr als zwanzig Dollar auf einmal hatte er Mary Grace nicht anvertrauen können, geschweige denn eine Kreditkarte. Ihre Brieftasche war also noch da, wenn auch leer. Sie war beraubt worden. Ihm drehte sich der Magen um. Wegen zwanzig Dollar war sein Junge getötet worden.
»Was noch?«
»Ihre Gehhilfe auf dem Rücksitz. Überbrückungskabel im Kofferraum.« Er unterbrach sich, hob wieder die Schultern. »Eine Skulptur auf dem Boden, an der Fahrerseite.«
Winters sog scharf den Atem ein; seine Nackenhaare sträubten sich. »Was?« Die Werkstatt mit ihrem diversen Zubehör verschwamm im Hintergrund, während er den alten Mann, der starrsinnig schwieg, mit Blicken durchbohrte.

Winters trat noch einen Schritt vor und hielt die Hände tief in den Taschen vergraben, denn der Drang, Vandalia zu erwürgen, war beinahe unwiderstehlich. »Was sagen Sie da?«
»Eine Skulptur.« Vandalia behielt ihn achtsam im Auge. »Etwa zwanzig Zentimeter hoch. So eine billige Figur, wie man sie im Garten aufstellt. Solche Dinger hab ich für fünfzehn Dollar im Töpferladen gesehen. Ich bin nicht katholisch, kann Ihnen nicht genau sagen, wen sie darstellt. Vielleicht die Jungfrau Maria.«
»Wo ist sie?«, fragte Winters in bemüht ruhigem, unpersönlichem Ton. Er wollte den alten Mann nicht misstrauisch machen, aber diese Skulptur musste er sich unbedingt genauer ansehen. Er folgte der Richtung, in die Vandalia mit einem Ruck seiner Schulter deutete, als er sich einem Tisch neben dem Wagen zuwandte. Nicht fähig, seinen Augen zu trauen, kaum fähig, die mörderische Wut zu kontrollieren, die ihn anfiel wie eine wilde Bestie, näherte Winters sich dem Tisch.
Da war sie. Diese verdammte Skulptur. *Sie* hatte sie ihr geschenkt. Diese Scheiß-Schwesternhelferin, die es nicht lassen konnte, ihre Nase in die Angelegenheiten anderer Leute zu stecken. Die junge Göre, die ihn immer angesehen hatte, als wäre er Abschaum, eine Tümpelamöbe, die es nicht wert war zu leben. Die Mary Grace verzärtelt hatte, als wäre sie ein Opfer oder so was. Hah. Wenn Mary Grace jemals ein Opfer war, dann höchstens ein Opfer ihrer eigenen Dummheit und ihres Ungehorsams. Dafür war diese in Stein gemeißelte Skulptur höchstens der Beweis.
Fassungslos starrte Winters auf die rissige Oberfläche der

Skulptur und erinnerte sich lebhaft an den Tag, als er das erbärmliche Weibsstück aus dem Krankenhaus geholt hatte. Die alte Oberschwester hatte behauptet, seine Frau müsse noch drei weitere Monate bleiben, vielleicht auch in irgendeine schicke Rehabilitationsklinik gebracht werden. Blödsinn. Mary Grace musste zu Hause sein. Drei Monate lang hatte sie in diesem Klinikbett gefaulenzt, während er ihre Aufgaben zu Hause übernehmen musste. Während er Robbie sauber und satt halten musste. Er war es leid gewesen, Essen von dem Chinamann unten an der Straße kommen zu lassen, hatte die Makkaroni mit Käse von Herzen satt, die Robbie jedes Mal auf den Tisch brachte, wenn er mit Kochen dran war. Er hatte es satt, seine Sachen zum Waschen in die Reinigung an der Ecke zu schleppen. Hatte es satt mit anzusehen, wie nachlässig Robbie ausfegte und die Betten machte. Satt, zuschauen zu müssen, wie sein Junge Weiberarbeit erledigen musste.

Sie war in der Lage gewesen, sich zu bewegen. Genug, um ihre Pflichten zu erledigen. Mary Grace hatte gefälligst nach Hause zu kommen, wohin sie gehörte.

Also hatte er seine Frau nach Hause geholt. Sie hatte diese Skulptur behalten wollen und tatsächlich geglaubt, er würde ihr gestatten, sie zu behalten, als Erinnerung an diese neugierige Schwester, die Ehen zerstörte und ihn behandelte wie ein Ungeheuer. Das hässliche katholische Götzenbild hatte so lange auf dem Nachttisch neben ihrem Krankenbett gestanden, dass es einen Abdruck in dem Staub zurückließ, den die schlampigen Schwestern nie abgewischt hatten. Das Krankenhaus war sowieso ein Schweinestall gewesen.

Kaum hatte sie sich mit ihrer Gehhilfe durch die Haustür ge-

schleppt, riss er Robbie ihre Tasche aus der Hand und hielt ihr die Skulptur vor die Nase. Er befahl ihr, alles zu vergessen, was sie im Krankenhaus gehört hatte. Sie war zu Hause. In seinem Haus, wo er die Befehlsgewalt hatte. Wo er, nicht etwa irgendein scheinheiliger Arzt oder eine mildtätige Schwester, die Entscheidungen traf. Er hatte zwar ein bisschen Widerstand erwartet, doch sie hatte ihn überrascht, als ihre Augen vor Hass sprühten, so lebhaft und unerwartet, dass er im ersten Moment verdutzt war. Doch mit einem Schlag hatte er ihr die Aufmüpfigkeit aus dem Gesicht gewischt, und als sie sich schließlich wieder aufgerappelt hatte, lag die Skulptur längst in Scherben auf dem Küchenboden. Er hatte Robbie befohlen, den Boden aufzufegen, und Robbie hatte gehorsam die Scherben aufgesammelt und in den Küchenabfall geworfen. Und das war es dann gewesen. Er hatte das scheußliche Ding nie wieder ansehen müssen.
Bis heute. Die Risse in der Keramik waren breit, die Kanten angeschlagen. Die Skulptur war wieder zusammengesetzt und geklebt worden. Er kniff die Augen zusammen. Sie hatte sie *behalten*. Mary Grace hatte sie gegen seinen strengen Befehl heimlich behalten. Und jetzt lag sie da, neben Robbies Rucksack und den anderen Dingen, die Russell Vandalia in dem Wagen gefunden hatte.
Er verspürte eine Woge kalter, reinigender Wut. Das konnte nur eines bedeuten. Sie und Robbie waren nicht entführt worden, wie er all die Jahre hindurch befürchtet hatte. Das hinterhältige, intrigante, verlogene Miststück. Sie hatte es *geplant*. Mary Grace war aus eigenem Antrieb weggelaufen. Hatte ihm absichtlich seinen Jungen weggenommen. Doch wie war der Wagen dann im Lake Douglas gelandet? Warum hatte

sie die Skulptur und ihre Handtasche nicht mitgenommen? Wo war sie? Wovon hatte sie gelebt? Seinen Sohn ernährt? Sie war ein Krüppel, ein Schwächling. Sie war keiner nennenswerten körperlichen Anstrengung gewachsen. Sie würde niemals in der Lage sein, einen Job, und sei er noch so simpel, zu behalten. Und ganz sicher war sie nicht klug genug, um etwas Besseres als eine Putzstelle zu finden.

Sie würde Unterstützung brauchen. Staatliche Unterstützung. *Sozialhilfe*. Der Gedanke, dass sein Sohn Sozialhilfeempfänger sein könnte, verursachte ihm Übelkeit. Aber sie konnte nur zum Sozialamt gegangen sein, sonst hätten sie verhungern müssen. Um Sozialhilfe zu bekommen, hätte sie allerdings ihren Ausweis, ihre Versicherungskarte oder wenigstens ihren Führerschein benötigt. Irgendein Papier, mit dem sie sich ausweisen konnte. Warum hatte sie dann ihre Papiere im Auto zurückgelassen? Es sei denn …

Ein Gedankenblitz schoss ihm durch den Kopf.

Unglaublich.

Unmöglich.

Es sei denn, sie hatte ihr Verschwinden geplant. Hatte geplant, eine andere Identität anzunehmen.

Der Gedanke raubte ihm die Fassung und ließ ihn nicht mehr los. Mary Grace war zu dumm, um solch einen Plan auszuklügeln und in die Tat umzusetzen. Sie war noch nicht einmal kräftig genug, um einen Wäschekorb weiter als zwei Meter zu tragen. Allein hätte sie so etwas nie im Leben bewerkstelligen können. Also musste sie Hilfe gehabt haben. Das wäre die einzige Erklärung für ihr spurloses Verschwinden. Die Wut ebbte ab, als ein winziges Fünkchen aufglomm und zum Leben erwachte.

Hoffnung. Falls Mary Grace tatsächlich weggelaufen war, hatte sie den Jungen mit sich genommen. Ohne den Jungen wäre sie niemals gegangen.

Sein Sohn war noch da. Irgendwo da draußen.

Er würde ihn finden. Und er würde ihn nach Hause holen.

Und dann möge Gott Mary Grace beistehen, denn wenn er, Rob Winters, mit ihr fertig war, konnte nur noch Gott ihr helfen.

Er würde sie finden. Wo auch immer, *wer* auch immer sie sein mochte. Und dann, verdammt noch mal, würde er zu Ende führen, was er schon vor Jahren hätte beenden sollen.

4

Chicago
Montag, 5. März, 18:00 Uhr

»Na, wie war's?«, fragte Dana.
Caroline warf ihr einen Blick über die Schulter zu, während sie ihren Mantel an die Garderobe hängte. Dana lag ausgestreckt auf der Karikatur eines Sofas, das Caroline eines Tages unbedingt gegen ein besseres austauschen wollte. Tom lungerte zu ihren Füßen auf dem Teppich herum und teilte sich eine rasch leer werdende Schüssel Popcorn mit Dana.
Wie war's? Bis halb drei war alles ... himmlisch gewesen. Und um halb drei, nachdem Monika Shaw Max Hunter zu Gesicht bekommen hatte? Nun, danach war alles blitzschnell den Bach runtergegangen.
Sie war gekränkt. Tief gedemütigt. Und sie wollte nicht darüber reden.
»Du bist immer noch hier?« Caroline kniff misstrauisch die Augen zusammen. »Bist du krank? Hast du dir die Streptokokken von dem kleinen Jungen eingefangen?«
»Nein, Mami. Ich bin nicht krank. Siehst du?« Dana streckte die Zunge heraus. »Aaaah.«

Caroline verdrehte die Augen zur Zimmerdecke. »Zum Kotzen, Dana. Schluck nächstes Mal bitte erst das Popcorn runter.«
Tom lachte leise und hob ohne aufzusehen die Hand, um sich Fünfe geben zu lassen. »Klasse, Dana.«
»Finde ich auch.« Dana ließ ihre Hand gegen Toms klatschen. »Nein, ich bin nicht ›immer noch‹ hier. Ich habe von deinem Breichen gegessen, auf deinem Stühlchen gesessen, in deinem Bettchen geschlafen und dann deine Dusche und deine Zahnbürste benutzt, bevor ich ins Rathaus gegangen bin und um weitere finanzielle Unterstützung gebeten habe. Danach bin ich hierher gekommen, um dir bedingungslos zur Seite zu stehen, für den Fall, dass dein neuer Boss unerträglich ist. Und – wie ist er?«
Mit bösem Blick ging Caroline in Richtung Küche am Sofa vorüber. Dem Geruch nach zu urteilen, hatte Tom eine Tiefkühlpizza in den Herd geschoben. »Du hast meine *Zahnbürste* benutzt? Tom, zeig mir bitte deine Matheaufgaben. Wenn du nicht wenigstens eine Zwei hast, kannst du deinen Campingausflug vergessen, junger Mann.«
»Ich hab 'ne Zwei plus, Mom«, antwortete Tom ruhig, und jegliches Lachen war aus seiner Stimme gewichen.
»Na, schön. Da bin ich aber froh.« Sie hob die Nase und schnupperte erneut. »Hast du die Pizza aus der Plastikfolie genommen, bevor du sie in den Herd geschoben hast?«
Tom verzog das Gesicht und sprang geschmeidig auf, was in seltsamem Widerspruch zu seiner schlaksigen Körpergröße stand. »Äh, ich glaube schon. Ich schau mal nach.«
»Tu das.« Caroline schüttelte den Kopf und schob Toms Schulbücher heftiger als nötig auf die andere Seite des Tee-

wagens. »Und könntest du danach diese Bücher in dein Zimmer bringen?«
Tom sah sie forschend an. »Klar, Mom. Was ist los?«
Caroline setzte sich an den Tisch. Sie war müde und verärgert. Und verletzt. Etwa auch eifersüchtig? Ja, das auch, gestand sie sich ein, was sie noch mehr verärgerte. »Nichts.«
»Oha.«
Sie wandte den Kopf zur Seite und durchbohrte ihn mit ihrem Blick. »Was soll das heißen?«
»Oha, nichts weiter.« Tom grinste auf seine liebenswerte Art und schloss die Herdklappe. »Was da so verbrannt gerochen hat, war nur ein Stück Käse, das heruntergerutscht war. Keine Plastikfolie.«
Sein Grinsen löschte den letzten Rest ihres Ärgers, der den Nachmittag über in ihr gebrodelt hatte. Dafür meldete sich leise ein schlechtes Gewissen. Sie hasste es, wenn sie Tom anschnauzte. Er war ein lieber Junge. »Schön. Was meintest du mit ›oha‹?«
Tom seufzte und sah Dana hilfesuchend an. Als er erkannte, dass von ihrer Seite nichts zu erwarten war, straffte er die Schultern, bereit, seiner Mutter wie ein Mann entgegenzutreten. »Wenn du so sauer nach Hause kommst, meine Bücher aus dem Weg schiebst, nicht fragst: ›Wie war dein Tag, Schatzi?‹« – mit singendem Tonfall ahmte er ziemlich erfolgreich Carolines Dialekt nach – »und wenn ich frage, was los ist, und du ›Nichts‹ antwortest«, – er stieß das Wort mürrisch zwischen zusammengebissenen Zähnen hervor und zuckte mit den Schultern – »dann ist das ein schlimmes Zeichen. Entweder ist wirklich etwas Beunruhigendes passiert, woraufhin ich anfange, mir Sorgen zu machen, oder es ist« – er räusperte

sich verhalten – »Zeit, zum Laden an der Ecke zu rennen und eine Riesentafel billige Schokolade zu kaufen.«

Dana lachte und schwang ihre langen Beine vom Sofa. »Er hat dich bis auf die Seele durchschaut, Caro.« Ihre Augen blitzten. »Schatzi.«

Carolines Lippen zuckten, dann fing sie laut an zu prusten, das erste Mal seit halb drei an diesem Nachmittag, als die Shaw-Zicke hereingerauscht kam, um Max Hunter kennen zu lernen. »Ihr beide könnt froh sein, dass ich euch so lieb habe.«

Tom stieß einen übertrieben dramatischen Seufzer der Erleichterung aus. »Dann brauche ich keine zwei-Pfund-Tüte M&Ms zu kaufen? Bald ist Ostern – es gibt bestimmt schon die schönen bunten mit Mandeln.«

»Treib's nicht zu weit, junger Mann.« Caroline drohte ihm mit dem Finger. »Komm her.« Er gehorchte und nahm sie fest in die Arme.

»Alles wieder gut?«, fragte er leise, und Besorgnis kam hinter seinem nassforschen Verhalten zum Vorschein.

»Alles bestens. Wann ist die Pizza fertig?«

»In einer Viertelstunde.« Für sein Alter erstaunlich scharfsinnig, nickte er verständnisvoll. »Ja, ich bringe jetzt meine Bücher in mein Zimmer, damit du Dana erzählen kannst, warum du so sauer bist.«

Dana versetzte ihm einen spielerischen Boxhieb gegen die Schulter. »Und komm erst wieder her, wenn ich den Gong zum Abendessen schlage.«

»Wir haben keinen Gong.«

Dana hob die Schultern. »Geh schon.« Sie blickte ihm lächelnd nach, dann setzte sie sich in den Sessel neben Caroline.

»Um eines klarzustellen: Ich habe deine Zahnbürste nicht benutzt. Ich habe mir eine neue aus deinem Schrank geklaut.«
Sie verschränkte die Arme auf dem Tisch. »Also, wie war dein Tag, Schatzi?«
Caroline verdrehte die Augen. »Prima.«
»Und? Ist er ein fünfhundert Jahre alter mürrischer Griesgram?«
Caroline funkelte sie böse an. »Nein.«
»Schön«, erwiderte Dana. »Fünfundneunzig und nimmt zu den unpassendsten Gelegenheiten sein Gebiss raus?«
Caroline kniff die zuckenden Lippen zusammen. »Nein.« Sie zog an ihrem Haargummi und löste den Zopf mit bedächtigen Bewegungen auf. »Er ist ...« Sie schüttelte den Kopf und genoss das Gefühl, ihr Haar offen zu tragen. »Er ist unbeschreiblich.«
»Ein Axtmörder?«
»Nein!«
»Dann sag's mir, um Himmels willen! Ich sitze hier wie auf heißen Kohlen.«
Caroline verdrehte die Augen zur Zimmerdecke. »Erinnerst du dich noch an diese Diät-Cola-Werbung?«
Dana ließ sich verdutzt in ihren Sessel zurücksinken. »Unmöglich.«
»Doch möglich. Dr. Maximillian Alexander Hunter ist eine Mischung aus diesem Diät-Cola-Typen und Jack Lord aus *Hawaii Fünf-0*.«
»Uh, den fand ich immer schon so sexy, wenn ihm das Haar in die Stirn fiel und er in seinem schwarzen Anzug nie ins Schwitzen geriet, obwohl in Hawaii mindestens vierhundert Grad im Schatten herrschen. Das beweist, dass er ein richti-

ger Mann ist. Also, wenn dein neuer Boss so ein Augenschmaus ist, warum ziehst du dann so ein langes Gesicht?«
Caroline kniff bockig die Augen zusammen. »Ich weiß nicht.«
Dana zog eine mitfühlende kleine Schnute, die von dem Lachen in ihren Augen jedoch Lügen gestraft wurde. »Arme, arme Caroline. Er lässt wohl dein Herzchen schneller schlagen, was?«
Caroline schüttelte den Kopf. »Wenn es nur so wäre.«
»Also klopft es wie ein Vorschlaghammer? Oh je.« Sie pfiff durch die Zähne, als Caroline nickte. »Klar, dass dir das zu schaffen macht.«
»Wieso?«
Dana tippte sich mit dem Finger ans Kinn. »Mal sehen. Caroline Stewart, die es, solange ich sie kenne, erfolgreich vermieden hat, sich mit einem Herrn einzulassen. Plötzlich sieht sie sich Auge in Auge mit dem personifizierten Sexappeal. Möchte wetten, du hast ihm auch gefallen. Das macht alles nur noch schlimmer.«
Caroline lehnte sich im Sessel zurück und verschränkte die Arme vor der Brust. »Es stimmt nicht, dass ich Männer meide«, widersprach sie.
»Ja, du und die Senioren aus dem Rotary Club. Wade? Eli? Dr. Lee? Die zählen nicht, Caro. Die sind ungefährlich. Vaterfiguren. Zu alt, um eine Bedrohung darzustellen. Vom ersten Tag an hast du dich mit ungefährlichen Männern umgeben. Was dir natürlich niemand zum Vorwurf macht.«
»Natürlich«, sagte Caroline leise.
»Und jetzt bricht ein ausgesprochen scharfer Typ in dein sicheres kleines Leben ein. Dein Herzchen pocht …«
»Es hämmert«, berichtigte Caroline düster. Es hämmerte

auch jetzt, allein bei der Erinnerung an seine Blicke, als er sie von oben bis unten gemustert hatte. An die Art, wie ihr Körper reagiert hatte.
»In Ordnung. *Es hämmert.* Und nun gerätst du in Versuchung. Du willst aber nicht in Versuchung geraten, weil du Angst hast. Caroline, das ist einfach dumm, weißt du. Nicht alle Männer sind schlecht.«
Wenn es doch nur so einfach wäre. »Hat dir schon mal jemand gesagt, dass du nervst, wenn du dich einmischst?«
»Ja, du, und zwar täglich. In diesem Punkt habe ich Recht. Ist er nett?«
Caroline nickte verdrossen.
»Bist du ihm aufgefallen?«
Caroline hob die Schultern. »Er hat mich angesehen.«
Dana lehnte sich zurück, ihre braunen Augen blitzten sie interessiert an. »Wie?«
Caroline schloss die Augen. *Als wäre ich die einzige Frau auf der ganzen Welt*, dachte sie. *Als wäre ich ... begehrenswert. Hübsch. Du, die kleine Miss Naiv. Als könntest* du *einem Mann wie Max Hunter gefallen. Ganz bestimmt.*
Dana pfiff erneut. »Wow. Bist du auch so rot geworden, als er dich angesehen hat?«
Caroline spürte, wie sich ihr Magen hob. »Wahrscheinlich.«
»Was ist denn dagegen einzuwenden?«
Caroline schluckte. Unter gar keinen Umständen würde sie zulassen, dass Maximillian Hunter Unruhe in ihr Leben brachte. Das durfte niemals geschehen.
»Und was ist dann passiert?«, fragte Dana verständnisvoll.
»Shaw.«
»Also wirklich, Caro.«

»Nein, im Ernst. Du hättest sie sehen sollen, Caro. Sie kam ins Büro und verlangte, ihn vor dem festgelegten Termin zu sehen. Er saß noch mit Wade zusammen. Also klopfe ich an, um nachzufragen, ob sein Gespräch mit Wade bald beendet ist, und sie drängt sich einfach an mir vorbei, ganz die Königin. Schickt mich weg, als wäre ich die Hausdienerin. Und sieht Max an.«
»Mit dem bösen Blick?« Dana beugte sich vor, die Ellbogen auf den Tisch, das Kinn auf eine Faust gestützt.
»Nein, mit dem sexy-einladenden Blick.« Caroline führte ihn vor und sank dann in ihrem Sessel zusammen. Es war so erniedrigend gewesen. Ihr Herzschlag hatte sich nach der Begegnung in seinem Büro noch nicht wieder beruhigt, als Monika hereinkam und ihr deutlich vor Augen führte, was Männer wirklich wollen. Ein Blick auf Max Hunter, und der Jagdtrieb war in Monika erwacht. Sie hatte ihr platinblondes Haar geschüttelt und die Schultern in ihrem engen Seidenkostüm gestrafft, sodass sich ihr Busen in voller Pracht Max' Blicken darbot. Und wie immer, wenn sie mit Monika Shaws natürlicher Eleganz konfrontiert war, sank Carolines Selbstwertgefühl auf den Nullpunkt.
Dana verzog das Gesicht. »Oh nein.«
»Oh doch.«
»Und hat dein Dr. Hunter den Köder geschluckt?«
»Wie hätte er das nicht tun sollen? Schließlich ist er auch nur ein Mann.« Das war die Untertreibung des Jahrhunderts. Max Hunter war der Inbegriff eines Mannes.
»Caroline, du bist nicht fair, weder ihm noch dir selbst gegenüber. Nicht alle Männer fallen auf ein hübsches Gesicht herein, und Monika ist nicht einmal besonders hübsch.«

»Sie ist umwerfend schön, Dana, und das weißt du auch.«
»Sie hat unreine Haut und kaschiert das mit Abdeckcreme zu fünfzig Dollar die Flasche.«
Caroline lächelte, dankbar für Danas Loyalität, so schräg ihre Methode auch sein mochte. Sie brachte die gesamte Situation wieder ins Lot. »Ist ja sowieso egal.«
Diesmal kniff Dana die Augen zusammen. »Wieso, zum Kuckuck?«
»Weil ich für keinen Mann verfügbar bin. Nicht jetzt und nie wieder.« Das entsprach der Wahrheit. Es musste so sein.
»Caroline ...«
Caroline hob eine Hand, um Dana zum Schweigen zu bringen, während sie sich mit der anderen die Stirn rieb, da sich bereits Kopfschmerzen ankündigten. »Wir haben schon oft genug darüber gesprochen. Es wäre nicht rechtens, eine Beziehung mit einem Mann einzugehen, obwohl ich nicht frei bin. Bigamie verstößt immer noch gegen das Gesetz.«
Dana schürzte die Lippen. »Seine Frau halb tot zu schlagen verstößt auch gegen das Gesetz.«
»Das gibt mir trotzdem nicht ...«
»Das Recht«, beendete Dana gereizt ihren Satz. »Muss ich dich erst schütteln, damit du auf die Stimme der Vernunft hörst? Wenn sich ein Mann für dich interessiert, heißt das doch nicht gleich, dass du ihn heiraten musst. Verabrede dich mit ihm, amüsier dich. Ein bisschen Knutschen. Ein bisschen Petting. Ein bisschen Sex ist auch nicht übel. Himmel, Caroline ...«
Caroline schlug mit der flachen Hand auf den Tisch und unterbrach Dana mitten in ihrer Argumentation. Unterbrach die Bilder vor ihrem inneren Auge, die die Worte »ein biss-

chen Sex« in ihr auslösten. Mit einem Mann wie Max Hunter hatte man nicht einfach nur »ein bisschen Sex«. »Schluss damit. Ich werde nicht in Monikas Revier oder das irgendeiner anderen eindringen. Ich habe kein Interesse an Max Hunter.« Sie holte tief Luft, hielt den Atem an und stieß ihn wieder aus. »In der Mittagspause habe ich in Hanover House nach dem Rechten gesehen. Es freut dich sicher zu hören, dass Codys Fieber seit heute Morgen, nachdem du fort warst, gesunken ist. Dr. Lee sagt, dass er bald wieder gesund ist. Was seine Mutter betrifft, bin ich mir allerdings nicht so sicher. Sie macht mir den Eindruck, als würde sie vielleicht doch wieder zu ihrem Mann zurückkehren wollen.«
Dana verschränkte kriegerisch die Arme vor der Brust und schob trotzig das Kinn vor. »Du weichst vom Thema ab, Caro. Und ob es dir gefällt oder nicht, es geht dich nichts an, ob sie bleibt oder zu ihrem Mann zurückgeht.«
Caroline furchte die Stirn. Über diesen Punkt stritten sie jedes Mal, wenn eine Frau den Schutz von Hanover House verließ, um zu ihrem Partner, der sie misshandelte, zurückzukehren. »Bleibst du zum Abendessen oder nicht?«
Dana seufzte und fuhr sich mit einer Hand durch das kurze Haar. »Klar. Ich bin verrückt nach Plastik-Pizza und habe außerdem nichts im Schrank.«
Caroline stand auf. »Dann mache ich uns einen Salat. Ich möchte wetten, dass du binnen einer Woche Skorbut hättest, wenn ich dich nicht dazu anhalten würde, Obst und Gemüse zu essen.«
»Caroline?«
Caroline drehte sich auf der Türschwelle ihrer kleinen Küche um. Wieder stieg Ärger in ihr hoch, als sie den wissenden,

selbstzufriedenen Blick ihrer besten Freundin auffing. Das war das Problem mit besten Freundinnen. Sie kannten einen entschieden zu gut. »Was?«
»Schwarz steht dir gut. Und vergiss nicht deinen Haaransatz nachzufärben, bevor du morgen zur Arbeit gehst.«

State Bureau of Investigation (SBI)
Raleigh, North Carolina
Montag, 5. März, 19:00 Uhr

Special Agent Steven Thatcher vom State Bureau of Investigation, der Ermittlungsbehörde von North Carolina, hatte höllische Kopfschmerzen. Es war ein anhaltender, bohrender Schmerz, und dieser Schmerz hieß Tante Helen.
Sie war die Schwester seiner Mutter und meinte es gut mit ihm. Wirklich. Und sie war nicht immer ein Kopfschmerz gewesen. Im Grunde war sie seine Lieblingstante, und er mochte sie von Herzen gern. Als er noch ein rothaariger, sommersprossiger Junge von acht Jahren gewesen war, war sie mit ihm angeln gegangen. Verdammt, die Frau konnte auswerfen wie ein Profi. Zwar scheute sie davor zurück, ihren eigenen Fang auszunehmen, doch das machte sie wieder wett, indem sie alles, was er ausnahm und säuberte, für ihn briet. Als er ein schlaksiger, rothaariger, pickliger und sommersprossiger Heranwachsender von dreizehn Jahren war, brachte sie ihm das Tanzen bei und zeigte ihm, wie man Blumensträußchen am Kleid eines

Mädchens anbrachte, ohne es zu akupunktieren oder sich eine Ohrfeige einzuhandeln. Als er mit achtzehn Jahren ein unbeholfener, nervöser Bräutigam und werdender Vater war, band sie ihm die Krawatte und versicherte ihm, dass er das Richtige tat. Jeden seiner drei Jungen hatte sie bemuttert, allen dreien hatte sie oft genug die Windeln gewechselt.

Und sie hatte seine Hand gehalten, als er mit dreiunddreißig Jahren seine Frau zu Grabe trug. Das lag jetzt drei Jahre zurück. Noch bevor die Tränen der Jungen getrocknet waren, war Tante Helen zu ihnen ins Haus gezogen und versorgte sie. Sie versorgte sie alle immer noch. Kochte und putzte. Achtete darauf, dass die Socken der Jungen strahlend weiß waren, und darauf, dass er, Steven, keine Paisley-Krawatte zum Jackett mit Fischgrätmuster trug. Sang Schlaflieder für seinen jüngsten Sohn und brachte ihn mit einem Gute-Nacht-Kuss und einer Geschichte über ferne Länder und Drachen zu Bett. Mit seinem mittleren Sohn ging sie angeln, und seinem Ältesten brachte sie das Tanzen bei und wie man Blumensträußchen an Mädchenkleider heftete.

Ja, sie war seine Lieblingstante, und er liebte sie heiß und innig.

Trotzdem war sie der Grund für den bohrenden Schmerz hinter seinen Augen.

Denn jetzt, mit sechsunddreißig Jahren, mit dem zu Erdbeerblond, wie seine Tante es nannte, gezähmten roten Haar, den verblichenen Sommersprossen und dem nackten Ringfinger, war er ein heiratsfähiger Mann, und seine Kinder brauchten eine Mutter. Er musste es wissen, denn Tante Helen sagte ihm das täglich. Auch in diesem

Augenblick. Und sie kannte genau das richtige Mädchen …
Er verdrehte die Augen. Sie hatte immer genau das richtige Mädchen für ihn gekannt.
Er lehnte sich auf seinem Stuhl zurück und rieb sich die Augen. Es war sinnlos. Die Kopfschmerzen wollten einfach nicht aufhören. Helen war genauso ausdauernd wie dieses verdammte batteriebetriebene, rosa Kaninchen. Und die Tatsache, dass das, was sie sich am dringendsten wünschte, identisch war mit dem, was er um jeden Preis zu vermeiden gelobt hatte … Nun ja, das war eben ein weiterer Fallstrick in der Wirrnis seines Lebens. Steven legte den Telefonhörer an das andere Ohr und griff nach der Akte, in der er gelesen hatte, als ihr Anruf ihn erreicht hatte. »Nein, Helen. NEIN. Ich will nicht mit der Cousine der Nichte deiner Freundin ausgehen. Es ist mir egal, ob sie mit siebzehn Schönheitskönigin in ihrer Heimatstadt war. Es ist mir egal, selbst wenn sie so lieb ist, dass Mutter Teresa dagegen ein Tyrann ist. Die Antwort ist und bleibt nein.«
»Sie hat ein eigenes Angelboot«, lockte Helen. »Mit Tiefenmesser. Und GPS.«
Steven richtete sich in seinem Stuhl auf. »Tatsächlich?« Seine Augen wurden schmal. »Du lügst mich doch nicht etwa an, Helen?« Die Sache mochte vielleicht doch ihr Gutes haben. Wenn er Helen den Gefallen tat, würde sie ihn ein paar Monate lang in Ruhe lassen, und er hätte seine wohlverdiente Erholung.
»Zweihundert PS.«
Steven nagte an seiner Unterlippe. Er hasste Helens Versuche, ihn zu verkuppeln. Aber, zum Teufel, diese Frau hatte ein Boot mit einem Zweihundert-PS-Motor, einem Tiefen-

messer *und* GPS. Gar so übel konnte sie demnach nicht sein. Eines, vielleicht auch zwei Treffen mit der Schönheitskönigin, und Helen würde, wenn er gute Karten hatte, ihre Heiratsvermittlung vielleicht sogar bis zum Herbst aussetzen.
»Also gut. Gib mir ihre Telefonnummer.«
»Wusste ich's doch, dass das Boot dich überzeugen würde«, sagte Helen, offenbar sehr zufrieden mit ihrem Sieg. »Es ist leicht, dich an die Frau zu bringen, Steve.«
»Ich weiß. Die Nummer bitte.« Mit einem inneren Seufzer notierte er die Nummer auf seiner Schreibunterlage. »Ich versuche morgen, sie zu erreichen.«
»Warum nicht gleich heute Abend?«
»Dräng mich nicht, Helen.« Steven massierte sich den Nacken. »Ich muss noch ein paar Anrufe beantworten, warte daher nicht mit dem Essen auf mich, aber sag Nicky, dass ich rechtzeitig nach Hause komme, um ihn ins Bett zu bringen.«
Er erledigte vier von den sechs geplanten Anrufen und hakte sie auf seiner Liste ab. Noch zwei weitere, dann durfte er nach Hause gehen, zu seinem aufgewärmten Abendessen und hoffentlich einem kalten Bier. Und zu seinen Jungen. Auf jeden Fall zu seinen Jungen.
»Steven?«
Steven hob den Blick und sah seinen Chef mit einer Akte unter dem Arm am Türpfosten lehnen, das sonst so joviale Gesicht wirkte besorgt. Steven legte den Telefonhörer zurück auf die Gabel. »Was gibt's?«
»Aus Asheville ist ein neuer Fall reingekommen.« Special Agent Lennie Farrell legte die Aktenmappe genau in die Mitte von Stevens Schreibunterlage. Farrell hatte eine Krämerseele,

sehr zum Leidwesen seiner Untergebenen. Doch er war ein guter Mann und ein guter Chef, den Steven respektierte. »Du musst morgen hinfahren und die Lage sondieren.« Steven schlug die Akte auf und überflog die ersten paar Seiten. »Ich erinnere mich schwach an diesen Fall. Frau und Sohn eines Polizisten vermisst, wann war das? Vor sieben Jahren? Wie bist du so schnell an diese Akte gekommen? Den Wagen haben sie doch erst gestern Morgen aus dem See geborgen.« Er blickte zu Farrell auf. »Warum befasst sich die Dienststelle in Asheville nicht damit? Der Fall unterliegt ihrer Zuständigkeit. Was ist los, Lennie?«

Farrell zuckte mit den Schultern. »Ich bekam heute Mittag einen Anruf vom Leitenden Direktor der Dienststelle in Asheville. Vor sieben Jahren arbeitete er im Büro des Staatsanwalts und war damals der Meinung, der Ehemann sei der Täter gewesen, aber es gab nicht genug Beweise für eine Anklage. Er hat Angst, dass die Sache jetzt wieder unter den Teppich gekehrt wird. Offensichtlich haben in der Dienststelle von Asheville genug Leute etwas mit diesem Ehemann zu tun, weshalb er einen Interessenkonflikt innerhalb der Behörde befürchtet.« Farrell zögerte, bevor er weitersprach. »Mich hat außerdem ein Kollege angerufen, der damals ermittelt hat und der jetzt im Ruhestand ist. Wir kennen uns schon lange. Er ist ebenfalls der Meinung, dass der Ehemann der Täter war, und auch er will, dass die Ehefrau und der Junge dieses Mal zu ihrem Recht kommen.«

Steven sah Farrell lange an. »Hat dieser Ermittlungsbeamte zuerst dich oder die Dienststelle in Asheville angerufen?«

Farrell fühlte sich sichtlich unbehaglich. »Zuerst mich. Ich habe ihm geraten, den üblichen Weg zu gehen und die

Behörde anzurufen, damit die Ermittlungen eingeleitet werden können. Das hat er getan, und Asheville hat darum gebeten, uns einzuschalten.«

Steven warf einen Blick auf die Akte und sah dann wieder zu Farrell auf. »Dein Vater ist Polizist im Ruhestand und hat früher in Asheville gearbeitet, nicht wahr?«

Farrell machte eine Kopfbewegung, die Steven als Nicken auslegte. Das reichte. Steven massierte sich die Schläfen; die Kopfschmerzen wurden schlimmer. Fälle wie diesen hatte er bereits bearbeitet, und das Ergebnis war selten erfreulich gewesen. Das SBI wurde von lokalen Polizeiämtern selten mit offenen Armen empfangen. Gewöhnlich betrachtete mindestens einer der einheimischen Polizisten die Ermittler des SBI als Eindringlinge in ihr Revier. Allerdings waren diese Special Agents für die Ermittlung in Sonderfällen, die glücklicherweise in den Kleinstädten North Carolinas nicht an der Tagesordnung waren, besser gerüstet. Trotzdem würde man seine Anwesenheit bei der örtlichen Polizei wahrscheinlich als Einmischung betrachten. »Wissen die Jungs dort, dass ich mich in ihre Ermittlungen einschalten soll?«

Farrell nickte. »Die Dienststellenleiterin von Asheville hat heute Morgen angerufen.« Er warf einen Blick auf seinen Notizblock. »Sie heißt Lieutenant Antoinette Ross. Genannt Toni. Genießt hohes Ansehen in der Behörde von Asheville. Sie hat das SBI um Unterstützung gebeten, also kannst du zumindest mit Kooperation in den höheren Rängen rechnen.«

Steven grinste. »Bevor oder nachdem dein Vater mit ihr geredet hat?«

Mit einem leisen Lächeln schüttelte Farrell den Kopf. »Die Frage wirst du ihr selbst stellen müssen.«

Steven warf noch einen Blick in die Akte. Sie enthielt wenig Informationen. »Es wurden keine Leichen gefunden?«
»Nein.« Farrell hockte sich auf die Schreibtischkante. »Und es gab keinerlei Hinweise auf ein Verbrechen, als die Ehefrau und der Junge vor sieben Jahren verschwunden sind.«
Steven sah mit Sorge Farrells bekümmertes Gesicht. »Und jetzt?«
Farrell zuckte die Schultern. »Das sollst du herausfinden.«
Steven schlug die Akte zu. »Ich mache mich gleich morgen früh auf den Weg.« Er gestattete sich ein letztes Grinsen. »Ja, und ich bestelle deinem Vater Grüße von dir, wenn ich mit ihm rede.«
Farrell stand auf und ging zur Tür. »Lass dir von meiner Mama unbedingt ihren Süßkartoffelauflauf aufdrängen. Der ist unübertroffen.«

Chicago
Montag, 5. März, 21:00 Uhr

Max saß entspannt hinter dem Steuer seines Wagens und war angenehm erschöpft von seinem ersten Tag am Carrington College. Die Fahrt zu seinem Haus erschien ihm auf angenehme Weise vertraut. Es fiel ihm immer noch schwer, das Haus als seines zu betrachten. Schließlich hatte es Großmutter Hunter schon gehört, bevor er und seine Geschwister geboren waren. In leicht hügeliger, ländlicher Gegend westlich von Chicago gelegen, war es alt, zugig und … einfach wunderbar. Er lächelte, als er auf die Zufahrtstraße einbog. Als Junge war er auf die Bäume geklettert, war mit David und Peter diesen Weg entlanggerannt, dicht gefolgt von Catherine, während Elizabeth weinte, weil sie sie wieder einmal zurückgelassen hatten. Seine Familie hatte ihm gefehlt. Wie sehr sie ihm gefehlt hatte, war ihm erst bewusst geworden, als Cathy anrief und ihn bat, nach Hause zu kommen. Ihr Ältester wollte eine Stelle in Virginia annehmen, und dann würde das Haus wieder leer stehen. Der Anruf von Dekan Whitfield war wahrhaftig Vorsehung gewesen, genauso, wie er es Caroline Stewart gegenüber am Morgen geäußert hatte.

Nun, dachte er, *sie* war wirklich eine sehr angenehme Überraschung. Sämtliche Sekretärinnen seiner Kollegen waren graue Mäuse um die fünfzig, die alle etwas Omahaftes an sich hatten. Caroline war alles andere als das. Bei dem Gedanken an ihre hübschen Rundungen, an ihr Erröten, als sie merkte, dass er sie gemustert hatte, geriet er in Erregung. Sie war genau das, wonach er suchte. Schön und mitfühlend. Offenbar intelligent. Schade, dass sie ihren eigenen Wert vermutlich nicht so hoch schätzte, wie er es tat, denn sonst wäre es Monika Shaw niemals gelungen, das Leuchten in ihren Augen so schnell auszulöschen. Wut war in ihm hochgekocht, und er hatte sich sehr zusammenreißen müssen, um Monika Shaw nicht zum Teufel zu schicken. Wade Grayson, der ältliche Professor, hatte ihn vor der Frau gewarnt. Und er hatte Recht behalten. Als Monika Caroline mit einer lässigen Handbewegung fortgeschickt hatte, als sei sie eine Dienstbotin und sie die Königin, hatte das seinen Beschützerinstinkt geweckt. Das Bedürfnis, Caroline unter

seine Fittiche zu nehmen, war so stark gewesen, dass es ihn selbst überrascht hatte, auch jetzt, Stunden später, erstaunte ihn die Erinnerung an dieses Gefühl noch immer.
Noch größer war sein Erstaunen allerdings, als er in die Auffahrt einbog und feststellen musste, dass diese über die Hälfte ihrer gesamten Breite von einem Thunderbird eingenommen wurde.
»David«, murmelte er, und in seinem Inneren wallten Freude und Ärger auf. Er parkte seinen Wagen so weit links wie möglich und landete dabei teilweise auf dem schneebedeckten Gras. Vor kurzem hatte es zu tauen begonnen, und der Schnee verwandelte sich allmählich in matschige Pfützen. Max' Schuhe würden vollkommen durchnässt sein, noch bevor er das Haus erreicht hatte. Doch seine Freude überwog, denn David war gekommen, und er hatte Max gefehlt.
Die Tür war unverschlossen, und ein Brutzeln sowie der Duft von Pfannengerührtem stiegen ihm in Ohren und Nase. Er ließ seine Aktentasche auf den Holzfußboden im Eingangsbereich fallen und hängte seinen Mantel an einen der Haken auf, die Großvater Hunter vor sechzig Jahren in die Wand gehämmert hatte. Er war endlich nach Hause gekommen.
»David!«
»In der Küche!«
Max folgte seiner Nase und stand kurz darauf vor seinem Bruder, der mit theatralischer Geste verschiedene Gemüsesorten in einen großen Wok auf dem Gasherd warf. David blickte grinsend auf, und die Jahre schienen dahinzuschmelzen. »Wurde aber auch Zeit, dass du nach Hause kommst.« Er ließ den Wok stehen und nahm Max fest in die Arme. Se-

kunden verstrichen, während die Brüder einander in herzlicher Umarmung festhielten. Sie ähnelten sich in Größe und Körpergewicht und waren seinerzeit ein furchterregendes Paar gewesen, da sie trotz der zwei Jahre Altersunterschied überall zu zweit erschienen waren. Mit einem letzten kräftigen Schulterdrücken lockerte David als Erster die Umarmung und wandte sich wieder dem Wok zu.
Max blickte über Davids Schulter hinweg auf das brutzelnde Gemüse. »Wie lange bist du schon hier?«
»Seit Ma und ich vor drei Stunden mit deinen Einkäufen fertig waren.« David verdrehte die Augen, als ob er um Geduld betete, und Max lachte. »Deine Vorratsschränke sind nun offiziell gefüllt.«
»Besser, es trifft dich als mich.« Max' Herz wurde weich. »Sie hat sich sehr viel Mühe meinetwegen gemacht.«
»Sie ist froh, dich wieder zu Hause zu haben. Endlich.« David vollführte aus dem Handgelenk heraus einen kleinen Schwung, und das Gemüse machte einen gefährlichen Salto, um dann wieder sicher im Wok zu landen.
Max schaute sich gerührt um. Die Küche war grellbunt gestrichen und alt. Riesige Goldruten und Limonen prangten auf der Tapete, die Großmutter Hunter angeklebt hatte, als Max noch ein Junge gewesen war, und schon damals fand er das Muster genauso scheußlich wie heute. Doch sie gehörte genauso zu diesem Haus wie das Hufeisen über der Tür und der alte Tisch mit den Rohrstühlen. Ma bezeichnete die Möbel als Antiquitäten. Großmutter nannte sie einfach alt.
»Ich bin froh, zu Hause zu sein. Das riecht gut.«
David lachte. »Ich dachte, du hättest eine geschäftliche Verabredung zum Essen gehabt.«

»Das waren nur Appetithäppchen.« Zwar hatte er ein Steak gegessen, aber das lag schon Stunden zurück.

David servierte ihnen beiden mit großer Geste das Wokgericht und gesellte sich zu Max an den großen Tisch. »Setz dich, lass es dir schmecken. Während deiner Abwesenheit sind ein paar Anrufe eingegangen.«

Max' Rücken erstarrte vor der geflochtenen Lehne des Stuhls. »Wer?«

»Deine Maklerin in Denver. Du hast ein Angebot für deine Wohnung bekommen, ein gutes. Ich habe ihr gesagt, dass sie es annehmen soll.«

Max' Augen weiteten sich in erschrockener Fassungslosigkeit. »Du hast ihr *was* gesagt?«

David lachte leise. »Du bist immer noch leicht zu schockieren, Max. Ich habe ihr gesagt, dass ich ihre Nachricht weitergeben werde. Aber du solltest das Angebot wirklich annehmen; es ist prima.« Er hielt inne. »Und dann hat noch jemand namens Ed angerufen.«

»Und?« Ed war der einzige Freund, mit dem ihn während seiner Jahre in Denver etwas verbunden hatte.

David biss sich auf die Unterlippe und zögerte. »Er hat gesagt, die Hochzeit sei sauber über die Bühne gegangen.«

Max holte tief Atem und seufzte. »Nun, das war's dann wohl.«

David legte seine Gabel zur Seite und stützte das Kinn auf die Hand. »Max, was ist da passiert?«

Max musterte seinen Bruder verhalten, doch dann schmolz aller Widerstand dahin, als er den besorgten Ausdruck in den grauen Augen sah, die seinen so ähnlich waren. »Sie heißt Elise. Wir sind zwei Jahre lang miteinander ausgegangen. Ich habe ihr einen Heiratsantrag gemacht, den sie

angenommen hat, und dann, vor sechs Monaten, hat sie einen Rückzieher gemacht, weil sie, wie sie sagte, jemanden gefunden hatte, der besser zu ihr passt.« Es gelang ihm nicht, die Verbitterung aus seiner Stimme zu vertreiben. »Das war ihre Hochzeit, die sauber über die Bühne gegangen ist.«
David blickte kurz auf. »Das war eine knappe Schilderung.«
»Tja, das ist halt der Kern der Geschichte.«
David ließ seine Faust auf den Tisch niedersausen, was das Besteck zum Klirren brachte. »Willst du damit sagen, du warst verlobt und hast uns nie ein Wort von der Frau erzählt? Du hast sie nicht ein einziges Mal nach Hause gebracht, damit wir sie kennen lernen? Nicht einmal Ma? Zwei Jahre lang?« Seine Stimme hob sich mit jeder Frage, und bei der letzten brüllte er fast.
Max verzog das Gesicht. »So ähnlich.«
David schüttelte fassungslos den Kopf. »Warum nicht, zum Teufel?«
Warum nicht? »Ich weiß nicht. Vielleicht, weil ich wusste, dass ihr sie nicht mögen würdet.«
David zwang sich sichtlich zur Ruhe. »Und woher wolltest du das wissen?«
Max schob das Essen auf seinem Teller herum. Obwohl er noch vor einer Minute recht hungrig gewesen war, hatte er nun seinen Appetit verloren. »Ihr hättet sie nicht gemocht.« Er zuckte mit den Schultern und fühlte sich unter dem starren Blick seines Bruders äußerst unbehaglich. »Sie war nicht ... wie wir.«
»Wie war sie denn ... protestantisch?«
Max lachte in sich hinein; er hatte nicht mit Davids trockenem Humor gerechnet. »Nein, sie war nichts in der Art. Sie

war Agnostikerin. Aber darum ging's gar nicht. Elise war …
Verdammt, Dave, ganz gleich, wie ich es formuliere, es
klingt immer so, als würde ich mich für euch schämen, und
das trifft nicht zu.«
»Sag's einfach, und lass mich mein eigenes Urteil fällen.«
Max schob sich eine Gabel voll in den Mund und überdachte seine Antwort, während er kaute und schluckte. »Elise
kam aus der Schickeria. Sie war mondän und liebte dramatische Auftritte. Sie war Schauspielerin.«
»Nein! Sag, dass es nicht wahr ist!« David wich in gespieltem
Entsetzen zurück und bekreuzigte sich.
Max sah ihn finster an. »Du brauchst mich nicht zu verspotten. Ich gebe mir die größte Mühe.«
»Verzeihung.« David stand auf und holte zwei Flaschen Bier
aus dem Kühlschrank und einen Flaschenöffner aus der
Schublade. »Hier. Mein Friedensangebot.«
»Gut.« Max' Miene hatte sich nicht gebessert, als er die
Flasche entgegennahm.
»Also, wie hast du Miss Up-Town-Girl kennen gelernt?«
David dirigierte mit seiner Flasche und intonierte die Worte
zu der Melodie des gleichnamigen Songs von Billy Joel.
Trotz allem brachte David es fertig, dass Max sich weniger
unbehaglich fühlte. Diese Begabung hatte er schon immer
gehabt. »Sie hatte einen Part in der Neuinszenierung von
Shakespeares *Richard III.* übernommen und sich wegen ihrer
Recherchen dazu an mich gewandt. Ich weiß nicht, Dave.
Ich war fasziniert. Sie war ganz anders als alle Frauen, die ich
im Laufe der Jahre kennen gelernt hatte.«
»Inwiefern?«
»Sie war … unglaublich schön.«

»Du hast dir doch immer nur die schönsten ausgesucht, Max.«
»Das war vorher.«
Mit einem dumpfen Knall schlug die Flasche auf den Tisch auf. »Zum Teufel, das höre ich mir nicht noch einmal an. Du willst doch nicht etwa behaupten, dass sich in zwölf verdammten Jahren keine einzige attraktive Frau für dich interessiert hat?«
Max kniff die Augen zusammen. Jedenfalls keine, die lange genug bei ihm geblieben war, nachdem sie seine Narben gesehen hatte. »So ähnlich.«
»Verdammt noch mal, Max! Dieser Quatsch von wegen ›Ich bin nur noch ein halber Mann‹ war vor Jahren schon Blödsinn und ist es heute noch.«
»Nein, David, das ist kein Blödsinn.«
»Du brauchtest den Rollstuhl schon nicht mehr, bevor du nach Denver gezogen bist. Ich muss es schließlich wissen – ich habe jedes verdammte Jahr in Boston mit dir in einem Zimmer gewohnt, nur um dir in den Arsch zu treten, damit du zur Reha gehst.«
»Und dafür bin ich dir dankbar.« Max war mehr als dankbar. Er stand auf ewig in Davids Schuld, denn dieser hatte vier Jahre seiner Zeit als Twen dafür geopfert, ihn anzustacheln und zu drängen, bis seine Mobilität fast gänzlich wiederhergestellt war. David hatte er es zu verdanken, dass er auf seinen eigenen zwei Beinen laufen konnte. Wie sollte er das jemals wieder gutmachen?
David verschränkte die Arme vor der Brust. »Ich hasse es, wenn du diesen Ton anschlägst.«
Max zog eine Augenbraue hoch. »Welchen Ton?«, fragte er ruhig.

David murmelte etwas Unflätiges. »Eben diesen Ton. Mit dem du mir sagen willst: Rühr mich nicht an. Verstehst du denn überhaupt nichts? Ich will deine Scheiß-Dankbarkeit nicht, Max. Die habe ich nie gewollt.«
Nun verlor selbst Max allmählich die Geduld. »Was willst du dann?«
David schob seinen Stuhl zurück, stand auf und begann, die Küche aufzuräumen, auf der Suche nach irgendetwas, woran er seine Wut auslassen konnte. Einer von Großmutter Hunters Tellern zerschepperte, als er ihn gegen das alte Porzellanspülbecken stieß. »Ich will, dass du mit mir redest.« Er wandte sich seinem Bruder zu, und die Verzweiflung stand ihm deutlich ins Gesicht geschrieben. »Ich will meinen Bruder zurück.«
Das herzzerreißende Flehen in seiner Stimme bewirkte mehr, als Worte es je vermocht hätten. Max schloss die Augen, als seine heftigen Gefühle ihm die Kehle zuschnürten. »Ich bin zurück, Dave.«
»Dein Körper ist zurück, Max. Aber ich will *dich*.« Max war bestürzt, als er hörte, wie Davids Stimme brach. »Du hast mir gefehlt.« Er schluckte schwer, um die Tränen zu bekämpfen. »Ich liebe dich. Wir alle lieben dich. Komm nach Hause, Max.«
Max ließ die Schultern hängen und barg das Gesicht in den Händen. Wie hatte er die Menschen, die ihm die liebsten waren, dermaßen verletzen können? »Ich habe Elise nie davon erzählt.«
David kniete auf dem kalten Linoleumboden und zog Max die Hände vom Gesicht. »Du hast ihr nie von dem Unfall erzählt? Von deinem Rollstuhl? Warum zum Teufel nicht?«

Max' Lachen klang rau und erstickt. »Weil ich ein ... wie hast du mich noch immer genannt?«
»Ein in Selbstmitleid schwelgender Scheißkerl.«
»Ja. Genau das bin ich gewesen.«
»Deshalb konntest du mit ihr nicht zu uns nach Hause kommen, weil sie es sonst von einem von uns erfahren hätte?«
»So ähnlich.«
»Max.« Mitleid, vermischt mit Empörung, drang in seine Ohren.
»Ich weiß.«
»Nein, du weißt nichts. Ma denkt, dass du dich ihrer schämst.«
Max blickte mit grimmiger Miene auf. »So habe ich niemals empfunden.«
»Warum bist du dann so lange fortgeblieben, Max? Warum bist du ans andere Ende des Kontinents gezogen? Und sag jetzt nicht, wegen deiner Arbeit. Du hättest an jeder Universität in Chicago eine Stelle bekommen. Und wenn du dann nach Hause kamst ..., warum warst du dann immer so distanziert?«
Max wandte den Blick ab. »Viele Fragen auf einmal.«
»Hin und wieder tauchte in unseren Gesprächen nun mal dein Name auf«, erwiderte David trocken.
»Und wie lautet das Urteil?« Max hörte den Hohn in seiner Stimme, konnte ihn aber genauso wenig verhindern, wie er an einem Marathonlauf hätte teilnehmen können. Jetzt jedenfalls nicht mehr.
David hockte sich auf seine Fersen. »Schuldig. Wir glauben, dass du unter Schuldgefühlen leidest. Wegen Pop.«
»Das ist ja wohl das Lächerlichste ...« Er unterbrach sich, als

David wissend eine Augenbraue hochzog. Zum Teufel mit David und seiner verdammten Intuition.
»Es ist Blödsinn, sich nach all dieser Zeit noch schuldig zu fühlen, Max.«
Max blickte auf David herab, der immer noch vor ihm hockte. »Ich schätze, ich bin euch allen eine Erklärung schuldig.«
Daraufhin zuckte David lediglich mit den Schultern. »Also, warum hat deine Elise einen anderen geheiratet?«
Max biss sich auf die Unterlippe und beschloss, Elises Hauptgrund zu verschweigen. »Sie sagte, sie braucht jemanden mit mehr … Schmackes.«
»Hat sie wirklich ›Schmackes‹ gesagt?« Davids Lachen kam tief aus seiner Kehle. »Ich hätte nicht gedacht, dass Schickis so ein Wort benutzen.«
»Du hältst dich wohl für besonders schlau.« Doch Max konnte David seine Ironie nicht so recht vermitteln, da seine Lippen amüsiert zuckten. David war geschickt darin, ihn zum Lachen zu bringen.
»In Harvard habe ich so einiges aufgegabelt.«
»Höchstens ein paar Krankenschwestern aus dem Reha-Zentrum.«
»Irgendwie musste ich mir ja die einsamen Stunden vertreiben, während du in deinen Seminaren warst.«
»Du bist ein Volltrottel.«
»Uuuh, und du ein ganz harter Mann.«
Max wurde sachlich. »Sie sagte, ich wäre ihr nicht spontan genug.«
»Nun ja, da hat sie Recht.«
Max zog die Brauen noch dichter zusammen. »Verzeihung?«
»Du bist wirklich nicht spontan, Max. Sieh es ein. Du über-

legst zu viel, verdammt noch mal.« David stand auf und klopfte sich den Staub von den Knien. »Ich muss jetzt los. Morgen muss ich drei Motoren reparieren.«
Max erhob sich ebenfalls und verzog das Gesicht, als der stets gegenwärtige Schmerz in seine Hüfte schoss. »Wie läuft das Geschäft?« Mit seinem Anteil an Großmutter Hunters Erbe hatte David sich eine eigene Werkstatt eingerichtet.
»Letztes Jahr haben wir Profit gemacht. Endlich.« David tat sehr geschäftig mit seinem Mantel und den Handschuhen. »Ach ja, du hattest noch eine Nachricht. Von einer Frau namens Caroline.«
Max' Herz machte einen Satz. »Meine Sekretärin.«
Davids Brauen schossen in die Höhe. »Ach, tatsächlich?«
»Halt den Mund. Was hat sie gesagt?«
David grinste. »Nur, dass sie den Umzugsdienst bestellt hat. Morgen kommt jemand und holt deine Sachen ab, und sie wollte sichergehen, dass dann jemand zu Hause ist.«
»Sie arbeitet schnell.« Ihr Gesicht erschien vor Max' geistigem Auge, ihre blauen Augen lachten ihn an, und ihr Grübchen vertiefte sich. Dann schweifte sein Blick in Gedanken zu den Rundungen, die sich unter ihrem blauen Pulli abgezeichnet hatten. Oh Mann. Er hätte wetten mögen, dass sein Unterbewusstsein bereits ein paar interessante Fantasien zur Würzung seiner nächtlichen Träume zusammenbraute.
»Oho.«
Max verzog das Gesicht. »Du bist mit deinen Gedanken mal wieder in der Gosse.« Und ebendiese Richtung hatten just auch seine Gedanken einschlagen wollen. »Sie ist eine absolut entzückende junge Frau mit einem Sohn.«
»Und einem Mann?«

»Nein. Sie hat keinen.«

»Und wirst du spontan sein?«

Verdammt, David schaffte es immer wieder, seine Gedanken zu lesen. »Das überlege ich mir noch.«

David stieß ein bellendes Lachen aus und ging zur Haustür. »Nur du kannst dir überlegen, ob du spontan sein willst, Max. Das bringt sonst keiner fertig. Ich würde diese Caroline gern persönlich kennen lernen.«

Max verspürte einen Stich der Eifersucht im Herzen, so plötzlich, dass er erschrak. Er wollte sich nicht einmal vorstellen, dass David Caroline *ansah*, geschweige denn sie näher kennen lernte. »Unter ...« Er brach die Warnung mitten im Wort ab, aber sein böser Tonfall hing wie ein Echo zwischen ihnen. *Untersteh dich.* In Davids Augen war ein getroffener Ausdruck getreten, und plötzlich fühlte sich Max wie der letzte Dreck.

»Ich habe gesagt, ich würde sie gern kennen lernen, Max, nicht, dass ich mit ihr nach Tahiti durchbrennen will. Ich kann mir meine Frauen selbst aussuchen, dazu brauche ich dir deine nicht auszuspannen«, fügte er ruhig hinzu. Er öffnete die Haustür, und Max zuckte zusammen, nicht etwa wegen der Kälte, die plötzlich in den Raum drang, sondern wegen des frostigen Gesichtsausdruck seines Bruders.

Max erreichte die Tür noch rechtzeitig, um David an der Schulter zurückzuhalten. »David, entschuldige bitte.«

»Ja.« Die einzelne Silbe strotzte vor harscher Zurechtweisung.

»Bitte. Würdest du dich umdrehen und mich anschauen?«

Max wartete, bis David sich umgewandt hatte, stellte aber fest, dass er dem verletzten Blick seines Bruders nicht standhalten konnte. Max senkte den Blick und starrte auf seine

Hand, die den Stock so fest umklammerte, dass die Knöchel weiß hervortraten. »Es tut mir Leid. Ich ...« Er schüttelte den Kopf und wandte sich ab. »Danke für das Abendessen.« Und jetzt hörte selbst Max, dass er in dem Tonfall sprach, den David so verabscheute. Er wartete auf das Geräusch der ins Schloss fallenden Tür. Doch es kam nicht.
Stattdessen legte David ihm die Hand auf die Schulter. »Was ist passiert, Max?«, fragte er leise. »Was ist passiert, dass du glaubst, ich könnte dir jemals wehtun?«
Max ließ den Kopf sinken, fühlte sich plötzlich zu Tode erschöpft. Und dann kamen die Worte. Selbst wenn er gewollt hätte, wären sie nicht mehr zurückzuhalten gewesen. »Sie ertrug es nicht, mich anzusehen. Elise. Ertrug es nicht, wenn andere Leute mich ansahen, so voller ...« Er sprach den Gedanken nicht zu Ende aus, und das Schweigen lastete schwerer, als ein Wort es getan hätte.
David sagte nichts, sondern drückte nur fest seine Schulter.
»Sie sagte, sie wolle einen normalen Mann.«
Da. Er hatte es ausgesprochen. Endlich. Das Wort hallte in seinem Kopf nach. Normal. *Normal.* So normal wie der Witzbold, den sie in Denver geheiratet hatte. Was er nicht war.
Ein ausgedehntes Schweigen folgte. Dann räusperte sich David.
»Schön für sie. Denn normal bist du nicht.«
Max' Kehle wurde eng. Zum ersten Mal seit Jahren brannten Tränen in seinen Augen. Es war erstaunlich, wirklich erstaunlich, was für einen Unterschied es machte, wenn genau die gleichen Worte mit anderer Absicht geäußert wurden. Als Elise sie ausgesprochen hatte, klangen sie herzlos und kalt und hatten ihn niedergeschmettert. Als David sie

sagte, waren sie wie eine warme Decke, die ihn einhüllte. Und die ihn dennoch niederschmetterte.

»Normal warst du nie, Max«, fuhr David fort, und Max hörte die Tränen in seinem sonst so wohltönenden Bariton. »Du warst einfach mein Bruder.« Als er seine Hand zurückzog, empfand Max die Geste wie einen Verlust.

Die beiden standen einander gegenüber, bis das Schweigen unbehaglich wurde.

Max räusperte sich. »Hast du morgen zum Abendessen schon etwas vor?«

»Falls du kochen willst, habe ich ganz bestimmt keine Zeit.« Davids Tonfall war scherzhaft, aber bemüht.

»Und wenn ich uns eine Pizza kommen lasse?«

»Dann sind wir zwei verabredet.« David hielt kurz inne. »So gegen fünf?«

Max nickte und hielt sich immer noch von seinem Bruder und der offenen Tür abgewandt. »Fünf Uhr ist in Ordnung.«

Die Tür wurde geschlossen, und in Großmutter Hunters Haus – seinem Haus – wurde es still. Er lauschte dem Dröhnen von Davids Oldtimer auf der Zufahrt, bis das Geräusch erstarb. Dann wischte er sich die Tränen aus dem Gesicht. Er war zu Hause. Endlich.

5

Chicago
Dienstag, 6. März, 10:55 Uhr

Mit einem leisen Klicken schloss Caroline die Tür zu Elis Büro, drehte sich um und lehnte die Stirn gegen das kühle Holz des Rahmens. Die Sache gefiel ihr nicht. Ganz und gar nicht. Diese ganze Mann-macht-Jagd-auf-Frau-und-umgekehrt-Geschichte wurde mächtig überbewertet. Besonders wenn der Mann so seicht war wie ein Tümpel im Sommer und die Frau so albern wie ein Teenager.
Sie holte tief Atem und hoffte, den Zitronenduft der Möbelpolitur und einen Hauch von Elis Old Spice in der Nase zu spüren, eine Mischung, die in der Vergangenheit stets beruhigend auf ihre Nerven gewirkt hatte. Stattdessen roch sie den leicht holzigen Duft, den mit Max Hunter in Verbindung zu bringen sie so schnell gelernt hatte, und als Reaktion beschleunigte sich ihr Puls. Innerhalb eines Tages hatte dieser Raum aufgehört, Eli zu gehören, der sichere Hafen, den sie so zu schätzen gewusst hatte. Jetzt gehörte er Max. Sie hatte sich eingeschlichen. War ein Eindringling.
Sie *fantasierte*, du liebe Zeit. Sie stieß den Atem aus, den sie unbewusst angehalten hatte, als ihr die Erinnerung an ihre

Träume der vergangenen Nacht durch den Kopf schoss, Träume, aus denen sie erschüttert und mit fieberheißer Haut erwacht war, mit einem Pochen und Pulsieren an Körperstellen, die ein solches Gefühl noch nie erfahren hatten. In ihrer Weiblichkeit. Jetzt verstand sie, was das bedeutete. Einerseits wunderte sie sich, wie sie hatte dreißig Jahre alt werden können, ohne jemals dieses Pulsieren tief an den intimsten Stellen ihres Körpers gespürt zu haben. Andererseits wünschte sie, noch ein paar Jährchen weiterleben zu können, ohne zu wissen, was ihr entgangen war. Es war primitiv. Sie schauderte und presste die Schenkel zusammen.

Erbarmen.

Und es war niederschmetternd, weil sie jetzt die Bedeutung von »unerwiderter Liebe« verstand. Nun ja, unerwiderter Lust jedenfalls. Noch einmal atmete sie tief durch, versuchte, ihren rasenden Herzschlag zu beruhigen, und kam sich von Sekunde zu Sekunde dämlicher vor. Und verletzt. In erster Linie verletzt.

Max war nicht da. Er war noch im Seminar und plauderte mit zwei üppigen Schönheiten, die in der ersten Reihe saßen und an seinen Lippen hingen. Missi und Stephie. Caroline verdrehte die Augen bei dem Gedanken, wie sie über jeden seiner kleinen Scherze gelacht und nicht eben unauffällig ihre langen Beine übereinander geschlagen hatten, entblößt bis zum Saum ihrer nahezu unanständig kurzen Miniröcke. Nicht eine Falte. Nicht eine Narbe. Wahrscheinlich waren sie selbst im kalten Winter von Chicago nahtlos braun, dank des Sonnenstudios in der Nähe des Campus. Jung, langbeinig, graziös. Caroline furchte die Stirn, sie spürte ihre Sorgenfalten am glatten Holz der Tür. Und obendrein hatten die beiden auch noch anständige Noten auf ihren Leistungsnachweisen. Sie hatten nicht einmal genug Anstand, dumme Blondinen zu sein, die durch die erste Prüfung fielen und gezwungen waren, Männer zu heiraten, die fünfzig Jahre älter waren als sie.

Nach dem Seminar hatte Caroline noch ein paar Minuten gewartet, um dann mit ihm zusammen zurück ins Büro zu gehen. *Sei ehrlich zu dir selbst, Caroline*, ermahnte sie sich unerbittlich. Wem wollte sie etwas weismachen? Sie hatte gewartet, in der Hoffnung, ein paar Minuten mit ihm allein zu ergattern, in der Hoffnung, diese rätselhaften grauen Augen genauso eindringlich auf sich gerichtet zu sehen wie am Tag zuvor, als er sie von oben bis unten gemustert, ihre ... Attribute begutachtet hatte.

Sie seufzte und kühlte ihre fieberheiße Stirn. Wie lächerlich sie sich benahm. Einmal, ein trauriges einziges Mal war sie das Objekt der heißen Blicke eines Mannes gewesen, und schon war ihr das zu Kopfe gestiegen. Die ganze Nacht hindurch hatte sie an nichts anderes gedacht. Und im Stillen hatte sie Danas wissendes Grinsen verflucht, das sie während des Abendessens verfolgt hatte. Na ja, sie musste zugeben, dass sie, sobald Tom zu Bett gegangen war, nicht mehr nur im Stillen geflucht hatte. Dana hatte nur noch breiter gegrinst und sie ermahnt, am nächsten Tag Schwarz zu tragen. Hatte sogar angeboten, ihr den Haaransatz nachzufärben.

»Ich kann mir meinen verdammten Haaransatz allein nachfärben«, hatte Caroline leise erwidert. Und genau das getan. Und wofür? Damit Max Hunter sie völlig links liegen ließ und mit Mädchen schäkerte, die halb so alt waren wie er?

Na gut, zwei Drittel so alt. Er war sechsunddreißig. Sie hatte nachgesehen.

Aber das war ja egal. Plötzlich war sie überwältigt vor Scham über ihre eigene Albernheit.

»Ich kann es nicht fassen, Eli«, flüsterte sie. »Ich bin eifersüchtig. Ich bin eifersüchtig wegen eines Mannes, der nichts weiter getan hat als mich anzulächeln.« Aber wie Max gelächelt hatte. »Ich mache mich lächerlich, Eli.« Sie schüttelte den Kopf, ohne die Stirn vom Türrahmen zu lösen. »Einfach lächerlich.« Sie schluckte heftig, um die plötzliche Enge in ihrer Kehle zu bekämpfen. »Und ich bin einsam«, gestand sie in einem kaum hörbaren Flüstern. »Ich bin es leid, allein zu sein.«

Sie richtete sich auf, drehte sich um und ließ den Blick durch das Büro schweifen, das ihr verstorbener Freund vierzig Jahre lang bewohnt hatte. Jetzt nahm Max' Computertisch den Platz ein, an dem Elis marmorner Schachtisch gestanden hatte. So manchen Tag hatten Eli und Wade dort gesessen, über den nächsten Zug gestritten, über Politik diskutiert, darüber, wer der beste Sänger des *Rat Pack* war und wer das letzte Stück ihres selbst gebackenen Kuchens bekam. Sie hatte ihren Gesprächen gern gelauscht, und ohne Eli fehlte ihr etwas.

Dana hatte Recht. Sie hatte sich mit ungefährlichen Männern umgeben, die nicht für sie in Frage kamen. Und so würde sie es weiterhin halten, wahrscheinlich sogar mit Max Hunters Hilfe. Wenn er sie gestern auch ein wenig angestarrt und betrachtet hatte, würde sie doch, sobald er die jungen Frauen auf dem Campus zu sehen bekam, auf einen der letzten Plätze siner Liste verbannt werden.

Und das war gut so. Sie hatte sowieso nicht das Recht, mit einem Mann wie Max Hunter zu flirten, oder überhaupt mit irgendeinem Mann.

Aber ihrem Selbstbewusstsein hatte es nicht geschadet, als er sie angesehen hatte. Solange das alles war, was sie ihm gestattete.

Ihr Blick fiel auf einen Karton, der neben Max' Schreibtisch stand. Sein Büromaterial war eingetroffen.

»Zeit, mit den Hirngespinsten aufzuhören und dein Gehalt zu verdienen, Caroline«, sagte sie leise zu sich selbst, zog ihr schwarzes Kleid hoch und ließ sich neben dem Karton auf die Knie nieder.

Asheville, North Carolina
Dienstag, 6. März, 11:00 Uhr

Steven Thatcher blieb im Türrahmen stehen und ließ seinen Blick durch die Räumlichkeiten des Morddezernats von Asheville schweifen. An den Wänden hingen Stadtpläne und Steckbriefe von Kriminellen, wie in Hunderten von Polizeiwachen im ganzen Land auch. Telefone klingelten, ein Drucker ratterte, und aus den Augenwinkeln bemerkte er hin und wieder das Aufblitzen eines Kopierers. Der Geruch von abgestandenem Kaffee und Popcorn aus der Mikrowelle kitzelte ihn in der Nase. Er holte tief Luft und machte sich innerlich für die Ermittlungsarbeit gefasst, die sich wohl lange hinziehen würde. Und wenn sie noch so unspektakulär war …

Steven blieb vor einem Schreibtisch stehen. Der Mann auf dem Stuhl dahinter tippte mit seinen dicken Zeigefingern konzentriert im Adler-Such-System auf einer uralten, mechanischen Schreibmaschine herum. Steven sah ihm eine Weile zu, erstaunt, eines dieser überholten Geräte noch in Betrieb zu sehen. Das Namensschild auf dem Schreibtisch des beleibten Mannes wies ihn als »Det. B. Jolley« aus. Jolley klang nett. Man konnte nur hoffen, dass er auch nett war.

»Detective Jolley?«

Jolley blickte von seiner Tätigkeit auf, die Augenbrauen finster zusammengezogen, was ihm einen abweisenden Gesichtsausdruck verlieh. *Er hält nicht, was sein Name verspricht,* dachte Steven

»Ja?«, knurrte Jolley mit tiefer grollender Stimme. Sein Blick blieb an Stevens Aktenkoffer hängen und wanderte dann hinauf zu seinem Gesicht. »Was wollen Sie?«

»Ich suche Lieutenant Ross.«

Jolley lehnte sich in seinem Stuhl zurück, den Kopf leicht zur Seite geneigt, und blickte sein Gegenüber aus schmalen Augen an. »Ihr Büro ist da drüben.« Er deutete auf die gegenüberliegende Wand. »Wer sind Sie?«

Steven zückte seine Dienstmarke. »Agent Thatcher vom SBI.«

Auf Jolleys Wangen bildeten sich rote Flecken, die sich rasch über seinen fleischigen Hals ausbreiteten. »Er war's nicht.«

Stevens hob die Brauen. »Wie bitte?«

Jolley stand auf, und Steven fand sich Auge in Auge mit einem einszweiundneunzig großen, mehr als zwei Zentner schweren kampflustigen Polizisten wieder. »Ich sagte, Winters war's nicht«, knurrte Jolley, und sein Gesicht war Steven so nahe, dass man deutlich die blutunterlaufenen Augen sehen konnte. Der Mann wollte ihn einschüchtern. Sein Blick war mehr als feindselig, sein Verhalten unfreundlicher, als Steven erwartet hatte. »Am besten hauen Sie gleich wieder ab, dahin, woher Sie gekrochen gekommen sind.«

Steven holte tief Luft und entschied sich spontan dagegen, Jolley zu erklären, dass er in Stil und Grammatik viel zu wünschen übrig ließ. »Hören Sie, Detective, lassen Sie mich einfach vorbei. Ich habe einen Termin mit Lieutenant Ross.«

»Ben.« Hinter Jolleys rechter Schulter war ein weiterer Beamter aufgetaucht. »Setz dich und gib Ruhe. Und zwar *sofort*, Ben.« Der Neuankömmling legte eine Hand auf Jolleys Schulter und drückte ihn wieder auf seinen Stuhl zurück. Er schloss kurz die Augen, als Jolley tat, wie ihm geheißen. Als er sie wieder öffnete, sah Steven unverhohlene Erleichterung in seinem Blick. »Hier entlang, Agent Thatcher. Lieutenant Ross erwartet Sie.«

Steven folgte ihm und sah, wie der Mann die Hände an seinen Seiten zu Fäusten verkrampfte. Vor Ross' Bürotür blieben sie stehen, und der Detective drehte sich zu Steven um. »Ich hoffe, Sie nehmen Ben Jolley sein Verhalten nicht übel. Er und Rob Winters waren schon Freunde, als ich hier eingestellt wurde. Ben war Robs einziger Halt, als seine Frau und sein Sohn vor sieben Jahren verschwunden sind. Damals hat Ben ihn verteidigt, und er ist wild entschlossen, es auch heute zu tun. Dass der Fall nun wieder aufgerollt wird, macht viele von den Jungs reizbar.«

Steven musterte das Gesicht des Detectives, sein perfekt gekämmtes goldenes Haar und seine großen, blauen Augen. Er hätte jungenhaft, vielleicht sogar etwas feminin gewirkt, wären nicht seine mächtigen Schultern, die an einen Footballspieler erinnerten, und die Knitterfältchen um seine Augen gewesen. »Und Sie? Sind Sie auch reizbar?«

Der Detective zog einen Mundwinkel hoch. »Das festzustellen überlasse ich Ihnen. Ich bin Detective Lambert, Jonathan Lambert. Lassen Sie es mich wissen, wenn ich irgendetwas für Sie tun kann, solange Sie hier sind.« Er wandte sich um, klopfte leicht an Ross' Tür und stieß sie gleichzeitig auf. »Toni, der SBI-Agent ist hier. Special Agent Thatcher, darf ich Ihnen Lieutenant Ross vorstellen?« Mit einem Nicken machte er auf dem Absatz kehrt und ging. Steven blickte ihm stirnrunzelnd nach.

»Special Agent Thatcher?«

Steven wandte seine Aufmerksamkeit der Frau zu, die vor ihm stand. Das also war Lieutenant Antoinette Ross. Von Lennies Kollegen in der Behörde von Asheville hatte er schon eine Menge über sie erfahren, und alles hörte sich vorbildlich an. Ross war eine gute Polizistin, sehr prinzipientreu. Ein harter Brocken. Steven zog eine Augenbraue hoch. Sie sah nicht aus wie ein harter Brocken, sondern eher sportlich, hatte den schlanken Körperbau einer Sprinterin. Ein Blick zur gegenüberliegenden Wand bestätigte seine Vermutung. Ross folgte der Richtung seines Blicks und betrachtete lächelnd das Foto einer Läuferin mit einer Nummer auf der Brust. »Ich bin als Zweihundertzweiundsechzigste ins Ziel gekommen. Es war schon immer mein

Traum gewesen, einmal beim New-York-City-Marathon mitzulaufen.«
»Und es war schon immer mein Traum gewesen, einen Marathon ohne Herzinfarkt durchzustehen«, witzelte Steven. Ross lachte und schloss die Tür.
»Nehmen Sie Platz, Agent Thatcher. Danke, dass Sie gekommen sind.«
Steven ließ sich auf einem Stuhl mit gerader Lehne nieder, während sie auf ihrem gepolsterten Schreibtischsessel Platz nahm. Seiner Aktentasche entnahm er die Unterlagen, die Lennie ihm besorgt hatte. »Ich habe das Dossier gelesen. Viel Material haben wir nicht gerade.«
Ross runzelte die Stirn und setzte ihre Brille auf. Sie schloss eine Schublade in Kniehöhe auf und entnahm ihr einen grauen Umschlag. »Nein, auch wir haben nicht viel.« Sie warf Steven einen prüfenden Blick zu. »Ich habe ein paar Fotos und ein paar Aufzeichnungen von Zeugenaussagen. Ich weiß, dass einmal mehr da war.«
Steven neigte den Kopf und sah sie nachdenklich an. »Waren Sie vor sieben Jahren mit dem Fall betraut?«
»Nein, aber ich habe damals davon gehört. Zu der Zeit habe ich undercover gearbeitet. Drogendezernat.«
Also war sie doch ein harter Brocken. »Nicht gerade ein schönes Betätigungsfeld, auch nicht in einer Stadt von der Größe Ashevilles.«
Ross setzte die Brille ab, legte sie auf den Schreibtisch und rieb sich die Nasenwurzel. »Nein, wirklich nicht. Wie auch immer, ich war nicht jeden Tag persönlich hier im Revier und kann mich nicht in allen Einzelheiten erinnern. Aber es ist mehr Material dagewesen.«

Steven setzte sich auf dem harten Stuhl zurecht, überschlug die Beine und ließ Lieutenant Ross nicht aus den Augen.
»Warum haben Sie das SBI zur Hilfe gerufen, Lieutenant Ross?«
Ross erwiderte seinen Blick. Offen und fest. »Ich hatte von Anfang an ein ... komisches Gefühl, was Winters betraf, Agent Thatcher. Etwas an ihm stört mich. Ich weiß nicht, ob mein Gefühl begründet ist oder nur meine sehr menschliche Reaktion auf die Tatsache, dass Winters mir Tag für Tag den Respekt verweigert. Vor sechs Monaten habe ich ihn wegen Insubordination abgemahnt.
»Darf ich fragen, warum?«
Ross stand auf, drehte sich um und betrachtete die knospenden Bäume draußen vor dem Fenster. »Es war nicht leicht, als Schwarze zum Lieutenant aufzusteigen.«
»Kann ich mir vorstellen«, bemerkte Steven leise, ein wenig erstaunt darüber, dass Ross so offen zu ihm sprach.
»Sagen wir mal so: Detective Winters hatte meine Methoden des beruflichen Vorankommens sowie die Einhaltung meines Ehegelöbnisses in Zweifel gezogen.«
»Wie unklug«, sagte Steven und betrachtete die starre Haltung ihres Rückens.
»Er hat es mir vor meinen Leuten ins Gesicht gesagt«, erklärte Ross leise.
»Unklug und auch noch dumm.«
Ross wandte sich vom Fenster ab. Ihr Gesicht drückte Entschlossenheit aus. »Detective Winters hat vor den Augen aller meine Autorität untergraben. Seine Abmahnung erfolgte ebenfalls in aller Öffentlichkeit. Hier weiß jeder darüber Bescheid. Ich will Gerechtigkeit für Mary Grace Winters

und für ihren Sohn. Wenn Winters in den Fall verwickelt ist, will ich das auch wissen. Ich möchte außerdem ganz sichergehen, dass die Ermittlungen weder Winters' Bürgerrechte noch die Glaubwürdigkeit dieses Dezernats beeinträchtigen. Ihr Auftrag ist nicht sonderlich angenehm, Agent Thatcher.«

»Das habe ich auch nicht erwartet, Lieutenant.«

»Viele meiner Leute werden Sie verächtlich und respektlos behandeln.«

»Wie Ben Jolley?«

Sie verzog den Mund zu einem freudlosen Lächeln. »Ich sehe, Sie haben ihn schon kennen gelernt.«

Steven stand auf, stützte beide Hände auf ihren vollbepackten Schreibtisch, beugte sich vor und sah ihr direkt in die besorgten braunen Augen. »Ich bin nicht hier, um einen Preis für Beliebtheit zu gewinnen, Lieutenant. Ich bin hier, um dem Verschwinden dieser Frau und ihres Kindes vor sieben Jahren auf den Grund zu gehen.« Sein Blick wurde weicher. »Also, packen wir's an, ja?«

Chicago
Dienstag, 6. März, 11:15 Uhr

Max eilte, so schnell er konnte, aus dem Hörsaal. Er hatte schon befürchtet, dass die beiden jungen Frauen mit ihrem Gekicher und dem koketten Lächeln überhaupt nicht mehr gingen. Aber so waren sie immer, bis sie seinen Stock zu sehen bekamen, bis sie sahen, wie er, auf das verdammte Ding gestützt, mühsam den Saal durchquerte. Er wusste nicht, warum er hinter dem Pult sitzen geblieben war, den Stock verborgen gehalten hatte, bis die Mädchen gegangen waren. Vermutlich war es ein Rest männlicher Eitelkeit, die Hoffnung, dass er immer noch eine attraktive Frau dazu bringen konnte, sich für ihn zu interessieren.

Und sie hatten sich, weiß Gott, für ihn interessiert, dachte er, und ein Gefühl des Ekels überkam ihn. Auch Caroline, aber dann hatte sie sich von ihm abgewandt und war zur Tür gegangen. Sie hatte darauf gewartet, dass er aufhörte, bedeutungslosen Smalltalk mit den jungen Dingern zu machen, und in ihren ausdrucksvollen Augen war die Kränkung von Sekunde zu Sekunde deutlicher zu lesen gewesen, bis sie sich schließlich umgedreht und den Saal verlassen hatte. Und er hatte sie ohne ein Wort gehen lassen. Wütend schüttelte er den Kopf. *David hat Recht. Ich bin tatsächlich ein in Selbstmitleid schwelgender Scheißkerl*, dachte er, als die Tür zum Institutsbüro endlich in Sicht war. Er keuchte ein wenig vor Anstrengung und öffnete, mit einer Entschuldigung auf den Lippen, die Tür.

Ihr Schreibtisch war nicht besetzt.

Sie war nicht da. Wartete nicht auf ihn. Sein Verstand fing an, ihn zu verhöhnen. Hatte er wirklich damit gerechnet, dass sie ungeduldig seine glorreiche Rückkehr erwarten würde? *Himmel, ich bin vielleicht ein aufgeblasener Trottel*, dachte er und verachtete sich noch mehr. Carolines Leben drehte sich nicht um ihn, auch nicht, wenn seine Gedanken ständig um Caroline kreisten, seit er vor etwas mehr als vierundzwanzig Stunden dieses Büro zum ersten Mal betreten hatte.

Und das war der Haken an der Sache: Er wollte, dass sich das Leben einer Frau, der richtigen Frau, um ihn drehte, oder zumindest wollte er im Mittelpunkt ihrer Gedanken und ihres Herzens stehen. Danach sehnte er sich bereits seit so langer Zeit, dass dies für ihn kein streng gehütetes Geheimnis mehr war. Er wollte eine Frau, der er etwas bedeutete, die ihm zuhörte. Die ihn mit unverhohlenem Begehren in den Augen ansah, und das auch noch tat, nachdem sie seinen Stock gesehen hatte.
Und seine Narben.
Max ging die paar Schritte auf Carolines Schreibtisch zu und hob gedankenverloren einen Stift auf. Ihr Duft hing in der Luft, leicht und … feminin. Hübsch. Sie hatte seinen Stock gesehen und sich nicht daran gestört. Das hatte er auf Anhieb erkannt. Er wusste instinktiv, dass eine Frau wie Caroline nicht vor einem Makel zurückschreckte. Das wollte er zumindest glauben. Das wollte er sogar unbedingt glauben.
Behutsam legte er Carolines Stift zurück auf den Schreibtisch und betrachtete die säuberlich gestapelten Papiere.
So lang, wie die Liste ihrer Aufgaben für den heutigen Tag war, konnte sie ihrem Schreibtisch nicht lange fernbleiben. Sie würde bestimmt bald zurückkommen, und dann würde er sich gleich bei ihr entschuldigen. Doch jetzt musste er sich an die Arbeit machen.
Er schob den Gedanken an seine Entschuldigung zur Seite und begann, sein Nachmittagsseminar zu planen. Das Seminar über die Konstitutionelle Monarchie am Vormittag war gut gelaufen, die Examenskandidaten waren aufmerksam und motiviert gewesen. Am Nachmittag erwartete ihn

allerdings eine Gruppe von Studienanfängern, die sein Seminar belegten, weil das College ein Wahlfach verlangte. Die meisten würden Kaugummi kauende Erstsemester sein, die ihre Pickelcreme immer noch kistenweise kauften und sich in seinem Seminar zu Tode langweilten. Ihre Aufmerksamkeit zu wecken stellte eine Herausforderung dar, und er liebte Herausforderungen. Er liebte es, seine Studenten von Geschichte zu begeistern und sie in seinen Bann zu ziehen. Heute Nachmittag würde er über den Amerikanischen Bürgerkrieg sprechen und eine Darstellung bieten, die mit dem blutigen Gemetzel der Hollywood-Filme konkurrieren konnte. Er hatte schon eine konkrete Vorstellung, wie er vorgehen würde.

Max öffnete die Tür zu seinem Büro und blieb abrupt stehen.

Sämtliche Gedanken an grausige Amputationen auf dem Schlachtfeld, an Knochensägen, Beißriemen und Flaschen mit billigem Whisky verflüchtigten sich im Nu.

Seine Augen weiteten sich, und sein Mund wurde trocken. Seine Kehle schnürte sich zu.

Sein Herz explodierte.

O mein Gott. Die Worte lagen ihm tonlos auf den Lippen, die sich wie schlaffes Gummi anfühlten.

Caroline kniete auf dem Boden und beugte sich über einen Karton. Ihr Hinterteil war ihm zugekehrt, wohlgerundet und perfekt. Perfekt geformt, perfekt, um seine Hände darumzulegen. Er ballte die Hände zu Fäusten, um der Lust Herr zu werden, die durch seinen Körper raste. Jede einzelne schweißtreibende Fantasie der vergangenen Nacht flimmerte vor seinem inneren Auge auf. Jedes kleine Wimmern, jedes Stöhnen, das sie in seinen Träumen von sich gegeben hatte, dröhnte in seinen Ohren.

Er sollte nicht hinschauen, sollte sie nicht anstarren. Sollte sie sich nicht nackt in seinem Bett vorstellen, wie sie ihn mit ihren blauen Augen, die vor Leidenschaft glänzten, ansah und darum bettelte, dass … Oh Gott, worum sie nicht alles in seinen Träumen gebettelt hatte …

Er schluckte krampfhaft in dem Versuch, seinen Mund zu befeuchten, der so trocken war wie die Mojave-Wüste. Jetzt beugte sie sich weiter nach vorn, um tiefer in den Karton zu greifen, und ihre Schultern drehten sich in die eine, ihr rundes Hinterteil in die andere Richtung, sodass sich ihr sexy schwarzes Kleid über ihren Kurven spannte. Er schluckte erneut. *Ein anständiger Mann würde den Blick abwenden*, dachte er. Offenbar war er kein anständiger Mann. Nein, das war er wirklich nicht, denn er war so hart, dass es wehtat. Max trat einen Schritt nach vorn, getrieben von seinem Verstand, der jetzt in seiner Hose pochte.

Ihr Körper spannte sich ein wenig, und sie hob den Kopf, als sie seine Nähe spürte.

Caroline war aus ihren Tagträumen gerissen worden, als sie das leise Scharren auf dem Teppich hörte und ihr im gleichen Moment der Duft seines Aftershaves in die Nase stieg. Sie blickte über die Schulter zurück und sah Max Hunters blanke, schwarze Schuhe direkt hinter sich.

Sie sog scharf die Luft ein. Er war also zurück. Der Raum erschien ihr kleiner, nachdem Max ihn betreten hatte.

»Sie sind zurück«, sagte sie leise, ohne den Blick von seinen Schuhen zu heben. »Ihr Material ist angekommen. Wenn Sie mir ein paar Minuten Zeit geben, richte ich Ihnen eine

Schublade dafür ein.« *Geh doch*, dachte sie, und in ihrem Inneren begann es zu brodeln. *Führe mir nicht vor Augen, dass ich nichts Besonderes bin.*

Die blanken Schuhe bewegten sich keinen Zentimeter von der Stelle.

Caroline seufzte und ließ die Schultern sinken. Es war sowieso egal. *Verschwende keinen Gedanken daran*, ermahnte sie sich. *Verschwende keinen Gedanken an Gartenzäune und schwarzhaarige Babys und »Schatz, ich bin zurück«. Lass es einfach.* Diese Dinge waren nicht für sie bestimmt. »Ich habe Kaffee gekocht, er steht auf meinem Schreibtisch. Bedienen Sie sich.«

Er sagte nichts, machte keine Anstalten zu antworten. Aber sie spürte seine Anwesenheit, seine Energie, die ihre Haut zum Prickeln brachte und die dafür sorgte, dass sich die feinen Härchen auf ihren Armen aufrichteten. Auf die Kanten des Kartons gestützt, stemmte sie sich hoch und drehte sich zu ihm um.

Dann erstarrte sie. Er stand dicht vor ihr und musterte sie unverwandt. Sein Blick war hart und finster, ein Muskel zuckte an seiner Wange, und eine zur Faust geballte Hand hing seitlich an seinem Körper herab. Seine andere Hand hielt den Stock so krampfhaft fest, dass die Knöchel weiß hervortraten. Ihr Blick senkte sich auf seine Hände, die sich nun beide öffneten, einen Augenblick lang streckten und dann wieder zu Fäusten schlossen.

Er hatte große Hände.

Und große Fäuste.

Sie spürte, wie eine vertraute Angst tief in ihrem Inneren erwachte, wo sie sie nicht bekämpfen, nicht ersticken, nicht vertreiben konnte. Sie versuchte, tief einzuatmen, aber die

Luft war zu dick. Ihre Füße waren aus Blei, der Teppich so zäh wie Sirup. Obwohl ihr Verstand ihr sagte, dass dies nicht Rob, sondern ihr Chef, Max Hunter, war, obwohl sie wusste, dass sie nicht mehr in North Carolina, sondern sicher vor Robs Fäusten in Chicago war, obwohl sie wusste, dass sie nicht mehr die schüchterne, verängstigte, mausgraue Mary Grace war, wichen ihre Füße einen Schritt zurück. Mit unendlicher Willensanstrengung löste sie ihren Blick von Max' Fäusten und sah ihm ins Gesicht. Seine Augen glitzerten. Er war wütend, unsagbar wütend. Stumm zerbrach sie sich den Kopf über den Grund für seine plötzliche Wut, darüber, was sie getan hatte, um seinen Zorn herauszufordern. Sie suchte nach passenden Worten, die sie ihm sagen konnte, damit sein Gesicht wieder weich wurde, seine Fäuste sich lockerten. Damit er ging.

Doch ihr fielen die passenden Worte nicht ein, und sie beobachtete ihn hilflos. Das Herz flatterte in ihrer Brust wie die Flügel eines gefangenen Sperlings. Er ging nicht weg. Im Gegenteil, er trat einen großen Schritt vor, und dann öffnete sich wie in Zeitlupe seine freie Hand und hob sich ihrem Gesicht entgegen.

Sie fuhr zusammen, wich so hastig zurück, dass sie taumelte, und unterdrückte einen erschreckten Aufschrei, als sich die scharfe Kante des Kartons in ihre Wade grub und sie den Halt verlor. Blitzschnell griffen seine Hände zu, packten sie hart an den Oberarmen, stellten sie auf die Füße und ließen sie los, als sie das Gleichgewicht wiedergefunden hatte.

Sie öffnete die Augen, nur geringfügig überrascht, dass sie sie fest zugekniffen hatte. Er stand zu nah vor ihr, die blanken Spitzen seiner Schuhe waren nur einen Zentimeter von

ihren entfernt. Sein Stock, den er hatte fallen lassen, um ihren Sturz zu verhindern, lag auf dem Teppich. Für den Bruchteil einer Sekunde sah sie sich danach greifen, ihn zu ihrer Verteidigung benutzen.
Doch dann sprach er sie an, und Besorgnis klang aus seiner Stimme. »Caroline, ist alles in Ordnung?«
Sie hob langsam den Blick und betete, dass sein Zorn verschwunden war. Dann stockte ihr der Atem. Der Zorn war tatsächlich verraucht, und an seine Stelle war eine völlig unerwartete Sanftheit getreten.
»Es tut mir Leid.« Seine Stimme klang jetzt weicher, und seine Hände schwebten über ihren Schultern, den Bruchteil eines Zentimeters vor der Berührung. Doch er fasste sie nicht an. Packte und verletzte sie nicht. »Ich wollte Sie nicht erschrecken. Ist alles in Ordnung?«
Sie nickte, unfähig, über den Kloß in ihrem Hals hinweg ein Wort hervorzubringen.
Er zog die Brauen zusammen, und plötzlich wirkte seine Miene autoritär. »Dann sagen Sie etwas. Sie machen mir Angst.«
Caroline räusperte sich. Ihr Hals und ihr gesamter Körper schmerzten von der Muskelanspannung, besonders der Rücken. Immer wenn sie sich zu sehr verkrampfte, bekam sie Rückenschmerzen, aufgrund der Verletzung, die sie sich vor so vielen Jahren zugezogen hatte. Vor neun Jahren, genau gesagt.
Vor neun Jahren. Sie hob das Kinn, schaffte es allein durch ihre Willenskraft, dass die Angst nachließ und ihre Muskeln sich entspannten. Neun Jahre waren vergangen, seit *er* sie die Treppe hinuntergestoßen hatte. Sieben Jahre seit

ihrer Flucht. Sieben Jahre voller Angst, in denen sie stets über die Schulter zurückgeblickt hatte. Jedes Mal einen Schritt zurückgewichen war, wenn jemand sie berühren wollte.
Wie lange wollte sie noch zulassen, dass *er* ihr Leben beeinträchtigte? *Er.* Ein übler Mistkerl, dem es Lust bereitete, Schwächere zu terrorisieren. Erinnerungen an Danas jahrelanges Training wurden in ihr wach und etwas, ein Körnchen Weisheit begann endlich zu wirken. *Sprich seinen Namen aus,* befahl sich Caroline. *Rob Winters. Rob Winters kann dir nichts mehr antun.* Rob war fort. Mary Grace war fort. Caroline war hier. *Ich bin hier, und ich bleibe hier,* dachte sie.
Dann bleib auch, Caroline. Hör auf wegzulaufen.
Sie lief immer noch davon. Nicht mehr von gewissen Orten, sondern vor Menschen. Wie lange wollte sie noch zulassen, dass Rob Winters sie von anderen Menschen isoliert hielt?
Das musste ein Ende haben. Heute.
Jetzt.
Sie konnte ihrer Angst aus eigener Kraft ein Ende setzen, und diese Erkenntnis verlieh ihr Stärke und ein plötzliches Hochgefühl, so intensiv, dass ihr schwindlig wurde. Es war aufregend, elektrisierend. Es war ...
Die Wirklichkeit holte sie ruckartig zurück, als Max vor ihrem Gesicht mit den Fingern schnippte. »Caroline, sagen Sie etwas, oder ich hole die Krankenschwester. Sie sind weiß wie die Wand.«
Caroline verkrampfte sich, als Scham das aufregende Gefühl, Herrin ihres eigenen Schicksals zu sein, verdrängte. Vor ihr stand die Wirklichkeit in Gestalt eines einsfünfundneunzig großen, äußerst attraktiven Mannes mit

ungeheurem Sexappeal, der sie in diesem Moment ansah, als hätte sie nicht alle Tassen im Schrank.
»Ist schon gut«, brachte sie hervor und holte tief Luft. »Mir fehlt nichts.« Sobald sie sich wieder beruhigt hatte, würde das sogar zutreffen. Dass sie innerlich einen Entschluss gefasst hatte, bedeutete schließlich nicht, dass sie gleich Superwoman oder Dr. Laura war. Sie wollte allein sein, sich irgendwohin zurückziehen, wo sie die Vorfälle der letzten zehn Minuten verarbeiten und sich ungestört den Nachwirkungen des Schocks hingeben konnte. »Verzeihung. So etwas passiert mir gewöhnlich nicht.« Sie ging um den Karton mit dem Büromaterial herum. »Ich werde Ihnen jetzt erst einmal aus dem Weg gehen.«
»Caroline, warten Sie. Setzen Sie sich.«
Sie öffnete den Mund, um zu widersprechen, doch da hatte er sie bereits auf einen der Stühle vor seinem Schreibtisch gesetzt.
»Halten Sie bitte einen Augenblick still.« Langsam ließ er sich auf ein Knie nieder, griff nach seinem Stock und stemmte sich mit dessen Hilfe wieder hoch. Dann trat er an ihren Stuhl heran. Seine Miene war immer noch sehr besorgt. Er legte seine Hand leicht auf ihre Stirn. »Fühlen Sie sich wirklich gut? Sie sehen so blass aus. Wenn Sie krank sind, sollten Sie besser zu Hause in Ihrem Bett liegen.«
Sie wäre am liebsten im Boden versunken. »Mir fehlt nichts.«
Er schürzte die Lippen. »Gewiss.« Das klang absolut nicht überzeugt. »Wenigstens bekommen Sie endlich wieder ein bisschen Farbe ins Gesicht. Gibt es jemanden, den ich anrufen sollte?«
Sie schüttelte den Kopf. »Nein, danke, ich brauche nur ein

bisschen frische Luft.« *Und ein Mauseloch, in das ich mich verkriechen kann*, dachte sie.
»Dann kommen Sie mit. Wir gehen nach draußen und machen einen kleinen Spaziergang.« Er reichte ihr mit besorgtem Gesicht seinen Arm.
»Mir fehlt wirklich …«
»Gut. Ich habe gehört, was Sie sagten. Aber ich glaube Ihnen nicht«, meinte er leise tadelnd. »Stehen Sie auf, falls Sie können.«
Allmählich wurde sie zornig und verdrängte ihre Beschämung. Sie stieß einen gereizten Seufzer aus. »Dr. Hunter, bitte. Ich bin durchaus in der Lage, selbst auf mich aufzupassen.«
Er trat einen Schritt zurück und hob die Schultern. »Schön. Wie Sie möchten. Ich habe nur helfen wollen.«
Caroline erhob sich vorsichtig und prüfte ihren Gleichgewichtssinn, der ihr seit dem Unfall noch gelegentlich Schwierigkeiten machte. Um sie herum neigte sich das Zimmer, doch dann hatte sie ihre Balance wiedergefunden. »Und dafür danke ich Ihnen. Ehrlich.« Sie blickte zu ihm auf und sah, dass er die Zähne zusammenbiss und die Arme fest vor der Brust verschränkt hielt, während er sich gegen die Kante seines Schreibtisches lehnte.
Sein Blick war voll auf ihr Gesicht gerichtet, sein Mund immer noch ernst. »Ihnen ist schwindlig.«
Caroline lächelte gezwungen. »Und dabei bin ich nicht einmal blond.« Dank Clairol, fügte sie in Gedanken hinzu.
»Das ist nicht lustig, Caroline.« Max trat auf sie zu, legte zwei Finger unter ihr Kinn und hob ihr Gesicht an. »Mit Ihren Pupillen ist offenbar alles in Ordnung.«

Sie schluckte hörbar. Die Berührung jagte ihr kleine Schauer über den Rücken. »Sind Sie jetzt auch noch Doktor der Medizin, Dr. Hunter?«

Er verzog lächelnd die Mundwinkel. »Nein, aber ich habe genug Zeit in Krankenhäusern verbracht, um zu wissen, worauf zu achten ist.« Dann wurde er wieder ernst, und sein Blick war immer noch forschend auf ihr Gesicht gerichtet. Caroline hatte das Gefühl, einer gründlichen Prüfung unterzogen zu werden. Dann, noch während er sie ansah, glaubte sie plötzlich zu schweben, spürte etwas Neues zwischen ihnen aufkommen. Ihre Kehle zog sich zusammen, und sie spürte ein prickelndes Gefühl an ihren Brüsten. Sein Blick wurde immer eindringlicher, war der gleiche wie vorhin, als er das Büro betreten hatte, aber jetzt wirkte er nicht mehr wütend. Hatte sie seine Miene vorhin richtig gedeutet? Plötzlich war sie sich nicht mehr so sicher.

Er starrte sie an, während seine Finger immer noch ihr Kinn berührten.

»Was?« Das sollte schnippisch und sarkastisch klingen. Stattdessen entschlüpfte das Wort ziemlich heiser ihrer Kehle. Wie ein Hauch. Sexy. *Lieber Gott.* Sie hatte nicht gewusst, dass ihre Stimme zu solch einem Tonfall fähig war. Seine Augen verengten sich unmerklich, und er sah nachdenklich aus. Dann lockerte sich sein Griff an ihrem Kinn, doch seine Finger blieben, wo sie waren.

»Sie haben unglaubliche Augen«, sagte er leise.

Ihre Augen weiteten sich. Sein Blick hielt den ihren fest. *Herr im Himmel.* Nein, er war auch vorhin nicht wütend gewesen, erkannte sie. Der strenge Gesichtsausdruck, die blitzenden Augen, die zu Fäusten geballten Hände. Nein, das war keine

Wut gewesen. Es war eine plötzliche Steigerung seiner heißen Blicke vom Vortag.
Wieder schluckte sie vernehmlich, hatte das Gefühl, einen gefährlichen Abhang hinunterzurutschen. Sie hatte keine Angst mehr vor ihm. Nein, Angst ganz bestimmt nicht. Doch es bestand ein gewaltiger Unterschied zwischen der Tatsache, keine Angst mehr vor ihm zu haben, und dem Wunsch, dem Blick dieser grauen Augen nachzugeben. Das war eine Grenze, die sie keinesfalls überschreiten durfte. Eine Grenze, der sie sich, wenn sie klug war, nicht einmal näherte.
»Hm...danke«, flüsterte sie. *Danke?* Wie sprachgewaltig sie nach fast sieben Jahren auf dem College doch war! Ihre Englischlehrer konnten stolz auf sie sein. In weniger als einer halben Stunde schloss sie nun bereits zum zweiten Mal ihre »unglaublichen« Augen vor Verlegenheit.
Sie befürchtete, dass er jetzt ihr Kinn loslassen und über ihre tölpelhafte Dummheit lachen würde.
Doch stattdessen strich er mit dem Daumen über ihre Lippen. Einmal, zweimal, dreimal.
Erbarmen.
»Mach die Augen auf«, befahl er sanft.
Caroline gehorchte und hatte Angst vor der herablassenden Belustigung, die sie jetzt sicher in seinem Gesicht lesen würde. Sie blickte ihn aus dem Augenwinkel an und tat ihr Möglichstes, um ihn nicht direkt ansehen zu müssen. Er räusperte sich und verstärkte sanft den Druck auf ihr Kinn.
»Ich bin hier oben, Caroline.«
Mühsam richtete sie ihren Blick auf sein Gesicht. Und hielt den Atem an. Sie entdeckte keine Spur von Herablassung.

Keinerlei Belustigung. Sein Blick bohrte sich in ihren, dunkel und zwingend. Und er verriet Interesse.
Gefahr.
Aber sie hatte keine Angst. Nein, Angst stand im Augenblick ganz unten auf der Liste ihrer Empfindungen. Und an der Spitze? Glühende Leidenschaft. Lust. Unverfälschtes Begehren. Verzweifelt stellte sie sich vor, die Grenze, die sie nicht überschreiten durfte, als Linie auf einen imaginären Sandboden zu zeichnen. Die Grenze, der sie sich nicht einmal nähern durfte. Sie war nicht zu haben. Er aber schon. Er war frei. Sexy. Sanft.
»Es tut mir Leid«, sagte er leise.
»Warum?« Ihre Lippen formten das Wort, aber kein Laut war zu hören.
Sein Daumen fuhr über ihre Unterlippe, und ein Schauer rieselte ihr über den Rücken und ließ sie bis in die Fingerspitzen erbeben. »Wegen heute Morgen.«
Caroline runzelte verwirrt die Stirn; sie war so benommen, dass sie nicht gleich verstand, was er meinte. Dann lichtete sich der Nebel. Missi. Stephie. Lange Beine, strahlendes Lächeln, goldbraune Haut. Eifersucht wallte in ihr auf, und sie biss die Zähne zusammen und versuchte, sich ihm zu entziehen, doch er hielt ihr Kinn immer noch fest. Sie hätte sich größere Mühe geben können, aber ... sie tat es nicht.
Sie zwang sich zu lächeln, spürte jedoch, dass daraus nur eine Grimasse wurde. »Nichts, wofür Sie sich entschuldigen müssten, Max. Sie können reden, mit wem Sie wollen. Stephie und Missi sind bestimmt nur allzu bereit für eine erfrischende Konversation.« Sie hörte die Boshaftigkeit in ihrer Stimme, als sie die Spitznamen der jungen Frauen erwähnte,

und fragte sich, ob sie mit Namen wie Hildegard und Gertrude wohl genauso attraktiv sein würden. Aber natürlich. Sie würden sich einfach Hildie und Gertie nennen.
Kopfschüttelnd hob Max eine Braue. »Für andere Zweiundzwanzigjährige vielleicht. Für mich nicht.« Seine Augen glitzerten. »Ich suche jemanden, der etwas mehr ...« Er unterbrach sich. Dann zuckte er mit den Schultern. »Gehen Sie mit mir essen. Bitte.«
Carolines Kiefer klappte herunter. Mit dem Finger, der immer noch ihr Kinn hielt, schob Max ihn sanft wieder nach oben. »Ich?«
Max lächelte schief und sah sich in dem leeren Büro um. »Sehen Sie hier sonst noch jemanden? Ja, Sie. Warum erstaunt Sie das so? Sie werden doch bestimmt ständig von Männern zum Essen eingeladen.«
Caroline schluckte. »Nein, nicht so oft, wie Sie anscheinend glauben.« Wo war nun wieder diese Grenzlinie im Sand geblieben?
Sein Lächeln trübte sich ein wenig, als sie nicht zusagte. »Sind Sie mit jemandem liiert, Caroline?«
Sie schüttelte den Kopf. *Er will dich nicht heiraten, dumme Kuh. Er lädt dich nur zum Essen ein.* Ein gemeinsames Abendessen würde doch sicher niemandem schaden. Oder?
»Wie wär' es dann mit einem Abendessen?«
Caroline atmete tief ein. Sie fühlte sich in die Enge getrieben, als stünde sie am Rande des Abgrunds. Sie selbst bestimmte ihr Schicksal, sie war die Herrin über ihren Lebensweg. Genau. Weshalb sah sie dann vor ihrem inneren Auge das lächerliche Bild des Kojoten Karl, der sich mit diesem albernen kleinen Schirm im freien Fall befand? »Einverstanden.«

Er lächelte, ein aufrichtiges Lächeln, das sein Gesicht verwandelte, und Caroline spürte deutlich seine Erleichterung. Als hätte ihm ihre Ablehnung etwas ausgemacht. Ihn womöglich gekränkt. Das erschien ihr unvorstellbar. Aber manchmal geschahen eben merkwürdige Dinge.
Immerhin hatte Dr. Maximillian Hunter sie soeben zum Essen eingeladen. Und sie hatte zugesagt.
Erbarmen.

6

Asheville, North Carolina
Dienstag, 6. März, 13:00 Uhr

Sie war irgendwo da draußen. Er wusste es, und diese Gewissheit nagte an ihm. Wie hatte sie das angestellt? Winters lehnte sich in seinem ledernen Computersessel zurück und beobachtete, die Arme fest vor der Brust verschränkt, den Cursor auf dem Bildschirm. Er hatte jede Datenbank und jede Suchmaschine, die er kannte, durchsucht und keinen Hinweis auf Mary Grace gefunden, ganz gleich in welcher Kombination er nach ihr gesucht hatte: Mary, Grace, Winters oder Putnam, wie sie mit Mädchennamen hieß. Sie schien spurlos vom Erdboden verschwunden zu sein.
Wie hatte sie verschwinden können, ohne eine einzige verdammte Spur zu hinterlassen?
Wie hatte sie das geplant? Wer hatte ihr geholfen? Sie war nicht schlau genug, eine solche Flucht allein zu planen, selbst wenn sie nicht behindert gewesen wäre, was sie nun einmal war.
Wo war sie?
Wo war Robbie? Er wäre jetzt vierzehn, wurde allmählich ein

Mann. Voller Schmerz und Wut grub Winters die Finger in seine Oberarme. Sie hatte ihn beraubt, hatte ihn der Freude beraubt, seinen Sohn zu einem Mann heranwachsen zu sehen. Ohne seine Erziehung war Robbie wahrscheinlich verweichlicht und verwöhnt. Das musste er schnellstens korrigieren, sobald er den Jungen zurückhatte. Es würde nicht leicht sein, ihm sieben Jahre schlechter Erziehung auszutreiben, aber er würde es schaffen, ganz gleich, welche drastischen Maßnahmen dazu erforderlich waren.

Auf dem Bildschirm öffnete sich ein Dialogfenster: *Suchergebnisse: 0*. Das war die letzte ihm bekannte Datenbank, die er durchsuchen konnte.

»Verdammt noch mal«, fluchte er leise und griff nach der Bierdose auf seinem Schreibtisch. Sie war leer. Verdammt noch mal. »Sue Ann!« Er zerdrückte die Dose mit einer Hand und warf sie in den Papierkorb.

»Ich bin schon da, Rob«, sagte Sue Ann leise hinter ihm. Eine Dose kaltes Bier tauchte neben seinem Ellbogen auf. »Ich muss jetzt schnell auf den Markt gehen. Kann ich vorher noch etwas für dich tun?«

Winters warf einen Blick über die Schulter. Die Blutergüsse in ihrem Gesicht verblassten allmählich, und sie hatte die restlichen Spuren ganz passabel mit Make-up abgedeckt. Er wies mit einer Kopfbewegung zur Tür. »Nur zu. Schau auf dem Rückweg bei ABC vorbei. Mein Jack Daniels geht zur Neige.«

»Rob ...« Ihre Stimme klang wimmernd und weinerlich, wie immer, wenn sie kurz davor war, sich zu beklagen, dass er sie in den Schnapsladen schickte. Das zerrte an seinen Ner-

ven. Er drehte sich in seinem Sessel um und sah in ihr Mondgesicht. »Was ist los, Sue Ann?«
»Gehst … gehst du heute nicht zur Arbeit?«, stammelte sie. Ihr Blick wanderte zum Monitor, aber er machte keinerlei Anstalten, zu verbergen, wonach er suchte. Sue Ann war zu dumm, um sich die Schuhe zuzubinden. Es war ausgeschlossen, dass sie begriff, was er da trieb.
»Ich habe Urlaub genommen.« Er wandte sich wieder dem Computer zu und ignorierte sie.
»W-wie lange?«
Er fuhr wieder herum und hob die Faust. Freute sich, als sie erblasste und einen Schritt zurückwich. »Bis ich Lust habe, wieder zur Arbeit zu gehen. Hau jetzt ab, sonst sitzt du wieder tagelang hier fest.«
Sue Ann hob eine zitternde Hand an ihr Kinn, wo der Beweis seines letzten Faustschlags noch erkennbar war, wenn man genau hinsah. Sie nickte und ging zur Tür.
Rob wandte sich wieder dem Bildschirm zu. »Vergiss den ABC-Laden nicht.«
»Nein, Rob.«
Die Tür fiel ins Schloss, und er war wieder allein, als hätte Sue Ann nie existiert. Gedanken an Mary Grace beschäftigten sein Bewusstsein. Und an Robbie.
Was jetzt?
Wie sollte er ihr auf die Spur kommen, wenn sie einen anderen Namen angenommen hatte? Sie war schließlich der Schlüssel zu Robbie. Das war ihm klar. Vermisste Kinder wurden selten aufgestöbert, denn sie waren leichter zu verstecken. Doch ein Erwachsener musste essen, musste irgendein Einkommen beziehen. So etwas war

mit Sicherheit irgendwo registriert. Er musste nur herausfinden, wo.
Die Angst traf ihn wie ein Messerstich, während er vor sich hin brütete. Wenn sie nun doch schlau genug war? Wenn er sie niemals fand? Wenn er seinen Sohn nie wiederfand?
Er senkte den Blick auf seine zitternden Hände. Rob hatte Angst, ballte die Hände zu Fäusten und biss die Zähne zusammen. Er würde sie finden. Mochte sein, dass sie klüger war, als er ursprünglich angenommen hatte. Aber sie war nicht klüger als er, so viel stand fest, zum Teufel. Und sie war auch nicht klug genug, all das allein geschafft zu haben.
Er musste denjenigen finden, der ihr geholfen hatte. Denjenigen, der die Entführung seines Sohnes bis in alle Einzelheiten geplant hatte.
Rob stand auf und schritt im Wohnzimmer auf und ab, wie eine Raubkatze im Käfig auf der Suche nach einem Spalt, der sie von den Antworten da draußen trennte. Wer hatte ihr geholfen?
Falls es die alte Oberschwester aus dem Krankenhaus in Asheville war – aus der würde er keine Antworten mehr herausbekommen. Sie war etwa ein halbes Jahr nach Mary Graces Verschwinden ums Leben gekommen. Er schürzte die Lippen. Jetzt wünschte er, dass er sich nicht für eine ganz bestimmte Kurve in den Bergen entschieden hätte, um Schwester Scheinheilig von der Straße zu drängen. Er hätte einen sanfteren Abhang wählen sollen, sodass der Sturz nicht tödlich endete, der alten Hexe aber doch einen solchen Schrecken versetzte, dass sie der Polizei keine weiteren Fotos gab. Die alte Schwester war so fest davon

überzeugt gewesen, dass er es getan, dass er seine Frau und seinen Sohn ermordet hatte. Das lästige Weibsstück hatte Fotos von Mary Grace während ihres Krankenhausaufenthalts aufgenommen und an die Ermittler weitergegeben, die mit der Entführung seines Sohns befasst gewesen waren. Besonders ein Detective, Gabe Farrell, mit dem sie ständig redete, betrachtete ihn jedes Mal, wenn ein neues Foto auftauchte, wie ein Stück Hundescheiße, das unter seinem Schuh klebte. Diese Schwester hatte er außer Gefecht setzen müssen.

Seine Gedanken schweiften zu der zerbrochenen und wieder zusammengeklebten Skulptur im Beweismittelsafe von Sevier County. Die Schwesternhelferin hatte Mary Grace diese Skulptur gegeben. Vielleicht hatte sie ihr noch viel mehr gegeben.

Er musste unbedingt in Erfahrung bringen, wo diese Schwesternhelferin jetzt wohnte.

Er logte sich aus und griff zum Telefonhörer, um im Krankenhaus anzurufen, doch dann hielt er den Hörer in der Hand, ohne zu wählen, bis das nervtötende Freizeichen in seinen Ohren zu summen begann. Er konnte nicht einfach anrufen und fragen. Weil, dachte er, und sein Kiefer verkrampfte, weil in diesem Moment ein Special Agent vom SBI in Ross' Büro hockte. Er knallte den Hörer auf. Mr Staatstreu, wie hieß der Typ noch gleich? Thatcher, genau. Ross würde dafür sorgen, dass Agent Thatcher sich auf ihn als Zielscheibe seiner Ermittlungen einschoss.

Winters unterdrückte den Drang, irgendeinen Gegenstand an die Wand zu schleudern. Er. Ein Verdächtiger. *Schon wieder*. Das erste Mal war schlimm genug gewesen. Aber dass es jetzt noch einmal geschah, war beinahe nicht zu glauben. Doch Ben Jolley hatte ihn vor einer halben Stunde auf seinem Handy angerufen und es ihm verraten. Es zahlte sich aus, Kumpel auf dem Revier zu haben. So blieb er während seines Urlaubs wenigstens informiert. Er hatte keine Angst, dass man gegen ihn Anklage erheben würde, denn schließlich hatte er nichts Böses getan.

Winters blickte erst auf das Telefon, dann auf den Computer. Er konnte nicht einfach im Krankenhaus nach dieser Schwesternhelferin fragen. Thatcher würde schon bald davon erfahren … Zwar brauchte er nicht zu befürchten, dass sie etwas fanden, was sie gegen ihn verwenden konnten, aber sie würden ihn in unbezahlten Urlaub schicken, während sie sich am Arsch kratzten und weiter gegen ihn ermittelten.

Wie konnte er sich Zugang zu den Personalakten des Krankenhauses verschaffen? Er kannte sich nicht gut genug mit Computern aus, um es auf eigene Faust zu versuchen.

Er musste einen Fachmann finden.

Asheville, North Carolina
Dienstag, 6. März, 14:25 Uhr

»Nun?« Ross stand in der Tür des Konferenzzimmers, das man Steven als Büro zugewiesen hatte.

Steven stieß sich mit seinem Stuhl vom Schreibtisch ab und stand auf. Er fuhr sich mit der Hand über den Nacken und streckte sich, um die Muskeln zu dehnen, die zu lange steif geblieben waren. »Ich muss mich über mangelnde Gastfreundschaft beklagen, Lieutenant Ross«, sagte er mit einem müden Lächeln. »Hier drinnen herrschen mindestens fünfundsechzig Grad.«

Ross lehnte sich an den Türrahmen. »Ja, es wird ein bisschen warm hier«, gab sie zu. »Besonders wenn die Sonne vor diesem kleinen Fenster steht.«

Steven lockerte seine Krawatte um einen weiteren Zentimeter und öffnete den obersten Kragenknopf. »Ein bisschen warm? Wie heiß wird es in diesem Zimmer dann wohl im August? Schon gut. Ich will es gar nicht wissen.«

»Das war unsere Verhörzelle.« Sie lächelte, und Steven war völlig verdutzt über die Veränderung, die in ihrem Gesicht vor sich ging. Wenn sie lächelte, war Ross eine attraktive Frau. »Doch die Regierung verurteilte die Methode als grausam und unzumutbar für Personen, die noch nie verhört wurden. Vor ein paar Jahren haben sie uns eine Verhörzelle nach allen Regeln der Kunst gebaut, und jetzt ist dieser Raum hier lieben Gästen vorbehalten.« Sie wurde wieder sachlich und wies auf den dünnen Aktenstapel. »Ich sagte ja, dass es nicht viel ist, aber das ist nun mal alles, was das Archiv hergibt. Die Zeugenaussagen.« Ihr Tonfall war nüchtern, als ihr Blick auf die beiden Fotos fiel, die an einen der braunen Umschläge geheftet waren. »Die Fotos.«

Steven betrachtete mit finsterer Miene erst das eine, dann das andere Foto.

Das erste zeigte eine blutjunge Mary Grace Winters, vielleicht achtzehn Jahre alt, die einen lachenden, zweijährigen Jungen mit blondem Haar und den ersten beiden Zähnchen

auf der Hüfte trug. Ihre Lippen waren in der grotesken Parodie eines Lächelns verzogen, ein Lächeln, das nicht annähernd ihre bekümmerten Augen erreichte. Auf dem zweiten Foto war Mary Grace ein paar Jahre älter und lag unmittelbar nach ihrem Treppensturz im Krankenhaus. Eine Gesichtshälfte war fast bis zur Unkenntlichkeit geschwollen. Ihr blondes Haar war von einer wohlmeinenden Krankenschwester abgeschnitten worden, um die Behandlung während ihres dreimonatigen Aufenthalts in der Klinik zu erleichtern. Um den dicken Verband herum war ihr Haar bis auf die Kopfhaut abrasiert, ansonsten war es bis auf etwa einen halben Zentimeter geschoren.
Auf privater Ebene drehte sich ihm beim Anblick der Fotos der Magen um. Auf beruflicher erfüllten sie die Kriterien für einen Verdacht auf Misshandlung durch den Ehemann. Unglücklicherweise lag nicht die Spur eines Hinweises darauf vor, dass Winters jemals der Misshandlung seiner Frau bezichtigt wurde. Doch genau diese Tatsache ließ Steven keine Ruhe. Sorgfältig schob er die Fotos in eine Aktenmappe, blickte auf und sah, dass Ross ihn mit besorgter Miene musterte.
Steven bewegte die Schultern, um sie zu lockern und gleichzeitig seiner Ratlosigkeit Ausdruck zu geben. »Ich weiß nicht. Irgendwie habe ich erwartet, dass wenigstens ein Mensch in diesem Revier einen Verdacht gegen ihn geäußert hätte. Immerhin wurden die Frau und der kleine Sohn eines Polizisten entführt ...«
»Damals sind die Ermittler zu dem Schluss gekommen, dass sie mit dem Jungen weggelaufen ist«, sagte Ross.
Aber nicht alle sind zu diesem Schluss gekommen, dachte Steven.

Lennie Farrells Vater zum Beispiel nicht. »Ja, verstehe. Man hat angenommen, dass Mary Grace Winters weggelaufen ist, weil ihr Mann eine Affäre mit der Nachbarin hatte.« Er sah, wie sich Lieutenant Ross' Gesicht verschloss. »Glauben Sie das auch, Lieutenant?«

Ross nickte und verzog grübelnd den Mund. »Eine plausible Erklärung war es auf jeden Fall. Rob erfreut sich seit jeher großer Beliebtheit bei den Damen. Aber was mir immer zu denken gab, war der Junge. Rob Winters hat seinen Sohn anscheinend abgöttisch geliebt, hat jahrelang um den kleinen Robbie getrauert. Ich kann mir nicht vorstellen, dass er dem Jungen etwas angetan hat. Er hat nie geglaubt, dass seine Frau weggelaufen sein könnte, und war von Anfang an davon überzeugt, dass irgendein Verbrecher beide aus Rache gekidnappt hat.« Sie zuckte mit den Schultern. »Auch das ist nicht auszuschließen. Winters hat im Lauf der Jahre zahlreiche Verhaftungen vorgenommen. Ehrlich, Thatcher, ich weiß nicht, was ich glauben soll. Deshalb wollte ich Sie hinzuziehen.«

Steven senkte den Blick wieder auf die Fotos. »Ich würde gern so bald wie möglich mit Winters sprechen.«

»Ich kann Ihnen seine Adresse geben. Er ist heute nicht hier, weil er Urlaub genommen hat«, fügte sie hinzu und beantwortete damit seine nächste Frage, bevor Steven sie aussprechen konnte.

»Gut. Und wie steht's mit den Beamten, die vor sieben Jahren die Ermittlungen ausgeführt haben?«

»Mit Farrell können Sie sprechen, mit York allerdings nicht.«
Steven rückte seine Krawatte zurecht. »Warum nicht mit York?«

»Er ist letztes Jahr gestorben.«
Steven furchte die Stirn. »Im Dienst?«
Sie schüttelte den Kopf. »Herzinfarkt. Der Mann war einfach zu versessen auf Brathähnchen und so weiter.«
Steven lachte leise. »Dann ist er also glücklich gestorben.«
Sie lächelte wieder. »Glücklich wie eine frittierte Muschel. Farrell wohnt oben in den Bergen, in der Nähe von Boone. Morgen früh können Sie ihn besuchen. Heute ist er mit einer Truppe Pfadfinder angeln gegangen«, sagte sie, während er seine Akten zusammenkramte. »Sie werden Gabe Farrell mögen. Er ist ein feiner Kerl.«
»Wie ich höre, macht seine Frau einen großartigen Süßkartoffelauflauf.«
»Der ist eine Sünde wert.«

Chicago
Dienstag, 6. März, 17:01 Uhr

Endlich war es fünf Uhr. Max klappte das Buch zu, in dem zu lesen er vorgegeben hatte. Den ganzen Nachmittag über hatte er gelauscht, wie Caroline Anrufe beantwortete. Ihr sexy Südstaatenakzent war durch die Wände an sein Ohr gedrungen. Er hatte gehört, wie sie sich zum Gehen fertig machte, und sich gefragt, ob sie dabei an ihn dachte. Er selbst hatte unentwegt an sie gedacht, den ganzen Nachmittag. Hatte überlegt, wohin er sie zum Abendessen ausführen sollte, und sich auf diesen Abend gefreut, wie er sich seit

langer Zeit auf nichts mehr gefreut hatte. Außerdem hatte er sich vorgestellt, wie es sein würde, ihr einen Gutenachtkuss zu geben, und gehofft, dass sie auf seinen Kuss genauso reagieren würde wie auf die schlichte Berührung ihrer Unterlippe.
Grundgütiger, er hatte sie kaum berührt und war beinahe schon gekommen. Jedes Mal, wenn er ihre Lippe mit dem Daumen berührt hatte, war sie erschauert, und mit jedem Atemzug waren ihre Augen größer geworden. Was immer sie auch empfand, es war Neuland für sie, und ihre schönen Augen hatten zunächst Ängstlichkeit, dann Verwunderung ausgestrahlt. Und da war noch etwas anderes gewesen, grübelte er. Sie war erschrocken, als er sich ihr genähert hatte. Caroline war offenbar ein bisschen scheu.
Caroline. Allein ihr Name beflügelte seine Fantasie. Ein leichtes Klopfen an seiner Tür unterbrach seine Gedanken. Max richtete sich in seinem Sessel auf.
»Herein.« Es gelang ihm, weiter zu lächeln, obwohl er enttäuscht war, als eine große, schlanke, junge Frau mit kurz geschnittenem, dunklem Haar eintrat. »Evie, was kann ich für Sie tun?«
Evie Wilson näherte sich zögernd. Scheu und ängstlich. Die junge Frau bewegte sich wie ein Fohlen, langbeinig und unsicher. Er hatte keine Ahnung, ob sie eine gute Sekretärin sein würde, wenn Caroline ihr Studium abgeschlossen hatte, oder nicht. Das würde er erst sagen können, wenn sie ihre anfängliche Schwärmerei überwunden hatte und ihn nicht länger anschaute, als wäre er ein Filmstar. *Oder ein Spitzensportler*, verhöhnte ihn seine innere Stimme. Er schob den unwillkommenen Gedanken abrupt zur Seite.

»Ich wollte nur wissen, ob Sie etwas aus der Bibliothek benötigen«, fragte sie mit piepsender Stimme.
»Nein, danke, Evie.« Er lächelte sie aufmunternd an. Väterliches Gehabe lag ihm nicht. Er war eher der Typ, den man »Sir« und »Herr Doktor« nannte und dessen Wünsche unverzüglich erfüllt wurden. Doch sein Lächeln zeigte offenbar Wirkung, denn Evie errötete bis unter die Haarwurzeln, bewegte sich rückwärts zur Tür und verabschiedete sich stotternd. Max seufzte. Er wollte keine junge Sekretärin haben. Er wünschte sich eine ältere, tüchtige Sekretärin, die seinetwegen nicht in Ohnmacht fiel.
Nach Carolines Kündigung, versteht sich. Sie durfte seinetwegen in Ohnmacht fallen, sooft sie nur wollte. Er hatte gerade seine Schreibtischschublade abgeschlossen, als es schon wieder klopfte. »Herein«, rief er. Dann seufzte er leise, als ein durchdringender Parfümduft in den Raum strömte. Dr. Monika Shaw. Den ganzen Tag über war er ihr aus dem Weg gegangen. Er hob den Kopf und sah sie in der offenen Tür stehen und ihn stumm mit einem Raubtierblick beobachten. Er kannte diesen Blick, denn Elise hatte ihn oft genug in den Augen gehabt, und inzwischen wusste er genug über die Falschheit, die dahintersteckte. Shaws grell geschminkter Mund verzog sich zu einem ihrer Meinung nach wohl einladenden Lächeln. Er wehrte sich gegen den inneren Drang, um Hilfe zu rufen. »Kann ich etwas für Sie tun, Dr. Shaw?«
Sie kam mit wiegenden Hüften auf ihn zu. »Nennen Sie mich doch bitte Monika.«
Max ließ sich in seinen Sessel zurückfallen und legte die Fingerspitzen aneinander, in der Hoffnung, dadurch un-

nahbar zu wirken. »Na dann, kann ich etwas für Sie tun, Monika?«
»Das will ich doch hoffen.« Himmel, sie schnurrte regelrecht und erinnerte ihn an eine Katze, die im Begriff war, sich auf ein armes Mäuschen zu stürzen. Schade, dass es keine Mauselöcher in seiner Größe gab. »Ich hege die leise Hoffnung, dass ich Sie zum Essen einladen darf.« Sie hielt inne, lehnte sich mit einer Hüfte an den Schreibtisch und wandte sich ihm zu. Ihr Parfüm war so aufdringlich, dass er fast würgen musste. Max schluckte schwer, und sie lächelte. »Um Sie in unserem Fachbereich willkommen zu heißen.«
»Nun, herzlichen Dank für die Einladung, Monika, aber ...« Sie beugte sich noch ein wenig weiter vor. »Ich kenne ein fantastisches kleines Restaurant mit französischer Küche an der Michigan Avenue und habe mir erlaubt, dort für neunzehn Uhr einen Tisch zu reservieren.«
Max lehnte sich so weit in seinem Stuhl zurück, dass die Lehne empört knarrte. »Das ist wirklich nett von Ihnen, Monika, aber ich habe heute Abend schon andere Pläne.«
Ihr Lächeln verblasste, sie schmollte. »Also wirklich, Max, wie können Sie heute Abend schon andere Pläne haben? Sie sind kaum eine Woche in Chicago.« Ihre Finger rückten seinen gefalteten Händen näher. Ruckartig nahm er seine Hände vom Schreibtisch und verschränkte die Arme vor der Brust.
»Ich habe wirklich andere Pläne.« Er erhob sich mühsam und griff nach seinem Stock, doch Monika Shaw kam ihm zuvor. Er streckte die Hand nach seinem Stock aus, doch statt ihn Max zu reichen, schob sie ihre Hand in seine.

»Sagen Sie alles ab«, verlangte sie leise. »Ich garantiere Ihnen, dass Sie es nicht bereuen werden.«
Er zog seine Hand zurück und verschränkte erneut die Arme vor der Brust. »Ich werde meine Verabredung bestimmt nicht absagen. Wenn Sie jetzt so freundlich sein würden, mir meinen Stock zu geben, damit ich mich verabschieden kann.«
»Aber ...«
Die Tür zu seinem Büro öffnete sich, und Max wie auch Monika drehten sich um, um zu sehen, wer hereinkam. Max betete, dass es nicht Caroline war. Am Vormittag hatte er es geschafft, das Intermezzo mit den beiden Studentinnen unter den Teppich zu kehren, doch er wusste, dass Caroline sich in Monika Shaws Nähe ganz besonders verletzlich fühlte. Er riss die Augen auf, als David den Raum betrat.
»Max, du hast doch nicht etwa vor, mich zu versetzen?«
Und zu seiner großen Verblüffung durchquerte David den Raum und legte den Arm um seine Schultern. Die freie Hand streckte er Monika zur Begrüßung entgegen. »Hi, ich bin David. Max und ich sind heute Abend verabredet.«
Monikas Kinn klappte herunter und entblößte mehrere Silberfüllungen in ihren Backenzähnen. Höchst unattraktiv, konstatierte Max und hatte Mühe, ein unbeteiligtes Gesicht zu machen und sein Lachen zu unterdrücken. Monika war völlig entsetzt. Als sie sich halbwegs erholt hatte, streckte sie David die Hand entgegen. »Sie und Max ... Sie kennen sich?«
»Oh ja«, antwortete David leichthin und schüttelte ihr übertrieben herzlich die Hand. »Wir waren zusammen in Har-

vard.« Er warf Max einen zärtlichen Blick zu. »Wir waren … Zimmergenossen.« Seine Stimme wurde weich. »Stimmt's, Max?«

Max nickte mit großen Augen, unfähig zu sprechen. Monika war einen Schritt zurückgewichen.

David zog ihn näher zu sich heran und lehnte seinen Kopf gegen seine Schulter. »Wir sind praktisch unzertrennlich, seit wir … nun ja, seit wir kleine Jungen waren, nicht wahr, Max?«

Max nickte wieder. Er räusperte sich. »Unzertrennlich. Verstehen Sie, Monika, ich kann wirklich nicht mit Ihnen essen gehen, weder heute Abend noch an einem anderen Abend. Wenn Sie nun so freundlich wären …?« Er streckte die Hand aus und bewegte die Finger. Monika reichte ihm seinen Stock.

Sie erholte sich erstaunlich gut, ihre zunächst geschockte Miene wich einem entschuldigenden Blick. »Verzeihung, Max. Ich wusste ja nicht, dass Sie gebunden sind.« Sie warf David, der glückselig lächelte, einen Blick zu. »Nett, Sie kennen zu lernen, David. Ich wünsche Ihnen einen … schönen Abend.«

»Danke.« David nickte, der Inbegriff der Unschuld. »Wir gehen Pizza essen, nicht wahr, Max?«

Max schluckte. Pizza! Er hatte David am Vorabend zu einer Pizza eingeladen. Sein Plan, mit Caroline essen zu gehen, hatte ihn das glatt vergessen lassen. »Pizza. Ja. Einen schönen Abend noch, Monika.«

Max und David blickten ihr nach, als sie das Büro verließ. Ihre Hüften bewegten sich jetzt eindeutig weniger aufreizend. Sie lauschten, bis die Vorzimmertür geschlossen

wurde, dann wandte sich Max mit düsterem Blick David zu und entfernte gewaltsam seinen Arm von seiner Schulter. »Was, zum Teufel, hast du dir eigentlich dabei gedacht?«
David grinste. »Ich wollte dich aus den Klauen dieser Frau befreien. Du wolltest doch nicht mit ihr ausgehen, oder?«
Max bemühte sich um einen strengen Blick. »Nein, das wollte ich nicht, aber das gibt dir nicht das Recht, mich zu …«
David versetzte ihm einen Rippenstoß. »Sei nicht undankbar. Es war vielleicht politisch nicht ganz korrekt …«
»Vielleicht nicht ganz korrekt!«, explodierte Max. »Weißt du überhaupt, welche Schwierigkeiten …«
David zuckte mit den Schultern. »Aber dadurch bist du langfristig vor ihr in Sicherheit.« Er grinste wieder, und Max' Herz wurde weich. So war sein kleiner Bruder nun einmal, der mit seinem unverschämten Sinn für Humor auch die schlimmsten Tage erträglich machte. »Gehen wir Pizza essen.«
Max verzog das Gesicht. »Ich habe tatsächlich schon etwas anderes vor, Dave.«
Davids Blick verdüsterte sich. »Du willst mich wirklich versetzen?«
»Es ist wegen Caro…« Seine Stimme versagte, als ihn die Angst ergriff. »Oh Gott, ich hoffe, sie hat uns nicht gehört.« Er eilte, so schnell seine Behinderung es ihm gestattete, zur Tür. »Scheiße.«
Sie saß mit zuckenden Schultern am Schreibtisch und hielt das Gesicht in den Händen verborgen. Mit einem drohenden Blick in Davids Richtung ging Max zum Schreibtisch

hinüber. Dann setzte er sich auf die Kante der Tischplatte und berührte sanft Carolines Schulter.
»Caroline, ich weiß nicht, wie viel Sie gehört haben, aber ich wäre niemals mit Monika essen gegangen, und der da ist nur mein idiotischer Bruder.« Ihre Schultern zuckten noch heftiger. »Ich hätte Sie nicht eingeladen, nur um dann die Verabredung abzusagen, ehrlich.«
»Aber mich willst du versetzen«, warf David unverblümt ein, während er aus sicherer Entfernung die Szene verfolgte, sodass Max, falls er ihn schlagen wollte, zunächst aufstehen und einige Schritte zurücklegen musste.
»Sei still, David«, fuhr Max ihn an. »Für heute hast du schon genug angerichtet.« Er wandte sich wieder Caroline zu, die immer noch das Gesicht in den Händen barg. »Bitte, weinen Sie nicht. Mein Bruder wollte sowieso gerade gehen.«
Caroline spreizte die Finger ein wenig und blickte zwischen ihnen hindurch. »Oh nein, schicken Sie ihn nicht fort«, sagte sie atemlos. »Bitte.« Sie nahm die Hände von den Augen und legte sie vor den Mund, während ihr Tränen über die Wangen strömten. »Oh mein Gott, ich …« Sie fing an zu husten, und mit unendlicher Erleichterung erkannte Max, dass sie nicht weinte, sondern nahezu an ihrem Lachen erstickte. Er klopfte ihr hilfsbereit auf den Rücken, während sie um Luft rang. Keuchend schlug sie mit der Faust auf den Tisch. »So habe ich nicht mehr gelacht, seit …« Sie musste wieder husten.
»Hol ihr ein Glas Wasser, David, ja?«
Mit einem ungerührten Grinsen tat David ihm den Gefallen.
»D – danke«, brachte Caroline hervor und leerte das Glas.

»Ach, Max, Sie hätten ihr Gesicht sehen müssen, als sie ging. Unbezahlbar.«

Max lächelte froh und erleichtert. »Darf ich Ihnen meinen Bruder David vorstellen?«

»Wir haben uns schon bekannt gemacht, bevor er in Ihr Büro gegangen ist.« Caroline bebte noch immer vor Lachen. »Danke, David. Diese Frau ist mir schon seit fünf Jahren ein Dorn im Auge.«

David neigte den Kopf. »Gern geschehen. Und seit wann arbeitet sie hier?«

Caroline lachte leise. »Seit fünf Jahren. Seit fünf langen, langen Jahren.« Sie wandte sich mit leuchtend blauen Augen Max zu. »Wenn Sie Pizza essen gehen wollen, möchte ich nicht gern das fünfte Rad am Wagen sein.«

Er entspannte sich allmählich. Ihr herrliches Lachen hatte ihn völlig beruhigt. »Nun, wir könnten Missi oder Stephie zu Ihrer Gesellschaft einladen.«

Ihre Augen wurden schmal, doch ihr Grübchen zeigte sich. »Nur über meine Leiche, gnädiger Herr.«

Max war fasziniert und konnte den Blick nicht von ihr wenden. Sie war so hübsch, wenn sie lachte. »Hau ab, David«, sagte er, ohne auch nur einen Blick über die Schulter zu werfen.

»Max, das ist gemein. Er ist extra hierher gekommen, weil Sie verabredet sind.«

»Wahrscheinlich hat er irgendeinem reichen Kerl sein Auto zurückgebracht. So war's doch, David?«

»Nein«, antwortete David mit kummervoller Stimme in seinem Rücken. »Ich bin den ganzen weiten Weg hierher gefahren, um meinen lieben Bruder zu sehen.«

»Er ist ein Clown«, bemerkte Caroline.
»War er schon immer«, antwortete Max. »Hau ab, David. Ich spendiere dir ein Sechserpack von diesem Bier, das du so gern magst. Aber jetzt geh endlich.«
David seufzte theatralisch. »Geben Sie gut Acht, Caroline. Er lässt Sie fallen wie eine heiße Kartoffel, wenn er anfängt, sich zu langweilen. Ich glaube, ich gehe zu Moe und ertränke meinen Kummer.«
»Wer ist Moe?« Caroline griff nach ihrer Tasche und lächelte Max zu, als er ihr in den Mantel half. Ihm ging das Herz auf, und wenigstens im Geiste musste er sich bei David dafür bedanken, dass er ihre Augen so zum Strahlen gebracht hatte.
»Das ist ein Lokal, in dem wir gegessen haben, als wir noch jung waren. Bevor Max ein bedeutender Mann wurde.« David verdrehte die Augen. »Bevor er mich wegen einer anderen sitzen ließ.«
Caroline musste grinsen. »Wohin wollten Sie mich denn ausführen?«
Max hob die Schultern. »Ich hatte vor, mit Ihnen zu Morton's Steak House zu gehen, aber ich habe den leisen Verdacht, dass wir alle zusammen Moe aufsuchen und doppelte Cheeseburger mit Zwiebelringen verspeisen werden.« Die Zustimmung in ihren Augen machte ihm die Enttäuschung über die Planänderung etwas schmackhafter.
David blinzelte Caroline zu. »Und ich dachte schon, er hätte seine schlichte Herkunft vergessen. Ich fahre heute Abend eine 57er Corvette. Kommen Sie mit mir?«
Mit einem frechen Lächeln blickte sie zu Max auf. »Kommt darauf an. »Was fahren Sie?«

»Mercedes.« Er warf David einen warnenden Blick zu, der seine Wirkung völlig verfehlte.
»Meiner ist ein Klassiker«, lockte David. »Rot und weiß. Versenkbare Scheinwerfer.«
Caroline nagte an ihrer Lippe und tat, als müsste sie überlegen. Dann schüttelte sie den Kopf. »Tut mir Leid. Deutscher Luxus schlägt amerikanisches Spielzeug. Der Wagen hat doch eine Innenausstattung aus Leder, Max?«
»Ja«, antwortete er trocken. »Ich kann Sie später hierher zurückbringen, um Ihr Auto abzuholen.«
»Nicht nötig. Ich bin heute Morgen mit dem Bus gekommen.«
David vergaß, den Mund zu schließen. »Sie haben kein Auto?«, fragte er entsetzt.
Caroline schüttelte den Kopf und warf Max einen viel sagenden Blick zu. »Die Zündung ist kaputt. Mit meinem Sekretärinnengehalt kann ich mir keine Reparatur leisten.«
»Ihr Chef ist ein Schwein«, sagte David, nahm ihren Arm und führte sie aus dem Büro.
Caroline sah sich um. Ihr Lächeln wirkte jetzt ruhiger, war aber unvermindert strahlend. »Nein, ich finde ihn ziemlich nett.«
Wieder wurde es Max warm ums Herz. Dieses eine Mal würde er David verzeihen. Sein Bruder hatte Caroline zum Lachen gebracht, etwas, das ihm wohl so schnell nicht gelungen wäre. Und ganz gleich, was noch geschah, Caroline Stewart würde Moes Lokal an seiner Seite verlassen.

Asheville
Dienstag, 6. März, 19:30 Uhr

»Ich bin nach wie vor der Meinung, dass dies keine gute Idee ist.«
Steven ließ seine Hand auf dem Türgriff der *Two Point Tavern* ruhen und blickte über seine Schulter zu Detective Jonathan Lambert zurück, der immer noch stur da stand und die Arme vor der Brust verschränkt hielt. Das Licht der Straßenlaterne fiel auf Lamberts goldenes Haar, was ihm eine Art Heiligenschein verlieh. »Ich werde das im Protokoll festhalten, Detective«, antwortete Steven trocken. »Sie haben gefragt, ob Sie mir irgendwie helfen können.« Er öffnete die Tür. »Hier brauche ich Ihre Hilfe.«
»Was wir hier machen, nennt man um Ärger betteln«, knurrte Lambert, folgte Steven aber in das Lokal.
»Ich möchte alle Personen in ihrer natürlichen Umgebung beobachten«, erklärte Steven leise.
»Sie sind keine Tiere, Thatcher«, stieß Lambert zwischen zusammengepressten Zähnen hervor.
Steven verdrehte die Augen. »Nur so eine Redewendung, Lambert. Bleiben Sie locker.« Steven schaute sich in der schlichten, kleinen Bar um und sah Bullen, wohin das Auge reichte. Einige in Uniform, andere in Anzug und Krawatte, aber alle waren unverkennbar Bullen. »Ich möchte mit ihnen an einem Ort reden, an dem sie sich zu Hause fühlen. Klingt das besser?«
Lambert war alles andere als locker. »Dann befragen Sie die

Männer auf dem Revier. Hierher gehen sie, um sich zu entspannen, nicht, um sich ausspionieren zu lassen.«
Steven drehte sich mit strenger Miene zu Lambert um. »Kein Bulle, der seine Dienstmarke wert ist – und der nichts zu verbergen hat –, hätte etwas dagegen, mit mir zu reden. Eine Frau und ihr Kind werden vermisst. Ich möchte doch hoffen, dass das Grund genug ist.« Er hob eine Braue. »Für alle Anwesenden.«
Lambert verzog den Mund. Ironischerweise tat das seinem guten Aussehen keinen Abbruch. »Rob Winters ist ganz sicher nicht einer meiner liebsten Freunde, Special Agent Thatcher, aber ich habe Achtung vor seinem Pflichtbewusstsein. Ich bin nicht gewillt, seinen Namen ohne Beweise in den Schmutz zu treten. Unterstellungen reichen nicht aus.« Er ließ den Blick über die Männer schweifen, die ihn bisher noch nicht bemerkt hatten. »Sie werden feststellen, dass die meisten hier der gleichen Meinung sind.«
»Obwohl sie ihre Ansichten bestimmt nicht so sprachgewandt äußern würden«, bemerkte Steven leise und wappnete sich innerlich für den Angriff, den er in voller Absicht provozierte, indem er hier aufkreuzte, wo er nicht erwünscht war. Er hatte sich keinen Moment zu früh gerüstet, denn Detective Ben Jolley kam bereits auf ihn und Lambert zu, das Bierglas locker in der Hand schwenkend. Allem Anschein nach handelte es sich nicht um sein erstes Bier.
»Hat man Ihnen in Raleigh kein Benehmen beigebracht, Special Agent Thatcher?«, fragte Jolley mit schleppender Stimme. »Ich hätte gedacht, Sie wüssten, dass man nicht einfach in eine private Feier platzt.«
»Ben«, warnte Lambert.

Doch Jolley war offenbar schon in Fahrt. »Halt's Maul, Jonnie.« Steven sah, wie Lambert das Gesicht verzog, und verstand, dass ihm sein Spitzname genauso verhasst war wie den Leuten hier Stevens Anwesenheit. »Geh mit ihm in ein schickes Bistro. Wir wollen ihn hier nicht haben.« Jolley schwankte und fing sich erst wieder, als er dicht vor Steven stand. »Sie glauben wohl, Sie können einfach herkommen und uns dazu bringen, schlecht über Rob zu reden. Ausgeschlossen, *Special Agent* Thatcher. Hier finden Sie keinen einzigen Mann, der nicht bereit wäre, sich für Rob Winters zu prügeln.« Er drehte sich um und hob sein Bierglas. »Stimmt's, Leute?«
Steven beobachtete die Männer genau. Der Großteil von ihnen antwortete mit einem nachdrücklichen »Genau!«. Aber nicht alle. Er prägte sich die Gesichter derjenigen ein, die nichts gesagt hatten, und achtete besonders auf die Männer, die sich abgewandt hielten. Nicht jeder der Anwesenden verehrte Rob Winters als Helden. Wohl aber Ben Jolley, und das bedeutete im Augenblick Ärger genug.
»Gehen Sie nach Hause, Thatcher.« Jolley beugte sich vor, und Steven widerstand dem Drang, sich vor der stinkenden Bierfahne des Mannes in Sicherheit zu bringen. Zusammen mit dem kalten Zigarettendunst konnte das selbst den abgehärtesten Magen zum Revoltieren bringen. »Gehen Sie nach Hause und fragen Sie Ihre großartigen Computer und die Labore, was wirklich aus Robs kleinem Jungen geworden ist. Denn wenn Sie glauben, er hat's getan, verschwenden Sie nur Ihre Zeit.«
»Sie scheinen sich sehr sicher zu sein«, bemerkte Steven, »wieso?«

»Weil ich ihn kenne«, erklärte Jolley mit wütendem Blick. »Ich habe ihn ausgebildet, als er selbst kaum mehr als ein Junge war. Er ist wie ein Sohn für mich.« Er schluckte, als seine Gefühle ihn zu überwältigen drohten. »Ich habe seine Hand gehalten, als Robbie verschwunden war. Er liebt seinen Jungen, Thatcher.« Jolley schluckte wieder, eindeutig tief bewegt. »Machen Sie keinen Fehler. Rob Winters kann dem Jungen genauso wenig etwas angetan haben wie ich.«
Steven beobachtete, wie dem älteren Mann Tränen in die Augen traten. Jolley war so überzeugt, wie er betrunken war; daran bestand kein Zweifel. »Was ist mit seiner Frau, Detective? Könnte er seiner Frau etwas angetan haben?«
Jolley biss die Zähne zusammen. »Er war gut zu der Frau. Sie war eine schreckliche Belastung für ihn, aber er hat sich um sie gekümmert. Sie hatte ständig Depressionen. Konnte sich nicht mal allein die Schuhe zubinden«, erklärte er voller Abscheu. »Aber er hat sie bei sich behalten. Hat die Arztrechnungen bezahlt. Ihr die Schuhe zugebunden«, fügte er verächtlich hinzu. »Und dafür hat er keinen Dank gekriegt.« Seine Augen verengten sich viel sagend. »Überhaupt nichts hat er von ihr gekriegt.«
Steven spürte, dass die Blicke aller Anwesenden auf ihn gerichtet waren; sie warteten auf seinen nächsten Schachzug. »Die gerechte Strafe doch wohl.« Er hielt inne, bis er die Wut in Jolleys Augen aufblitzen sah. »Erst recht, weil er sie zu dem gemacht hat, was sie war.«
Bingo, dachte er und verzog das Gesicht, als der Inhalt von Jolleys halb vollem Bierglas sein Gesicht traf und der Mann ihn mit seinen kräftigen Händen bei den Schultern packte und ihn gegen die Wand drückte.

»Ben!«, schrie Lambert, zerrte Jolley zurück und hielt ihn fest, während drei weitere Polizisten zur Hilfe eilten. Lambert übergab Jolley den anderen, zog ein blütenweißes Taschentuch aus der Tasche und reichte es Steven. Er zitterte vor Wut. »Wischen Sie sich das Gesicht ab«, fuhr er ihn an. »Und wenn Ihnen was am Frieden gelegen ist, dann kommen Sie mit nach draußen.«
Steven wandte sich zum Gehen. An der Tür hielt er inne und sah, wie Lambert einen weiteren Mann in Anzug und Krawatte herbeiwinkte. Der Mann im Anzug war Detective Jim Crowley. Toni Ross hatte ihn Steven am Nachmittag vorgestellt. »Bring Jolley nach Hause, Jim«, befahl Lambert. »Sorg dafür, dass er zu Bett geht.«
Detective Crowley legte den Arm um Ben Jolleys Schultern. »Komm, Ben. Es reicht für heute. Ich bring dich nach Hause, und dann schläfst du dich erst mal gründlich aus.«
Crowley zögerte, als er an Steven vorbeiging, der immer noch an der Tür stand. »Er ist sonst nicht so, Thatcher. Er hat bei Rob gesessen und sich um ihn gekümmert, als Robbie vor sieben Jahren entführt wurde. Und dann musste er wieder bei ihm sitzen und sich kümmern, als Rob gestern Abend erfuhr, dass sein Junge wahrscheinlich auf dem Grund von Lake Douglas liegt. Lassen Sie ihn in Ruhe, ja?«
Steven nickte. »In Ordnung«, sagte er, dachte jedoch: *Den Teufel werde ich tun.*
Lambert trat hinzu, unverhohlene Wut im Gesicht. »Sie sagten, Sie wollten mit den Männern reden, nicht, einen verdammten Aufruhr heraufbeschwören.«
Steven legte Lamberts Taschentuch zu einem akkuraten Rechteck zusammen, bevor er es in seine Tasche schob. »Ich

wasche es und gebe es Ihnen zurück«, sagte er ruhig. »Im Augenblick wäre ich Ihnen dankbar, wenn Sie mich zum Hotel zurückbrächten, damit ich mich umziehen kann. Danach hätte ich gegen Wein und Käse nichts einzuwenden, wenn es Ihnen genehm ist.« Er verzog den Mund zu einem flüchtigen Lächeln. »Obwohl mir ein medium gebratenes Steak entschieden lieber wäre.«

Lambert schloss die Augen und verkniff sich eine scharfe Antwort. Er schüttelte den Kopf und hielt die Tür auf. »Nach Ihnen, Thatcher. Nach Ihnen.«

7

University of North Carolina, Charlotte
Dienstag, 6. März, 20:35 Uhr

Der Laden war eine echte Kaschemme. Winters blieb an der Tür stehen und wartete, bis sich seine Augen an die Rauch geschwängerte Dunkelheit gewöhnt hatten. Musik spielte, aber die Bässe dröhnten so laut, dass vom Rest nichts zu hören war. Er ließ den Blick durch den Raum schweifen und entdeckte seine Kontaktperson an einem Tisch in der Ecke. Genauso, wie der Junge es angekündigt hatte. Winters hatte erstaunlich wenig Zeit benötigt, um einen Computer-»Spezialisten« aufzutun, der für den richtigen Preis bereit war, ein wenig in verbotenen Gewässern zu fischen. Im Grunde hatte die Fahrt von Asheville nach Charlotte länger gedauert als die Computerrecherche nach Randy Livermore.
Er hatte sich keineswegs wegen des Fachbereichs Computertechnik für die Universität von Charlotte entschieden. Dann hätte er sich auch gleich an die Universität von Asheville wenden können. Vielmehr wollte er einfach nicht das Risiko eingehen, dem Hacker wiederzubegegnen, wenn er im Dienst war. Schließlich war nur es eine Frage der Zeit,

bis der Junge mit dem Gesetz in Konflikt kommen würde. Es sei denn, er war wirklich gut. Winters hoffte um seiner selbst willen wie auch um das Wohl seines Jungen, dass Livermore gut war.

Winters durchquerte den Raum und wich dabei immer wieder tanzenden Paaren aus oder jungen Leuten, die herumstanden und auf dem Fernsehschirm über der Theke ein Baseballspiel verfolgten. Duke spielte gegen Maryland und verlor. Aus den Augenwinkeln warf er einen Blick in den Spiegel über der Theke. Nicht schlecht. Seine Perücke und der buschige Schnauzbart, der ihn wie ein Braumeister aus Milwaukee aussehen ließ, saßen so perfekt, dass seine eigene Mutter ihn nicht erkannt hätte. Wirklich gut.

Er näherte sich langsam dem Tisch und umging eine Pfütze – hoffentlich war das nur Bier.

»Randy?«

Der Junge hob den Kopf, und Winters musste sich eingestehen, dass er überrascht war. Kein dämlicher Intellektueller, keine schlaksigen Gliedmaßen, keine Hornbrille. Der Junge war muskelbepackt und trug das lange, aber gepflegte dunkle Haar im Nacken zu einem Pferdeschwanz gebunden. Schwarze Augen erwiderten wachsam seinen Blick.

»Kommt drauf an.«

»Ich heiße Trent.« Diesen Namen hatte Winters noch nie benutzt und würde ihn nie wieder benutzen. Der Junge wies mit einer Kopfbewegung auf einen freien Platz neben sich.

»Machen Sie's kurz.«

»Und machen Sie's bar«, sagte Winters leise. »Sie sind nicht das, was ich erwartet habe.«

»Sie auch nicht.«

Winters hob eine Augenbraue. »Na gut. Ich sag Ihnen, was ich haben will, und Sie sagen mir, was es kostet. Ich brauche Zugang zu den Personalakten des General Hospitals von Asheville.«
Randy sah ihn gelangweilt an. »Und dann?«
»Und dann suchen Sie mir den derzeitigen Wohnsitz aller Beschäftigten heraus, die vor neun Jahren auf der orthopädischen Station gearbeitet haben.«
»Und dann?«
»Dann bezahle ich Sie, und Sie halten den Mund.«
Randy runzelte die Stirn. »Keine Manipulation der Akten? Keine …«, er zuckte die Achseln. »Keine Gehaltserhöhungen oder -kürzungen? Keine Änderungen bestimmter Rezepte?«
»Das würden Sie tun?«
»Das habe ich nicht gesagt. Wollen Sie das denn?«
Winters lachte leise. Wenn er nicht aufpasste, konnte es ihm passieren, dass er den Jungen mochte. »Nein. Nur die Personalakten. Sonst nichts.«
»Ein Tausender.«
»Fünfhundert.« Er hatte damit gerechnet, entschieden mehr als einen Tausender zahlen zu müssen.
Randy zuckte erneut mit den Schultern. »Wenn ich Sie recht verstehe, brauchen Sie die Info. Ich brauche die Kohle. Wenn Sie könnten, hätten Sie selbst zum Hörer gegriffen, das Krankenhaus angerufen und nach den Akten gefragt. Das haben Sie nicht getan, und jetzt sind Sie hier. Sie brauchen mich. Ein Tausender.«
Winters empfand widerstrebend Bewunderung für so viel Standfestigkeit bei einem so jungen Mann. »Gut. Wann kann ich die Informationen haben?«

»Wann wollen Sie sie haben?«
»Heute Abend.«
Randy blinzelte, und Winters hatte deutlich den Eindruck, dass er sich über ihn lustig machte. »Morgen steht mir ein Biologietest bevor. Ich muss mich noch vorbereiten.«
Winters kniff die Augen zusammen. »Dann knacken Sie doch die Datenbank der Schule und geben sich selbst eine Eins.«
Randy grinste. »Höchstens eine Zwei. Ich möchte ja nicht zu gierig erscheinen.« Er stand auf und nahm seine Bücher. »Wir treffen uns um ein Uhr wieder hier.«

Chicago
Dienstag, 6. März, 21:00 Uhr

»Sie brauchen mich wirklich nicht zu begleiten, Max.« Caroline blieb zögernd bei Max' Auto stehen, das er vor ihrem Apartmenthaus geparkt hatte. »Es gibt keinen Aufzug.«
Max blickte an den Reihen von Balkonen des schlichten alten Ziegelbaus hinauf. Es war nicht zu vergleichen mit seinem eigenen Haus. Auch nicht mit irgendeiner anderen Wohnung, in der er je gelebt hatte. »In welchem Stock wohnen Sie?«
»Im zweiten.«
»Zwei Treppen?«
Sie nickte.
Er lächelte, aber seine Lippen fühlten sich steif an. »Das wer-

de ich wohl schaffen. Hätten Sie gesagt, dass Sie im fünften Stock wohnen, wäre das Ihr Pech gewesen.« Er trat einen Schritt vorwärts, doch sie blieb stehen. Über die Schulter hinweg sah er sie an. Ihre Lippen hatten sich zu einem schmalen Strich verzogen. Er drehte sich halb zu ihr um. »Was ist?«
»Sie müssen das nicht tun.« Sie stand neben der Tür seines Mercedes, der in dieser Gegend völlig fehl am Platz wirkte, und hielt die Arme vor der Brust verschränkt, eine Geste, die er mittlerweile als ihren Starrsinn erkannte, der hinter ihrem Charme und dem Lachen steckte. »Der Abend war sehr schön für mich, Max. Wirklich wunderschön. Sie müssen sich nicht quälen, nur um mich zur Tür zu bringen.«
»Caroline, ich habe zahlreiche Fehler, aber eine Vernachlässigung der Etikette gehört nicht dazu.« Wohl aber Ungeduld, und er merkte bereits, dass ihn die Geduld verließ. »Kommen Sie jetzt bitte und gestatten Sie mir, dass ich Sie zu Ihrer verdammten Tür begleite!«
Sie blieb noch einen Moment unschlüssig stehen, dann lachte sie plötzlich, und ihre Augen begannen wieder zu strahlen. »Wir sind schon ein lustiges Paar, nicht wahr? Kommen Sie, gehen wir. Wenn wir oben sind, koche ich Ihnen einen Kaffee.«
Ich hatte auf ein bisschen mehr als auf Kaffee gehofft, dachte er und setzte sich in Bewegung, als sie neben ihn getreten war. *Ich hatte auf eine ganze Menge mehr gehofft*. Seit dem Augenblick, als sie den Campus verlassen hatten, befand er sich in einem Zustand total frustrierender Halberregung. Was David natürlich äußerst komisch gefunden hatte. Max lachte leise, und Caroline blickte fragend zu ihm auf.

»Was ist denn so lustig?«
»Ich musste gerade an David denken.« Dabei ließ Max es bewenden. Es war wohl kaum angebracht, ihr zu erzählen, dass sein Bruder bei Moe Baguettes nachbestellt und mit eindeutigen Gesten darum gebeten hatte, dass sie »hart gebacken« waren, nachdem sie im Waschraum verschwunden war. Moes ermutigender Schlag auf den Rücken, der ihn nahezu außer Gefecht gesetzt hatte, und seine Antwort waren ebenfalls ganz eindeutig nicht als Gesprächsthema geeignet.
Caroline lachte auf. »Oh Gott, diese Sache mit Monika war bestimmt das Lustigste, was ich je erlebt habe. Stört es Sie, wenn ich meiner besten Freundin davon erzähle? Geschieht ihr recht, würde sie sagen.«
Sie stiegen die kleine Treppe zum Eingang hinauf, und Max hielt ihr die Tür auf. »Wenn ich es recht verstehe, ist Ihre Freundin kein Mitglied in Monikas Fanclub.«
Carolines Lächeln wurde säuerlich. »Nein, ist sie nicht.« Ein älterer Herr saß auf der Treppe, als sie eintraten. »Hi, Mr Adelman. Wie geht es Ihnen?«
Der alte Mann lächelte, wobei seine Augen fast völlig in seinen Falten verschwanden. »Gut, ganz prima, Caroline. Und Ihnen?«
»Gut, ganz prima.« Sie sang die Worte beinahe, und der alte Mann rutschte zur Seite, um sie vorbeizulassen. »Das ist Max, ein Freund von mir. Max, darf ich Ihnen Sy Adelman vorstellen?«
Max schüttelte dem Alten die Hand, dann gingen sie weiter. Auf dem nächsten Treppenabsatz saßen zwei kleine Jungen vor einer Tür und hatten einen Stapel Karten vor sich ausge-

breitet. Offenbar waren sie in einen Tauschhandel vertieft, und einer der beiden blickte mit ratlosem Gesicht zu Caroline auf.
»Caroline, er will meinen holografischen Pikachu gegen zwei gewöhnliche Karten eintauschen.«
»Eine davon ist aber eine Mew Two!«, rief der andere Junge, als sei dieser Umstand von größter Bedeutung.
Caroline beugte sich herab, um die Karten anzusehen, und blinzelte aus den Augenwinkeln zu Max empor. Sie ließ ihm Zeit zum Verschnaufen, wie er erkannte. Ein Teil von ihm wusste die Geste zu schätzen, während ein anderer Teil sich dagegen auflehnte. Die Dankbarkeit gewann die Oberhand, und er nutzte die Zeit, um wieder zu Atem zu kommen und die Beinmuskeln zu entspannen, während sie den kleinen Streit um den Tausch von Pokémon-Karten schlichtete.
Sie setzten ihren Aufstieg fort, und Max beugte sich dicht zu ihrem Ohr herab. Und erschauerte. Ihr Duft trieb ihn zum Wahnsinn. »Sie müssen mir keine Zeit zum Ausruhen lassen. Zwei Treppen schaffe ich schon.«
Carolines Augen weiteten sich, und ihre Lippen waren halb geöffnet. Er war ihr sehr nahe, stellte er fest, und er wusste, dass auch sie es bemerkt hatte. Nahe im räumlichen Sinn und nahe genug, um … nun ja, um etwas anderes zu tun.
»Schon gut«, sagte sie kaum lauter als ein Flüstern. »Ich musste mich auch ausruhen.«
Max blieb stehen, sie ebenfalls. »Wie bitte?«
Sie blickte kurz zur Seite, und der Moment war vorüber. »Ich … ich hatte vor einiger Zeit eine Beinverletzung und während des Heilungsprozesses hat mir diese Treppe immer Schwierigkeiten bereitet. Alle paar Stufen brauchte ich eine Pause.«

»Wie kam es zu dieser Beinverletzung?«
Sie zuckte die Achseln und lächelte, doch das Lächeln erreichte ihre Augen nicht. »Ich bin gestürzt. Manchmal bin ich eben bemerkenswert ungeschickt.« Sie drehte sich um und stieg weiter die Treppe hinauf. Völlig unbeabsichtigt hatte er da an etwas gerührt. Vielleicht an eine schmerzliche Erinnerung?
Er folgte ihr bis in den zweiten Stock hinauf, wo Caroline im Flur stand und auf einen großen, orangefarbenen Kater einredete.
»Du bist also zurück, Bubba-Boy.« Sie beugte sich herab und kraulte den Kater hinter den Ohren. »Was für ein treuloser Bursche du doch bist! Kommst immer nur zum Fressen.«
Ihr Dialekt wurde deutlicher, als sie gurrend mit dem Kater sprach. Sie blickte hoch und lächelte, und Max' Herz setzte einen Schlag aus. Sie war ... wunderschön.
»Er ist ein Streuner, und ich nenne ihn Bubba. Er kommt nur her, wenn er nichts im Magen hat. Stimmt's, mein Junge? Ich füttere ihn manchmal, und die alten Damen von gegenüber geben ihm auch zu fressen.« Wie auf ein Stichwort öffnete sich die Tür gegenüber, und ein silberfarbener Kopf kam zum Vorschein.
»Er hat schon gefressen, Caro«, sagte eine ältere Dame mit einem Funkeln in den Augen. »Lass dich nicht von ihm reinlegen.«
Caroline lachte und schob ihren Schlüssel ins Türschloss.
»Aber er legt mich rein, Mrs Polasky. Genau wie er Sie und Ihre Schwester reinlegt.«
Die alte Dame lachte, erstarrte jedoch, als sie ein paar Schritte entfernt Max bemerkte. »Du liebe Zeit, Caroline. Wenn

du einen Streuner mit nach Hause bringst, dann machst du das aber gründlich.«
Caroline sah Mrs Polasky an und folgte dem Blick der alten Dame zu Max. Und musste husten. Ihre Augen lachten wieder, selbst als ihr Mund ernst blieb. »Mrs Polasky! Wie können Sie so etwas sagen!«
Mrs Polasky musterte Max von oben bis unten, bis er sich vorkam wie ein Stück Rindfleisch im Supermarkt. »Ich bin alt, Schätzchen, nicht tot.« Sie blickte Max geradewegs in die Augen. »Wir mögen Caroline, verstehen Sie? Alle in diesem Haus mögen sie.«
Max nickte ernst. »Ja, Madam.« Er hatte nicht die geringste Ahnung, worauf sie hinauswollte.
»Gut. Wir sind zwar alt, aber wir alle mögen Caroline, und was mich betrifft, ich bin im Besitz einer Schusswaffe.«
Caroline schüttelte den Kopf und zupfte Max am Ärmel. »Gute *Nacht*, Mrs Polasky. Kommen Sie, Max.«
Sie öffnete die Tür zu ihrer Wohnung, und der orangefarbene Kater stelzte hinein, als wäre er der Besitzer. Der Fernseher lief, und in der Ecke lag eine rothaarige Frau zusammengerollt auf einem alten Sofa und schlief tief und fest. Caroline blieb stehen und betrachtete die Frau mit weichem Blick.
»Das ist meine beste Freundin Dana. Sie hat gestern die ganze Nacht hindurch gearbeitet«, flüsterte sie, »zwei Nächte hintereinander.«
»Was macht sie beruflich?«, fragte Max leise.
Caroline schwieg eine ganze Weile, so lange, bis Max sich fragte, ob sie ihn nicht gehört hatte. Dann seufzte sie, schaltete den Fernseher aus, ging zur Küche und bedeutete Max, ihr zu folgen. Er griff nach einem der Stühle, als er

am Esstisch vorbeiging, und stellte ihn in die Küchenecke. Dankbar ließ er sich darauf nieder und spürte das schmerzhafte Pochen in seiner Hüfte.

»Dana leitet ein Frauenhaus. Manchmal verbringt sie ganze Nächte bei den Neuankömmlingen, die besondere Hilfe brauchen.«

Max spähte hinaus ins Wohnzimmer. Dana hatte sich nicht gerührt. »Warum ist sie hier?«

Caroline hob den Blick vom Kaffeebereiter, in den sie gerade Kaffeepulver löffelte. »Sie passt auf Tom auf.«

Tom. Ihr Sohn. Sein Magen krampfte sich zusammen. Er kam nicht sonderlich gut mit Kindern zurecht. Vielleicht schlief Tom ja schon. Vielleicht musste er den Jungen an diesem Abend noch nicht kennen lernen. Vielleicht ...

»Mom.«

Max und Caroline fuhren gleichzeitig herum. Ein junger Mann stand in der Küchentür und füllte sie ganz aus. Dieser Junge sollte vierzehn Jahre alt sein? Er war mindestens sechzehn.

Caroline lächelte verunsichert, und Max erinnerte sich, dass sie gesagt hatte, sie ginge nicht so oft mit Männern aus, wie er glaubte. Für Tom war es offenbar eine ganz neue Erfahrung, einen fremden Mann in seiner Küche zu sehen. Nur so ließ sich das scharfe Misstrauen in den Augen des Jungen erklären, Augen von der gleichen Ausdruckskraft wie die seiner Mutter.

Max stand auf und streckte die Hand aus. »Ich bin Max Hunter. Du bist sicher Tom.«

Der Junge nahm seine Hand und schüttelte sie, wobei er ihn argwöhnisch beäugte. »Nett, Sie kennen zu lernen«, sagte er

unverkennbar aus reiner Höflichkeit und zog seine Hand zurück. »Hattest du einen schönen Abend, Mom?«
Caroline lächelte erneut, und dieses Mal spiegelte ihr Lächeln deutlich wider, wie viel Spaß sie beim Essen mit Max und David gehabt hatte. »Ja, danke. Hast du deine Mathe-Aufgaben erledigt?«
Tom grinste und sah in dem Augenblick aus wie eine größere Version seiner Mutter. Eine sehr viel größere Version. »Hab ich. Hast du mir was mitgebracht?«
Sie schlug mit einem Geschirrtuch nach ihm und verfehlte ihn nur knapp. Tom ergriff mit übertriebener Gebärde die Flucht. »Das heißt dann wohl nein.«
»Es heißt nein. Schläft Dana schon lange?«
Tom furchte die Stirn. »Seit sie hier ist. Und sie hat auch im Schlaf gesprochen. Sie hatte Albträume. Es ging um die Füße eines Babys.«
Caroline seufzte, und Max hatte das Gefühl, dass dieser Traum entweder häufig auftrat oder irgendeine Grundlage in der Realität besaß. »Ich kümmere mich morgen darum. Geh jetzt schlafen.«
Tom zögerte. »Darf ich vorher noch essen?«
Ohne mit der Wimper zu zucken, griff Caroline in den Kühlschrank und warf ihm einen Apfel zu. »Ins Bett.«
Tom sah aus den Augenwinkeln zu Max herüber. »Mom ...«
Caroline schüttelte entschlossen den Kopf. »Das geht schon in Ordnung, Tom. Geh schlafen.«
Tom zögerte, sah Max lange an und zog sich dann in den hinteren Teil der Wohnung zurück.
Mit deutlichem Missbehagen blickte Max Tom hinterher und wandte sich dann Caroline zu, die ebenfalls ihrem Sohn

nachblickte und an ihrer Unterlippe nagte. »Hören Sie, Sie sind müde, und Ihre Freundin braucht auch ihren Schlaf. Wie wär's, wenn wir den Kaffee einfach auf ein anderes Mal verschieben?«

Sie schaute ihn an, und auf ihrem Gesicht spiegelte sich eine vielfältige Mischung von Gefühlen, die er nicht enträtseln konnte. »Gut. Es tut mir Leid …«

Er hinderte sie daran, weiterzusprechen, indem er einen Finger auf ihre Lippen legte, sie zum ersten Mal seit dem Vormittag im Büro berührte, richtig berührte. Unvermittelt weiteten sich ihre Augen, färbten sich ihre Wangen rosig, und ihr Atem beschleunigte sich. Er spürte, wie auch sein Puls zu rasen begann. Allein aus dem Grunde, dass er ihren Mund berührte. Es war wirklich verblüffend.

»Ist schon in Ordnung, ehrlich.« Er strich mit dem Finger über ihre Unterlippe und spürte, wie sich ihre Erregung über die wenigen Zentimeter, die sie trennten, auf ihn übertrug. Oha. Zwischen ihnen knisterte es tatsächlich wie tausend Volt. »Gehen Sie morgen Abend mit mir essen?«

»Ich … kann nicht«, flüsterte sie. »Tom hat ein Spiel. Ich habe noch nie eines versäumt.«

»Dann am Donnerstagabend?«

Sie blinzelte. »Einverstanden.«

Sein Bedürfnis, ihre Lippen zu küssen, war überwältigend. Doch er ahnte, dass das zu viel auf einmal wäre und ihr zu schnell gehen würde. So hob er nur ihr Gesicht dem seinen entgegen und hauchte einen keuschen Kuss auf ihre Wange.

»Gute Nacht, Caroline.«

Sie schluckte. »Gute Nacht, Max.«

»Gute Nacht, Caroline«, echote eine ironische Stimme.

Max fuhr herum und sah die langbeinige Rothaarige auf der Kante des kleinen Küchentischs sitzen, die Arme locker vor der Brust verschränkt, eine rostrote Augenbraue in unverkennbarer Neugier hochgezogen, obwohl ihre Lider noch schwer waren vor Müdigkeit. Max' Blick verfinsterte sich vor Ärger darüber, dass er in seinem Versuch, Kavalier zu sein, beobachtet worden war.
»Und Sie sind Max Hunter«, fuhr sie fort, als wäre sie nicht im Geringsten unhöflich gewesen. »Ich bin Dana Dupinsky, Carolines Freundin.«
»Das hörte ich bereits«, erwiderte er trocken. »Auch, dass Sie Teenager mit Schlafproblemen hüten.«
Dana lächelte, und ganz gegen seinen Willen fand Max sie sympathisch. »Ich bin nur hier, um Tom vor beutegierigen Avon-Beraterinnen zu schützen, die so dumm sind, hier zu klingeln. Abgesehen davon kann der Kleine schon ganz gut auf sich selbst aufpassen.« Sie warf einen Blick zu Caroline hinüber, deren Augen immer noch vor Verlegenheit geweitet waren. »Sie hingegen ist davon nicht überzeugt, denn sie ist immer noch Toms *Mommy*.« Ihre Augen wurden jetzt wacher und blitzten vor Belustigung. »Deshalb lassen Tom und ich uns auf das Spielchen ein, damit sie zufrieden ist, und manchmal sehen wir uns einfach einen Bruce-Willis-Film an oder zocken ganz verrucht Karten. Spielen Sie niemals Poker mit dem Jungen. Er ist verdammt gut.«
»Ich werde daran denken.«
Sie rückte sich etwas bequemer auf der Tischkante zurecht und sah ihn plötzlich ernsthaft an. Max verzog skeptisch den Mund, als ihr forschender Blick auf seinem Gesicht ruhte. Es schien, als suchte sie nach etwas ganz Bestimmtem. Er

war gerade im Begriff, ebenfalls eine ironische Bemerkung zu äußern, als sie an ihm vorbei zu Caroline hinüberblickte.
»In Ordnung«, sagte sie.
Max wandte sich Caroline zu, seine Miene hatte sich weiter verfinstert. »Was soll das heißen?«, fragte er.
»Es heißt, dass Sie sanfte Augen haben«, beantwortete Dana die Frage selbst. Er blickte sich zu ihr um und sah sie heiter und gelassen auf der Tischkante hocken. »Nicht mehr und nicht weniger.« Wieder hob sie eine ihrer rostroten Brauen, und in ihrem Mundwinkel zuckte es ein wenig. »Ich bin nämlich, abgesehen von meinen Pflichten als Toms Babysitterin, auch verantwortlich für die Überprüfung angehender Freunde. Und ich nehme meine Pflichten sehr ernst.«
Max hatte das unbehagliche Gefühl, dass sie ihre Worte tatsächlich sehr ernst meinte. Glücklicherweise hatte sie ihn nicht für einen Serienmörder oder dergleichen gehalten, denn Dana Dupinsky übte offenbar sehr großen Einfluss auf Carolines Leben aus.
Er verlagerte sein Gewicht und wandte sich, auf seinen Stock gestützt, der Wohnungstür zu. »Ich muss jetzt gehen«, sagte er nachdrücklich, in der Hoffnung, Ms Dupinsky würde sich verziehen, damit er noch ein paar Minuten mit Caroline allein sein konnte. »Es war nett, Sie kennen zu lernen, Dana.«
Dana grinste wieder. »Mein Stichwort für den Abgang, linker Bühnenausgang.«
»Rechter Bühnenausgang«, sagte Caroline aus dem Hintergrund. »Du musst dir dringend das Näschen pudern.«
»Aber Caroline, *Schatzi*.« Dana lachte aus vollem Halse.

»In meinem ganzen Leben habe ich mir noch nie die Nase gepudert.«

Caroline trat einen Schritt vor, zog ihre Freundin auf die Füße und schickte sie zum anderen Ende des Flurs, vermutlich ins Bad. »Dann hast du in dieser Beziehung sehr viel nachzuholen. Geh jetzt.« Den letzten Satz hatte sie geradezu gezischt, und Dana gehorchte mit einem leisen Lachen, allerdings nicht, ohne Caroline zuvor einen spielerischen Hieb unters Kinn zu geben.

»Du hast Recht gehabt.« Dana blickte zu Max herüber, beugte sich dann vor und flüsterte Caroline gut hörbar ins Ohr: »Halt dich ran.«

Angesichts des mordlustigen Ausdrucks in Carolines sonst so strahlenden Augen unterdrückte Max ein prustendes Lachen, während sich gleichzeitig ein warmes Gefühl in seiner Brust ausdehnte. Ihren hochroten Wangen nach zu urteilen, hatte sie sich offenbar schon mal positiv vor Dana über ihn geäußert. Das war ein gutes Zeichen.

»Dana«, schnauzte Caroline. »Ins Bad. Und zwar jetzt.«

»Ja, Mommy. Du sagst mir doch Bescheid, wenn ich wieder rauskommen darf, oder?«

»Wahrscheinlich nicht. *Geh.*« Caroline wies auf die Tür, als schimpfte sie mit einem aufsässigen Kind.

Darüber musste Dana herzlich lachen, doch dann ging sie endlich auf die angewiesene Tür zu. »Schon gut, schon gut«, rief sie über die Schulter hinweg. »War schön, Sie kennen zu lernen, Max.«

Die Tür zum Bad knallte zu. »Ich bin euch nicht mehr im Wege!«, rief sie so laut, dass es nicht zu überhören war.

Darauf folgte ein kurzes Schweigen. Caroline räusperte sich.

»Man behauptet, in ihrer Familie sei die Verrücktheit erblich«, sagte sie und drehte sich zu ihm um. Ihr Grübchen war nicht zu übersehen. »Dana ist für mich im Grunde die Schwester, die ich nie hatte. Ich hoffe, Sie können ihr verzeihen.«

Max blickte herab in ihr lächelndes Gesicht und spürte wieder einmal, wie sein Herz vor Freude hüpfte. »Hey, niemand kann sich seine Familie aussuchen. Sie haben meinen Bruder kennen gelernt und sind trotzdem bereit, noch einmal mit mir essen zu gehen.« Er schob ihr eine Locke hinter das Ohr, und seine Finger schienen einen Moment lang ihre Kinnlinie nachzeichnen zu wollen. Ihre Augen weiteten sich überrascht, und das Grübchen verschwand, als sich ihre Lippen leicht öffneten. Es war eine Aufforderung, auch wenn sie selbst das noch nicht wusste.

Impulsiv senkte er den Kopf, und hauchte ihr dieses Mal einen sehr kurzen, sehr keuschen Kuss direkt auf ihren Mund. »Gute Nacht, Caroline.«

Sie machte keinerlei Anstalten, ihn zur Tür zu begleiten, blieb einfach stehen, wo sie war, und blickte mit großen Augen zu ihm auf. Instinktiv begriff er, dass sie zum ersten Mal so geküsst worden war.

Und er begriff außerdem, dass es ihm wahnsinnig schwer fallen würde, bis Donnerstagabend zu warten.

8

Boone, North Carolina
Mittwoch, 7. März, 10:30 Uhr

Lennie Farrells Vater genoss seinen Ruhestand in einer großen Blockhütte in den Bergen, die eine gepflasterte Zufahrt besaß, auf der ein funkelnagelneues Fischerboot stand. Steven lief praktisch das Wasser im Mund zusammen, als er daran vorbeiging. Am Wochenende würde er auf einem solchen Schmuckstück angeln gehen, dank Helens arrangierter Verabredung. Die Dame hieß Suzanna Mendelson, und sie freute sich rasend darauf, mit einem echten Kriminalbeamten auszugehen. Offenbar war sie sehr süß und sehr jung. Und hatte wenig von einer begeisterten Anglerin. Wie sich herausgestellt hatte, besaß ihr Vater ein Fischerboot mit einem 200-PS-Motor und GPS. Suzanna Mendelson wusste nicht so recht, wofür man ein GPS brauchte, aber ihr Vater war anscheinend froh, es zu besitzen. Steven hatte die dumpfe Ahnung, dass sich sein Blinddate am Sonnabend, genauso wie die überwältigende Mehrheit aller anderen Blinddates, als große Katastrophe erweisen würde. Verdammt schade, denn das Boot von Suzannas Daddy hätte die Erfüllung seines schönsten Traums bedeuten können.

Er betrachtete von der Veranda aus immer noch sehnsuchtsvoll das Boot, als eine kleine, mollige Frau mit einem freundlichen Lächeln die Tür öffnete. Ein unglaublicher Duft stieg ihm in die Nase.
Die kleine Frau lächelte strahlend. »Guten Morgen, Special Agent Thatcher. Ich bin Sharlene Farrell. Bitte treten Sie ein. Mein Mann erwartet Sie.« Sie führte ihn zu ihrem Mann, der seine Füße hochgelegt hatte und in einem uralten Lehnstuhl ruhte. »Gabe, Special Agent Thatcher ist hier. Bitte nehmen Sie Platz.«
»Verzeihen Sie, dass ich nicht aufstehe«, donnerte Gabe Farrell quer durch den Raum. »Ein Tag Angeln mit einer Horde zehnjähriger Jungen hat mich ordentlich geschafft. Nächste Woche komme ich vielleicht wieder auf die Beine.«
Sharlene näherte sich geschäftig mit einer Wolldecke und legte diese über seine Beine. Steve unterdrückte eine Lächeln, als Gabe Farrell die Decke mit ärgerlich gerunzelter Stirn von sich warf. »Ich bin geschafft, Sharlene, nicht krank.«
Sharlene schüttelte die Decke aus und legte sie ohne mit der Wimper zu zucken erneut über Farrells Beine. Dann huschte sie aus dem Zimmer. »Ich hole Kaffee und Streuselkuchen, dann überlasse ich euch eurer Arbeit.«
»Verdammt«, knurrte Farrell und schleuderte die Decke wieder von sich. »Die Frau treibt mich noch vollends in den Wahnsinn.« Er lehnte sich bequem zurück. »Also reden Sie, Thatcher. Was führt Sie an einem so schönen Frühlingstag nach Boone, abgesehen von der Aussicht auf ein Stück Streuselkuchen meiner lieben Frau?«
Als auch Steven sich in seinen Sessel zurücklehnte, kitzelte

ihn das gestärkte Häkeldeckchen auf der Rückenlehne im Nacken. »Vor sieben Jahren. Mary Grace Winters.«

Farrells schneeweiße Brauen schossen in die Höhe. »Ich glaube, ich erinnere mich an den Fall«, antwortete er trocken.

Steven lächelte. »Das dachte ich mir. Die Jungs unten in Sevier County haben am Sonntagmorgen ihren Wagen aus dem Lake Douglas gezogen«, fuhr er fort. »Die Handtasche mit Führerschein und Babyfotos von Robbie steckte zusammen mit Robbies Schulrucksack unter der Rückbank.«

Farrell zog die buschigen Brauen zusammen. »Aber keine Leichen?«

»Keine einzige, Sir.«

»Ich wusste doch, dass diese arme Frau ein gewaltsames Ende gefunden hat.« Farrell kniff die Augen zusammen. »Ich hatte von Anfang an den Verdacht, dass der Ehemann die Hand im Spiel hatte.«

»Er ist nicht angeklagt worden.«

Farrell seufzte. »Nein. Ich hatte einiges an Beweismaterial zusammengetragen, um zu belegen, dass Winters seine Frau misshandelte, aber keinen Hinweis darauf gefunden, dass er irgendwie mit ihrem Verschwinden zu tun hatte. Es war verdammt frustrierend.«

Steven beugte sich vor. »Sie haben Beweise dafür, dass Winters seine Frau misshandelt hat? Was zum Beispiel?«

Farrell massierte sich den Nacken. »Haben Sie die Fotos gesehen?«

Steven kramte die zwei Fotos hervor und reichte sie Farrell hinüber. »Nur diese hier.«

Farrell verzog das Gesicht. »Es waren mehr, etwa fünfzehn Fotos. Auch Röntgenaufnahmen. Die zeigten mehrere,

meh-re-re«, wiederholte er mit deutlicher Betonung, »verheilte Knochenbrüche. Ich erinnere mich an eine Reihe von Unterarmbrüchen und einen Beinbruch, an dieser Stelle.« Farrell deutete auf die Mitte seines Oberschenkels und fügte sarkastisch hinzu: »Ich wüsste gern, wo diese Fotos und Röntgenbilder geblieben sind.«
Steven schob den Hefter in seine Aktentasche. »Warum ist Rob Winters nicht offiziell dafür vor Gericht gestellt worden?«
Farrell seufzte. »Haben Sie den Mann schon kennen gelernt?«
Steven schüttelte den Kopf. »Nein.«
»Er hat geweint. Der große, starke Kerl hat geweint wie ein Baby. Hat einen Aufruf im Fernsehen gestartet – zuerst hat er um die Rückkehr seiner Frau und seines Kindes gefleht, später hat er dann um Informationen bezüglich des Fundorts ihrer Leichen gebeten. Er war total ... überzeugend. Selbst meine Sharlene war von seiner Unschuld überzeugt. Er hat in jeder erdenklichen Weise bei der Suche nach ihnen kooperiert. Hat uns sein Haus, seine Bankkonten überprüfen lassen. Alles.«
»Schildern Sie mir sein Haus«, bat Steven und zog seinen Notizblock aus der Brusttasche.
Farrell nickte anerkennend angesichts der Frage. »Jedes Möbelstück stand an seinem Ort. Kein einziges Staubkörnchen auf Mary Graces Fußböden. Man hätte dort buchstäblich vom Boden essen können. Die Gewürze waren alphabetisch geordnet, die Zeitungen präzise auf Drittel gefaltet. In der Waschküche standen die Schachteln mit Waschpulver genau einen Zentimeter von der Regalkante entfernt. Die Spei-

sekammer war nach Lebensmittelgruppen geordnet. So etwas habe ich noch nie gesehen.«
»Ein gewalttätiger Ehemann, wie er im Lehrbuch steht.«
»Ja. Das und die Fotos hatten gereicht, um mich zu überzeugen.
»Wo war Rob Winters an dem Abend, als sie verschwanden?«
»Er hatte Spätschicht. Gegen halb zwei hätte er nach Hause kommen und ihr Verschwinden bemerken müssen. Er hat sie aber erst am folgenden Morgen als vermisst gemeldet – so gegen sieben, halb acht. Steht alles in der Akte. Oder stand, zumindest.« Er unterbrach sich, als Sharlene mit einem Tablett mit Kaffee und duftendem Streuselkuchen eintrat. »Danke, Schatz«, sagte Farrell zu seiner Frau.
»Gern geschehen.« Ihre Augen funkelten und beschworen in Steven die Vorstellung eines weiblichen Weihnachtsmanns herauf.
»Wie ich höre, sind Sie berühmt für Ihren Süßkartoffelauflauf«, bemerkte Steven und nahm den Teller entgegen, den sie ihm reichte. »Ich hatte gehofft herauszufinden, ob Ihr Sohn tatsächlich so wahrheitsliebend ist, wie er immer tut.«
Sharlenes Kichern klang mädchenhaft. »Ach, du meine Güte. Ich kann doch nicht schon vor Mittag Süßkartoffelauflauf auftischen. Nein, Sir, das gehört sich einfach nicht. Wenn Sie meinen Auflauf kosten wollen, müssen Sie eben noch einmal wiederkommen, nicht wahr?« Die Decke landete wieder auf den Knien ihres Mannes und wurde ebenso schnell wieder zu Boden befördert. »Redet ihr nur, solange ihr wollt, und ruft einfach, wenn ihr was braucht.« An der Tür drehte sie sich

um und zwinkerte Steven zu. »Das mit der Decke macht sie nur, um Sie zu ärgern«, bemerkte Steven.
»Natürlich.« Farrell lächelte liebevoll in Richtung der Tür, durch die sie verschwunden war. »Im vergangenen Dezember waren es fünfzig Jahre, die ich mit dieser Frau zusammen bin. Hab nicht ein einziges Mal die Hand gegen sie erhoben.« Sein Lächeln trübte sich. »Und hab sie auch nie betrogen.«
Steven lehnte sich in dem Sessel zurück und griff nach der Kuchengabel. »Aber Rob Winters hat seine Frau betrogen.«
Farrells faltiges Gesicht wurde streng. »Ich fand es zum Kotzen. Nicht mal so sehr die Tatsache, dass er was mit der Nachbarin hatte – Männer gehen nun mal fremd. Das passiert, wenn auch entschieden zu oft. Nein, was ich total zum Kotzen fand, war die Einstellung der Männer auf dem Revier. Seine Frau war eine ›Heulsuse‹. Sie konnte ›seine Bedürfnisse nicht befriedigen‹.« Er unterstrich die Worte mit heftigen Gesten. »Das machte seine Affäre akzeptabel. Akzeptabel.« Er schüttelte verständnislos den Kopf. »Und deswegen, so sagte er, sei er erst um sieben Uhr am folgenden Morgen nach Hause gekommen. Dann habe er festgestellt, dass Frau und Kind nicht da waren. Er war angeblich bei dem Flittchen nebenan.«
»Holly Rupert. Ihr Name war in der Akte aufgeführt.«
Farrell rollte mit den Augen. »Ja. Was ist das für eine Frau, die keine hundertfünfzig Meter von der Ehefrau entfernt mit einem Mann schläft? Aber sie hat ihm ein Alibi gegeben.« Er schnaubte verächtlich. »Als ob sie es gewagt hätte, zu lügen. Und als ob sie seinen Faustabdruck in ihrem Gesicht hätte haben wollen.«

Steven hob die Brauen. »Er hat seine Geliebte auch geschlagen?«
Farrell zuckte mit den Schultern. »Warum nicht?«
»Das hat Miss Rupert nie zugegeben.«
Farrell schnaubte. »Davor wird sie sich gehütet haben.«
Steven lehnte sich weiter vor. »Was war mit Robbie? Ist er jemals mit Blutergüssen in der Schule aufgetaucht?«
»Ich habe keinen Lehrer ausfindig machen können, der so etwas in der Art gesehen hätte. Aber sie schilderten ihn als einen zurückgezogenen Jungen, der nie mit den anderen spielte. Hochintelligent soll er gewesen sein. Mary Grace hat dafür gesorgt, dass der Junge keinen einzigen Schultag versäumte. Er war immer sauber und adrett gekleidet. Hatte nie Flecken auf dem Hemd, wenn er in den Schulbus stieg, nie einen Flecken auf dem Hemd, wenn er wieder nach Hause kam.«
»Angst, sich schmutzig zu machen?«
»So habe ich es interpretiert. An der Schule gab es eine Referendarin, die meinte, Robbie benötigte einen Therapeuten. Sie hatte schlimme Blutergüsse auf seinem Rücken gesehen.« Farrell furchte die Stirn. »Das hat sie mir erzählt, als der Junge und seine Mutter gerade verschwunden waren, doch als ich sie ein paar Wochen später aufsuchte, lautete ihre Geschichte anders.«
»Sie glauben, dass Winters sie bedroht hat?«
»Das hat sie abgestritten.« Farrell hob wieder die Schultern. »Die Oberschwester im Krankenhaus konnte Winters nicht ausstehen. Nancy Desmond hatte Mary Grace während ihres gesamten dreimonatigen Aufenthalts im Asheville General betreut. Sie war gern bereit, ihre Meinung im Zeugenstand vorzutragen, aber Winters wurde ja nie belangt.«

»Ich werde sie besuchen und mit ihr reden.«
»Geht nicht. Etwa ein halbes Jahr nach Mary Graces Verschwinden ist sie mit dem Auto von der Straße abgekommen. Tot.«
»Ach, du Schande.«
»Sie hat mir die Fotos gegeben.« Farrell deutete mit einer knappen Kopfbewegung auf Stevens Aktentasche. »Hat mir gesagt, dass sie Mary Grace Frauenhäuser vorgeschlagen habe. Hat ihr Namen und Adressen gegeben. Aber Mary Grace hätte sie nur mit ihren großen, blauen Augen angestarrt und kein Wort gesagt.«
»Ist es möglich, dass Mary Grace mit dem Jungen einfach davongelaufen ist?«
»Ich schätze, alles ist möglich. Aber nach ihrem letzten Sturz – ich glaube, da konnte sie nicht mal eine leere Kaffeetasse hochheben, geschweige denn einem gewalttätigen Ehemann entkommen.« Farrell lächelte, und in seinen durchdringenden Augen glomm etwas auf. »Was haben Sie als Nächstes vor, Detective?«
»Ich will Mary Graces Tagesablauf vor ihrem Verschwinden und Winters Alibi überprüfen.«
Farrell nickte erfreut. »Und dann?«
»Und dann überprüfe ich alle Frauenstationen sämtlicher Kliniken, die in einer oder zwei Stunden per Auto zu erreichen sind, und suche Leute, die Mary Grace als Patientin identifizieren können. Ich möchte belegen, dass es kontinuierlich zu brutalen Gewalttätigkeiten kam. Ich möchte belegen, dass Winters Gelegenheit hatte, seine Frau umzubringen und ihren Wagen im Lake Douglas zu versenken.«

»Überprüfen Sie auch die Kliniken jenseits der Grenze zu Tennessee«, riet ihm Farrell. »Das wäre mein nächster Schritt gewesen.«

»Was ist passiert? Warum wurde die Akte geschlossen?«

»Ich wurde überstimmt. Dixon, Lieutenant Ross' Vorgänger, glaubte Winters. Zum Teufel, es gab ja Tage, an denen ich selbst versucht war, ihm zu glauben. Er war entweder wirklich ein trauernder Gatte und Vater oder der beste Schauspieler, den ich je gesehen habe.« Er seufzte. »Und kurze Zeit später musste ich in den Ruhestand gehen. Wie auch immer, nach ein paar Monaten hatte Dixon die Akte geschlossen. Die Zeit verging, und die meisten Leute haben die Sache einfach vergessen.«

»Sie nicht«, sagte Steven leise.

Farrell blickte Steven fest ins Gesicht. »Nein, ich vergesse meine Fälle nicht, schon gar nicht, wenn es um verschwundene Kinder geht. Ich sehe immer noch das Gesicht jedes einzelnen vermissten Kindes vor mir, in dessen Fall ich ermittelt habe. Haben Sie Kinder, Thatcher?«

»Ja.« Steven schloss die Augen und sah ihre Gesichter vor sich. »Drei Jungen. Sechs, dreizehn und sechzehn.«

»Und Sie würden nicht zögern, Ihr Leben für sie zu geben.«

»Keine Sekunde.«

»Sharlene und ich haben unser erstes Töchterchen verloren, als es noch ein Baby war. Damals sprach man von Krippentod. Wir hatten später weitere Kinder, aber das Mädchen, das wir verloren haben, vergessen wir nie. Ich betrachte es immer als eine Art persönlichen Angriff, wenn irgendwelche Schweine Kinder missbrauchen.«

»Das kann ich verstehen.« Steven warf einen Blick auf seine

Uhr. »Ich muss jetzt leider aufbrechen. Möchte mir den Wagen ansehen, den sie in Sevier County aus dem Wasser geholt haben.«

Steven stand auf und ging zur Tür, drehte sich dann aber noch einmal um, als Farrell seinen Namen rief. »Ja?«

»Mich wundert, dass Sie nicht nach der einstweiligen Verfügung fragen.«

Steven drehte sich um, ging zu Farrell zurück und setzte sich wieder. Dann räusperte er sich. »Was meinen Sie?«

»Mary Grace hat am Tag, bevor sie die Treppe ›hinunterstürzte‹, eine einstweilige Verfügung beantragt.«

»Das steht nicht in der Akte«, murmelte Steven.

Farrell blickte überrascht auf. »Interessant.«

»Erzählen Sie, was passiert ist«, bat Steven.

»Mary Grace hatte sich vor neun Jahren, am Tag, bevor sie die Treppe hinunterstürzte, rechtlichen Beistand gesucht und um gerichtlich angeordneten Schutz vor Rob gebeten. Das ist allerdings nie in die Akte aufgenommen worden. Ihr Anwalt hatte dem Richter an einem Mittwochnachmittag den Antrag vorgelegt, der Richter wollte den Antrag prüfen, doch bereits am Donnerstagmorgen hatte der kleine Robbie die Nummer des Notrufs gewählt, weil seine Mutter mit gequetschtem Rückenmark in einer Lache geronnenen Bluts am Fuß der Kellertreppe lag.«

Steven schüttelte fassungslos den Kopf. »Und niemand kam auf den Gedanken, dass etwas faul an der Sache war?«

»Ich schon. Aber Rob Winters hatte seine Frau schon seit Jahren als depressiv und melancholisch hingestellt. Ein paar Jahre zuvor hatte sie eine Fehlgeburt erlitten, und er behauptete, seitdem wäre sie nicht mehr dieselbe gewesen. Machte

Andeutungen, dass sie manchmal trank. Zwar war Alkohol im Haus, aber in ihrem Blut war nicht die Spur von Alkohol nachzuweisen. Die Ärzte sagten, sie hätte schon zu lange auf dem Kellerboden gelegen, um eindeutig feststellen zu können, ob sie getrunken hatte oder nicht.« Farrell zuckte die Achseln. »Auch da hätten Sie ihn sehen sollen. Er war völlig fertig wegen ihrer Verletzung. Hat sie jeden Tag im Krankenhaus besucht.«

»Wer war der Anwalt?«

»Ein junger Mann namens Smith.« Farrell zog eine Grimasse. »John Smith, ob Sie es glauben oder nicht. Versuchen Sie, ihn zu finden, falls Sie sich selbst gern quälen. Er hat die Stadt verlassen.«

»Wie praktisch«, bemerkte Steven trocken. »Und der Richter?«

»Der Richter wollte nähere Informationen, bevor er den Antrag unterschrieb. Als sie dann die Treppe hinunterfiel, gab es keinen Hinweis darauf, dass Rob in der Nähe gewesen war, und Mary Grace war schon häufiger gestürzt.«

»War Winters im Dienst?«

»Ja. Aber der Antrag und der Treppensturz fanden zwei Jahre vor ihrem Verschwinden statt. Später hat niemand mehr sein Alibi für die betreffende Nacht in Frage gestellt.«

»Ich werde es tun«, schwor Steven leise.

»Gut.« Farrell wartete, bis Steven die Tür erreicht hatte, bevor er ihn erneut ansprach. »Thatcher?«

»Ja?«, erwiderte Steven.

»Lochen Sie den Scheißkerl für möglichst lange Zeit ein, ja?«

Sevier County, Tennessee
Mittwoch, 7. März, 15:30 Uhr

Steven behandelte die rissige Keramikskulptur so behutsam wie eine Ming-Vase. Die Skulptur war im ursprünglichen Protokoll nicht aufgeführt, weil Russell Vandalia, wie er erklärte, sie erst später gefunden hatte, als er den Boden des Fahrzeugs vom Schlamm befreit hatte. Vandalia stand in der Nähe und spie in seine Kaffeebüchse. Steven war überzeugt davon, dass der Mann glaubte, sich diskret zu verhalten. McCoy stand neben Vandalia und hatte das Gesicht angewidert verzogen.

»Sieht aus wie die Jungfrau Maria«, bemerkte Vandalia hilfreich. »Aber auf dem Schildchen steht ein anderer Name.«

Steven drehte die Skulptur um und blinzelte. »Hl. Rita von Cascia«, las er.

»Wer ist das?«, fragte McCoy. »Ich bin nicht katholisch.«

»Die heilige Rita von Cascia ist die Schutzpatronin der Verzweifelten«, antwortete Steven. »So hieß die Gemeindeschule für Mädchen in meiner Heimatstadt«, fügte er trocken hinzu. Er war katholisch und sogar Messdiener gewesen. Damals hatte er ernsthaft in Erwägung gezogen, Priester zu werden. Das war natürlich bevor Melissa Peterson, die beliebteste Abiturientin von St. Rita, ihm auf dem Rücksitz des brandneuen Cutlass-Oldsmobile seines Vaters gezeigt hatte, was er verpassen würde. Er hatte fünf Ave Maria gebetet und war einige Monate später zur Beichte gegangen. Zwei Monate später hatte er sein Jawort gegeben. Er konnte, wollte es nicht bereuen. Sein ältester Sohn Brad war eine der drei Freuden seines Lebens. Matt und Nicky waren die anderen beiden. Nach einer gewissen Lücke folgte dann auf Platz vier der Angelsport.

»Möchte wissen, warum sie das Ding im Wagen hatte«, sagte McCoy nachdenklich und riss Steven aus seinen abschweifenden Gedanken zurück. Dieser hatte sich schon das Gleiche gefragt. Die Skulptur war eindeutig fehl am Platz.

»Fragen Sie Detective Winters. Der fand das anscheinend überaus bedeutungsvoll«, bemerkte Vandalia ruhig.

Steven riss den Kopf herum, um Vandalia anzusehen, wobei ihm fast die Skulptur entglitten wäre. Mit knapper Not konnte er sie an die Brust gedrückt festhalten. »Winters war hier?«, fragte er scharf.

»Ja, Sir. Am Montagnachmittag. Er hat die Skulptur unheimlich lange angestarrt und schien sich furchtbar aufzuregen.«

Steven holte tief Luft und legte die Skulptur zurück auf das Tischchen neben dem Wagen. »Sie haben das Auto gehoben, Deputy McCoy?«

McCoy nickte. »Ja. Wir haben den See nach dem Opfer eines Jet-Ski-Unfalls abgesucht und sind dabei rein zufällig auf den Wagen gestoßen.«

»Wo lag er? In welchem Teil des Sees?« Steven war vor eine große Wandkarte getreten.

McCoy kam hinzu und deutete auf den südwestlichen Zipfel des Sees. »Hier ungefähr. Vor sieben Jahren war dieses Gebiet noch nicht erschlossen. Manchmal haben Wanderer dort gezeltet, aber insgesamt war die Gegend ziemlich einsam. Der Wagen lag etwa fünfzig Meter vom Ufer entfernt.«

»Dann ist er nicht ins Wasser geschoben worden«, überlegte Steve. »Dafür lag er zu weit draußen.« Er furchte die Stirn und versuchte, sich ein Bild zu machen. »Gaspedal durchtreten, den Motor auf Touren bringen, dann loslassen. Ist diese Skulptur schwer genug, um das Gaspedal niederzuhalten?«

»Das habe ich mir auch gedacht«, meldete sich Vandalia zu Wort, genauso ruhig wie zuvor.

»Vielleicht ist sie von einem religiösen Fanatiker entführt worden?«, überlegte McCoy laut.

»Vielleicht«, erwiderte Steven. »Aber ich wüsste gern, warum Winters sich so aufgeregt hat, als er die Skulptur sah.« Er warf einen letzten Blick auf die Skulptur der heiligen Rita auf dem Tisch. »Ich glaube, es ist höchste Zeit, dass ich mich mal mit Detective Winters unterhalte.«

Chicago
Mittwoch, 7. März, 17:00 Uhr

»Du bist schrecklich still«, bemerkte Dana und stopfte Popcorn in sich hinein, während sie Caroline beobachtete, die geistesabwesend auf das Basketballfeld hinausblickte. »Was ist los?«

Caroline blinzelte und sah sie aus den Augenwinkeln an. »Ich denke nach.«

»Dann stecken wir wohl gewaltig in der Scheiße. Uuups!« Dana schlug die Hand vor den Mund und vergewisserte sich, dass keiner der Teenager in ihrer Umgebung ihren unflätigen Ausdruck gehört hatte.

»Mach dir keine Sorgen«, sagte Caroline und winkte Tom zu, der eine düstere Miene zur Schau stellte. »Denen kannst du nicht das Wasser reichen. Diese Kids kennen Wörter, die ich nie gehört habe, nicht mal in den sieben Jahren, die ich mit einem …« Sie unterbrach sich abrupt, presste die Lippen aufeinander und schloss fest die Augen. »Oh, mein Gott.«

In den sieben Jahren, die ich mit einem Bullen verbracht habe. Man musste kein Atomphysiker sein, um zu erraten, was Caroline gerade noch in letzter Sekunde auszusprechen vermieden hatte. Überraschend war allerdings, dass es ihr überhaupt beinahe herausgerutscht war. Caroline rutschte nie etwas heraus. Von allen Frauen, die Dana je in Hanover House aufgenommen hatte, war Caroline Stewart diejenige, die ihr neues Leben mit der größten Entschlusskraft in Angriff genommen hatte. Sie hatte jede nur erdenkliche Vorsichtsmaßnahme ergriffen, und davon waren einige, um ehrlich zu sein, in Danas Augen überflüssig. Die Haarfarbe, für die sich Caroline vor sieben Jahren entschieden hatte, war immer noch ein Zankapfel zwischen ihnen.

Doch Carolines Vorgehensweise hatte sich überwiegend als positiv erwiesen. Nach sieben Jahren lebten Caroline und Tom so gut wie in Freiheit. Wirkliche Freiheit würden sie aber erst erreicht haben, wenn Caroline nicht mehr zusammenfuhr, sobald sich ihr jemand von hinten näherte, sobald sie sich in ihrer eigenen Haut wohl fühlte. Sobald Tom die Last abschüttelte, seine Mutter vor einem Albtraum bewahren zu wollen. Caroline würde behaupten, einigermaßen in

Freiheit zu leben, wäre genug. Dana stimmte nicht mit ihr überein, hatte aber schon vor langer Zeit erkannt, dass es Zeitverschwendung war, mit Caroline darüber zu diskutieren. Dana neigte dazu, in dieser Hinsicht viel Zeit zu verschwenden.

Caroline saß auf der Tribüne, die Hand vor den Mund gepresst, und blickte so schuldbewusst drein, als hätte sie dem Papst einen unsittlichen Antrag gemacht. »Was ist los mit mir?«, flüsterte sie. »Ich verplappere mich nie. Niemals.«

Dana zuckte mit den Schultern. »Vielleicht liegt es daran, dass du endlich anfängst, dich sicher zu fühlen.«

Caroline sagte nichts. Sie saß einfach nur auf ihrem Sitz und blickte hinunter auf das Spielfeld.

»Ich bin froh, dass ich gestern Abend früh genug aufgewacht bin, um Max kennen zu lernen«, bemerkte Dana versonnen. »Sonst hätte ich mich auf Mrs Polaskys Beschreibung verlassen müssen, wenngleich die ziemlich zutreffend war. Sie sagte, Max Hunter wäre der steilste Zahn, den sie seit fünfundzwanzig Jahren zu Gesicht bekommen hat.« *Und er hat sanfte Augen*, erinnerte sich Dana voller Erleichterung. Nach beinahe zehn Jahren in ihrem Beruf hatte sie gelernt, sich auf ihre Intuition zu verlassen. Im Allgemeinen erkannte sie die Täter, die Gewalttäter. Die Männer, die ihren Klientinnen das Leben zur Hölle machten. Max Hunter war ein sanfter Typ. Solch einen Mann wünschte Dana Caroline mehr als alles auf der Welt.

Caroline warf ihr einen Seitenblick zu. »Er hat mich gebeten, heute Abend mit ihm essen zu gehen.«

Dana schürzte die Lippen. »Zwei Abende hintereinander.

Interessant. Und natürlich hast du abgelehnt, weil du Toms Spiele nie im Leben versäumen würdest.«
Caroline zog die Brauen zusammen. »Und was soll das nun wieder heißen?«
Dana gestattete sich ein kleines Grinsen, denn sie wusste nur zu gut, wie sie Caroline zur Weißglut bringen konnte. »Nur, dass du niemals ablehnen würdest, weil du Angst hast. Du musst schon einen verflixt guten Grund haben.«
»Sei still, Dana.«
Dana lachte leise und stopfte sich noch eine Hand voll Popcorn in den Mund. »Hat er dich für morgen Abend eingeladen, nachdem du für heute abgesagt hattest?«
»Ja.«
»Und was hast du gesagt?«
»Ja.«
Die mürrischen, einsilbigen Antworten ihrer Freundin rührten Dana tief in ihrem Inneren. Sie zeigte es nicht. Caroline brauchte keine Verzärtelung. »Und jetzt denkst du: Oh mein Gott, was tue ich da?«
Caroline seufzte. »Ja.«
»Ganz schön redselig, wenn wir vor Angst Magenkrämpfe kriegen, was?«
Caroline funkelte sie wütend an. »Sei *still*, Dana.«
Dana hob eine Braue. »Lassen wir das Kreuzverhör. Caroline, hast du Spaß gehabt mit Max?«
»Ja.« Ihre Unterlippe zitterte, und sie klemmte sie zwischen die Zähne. »So einen schönen Abend habe ich wohl noch nie erlebt.«
Dana wehrte sich mit aller Macht gegen das aufsteigende Mitleid. Schon so oft hatte sie dem Drang widerstehen

müssen, die ihr anvertrauten Frauen in den Arm zu nehmen. Manchmal war es angebracht. Meistens jedoch durfte sie sich keine Gefühlsduselei erlauben, denn ihre Klientinnen brauchten eher einen sanften, aber nachdrücklichen Schubs. Doch Caroline war keine Klientin. Die Frau, die da an ihrer Unterlippe nagte, war ihre allerbeste Freundin. Dana drängte ihre eigenen Gefühle beiseite und zuckte gleichmütig mit den Schultern. »Dann triff dich doch noch mal mit ihm«, riet sie, als wäre es völlig nebensächlich. »Das Schlimmste, was dir passieren kann, ist, dass du ein kostenloses Abendessen bekommst und den Anblick deines Gegenübers genießen darfst.«

Caroline furchte die Stirn. »Wie kannst du so etwas Schreckliches sagen?«, brauste sie auf. Doch dann wurde ihr Blick weicher und verriet, dass sie diesen ziemlich durchsichtigen Schachzug verstanden hatte. Sie seufzte abgrundtief und wandte sich wieder dem Spielfeld zu. »Sein Bruder hat meinen Wagen repariert.«

Danas Blick glitt vom Spielfeld zu Carolines grüblerischem Profil. »Was?«

»Sein Bruder David, du weißt schon, der, der ...«

Dana grinste. »Der die Shaw-Zicke abgefertigt hat? Ich mag ihn jetzt schon.«

Caroline sog die Wangen ein, um ihr Lächeln zu unterdrücken, gab dann aber auf und ließ es einfach zu. »Das war vielleicht ein Anblick!« Sie lachte leise. »Wie auch immer, gestern habe ich erwähnt, dass meine Zündung kaputt ist, und heute nach der Arbeit tauchte David mit meinem Schlüssel auf. Er erzählte, dass er meinen Wagen in seine Werkstatt hat abschleppen lassen, weil er ›zufällig‹ gerade

das passende Ersatzteil vorrätig hatte, und es sei überhaupt kein Problem gewesen.«
»Und was hast du getan?«
Caroline zuckte voller Unbehagen mit den Schultern. »Ich habe durchgesetzt, dass ich das Ersatzteil bezahle. Den Arbeitslohn hat er allerdings nicht angenommen. Da habe ich mich bedankt und meine Schlüssel wieder an mich genommen. Offenbar hat er sich gefreut, mir helfen zu können, und es war wirklich *notwendig*, dass mein Auto repariert wurde.« Sie biss sich auf die Unterlippe. »Was sonst hätte ich tun sollen?«
»Kommt drauf an. Sieht er aus wie Max?«
Carolines Augen wurden schmal. »Ja.«
»Dann hättest du wenigstens beiläufig erwähnen können, dass deine Freundin dringend einen Check-up braucht.«
»Und hätte sich das auf dich oder auf dein Auto bezogen?«, fragte Caroline trocken.
Dana grinste. »Kommt drauf an. Auf beides. Ich bin *sehr* flexibel.« Dann duckte sie sich, als Caroline mit Popcorn nach ihr warf.

Asheville
Mittwoch, 7. März, 19:00 Uhr

Regen hatte eingesetzt, ein leichter, kalter Frühlingsregen, der sanft auf das Dach von Stevens Mietwagen rieselte, während er vor Winters' leerer Auffahrt parkte. Im Inneren des

Wagens war es still, bis auf das rhythmische Geräusch der Scheibenwischer.

»Und jetzt?«, fragte sich Steven laut, und seine Stimme klang rau in der gedämpften Stille. Er sank im Fahrersitz zusammen und massierte seine Nasenwurzel. Böse Kopfschmerzen kündigten sich an. Sue Ann Broughton war außer sich vor Angst gewesen. Das hatte er in ihren Augen gelesen. Er hatte außerdem die verblassten Spuren von Blutergüssen in ihrem Gesicht und an ihrem Hals gesehen. Die Verletzungen waren wahrscheinlich drei oder vier Tage alt, was bedeutete, dass sie ungefähr zu der Zeit entstanden waren, als Winters das Neueste über seine Frau und seinen Sohn erfahren hatte. Steven verabscheute Gewalttätigkeit in der Ehe. Er massierte seine Nasenwurzel noch intensiver. Besonders, wenn es um einen Bullen ging.

Steven schüttelte die düstere Stimmung ab, zog sein Handy aus der Tasche und tippte Ross' Nummer ein. »Lieutenant? Hat Winters etwas darüber geäußert, dass er in Urlaub fahren wollte?«

»Nein«, antwortete Ross vorsichtig. »Nur, dass er Urlaub brauchte, um zu sich zu kommen, nachdem man den Wagen seiner Frau in Sevier County aus dem See gehoben hatte.«

»Haben Sie ihm gesagt, dass er die Stadt nicht verlassen soll?«

»Ja.« Sie legte eine Pause ein und fragte dann besorgt: »Wieso?«

Steven richtete den Blick auf Winters' Haus, das leer war bis auf seine misshandelte Freundin. »Weil er weg ist.«

Chicago
Mittwoch, 7. März, 20:30 Uhr

»Ich dachte immer, Jungen brauchen nicht so lange wie Mädchen, um sich fertig zu machen«, murrte Dana.
»Doch, nämlich wenn sie wissen, dass die Mädchen sie genau beobachten werden«, erwiderte Caroline und warf einen bezeichnenden Blick über das Schulfoyer hinweg auf die Gruppe von Girlies, die darauf wartete, dass die Jungen aus dem Umkleideraum kamen. »Aber da kommt er ja schon. Wir können gehen.«
Tom löste sich aus der Gruppe, blieb zurück und wechselte noch ein paar abschließende Worte mit seinem Trainer. Ihr Sohn machte kein allzu glückliches Gesicht.
»Worüber sie wohl reden?«, flüsterte Dana.
»Tom hat heute nicht sonderlich gut gespielt«, flüsterte Caroline zurück. »Er hat ein paar einfache Freiwürfe durchgehen lassen und sich zwei Fouls geleistet. Aber Frank ist ein guter Trainer. Er schreit die Jungen niemals an. Wenn er das täte, würde ich ihm persönlich einiges ins Gesicht sagen.« Wofür sie allerdings eine Leiter benötigt hätte. »Er redet Tom wahrscheinlich nur ins Gewissen, sich besser auf das Spiel statt auf die Cheerleader zu konzentrieren.«
Dana runzelte die Stirn. »Die haben ihn doch auch früher nie ablenken können. Gibt es sonst noch was, das ihm zu schaffen macht?«
Caroline sah, wie Tom nickte und den Kopf hängen ließ, und ihr tat das Herz weh. »Heute Morgen beim Frühstück

war er sehr still. Ich vermute, dass Max ihn ein bisschen aus der Bahn geworfen hat.«

»So was Ähnliches habe ich mir gedacht«, bestätigte Dana. »Es wäre unnormal, wenn es nicht so wäre.«

»Aber das geht doch vorüber, oder?«

»Das Leben geht weiter, Caro. Tommy-Boy wird eben akzeptieren müssen, dass seine Mom tolle Männer anzieht wie das Licht die Motten. *Autsch*«, setzte sie hinzu, als Caroline ihr einen Boxhieb versetzte.

»Halt die Klappe, Dana.« Sie hob den Kopf, als Tom sich näherte. »Das war ein hartes Spiel, wie?«

Tom nickte verbissen. »Ja.« Und ohne ein weiteres Wort drehte er sich um und ging zum Ausgang.

»Einsilbige Antworten sind offenbar bei euch erblich«, flüsterte Dana, die ihnen gefolgt war.

»Halt die Klappe, Dana.« Caroline eilte Tom hinterher, dicht gefolgt von Dana. »Was hat Frank gesagt, Tom?«

»Nichts.« Tom lief absichtlich mit langen Schritten weiter, als Zeichen, dass das Gespräch für ihn beendet war.

Caroline verdrehte die Augen. »Wie du willst. Nicht dort entlang, Tom.« Sie wies nach rechts, als Tom auf die Bushaltestelle zugehen wollte.

Tom warf Dana einen Blick zu und zuckte mit den Schultern. »Von mir aus.«

Schweigend gingen die drei weiter bis zu Carolines uraltem Toyota. Tom blieb wie angewurzelt stehen. »Was ist das denn?«, fragte er mit einem Blick über die Schulter.

Caroline schürzte die Lippen. »Mein Auto.« Sie schloss die Fahrertür auf und entriegelte die Beifahrertür. »Steig ein.« Sie musterte ihn über das Autodach hinweg. »Bitte.«

Er setzte sich auf den Rücksitz und wartete kaum ab, bis Dana und Caroline sich angeschnallt hatten, bevor er explodierte. »Wie hast du ihn repariert? Ich dachte, wir hätten nicht genug Geld für mein Trainingslager, weil wir für die Reparatur dieses Schrottautos sparen müssten.« Wütend hieb er gegen die abgeschabten Polster und ließ sich dann, die Arme vor der Brust verschränkt, in seinem Sitz zurückfallen.

»Oha«, sagte Dana leise und verzog das Gesicht, als Caroline die Augen zusammenkniff. »Ich halt ja schon die Klappe.«

Caroline holte tief Luft, um nicht die Beherrschung zu verlieren, und stieß den Atem dann langsam wieder aus. Tom wurde selten sauer. So selten, dass sie praktisch keine Übung im Umgang mit seiner Wut hatte. »Tom, es tut mir von Herzen Leid, dass das Spiel für dich schlecht gelaufen ist. Ich weiß, das passiert nicht so oft, als dass du hättest lernen können, deine ... Enttäuschung zu bewältigen.« *Nicht schlecht*, dachte sie bei sich. *Wirklich nicht übel.* »Das gibt dir allerdings nicht das Recht, dich so brummig aufzuführen. Lass es also sein«, fügte sie streng hinzu. »Wir reden darüber, wenn wir Dana nach Hause gebracht haben.«

Tom beugte sich auf dem Rücksitz vor. »Woher hast du das Geld für die Reparatur?«, fragte er misstrauisch, ohne ihren deutlichen Befehl, das Thema fallen zu lassen, zu befolgen.

Caroline seufzte und bog von dem Parkplatz in den fließenden Verkehr ein. »Max' Bruder David hat mir den Wagen repariert.«

Ein kurzes Schweigen folgte. »Wie ungeheuer nett von ihm«, sagte Tom kalt.

Verdutzt blickte Caroline in den Rückspiegel. Tom hatte sich abgewandt und blickte starr zum Fenster hinaus, doch im wechselnden Licht der vorbeifliegenden Straßenlaternen sah sie genug von seinem Profil. Das Blut wollte ihr in den Adern gefrieren. »Was soll das heißen?«
»Nichts.«
Sein Tonfall machte sie zornig, ebenso die Andeutung, die er absichtlich nicht näher erläutert hatte. »Nein. *Nein*. Wenn du mir mit derartigen Andeutungen kommst, mein Junge, dann will ich auch den Rest wissen. Was sollte das heißen?«
»Caroline«, flüsterte Dana.
Caroline umklammerte mit zitternden Händen das Lenkrad. Sie verabscheute Konfrontationen wie diese. Sie machten sie krank. Aber Tom war ihr Sohn. Ganz gleich, was er jetzt empfand, es musste besprochen werden. Außerdem musste er lernen, dass sie ihm keine Respektlosigkeit durchgehen ließ, egal, woher sie kam. »Wenn er alt genug ist, seine eigenen Wege zu gehen, dann ist er auch alt genug, eine Erklärung für sein Verhalten abzugeben, Dana. Tom? Ich möchte eine Erklärung.«
»Warum hat Max' Bruder deinen Wagen repariert?«, fragte er ätzend.
»Weil er ein netter Kerl ist. Gestern Abend bin ich mit Max und ihm essen gegangen, und bei der Gelegenheit habe ich irgendwann erwähnt, dass die Zündung kaputt ist. Im Gespräch, ohne Hintergedanken«, fügte sie nachdrücklich hinzu. »David wollte mir nur helfen.«
»Einfach so?«
»Ja«, antwortete Caroline gereizt. »Einfach so. Tom, es gibt

Leute auf der Welt, die einfach nett sind, ohne eine Gegenleistung zu erwarten. Kannst du das verstehen?«
Tom schwieg eine Weile. Dann sagte er: »Ja. Ich habe verstanden.«
Caroline saugte die Wangen ein. Den restlichen Weg zu Danas Wohnung legten sie in angespanntem Schweigen zurück. Dort angekommen, klopfte Dana ihr auf die Schulter, während sie ihren Gurt löste.
»Er ist erst vierzehn, Caroline«, flüsterte sie.
Und wird bald vierzig, dachte Caroline und lächelte verkrampft. »Gute Nacht, Dana.«
Dana warf einen besorgten Blick auf den Rücksitz, bevor sie die Wagentür zuschlug.
Caroline fuhr bereits seit fünf Minuten, als ihr Herzschlag sich endlich so weit beruhigt hatte, dass sie ruhig sprechen konnte. »Tom, du und ich, wir haben im Laufe der Jahre eine Menge durchgemacht, und ich bin dir gegenüber immer ehrlich gewesen. So viel Achtung musst du mir auch entgegenbringen.« Sie hielt vor einer roten Ampel und schaute in den Rückspiegel. Tom starrte immer noch aus dem Fenster. »Tom, ich kann Max gut leiden.« Sie sah, wie er die Zähne zusammenbiss. »Ich kann ihn sehr gut leiden. Und auch jetzt will ich dir gegenüber ehrlich sein. Die Situation ist völlig neu für mich. Und ich weiß nicht genau, was als Nächstes passiert. Allerdings weiß ich genau, dass ich glücklich bin, wenn er bei mir ist. Wenn du es dir gestattest, könntest du ihn bestimmt auch mögen.« Tom rührte sich nicht, und die Ampel wurde grün. Caroline fuhr kopfschüttelnd weiter.
Wieder vergingen fünf Minuten, bevor Tom das Wort

ergriff. »*Leute* mögen einfach so ganz nett sein und nette Dinge tun. *Männer* aber nicht.«
Carolines Herz wurde schwer. *Ach, Baby*, dachte sie und kämpfte gegen die aufsteigenden Tränen an. Sie wünschte sich sehnlichst, dass ihr Sohn das nicht wirklich glaubte.
»Tom, ich ...«
Auf einmal rührte sich Tom so abrupt, dass sie erschrak. Er warf sich nach vorn, packte ihre Kopfstütze mit beiden Händen und rüttelte daran. »Ich kann nicht fassen, dass du es nicht siehst, Mom. Ich kann nicht glauben, dass du tatsächlich so verdammt *naiv* bist.«
Caroline blickte starr geradeaus. Ihre Hände umklammerten das Lenkrad so fest, dass ihre Handknöchel schmerzten. Sie schöpfte tief Atem und versuchte, den stechenden Schmerz in ihrem Herzen zu ignorieren. Naiv? Mochte sein. Aber es war bedeutend besser, naiv zu sein als verbittert, wenngleich auch sie im Lauf der Zeit bestimmt irgendwie bitter geworden war. Woher sonst sollte ihr Sohn diesen Tonfall haben? Ihre knospende Beziehung zu Max bekam noch größere Bedeutung. »Ich gehe morgen mit ihm essen, Tom«, sagte sie ruhig, aber bestimmt.
»*Mom!*«, schrie er auf, ließ ihre Kopfstütze los und sank mit finsterem Gesicht zurück gegen die Sitzlehne.
Sie waren zu Hause angekommen, und sie lenkte den Wagen in eine Parklücke, dankbar, dass diese so nah vor der Haustür lag. Nach Einbruch der Dunkelheit war diese Wohngegend nicht sicher. Eines Tages würde sie sich etwas Besseres leisten können. Eines Tages würde ihr Sohn erkennen, dass Leute ... dass auch Männer nett sein konnten. Sie wandte sich um und begegnete seinem wütenden Blick. »Ich

weiß, du bist nur sauer, weil du mich liebst. Ich bitte dich, Tom, liebe mich genug, um mir vertrauen zu können.«
Tom schüttelte den Kopf. »Es geht nicht darum, ob ich dir vertraue«, sagte er leise, sprang aus dem Wagen und rannte die Stufen zur Haustür hinauf, ohne sich umzublicken.

9

Chicago
Donnerstag, 8. März, 18:45 Uhr

Caroline war an diesem Tag ausgesprochen verkrampft. Schon als sie ihm am Morgen den Kaffee gebracht hatte, war ihre Verkrampfung so deutlich spürbar gewesen, dass man sie beinahe mit den Händen anfassen konnte. Doch sie hatte darauf beharrt, dass alles in Ordnung sei.
Er hatte nach den Seminaren noch ein Treffen mit dem Dekan gehabt, das sich lange hinzog, und er war nicht sicher gewesen, ob sie überhaupt auf ihn wartete, um mit ihm essen zu gehen. Doch als er zurückkam, war sie noch da. Sie war verkrampft und wirkte besorgt, aber sie hatte auf ihn gewartet, und das wertete Max als gutes Zeichen.
Jetzt verließen sie Seite an Seite das Gebäude der Historischen Fakultät und liefen auf seinen Wagen zu, aber sie war meilenweit von ihm entfernt. Irgendetwas war anders. Max hätte nur zu gern gewusst, was es war. Er hatte sich schon den Kopf zerbrochen, sich gefragt, was, um Himmels willen, er getan hatte, um ihre derzeitige Stimmung

heraufzubeschwören, doch er war zu keinem Ergebnis gekommen.
Er fröstelte und klappte mit der freien Hand seine Mantelaufschläge hoch. Er hatte völlig vergessen, wie eisig der Frühlingsfrost in Chicago sein konnte. Caroline fror ebenfalls, ihre Zähne schlugen aufeinander. Ihr Mantel war recht dünn, und er dachte an ihr kaputtes Auto und an ihre Wohnung in dieser schlechten Gegend und fragte sich, ob sie sich nichts Besseres leisten konnte. Wieder einmal wallte der Beschützerinstinkt in ihm auf, doch daran hatte er sich mittlerweile gewöhnt.
Seine Gedanken waren dermaßen mit Caroline beschäftigt, dass er die überfrorene Pfütze übersah. Er verlor den Halt und ...
»Aaah!« Dem Aufschrei folgte ein dumpfer Aufprall, als er auf das Pflaster stürzte. Ein Stöhnen drang tief aus seiner Kehle, und für einen Moment verlor er das Bewusstsein. Dann schlug Max die Augen wieder auf und sah Sterne. Zum Glück standen diese Sterne am Himmel, dort, wohin sie gehörten. Vorsichtig bewegte er einen Fuß, dann den anderen, und seufzte erleichtert, als beide normal reagierten. Er stemmte sich auf beide Ellbogen hoch, und seine Sicht war immer noch verschwommen, als Caroline an seiner Seite auftauchte.
Sie fiel auf die Knie und tastete ihn sofort nach Knochenbrüchen ab. »Was ist passiert?«
»Ich habe meine Gymnastikübungen gemacht«, antwortete Max trocken. »Das war mein dreifacher Rittberger.«
Caroline ließ von seinem Knie ab, hob den Blick und lächelte schief. »Das ist eine Figur aus dem Eiskunstlauf.«

»Ich hatte nur ein kleines Problem beim Aufsetzen ... Autsch!« Max wich vor ihren Händen zurück, als sie eine empfindliche Stelle knapp über dem Knie berührte. »Wollte nur wissen, ob Sie mir überhaupt noch zuhören.«
»Glauben Sie mir, ich höre Ihnen zu«, flüsterte sie.
»Wirklich?«, fragte er, und seine tiefe Stimme klang noch dunkler.
Caroline sah ihm geradewegs in die Augen und nickte stumm, bevor sie den Blick auf seine Knöchel senkte, um ihre Untersuchung fortzusetzen. Sie hatte ihm durchaus zugehört, den ganzen Nachmittag über. Sie hatte auf jedes Aufsetzen seines Stocks gelauscht, wenn er in seinem Büro auf und ab schritt, sie hatte seine dunkle Stimme durch die Wand gehört, wenn er telefonierte. War hin und hergerissen zwischen der Erinnerung an Toms Wutanfall nach dem Spiel und an den wunderbaren Abend mit Max, als sie so viel miteinander gelacht hatten. Und genauso deutlich war die Erinnerung an das prickelnde Gefühl, als Max mit dem Daumen über ihre Lippe strich, diese winzige Zärtlichkeit, die sie bis ins Mark erschüttert, ihr kleine Schauer über den Rücken gejagt, sie noch lange danach nicht losgelassen hatte. An den winzig kleinen Kuss auf ihre Lippen, der, Gott steh ihr bei, vielmehr als den Wunsch nach einem gemeinsamen Essen in ihr geweckt hatte. Jetzt hockte sie sich auf ihre Fersen und blickte ihm ins Gesicht. Er hatte sie die ganze Zeit über versonnen betrachtet, während sie ihn untersuchte. Die Glut in ihren Wangen breitete sich in ihrem gesamten Körper aus.
»Das Knie müssen Sie untersuchen lassen, Max. Haben Sie sonst noch Verletzungen?«

»Ich glaube nicht. Höchstens mein Stolz ist verletzt.« Er verzog das Gesicht. »Und mein Steißbein. Mist.«
Sie sah zu, wie er sich abmühte, um aufzustehen, und dann mit einem unterdrückten Fluch zurücksank. »Kommen Sie, ich helfe Ihnen beim Aufstehen.«
»Das schaffen Sie nicht. Ich ziehe Sie höchstens zu mir herunter.« Er hob eine Braue, und sie sah trotz der Dunkelheit das freche Blitzen in seinen Augen. »Das ist doch eine Idee.«
Sein Scherz bewirkte, dass sich ihre Nerven beruhigten und sich die lockere Kameradschaft wieder einstellte, die das Essen mit ihm und seinem verrückten Bruder so angenehm gemacht hatte. Sie lachte leise, erhob sich und verschränkte die Arme vor der Brust. »Das wäre einen Versuch wert, Max. Und als Nächstes werden Sie mir erzählen, dass Ihnen der Sprit ausgegangen ist. Kommen Sie, halten Sie sich fest.«
Er betrachtete sie nun mit neuer Zuversicht, hielt sich an ihren Unterarmen fest, und mit gemeinsamer Anstrengung schafften sie es, dass er wieder auf die Beine kam. »Sie haben mal in einem Krankenhaus gearbeitet.«
»Nein, aber ich habe reichlich Zeit in Krankenhäusern verbracht.« Sie hätte die Worte gern zurückgenommen, aber dazu war es zu spät. Über ihre Krankenhausaufenthalte hatte sie nie mit jemandem gesprochen. Nicht einmal Dana kannte alle Einzelheiten ihrer Verletzungen und der jeweiligen Genesungsprozesse. Die schmerzhaften Erinnerungen tief in sich zu vergraben erschien ihr die einzige Möglichkeit zu sein, am Leben zu bleiben, besonders in der ersten Zeit nach ihrer Flucht. Offenbar brachen einige dieser

Erinnerungen sich jetzt Bahn und kamen an die Oberfläche. Vielleicht hatte Dana Recht. Vielleicht fing sie an, sich sicher zu fühlen. Aber vielleicht war sie auch einfach nur naiv, wie Tom es ihr vorgeworfen hatte. Der Gedanke tat ihr immer noch weh. Um sich davon abzulenken, wandte sie den Blick ab. »Hier ist Ihr Stock. Lassen Sie mich einen Schritt vorangehen, nur für den Fall, dass es hier noch mehr Glatteis gibt.«
Er biss die Zähne zusammen und machte ein paar Schritte. »Ich dachte immer, Frauen müssten sechs Schritte hinter dem Mann gehen.«
»Tja, das sind die Fallstricke unseres Fachbereichs. Lassen Sie die Vergangenheit hinter sich, Professor, und finden Sie sich im einundzwanzigsten Jahrhundert ein.« Als sie ihn statt einer Antwort nur etwas Unverständliches knurren hörte, sah sie sich über die Schulter hinweg nach ihm um. Er hielt sich mit schmerzverzerrtem Gesicht an einem Laternenpfahl fest. »Oder sollte ich sagen: Hören Sie auf, den Macho zu spielen, und lassen Sie mich Sie ins Krankenhaus bringen?«
»Nicht ins Krankenhaus. Ich hasse diese verdammten Schuppen.« In der Erinnerung daran, wie sehr sie selbst Krankenhäuser hassen gelernt hatte, gab sie nach. »Gut, dann gestatten Sie mir, dass ich Sie nach Hause fahre.«
»Nein. Wir gehen essen, und wenn es mich umbringt.« Er ging einen weiteren Schritt nach vorn und verzog das Gesicht. »Was durchaus der Fall sein könnte.«
Caroline schüttelte den Kopf. Essen war für ihn im Moment nicht wichtig. Viel wichtiger war ärztliche Hilfe, aber sie wollte ihn nicht bedrängen. *Essen gehen können wir immer noch,*

dachte sie und schüttelte ihre Enttäuschung ab. »Lassen Sie sich nach Hause bringen, Max.«
Er knirschte mit den Zähnen und stützte sich auf seinen Stock. »Nein. Wir gehen essen.«
Caroline rollte mit den Augen. Der Mann hatte einen Dickkopf, und das war sein Glück, wenn man bedachte, dass er bei seinem Sturz mit dem Kopf aufgeschlagen war. »Hören Sie, ich fahre Sie nach Hause, brutzle uns irgendetwas, und wir können trotz allem zusammen essen. Was ist denn jetzt wieder los?«, fragte sie gereizt, als er sich nicht von der Stelle rührte.
»So hatte ich den Abend nicht geplant.«
Caroline seufzte, und ihr Atem verwandelte sich in eine Dampfwolke, die ihr für einen Moment die Sicht nahm. »Pläne kann man ändern, Max. Ich bringe Sie entweder nach Hause oder zu einem Arzt. Sie haben die Wahl.«
»Sie kommandieren mich ganz schön herum.« Doch er setzte sich, immer noch auf den Stock gestützt, langsam in Bewegung.
»Das hörte ich bereits aus Quellen, die mehr Erfahrung haben als Sie. Und außerdem kann ich gut kochen.«
»Gut, fahren wir zu mir nach Hause.«

Sein Haus war altmodisch, weiß gestrichen, mit feinen Schnitzereien an den Giebeln. Auf der Veranda, die über den vorderen Teil des Hauses bis zu den Seiten verlief, bewegte sich eine Schaukel im Nachtwind. An einem der massiven Bäume im Vorgarten hing ein Reifen. Vor der Haustür brannte eine Lampe, doch im Umkreis von Meilen war kein Mensch zu sehen.

»Hübsches Haus«, sagte sie. Es war wirklich hübsch. Es war die Sorte Haus, von der sie schon immer gewusst hatte, dass es sie gab, dass normale Menschen darin lebten. Dass sich normale Menschen darin liebten. In denen Mütter ihre Kinder abends in den Schlaf wiegten und Ehemänner »Ich liebe dich« sagten und Zärtlichkeiten flüsterten und sich nicht in betrunkene Wutzustände hineinsteigerten.

Caroline parkte Max' Wagen, blieb sitzen und betrachtete die Veranda. Sie konnte förmlich das fröhliche Kindergeschrei von früher hören. Sah beinahe die Blumen in den vernachlässigten Beeten blühen, die die Veranda säumten. Das Haus zog sie an, aber vielleicht war es die Vorstellung von Normalität, die diesen Sog auf sie ausübte. Was es auch war, sie riskierte einen gewaltigen Absturz. Der Mann, das Haus. Alles war nur eine Fantasie.

Max betrachtete Carolines Profil im weichen Licht der Lampe auf der Veranda seiner Großmutter. Sie musterte das Haus mit einem so versonnenen, so traurigen Blick, dass es seinem Herzen einen Stich versetzte. »Freut mich, dass es Ihnen gefällt. Gehen wir rein.«

Die Zufahrt war zum Glück leer. *Kein Dave, keine Ma*, dachte er erleichtert, während er seinen Hausschlüssel hervorkramte und Caroline die Tür öffnete. *Allein*, dachte er in der Dunkelheit der Eingangshalle.

Endlich.

Caroline blinzelte, als er den Schalter betätigte und der Hausflur in hellem Licht erstrahlte.

»Entschuldigen Sie, aber meine Großmutter konnte zum Schluss sehr schlecht sehen, deshalb sind alle Lampen in diesem Haus so hell.« Er zog seine Handschuhe aus und stopfte sie in seine Manteltasche. Sah, wie Caroline sich umdrehte und die Umgebung auf sich wirken ließ. Und erkannte, wie wichtig ihm ihre Reaktion war.

»Es ist schön hier, Max.« Sie ging zur gegenüberliegenden Ecke, die voller Schatten und Staub war, und folgte mit dem Finger einer Reihe von vertikalen Strichen an der Wand, die die Wachstumsstadien mehrerer Kinder anzeigten. »Sehen Sie nur. Wie süß. Welcher davon ist Ihrer?«

Max wurde warm ums Herz, als er Großmutter Hunters Wandlineal betrachtete und Carolines Gesicht, das einen weichen Ausdruck angenommen hatte. Dass das Lineal ihr beinahe auf Anhieb ins Auge gestochen war, wunderte ihn nicht im Geringsten. Sie hatte nicht auf die abblätternde Farbe oder die schreiend bunten Tapeten geachtet, sondern auf die Spuren von Geborgenheit und Liebe. Er trat zu ihr und atmete ihren Duft ein, während er über ihre Schulter hinweg auf den höchsten Strich wies.

»Der da. Das war an meinem dreizehnten Geburtstag.«

Caroline legte den Kopf in den Nacken, um zu sehen, wohin sein Finger deutete. »Etwa die gleiche Größe wie Tom zurzeit.«

Und von wem hat Tom diese Größe, Caroline?, hätte Max gern gewusst. Doch er fragte nicht, da sie jeden Hinweis auf Toms Vater vermied und er nicht sicher war, ob er es wirklich wissen wollte.

»Ja. An diesen Tag erinnere ich mich, als wäre es gestern gewesen.« Ihr Hinterkopf streifte beinahe seine Schulter, als sie an der Wand hochblickte, und die kleinste Bewegung war ausreichend, um sie zu berühren. Max trat

einen winzigen Schritt nach vorn. Unter seiner Berührung spannten sich ihre Muskeln an, aber sie wich nicht zurück. Das verstand er als stillschweigende Aufforderung weiterzumachen.
»Und?«
Ach ja. Sein dreizehnter Geburtstag. Seine Gedanken waren von den Erinnerungen an die Vergangenheit zu Caroline abgeschweift, deren süßer Duft ihn in die Gegenwart zurückholte. Er stieß den Atem aus, den er unbewusst angehalten hatte. »Ich war dreizehn und hatte mir nichts sehnlicher als ein Mountainbike gewünscht. Mein älterer Bruder hatte eines, und seit seinem dreizehnten Geburtstag wünschte ich mir auch eines. Ich hatte die Hoffnung, dass Pop mir eines kaufen würde, war aber nicht ganz sicher. Als er Peter das Fahrrad gekauft hatte, war Ma strikt dagegen gewesen.«
»Dann ist Peter wohl Ihr älterer Bruder.«
»Genau, er ist fünf Jahre älter als ich und der Zwilling meiner Schwester Catherine.«
»Zar Peter und Katharina die Große, wie?«
Max nickte und ließ dabei seine Wange über ihre Schläfe streifen. Ihr Haar verfing sich in seinen Bartstoppeln. Er hörte die Belustigung in ihrer Stimme. »Sie sind sehr scharfsinnig. Mein Vater hat sich sehr für Geschichte begeistert. Jedenfalls hat er …«
»Sie sprechen in der Vergangenheit?«, fiel Caroline ihm ins Wort, drehte sich um und blickte mit traurigen Augen zu ihm auf.
Max räusperte sich. »Mein Vater ist vor zwölf Jahren bei einem Verkehrsunfall ums Leben gekommen.«

Sie blieb lange still und sah ihn nur an. »Sie haben ihn geliebt.«
Ja, dachte Max. So sehr, wie man einen Vater nur lieben konnte. Mehr noch. Aber er konnte und wollte diese Worte nicht aussprechen. Seine Kehle war wie zugeschnürt, als ihn plötzlich mit aller Macht die Erinnerungen überfielen.
Caroline hob behutsam eine Hand und legte sie an seine Wange. »Dann haben Sie großes Glück gehabt.«
Die sanfte Berührung war wie lindernder Balsam und riss die Barriere nieder, die sich zwischen ihnen aufgerichtet hatte. »Ja, das hatte ich wohl.« Da stand sie, sah zu ihm hoch, Mitgefühl und Zärtlichkeit in ihren blauen Augen.
»Sie hatten es nicht, wenn ich Sie recht verstehe.«
Sie nahm die Hand von seiner Wange. »Nein.« Sie lächelte gezwungen. »Erzählen Sie mir mehr von dem Mountainbike.«
Das tat er. Er hätte alles getan, um den traurigen Blick aus ihren unglaublichen Augen zu vertreiben. »Ma hatte Angst, dass wir uns das Genick brechen würden, aber Pop war der festen Überzeugung, dass Jungen ein Ventil für ihre Energie benötigten. Wir aßen Kuchen und Eis, und ich konnte es kaum noch auf meinem Stuhl aushalten. Dann wollte Großmutter Hunter meine Größe messen und sie in ihre Wandtabelle eintragen, aber das passte mir nicht. Als ich ihr sagte, dass ich dafür zu alt sei, wurde sie ganz traurig. Ich habe es nie ertragen können, sie traurig zu sehen, also gab ich nach, trottete an diese Stelle und stand gehorsam still, während sie den Strich zog. Dann reckte sie sich zu mir hoch und flüsterte, ich wäre ein Mann geworden, dieses Jahr hätte sie mich zum letzten Mal gemessen.« Er schluckte bei der Erinnerung

an das schmerzhafte Gefühl des Verlusts, das ihre Worte in ihm hervorgerufen hatten.

»Weil Sie Achtung vor ihren Gefühlen gezeigt haben.«

»Wie bitte?«

»Sie waren ein Mann, weil Sie Achtung vor ihren Gefühlen gezeigt haben. Ein Junge hätte sich nicht so verhalten, wie Sie es getan haben, Max.«

Der Schmerz in seinem Inneren wurde stärker. »Da mögen Sie Recht haben, aber so habe ich es noch nie betrachtet. Ich habe immer gedacht, das wäre der besondere Zauber des dreizehnten Geburtstags gewesen. Oder dass ich zu groß geworden war und sie meinen Scheitel nicht mehr erreichen konnte.«

»Und haben Sie das Mountainbike bekommen?«

»Ja. Ich bin nach draußen gerannt, und da stand es, funkelnagelneu. Pop hatte sich für mich durchgesetzt.« Er lachte leise. »Am nächsten Tag hat Pop mich mit einem gebrochenen Handgelenk ins Krankenhaus gefahren. Und Ma hat nicht ein einziges Mal gesagt: ›Wusste ich's doch.‹«

»Was für eine wunderbare Erinnerung.«

Er blickte auf ihren Scheitel herab. In ihrem dunkelbraunen Haar glänzten die Reflexe des grellen Lichts der Flurlampe, und plötzlich wünschte sich Max gedämpften Kerzenschein herbei. Sein Gedanken an Fahrräder, Geburtstage und Stürze auf dem Eis verflüchtigten sich, als ihn die Lust überfiel und ihn wieder in diesen halb erregten Zustand versetzte, dessen Drängen er den ganzen Tag ertragen hatte. Er begehrte sie.

»Warum tragen Sie Ihr Haar immer zu einem Zopf geflochten?«

Carolines Augen weiteten sich überrascht. »Das ist praktisch. Max, was ...«
Doch er hatte bereits das Zopfgummi gelöst und begann, die Strähnen zu entwirren. »Ich möchte dein Haar offen sehen«, sagte er mit rauer Stimme und sah, wie sich ihre Wangen wieder auf diese unwiderstehliche Weise rosig färbten. Ihm war, als sei eine Ewigkeit vergangen, seit er sie zuletzt berührt hatte.
Caroline wurde heiß, und sie öffnete die oberen Knöpfe ihres Mantels, den sie noch nicht abgelegt hatte. Max hatte die Hand an ihren Hinterkopf gelegt, seine Finger glitten leicht über ihre Kopfhaut und fuhren durch ihr dichtes Haar, das ihr nun offen über die Schultern fiel. Mit der anderen Hand hatte er die restlichen Knöpfe ihres Mantels geöffnet, ihn von ihren Schultern gestreift und, ohne hinzusehen, an einen Haken hinter seinem Rücken aufgehängt.
»Caroline?«
Nur mit Mühe konnte sie den Blick heben. Er sah sie fest an, und seine Absicht war deutlich und unverhohlen. Sie brachte ein schwaches Nicken zustande und hörte dann völlig auf zu denken, als sein Mund den ihren fand. Sein Mund war alles, was sie sich je erträumt hatte. Stark und sanft nahm er sie in Besitz, forderte und gab alles zurück, was er sich nahm. Und mehr noch. Max neckte sie, zupfte an ihren Lippen und gab sich genießerisch dem Kuss hin, während seine Hand noch immer ihren Hinterkopf hielt, als er sie mit seinen sinnlichen Lippen berührte. Tief in ihrem Körper wurde eine Glut entfacht, derer sie sich nie für fähig gehalten hatte. Ihre Hände krallten sich in seinen Mantel, als ginge es um ihr Leben, als wäre er ein Anker, der sie vor dem umwerfenden

Ansturm ihrer Gefühle rettete, die ihr fast den Boden unter den Füßen wegrissen.

Sie war im Begriff, ihr Leben zu verändern, aber das Wissen darum nahm dem Augenblick nichts von seiner Bedeutung. Sie wollte ihn, wollte seine Hände auf ihrem Körper, seinen Körper an ihrem spüren. Noch nie hatte sie jemanden so begehrt, hätte nie gedacht, dass sie so unersättlich sein konnte. In den sieben Jahren ihrer Freiheit hatte sie nie ein derartig heißes Verlangen nach einem Mann gespürt. Das empfand sie zum ersten Mal, und es galt einzig und allein diesem Mann.

Sie fühlte den glatten Stoff und seinen harten Oberkörper unter ihren Handflächen, als sie seinen Mantel öffnete und über seine Brust strich, bis sie die warme Haut seines Nackens berührte, dort ihre Hände verschränkte und Max enger an sich zog. Sie stellte sich auf die Zehenspitzen und schmiegte sich, getrieben von dem Wunsch nach noch mehr Nähe, an seinen Körper.

Max hatte sich gefragt, wie es sein würde, hatte davon geträumt, wie es sein könnte. Aber es war schöner als in seinen Träumen. Es war perfekt. Sie war perfekt. Ihre köstlichen Lippen verschmolzen mit seinem Mund, gaben dem Druck seines Kusses nach und erwiderten ihn zunächst auf ihre zurückhaltende Art. Seine Hand an ihrem Hinterkopf dirigierte sie, um die Intensität des Kusses nach und nach zu vertiefen. Er erforschte jeden Winkel ihres Mundes, entdeckte in jeder neuen Bewegung ihre Schönheit und verlor sich in dem Gefühl ihrer Nähe. Dann zogen ihre Hände ihn noch näher zu sich heran, und ihre Zurückhaltung machte einer hemmungslosen Leidenschaft Platz.

Das Wissen, dass sein Kuss diese Reaktion bewirkt hatte, war erregender als alle raffinierten Tricks, die erfahrenere Frauen bislang bei ihm versucht hatten. Als sie die Arme fester um seinen Nacken schlang, entrang sich ein erstickter Seufzer seiner Kehle, der sich schon seit Tagen in ihm aufgestaut hatte. Trotzdem brachte er es fertig, nicht die Beherrschung zu verlieren. Bis sie sich wieder mit ihrem ganzen Körper an ihn drängte. Da löste sich jegliche Zurückhaltung in Luft auf, und seine freie Hand glitt an ihrem Rücken herab, umfasste ihr rundes Gesäß und drückte sie an sich. Mit einem Schritt schob er sie sanft zurück, sodass sie sich an die Wand lehnen konnte. Caroline fuhr überrascht zusammen, drängte dann aber ihre Hüften vor und presste sie an seine harte Erektion.
Für einen Augenblick voll elektrisierender Spannung hielten Caroline und Max inne, waren beide überwältigt von der unverhohlenen Leidenschaft, mit der ihre Körper zueinander gefunden hatten, und von allem, was sich daraus entwickeln könnte. Max hob den Kopf und sah in ihren Augen eine Mischung aus ungezügeltem Begehren und Erstaunen. Ihr Begehren weckte in ihm den Wunsch, sich noch heftiger an ihren weichen Körper zu pressen. Doch ihr Erstaunen ließ ihn zurückweichen. Auch das hier war ein erstes Mal für sie, dessen war er sicher, und deswegen würde er jetzt aufhören. Doch dass es ein nächstes Mal geben würde, wusste er mit absoluter Gewissheit.
Langsam lockerte er seinen Griff, bis ihre Füße wieder auf dem Boden standen, und löste sich von ihr. Ihr Gesicht war von kleinen Löckchen umrahmt, die sich im Luftzug seiner heftigen Atemstöße bewegten. Ihre Lippen waren rot und

geschwollen, die Haut ihrer Wangen gereizt von seinen Bartstoppeln. Sie sah wunderschön aus.

»Gütiger.« Er senkte den Kopf und schmiegte die Wange an ihren Scheitel. Sein Herz klopfte wie ein Schmiedehammer, und seine Lunge pumpte wie ein Blasebalg. Sein gesamter Körper schmerzte, aber er hatte sich noch nie so lebendig gefühlt. Alles war gut und richtig, das wusste er intuitiv. Sie war dort, wohin sie gehörte. In seinen Armen.

»Was ist los?«, fragte Caroline und fand, dass sich ihre Stimme fremd anhörte. Atemlos und … sogar sexy? Das war kaum vorstellbar. War sie, Caroline, zu einer Frau wiedergeboren, die einem Mann wie Max Hunter ein Stöhnen abringen konnte? Unglaublich, aber wahr. Ihre Hände lösten sich von seinem Nacken und legten sich zärtlich um seine Wangen. Mit den Daumen streichelte sie über seine Haut, dann ließ sie die Hände sinken.

Seine Finger spielten immer noch mit ihrem Haar und zupften nun sanft daran, damit sie den Kopf hob. Dann strichen seine Lippen über ihre geröteten Wangen, tupften kleine, zärtliche Küsse an ihrem Kinn entlang bis zu der empfindlichen Stelle hinter ihrem Ohrläppchen, direkt über dem Rollkragen ihres Pullovers. Wieder lief ihr ein Schauer über den Rücken.

»Entschuldige«, flüsterte er ihr ins Ohr. »Ich habe dir das Gesicht zerkratzt. Morgen werde ich mich vorher rasieren.« Dann trat er zurück und zog, ohne den Blick von ihrem Gesicht zu lösen, seinen Mantel aus.

Ihr Erstaunen wurde noch größer. Er entschuldigte sich, weil er ihr das Gesicht zerkratzt hätte? Caroline wehrte sich gegen ein impulsives Kopfschütteln. *So also benehmen sich nor-*

male Männer, dachte sie, doch noch während sie den Gedanken formulierte, wusste sie, dass das nicht zutraf. Max Hunter hatte nun wirklich nichts Normales an sich.
Allmählich wich ihr Erstaunen der Belustigung. »Morgen?« Sie hob die Brauen und neigte den Kopf. Sein Blick wich nicht von ihrem Gesicht, als befürchtete er, dass sie ihn zurückweisen könnte, und dieser Gedanke weitete ihr Herz. Max war rücksichtsvoll und verletzlich auf eine freche Art und Weise. Ein völlig neues Selbstbewusstsein keimte in ihr auf.
»Versprochen?«, fragte sie.
»Was soll ich versprechen?«
»Dass du dich rasierst.«
Ein warmes Lächeln trat in seine Augen, bevor es seinen Mund erreichte, und seine Wirkung ließ Carolines Atem stocken. Er war ein unglaublich gut aussehender Mann. Sie fuhr sich mit der Zungenspitze über die geschwollenen Lippen. Mit einem äußerst einfallsreichen Mund. Er hatte sie nicht einfach geküsst. Er hatte sie verschlungen und gleichzeitig liebkost. Morgen. *Erbarmen.*
»Ich verspreche es hoch und heilig.« Er lockerte seine Krawatte und wies in Richtung Küche. »Und jetzt ist es Zeit fürs Abendessen.«

Caroline schlug ein Ei in die Rührschüssel von Max' Küchenmixer. Seine Küchengeräte schienen alle aus der *Schöner Wohnen* zu stammen, wenngleich das Design eher klassisch sechziger Jahre war. »Lass die Mathe-Aufgaben auf dem Küchentisch liegen. Ich möchte sie mit eigenen Augen sehen. Und denk dran, dass das Zelten in den Frühjahrsferien für

dich ins Wasser fällt, wenn in deinem Zeugnis eine Drei in Mathe statt einer Zwei auftauchen sollte. Und, Tom?«
»Ja, Mom.«
Caroline schüttelte den Kopf, als sie Toms kaum verhohlene Ungeduld bemerkte. In seiner Stimme klang deutlich noch immer die Anspannung des Vorabends durch. Selten hatten sie bis zur Klärung der Fronten so viel Zeit verstreichen lassen, und jetzt wusste Caroline nicht recht, wie sie mit ihrem Sohn reden sollte. Deshalb griff sie auf vertraute Muster zurück, sie war schließlich seine Mutter, ob es ihm passte oder nicht. »Ich schicke in etwa einer Stunde Dana zu dir, damit sie nach dem Rechten sieht. Lass außer ihr niemanden in die Wohnung.«
»Ich weiß, Mom.« Eine Pause entstand, in der das Öffnen der Kühlschranktür zu hören war. »Geh nicht an die Tür, und steige nicht zu Fremden ins Auto, ganz gleich, mit welchen Süßigkeiten sie dich locken«, schloss er höhnisch.
Caroline seufzte. »Bin ich wirklich so schlimm, Schatz?«
Es folgte ein unbehagliches Schweigen, dann seufzte auch Tom. »Nein, eigentlich nicht.« Er biss in einen Apfel, dass es an ihrem Ohr krachte. »Du bist eine gute Mutter«, fügte er mit vollem Mund hinzu, und damit waren die Fronten ohne großes Aufhebens geklärt. »Und eigentlich auch sehr verantwortungsbewusst«, fügte er hinzu. »Aber gib mir trotzdem die Nummer, unter der ich dich erreichen kann, und ruf mich an, bevor du dich auf den Heimweg machst.«
Caroline tat ihm den Gefallen, da sie erkannte, wie viel Mühe er sich gab. »Und ich werde vor deinem Zapfenstreich zu Hause sein, mein Lieber.«
»Das hoffe ich doch.« Er zögerte kurz. »Mom? Tut mir Leid,

dass ich gestern Abend so wütend geworden bin, aber ...« Er holte tief Luft. »Aber du hast ihn gerade erst kennen gelernt und ... Mom, bist du ganz sicher, dass dieser Typ in Ordnung ist?«
Liebe wallte heiß in ihr auf, und gleichzeitig spürte sie einen tiefen Schmerz, weil ihr Sohn überhaupt auf den Gedanken kam, eine solche Frage zu stellen. »Ja, Schatz, er ist in Ordnung. Aber ruf mich später noch einmal an, falls es dich beruhigt.«
»Mach ich.«
»Tschüss, Schatzi.«
»Mom!«
»Entschuldige.« Sie senkte die Stimme und sprach übertrieben ernst. »Auf Wiedersehen, Thomas.« Kopfschüttelnd legte sie den Hörer auf und sah, wie Max Stufe für Stufe die Treppe hinunterging. Er hatte Schmerzen, das wusste sie. Fast hätte sie sich gewünscht, dass er sich nach seinem Sturz nicht damit überanstrengt hätte, sie bis zur Besinnungslosigkeit zu küssen, doch so viel Selbstlosigkeit brachte sie nicht auf. Ihr Körper vibrierte immer noch, und dabei hatten sie sich lediglich geküsst. Ja, und der Grand Canyon war nur ein Loch im Boden. Sie zitterte trotz der Wärme in Max' Küche und wandte sich dem Herd zu, damit er unbeobachtet die Treppe weiter hinuntersteigen konnte.
»Hast du ihn erreicht?«
Sie hörte an seiner Stimme, wie angestrengt er war, und obwohl er versuchte, das vor ihr zu verbergen, erkannte sie es auch an den Linien um seine Augen, als sie sich zu ihm umdrehte. »Ja, danke. Tom ist bestimmt froh, die Wohnung ein paar Stunden für sich allein zu haben. Das bedeutet, dass er sich im Wohnzimmer mit Chips voll stopfen kann, die

Fernbedienung ungestört benutzen und mit seiner Schuhgröße 46 überall dort herumtrampeln kann, wo es am wenigsten erwünscht ist.«

Max sah Carolines Sohn vor seinem inneren Auge und fragte sich wieder einmal, von wem der Junge diese Größe geerbt hatte. »Und du bist wirklich sicher, dass er erst vierzehn ist?«

Sie warf ihm einen vernichtenden Blick zu. »Ziemlich sicher, denn ich war zufällig bei seiner Geburt anwesend.« Sie griff nach zwei Salatschälchen und stellte sie auf den Tisch. »Du besitzt genau zehn verschiedene Sorten Salatdressing.« Sie lächelte und zeigte ihm ihr Grübchen. »David hat mir von dem Einkaufstag in der Hölle berichtet. Anscheinend hatte deine Mutter Coupons für jede einzelne Sorte in dem Laden.«

»Das Dressing mit den Gartenkräutern ist schon recht.« Er beobachtete zufrieden, wie sie sich nach einem der oberen Fächer seiner Speisekammer streckte, und ihre geschmeidigen Bewegungen lenkten seinen Blick auf ihre Brüste, die sich deutlich unter dem Pullover abzeichneten. Er ermahnte sich, vernünftig zu bleiben. »Was gibt es denn zum Abendbrot?«

»Paniertes Hähnchen mit Kartoffeln und kalten Nudelsalat. Den Nudelsalat habe ich im Kühlschrank gefunden.«

»Ma hat ihn gemacht.« Er sah zu, wie sie das Hühnchen in einem Panierteig wälzte, den sie zubereitet hatte, und es dann zum Braten in die heiße Pfanne auf dem Herd legte.

»Sie sorgt gut für dich.«

»Ja, wenn ich es zulasse.«

»Tom behauptet das Gleiche. Ich glaube, Mütter hören nie auf, Mütter zu sein.«

Nicht einmal dann, wenn ihre Söhne ihnen das Herz brechen, dachte Max, verbannte den Gedanken aber sogleich aus seinem Kopf. Ma hatte ihm schon vor Jahren verziehen. Er wollte den Blick in die Zukunft richten, nicht in die Vergangenheit.
»Ich habe deinen Heimtrainer im Wohnzimmer gesehen«, bemerkte Caroline beiläufig. »Nicht schlecht.«
Max setzte sich auf seinem Stuhl zurecht, bemüht, nicht vor Schmerz das Gesicht zu verziehen. »Danke. Ich benutze ihn täglich. Auf Anweisung des Arztes.«
»Ich erinnere mich.« Sie schloss die Augen und fluchte leise, als etwas Öl aufspritzte und sich eine Brandblase auf ihrem Finger bildete.
Max sah zu, wie sie den Finger unter kaltes Wasser hielt. »Unter dem Spülbecken befindet sich ein Erste-Hilfe-Kasten«, bemerkte er. Ihm war ihre erschrockene Reaktion nicht entgangen, als sie auf dem Parkplatz erwähnt hatte, dass sie häufig in Krankenhäusern gewesen war. Jetzt spürte er wieder die Angst in ihr, als sie rasch etwas Salbe auf dem verletzten Finger verteilte.
»Danke. Das war unvorsichtig von mir.« Über die Schulter hinweg lächelte sie ihm munter zu, doch das Lächeln erreichte ihre Augen nicht. »Aber keine Sorge. Ich zeige dich nicht an.«
»Setz dich, Caroline.«
In ihren Augen spiegelten sich Erstaunen und Angst, doch sie gehorchte still, griff nach ihrer Gabel und spielte mit dem Salat in ihrem Schälchen.
»Ich möchte dir eine Geschichte erzählen.« Er hatte im Bruchteil einer Sekunde diesen Entschluss gefasst und sah, wie sich ihre Augen vor Angst verdunkelten, obwohl sie ihn anlächelte. Er wollte ihr die Wahrheit sagen, weil er glaubte,

dass er ihr Vertrauen am besten dadurch erringen konnte, dass er ihr zuerst das seine schenkte.
Sie hielt ihren Blick auf den Tisch gerichtet. »Von einem Jungen auf einem Mountainbike?«
Er legte seine Hand auf ihre und zwang sie sanft, die Gabel abzulegen. »Ja. Schau mich an, Caroline.« Dann wartete er, bis sie den Blick hob, und musste wieder an das Meer denken, an eine sehr aufgewühlte See. »Fünf Jahre nach diesem Mountainbike-Geburtstag habe ich meinen Highschool-Abschluss gemacht und bin mit Hilfe eines Stipendiums für Basketballspieler aufs College gegangen.« Das hat sie überrascht, dachte er, als er das Flackern in ihren Augen sah. Aber sie sagte nichts, und er fuhr fort: »Ich habe vier Jahre lang als Abwehrspieler an der University of Kentucky gespielt.« Er dachte an den Jungen, der er damals gewesen war, an die unzähligen Dinge, die er bereute. »Alles, was ich je wollte, war Basketball spielen. Ich aß, trank und atmete dafür. Und ich war gut.«
Mühsam stand er auf, ging zum Herd und wendete das Hühnchen, damit es nicht anbrannte. »Ich war sehr gut und sehr eingebildet.« Er wünschte, dass er seinen Stock nicht in der oberen Etage zurückgelassen hätte, als er die Küche durchquerte und sich zwischendurch mit einer Hand auf der Arbeitsplatte abstützte. »Möchtest du Wein zum Essen?«
Sie schüttelte den Kopf. »Wasser reicht mir völlig.«
»Mein Vater war Farmer und hat nachts als Taxifahrer gearbeitet. Wir waren eine brave, katholische Familie, die fünf Mäuler zu stopfen hatte.«
»Nur fünf?«
Er lächelte über ihren trockenen Witz. »Wir wären noch

mehr gewesen, aber Ma hatte einige Fehlgeburten gehabt und ein paar Babys starben bald nach der Geburt. Insgesamt haben meine Eltern die Gemeinde um neun Seelen bereichert. Was die verlorenen Kinder anging, war Ma immer sehr philosophisch eingestellt. Sie hat einen erstaunlich starken Glauben.« Und dafür liebte er sie. Diese Erkenntnis wärmte sein Herz, während er sie für den Rest seiner Geschichte wappnete. »Wie auch immer, wir waren fünf Kinder, und Pop musste zwei Berufe ausüben, um uns kleiden und ernähren zu können.«

»Und um euch Mountainbikes schenken zu können«, sagte Caroline leise, und er wusste, dass sie begriffen hatte, was für ein wahrhaft gigantisches Geschenk dies für ihn gewesen war.

»Ja. Pop wäre für sein Leben gern Geschichtslehrer geworden, hatte aber nie die Chance gehabt, aufs College zu gehen. Er war fest entschlossen, uns Kinder allesamt dorthin zu schicken, und einer von uns sollte Geschichtslehrer werden.«

»Er wählte dich dafür aus.«

»Ja, aber ich hatte kein Interesse. Die Verlockung des Ruhms hatte mich gepackt, und ich dachte nicht daran zu widerstehen. Ich liebte das Rampenlicht, die Schreie der Fans, den Applaus. Ich liebte es, Basketball zu spielen.«

»Du warst jung, Max.«

»Suche keine Entschuldigungen für mich, Caroline«, sagte er schärfer als beabsichtigt. »Du warst nicht dabei. Du kannst es nicht wissen. Entschuldige bitte. Ich wollte nicht so heftig werden. Mir war klar, dass mein Dad nichts dagegen hatte, dass ich spielte, aber er wollte auch, dass ich eine

Sicherheit hatte, für alle Fälle. In meinen Augen war er ein blöder alter Mann, zu dumm, um die wirkliche Welt zu begreifen, weil er ja auf seiner Farm in Illinois festsaß. Er verstand nichts vom schnellen Geld, von schnellen Autos.« Der Hauch eines spöttischen Lächelns umspielte seinen Mund. »Von Verträgen mit Sportschuhherstellern. Nichts davon zählte für ihn. Aber er liebte seine Familie, und er und Ma wollten, dass ich glücklich war.«
»Du hast also Basketball gespielt. Mit süßen Sechzehn angefangen und dann während der gesamten Collegezeit?«
»Vier Jahre lang. Wir waren gut.« Er schüttelte den Kopf, als die Erinnerungen ihn überwältigten. »Und wir waren dumm. Meine Freunde ließen sich in irgendwelchen Fächern prüfen, denn wir gingen ja nicht aufs College, um zu studieren, sondern um zu spielen.«
Er sah, wie sie die Stirn runzelte. »Aber in deinen Papieren steht, dass du einen Abschluss in Geschichte hast.«
»Habe ich auch. Habe die Prüfung mit knapper Not geschafft. Ich ließ mich nur zu den Klausuren im Seminar blicken, oder wenn meine jeweilige Freundin den gleichen Kurs belegt hatte. Mir war es gleichgültig. Ich glaube, das hat Pop mehr verletzt, als wenn ich einen Abschluss im Korbflechten gemacht hätte. Die Chance zu haben und sie nicht zu nutzen ...« Er seufzte, stieß sich von der Arbeitsplatte ab und stellte zwei Gläser mit Wasser auf den Tisch.
»Also machte ich meinen Abschluss mit dem höchsten Titel, den ich mir vorstellen konnte, als Auswahlspieler nämlich«, fuhr er in spöttischem Tonfall fort. »Ich kam als Ersatzspieler zu den Lakers, und das war für mich der Gipfel des Glücks.«

»Und dein Vater?«
Er lachte freudlos. »Pop war so stolz auf mich, er hätte platzen mögen vor Freude. Er machte sich Sorgen, das verstand ich wohl, aber er war trotzdem auch stolz. Er und Ma verstanden einfach nichts von meinem Leben.« Seine Stimme troff vor Hohn. Er biss die Zähne zusammen. »Ich zog nach L. A., ließ mich mit den windigen Typen dort ein. Im ersten Jahr war ich kein einziges Mal zu Hause, aber ich habe Geld geschickt. Habe Pops Hypothek abgezahlt.«
Caroline sah, wie sich bei der letzten Bemerkung sein Gesicht verdüsterte. Zögernd hob sie den Kopf und tastete sich behutsam vor. »Und das war keine gute Idee?«
Er funkelte sie an, und sie spürte den Aufruhr, der sich in seinen grauen Augen zeigte, in seinem Blick, der härter war als Stahl. »Ich habe ihn gekränkt, indem ich ihm Geld schickte, während für ihn doch einzig und allein meine Person wichtig war. Indem ich seine Hypothek abzahlte, als wäre sie nichts. Wir hatten Streit deswegen. Ich hielt ihn für undankbar, und er hatte geglaubt, dass ich ihn nicht mehr liebte.« Seine Stimme schwankte, und er räusperte sich. »Himmel, das tat weh. Ich hätte meinen Vater nie verletzen wollen, habe es aber doch getan.«
Er setzte sich wieder auf seinen Stuhl, doch sein Blick war starr auf einen Punkt hinter ihrem Kopf gerichtet. Sie schob ihre Hand unter seine, streichelte seine Finger und hörte weiter zu.
»David war's, der mich zurückgeholt hat. Er hatte sich mit einem Teilzeitjob das Geld zusammengespart und war nach L. A. geflogen.« Die Lippen, die sie so leidenschaftlich geküsst hatten, waren nun zu einem schmalen Strich zusam-

mengezogen. »Er platzte mitten in eine ziemlich tolle Party in meiner Wohnung hinein. Er war so enttäuscht von mir, und ich war sauer auf ihn, weil er es gewagt hatte, einfach unangemeldet hereinzuschneien.« Seine Augen lächelten. »Kurz nach seiner Ankunft löste sich die Party auf. Keiner sah mehr einen Sinn darin zu bleiben, nachdem David alle Getränke aus dem Fenster geworfen hatte. Er gab vor, Priester zu sein, ausgerechnet er. Dann hatte er meinen so genannten Freunden angedroht, dass sie in der Hölle schmoren würden.« Tief aus seinem Inneren drang ein leises Lachen. »Er hätte in L. A. bleiben sollen. Inzwischen hätte man ihm bestimmt schon einen Oscar verliehen.«

Er warf einen Blick auf den Herd. »Ich würde gern aufstehen und das Hähnchen noch einmal wenden, aber ich fürchte, ohne meinen Stock schaffe ich es nicht bis zum Herd.«

Caroline sprang auf, nahm die Pfanne vom Herd und stellte sie zur Seite. Vielleicht würde sich später ihr Appetit zurückmelden. Sie setzte sich wieder und nickte Max zu. »Erzähl weiter.«

»Also fuhr ich mit Dave nach Hause und versöhnte mich mit Pop. Pop und ich hatten uns hier, in Großmutters Haus, zurückgezogen, um allein zu sein. Um den anderen aus dem Weg zu gehen. Er hatte geweint.« Max blickte auf seine Hände. »Nie zuvor habe ich meinen Vater weinen sehen, nicht einmal, als Ma die Kinder verlor. Er saß hier an diesem Tisch und weinte. Und sagte mir, dass er mich liebte, dass er stolz auf mich wäre. Das war wohl der bedeutsamste Augenblick in meinem Leben. Und das bleibt mir ...«, er schluckte heftig, »... als die letzten Worte, die mein Vater zu mir sagte. Auf der Heimfahrt war ich bei Glatteis ins Rutschen geraten,

mein Wagen rammte einen Baum und stürzte dann in den Graben.« Seine Hände lagen mit gespreizten Fingern flach auf dem Tisch, und er zuckte zusammen, als Caroline ihre kleinen Hände auf seine legte.
»Und er ist gestorben.« Das auszusprechen konnte sie ihm abnehmen. Wenigstens das konnte sie für ihn tun.
»Ja. Gott sei Dank ist er auf der Stelle tot gewesen. Hätte er leiden müssen, wäre das Mas Untergang gewesen.« Er holte tief Luft und stieß sie leise wieder aus. »Ich habe mir oft gedacht, dass ich lieber mit ihm zusammen gestorben wäre.«
Ihr Herz krampfte sich zusammen. »Du warst schwer verletzt.«
»Ich war verletzt. Ich hatte einen Wirbelbruch und war gelähmt. Meine Karriere war zu Ende, mein Vater war tot, meine Mutter war Witwe.«
»Und du gabst dir die Schuld daran.«
»Aber sicher.« Er drehte die Hände um und legte seine Fingerspitzen gegen ihre. Dann verschränkte er seine Finger mit ihren und hielt sie fest. »Es war meine Schuld. Selbst wenn mich rechtlich keine Schuld traf, so war es meine Schuld. Ist es immer noch meine Schuld.«
»Und?«
Max blickte sie an und entdeckte Tränen in ihren Augen. Er strich mit ihren ineinander verschränkten Händen über ihre Wimpern und sorgte dafür, dass die Tränen ungehindert über ihre Wangen laufen konnten. »Weine nicht um mich, Caroline.«
Sie schüttelte den Kopf. »Ich weine nicht um das, was du bist, auch nicht um das, was dir widerfahren ist. Ich weine, weil ich mir vorstelle, wie du dich gefühlt hast, als du in

deinem Krankenbett lagst. Ganz allein, weil du glaubtest, du hättest es nicht anders verdient.«

Vor Erstaunen fand er zunächst keine Worte. Sie hatte den Nagel auf den Kopf getroffen, hatte eine Wahrheit ausgesprochen, die er nie jemandem anvertraut hatte, seit er seiner Mutter den Mann und seinen Geschwistern den Vater genommen hatte. »Genau«, sagte er gedehnt. »Ich war einsamer als jemals zuvor in meinem Leben. Und ich war bereit aufzugeben.«

Caroline versuchte, ihre Hand zu befreien, doch er ließ sie nicht los. So blieb sie still sitzen und schnupfte, bis er ihr ein Papiertaschentuch in die Hand drückte. »Aber du hast nicht aufgegeben. Wie kam das?«

»David kam zu mir. Er wollte nicht zulassen, dass ich aufgab. Er drängte mich und bearbeitete mich und redete auf mich ein, bis ich mich schließlich zu Reha-Maßnahmen bereit erklärte, nur, damit er den Mund hielt. Es hat lange gedauert, bis meine Beine auch nur mein eigenes Gewicht wieder tragen konnten, und auch da musste ich noch im Rollstuhl sitzen.« Er trank einen großen Schluck Wasser aus seinem Glas. »Ich beschloss, endlich das zu tun, was Pop sich gewünscht hatte.«

»Du bist nach Harvard gegangen und hast deinen Doktor gemacht.« Nachdem sie nun die Tränen unter Kontrolle hatte, musterte sie ihn forschend. »Wie hast du es geschafft, in Harvard aufgenommen zu werden, wenn du doch auf dem College so schlechte Noten hattest?«

»Nun ja, da habe ich eben wohl ein bisschen übertrieben. Ich habe zwar kaum studiert, aber trotzdem meistens eine Eins, manchmal auch eine Zwei geschafft.«

»Und das nennst du mit knapper Not?«, fragte sie leicht belustigt.
»Für mich, ja. In der Highschool war ich gewohnt, beste Noten zu bekommen, ohne auch nur einen Finger zu krümmen. Ma war deswegen oft genug sauer auf mich. ›So wirst du nie lernen, wie man Verantwortung übernimmt, Max‹, hat sie immer gesagt.«
»Sie hat sich geirrt.«
»Jetzt schmeichelst du mir«, entgegnete er mit einem Lächeln und sah ihr in die Augen, die sein Lächeln erwiderten. »Zusammen mit meinem Zimmergefährten David zog ich also in Harvard ein. Er achtete darauf, dass ich meine Übungen machte und zur Reha ging. Damit ich wieder laufen lernte, hat er einige der schönsten Jahre seines Lebens geopfert.«
»Ich möchte wetten, dass er das als eine seiner tollsten Errungenschaften betrachtet. Er ist schon ein bemerkenswerter Mensch.«
»Das ist er. Und er mag dich.«
Sie strahlte ihn an. »Das macht mich froh. Ich möchte eines Tages gern den Rest deiner Familie kennen lernen.«
Ein kaum merkliches Lächeln ließ seine Mundwinkel zucken, und ein bisschen von der Traurigkeit schwand aus seinem Blick. »Dann komm am Sonnabend hierher. Es werden alle meine Schwestern und Brüder, Nichten und Neffen zu Besuch sein. Das soll eine Überraschungsparty werden.«
»Wieso weißt du dann davon?«
»Ma hat sich gestern verplappert. Ich musste ihr versprechen, mich entsprechend schockiert zu verhalten.« Er klappte seinen Kiefer nach unten und riss die Augen auf. »Wie sieht das aus?«

Ihr helles Lachen erfüllte den Raum, und es dauerte nur einen Herzschlag, bis sich seine melancholischen Erinnerungen in Begehren verwandelt hatten.

»Ich würde sagen, du solltest das Theaterspielen deinem Bruder überlassen«, antwortete sie und stand auf, um von dem Abendessen zu retten, was noch zu retten war. Doch dann schrie sie überrascht auf, als er sie auf seinen Schoß zog.

Unwillkürlich versteifte sich Caroline, als die Panik sie überfiel, doch die Angst war flüchtig, schmolz einfach dahin, als seine Lippen wieder ihrem Mund begegneten und heiße Glut in ihr entfachten. Sie legte die Arme um seinen Nacken und ließ sich bereitwillig von jedem Gedanken an Abendessen und Tragödien ablenken, um sich ganz dem wunderbaren Gefühl hinzugeben, dass dieser Mann sie begehrte. Und dass er sie begehrte, stand außer Frage, denn der Beweis dafür pulsierte mehr als deutlich an ihrer Hüfte. Als seine Zunge den Konturen ihrer Lippen folgte, hatte sie schon längst nicht mehr das Bedürfnis, sich zu wehren. Sie stöhnte, als er das Innere ihres Mundes genauso entschlossen eroberte wie ihre Lippen. Max bewegte sich ein wenig und legte einen Arm um ihre Taille. Dann drängte er sanft ihren Kopf gegen seine Schulter, um den Kuss bis zur Neige auszukosten.

Er konnte nicht genug von ihr bekommen –, das war der einzige Gedanke, der sein Bewusstsein durchdrang. Er hatte jeden Winkel ihres Mundes erforscht, von innen und von außen, hatte sie geküsst, bis ihre Lippen rot und geschwollen waren, und es reichte ihm immer noch nicht. Seine Hand glitt über ihren weichen Arm, doch das stillte nicht annä-

hernd das Verlangen, das in ihr aufstieg. Ihre vollen Brüste drängten sich an seinen Oberkörper, die hart aufgerichteten Brustspitzen reizten ihn durch seine Kleidung. Er war schon lange von dem Wunsch besessen, ihre Brüste zu streicheln, und wie von selbst lösten sich seine Finger von ihrem Arm, spreizten sich an ihren Rippen, bis seine Daumen und Zeigefinger die Unterseite ihre Brüste berührten. Die Art, wie sie heftig den Atem einsog, ließ ihn zögern.
Doch dann wurde er von dem Klingeln des verdammten Telefons unterbrochen.
Leise fluchend hob er den Kopf, rang nach Luft und fühlte sich, als hätte er innerhalb von vier Minuten eine Meile zurückgelegt.
»Das Telefon«, keuchte Caroline.
»Soll der Anrufbeantworter sich darum kümmern«, knurrte er.
»Das geht nicht. Es könnte Tom sein. Er macht sich vielleicht Sorgen.« Sie versuchte, sich von ihm zu lösen, und stirnrunzelnd gab er sie frei. Zitternd hielt sie sich mit einer Hand an seiner Schulter fest, um nicht das Gleichgewicht zu verlieren. Als sie seinen grimmigen Blick sah, musste sie ein Kichern unterdrücken, dann holte sie tief Luft und hob den Hörer ab. »Hallo?«
Max sah, wie sie anfing zu strahlen, und sein Missmut verflog. Es war schwer, böse mit ihr zu sein, wenn sie so glücklich war.
»Wie schön, Sie kennen zu lernen, Mrs Hunter. ... Gut, einverstanden. Phoebe.«
Max verzog leicht bekümmert das Gesicht, als Carolines Grübchen deutlich zum Vorschein kamen. Sie lacht mich

aus, dachte er und kniff die Augen zusammen. Aber Rache ist süß. Der Gedanke hob seine Laune erheblich, während seine Mutter durch den Hörer an Carolines Ohr plapperte. »Er hat mich bereits eingeladen, aber trotzdem danke.« Ihre blauen Augen blitzten belustigt, als sie sein Unbehagen bemerkte. »Ich freue mich schon darauf, den ganzen Hunter-Clan kennen zu lernen.«

10

Hickory, North Carolina
Donnerstag, 8. März, 20:00 Uhr

»Treten Sie bitte zur Seite, *Sir!*« Das »Sir« hörte sich nicht gerade höflich an.
Winters drückte sich mit dem Rücken gegen die Wand, um dem Erste-Hilfe-Team Platz zu machen, das eine fahrbare Trage an ihm vorbeischob. Eine Schwester in einem blutbefleckten Kittel lief neben der Trage her und hielt eine Infusionsflasche hoch. Dann verschwanden sie hinter den Schwingtüren. Eine schluchzende Frau stürzte händeringend auf die Tür zu.
»Mrs Daltry, bitte!« Eine weitere Schwester in einem Kittel, der mit Teddybären bedruckt war, fasste die schluchzende Frau an den Oberarmen. »Sie können nicht hinein. Sie dürfen die Ärzte nicht bei ihrer Arbeit stören.«
»Bitte«, weinte die Frau. »Sie ist doch meine Kleine.« Sie krümmte sich verzweifelt, und die Schwester legte tröstend den Arm um die Schultern der Frau. »Sie wird schreckliche Angst haben. Ich will nicht, dass sie Angst hat.«
»Sie ist in den allerbesten Händen«, meinte die Schwester beschwichtigend. »Kommen Sie, ich suche Ihnen ein ruhiges

Plätzchen, wo Sie sich ausruhen können. Sind Sie auch verletzt?«

»Nein, nur Lindsey. Oh Gott, da war so viel Blut. Wie konnte sie so viel Blut verlieren?«

»Schsch.« Die Schwester blieb neben einem unbequem aussehenden Stuhl stehen. »Setzen Sie sich und versuchen Sie, sich zu beruhigen. Soll ich irgendjemanden anrufen?«

»Nein, ich habe niemanden.« Benommen ließ sich die Frau auf den Stuhl sinken. »Keinen einzigen Menschen«, flüsterte sie.

Mit einem mitleidigen Blick ging die Schwester zurück zum Empfang und nahm ihren Platz wieder ein. Winters schaute sich nach beiden Seiten um, bevor er die Eingangshalle durchquerte und sich dem Empfangstresen näherte. Er räusperte sich, und die Schwester mit dem Teddybär-Kittel hob den Kopf.

Sie war Mitte dreißig, und ihr dunkelbraunes Haar wies bereits graue Strähnen auf. Hätte sie zwanzig Pfund weniger auf den Rippen gehabt, wäre sie sogar recht hübsch gewesen. Ihr Name war Claire Burns, und sie hatte zehn Jahre lang auf der orthopädischen Station des Asheville General Hospital gearbeitet, bis sie vor vier Jahren versetzt worden war. Das hieß, dass sie in dem Sommer von Mary Graces Aufenthalt noch dort gewesen war. Sie war die sechste auf seiner Liste, die Randy Livermore, der begnadete junge Hacker, ihm besorgt hatte. Die ersten fünf Namen hatten nichts ergeben. Jetzt setzte er große Hoffnung in Schwester Burns. Sie war mit einem Steuerprüfer aus Hickory verheiratet, den sie vor fünf Jahren auf einer Wohltätigkeitsveranstaltung kennen gelernt hatte. Sie hatte dort einen eigenen Stand

gehabt und Küsse für einen Dollar verkauft. Der Steuerprüfer hatte an jenem Tag über hundert Dollar für den guten Zweck ausgegeben, was immer dieser gute Zweck auch gewesen sein mochte. Sie hatten eine Beziehung über die Entfernung hinweg geführt, und schließlich hatte er ihr einen Antrag gemacht, sie geheiratet und nach Hickory geholt. Sie wünschten sich ein Kind, doch ihre Bemühungen waren erfolglos geblieben, und so hatten sie sich um eine Adoption beworben. Das Ehepaar mähte regelmäßig seinen Rasen und ließ niemals die Mülltonnen auf der Straße stehen, wenn die Müllabfuhr gekommen war. Claire Burns hatte ausgesprochen mitteilsame Freundinnen, sowohl in Asheville als auch in Hickory. Winters bezweifelte, dass sie besonders erfreut sein würde, wenn sie wüsste, wie leicht es war, Informationen über sie einzuholen. Sie hob zur Begrüßung eine gezupfte Braue.
»Ja, bitte? Kann ich etwas für Sie tun?« Winters lächelte und strich mit Daumen und Zeigefinger seinen Schnauzbart glatt. Er saß perfekt. Gut so. »Das hoffe ich. Ich suche eine gewisse Claire Gaffney.«
Die Frau lächelte zerstreut. »Das bin ich. Oder vielmehr, das bin ich gewesen. Gaffney ist mein Mädchenname. Jetzt heiße ich Burns. Entschuldigen Sie bitte.« Sie erhob sich, beugte sich über den Tresen und blickte an Winters vorbei. Winters schaute sich um und sah, wie die Mutter des verletzten Mädchens aufstand und auf die Doppeltür des OPs zuging. Schwester Burns hatte bereits den Mund geöffnet, um sie zurückzuhalten, doch die Frau war ein paar Schritte vor der Tür stehen geblieben, hatte sich leise weinend die Arme um den Körper geschlungen und wiegte sich hin und her.

»Tut mir Leid«, sagte Schwester Burns leise. »Ich hasse solche Fälle. Der Typ ist ohne einen Kratzer davongekommen, obwohl der Alkoholtest über zwei Promille ergeben hat.« Ihre Hand strich über das Revers ihres Teddy-Kittels. »Ich bin froh, dass sie ihn nicht hierher gebracht haben.«
Er war oft genug als Erster am Schauplatz eines Unfalls in Folge von Alkoholeinwirkung gewesen und stimmte ihr daher vorbehaltlos zu. »Wird das kleine Mädchen überleben?«
Sie schüttelte den Kopf. »Ich weiß es nicht.« Dann stützte sie die gefalteten Hände auf die halbrunde, violette Schreibtischplatte. »Warum haben Sie mich gesucht? Kenne ich Sie?«
»Nein, Sie kennen mich nicht, aber ich suche nach einer Schwester, die vor neun oder zehn Jahren im Asheville General Hospital gearbeitet hat. Soviel ich weiß, waren Sie damals auch dort angestellt.«
Ihre Augen wurden plötzlich schmal, und sie war auf der Hut. »Das stimmt.«
Er lächelte sie traurig an, doch ihre Augen blieben schmal. Etwas anderes hatte er nicht erwartet. Eine Frau, die auf einem bewachten Parkplatz ein Lenkradschloss anbrachte und die ein Abwehrspray an ihrer Schlüsselkette mit sich trug, konnte nur misstrauisch sein. »Meine Gründe sind vollkommen redlich, das kann ich Ihnen versichern. Ich hatte eine Schwester. Sie hieß Jean. Jean ist vor ein paar Monaten gestorben, und beim Ordnen ihres Nachlasses fand ich einen Brief, der an eine gewisse Christy adressiert war. Ich weiß noch, dass sie von einer Christy erzählt hatte, die vor etwa zehn Jahren Krankenschwester im Asheville General Hospital war. Ich versuche, sie ausfindig zu machen, um ihr

den Brief zu geben. Ich habe die Krankenhausakten geprüft, aber in der Personalliste findet sich niemand mit diesem Namen. Jetzt wüsste ich gern, ob sich irgendwer an sie erinnert.
Schwester Burns neigte den Kopf; ihre Augen waren nicht mehr ganz so schmal. »Woher kannte Ihre Schwester diese Christy?«
»Jean war zu unserer Großmutter gezogen, die schwer krank war. Sie lernte Christy kennen, als sie Ma-Maw zur Behandlung ins Krankenhaus brachte. Das dürfte im Sommer gewesen sein, vor neun Jahren.«
Schwester Burns' Gesicht entspannte sich. »Gut.« Sie warf noch einen Blick auf die Frau, die jetzt im Flur vor den Doppeltüren auf und ab schritt. Grübelnd zog sie die Brauen zusammen. »An eine Christy im Asheville General kann ich mich nicht erinnern. Wir hatten eine Carla und eine … Carol Anne. Aber keine Christy.«
»Gab es vielleicht eine andere Angestellte, die Christy hieß? Vielleicht eine Lernschwester?« Winters hatte keine Ahnung, was den Namen der gesuchten Frau betraf. Christy war der Name der letzten Nutte, die er wegen Belästigung verhaften sollte. Da Christy aber auf gar keinen Fall verhaftet werden wollte, hatten sie eine Lösung gefunden, die beiden angenehm war. Sehr angenehm sogar.
Burns schüttelte den Kopf. »Nein. Aber in dem Jahr hatten wir den Sommer über eine Volontärin. Sie hieß Susan Crenshaw. Hübsches kleines Ding. War damals höchstens achtzehn. Sie wollte ihr Schwesternexamen machen. Sie folgte der Oberschwester, Nancy Desmond, auf Schritt und Tritt.«
Winters' Nackenhaare sträubten sich. *Bingo.* »Das kann nicht

die Frau sein, die ich suche. Hatte sie viel mit den Patienten zu tun? Die Frau, die ich suche, hat meines Wissens in der Onkologie gearbeitet. Meine Großmutter hatte Krebs.«

»Nein, Susan hat auf unserer Station gearbeitet, auf der orthopädischen. Aber wenn ich mich recht erinnere, hat in diesem Sommer auf der onkologischen Station auch jemand volontiert. Aber das war ein junger Mann, kein Mädchen.«

Susan Crenshaw. Crenshaws Name stand nicht auf Livermores Liste. Dessen war er sicher.

»Na dann, herzlichen Dank, Schwester.« Er blickte sich um. Die Frau ging immer noch vor den Doppeltüren auf und ab.

»Tut mir Leid, dass ich Ihnen nicht weiterhelfen konnte«, sagte die Schwester, die in ihren Gedanken bereits wieder bei der verzweifelten Frau war.

Hast du doch, dachte Winters. *Und hoffentlich bedeutend mehr, als du ahnst.*

Er ging zu seinem Wagen und setzte sich hinter das Steuer. Im Laufe der vergangenen achtundvierzig Stunden hatte er fünf verschiedene Perücken getragen. Ihm war heiß, er war müde, und sein Haaransatz war verklebt. Jetzt ging es erst einmal nach Hause und unter die Dusche. Am nächsten Morgen würde er die öffentliche Bibliothek in Asheville aufsuchen, um sich Einblicke in die Telefonbucheinträge von vor zehn Jahren zu verschaffen. Mit etwas Glück fand er die Adresse von Susan Crenshaws Familie. Ansonsten musste er sich etwas einfallen lassen. Winters zog den Schnauzbart ab und verstaute ihn sorgfältig in der Schachtel, in der er seine Perücken aufbewahrte. Als Nächstes entfernte er seine

Perücke. Er seufzte, als der Luftzug seinen schweißnassen Kopf kühlte.
Asheville. Susan Crenshaw. Und dann Mary Grace. Und Robbie.

Chicago
Freitag, 9. März, 11:00 Uhr

»Oh Caro-line.« Dana lehnte sich an das Eisengeländer der kleinen Brücke, die über den Ententeich von Carrington College führte, und fächelte sich Luft zu. Es war immer noch kalt, weshalb sie zum Ententeich geflüchtet waren, wohlwissend, dass sie hier ungestört blieben. »Seid ihr überhaupt noch dazu gekommen, essen zu gehen?«
Carolines Gesicht war genauso erhitzt wie Danas, trotz des Windes. Sie brauchte nur an diese Augenblicke in seinen Armen zu denken … auf seinem Schoß … Sie zupfte an ihrem Schal und erschauerte, aber keineswegs vor Kälte. »Irgendwann schon, aber da war es bereits angebrannt. Mein erster Versuch, für ihn zu kochen, war eine Katastrophe.«
»Ich schätze, das war ihm egal.«
»Ja.« Caroline biss sich auf die Unterlippe. »Und mir auch.«
»Und das überrascht dich.«
»Ja. Ich glaube … Ich wollte nicht …« Ratlos und mit einem Stirnrunzeln blickte sie in Danas geduldiges Gesicht, bevor sie wieder auf den windgepeitschten Teich blickte. »Ich erkenne mich selbst nicht mehr.«

Dana schwieg eine Weile. »Ich erinnere mich noch gut an das erste Mal, als ich mit einem guten Mann zusammen war«, sagte sie schließlich, und Caroline wandte sich ruckartig Dana zu. Über dieses Thema hatten sie bislang noch nie gesprochen. »Er hieß Lawrence und war Polizist in Chicago«, fuhr Dana fort, und Caroline spürte, wie sich ihr gesamter Körper anspannte. Dana seufzte. »Bleib ruhig, Caro. Nicht alle Bullen sind schlecht. Die meisten sind sogar schwer in Ordnung. Lawrence jedenfalls gehörte zu den Guten. Er wusste von Charlie.«

Jetzt fuhr Caroline die Kälte in die Knochen. Die Wärme, die sie umfangen hatte, als sie diese unglaublichen Augenblicke in Max' Armen noch einmal durchlebte, hatte sich verflüchtigt, vertrieben von dem Gespenst eines gewalttätigen Mannes in Uniform, dessen Abzeichen dem Auge als glänzend erschien, dem Herzen jedoch als beschmutzt. Doch Dana sprach von ihrem eigenen gewalttätigen Ex-Mann, etwas, das sie selten tat, und deshalb zwang sich Caroline zuzuhören. »Wieso wusste er von Charlie?«

»Einer der Kollegen auf seinem Revier hatte meinen Notruf entgegengenommen und vor Gericht ausgesagt, als der Fall verhandelt wurde. Er hat Lawrence über den Großteil der Einzelheiten informiert. Es war gut, dass Lawrence Bescheid wusste. Er hatte so viel Geduld mit mir. Ich glaube, als der Zeitpunkt endlich gekommen war, hatte er mehr Angst, etwas falsch zu machen, als ich. Aber er war perfekt. Zärtlich. Bis dahin hatte ich nicht gewusst, dass Sex nicht zwangsläufig wehtun musste. Ich hatte nicht geglaubt, dass es mir je gefallen könnte«, schloss Dana leise.

Caroline nagte an ihrer Unterlippe. »Und du dich sogar nach Sex sehnen könntest?«
»Das auch.«
»Was ist aus ihm geworden?«
»Aus Lawrence? Wir haben uns wohl auseinander gelebt. Schließlich ist er in den Westen nach Albuquerque gezogen. Zu Weihnachten schickt er mir immer noch eine Karte.«
»Ach?«
»Unterschrieben von seiner Frau.«
»Oh.«
»Für uns beide sollte es einfach keine dauerhafte Beziehung geben. Aber darum geht es jetzt nicht. Eine körperliche Beziehung mit dem richtigen Mann ist etwas Wunderschönes. Vergiss alles, was du bisher erfahren hast, Caroline. Falls Max der Richtige für dich ist, nun, dann ...« Sie zuckte vielsagend mit den Schultern. »Das heißt, wenn er kann. Falls der Unfall ihn nicht ... hm, ihn nicht ...«
»Nein.« Das Wort war Caroline herausgerutscht, bevor sie darüber nachdenken konnte, und die Glut stieg ihr wieder einmal mit aller Macht in die Wangen, sodass sie verlegen an dem Schal zupfte, den sie um den Hals trug. »Das heißt, wir haben ja gar nicht, wir haben nur ... ach, verdammt, Dana. Hör auf, mich auszulachen.«
»Oh, oh, oh.« Dana wischte sich mit der behandschuhten Hand die Lachtränen aus den Augen und presste die andere auf ihre Brust. »Die Luft ist bitterkalt. Das Lachen tut viel zu weh. Du solltest dich mal sehen, Caroline. Du bist so rot, als hätte seine Mutter euch beim Knutschen unter der Hintertreppe erwischt.«

»Das kommt der Wahrheit ziemlich nahe«, bemerkte Caroline leise.
»Wie bitte?«
Caroline hob das Kinn und warf dabei leicht den Kopf in den Nacken, was Dana erneut ein Grinsen entlockte. »Wir haben geknutscht – übrigens ziemlich heftig, möchte ich hinzufügen ...«
»Los, los, füg noch mehr hinzu.«
Caroline kniff drohend ein Auge zusammen. »Reiß dich zusammen, Dupinsky. Wie auch immer, dann rief seine Mutter an. Sie ist eine ganz reizende Frau.«
»Schön, schön. Aber woher weißt du, dass er durch den Unfall nicht ... du weißt schon?«
Caroline verdrehte die Augen, holte tief Luft und stieß sie mit einem Seufzer wieder aus.
»Was du nicht sagst.« Dana legte sich die Hand aufs Herz. »Ganz ruhig, altes Mädchen.«
Caroline wurde wieder sachlich. »Morgen lerne ich sie alle kennen.«
»Wen?«
»Seine Familie!«
»Entschuldige, in Gedanken war ich immer noch bei ›du weißt schon‹.« Dana lachte leise über Carolines eisigen Blick. »Beruhige dich, Caroline. Du machst das schon. Alle werden dich mögen.« Sie legte einen Arm um Carolines Schultern und drückte sie leicht. »Aber bring sicherheitshalber Kuchen mit.«
Caroline lächelte nicht. Unwillkommene Zweifel überfielen sie, denn die Wirklichkeit war gewöhnlich gemein. »Ist es denn von Bedeutung, ob sie mich mögen, Dana? Ist es wirklich von Bedeutung, ob er der Richtige für mich ist?«

Danas freches Grinsen erlosch auf der Stelle. »Was redest du da?«
»Es kann nicht gut gehen.« Caroline befreite sich von Danas Arm und ging zur anderen Seite der Brücke. Dana folgte ihr mit zornigem Blick. »Ich weiß nicht, warum ich es überhaupt erst so weit habe kommen lassen.«
»Vielleicht, weil er eben der Richtige für dich ist.« Dana legte eine Hand auf Carolines Schulter.
Caroline schüttelte die tröstende Hand ab. »Zwei verdammte Papiere. Eine echte Heiratsurkunde und eine gefälschte Geburtsurkunde. Ich wollte, ich könnte beide verbrennen.«
»Dann tu's.«
»Es würde nichts nützen!«
»Dann lass es sein.«
Caroline fuhr herum, die Hände in die Hüften gestemmt, kurz vorm Explodieren. »Auf wessen Seite stehst du eigentlich?«
Dana sah ihr in die Augen, und Carolines Wut verebbte sofort. »Auf deiner«, antwortete Dana nüchtern. »Ich bin seit jeher auf deiner Seite. Im Augenblick frage ich mich allerdings, auf wessen Seite du stehst.«
Caroline ließ die Schultern hängen. »Was soll ich nur tun, Dana?«
Dana verschränkte die Arme vor der Brust. »Willst du wirklich meinen Rat?«, fragte sie spitz.
»Ja, verdammt.« Doch Caroline lächelte und nahm damit ihren Worten die Spitze. »Ich bitte dich um deinen Rat.«
Dana seufzte. »Für dein neues Leben hast du alles riskiert, Caroline. Du hast es so sorgfältig geplant, bis in die kleinste Einzelheit. Du wolltest frei sein von einem Mann, der jeden

Tag damit drohte, dich umzubringen, und es zweimal fast getan hätte.«

Caroline hob die Brauen. »Eher fünf- bis sechsmal.«

»Nach den ersten zwei Malen habe ich nicht mehr mitgezählt.«

»Man muss es wohl selbst erlebt haben.«

Dana lachte leise. »Mag sein.« Ihre Miene verhärtete sich. »Er hat versucht, dich umzubringen, als du Hilfe suchen wolltest. Kam es denn keinem Menschen in deiner Heimatstadt wenigstens ein bisschen seltsam vor, dass du am Tag, nachdem du eine einstweilige Verfügung gegen deinen Mann beantragt hast, die Treppe hinuntergestürzt bist?«

»Nein.«

»Sehr deutlich, *nein*. Natürlich, *nein*. *Nein* hieß es auch beim vorigen und beim vorvorigen Mal. Und weißt du was, Caroline?« Dana drohte Caroline mit dem Zeigefinger, aber die Wirkung verlor sich in ihrem Fausthandschuh. »Nächste Woche und nächstes Jahr wird es immer noch *nein* heißen. Wärst du geblieben, hätte er dich umgebracht, und dann – und nur dann – hätte die ganze Stadt Krokodilstränen geweint. Und du weißt, dass ich Recht habe.«

Caroline hob den Kopf, ihre Brauen schossen in die Höhe und senkten sich wieder. »Du hast Recht.«

»Klar habe ich Recht.« Dana sog scharf den Atem ein und verzog das Gesicht. Die kalte Luft schmerzte. »Ich habe immer Recht.«

»Du bist ein Dickkopf.«

»Aber ein Dickkopf, der *Recht* hat. Caro, hör mir zu. Hör auf dich selbst. Du hast versucht, den offiziellen Weg zu gehen. Du hast dich an die Behörde gewandt, aber man hat dich nicht angehört. Du kannst dich glücklich schätzen, dass du

nach deinem letzten Sturz überhaupt noch in der Lage warst, zu fliehen. Wie lange warst du im Krankenhaus? Drei Monate? Da hast du Tom aber lange Zeit mit einem gewalttätigen Mann allein lassen müssen, nicht wahr?«
Caroline schauderte bei der Erinnerung an die schreckliche Angst, die sie jeden einzelnen Tag dieser drei Monate verfolgt hatte. Als sie hilflos da gelegen hatte, besessen von der Angst, was Rob ihrem kleinen Jungen antun könnte. Wie sie bei jedem seiner Besuche die Furcht in den Augen ihres kleinen Sohnes gesehen hatte. »*Hör auf.* Es stimmt ja, ich hatte jedes Recht, die Flucht zu ergreifen, ganz gleich, welcher Mittel ich mich bedient habe.« Sie richtete sich zu ihrer vollen Größe auf und war immer noch einen halben Kopf kleiner als Dana. »Trotzdem wird Bigamie dadurch nicht legal. Ich bin immer noch mit ihm verheiratet, Dana. Und in diesem Punkt habe *ich* Recht.«
Dana hielt sie an ihrem Schal zurück, als sie weitergehen wollte. »Wer bist du?«
Caroline spürte ein Kribbeln auf der Haut, als sie den kampfbereiten Ausdruck in Danas braunen Augen sah. »Wie meinst du das?«, fragte sie verunsichert.
»Ich fragte: Wer bist du? Wie heißt du?«
Caroline schluckte. »Caroline Stewart.«
»Und wo ist Mary Grace Winters?«
Sie schluckte wieder, und diesmal war es geradezu schmerzhaft, weil sich ihr die Kehle zuschnürte. »Weg.«
Dana zog an Carolines Schal. »Und wer hat sie verschwinden lassen?«
Als Caroline nicht antwortete, zog Dana noch heftiger an ihrem Schal. »Caro, verdammt noch mal. Wer hat sie verschwinden lassen?«

»Ich.« Sie hatte es getan. Sie allein hatte es bewerkstelligt, der erbärmlichen Existenz des Wesens, das sie einmal gewesen war, ein Ende zu setzen. Um sich und das Kind zu schützen, das den Behörden egal war. *Ich habe das getan*, dachte sie wieder.

Danas Blick war eindringlich. »Kommen wir zur Hunderttausend-Dollar-Frage. Wem nützt es, wenn du an dem Leben festhältst, dem zu entfliehen dich so viel harte Arbeit gekostet hat?«

Caroline riss sich los und entzog sich Danas bohrenden Blicken. Dana hatte Recht. Carolines Verstand wusste es. Jetzt musste sie es nur noch im Herzen akzeptieren.

Aber was sagte ihr Herz? Sie wusste es nicht. Knapp eine Woche war vergangen, seit Max ihr Büro betreten und ihr den Atem geraubt hatte. Aber hatte er auch ihr Herz gestohlen? Diese Frage zu beantworten war bedeutend schwieriger. Und umgekehrt, hatte sie sein Herz gestohlen? Und falls ja, würde es ihn stören, dass sie verheiratet gewesen war? *Dass sie noch verheiratet war?*

Falls es ihn störte, war er nicht der Richtige für sie. Und sie wünschte sich so sehr, dass er der Richtige war. Wünschte es sich verzweifelt.

Dana wartete geduldig, während Caroline ihren inneren Kampf ausfocht. »Du hast Recht, Dana. Es nützt niemandem etwas, wenn ich meine Gefühle für Max ignoriere. Ich lasse die Sache laufen, aber ich werde ihn nicht heiraten. Falls er mich jemals fragen sollte.«

Dana schnaubte missgelaunt. »Du lässt dich in deinen Entscheidungen von deiner Angst leiten, Caroline. Das ist ein großer Fehler.«

»Lass mich meine Fehler machen«, versetzte Caroline scharf. »Immer vorausgesetzt natürlich, dass der Mann mich überhaupt noch will, wenn er meine ... Geschichte ... kennt.«
Dana vergaß, den Mund zu schließen. »Du willst ihm alles erzählen?«
»Würdest du das nicht tun?«
Dana schloss den Mund. »Es ist sehr riskant.«
»Eli hat immer gesagt, dass ohne Risiko alles keinen Wert hat.« Caroline zog ihren Schal zum Schutz gegen den schneidenden Wind enger um ihren Hals, und gemeinsam schlugen sie den Rückweg zum schützenden Gebäude der Historischen Fakultät ein.
Plötzlich blieb Dana abrupt stehen. »Du hast gar nicht gesagt, dass du lieber auf Nummer sicher gehen willst. Ich würde sagen, du machst Fortschritte.«
Caroline warf ihr einen Seitenblick zu. Dana hatte vollkommen Recht. Vielleicht lag es daran, dass Max ihr ein Gefühl der Sicherheit gab. Sie zuckte mit den Schultern und ging weiter. »Ich werde mein Haar nicht heller färben.«
»Ich sprach von Fortschritten, nicht von einem Wunder.«

Asheville
Freitag, 9. März, 14:00 Uhr

Ross stellte ihre Kaffeetasse auf dem einzigen freien Platz auf ihrem Schreibtisch ab. »Also, was haben Sie da?«
Ross schlug seine Mappe auf. »Nicht besonders viel. Wir

wissen, dass Farrell Rob Winters vor sieben Jahren in Verdacht hatte. Wir wissen, dass eine ganze Menge Beweismaterial vorlag, das jetzt nicht mehr existiert. Fotos, Zeugenaussagen der Schwesternschaft, der Antrag auf eine einstweilige Verfügung, der nie offiziell zu den Akten genommen wurde.«
Er reichte Ross einen Stapel Fotos. »Es ist mir gelungen, Reproduktionen von den Fotos zu bekommen. Schwester Desmond ist vor einigen Jahren gestorben, aber ihr Mann lebt noch und ist äußerst ... gesprächig. Ich habe gestern fast den ganzen Nachmittag bei ihm verbracht.« Steven zog eine Grimasse. »Hat mir fast das Ohr abgekaut, aber ich habe bekommen, was ich brauchte. Mr Desmond sagte, seine Frau hätte stets die Negative aufbewahrt. Sie hatte Patientengeschichten dokumentiert, besonders von Frauen, bei denen sie Misshandlung vermutete. Hier sind die Abzüge von allen fünfzehn Originalfotos und außerdem zwanzig weiteren, die Schwester Desmond Farrell nicht gegeben hatte.«
Ross öffnete den Umschlag und blätterte durch die ersten paar Fotos, bevor sie für eine Sekunde die Augen schloss. »Lieber Himmel«, flüsterte sie. »Ich werde mich nie daran gewöhnen, was Menschen einander antun können.«
»›Menschen‹ gilt hier natürlich nur als Gattungsname«, sagte Steven leise.
»Natürlich.« Ross breitete die Fotos auf ihrem Schreibtisch aus, verteilte sie auf den Stapeln von Akten. »Das hier.« Mit dem Fingernagel tippte sie auf eines der Fotos. »Eine Brandverletzung?«
»Am Hals«, sagte Steven leise. »Offenbar von einer Zigarette.« Er beobachtete sie, während sie voller Abscheu die Fotos durchsah. »Raucht Winters, Lieutenant?«

Sie nickte. »Camel Filter.« Ross hob ein weiteres Foto hoch und sog die Wangen ein. »Lieber Gott im Himmel. Ihr Rücken sieht aus, als hätte sie auf Maschendraht geschlafen.«
Steven beugte sich vor. »Diese Verletzungen wurden ihr wahrscheinlich mit der Metallschnalle eines Gürtels zugefügt, doch die Schnalle muss absichtlich scharf geschliffen worden sein, um derartig tiefe Fleischwunden verursachen zu können.« Jedes Mal, wenn er das Foto sah, revoltierte sein Magen, und er musste krampfhaft schlucken. »Sie muss sehr brutal geschlagen worden sein, und oft, damit solche Narben entstehen konnten.«
»Könnte sie sich die Narben vor ihrer Ehe mit Winters zugezogen haben?«, fragte Ross, nicht fähig, den Blick von dem Beweis für Mary Grace Winters' Misshandlung zu lösen.
Steven hob die Schultern. »Das wäre möglich. Aber unwahrscheinlich. Einige dieser Wunden sind noch recht frisch.« Er deutete mit seinem Stift auf eine Reihe gezackter Schnittwunden. »Sie sind an den Rändern noch rot und geschwollen. Wahrscheinlich sind ihr diese Verletzungen knapp eine Woche vor ihrer Einlieferung ins Krankenhaus zugefügt worden.«
Ross seufzte. »Reden wir über den Abend, als sie die Treppe hinunterstürzte.«
»Hinuntergestoßen wurde«, sagte Steven leise.
Ross schüttelte den Kopf. »Wenn ich mich recht erinnere, hatte er ein Alibi für den besagten Abend, Thatcher.«
Steven runzelte die Stirn. »Ich weiß.« Er zog eine weitere Mappe aus seiner Aktentasche und pustete ein paar übrig gebliebene Staubreste ab. »Hier sind die Dienstpläne von jenem Abend. Ihre Dienstpläne aus der Zeit vor neun Jahren liegen knietief im Staub in einem Lagerhaus am anderen

Ende der Stadt, wussten Sie das? Wie auch immer, Winters hatte am besagten Abend tatsächlich Dienst. Hier sind sämtliche Anrufe aufgelistet, die er an jenem Abend entgegengenommen hat. Die meiste Zeit dieses Abends hatte er sich mindestens zwanzig Meilen von seinem Haus entfernt aufgehalten.«
»Ist er an diesem Abend zum Essen nach Hause gefahren?«, fragte Ross.
Steven zuckte mit den Schultern. »Er hat sich für eine Stunde ausgestempelt, aber kein Mensch weiß, wo er war.«
»Und die einstweilige Verfügung?« Ross streckte die Hand nach der Mappe aus.
Ross reichte sie ihr. »Farrell hat mir eine Kopie gegeben. Er hat sämtlichen Papierkram kopiert. Weder in dieser Akte noch im Landgericht findet sich eine Spur davon.«
»Dann haben wir ein Problem mit der Archivierung«, erwiderte Ross mit schmalen Lippen. »Ich werde unverzüglich eine interne Ermittlung anordnen.«
»Schön, aber ich möchte trotzdem mit diesem Anwalt sprechen. Ich forsche noch immer nach seinem Verbleib.«
Ross reichte ihm die Kopie des Antrags zurück. »Nun zu der wichtigsten Frage: Wo steckt unser trauernder Vater?«
Steven hob die Brauen. »Sue Ann Broughton sagt, dass er seit Mittwoch verschwunden ist.«
»Was meinen Sie, sagt sie die Wahrheit?«
Steven schüttelte den Kopf. »Ich weiß es nicht. Vor ihm hat sie bedeutend mehr Angst als vor uns, verdammt noch mal.«
Ross legte die Stirn in Falten. »All dies steht in keinem direkten Zusammenhang mit dem Verschwinden seiner Frau und seines Sohnes, das ist Ihnen doch klar?«

Steven bestätigte ihre Bemerkung mit einem Kopfnicken. »Aber es reicht für die Herleitung eines Motivs«, sagte er nachdenklich.

»Nur wenn Sie hinsichtlich des vorliegenden Verbrechens etwas vor den Bezirksstaatsanwalt bringen können – also hinsichtlich des Verschwindens seiner Frau und seines Sohns«, wandte Ross ein. Sie schob die Fotos zusammen und legte sie zurück in den Umschlag. »Vielleicht können Sie ihn wegen Misshandlung seiner Ehefrau anzeigen, aber Sie können ihm nichts beweisen.«

Steven steckte die Mappe in seine Aktentasche zurück. »Noch nicht.« Er warf Ross ein flüchtiges Grinsen zu. »Wir sehen uns am Montag. Ich habe am Wochenende eine Verabredung mit einem Fischerboot, das mit einem Tiefenlot und GPS ausgestattet ist.«

Ross' Lippen zitterten leicht. »Gehört zufällig auch eine Frau zu diesem Boot?«

Stevens Grinsen erlosch. Er hatte die kleine Suzanna Mendelson schon fast vergessen. »Nur, wenn ich ihren Daddy nicht dazu überreden kann, für sie einzuspringen.«

Raleigh, North Carolina
Sonnabend, 10. März, 14:00 Uhr

Winters hatte bei der Überwachung von Susan Crenshaw eine kleine Pause eingelegt, nachdem er sie in der Innenstadt von Greenville, etwa zwei Stunden Fahrtzeit von Raleigh

entfernt, aufgespürt hatte. Er befand sich auf einer Mission mit dem Ziel, so viel an Informationen wie möglich zusammenzutragen. Nicht zuletzt hatten ihn Ben Jolleys Berichte über Steven Thatcher, der Fragen stellte, dazu angespornt. Thatcher stellte eine ganze Menge von Fragen an Leute, die ihn, Winters, nicht sonderlich mochten. Winters wollte daher lieber gewappnet sein.
Er saß in seinem Wagen und behielt das weiße Haus mit den blauen Fensterläden im Auge. Der Briefkasten hatte die Form eines riesigen Barschs, der mit offenem Maul auf den Briefträger wartete. Der Name Thatcher und die Adresse waren in den Pfosten geschnitzt, und vor den offenen Fenstern bauschten sich weiße Gardinen leicht im milden Märzwind. Drei Fahrräder standen ordentlich nebeneinander auf der Veranda, eines davon hatte noch Stützräder. Winters sah, wie die Haustür sich öffnete und eine ältere Dame mit einem kleinen, rothaarigen Jungen heraustrat. Der Junge setzte sich einen Helm auf den Kopf und stieg auf das Fahrrad mit den Stützrädern. Als er sich umblickte und Winters in seinem Wagen sitzen sah, winkte er fröhlich.
Niedlicher Kleiner, dachte Winters. *Und so gesprächig.* Special Agent Thatcher täte gut daran, zu Hause zu bleiben und seinem Sohn beizubringen, dass man nicht mit Fremden spricht, statt alte Geschichten von ewig Gestrigen wie Gabe Farrell und diesem armen Schwein, der mit der scheinheiligen Schwester Desmond verheiratet war, auszugraben. Ja, der kleine Nicky Thatcher war viel zu vertrauensselig. Er blickte der alten Dame und dem kleinen Jungen nach, als sie die Straße hinunterradelten. Der kleine Nicky trat ordentlich in die Pedale.

Dem Jungen würde eines Tages noch etwas zustoßen.
Er hatte sich als sehr hilfreich erwiesen, der kleine Kerl. Winters hatte so getan, als würde er einen Reifen wechseln, und Nicky hatte seiner Neugier nicht widerstehen können. Erzählte ihm, sein Daddy würde auch manchmal Reifen wechseln, seine Mommy sei bei den Engeln und sein Daddy habe eine Verabredung zum Angeln mit einer wunderschönen Königin. Auf Letzteres hatte Winters sich keinen Reim machen können. Doch dann erzählte Nicky weiter, wo er zur Schule ging, wie seine Lehrerin hieß und dass er den Brokkoli nicht ausstehen konnte, den es in der Schule zu Mittag gab. Nun wusste Winters, wo er Thatchers kostbarsten Besitz von Montag bis Freitag zwischen acht und vierzehn Uhr finden konnte. Er speicherte die Information sorgfältig in seinem Hinterkopf ab, um sie an dem Tag, da Thatcher ihm zu sehr auf die Pelle rückte, wieder hervorzuholen. Gewagte Sache, Bullen zu bedrohen. Aber auch Bullen hatten, wie alle anderen Menschen, ihre schwachen Stellen. Winters war darauf spezialisiert, die schwächste Stelle ausfindig zu machen und den besten Zeitpunkt abzuwarten, um jemanden genau dort zu treffen. Thatchers Schwachstelle war ein sechsjähriger, sommersprossiger, rothaariger Junge namens Nicky.

11

Chicago
Sonnabend, 10. März, 18:00 Uhr

Max war sich nicht bewusst gewesen, wie sehr ihm die Hektik, das Gelächter, überhaupt der Lärm gefehlt hatten. Sie waren so stürmisch wie immer in sein Haus eingefallen, Peter und seine Frau Sonya, Cathy und ihr Mann, David und Elizabeth. Ma war umgeben von ihren zehn Enkelkindern und befand sich damit im siebten Himmel. Die größeren Jungen spielten im Garten Fußball, und Tom war bei ihnen.
Caroline verstand sich auf Anhieb mit seinen Schwestern, als würden sie sich schon jahrelang kennen. Cathy und die anderen Frauen schleppten sie mit, noch bevor sie sich allen hatte vorstellen können. »Jetzt bist du wohl Nebensache«, hatte Ma mit einem leisen Lachen bemerkt, denn Cathy und Liz hatten ihm kaum einen Begrüßungskuss gegeben, aber das war schon in Ordnung. Für das Auffrischen ihrer geschwisterlichen Beziehungen blieb noch genug Zeit.
Jetzt war er zu Hause.
Er blieb im Erdgeschoss, als die anderen die Treppe zum Partyraum im Keller hinuntergingen, denn er brauchte eine

Weile, um das freudige Willkommen zu verarbeiten und die Flut von Emotionen zu bewältigen, die ihn aus der Fassung zu bringen drohte. Er stand im Wohnzimmer und schwelgte in dem Gefühl, bei seiner Familie zu sein, das ihn wie eine wärmende Decke einhüllte. Von unten, wo sich alle vor einem prasselnden Feuer versammelt hatten, wehten Gesprächsfetzen zu ihm herauf. Seine Brüder hatten das Radio laut aufgedreht, trotzdem konnte er hören, wie Cathy versuchte, Mitspieler für eine Runde Pictionary zu finden. Er grinste, als David lautstark Caroline als seine Partnerin proklamierte, und beschloss, dass es an der Zeit war, nach unten zu gehen. David sollte sich selbst einen Spielpartner besorgen. *Caroline gehört mir*, dachte er.

Verblüfft über diesen Gedanken, hielt er mitten im Schritt inne. *Sie gehört mir*. Das war archaisch, altmodisch. Und spontan. Er wollte, dass sie ihm gehörte. Wünschte es sich verzweifelt. Er war es so leid, allein zu sein.

Er hatte gerade die erste Treppenstufe betreten, als das Geräusch von splitterndem Glas, gefolgt von einem gedämpften Flüstern, an sein Ohr drang. Mit einem leisen Fluch wandte Max sich um und ging zur Küche, um nachzusehen.

»Beeil dich!«

Eine kindliche Stimme flüsterte zurück: »Ich versuch's ja, Justin, ich versuch's.«

»Mach schon, Petey. Mach schnell, bevor Onkel Max uns erwischt.«

Max trat in die Küche und stieß auf zwei von Peters Söhnen, die unbeholfen versuchten, die Scherben einer Vase auf eine Kehrschaufel zu fegen. Sie hockten mitten in einer Wasserlache und waren von Blumen umgeben. Der ältere Junge blickte aus seiner gebückten Haltung auf, und sein Gesichtchen zeigte Bestürzung und, wie Max leicht verärgert bemerkte, ein bisschen Angst.

»Petey wollte die Vase nicht kaputtmachen, Onkel Max, wirklich nicht«, sagte Justin, immer noch erfolglos bemüht, den Boden zu säubern. Er war acht Jahre alt, und seine hausfraulichen Fähigkeiten ließen noch eine Menge zu wünschen übrig.

Es war tatsächlich Angst. Der vierjährige Petey drückte sich an den Schrank, die Augen groß und schreckerfüllt, eine welkende Blume in seinem Patschehändchen. Max stützte sich auf seinen Stock, während er sich auf die Knie niederließ und dabei genauso bestürzt dreinblickte wie seine Neffen. »Ist schon in Ordnung, Jungs. Wirklich.« Er griff nach der Kehrschaufel. »Ich halte die Schaufel, und du, Justin, du fegst. Ist schon gut, Petey«, wiederholte er ruhig, und die Anspannung des Jungen lockerte sich ein wenig.

»D-d-du bist n-n-nicht sauer?«, flüsterte Petey.

»Nein, Petey, natürlich nicht. Es war doch nur altes Glas. Komm her.« Der kleine Junge rückte zaghaft näher, seine schmalen Schultern versteiften sich erneut, bis Max ihn in seine Arme zog. »Das ist doch nicht weiter schlimm. Pass nur auf, dass du nicht ohne Schuhe hier herumläufst, bevor dein Bruder und ich den Boden aufgefegt haben.« Max behielt den kleinen Petey an seiner Seite und wartete, bis sämtliche Scherben aufgefegt waren, dann schob er den kleinen Jungen vor sich, sodass sie einander Auge in Auge anblickten. Selbst kniend war Max noch größer als das Kind.

»Petey«, begann er und bemühte sich um einen sanften Tonfall. »Warum hattest du Angst?«

»Er hatte Angst, dass du sauer sein könntest, Onkel Max.« Justin scharrte mit der Schuhspitze auf dem Boden und hielt den Blick gesenkt.
»Warum glaubt er das?«, fragte Max schärfer als beabsichtigt, und Petey wich einen Schritt zurück. »Entschuldige, Petey. Warum hast du gedacht, ich könnte sauer sein?«
Petey starrte zu Boden, und Justin legte ihm beschützend den Arm um die Schultern. »Weil du oft sauer bist, Onkel Max«, sagte Petey mit piepsiger Stimme und schmiegte sich eng an seinen Bruder. »Wenn ich keinen Mittagsschlaf mache und so.«
Er war im Begriff, alles abzustreiten, doch er unterließ es, als er versuchte, sich selbst mit den Augen eines Vierjährigen zu sehen. Die letzten zwölf Jahre seines Lebens waren davon geprägt, dass er sauer war. Doch das Wort aus diesem Kindermund zu hören tat weh. Das Wissen darum, dass es der Wahrheit entsprach, schmerzte noch mehr.
»Und ...«
»Sei still, Petey.« Justin versuchte, ihn mit sich fortzuziehen.
»Nein, Justin, es ist schon gut. Sag's nur, Petey.«
»Und du magst keine kleinen Jungen.«
Max holte tief Luft, betroffen von der kindlichen Ehrlichkeit. Bei den wenigen Malen, die er im Lauf der Jahre an Feiertagen nach Hause gekommen war, musste er den Kindern wie eine Mischung aus Captain Ahab und Oskar aus der Mülltonne erschienen sein. Es war an der Zeit, den alten Max hinter sich zu lassen.
»Tja, Petey, ich kann schon verstehen, dass du so gedacht hast.« Justins Augen wurden groß und rund, und Petey spähte durch das rote Haar, das ihm in die Stirn gefallen

war, zu Max auf. »Mag sein, dass ich brummig war, und da habt ihr vielleicht gedacht, es läge daran, dass ich keine kleinen Jungen mag. Aber das stimmt nicht.«

»Nicht?«

»Nein. Es war vielmehr so, dass ich mich selbst nicht leiden konnte.«

Petey wagte es, Max geradewegs ins Gesicht zu sehen, und Max zwang sich zu einem Lächeln.

»Was hast du Schlimmes getan, dass du dich nicht leiden konntest?«, fragte Justin höchst interessiert.

Im ersten Augenblick war Max sprachlos, nicht fähig, für sich selbst eine Antwort auf diese Frage zu finden. »Ich war wütend, weil ich am Stock gehen muss«, sagte er schließlich.

Petey nickte wissend. »Und bestimmt hat dir auch der Nacken wehgetan.«

Max zog verwundert die Brauen zusammen. »Warum meinst du, dass mir der Nacken wehgetan hätte?«

»Daddy sagt, dir säße ein Teufel im Nacken, der dich immerzu quält.« Justin musterte ihn neugierig, konnte aber im Nacken seines Onkels nichts Ungewöhnliches entdecken. »Das muss doch wehgetan haben.«

Max legte nachdenklich einen Finger an die Lippen. *Kindermund tut Wahrheit kund*, dachte er. »Ja, Petey. Ich bin froh, dass dieser Teufel jetzt weg ist. Und ich freue mich rasend über diese Willkommensparty. Dafür danke ich euch von Herzen.«

»Wir haben nichts gemacht, Onkel Max«, erklärte Justin. »Das waren Mom und Tante Cathy.«

»Doch, ihr habt auch euren Beitrag geleistet.« Max zog Petey an sich und umarmte ihn. »Ihr seid gekommen, um mit mir

zu feiern. Und dafür bin ich dankbar. Ich erinnere mich an all die Partys, die wir gefeiert haben, als ich so alt war wie ihr.« Max lachte leise über Peteys zweifelnden Blick. »Ja, ich war auch mal so alt wie du, ob du es glaubst oder nicht. Auf unseren Partys gab es Kuchen und Eis, und wir haben aus Leibeskräften herumgebrüllt.«
»Mit Großmutter Hunter«, sagte Justin, und sein sommersprossiges Gesicht wurde traurig.
»Ich kann mich nicht an sie erinnern«, gestand Petey.
»Aber ich«, sagte Max und zauste Peteys rotes Haar. Er hatte nie glauben wollen, dass seine Schwägerin von Natur aus rotes Haar hatte, bis es bei jedem einzelnen von Sonyas und Peters Kindern in Erscheinung getreten war. »Meine Großmutter hatte einen Koffer voll Spielzeugsoldaten oben auf dem Dachboden. Euer Dad und Onkel David und ich haben oft damit gespielt, besonders an Tagen, wenn das Wetter so schlecht war, dass wir nicht draußen spielen konnten.«
Peteys Unterlippe zitterte. »Die großen Jungs spielen draußen. Aber sie lassen uns nicht mitspielen.«
»Das ist wahrscheinlich auch besser so«, erklärte Max, ohne den Blick von Gesicht des Kleinen zu lösen. Es war eine kleine Geste seines Vaters, an die er sich erinnerte. Ungeteilte Aufmerksamkeit und ununterbrochener Blickkontakt selbst mit einem noch so kleinen Kind. Das hatte ihm selbst immer das Gefühl gegeben, der klügste, wichtigste Junge auf der Welt zu sein. Peteys stolzer Blick bestätigte Max, dass es tatsächlich so funktionierte. »Die großen Jungs könnten euch umrennen, und ihr würdet euch wehtun. Aber ich möchte wetten, dass diese Spielzeugsoldaten immer noch auf dem

Dachboden rumliegen. Ich kann ziemlich schlecht diese steile Treppe hinaufsteigen, aber ihr zwei könnt es bestimmt.« Die beiden waren schon auf dem Weg zum Dachboden. »Sie waren in einem alten schwarzen Koffer«, rief Max ihnen nach, wartete, bis sie außer Sichtweite waren, stand dann mühsam auf und leerte die Kehrschaufel im Abfalleimer aus.
»Das war ... nett, Max.«
Max drehte sich nicht um, als er Peters tiefe Bassstimme vernahm, die noch mürrischer klang als sonst. Er hatte seinen Bruder nicht kommen hören, doch es war eindeutig, dass Peter das gesamte Gespräch mitbekommen, sich bereitgehalten hatte, um einzugreifen, falls sein Bruder sich seinen kleinen Kindern gegenüber gereizt verhielt. »Sie sind prima Jungs, Peter. Du und Sonya, ihr habt da Großartiges geleistet.«
Sie standen eine Minute in verlegenem Schweigen da. Max starrte das Gemüsemuster der Tapete an, Peter starrte auf Max' steifen Rücken. Schließlich stieß Peter einen gewaltigen Seufzer aus.
»Ich würde mich für sie entschuldigen, Max, wenn sie nicht Recht gehabt hätten. Kann es sein, dass es richtig ist, hier in der Vergangenheit zu sprechen?«, fügte er hinzu, und seine Stimme klang noch ein bisschen rauer.
Max räusperte sich und zuckte leicht mit einer Schulter. »Ich möchte gern glauben, dass ich kleinen Jungen keine Angst mehr einjage.«
»Max.« Peter machte den ersten Schritt und legte Max zaghaft eine Hand auf den Rücken. »Ich wollte David nicht glauben, als er sagte, du hättest dich verändert. Aber ich

möchte ihm gern glauben.« Er räusperte sich ebenfalls. »Wirklich. Ich wünsche mir, dass es wieder so wird wie früher, bevor ...« Peter sprach nicht zu Ende, doch Max' Erinnerung vollendete den Satz für ihn. *Bevor du Pop totgefahren hast.* Es war zu einem Riesenstreit gekommen, an Weihnachten vor vier Jahren. Peters bis dato unausgesprochene Anklage war an jenem Abend schließlich doch in Worte geflossen, und seitdem hatten sie nicht mehr miteinander geredet. Bis zum heutigen Abend. »Es tut mir Leid, Max«, flüsterte Peter rau. »Damals, an diesem Abend, habe ich Dinge gesagt, die ich nicht hätte sagen dürfen. Können wir das hinter uns lassen und von vorn anfangen?« Nach einer kurzen Pause nahm Peter seine Hand von Max' Rücken. »Gut. Wie du willst. Ich habe es zumindest versucht. Und, damit ich's nicht vergesse: Ich freue mich, dass du nach Hause gekommen bist.«
Wieder hing ein ausgedehntes Schweigen zwischen ihnen, während Max um Fassung rang.
»Ach, zum Teufel«, knurrte Max und drehte sich um. Was er empfand, war deutlich in seinem Gesicht zu lesen. »Ich freue mich auch, zu Hause zu sein. Ich habe das alles so vermisst, euch alle, und es war idiotisch von mir, so lange fortzubleiben.«
Langsam breitete sich ein Lächeln auf Peters Gesicht aus, und die Erleichterung war deutlich in seinen Augen zu sehen. »Dann wollen wir jetzt anlässlich der Heimkehr des verlorenen Sohns das Mastkalb schlachten?«
Max' Lippen zuckten. »So verloren nun auch wieder nicht.«
»Das zu beurteilen überlasse lieber mir.« Er legte den Arm um Max' Schultern, die entschieden breiter waren als seine

eigenen. »Aber erst, nachdem du mir von Denver und den Schauspielerinnen und ... Sekretärinnen erzählt hast.«
Max' Augen wurden schmal. »David kann den Mund nicht halten.«
Peters heiseres Lachen ertönte, während sie beide auf die Kellertreppe blickten. »Stimmt, er hat weiß Gott nicht den Mund gehalten.«

»Unentschieden.« Phil stand im provisorischen Strafraum und keuchte, sodass sein Atem in großen Wolken vor seinem Mund stand. Er war der älteste Cousin und hatte sich zum Anführer der Gruppe erklärt. Tom war es ziemlich gleichgültig; er war lediglich froh, auf dieser Party, zu der seine Mutter ihn geschleppt hatte, Jungen in seinem Alter anzutreffen. Draußen war es nasskalt, doch im Augenblick musste er wenigstens nicht dem neuen Chef seiner Mutter zuhören. Er zog eine Grimasse. Der neue Freund seiner Mutter. Es war schon merkwürdig genug, überhaupt so etwas von seiner Mom zu denken. Wenn er Max Hunter wenigstens hätte leiden können, aber Tom mochte ihn nicht. Phil sah seine Grimasse und schrie ihm zu: »Willst du aufhören?«
»Auf keinen Fall.« Tom beugte sich vor und stützte die Hände in den Handschuhen auf seine Knie. Seine Jeans waren nass von seinen Stürzen im Schneematsch. »Ich will gewinnen.«
»Aber mir ist kalt«, protestierte Jason. Er war ein bisschen jünger als die anderen. »Ich gehe rein und hol mir eine heiße Schokolade.« Er warf einen Schneeball und traf seinen Cousin an der Schulter. »Kommst du mit, Zach?«
Unschlüssig sah Phils Bruder Zach zuerst Jason, dann Tom

an. »Tut mir Leid, Tom. Ich höre auf, solange ich meine Zehen noch spüre. Komm mit rein. Tante Cathy macht die beste heiße Schokolade des ganzen Universums.«
»Mit diesen kleinen Marshmallows?« Tom klemmte sich den Fußball unter den Arm und schloss sich den anderen Jungen auf dem Weg zum Haus an. Er freute sich, sein verborgenes Talent im Spiralenwerfen entdeckt zu haben. Die Jungen waren angemessen beeindruckt von seinem Können als Basketballspieler, und daher war er der Meinung, ihnen nicht unbedingt etwas beweisen zu müssen und sich dabei Erfrierungen zuzuziehen.
»Und mit Schlagsahne.« Jason leckte sich die Lippen, wischte sie aber hastig wieder trocken, als sie im eisigen Wind zu brennen begannen.
»Selbst gemacht?«, fragte Tom.
»Nein«, antwortete Phil. »Aus so einer Sprühdose.«
»Meine Mom schlägt die Sahne selbst.« Auch wenn sich eine Spur von Stolz in seinen Tonfall gestohlen hatte, würde Tom wohl damit leben können. Er wusste, wie einzigartig seine Mutter war.
»Sie schlägt sie selbst? Unmöglich.« Phil näherte sich dem Ende der Zufahrt, wo ein einsamer, vier Meter fünfzig hoher Pfahl in den Boden einzementiert stand. Er gab vor zu dribbeln, fintete nach links und vollführte einen perfekten Korbwurf. »Glaubt ihr, dass Onkel Max irgendwann das Rückbrett wieder anbringen wird?«
»Weiß nicht«, antwortete Jason und blickte nachdenklich an dem Pfahl hinauf. »Meine Mom hofft es ja sehr. Sie hat geweint, als sie ihn bat, nach Hause zu kommen, und er ja gesagt hat.«

Interessiert betrachtete auch Tom den Pfahl. »Warum hat er das Rückbrett abmontiert?
Phil blieb unvermittelt stehen. »Weißt du das denn nicht? Onkel Max war einer der besten Nachwuchsspieler, den die Lakers je gehabt hatten. War auch als Austauschspieler in Kentucky.«
Toms Augen weiteten sich. Er war beeindruckt, obwohl er sich geschworen hatte, den großen Professor auf Distanz zu halten, bis er sicher war, dass er ihm seine Mutter anvertrauen konnte. »Euer Onkel hat bei den Lakers gespielt?«
Zach mischte sich ein, begierig, seinen Beitrag zu der Geschichte zu leisten. »Ja, bis er dann zusammen mit unserem Großvater einen Unfall hatte, vor … vor zwölf Jahren, stimmt's, Phil?«
Phillip nickte. »Ja. Du hast doch seinen Stock gesehen. Er hat jahrelang im Rollstuhl gesessen. Mein Dad hat mir erzählt, Onkel Max wäre einmal aus Harvard zu Besuch gekommen und hätte einen Anfall gekriegt, weil das Rückbrett noch da war. Großmutter Hunter musste es abmontieren lassen. Ich weiß noch, dass er und mein Dad einen Riesenkrach deswegen hatten, als ich ungefähr so alt wie Petey war. Sie haben sich früher oft gestritten.«
Tom wurde flau im Magen. »Oft?«
Phil fingierte einen weiteren Korbwurf. »Oh ja. Einmal …« Er hielt inne und überlegte. »Ich glaube, es war vor vier Jahren, denn ich war damals knapp elf, da kam Onkel Max zu Weihnachten nach Hause, und er und mein Dad hatten richtig Zoff. Haben sich angeschrien und alles. Ich glaube, so wütend habe ich meinen Dad noch nie gesehen, nicht mal, als er Zach mit einem Mädchen hinter der Tribüne erwischt

hat.« Phil grinste und konnte nur mit knapper Not Zachs Schneeball ausweichen.

»Halt die Klappe, du Blödmann.« Zach neigte den Kopf zur Seite und warf einen weiteren Schneeball von einer Hand in die andere. »Sonst könnte Dad versehentlich die Zeitschrift finden, die du unter deiner Matratze versteckst.«

Die Worte provozierten einen Streit, und bevor Tom sich's versah, lagen Phil und Zach bereits auf dem Boden, nur Zentimeter von einer Schneematsch-Pfütze entfernt.

Jason gesellte sich zu Tom. »Ich wette um einen halben Dollar, dass Phil als Erster im Dreck liegt.«

Tom furchte die Stirn. »Hört auf! Hört auf, alle beide!« Phil und Zach hielten inne und blickten auf.

»Was?«, fragte Phil.

»Wieso?«, fragte Zach.

Tom schüttelte den Kopf. »Hört auf mit dem Blödsinn, und erzählt die Geschichte zu Ende. Ich möchte mehr über den Streit zwischen eurem Vater und eurem Onkel wissen. Das ist wichtig.«

Phil ließ von Zach ab, stand auf und wischte sich die Jeans ab. »Das war schon so ziemlich alles. Dad und Onkel Max haben sich angeschrien«, er zuckte gleichmütig mit den Schultern, »dann hat Onkel Max meinem Dad eins übergebraten und ...«

Toms Herz setzte einen Schlag aus. *Oh mein Gott.* »Was sagst du da?«

»Er hat ihn eigentlich eher geschubst«, sagte Zach und schüttelte Schnee aus seinem Ärmel. »Sie haben sich nicht gegenseitig ein blaues Auge gehauen oder so.«

»Wunderbar«, sagte Tom leise. Er hatte von Anfang an

gewusst, dass mit Hunter irgendetwas nicht in Ordnung war. Seine Mutter war einfach blind. Gewöhnlich war sie ja ziemlich schlau – wenn es nicht gerade um Männer ging. Das Klügste, was sie in den vergangenen sieben Jahren getan hatte, war, sich die Männer vom Leibe zu halten. Er ballte seine Hände zu Fäusten. Seine Mom mochte ja naiv sein – aber er war es nicht, bei Gott nicht. Hunter sollte nur versuchen, sie anzufassen. Sollte er's doch versuchen.

»Du bist ja so still«, bemerkte Caroline und warf Max, der am Esstisch saß, einen Blick zu, während sie Kaffee in zwei ihrer besten Becher goss. »Beste« bedeutete in diesem Fall: nicht angeschlagen und ohne Carrington-Slogans natürlich. Nichts, was sie sich je würde leisten können, hielt dem Vergleich mit dem erlesenen Porzellan stand, das sie in Max' Haus in der Vitrine gesehen hatte. Seine Mutter benutzte dieses Porzellan so selbstverständlich, als hätte sie es im Supermarkt erstanden, und erklärte Caroline, dass es doch sinnlos wäre, so etwas zu besitzen, wenn man Angst hätte, es zu verwenden. In diesen Worten steckte viel Weisheit, stellte Caroline fest. Sie würde später darüber nachdenken. Im Augenblick jedoch beobachtete sie Max, der auf dem Rückweg zu ihrer Wohnung für seine Verhältnisse ungewöhnlich still gewesen war, was sie wunderte. Seine Willkommensparty war ein voller Erfolg gewesen. Max im Kreise seiner Familie zu sehen weckte ihre Sehnsucht nach Dingen, die sie sich noch nicht zu wünschen wagte.
»Ich habe nur nachgedacht«, erwiderte Max. »Danke.« Er nahm den Kaffeebecher entgegen und wartete, bis sie sich zu

ihm gesetzt hatte. »Über dich habe ich nachgedacht.« Er lächelte, als sie rot wurde. »Und über uns.«
Sie verzog das Gesicht, als sie sich mit einem allzu hastigen Schluck Kaffee den Mund verbrannte. »Über uns?«
»Über uns.« Plötzlich wieder sachlich, griff Max nach ihrer freien Hand. »Und darüber, dass du eine meiner Studentinnen bist.«
»Ach?« Ihre Zufriedenheit verflüchtigte sich. Das klang ja nicht gerade viel versprechend.
»Wie wichtig ist dir mein Seminar, Caroline?«
Sie unterdrückte ihren Seufzer der Erleichterung, als er keine Sätze sagte wie: »Am besten treffen wir uns nicht mehr« oder »Wir können trotzdem Freunde bleiben.« »Wieso?«
Max stellte seinen Kaffeebecher behutsam auf dem Esstisch ab. »Ich möchte mit dir zusammen sein. Wo immer du willst. Wenn ich abends mit dir essen gehe oder deine Hand halten will, soll mich nichts und niemand daran hindern können.«
Caroline schloss einen Moment die Augen, um ihr Herzrasen unter Kontrolle zu bringen. Sie spürte, dass ihre Wangen von Sekunde zu Sekunde heißer wurden. »Und die Tatsache, dass ich deine Studentin bin, könnte dich daran hindern.«
»Könnte sein. Erst gestern hat Dr. Shaw mich deswegen angesprochen.«
Caroline schlug die Augen auf und sah, wie sein wunderschöner Mund sich zu einem kläglichen Lächeln verzog. »Tatsächlich?«
»Mhm.« Max trank seinen Kaffee, ohne den Blick von ihrem Gesicht zu lösen. »Wahrscheinlich hat sie herausbekommen,

dass David nicht meine bessere Hälfte ist und dass du und ich an jenem Abend zusammen essen gegangen sind. Und offen gesagt, ich will verdammt sein, bevor ich zulasse, dass Shaw dich in die Klauen bekommt. Brauchst du mein Seminar für dein Examen?«

Sie drückte seine Hand, und ihr Herz hämmerte immer noch, als ihr die tiefere Bedeutung seiner Worte bewusst wurde. Er beschützte sie auf eine Art, wie sie noch kein Mensch je beschützt hatte. Es war ein gutes Gefühl. Wirklich und wahrhaftig gut. »Ursprünglich wollte ich nur noch ein letztes Mal eines von Elis Seminaren besuchen. Du möchtest, dass ich es streiche?«

»Würdest du das tun? Falls ich zu viel verlange, ziehe ich mich zurück und warte bis zum Ende des Semesters, bis ich …« Er blickte sie vielsagend an, und die Glut in ihrem Gesicht breitete sich nun auch noch über ihren Hals aus.

Der plötzliche Wunsch, Max eine ähnliche Reaktion zu entlocken, war zu stark, um ihm widerstehen zu können. Also versuchte sie es gar nicht erst. Sie stützte den Ellbogen auf den Tisch, legte ihr Kinn auf ihre Faust und senkte die Lider. Dann hob sie mit einem koketten Augenaufschlag die Wimpern und genoss den Anblick seiner blitzenden Augen und des Zuckens in seiner Wange. So unerfahren sie auch war, sie lernte doch schnell. Und Max Hunter war ein außergewöhnlich guter Lehrmeister. »Aber ich werde deine Vorlesung sehr vermissen«, sagte sie leise und fuhr mit dem Finger über die Knöchel seiner geballten Faust. Sie hatte keine Angst mehr vor dieser Faust. Oh nein. Nicht, seit sie wusste, weshalb er sie zusammenballte. »Erzählst du mir, wie es letztlich für England ausgegangen ist?«

Max suchte verlegen nach einer bequemeren Sitzhaltung auf seinem Stuhl. »Hm, John unterzeichnet die Magna Carta, und England bringt die Beatles, die Rolling Stones und Sting hervor.«
Caroline lachte. »Das reicht mir. Ich werde mich gleich am Montagmorgen aus dem Seminar abmelden.«
Max entspannte sich sichtlich, und Caroline stellte gerührt fest, dass ihm ihre Antwort wirklich wichtig gewesen war.
»Gut.« Er schob seinen Becher bis zur Mitte des Tisches. »Wo steckt eigentlich dein Leibwächter?«
Caroline war ungehalten über seine Wortwahl. »Tom? Er ist in seinem Zimmer und erledigt seine Matheaufgaben. Er braucht eine Zwei im Zeugnis, weil er sonst am nächsten Wochenende nicht mit seinen Freunden zelten darf. Warum nennst du ihn so?«
»Wegen seines Gesichtsausdrucks, als er nach dem Fußballspiel mit meinen Neffen zurück ins Haus kam. Ich schätze, er mag mich nicht.«
Caroline biss sich auf die Unterlippe. »Ach, das glaube ich nicht.« Aber es stimmte. Auch sie hatte Toms Gesichtsausdruck bemerkt, und der Gedanke daran hatte sie schon den ganzen Abend über gequält. »Er traut dir nur noch nicht so recht. Wir beide waren lange Zeit völlig auf uns gestellt, und er … er glaubt, mich beschützen zu müssen.«
Das schien Max nicht ganz zu überzeugen, doch er drang nicht weiter in sie. »Wie lange wart ihr beide ganz auf euch gestellt?«
Caroline wandte den Blick ab, nicht fähig, Max in die Augen zu sehen. Sie hatte gewusst, dass er diese Frage stellen würde. Allerdings hatte sie auch gehofft, dass es nicht

so bald schon geschehen würde. »Gefühlsmäßig, solange Tom lebt.«

»Und sonst?«

Caroline schob ihren Stuhl vom Tisch zurück und stand auf. »Sieben Jahre. Möchtest du noch Kuchen?«

Max erhob sich langsam und folgte ihr in die Küche. »Nein, aber wir können gern das Thema wechseln. Tut mir Leid, wenn ich zu persönlich geworden bin.«

»Nein«, sagte sie leise und wischte nicht vorhandene Krümel von der absolut sauberen Arbeitsplatte. »Du hast ein Recht, Fragen zu stellen.« Ihr Rücken straffte sich ein wenig. »Und irgendwann hast du ein Recht auf Antworten.«

»Aber nicht heute.«

Sie drehte sich um und begegnete seinem besorgten Blick. »Nicht heute. Bitte.«

Er hob ihr Kinn an und gab ihr einen zarten Kuss auf den Mund. »Nicht heute.« Er neigte sich herab und liebkoste ihren Hals durch den Rollkragen ihres Pullovers. Ein Schaudern lief ihr über den Rücken. »Bist du jetzt bereit, das Thema zu wechseln?«

»Mhm.« Sie warf das Geschirrtuch ins Spülbecken und legte die Arme um seinen Nacken. »Ich bin bereit, seit du heute Abend frisch rasiert die Treppe hinuntergekommen bist, um mich nach Hause zu bringen.«

Er lachte leise und kehlig und legte die Hände leicht auf ihren Rücken. »Es ist dir also aufgefallen.«

Sie nahm eine Hand von seinem Nacken und legte sie an seine glatte Wange. »Mhm. Ich bin fest überzeugt, dass deine Mutter mein Herzklopfen gehört hat.«

Seine Augen wurden dunkel, und er sog scharf den Atem

ein, was ihr ein Prickeln der Vorfreude auf der Haut bescherte. Den ganzen Tag lang hatte sie darauf gewartet, dass er sie küsste, hatte auf die Empfindungen gewartet, die nur dieser Mann in ihr wecken konnte. Im nächsten Augenblick küsste er sie mit der Macht eines berstenden Staudamms. So gierig, als könnte er nie genug bekommen. Sie schmiegte sich enger an ihn, hoffte, dass er genauso erregt war wie sie, sehnte sich danach, den Beweis seiner Erregung dort zu spüren, wo es immer pochte, wenn er ihr nahe war. Seine Hände glitten an ihrem Rücken hinab, umfassten ihre Pobacken und hoben sie auf, um sie auf die Füße zu stellen. Nicht annähernd hoch genug. Der Gedanke durchdrang den Nebel in ihrem Gehirn, als sie ihn an ihrem Bauch pulsieren fühlte. Sie drängte sich an ihn, flüsterte seinen Namen an seinen Lippen, die nicht aufhörten, sie zu küssen. Sie war bereit, um mehr zu betteln, um alles, was er ihr geben konnte – als er sie abrupt losließ und einen Schritt zurücktrat.

Caroline schwankte ein wenig, presste eine zitternde Hand auf ihr Herz und hoffte, die schwache Geste würde verhindern, dass es ihr aus der Brust sprang. Dies war in ihrer sehr begrenzten Erfahrung ein Höhepunkt gewesen. Ihr Körper kribbelte immer noch von Kopf bis Fuß, ihr Po sehnte die Wärme seiner Hände zurück, ihre Brüste schmerzten vor Sehnsucht nach dem Kontakt mit seinem Oberkörper. Doch er stand da, hatte die Augen geschlossen, die Zähne zusammengebissen, und sah aus, als wollte er davonlaufen. Er hatte sie von sich gestoßen. Ihr heftig klopfendes Herz fühlte die Kränkung.

»Was ist los, Max?«, fragte sie leise.

Unter höchster Anstrengung straffte er den Rücken und

hob die Lider, um sie anzusehen, und ihre gekränkten Gefühle löste sich in Luft auf, als sie spürte, wie die Wärme zurückkehrte.

»Du wolltest, dass ich aufhöre.« Seine heisere Stimme erschien ihr leise anklagend.

»Tatsächlich?« Caroline trat einen Schritt auf ihn zu und drängte ihn damit gegen den Küchentresen. Die Kunst des Flirtens machte ihr mittlerweile viel Spaß – mit einem Mann wie Max als Partner. Die Glut in seinen verhangenen Augen hätte die Arbeitsplatte eigentlich längst zum Schmelzen bringen müssen. »Komisch, soweit ich mich erinnere, wollte ich eine ganze Menge, aber niemals, dass du aufhörst.« Sie hakte einen Finger in den Kragen seines Pullovers und zog ihn ein paar Zentimeter herunter. »Ich habe nicht versucht, mich dir zu entziehen.«

An seinem Hals sah sie die Pulsader pochen. »Nicht?«

Erbarmen. »Oh nein. Ich wollte dir nur näher kommen, aber ich schätze, ich muss eine Fußbank zu Hilfe nehmen.« Sie schnappte überrumpelt nach Luft, als er seine Hände unter ihre Arme schob, sie hochhob, auf die Arbeitsplatte setzte und sich zwischen ihre Beine drängte.

»Wie ist das?«, fragte er leise.

Sein Gesicht war nun auf einer Höhe mit ihrem. »Viel besser.« Sie war sich seiner Hände sehr bewusst, die unter ihren Armen verweilten und beinahe seitlich ihre Brüste umfassten, und sie holte tief Atem, streckte die Hand aus und strich ihm ein paar Haare hinter das Ohr. Sie fragte sich, wie weit sie gehen würde. Fragte sich jetzt, da die Realität auf sie einwirkte, worum genau sie gebettelt hätte.

Er beugte sich noch näher zu ihr heran. »Ich glaube nicht,

dass du heute Abend eine Fußbank benötigst.« Sein Daumen strich an ihrer Brust entlang, und sie schnappte nach Luft.
»Wie groß bist du eigentlich?«, fragte sie. Ihm war nicht entgangen, dass ihr Körper sich versteift hatte, doch er konnte nicht schnell genug dafür sorgen, dass sie sich wieder entspannte. Ihre Nervosität hatte die Oberhand gewonnen, und die Glut, die sie wenige Minuten zuvor erfasst hatte, war abgekühlt.
Mit leicht verengten Augen betrachtete er sie. Dann holte er tief Luft und ließ die Hände sinken, bis sie leicht auf ihren Hüften lagen. »Einszweiundneunzig«, antwortete er, und ihre verkrampften Schultern lockerten sich. »Und wie klein bist du?«, wollte er wissen.
Er hatte aufgehört, und sie hatte ihn nicht einmal darum gebeten. Er hatte einfach deswegen aufgehört, weil er ihr Unbehagen gespürt hatte. Er hatte sie nicht bedrängt. Hatte sie nicht angebrüllt. Er hatte nicht einmal böse ausgesehen. Ihre flüchtige Angst war eben nur flüchtig gewesen. Ihre Erleichterung mischte sich mit einem Selbstvertrauen, das stark und ihr fremd war. »Einsachtundfünfzig«, antwortete sie, und ihre Stimme hatte diesen atemlosen Klang, der sie immer noch erstaunte. »Aber ich überlege, ob ich mir ein paar sehr hochhackige Schuhe kaufe.«
Für einen Augenblick umfassten seine Hände ihre Hüften fester, bevor sie sich zwischen die Arbeitsplatte und ihre Jeans schoben, um erneut ihren Po zu umspannen. »Lächerlich, wie der Anblick einer Frau auf Stöckelschuhen einen Mann erregen kann«, flüsterte er, und die Glut flackerte von neuem zwischen ihnen auf. Es ist Wahnsinn, wie ich

reagiere, dachte sie, aber andererseits war dieser Wahnsinn gar nicht so übel. Seine Hände glitten über ihre Beine, hielten in den Kniekehlen inne und legten ihre Beine um seine Taille, bevor sie weiter zu den Knöcheln wanderten. Das dumpfe Aufschlagen ihrer Schuhe auf dem Boden war das einzige Geräusch in der Küche, während er hinter seinem Rücken sanft durch ihre Strümpfe hindurch über ihre Fußsohlen strich, ohne auch nur einmal den Blick von ihrem Gesicht zu nehmen. *Oh Gott.*

»Kann er das wirklich?«, flüsterte sie.

Er beugte sich herab und gab ihr einen Kuss direkt unter das Ohr. »Was?«

Caroline erbebte unter seiner Zunge, die die Konturen ihres Ohres nachzeichnete, und unter seinem heißen Atem an ihrer Haut. »Hochhackige Schuhe«, brachte sie mit Mühe hervor. »Kann der Anblick wirklich einen Mann erregen?«

»Ach so. Ja. Mit hochhackigen Schuhen sehen die Beine einer Frau besonders schön aus.« Er ließ ihre Füße los, wandte sich wieder ihren Waden zu und knetete sie sanft durch die Jeans hindurch. »Ich muss bald gehen.«

Abrupt schlug sie die Augen auf. »Warum?«

Sein Lachen klang kläglich. »Weil ich bedeutend mehr tun möchte, als deine Füße zu massieren, und dazu bist du offenbar noch nicht bereit. Und ich weiß nicht, wie lange ich das noch aushalte.«

»Tut mir Leid«, flüsterte sie und verzog leicht die Mundwinkel.

»Nicht doch. Wir kennen uns erst knapp eine Woche.« Er drückte ihre Waden freundlich zum Abschied. »Außerdem

hatten wir beide einen langen Tag. Danke, dass du zu meiner Überraschungsparty gekommen bist. Du hast es mir so viel leichter gemacht.«
»Du brauchtest mich nicht, nicht wirklich.«
»Oh doch.« Er hielt inne und legte seine Stirn an ihre. »Caroline, ich bin nicht eben das umgänglichste Mitglied unserer Familie. Meine Familie hatte jedes Recht, das Wiedersehen mit mir ... zu fürchten.«
»Aber sie lieben dich, und du hast ihnen allen die Angst genommen.« Sie bemerkte das überraschte Aufblitzen in den Tiefen seiner Augen. »Ich habe doch Augen im Kopf, Max. Deine Familie war zu Anfang nervös und gespannt, aber voller Hoffnung. Das habe ich jedem Einzelnen angesehen, als sie mich die Treppe hinunterbaten. Sie wollten wieder mit dir zusammen sein, und du hast sie letztendlich nicht enttäuscht.« Sie schüttelte leicht den Kopf und hielt noch immer ihre Stirn an seine gelehnt. »Ihre Gesichter, als du mit Peter die Treppe hinunterkamst – als wärst du nie fort gewesen. Und dann waren sie nur noch neugierig.«
»Aber nicht mehr nervös?«
»Nein, ich glaube nicht. Ich würde aber nicht behaupten wollen, dass ich eine Expertin in Sachen Familie wäre.«
»Du sprichst nie über deine.«
Caroline schluckte. »Ich hatte nie eine richtige.« Sie merkte, dass sie wieder in ihren Dialekt zurückgefallen war, und verzog das Gesicht.
»Warum tust du das?«, fragte Max scharf.
»Was denn?«
»Warum versuchst du, deinen Dialekt zu verbergen?«
»Weil ich ihn hasse.« Sie stieß die Worte mit großer Leiden-

schaft hervor und sah das verdutzte Aufblitzen in Max' Augen.
»Warum?«
Sie versuchte, sich von ihm zu lösen, doch er umfasste mit einer Hand ihren Hinterkopf und hielt sie fest, ihre Stirn an seiner. Sie seufzte resigniert. »Weil er mich an eine Zeit und einen Ort erinnert, die ich lieber vergessen möchte. Max, deine Eltern haben dich geliebt, nicht wahr?«
»Ja.« Es war eine schlichte Feststellung, aber mit solcher Überzeugung geäußert, dass Caroline die Tränen kamen.
»Dann kannst du das nicht verstehen. Meine Eltern haben einander nicht geliebt und mich auch nicht. Dein Vater hat zwei Berufe ausgeübt, um euch alle ernähren zu können. Mein Vater hat es nie lange in einem Job ausgehalten. Ich war … arm. Aber arm zu sein ist nicht das Ende der Welt, wenn man ein Zuhause hat, zu dem man jeden Tag gern zurückkehrt.«
»Und das hattest du nicht?«
»Nein. Das hatte ich nicht.«
»Hast du es jetzt?«
»Mit Tom zusammen, ja.«
Er schwieg, und beide taten einen tiefen, kräftigenden Atemzug. »Willst du noch mehr?«
Sie fuhr sich mit der Zungenspitze über ihre Unterlippe. »Ja.«
Etwas Undefinierbares blitzte in seinen Augen auf. »Das macht uns alles sehr viel leichter, nicht wahr?«, flüsterte er. »Denn ich will auch mehr.«

Greenville, North Carolina
Sonnabend, 10. März, 23:30 Uhr

Winters drückte seine Zigarettenkippe in dem leeren Kaffeebecher von McDonald's aus, legte den Gang ein und folgte dem weißen Ford Taurus, als dieser das klinikeigene Parkhaus verließ. Susan Crenshaw blickte gewissenhaft in den Rückspiegel und korrigierte seinen Winkel geringfügig, was unnötig war. Sie setzte den linken Blinker, genau wie am Tag davor. Genau wie vor zwei Tagen. Susan Crenshaw aufzuspüren war letztendlich doch ziemlich einfach gewesen, was ihn freute, da er möglichst wenig Leute während seiner Ermittlungen ansprechen wollte. Thatcher stellte entschieden zu viele Fragen. Falls er, Winters, Mary Grace nicht bald fand, könnte es Thatcher tatsächlich gelingen, einen Fall gegen ihn aufzubauen. Winters' Miene verfinsterte sich bei dem bloßen Gedanken. Sein einziger Trost war die Tatsache, dass er wusste, wo Thatcher wohnte.
Winters konzentrierte sich wieder auf sein unmittelbares Vorhaben. Crenshaws weißer Taurus bog in die Straße zum Haus ihrer Schwiegermutter ein, wo sie ihr Baby abholte. Ihr Mann arbeitete nachts, und seine Mutter versorgte das Kind, wenn Susan Spätschicht hatte. Er folgte ihr in ein altes Wohngebiet. Bei Großmutters Nachbarn stand ein altes Sofa auf der Veranda, und im Vorgarten war ein Auto aufgebockt. Großmutters Haus dagegen war sehr gepflegt, mit einem hübschen, kleinen Vorgarten. Winters hatte durchaus einen Blick für hübsche Gärten. Wenn er es sich

recht überlegte, war Gartenarbeit eines der Dinge, die Mary Grace gut gemacht hatte. Bis zu ihrem Unfall. Danach hatte sie gar nichts mehr gekonnt. War in jeder Hinsicht zur Versagerin geworden.

Der weiße Taurus bog in Großmutters Zufahrt ein, und Winters parkte ein paar Häuser entfernt. Rotkäppchen Crenshaw war völlig ahnungslos, im Gegensatz zu der umsichtigen Schwester Burns. Rotkäppchen sollte sich mal ein wenig über Selbstverteidigung informieren, besonders darüber, wie man auf seine Umgebung achtete. Er folgte ihr nun schon seit zwei Tagen, und sie hatte ihn nicht bemerkt. Rotkäppchen verschwand im Haus und tauchte ein paar Minuten später mit ihrem Sohn und der Wickeltasche wieder auf. Sie schnallte ihn in seinen Babysitz und gab ihm ein paar Küsschen auf die Wangen. Dann setzte sich der weiße Taurus wieder in Bewegung.

Es wurde Zeit. Crenshaw fuhr völlig arglos in Richtung Tar River. Der Frühling war unglaublich regnerisch gewesen, und der Tar war im Begriff, über die Ufer zu steigen. Winters wusste von seinen Ausflügen der letzten Tage, dass der Fluss hier eine starke Strömung aufwies.

Es wurde Zeit. Winters griff nach dem Blaulicht, kurbelte das Fenster hinunter und befestigte es auf dem Dach seines Zivilwagens. Ließ die Sirene ein paar Sekunden lang gellen. Crenshaw blickte in den Rückspiegel und erkannte, dass er ihr ein Zeichen gab, und dass sich hier keine Haltemöglichkeit bot. Sie musste die Brücke überqueren. Perfekt.

Der weiße Taurus hielt am Straßenrand. Susan Crenshaw war nun mal eine gehorsame Mitbürgerin. Handelte sich

kaum jemals einen Strafzettel ein. Aber mit ihrem Baby hatte sie es schwer, wie eine Nachbarin ihm leise gesteckt hatte, als er am Dienstag – sie und der Göttergatte waren bei der Arbeit gewesen – vor ihrem Haus herumgeschnüffelt hatte. Postnatale Depressionen. Aber sie war wirklich eine gute Mutter, hatte die Nachbarin betont.
Er hielt hinter ihrem Wagen an und schaltete das Blaulicht ab. Schob es unter den Sitz und stieg aus dem Wagen, seine Perücke samt Zubehör sicher im Kofferraum verstaut. Heute trug er keine Verkleidung. Er wollte, dass sie ihn erkannte. Dass sie sich erinnerte, wozu er fähig war. Sie sollte sich vor ihm fürchten, wie sie sich noch nie im Leben vor etwas gefürchtet hatte.
Er trat an ihren Wagen und sah, wie sie das Fenster hinunterkurbelte. Sah, wie sie ihn im Seitenspiegel beobachtete. Die Stelle war denkbar gut geeignet zum Anhalten. Er hatte sie sorgfältig ausgewählt. Der Bezirk ließ die Straße verbreitern, und die Bauarbeiter hatten an dieser Seite der Brücke eine große Fläche planiert. Crenshaw hatte ihr Auto sicher abgestellt, sodass es den fließenden Verkehr nicht behinderte. Niemand, der vorüberfuhr, musste abbremsen. Nicht, dass er mit einem erhöhten Verkehrsaufkommen rechnete. Sonnabendnachts war die Straße so gut wie leer.
Als er nahe genug herangekommen war, blieb er knapp hinter der Fahrertür stehen. Sie wandte den Kopf, um ihn ansehen zu können, doch sein Gesicht blieb im Schatten. Sie würde ihn noch früh genug erkennen.
»Stimmt etwas nicht, Officer?« Sie drehte sich um und sah ihn an. »Ich bin nicht zu schnell gefahren.«

Nein, sie war nicht zu schnell gefahren. Dann schon eher zu langsam. Es ärgerte ihn maßlos, wenn Autofahrer zu langsam fuhren.

Er legte prüfend eine Hand auf den Griff der Tür direkt hinter ihr. Die Seitentür war nicht verriegelt, genauso, wie er es erwartet hatte. Der Wagen war ein älteres Modell und besaß noch keine Vorrichtung, die sämtliche Türen automatisch verriegelte, sobald die Geschwindigkeit dreißig Stundenkilometer überschritt. Sie war weiß Gott nicht so vorsichtig gewesen, alle Türen zu verriegeln. Als sie schließlich wütend ausstieg, hatte er Baby Rotkäppchen schon aus dem Kindersitz genommen, hielt es im Arm und ging mit ihm auf die Brücke zu.

»Was soll das, zum Teufel?«, explodierte sie. Über die Schulter hinweg warf er ihr einen, wie er hoffte, ausgesprochen herablassenden Blick zu. Diese Idiotin. Er konnte nur hoffen, niemals das Pech zu haben, sich ihr in ihrer Eigenschaft als Krankenschwester ausliefern zu müssen. Womöglich würde sie einen Beinknochen am seinem Kopf anwachsen lassen.

Sie rannte ihm nach, geriet auf dem roten, vom Regen aufgeweichten Matsch ins Rutschen. »Warten Sie! Halt! Geben Sie mir mein Kind! *Bitte!*« Das Letzte war kaum mehr als ein Schluchzer, als hätte sie endlich begriffen, was geschah.

Winters setzte seinen Weg über die Brücke fort. Etwa drei Meter vom Geländer entfernt blieb er stehen. Der Wasserstand war heute noch höher. Umso besser. Er legte das inzwischen plärrende Baby in den anderen Arm. Niedlicher Kleiner. Acht Monate alt und für den Frühling angezogen.

Seine Lippen verzogen sich zu einem höhnischen Grinsen. Schwimmkleidung trug er jedenfalls nicht.
Sie weinte jetzt und streckte die Arme nach ihrem Kind aus. Er drückte das Baby fester an sich und stieß sie zurück, ein kleines bisschen heftiger als nötig. Er lehnte sich an das Brückengeländer. Es war keine große Brücke, nur eine ganz gewöhnliche, im gleichen Stil erbaut wie die Eisenbahnüberführung, die etwa hundertfünfzig Meter flussaufwärts den Fluss überspannte.
»Wer sind Sie? Was wollen Sie?« Ihre Augen waren geweitet vor Angst, und sie zitterte. Schön.
»Susan Crenshaw.« Das war keine Frage.
»Ja. Was ... Wer sind Sie?«
Der erste Ansatz ihrer Frage kam der Wahrheit im Grunde näher. Was war er? Hoffentlich die Verkörperung ihres schlimmsten Albtraums.
Diese Frau war schuld daran, dass er sieben Jahre Leben mit seinem Sohn verloren hatte. Der Hass loderte nicht mehr. Er war jetzt kalt wie Stein.
»Sie haben vor neun Jahren als Volontärin am Asheville General Hospital gearbeitet, zusammen mit einer älteren Krankenschwester.«
Sie nickte verständnislos. Idiotin. Erkannte ihn immer noch nicht. »Nancy Desmond. Ja, damals im Sommer habe ich volontiert. Bitte, geben Sie mir mein Kind. Ich gebe Ihnen, was Sie wollen.«
Er blickte sie spöttisch an. »Bitte, vergessen Sie dieses Angebot nicht, Miss Crenshaw.« Sie hatte ihren Mädchennamen behalten. Es machte ihn wütend, wenn Frauen darauf bestanden. Der Kerl musste herhalten, wenn es darum ging, zu

heiraten und sich für den Rest seines Lebens Fesseln anlegen zu lassen, aber sein Name war ihr nicht gut genug. Immer wollten sie alles auf einmal haben, diese Feministinnen. Zum Kotzen.
»Wollen Sie Geld? Ich hole meine Brieftasche. Aber bitte ... tun Sie meinem Baby nichts. Bitte.«
»Ich will kein Geld. Ich will Informationen. Mary Grace Winters. Erinnern Sie sich?«
Er sah, wie ihre Augen glasig wurden. »Nein, ich erinnere mich nicht. Bitte ...«
»Versuchen Sie, sich zu erinnern. Sie war die Frau eines Polizeibeamten aus Asheville. Sie war eine Treppe hinuntergestürzt und wurde im Asheville General Hospital behandelt.« Er beobachtete sie ganz genau, erkannte den Augenblick, als sie sich an Mary Grace erinnerte. Sah den Moment, als sie ihn erkannte. Ein Hochgefühl ergriff ihn. Sie war außer sich vor Angst. Sein Puls beschleunigte sich rasch, und Adrenalin rauschte durch seine Adern.
»Oh mein Gott«, flüsterte sie. »Sie ... Oh Gott. Bitte, bitte, geben Sie mir mein Kind. Er ist doch noch ein Baby. Was wollen Sie von mir?« Nun klang sie bereits erbärmlich. Großer Fortschritt.
»Schwester Desmond. Sie waren Ihre Assistentin.«
Sie streckte die Arme nach dem Baby aus, und Winters lächelte mit schmalen Lippen.
»Miss Crenshaw, das Wasser steht heute ziemlich hoch. Es wäre doch schade, wenn Ihr Kind ... hineinfallen würde.«
Sämtliche Farbe wich aus ihrem Gesicht. »Wie ich sehe, haben Sie mich jetzt verstanden. Schwester Desmond. Sie waren ihre Assistentin.«

»Ja. Ich war erst achtzehn. Ich weiß nicht, was Sie wollen.«
»Worin bestand vor neun Jahren Ihre Arbeit, Miss Crenshaw?«
»Ich ...« Ihre Hände bewegten sich unruhig, zitterten, griffen Halt suchend nach dem Brückengeländer.
»Sie waren immer mit Schwester Desmond zusammen. Immerzu. Sie haben gehört, was sie mit den Patienten redete. Sie haben zugehört. Sie waren dort, um zu lernen. Ich will wissen, was Sie gelernt haben. Sie haben sich auch mit den Patienten angefreundet. Besonders mit meiner Frau. Sie haben ihr eine Skulptur geschenkt.«
»Ja ...«, flüsterte Susan Crenshaw. »Ich erinnere mich.«
»Gut. Wir machen Fortschritte. Meine Frau ist vor sieben Jahren verschwunden.« Er behielt sie genau im Auge. »Erinnern Sie sich an die näheren Umstände?«
»Ja.« Ihre Stimme klang heiser. »Mr Winters, bitte ...«
Winters wich ruckartig vor ihren ausgestreckten Händen zurück, und für den Bruchteil einer Sekunde hielt er Baby Rotkäppchen über das Brückengeländer. Es war jedoch lange genug für Miss Crenshaw, um bestürzt aufzuschreien. Egal. Sie waren völlig allein. »*Detective* Winters, wenn ich bitten darf. Nancy Desmond hat meiner Frau einen Tipp gegeben, wo sie sich verstecken kann, nicht wahr?«
Die Frau öffnete den Mund, sprach jedoch keinen Ton.
»Kommen Sie nicht auf die Idee, es abzustreiten, Miss Crenshaw. Ihr Baby ...« Er warf einen Blick über das Brückengeländer. »Es hat in letzter Zeit so viel geregnet.«
»Man wird Sie schnappen. Verhaften.« Verzweifelt sah sie sich nach Hilfe um, doch weit und breit war keine Menschenseele zu sehen. Es war Sonnabendnacht. Alle, die

an dieser Straße wohnten, lagen längst gemütlich in ihren Betten. In den Fabriken, die sich von hier bis zur nächsten Stadt erstreckten, begann gerade die zweite Schicht. Niemand würde in absehbarer Zeit vorbeikommen.
»Das glaube ich nicht, Miss Crenshaw. Meine Geduld ist nicht grenzenlos. Ich warte darauf, dass Sie meine Fragen beantworten.«
»Ich werde der Polizei melden, dass Sie mir mein Baby weggenommen haben.«
Er schüttelte den Kopf. Dumme Kuh. Glaubte sie etwa, dieser Überfall sei eine spontane Aktion? Konnte sie sich nicht vorstellen, dass er alles bis ins kleinste Detail geplant hatte?
»Das glaube ich nicht, Miss Crenshaw«, wiederholte er. »Ihr Baby wird mir allmählich zu schwer.«
Ihr Gesicht wurde noch bleicher. Er hätte es nicht für möglich gehalten. Ausgezeichnet. »Schwester Desmond. Was hat sie Mary Grace geraten? Wohin sollte sie gehen?«
»Ich weiß es nicht.«
Seine freie Hand schoss nach vorn und traf ihre Wange. Er sah den Schock in ihren Augen, als ihr Jochbein unter seiner Faust knackte. »Lügen Sie mich nicht an, Miss Crenshaw. Das war eine Warnung. Beim nächsten Mal fällt Ihr Kind ins Wasser. Das wäre doch schade. Ihre Nachbarn sind gern bereit auszusagen, dass Sie unter postnatalen Depressionen leiden. Arme Susan. Armes Baby. Was wird Ihr Mann wohl dazu sagen?«
Ihre Lippen zitterten. »Sie sind …«
»Widerlich? Ich glaube, ich kann Ihren Standpunkt verstehen. Zurück zu Schwester Desmond. Was hat sie meiner Frau geraten?«

»Ich schwöre Ihnen, ich kann mich nicht erinnern.«
»Versuchen Sie's lieber.« Er drehte sich um und ging ein paar Schritte weiter zur Mitte der Brücke. Hörte, wie sie hinter ihm herrannte und ihn einholte. Er blieb stehen und wandte sich zu ihr um. »Fangen Sie damit an, dass Sie sich an Mary Grace erinnern. Rufen Sie sich ihr Gesicht ins Gedächtnis. Ihren Hals. Ihren Rücken.«
»Ja.« Er musste sich anstrengen, um ihr Flüstern zu hören. Es war kaum mehr als ein Hauch.
»Dann wissen Sie auch, dass ich das hier tun kann und tun werde.« Er hielt inne, sah, wie sie innerlich mit sich rang. »Wie heißt der Ort, Miss Crenshaw? Ich gebe Ihnen zehn Sekunden, dann reißt mir der Geduldsfaden, und Ihr Baby fällt ins Wasser.« Zehn, neun, acht ... Er hoffte doch sehr, dass sie ihn nicht zwingen würde, seine Drohung wahr zu machen. Baby Rotkäppchen war ein süßer Fratz. Fünf, vier ... »Drei, zwei ...« Er trat mit dem Kind ans Geländer. Hielt es mit festem Griff über das Wasser.
»Chicago«, platzte sie heraus und griff nach dem Kind. Dumme Kuh. Chicago war eine Riesenstadt. Da konnte er ein ganzes Jahr lang suchen, ohne eine Spur von Mary Grace zu finden. Besonders, wenn sie nach dieser langen Zeit gar nicht mehr dort lebte.
Baby Rotkäppchen wand sich in seinen Händen. »Gut. Das ist schon mal ein Anfang. Aber es gab doch eine genaue Adresse, stimmt's? Ich kann Ihr Baby kaum noch halten. Würde mir Leid tun, wenn ich es fallen ließe. Zehn Sekunden, Miss Crenshaw.«
Sie ließ die Schultern hängen. »Die Einrichtung heißt Hanover House. Bitte, geben Sie mir jetzt mein Baby.«

Hanover House. *Geschafft*. Unwillkürlich packten seine Hände fester zu, und das Baby schrie so gellend auf, dass seine Stimme Glas zum Zerbersten bringen könnte, und um ein Haar hätte er es fallen gelassen. Das wäre traurig gewesen. Er wollte Baby Rotkäppchen wirklich nichts antun. Dieser kleine Kerl hatte nichts mit dem Verschwinden seines Sohns zu tun.
Aber Baby Rotkäppchens Mama sollte büßen. Winters stand da und sah sie an, dieses Weibsstück, das schuld daran war, dass er sieben kostbare Jahre von Robbies Leben versäumt hatte. Er setzte eine nachdenkliche Miene auf. »Ich glaube kaum, dass Sie in der Lage sind, Forderungen zu stellen, Miss Crenshaw.«
»Sie haben gesagt …«
Er warf ihr einen gereizten Blick zu. »Ich weiß, was ich gesagt habe, Miss Crenshaw.« Er ging zurück zum Auto, legte das Baby auf seinen Sitz und schnallte es an. Vielleicht würde dieses Erlebnis ihm eine Lehre sein. Wahrscheinlich. Wer konnte schon sagen, was Babys hörten und verstanden? Er richtete sich auf und wandte sich der zitternden Frau zu. Ihr Gesicht hatte eine grünliche Farbe angenommen. »Ich habe doch gesagt, dass ich Ihrem Baby nichts tun werde.«

12

Chicago
Montag, 12. März, 10:00 Uhr

Die Post ist da.« Evie Wilson legte einen Stapel Briefe auf Carolines Schreibtisch.
Caroline hob den Blick und sah, dass ihre Assistentin statt der üblichen Jeans ein Kostüm mit einem frechen kurzen Rock und einer hüftlangen Jacke trug. Die hochhackigen Schuhe ließen ihre schlanken, langen Beine noch länger wirken. Caroline schluckte das leise Neidgefühl beim Anblick von Evies jugendlicher Anmut herunter, lehnte sich in ihrem Stuhl zurück und stieß einen leisen Pfiff aus. »Toller Fetzen, oder wie immer ihr jungen Leute heutzutage solche Kleidung nennt.«
Evie lachte, und ihre Augen strahlten. Sie hatte ein so schweres Leben hinter sich. Unter der sorgsamen Betreuung von Dana und Caroline – und natürlich Eli – begann Evie gerade erst, aus ihrem Schneckenhaus herauszukommen. Eli hatte den größten Beitrag dazu geleistet, Evie wieder auf die Beine zu bringen, in die Schule zu schicken, ihr einen festen Job zu besorgen – ihr die Chance auf eine normale Zukunft zu geben, nachdem ihre Vergangenheit alles andere

als normal gewesen war. »Wir nennen sie einfach Klamotten, Caro.«

Caroline schnaubte leise. »Klugschwätzerin.«

Evie hüpfte auf den Schreibtisch zu, den sie während ihrer Arbeitszeiten benutzte. »Das hab ich alles von dir gelernt.«

In diesem Augenblick öffnete sich die Tür zu Max' Büro, und er steckte seinen Kopf durch den Spalt.

»Evie, wann fängt die Fachbereichskonferenz an?«

»In einer … einer Stunde«, stammelte Evie und wurde glühend rot.

Caroline verdrehte die Augen. *Ach, Gottchen*, dachte sie. Evies Schwärmerei für Max hatte sich zu einer ausgewachsenen … Riesenschwärmerei entwickelt.

»Schön. Dann bleibt mir ja noch Zeit genug, ein paar Arbeiten zu korrigieren.« Er lächelte Caroline zu, und sie hatte das Gefühl, wie Butter in der Sonne zu schmelzen. Arme Evie. Es würde ihr das Herz brechen, wenn sie von Carolines Beziehung zu Max erfuhr. »Oh, hübsches Kostüm, Evie«, fügte Max hinzu. Er hob eine Braue. »Sie haben doch nicht etwa irgendwo ein Vorstellungsgespräch oder so?«

Evie schüttelte heftig den Kopf. »N-n-nein. N-n-natürlich nicht.«

»Da bin ich aber froh. Bis später.« Er zog den Kopf so weit zurück, dass nur Caroline seinen anzüglichen Blick sehen konnte, der sie veranlasste, den Kopf tief über ihre Abrechnungen zu senken. Sie hörte, wie sich seine Tür schloss und Evie einen gewaltigen Seufzer ausstieß. Dann klickten Evies hohe Absätze, als sie sich auf den Weg machte, um den Sitzungsraum für die Fachbereichskonferenz vorzubereiten. Caroline hob den Kopf, als sie hörte, wie die Tür geschlossen wurde. Sie hatte sich bereits den Kopf zerbrochen, wie sie Evie schonend beibringen sollte, dass sie und Max zusammen waren, aber ihr war nichts eingefallen.

»Das ist in etwa die Zusammenfassung unserer heutigen Fachbereichskonferenz. Es sei denn, jemand hat noch einen neuen Tagesordnungspunkt.« Evie blickte über den Tisch von einem zum anderen und sah, dass alle die Köpfe schüttelten.
»Ich denke, dann gibt's wohl keine weiteren Fragen mehr«, bemerkte Max.
»Der letzte Punkt auf unserer Tagesordnung besteht dann in der Verlosung der Eintrittskarten.« Evie sprach die Worte mit großer Hochachtung aus und legte den Umschlag mit den heiß begehrten Eintrittskarten für die Spiele der Chicago Bulls im folgenden Monat auf den Tisch. Es war Elis Vermächtnis an den Fachbereich.
»Ich habe mich schon gefragt, wann es wieder mal so weit ist.« Wade Grayson trommelte mit den Fingerspitzen auf dem Tisch. »Mach schon, Evie. Dieses Mal bin ich an der Reihe, ich weiß es genau.«
Evie griff in den Hut, den sie für die Lose benutzten. Ihr Gesicht färbte sich tiefrot, als sie ein Zettelchen herausnahm und den Namen des Gewinners vorlas. »Tut mir Leid, Wade. In diesem Monat gehen die Eintrittskarten an Max.«
»*Nein.*«
Gleichzeitig mit allen anderen drehte Evie sich um und starrte Max verdutzt an. Seine Miene war finster, und er biss die Zähne so fest zusammen, dass ein Muskel in seiner Wange

zuckte. Der Bleistift in seiner Hand zerbrach, die beiden Teile flogen bis zur Mitte des Tisches.

Evie warf einen Blick zu Caroline hinüber, die genauso schockiert war wie alle anderen. »Aber ...«

Er unterbrach sie, indem er mit einer heftigen Bewegung seine Bücher aufeinander stapelte. »Kein aber, Evie. Ich will die verdammten Eintrittskarten nicht.« Er stand auf, schob seinen Stuhl zurück und griff nach seinem Stock. »Und künftig holen Sie besser meine Erlaubnis ein, bevor Sie mich in eines Ihrer kleinen Events einbeziehen.«

Das Schweigen lastete schwer über der Runde, und als die Tür zu seinem Büro zuschlug, verzogen alle gleichzeitig das Gesicht.

»Tja.« Wade schürzte die Lippen. »Das war mal was Neues.«

»Das war unhöflich«, brauste George Foster, einer der Professoren, auf. »Evie, mach dir seinetwegen keine Gedanken. Wahrscheinlich ist er Celtics-Fan. Wie ich hörte, sind die noch unflätiger als die New Yorkers.«

»Aber ich sollte mich entschuldigen.«

»Nein, Schätzchen.« Caroline legte ihre Hand fest auf Evies schmale Finger. »George hat Recht. Ganz gleich, welchen Grund er hatte, Max war auf jeden Fall unerhört grob. Nimm du die Eintrittskarten für diesen Monat.« Sie drückte Evies Hand noch einmal aufmunternd und ließ sie dann los. »Die Sitzung ist hiermit beendet.«

Caroline klopfte kurz an Max' Tür, bevor sie eintrat. Sie schloss die Tür hinter sich, lehnte sich gegen den Rahmen und sah Max am Fenster stehen. Seine Arme waren fest vor der Brust verschränkt, seine Fingernägel krallten sich in den Stoff seines Jacketts, und er platzte fast vor aufgestautem

Ärger. Ihre Augen weiteten sich, als sie die Unordnung auf dem Teppich bemerkte. Papiere, Notizbücher, Bleistifte und Büroklammern lagen überall verstreut, als habe er sie in einem Wutanfall vom Schreibtisch gefegt. Ein gerahmtes Foto lag mit der Bildseite nach unten zwischen Tür und Schreibtisch, und sie bückte sich rasch, um es aufzuheben. Behutsam stellte sie das Foto seiner Eltern auf der freien Ecke von Elis Schreibtisch wieder auf.
»Max?«
»Geh, Caroline. Ich bin im Moment zu wütend, um zu reden.«
Ihre Brauen zogen sich zusammen. »*Du* bist zu wütend? Ich wüsste gern, weswegen.«
»Das geht dich nichts an.«
Bevor er es sich versah, stand sie an seiner Seite. »Es geht mich durchaus etwas an, wenn du in meinem Büro den Frieden störst. Es geht mich durchaus etwas an, wenn du meine Assistentin kränkst.« *Es geht mich etwas an, wenn ich mich in dich verliebe*, dachte sie. *Wenn ich dachte, du wärst solcher Wut gar nicht fähig.*
»Das hier ist mein Büro, nicht deines, und Evie arbeitet für mich. Nicht für dich.« In seiner Stimme schwang ein unangenehmer Unterton mit, den sie bisher noch nie gehört hatte. Für einen Moment verschlug es ihr die Sprache, und sie konnte ihn nur anstarren. Er war wie Dr. Jekyll und Mr Hyde. Da stand er vor ihr, ein Mann wie aus Stein gemeißelt. Ein Fremder. Bestimmt nicht der Mann, der sie die ganze Woche lang mit solch zärtlicher Beharrlichkeit umworben hatte. Der sie mit so viel Empfindsamkeit und Zuneigung im Arm gehalten hatte, sie geküsst und ihr das Gefühl gegeben hatte, ein wichtiger Teil seines Lebens zu sein. Jetzt wurde auch Caroline zornig.

»Das ist alles? Geh, Caroline, du störst mich? Ich glaube nicht, Max.« Sie zerrte an seinem Arm. »Sieh mich wenigstens an, wenn du schon so grob sein musst.«
Er entriss ihr seinen Arm so heftig, dass er selbst ins Taumeln geriet und sich an der Schreibtischkante festhalten musste. Dann blickte er auf. Eine Mischung aus Zorn und Schmerz erfüllte seine grauen Augen, seine Lippen verzogen sich zu einem höhnischen Grinsen. »Geh, Caroline. Du hast ja keine Ahnung, worum es geht.«
Schweigend bückte sie sich, hob seinen Stock auf und reichte ihn Max. »Du hast wohl immer noch nicht verwunden, dass dir der Wechsel in deiner Karriere aufgezwungen wurde, wie? Bist immer noch sauer, weil dir der Vertrag mit der Sportschuhmarke entgangen ist, stimmt's?« Er ballte zornig die Fäuste, sagte aber nichts. Als er keine Anstalten machte, den Stock entgegenzunehmen, sah sie ihm kurz ins Gesicht und warf ihm dann den Stock vor die Füße.
»Werde erwachsen, Max. Mach was aus deinem Leben. Und wenn dir beides gelungen ist, ruf mich an.«

Chicago
Montag, 12. März, 18:00 Uhr

»Mom?« Als er das metallische Klappern hörte, stürzte Tom herbei. »Was ist los?«
Caroline hatte gerade einen Topf recht heftig auf den Herd gestellt und schimpfte noch immer leise vor sich hin. »Nichts.«

Tom blinzelte und fuhr zusammen, als ein weiterer Topf scheppernd auf den Herd geknallt wurde. »Ziemlich viel Lärm um nichts. Ist wirklich alles in Ordnung?«
Caroline hörte die Sorge in seiner jungen Stimme und zwang sich innezuhalten. Wenn sie ihre Wut an Tom ausließ, war sie auch nicht viel besser als Max, der Evie seinen Ärger spüren ließ. »Alles in Ordnung, Schatz. Bin nur ein bisschen sauer.«
Tom musterte sie skeptisch. »Was ist passiert, Mom?«
Caroline seufzte. »Ich hatte Streit mit Max.«
»Darf ich fragen, weswegen?«
Sie lehnte ihre heiße Stirn gegen den Kühlschrank. »Fragen darfst du. Und wenn ich mich etwas beruhigt habe, sag ich's dir vielleicht sogar.«
»Hat er dir wehgetan?«
Caroline fuhr herum und sah Tom mit ernster Miene kampfbereit vor sich stehen. »Nein! Ach, nein, Schatz, so doch nicht. Max ist ein äußerst sanfter Mann. Gewöhnlich ist er auch vernünftig. Nur heute hat er sich einfach idiotisch aufgeführt. Komm, setz dich.« Sie wartete, bis Tom seine schlaksige Gestalt in einem der kleinen Sessel untergebracht hatte. Seine Miene drückte Misstrauen und Skepsis aus. »Max hat einiges durchgemacht.«
»Ich weiß«, sagte er finster.
»Woher weißt du das?«
»Die Jungs haben es mir erzählt – seine Neffen. Er hatte oft Streit mit seinem Bruder, Phils Vater.« Er wandte den Blick ab. »Ich wollte Näheres über ihn erfahren. Wollte wissen, ob er...« Tom zuckte mit den Schultern. »Deshalb hab ich mich im Internet über ihn informiert.«

Caroline horchte auf und kniff die Augen zusammen. »Zeig's mir.« Ungeduldig wartete sie die dreißig Sekunden, die Tom brauchte, um zu seinem Zimmer und wieder zurück zu gehen, und trommelte mit den Fingern auf die Tischplatte. Sie vergaß, den Mund zu schließen, als Tom ihr eine erstaunlich dicke Mappe vorlegte. Schweigend ließ er sie die Bilder betrachten, die Artikel überfliegen. Schließlich hob sie den Kopf und sah ihn staunend an.
»Wie hast du das gemacht?«
»Im Computer-Kurs lernen wir gerade Recherchieren. Wie man Online-Netzwerke zu Studienzwecken nutzt. Ein Teil dieses Materials stammt aus der *L. A. Times*, ein anderer aus *Sports Illustrated*. Ein paar Artikel habe ich in der Zeitung seiner Heimatstadt gefunden, du weißt schon, nach dem Motto: Ein Junge aus unserer Stadt kommt groß raus.«
Zwölf Jahre, dachte sie bitter. Er schleppte diesen Groll schon seit zwölf Jahren mit sich herum. Die Enttäuschung verstärkte ihren Zorn, als sie spürte, wie ihr kurzlebiger Traum vom idealen Mann verblasste. Zu viele Männer in ihrem Leben hatten jemand anderen oder etwas anderes für ihr Pech verantwortlich gemacht. Ihr Vater. Rob. Irgendwann kam es dazu, dass sie ihr die Schuld gaben. Sie hatte geglaubt, Max wäre anders. Sie wollte immer noch gern glauben, dass er anders war. Dass er über die widrigen Umstände erhaben war, dass diese einen besseren Menschen aus ihm gemacht hatten. Sie stand auf, bereit, Max Hunter eine letzte Gelegenheit zu geben, um zu beweisen, dass sie sich täuschte.
»Mom?«
»Schon gut, Tom. Ich muss noch einmal kurz weg.«

Tom stand auf und verstellte ihr in den Weg. »Nein. Auf keinen Fall gehst du allein.«
Caroline atmete tief ein, zwang sich, ihrem Sohn gegenüber die Ruhe zu bewahren, ermahnte sich, nicht zu vergessen, dass ihr Zorn Max galt. Trotzdem klang ihre Stimme viel barscher als beabsichtigt. »Tom, ich weiß, dass du glaubst, das Richtige zu tun, und ich danke dir für deine Sorge um mich, aber ich bin deine Mutter und durchaus in der Lage, selbst auf mich aufzupassen.«
»Er ist ein Sportler, der zum Jähzorn neigt. Du bist nicht stark genug.« Seine Stimme klang verzweifelt. »Geh nicht hin.«
Sie legte ihm die Hand auf den Arm und spürte, wie seine Muskeln sich unter ihren Fingern anspannten. »Tom, bitte. Zwing mich nicht, meine Autorität rauszukehren. Nicht heute Abend. Max wird mir nichts tun. Davon bin ich überzeugt.«
Tom zögerte, trat dann zur Seite und kreuzte die Arme vor der Brust. »Wann bist du zurück?«
Caroline knöpfte ihren Mantel zu. »In ein, zwei Stunden.« Sie sah die Angst in seinen Augen. »Mach dir keine Sorgen, mein Sohn. Mir wird nichts passieren. Darf ich diese Bilder haben?«
»Gut.« Er folgte ihr zur Tür. »Mom, sei vorsichtig. Ruf an, falls du mich brauchst.«
»Mach ich. Keine Sorge. Schließ die Tür hinter mir ab.«

Max hatte sich beinahe wieder beruhigt, als Caroline plötzlich vor seiner Haustür stand, und ein Blick in ihre Augen, die vor Wut sprühten, ließ auch seinen Zorn wieder auflodern.

»Caroline, was für eine hübsche Überraschung«, begrüßte er sie mit hohntriefender Stimme. »Komisch, ich wüsste nicht, dass ich inzwischen erwachsen geworden wäre, etwas aus meinem Leben gemacht oder dich angerufen hätte.«
Ein vernichtender Blick war alles, was sie für ihn übrig hatte, als sie sich an ihm vorbei in die Eingangshalle drängte. Schweigend folgte er ihr in die Küche, wo sie mit steifen Fingern an ihren Mantelknöpfen fummelte. Sie trug eine dicke, braune Mappe unter dem Arm. Mit einer geschmeidigen Bewegung entledigte sie sich ihres Mantels und warf die Mappe auf den Tisch. Der Inhalt rutschte heraus. Mit düster blickenden Augen stand Caroline vor ihm, hatte die Fäuste in die Hüften gestemmt, die Zähne zusammengebissen, wie eine kleine kampfbereite Boxerin. Trotz seines Zorns erweckte ihr Anblick sein Begehren.
»Du bist ein aufgeblasener, undankbarer Mistkerl, der voller Selbstmitleid steckt.«
Ihre Worte lösten schiere Wut in ihm aus. »Und du ...«, Max machte einen Schritt auf sie zu und beugte sich vor, »... nimmst dir entschieden zu viel heraus, *Miss Stewart*.« Er baute sich drohend vor ihr auf, doch sie wich nicht zurück und blickte scheinbar zerknirscht zu ihm auf.
»Tue ich das?« Caroline drehte sich auf dem Absatz um, stürzte zum Tisch und griff wahllos nach einem der Fotos. »Ich dachte, ich würde mich für einen einigermaßen integren Mann interessieren.« Sie wandte sich ihm wieder zu und stach ihm so heftig den Zeigefinger in die Brust, dass dieser sich krümmte, als er gegen die Wand aus harten Muskeln stieß. »Mit ein wenig innerer Stärke.« Sie ließ ihren Finger wieder vorschnellen, diesmal etwas vorsichtiger. »Mit

etwas Charakter. Vielleicht ein Mann, bei dem *ich* mich zur Abwechslung mal anlehnen kann. Und was sehe ich hier? Nichts davon!« Sie schrie die Antwort auf ihre eigene Frage hinaus, wedelte mit dem Foto vor seiner Nase herum und ignorierte seine düstere Miene. »Ich sehe nur einen verwöhnten kleinen Jungen, verbittert, weil er Stubenarrest aufgebrummt bekommen hat, unfähig oder nicht willens, einen harten Schicksalsschlag zu überwinden! Der seine Launen an verliebten, kleinen Mädchen auslässt!«
»Welche Launen?« Er packte ihr Handgelenk, um sich vor ihrem Finger zu schützen. »Was für verliebte, kleine Mädchen? Wovon, zum Teufel, redest du überhaupt?«
»Ich rede von Evie, Max. Evie ist bis über beide Ohren in dich verliebt, und du trampelst auf ihrem Herzen herum, als wäre es ein Stück Dreck.«
»Evie, verliebt in mich? Rede keinen Unsinn, Caroline. Das ist nur Schwärmerei.«
»Du merkst es nicht einmal, wie? Du glaubst, alle sehen nur deinen Stock, und das macht dich wütend.« Sie kniff die Augen zusammen. »Ich sehe doch, wie du ihn jedes Mal versteckst, wenn du einer schönen Frau begegnest.«
Er empfand eine irrationale Freude. »Du bist eifersüchtig.« Sie wollte es fauchend abstreiten, presste dann aber starrsinnig die Lippen zusammen. »Ich bin nicht hier, um die erbärmlichen Unsicherheiten zu diskutieren, die mich eventuell in deiner Gegenwart überfallen, Dr. Hunter. Ich bin gekommen, um über das hier zu reden!«
»Hörst du bitte auf, mir dieses Papier um die Ohren zu schlagen?« Verstört riss er es ihr aus der Hand.
Seine Hand fuhr zu seinem Herzen, als er das Foto betrachtete.

»Erkennst du ihn?«, fragte Caroline spöttisch. »Wie ich höre, war er ziemlich gut.«
Das Foto flatterte in seiner zitternden Hand. »Woher hast du das?«
»Von meinem Sohn. Er wollte wissen, mit was für einem Mann seine Mutter sich einzulassen im Begriff war.«
Max konnte den Blick nicht von dem grobkörnigen Foto lösen, das in seiner Zeit als Nachwuchsspieler in L. A. aufgenommen worden war. Sein Körper schwebte frei in der Luft, während er den Ball in den Korb stieß. Beinahe hörte er den Jubel, sah das Blitzlichtgewitter, spürte den Rausch in seinen angespannten Muskeln, die sich bis zum Äußersten dehnten. Langsam ließ er sich auf einen Küchenstuhl sinken und starrte blind auf das Foto.
»Das war mein Leben«, sagte er leise. Seine Kehle war zugeschnürt, seine Stimme klang rau. »Wie kannst du es wagen, mir mein Leben auf diese Weise unter die Nase zu reiben?«
Caroline zögerte. »Du hast dein Leben weggeworfen, Max«, erwiderte sie leise. Dann wich sie hastig einen Schritt zurück, als er mit Zorn in den Augen zu ihr aufblickte.
»Und du bist Expertin für so etwas? Indem du Kuchen bäckst, ein bisschen plauderst und deine hinterwäldlerischen Weisheiten austeilst?« Er wollte sie genauso tief treffen, wie sie ihn getroffen hatte. »Du hast nicht die geringste Ahnung, wie das ist, Caroline, also geh jetzt einfach und lass uns die ganze Sache als erbärmlichen Fehler abhaken.«
Die Glut stieg ihr ins Gesicht, und zum ersten Mal fand er ihr Erröten absolut unattraktiv. Dann trat sie mit blitzenden Augen auf ihn zu. »Ich habe nicht die geringste Ahnung? Himmel, bist du egozentrisch, Max. Glaubst du wirklich, du

bist der einzige Mensch auf der Welt, dem das Schicksal übel mitgespielt hat?«

»Lass es«, knirschte er zwischen den Zähnen hervor. »Geh, Caroline, bevor ich wirklich wütend werde.«

»Und was ist dann? Schreist du dann deine Familie an? Schreist du Evie an? Wen schreist du als Nächsten an, Max?« Sie beugte sich vor und stützte sich mit den Händen rechts und links von ihm auf den Armlehnen seines Sessels auf. »Bekommst du dann mal wieder einen Wutanfall und läufst für weitere zehn Jahre davon? Tja, ist das nicht ein furchtbar erwachsenes Verhalten? Ich will dir mal was sagen, Mr Maximillian Alexander, und du wirst mir zuhören. Eine ganze Menge Menschen auf dieser Welt sind bedeutend schlechter dran als du. Besuch doch mal ein Obdachlosenheim oder ein Krankenhaus, dann wirst du es sehen. Und dann sag mir, dass dein Leben wirklich schrecklich ist.«

Sein Kinn wurde kantig. »Du hast keine Ahnung, wovon du redest. Geh nach Hause und nimm diese verfluchten Bilder mit.«

Langsam schüttelte sie den Kopf. »Ich weiß sehr genau, wovon ich rede. Weißt du, wie die Reha für Arme aussieht, Max? Das ist nicht etwa eine schicke Kurklinik in Boston mit Therapeuten und den neusten Gerätschaften. Weißt du, wie das ist, wenn man sich ganz allein helfen muss? Hast du eine Ahnung, wie das ist, wenn du nach jedem Sturz ohne jegliche Hilfe wieder aufstehen musst und weißt, dass es keine Menschenseele interessiert, ob du lebst oder stirbst? Weißt du, wie das ist, Max?«

Sie war nur ein paar Zentimeter von seinem Gesicht entfernt, und ihre Stimme war kalt vor Empörung. »Nun, mein

Lieber, ich weiß, wie das ist. Ich war da, habe es durchgemacht. Ich war auch verletzt. Schwer verletzt. Hatte einen Rückenwirbelbruch und Beine, die unter mir nachgaben, wenn ich aufstehen wollte, um meinen Sohn zu versorgen. Ich habe geschwitzt und gestöhnt und mich angetrieben, bis ich dachte, es wäre viel einfacher, aufzugeben und zu sterben. Ich habe, weiß Gott, eine Ahnung, wie das ist. Es ist zum Kotzen. Es ist ungerecht.«
Sie hielt inne, um Luft zu holen, und nahm seinen schockierten Gesichtsausdruck gar nicht recht wahr. »Lass dir also von mir einen hinterwäldlerischen Rat geben. Was du verloren hast, ist mehr, als die meisten Menschen in ihrem ganzen Leben je haben. Aber was du verloren hast, war nur etwas Vorübergehendes. Du hast ein paar Jahre deines Lebens verloren. Du hast deine Karriere verloren.« Sie riss ihm das Foto aus den kraftlosen Händen und schleuderte es zu Boden. »Du hattest Flügel. Gut und schön. Jetzt hast du keine mehr. Ich wollte Ballerina werden. Aber ich hätte nie die Chance bekommen, selbst wenn ich nicht die Treppe hinuntergestürzt wäre und mir nicht den Rücken gebrochen hätte, um dann Jahre meines Lebens darum zu kämpfen, dass ich wieder laufen lernte. Weißt du auch, warum?«
»Warum?« Vor Verblüffung konnte er das Wort nur lautlos mit den Lippen formen, denn seine Stimme versagte.
»Weil ich nie genug Geld hatte, um wenigstens satt zu werden. Ich hatte keinen Bruder, der sich um mich kümmerte. Ich hatte keinen Vater, der mich so sehr liebte, dass er meinetwegen geweint hätte. Ich hatte keine Schuhe, die ich zur Schule hätte anziehen können, geschweige denn Ballettschuhe. Du hattest eine ganze Menge, Max, und ja, du hast viel

verloren, aber du hast immer noch alles, was du brauchst. Du hattest immer genug und hättest es beinahe verloren, weil du seit Jahren im Selbstmitleid schwimmst.«

Er sah ihr in die Augen, die dunkel und wild waren, und er spürte, wie sein Schmerz seine Wut zu Fall brachte wie einen mächtigen Baum. »Es tut mir so Leid, Caroline.«

Sie schürzte die Lippen, und kleine Furchen gruben sich in die glatte Haut um ihren Mund herum. »Nein! Ich habe dir das alles nicht erzählt, damit du Mitleid mit mir hast.« Sie straffte sich und wandte ihm abrupt den Rücken zu. »Mitleid will ich nicht von dir.«

»Was willst du dann von mir?« Seine Stimme zitterte, und er bemerkte es nicht einmal, als er sah, wie sie sich vorbeugte und die Arme um ihre Körpermitte schlang. »Caroline?«

»Ich will, dass du die Sorte Mann bist, auf die man sich verlassen kann, der freundliche Mann, auf den als Partner ich stolz sein kann. Ich will, dass du das, was dir geblieben ist, gut verwaltest, dein Schicksal im Leben annimmst und ihm Flügel verleihst.« Sie hob das Foto auf, das während des Streits zu Boden gefallen war. »Lern wieder zu fliegen, Max.«

»Das kann ich nicht«, sagte er gepresst, und die alte Verzweiflung übermannte ihn, als wäre seine Verletzung noch ganz frisch.

»Doch, du kannst es. Nur nicht auf die gleiche Art wie vorher. Langsam drehte sie sich um und strich das Foto an ihrem Schenkel glatt. »Weißt du eigentlich, wie viele Jungen glauben, sie wären im Himmel, wenn sie nur einmal fünf Minuten mit einem Mann bekämen, der bei den Lakers gespielt hat? Auf einem Platz mit Magic und Jabbar?« Behutsam legte sie das Foto zu den anderen in die Mappe zurück und strich den Deckel glatt. »Deine Beine können nicht mehr fliegen, Max, aber die Liebe zu deinem Sport wohnt noch in deinem Herzen. Finde sie, mache sie dir zu Nutze. Mach ein paar Kinder glücklich.« Ein Funkeln trat in ihre Augen, als sie nach ihrem Mantel griff. »Die Highschool meines Sohnes hat dringenden Bedarf nach einem zweiten Trainer für das Junior-Team. Viel Geld haben sie nicht zur Verfügung. Wahrscheinlich können sie es sich nicht leisten, dich zu bezahlen.« Sie schob die Arme in die Ärmel, und dann tauchten ihre kleinen Hände aus den Manschetten auf und begannen, die Mantelknöpfe zu schließen. »Auch auf der South Side und in Cabrini gibt es genug Basketballplätze. Wo du dich einsetzt, ist letztendlich egal.«

Ihre Bewegungen verlangsamten sich, ihre Lider wurden schwer vor Erschöpfung. »Wohin gehst du jetzt?«

»Nach Hause. Es hat mich ermüdet, über die Vergangenheit zu reden. Ich glaube, ich werde heute früh zu Bett gehen.«

Max sprang auf die Füße und folgte ihr zur Haustür. Dann blieb er wie angewurzelt stehen, als er David still und mit besorgtem Blick in der Eingangshalle warten sah.

»Caroline«, setzte David an.

»Heute nicht, David«, fiel sie ihm ins Wort und drängte sich an ihm vorbei auf die Veranda.

Hilflos begegnete David Max' bestürztem Blick. »Sie sollte jetzt nicht fahren, Max.«

»Sie fährt auch nicht. Komm, Caroline, ich bringe dich nach Hause. David kann uns folgen und mich dann heimfahren.«

Wortlos reichte sie ihm den Autoschlüssel.

Vierzig Minuten später folgten David und Max ihr die zwei

Treppen zu ihrer Wohnung hinauf, wo Tom verzweifelt auf dem fadenscheinigen Teppich auf und ab schritt.

»Was ist passiert?«, wollte er wissen, und seine junge Stimme überschlug sich fast.

»Es ist alles in Ordnung, Tom«, antwortete sie und strich müde über seine Schulter. »Wirklich. Ich habe mich nur etwas aufgeregt und bin jetzt scheußlich müde. Wenn ich eine Nacht darüber geschlafen habe, bin ich wieder wie neu. Gute Nacht, David.« Sie wandte sich mit einem abschätzenden, nüchternen Blick um. »Max.«

Max wartete, bis sie leise die Tür zu ihrem Schlafzimmer hinter sich geschlossen hatte, dann stellte er sich Toms fragendem Blick, der ihn so stark an Caroline erinnerte. »Sie war wütend auf mich. Und wahrscheinlich hatte sie jedes Recht dazu.«

»Wahrscheinlich?«, fragte David todernst.

»Wie lange hattest du schon im Flur gestanden?«

David erwog zu lügen, entschied sich jedoch dagegen. »Seit ›Du bist ein aufgeblasener Mistkerl‹.«

»Du hast ›undankbar‹ und ›voller Selbstmitleid‹ vergessen.«

»Da habe ich wohl geschlafen.«

»Sie benutzt keine Schimpfwörter. Meine Mutter benutzt nie Schimpfwörter.« Tom starrte auf die Schlafzimmertür, als erwartete er von dort eine Antwort, wenn er nur lange genug durchhielt.

»Heute Abend hat sie es getan.« Max legte dem Jungen eine Hand auf die Schulter. »Ruf mich an, falls sie etwas braucht.«

Tom schüttelte Max' Hand ungehalten ab und fuhr zu den beiden Brüdern herum. Seine blauen Augen sprühten Feuer.

»Meinen Sie nicht, dass Sie schon genug angerichtet haben?«, knurrte er zwischen den zusammengebissenen Zähnen hervor. Seine Hände ballten sich zu Fäusten, und er beugte sich so weit vor, bis Max nur noch seine wütenden blauen Augen sah, bis die Atmosphäre knisterte von der kaum gezügelten Wut des Jungen. »Meine Mutter ist nichts für Sie, Hunter. Verstanden?«
Instinktiv umfasste Max seinen Stock fester und wich zurück, um die Distanz zwischen sich und Tom zu vergrößern. »Tom, bitte.«
David trat einen Schritt vor und legte seine Hand auf Toms Schulter. »Beruhige dich, Tom«, sagte er beschwichtigend. »Es ist ja nichts pas...«
Toms Faust schoss hinauf, schlug Davids Hand von seiner Schulter und stieß ihn mit derselben Bewegung von sich. Er wandte den Kopf und sah David böse an, doch sein Körper rührte sich nicht von der Stelle. »Fassen Sie mich nicht an«, fauchte er und wandte sich, am ganzen Körper zitternd, wieder Max zu, die Hände immer noch zu Fäusten geballt. »Und Sie, Sie lassen die *Finger* von meiner *Mutter*. Glauben Sie etwa, Sie könnten sich mit Ihrem Mercedes und Ihren teuren Anzügen und mit Ihrer liebenswerten Familie einfach so in ihr Leben drängen und ihr dann so wehtun?« Max sah verblüfft, dass Toms Augen sich mit Tränen füllten, während er bebend einen tiefen Atemzug tat. Tom trat einen Schritt zurück und holte noch einmal tief Luft. »Ich habe versucht, sie vor Ihnen zu warnen. Vor dem großartigen Basketball-Spieler mit den bösen Wutanfällen. Aber hat sie auf mich gehört? Nein. Sie hatte Herzchen in den Augen und konnte Ihre falsche ... Freundlichkeit nicht durchschau-

en«, schloss er stockend, und jetzt liefen ihm die Tränen über das Gesicht. »Sie haben sie nicht verdient. Gehen Sie endlich.« Er wischte sich mit dem Ärmel über die Augen und öffnete die Haustür. »Gehen Sie jetzt. Bitte.«
Max stand da und überlegte, was er zu seiner Verteidigung anführen könnte. Ihm fiel nichts ein. Tom war wütend und verletzt. Und das mit Recht. Max wusste, dass Caroline sehr verletzbar war; er wusste, dass sie mit einem gefühlskalten Mann zusammengelebt hatte. Und trotzdem hatte er wegen ein paar Basketballkarten seiner Wut freien Lauf gelassen. Tom hatte Recht. Er hatte Caroline nicht verdient. David zupfte Max am Ärmel seines Wintermantels, und Max drehte sich langsam um.
David klopfte ihm verlegen auf den Rücken. »Komm, Max. Ich bringe dich nach Hause.«

Asheville
Montag, 12. März, 8:00 Uhr

Ross faltete die Hände vor sich auf dem Schreibtisch und starrte Steven an. Steven setzte sich rittlings auf einen Stuhl, stützte das Kinn auf die Rückenlehne und erwiderte Ross' Blick.
»Sie strengen sich an, Thatcher.«
Steven zuckte mit den Schultern. Er war die halbe Nacht auf den Beinen gewesen, hatte Beweismaterial, Akten, seine eigenen Aufzeichnungen durchgearbeitet und ... er stimmte

ihr zu. Er strengte sich wirklich an. »Haben Sie was Besseres? Ich mache mich sofort an die Arbeit.«
»Ich dachte, Sie suchen nach dem Rechtshelfer, der die Verfügung herausgegeben hat.«
»Tu ich ja. Ich glaube, ich habe jemanden gefunden, der sich an ihn erinnert, aber die Frau ist erst morgen wieder in der Stadt. Meine Gedanken haben einen anderen Weg eingeschlagen.«
Ross seufzte. »Lassen Sie mich das klarstellen. Sie konzentrieren sich jetzt auf diese Skulptur, die in Mr Winters' Wagen gefunden wurde.« Sie zog eine Braue hoch. »Endlich beschäftigen Sie sich mit dem eigentlichen Verbrechen, möchte ich hinzufügen.«
Steven verdrehte die Augen, und es war ihm gleichgültig, ob Ross es sah. »Hören Sie. Diese Skulptur hat große Bedeutung für Winters. Er hat sie wiedererkannt, wie die Jungs unten in Sevier County berichteten. Wenn sie ihm gehört hätte, hätte er ihr Fehlen gemeldet, nachdem seine Frau verschwunden war. Die Polizei hat sein ganzes Haus auf den Kopf gestellt. Es wurde regelrecht Inventur gemacht. Winters hat versichert, dass ihm nichts gestohlen worden war.«
Ross neigte den Kopf. »Gut, bis hierher kann ich Ihnen folgen, Thatcher. Diese Skulptur gehörte also Mrs Winters. Und nun?«
»Tja, ich habe mir Folgendes überlegt. Wenn die Skulptur ihr gehört hat, warum hat er das in der Werkstatt in Sevier County nicht einfach gesagt?«
»Vielleicht war es ihm nicht recht, dass sie sie hatte«, schlussfolgerte Ross.

»In diese Richtung gehen auch meine Überlegungen. Sehen Sie, wir wissen, dass er sie misshandelt hat. Sagen Sie jetzt nicht, er wäre deswegen nicht angeklagt worden, Toni«, fauchte Steven, als sie gerade zu sprechen ansetzen wollte. »Sie haben sich alle erdenkliche Mühe gegeben, fair zu sein, aber die Beweise liegen auf der Hand. Diese Frau ist von irgendwem misshandelt worden. Wiederholt und äußerst brutal. Sie hat seit ihrem fünfzehnten Lebensjahr mit ihm zusammengelebt, bis sie mit dreiundzwanzig Jahren verschwand. Einige der Verletzungen auf diesen Fotos sind frisch. Wer außer Winters kam denn an sie heran, um ihr den Rücken zerfleischen zu können? Dieses Märchen von der neunschwänzigen Katze? Ich bitte Sie, Toni.«

Ross seufzte. »Gut, dann hat Winters eben seine Ehefrau misshandelt.« Sie hob einen Finger. »So lautet die Anklage. Er hat ein Recht auf einen fairen Prozess.«

Steven sprang auf und trat nach seinem Stuhl. »Er hat ein Recht auf ...« Er unterbrach sich mitten im Satz. Zügelte seine Wut. »Entschuldigen Sie. Gewöhnlich bin ich nicht so respektlos.«

Ross lächelte so verhalten, dass Steven es kaum wahrnahm. »Sie tun Ihre Arbeit mit Überzeugung und Leidenschaft, Steven. Das weiß ich zu respektieren.« Ihr Lächeln trübte sich. »Mein erster Mord war Folge eines außer Kontrolle geratenen Ehekrachs. Das werde ich nie vergessen, solange ich lebe. Die Leiche der Frau, grün und blau geschlagen, die Kinder weinend in einer Ecke zusammengedrängt. Ich will denjenigen, der Mary Grace Winters geschlagen hat, genauso dringend bestraft sehen wie Sie. Also setzen Sie sich wieder, und berichten Sie mir, wie Sie Gerechtigkeit für diese Frau und ihr Kind erwirken wollen.«

Steven holte tief Luft und setzte sich rittlings auf den Stuhl, wie vorher schon, wohl wissend, dass die Barriere der Förmlichkeit zwischen ihm und Ross jetzt eingerissen war. »Hätte Winters seiner Frau ein Heiligenbild geschenkt, Toni?«

Sie schüttelte den Kopf. »Nein. Er hasst alle Katholiken.« Sie verzog höhnisch den Mund. »Und alle Schwarzen und Juden und Homosexuellen. Ich bezweifle ernsthaft, dass die Skulptur einer katholischen Heiligen ein Geschenk von Rob an seine Frau gewesen sein könnte.«

»Woher hatte sie sie dann? Winters behauptet, sie wäre launisch, depressiv und temperamentvoll, aber da wir annehmen, dass er sie misshandelt hat, folgt daraus, dass er sie von allen Menschen isoliert gehalten hat. Sie hatte keine Freundinnen. Ihre Eltern waren tot. Keine Geschwister. Die einzige Gelegenheit, privat mit anderen Menschen in Kontakt zu treten, hatte sie …«

»Im Krankenhaus«, vervollständigte Ross seinen Satz. »Im Krankenhaus hatte sie eine Freundin gefunden.«

Steven nickte. »So weit bin ich auch gekommen.«

Ross beugte sich in ihrem Sessel vor, stützte die Ellbogen auf den Schreibtisch und legte das Kinn auf die Faust. »Wir müssen in Erfahrung bringen, wer sich vor neun Jahren mit Mary Grace Winters angefreundet hat.«

»Ich bin schon dabei.« An ihrer Bürotür blieb Steven stehen. »Sie haben doch meine Handynummer?«

»Irgendwo unter einem dieser Stapel.« Ross machte eine vage Handbewegung. »Geben Sie sie mir lieber noch einmal.«

Er nannte ihr die Nummer und sah, wie sie sich in der Handfläche notierte. Was für ein Unterschied zu seinem in der Analphase stecken gebliebenen Chef. »Rufen Sie mich an, wenn Winters auftaucht.«
»Mach ich.«

Hickory, North Carolina
Montag, 12. März, 19:00 Uhr

»Entschuldigen Sie, Madam.«
Eine Krankenschwester in einem mit Teddybären bedruckten Kittel hob den Blick. Sie hat freundliche Augen, dachte Steven. Aber müde. Sie hat wahrscheinlich einen harten Tag auf ihrer Station hinter sich. Auf ihrem Namensschildchen stand C. BURNS.
»Ja? Kann ich Ihnen helfen?«
»Das hoffe ich, Madam.« Steven zeigte ihr seine Dienstmarke. »Ich bin Special Agent Steven Thatcher, vom State Bureau of Investigation. Ich führe Ermittlungen durch und hoffe, dass Sie mir helfen können.« Das hoffte er wirklich. Von den sechs Schwestern, die vor neun Jahren auf der Orthopädischen gearbeitet hatten, war eine tot, und zwei weitere konnten sich an nichts erinnern, was ihm geholfen hätte. Zwei waren mit ihren Kindern, die Frühjahrsferien hatten, in Urlaub gefahren. Claire Gaffney Burns war die Letzte auf seiner Liste.
Schwester Burns schaute sich um. »Jetzt ist es gerade ver-

gleichsweise ruhig. Wir können anfangen, aber vielleicht müssen wir ein paar Unterbrechungen in Kauf nehmen.«
Steven lächelte, und sie erwiderte sein Lächeln. »Ich verstehe vollkommen. Können Sie eine Pause machen, damit wir uns irgendwo hinsetzen können, oder müssen wir hier bleiben?«
Sie sah sich noch einmal um. »Die anderen Schwestern sind alle bei den Patienten, deshalb muss ich hier bleiben, auch wenn es der Himmel auf Erden für mich wäre, mich hinsetzen zu dürfen.«
»In Ordnung. Schwester Burns, Sie haben vor neun Jahren im Asheville General Hospital gearbeitet, nicht wahr?«
Sie war verblüfft. »Ja, tatsächlich. Warum fragen Sie?«
Steven neigte den Kopf zur Seite. »Warum hat meine Frage Sie so überrascht?«
Sie zuckte mit einer Schulter. »Weil ich seit fast vier Jahren hier arbeite, und niemand hat mich bisher danach gefragt. Jetzt sind Sie schon der zweite binnen einer Woche, der das wissen will.«
Steven kniff die Augen zusammen. »Wirklich? Wann war das?«
Schwester Burns brauchte nicht lange zu überlegen. »Donnerstagabend. Die Sanitäter hatten gerade die kleine Lindsey Daltry gebracht, die notoperiert werden musste.« Sie spitzte den Mund. »Ich weiß nicht mehr, wie dieser Mann hieß, aber er suchte jemanden, der mit mir zusammen im Asheville General gearbeitet hatte, damals im Sommer ...«
Sie riss die Augen auf. »Oh Gott. Im selben Sommer. Das ist kein Zufall mehr, oder?«
»Vielleicht nicht. Regen wir uns lieber nicht auf, bevor wir genauer wissen, worum es geht. Wie sah dieser Mann aus?«

Er zog Stift und Notizblock aus der Jackentasche, bereit aufzuschreiben, was Schwester Burns zu seinen Fragen einfiel.

Wieder spitzte Schwester Burns die Lippen. »Er war groß und kräftig. Nicht dick, aber eben kräftig. Ein Körperbau wie ein Footballspieler.«

»So groß wie ich?«

Sie wiegte nachdenklich den Kopf. »Vielleicht einen Zentimeter größer, mehr nicht. Er hatte so breite Schultern.« Sie hielt die halb erhobenen Hände entsprechend weit auseinander, und Stevens Herz begann, schneller zu schlagen. Winters hatte so breite Schultern.

Steven hob den Blick von seinem Notizblock. »Schwarzes Haar, braune Augen?«, fragte er.

Sie schüttelte den Kopf. »Nein, sein Haar war grau, und ... und er trug einen Schnauzbart. Einen ziemlich buschigen. Kann sein, dass seine Augen braun waren. Tut mir Leid, ich habe nicht so genau darauf geachtet.«

»Schon gut«, beschwichtigte Steven. »Was genau wollte er wissen?«

»Er sagte ... er sagte, seine Schwester hätte, als sie ihre kranke Großmutter im Asheville General besuchte, eine Krankenschwester kennen gelernt, und seine Schwester sei kürzlich gestorben, und er habe in ihrem Nachlass einen Brief an diese Krankenschwester gefunden. Er wollte ihn einfach nur abgeben. Ich habe mir weiter nichts dabei gedacht. Die Krankenschwester, nach der er forschte, war jung, vielleicht nicht mal Krankenschwester. Vielleicht eine Volontärin. Ich habe ihm erklärt, dass die einzige Volontärin, die wir in jenem Sommer hatten, Susan Crenshaw hieß.

Sie wollte im Herbst aufs College gehen. Schon als Kind hatte sie Krankenschwester werden wollen.«
»War das die Frau, die er suchte?«
Schwester Burns schüttelte den Kopf. »Nein. Er suchte nach einer jungen Frau namens Christy, die in der Onkologie gearbeitet hatte.«
»An Susan Crenshaw scheinen Sie sich gut zu erinnern. Waren Sie mit ihr befreundet?«
Burns lächelte voller Zuneigung. »Susan hat sich mit jedem angefreundet, den sie kennen lernte. Alle Patienten hatten sie ins Herz geschlossen. Ich erinnere mich an eine Frau, die sich in jenem Sommer von einem Wirbelbruch erholte. Sie und Susan waren etwa im gleichen Alter. Sie haben immer zusammengehockt und geredet.«
Steven zog eine Braue hoch. »Erinnern Sie sich an den Namen dieser Patientin?«
»Oh ja. Sie hieß Mary Grace.« Wieder spitzte sie in äußerster Konzentration die Lippen. »Ihr Nachname war eine Jahreszeit. Ach, ja. Winters. Mary Grace Winters. Mary Grace redete kaum mit anderen Leuten. Sie war ein komisches kleines Ding.«
»Wieso?«
»Sie hatte solche Augen. Große, blaue Augen, die wirkten, als könnten sie einem in die Seele blicken. Und sie war immer so traurig. So heimgesucht, das ist wohl das treffendere Wort. Sie hatte einen kleinen Jungen, und der war ihr ganzes Glück.« Sie lächelte. »Er war blond, wie sie. Hatte die gleichen blauen Augen. Und er war ... auffällig still.«
»War sie verheiratet?«
»Hm, ja. Ja, sie war verheiratet. Ihr Mann hat sie jeden Tag

besucht. Hat ihr Blumen und Leckereien mitgebracht. Er war ... Polizist. Groß, kräf... tig.« Sie wurde kreideweiß.
»Schwester Burns?« Steven streckte die Hand aus und strich über ihre Wange. Sie war eiskalt.
»Oh Gott.« Sie schloss die Augen. »Er war's, nicht wahr? Ihr Mann. Der Mann, der letzte Woche hier war.«
»Und wenn er es war?«
»Oh Gott«, flüsterte sie. »Er hat die arme Frau geschlagen. Nancy Desmond war überzeugt davon.«
»Schwester Burns, Sie müssen sich jetzt gut konzentrieren.« Steven ergriff ihre Hände, war kaum fähig, das Zittern seiner eigenen Hände zu unterdrücken. »Erinnern Sie sich, ob Mary Grace so eine Art Skulptur besaß, als sie hier im Krankenhaus war?«
Burns nickte mit kleinen, ruckartigen Bewegungen. »Eine ... eine Skulptur einer Heiligen. Ich weiß nicht mehr, von welcher. Nichts Teures, aber Mary Grace hatte sie während ihres gesamten Aufenthalts im Krankenhaus an ihrem Bett stehen. Ich weiß noch, dass ich das komisch fand, denn in ihrer Krankenakte war sie als Baptistin aufgeführt, nicht als Katholikin. Deshalb habe ich sie nach dem Grund gefragt. Sie sagte, es wäre das erste Mal gewesen, dass jemand ihr etwas geschenkt hatte. Sie sagte das mit ganz piepsiger Stimme. Sie hörte sich an wie ein kleines Mädchen, nicht wie eine Zwanzigjährige.«
»Sie machen das großartig«, sagte Steven ermunternd, während er innerlich jubelte. »Nur noch eine Frage. Wer hat Mary Grace die Skulptur geschenkt?«
Burns öffnete die Augen, die Steven vor zehn Minuten, als er sie kennen lernte, einfach freundlich gefunden hatte. Jetzt

las er das blanke Entsetzen in ihnen. »Susan«, flüsterte sie. »Susan Crenshaw.«

Steven nahm ihre Hände und führte sie hinter ihrem Empfangstisch hervor zu einem Stuhl. »Setzen Sie sich. Ich hole Ihnen ein Glas Wasser.« Er ging zum Wasserspender und stellte fest, dass Schwester Burns, als er zu ihr zurückkam, noch in der gleichen Haltung saß wie vorher. Er hockte sich vor sie hin und drückte ihr den Pappbecher in die Hand. »Trinken Sie. Schwester Burns, darf ich Ihr Telefon benutzen?«

Sie nickte abrupt. »Ja, natürlich. Es ist ...« Sie sprach nicht weiter.

»Schon in Ordnung, Madam. Ich werde wohl eines finden.« Steven erhob sich und sah sich nach einem Arzt um. Er spähte in irgendein Zimmer und sah eine junge Ärztin, die eine Krankenkarte studierte. »Frau Doktor?«

Sie drehte sich um. »Ja? Was kann ich für Sie tun?«

»Ich glaube, eine Ihrer Schwestern benötigt Hilfe.« Die Ärztin schob die Krankenkarte rasch in den Schlitz zurück, folgte Steven und hörte ihm aufmerksam zu. Als sie zu Schwester Burns kamen, hatte die Ärztin die Angelegenheit bereits fest im Griff.

Eine Stunde später suchte Steven noch einmal die Ärztin auf. »Wie geht es Schwester Burns?«

»Das wird schon wieder. Sie stand unter Schock.«

Er warf einen Blick auf das Namensschildchen der Frau. »Dr. Simpson. Ich überlasse es Ihnen, wie Sie Schwester Burns über die Sachlage informieren wollen.«

Dr. Simpson kniff die Augen zusammen. »Wie bitte?«

Steven blinzelte. Es war ein sehr langer Tag für ihn gewesen.

Er holte tief Luft und stieß sie mit einem bitteren Seufzer wieder aus. »Diese Frau, die sie gekannt hat. Susan Crenshaw.« Simpson nickte. »Miss Crenshaw ist ertrunken in einem Fluss aufgefunden worden, am Stadtrand von Greenville. Ihr Genick war gebrochen. Ich muss Schwester Burns Polizeischutz anbieten, falls sie diesen wünscht.«
Dr. Simpson nickte. »Ich habe ihren Mann angerufen. Er müsste innerhalb der nächsten halben Stunde hier eintreffen. Sie sollten besser warten, bis er hier ist, und dann mit beiden reden.«

Chicago
Dienstag, 13. März, 23:00 Uhr

So dichten Verkehr hatte Winters noch nie erlebt. Dass Menschen freiwillig in einer so grauen, schmutzigen Stadt lebten, war ihm ein Rätsel. Endlich fand er einen freien Parkplatz am Straßenrand und manövrierte seinen Mietwagen in die Parkbucht.
Er war angekommen. Und irgendwo hier in dieser schmutzigen Stadt war auch sein Sohn.
Pech, dass anonyme Frauenhäuser nicht im Telefonbuch standen. Er musste kreativ werden, um Hanover House zu finden. Das war der einzige Grund dafür, dass er hier an dieser Ecke hockte, die der Besitzer seines schmierigen Motels ihm empfohlen hatte. Mädchen gab es reichlich und billig, hatte der alte Kerl behauptet. Winters betrachtete die Frau-

en, die vorüberstelzten. Der Alte hatte Recht. Die Strichmädchen von Chicago waren eindeutig spektakulärer als diejenigen, die ihre Dienste in Asheville anboten. Und zahlreicher. Zahlreicher und besser bestückt ... im Hinblick auf gewisse körperliche Attribute. Allein auf dieser Straße wurde genug Silikon spazieren geführt, um jede flache Brust in Asheville damit aufzupumpen. Winters lachte über seinen eigenen Witz und spürte das beruhigende Zwicken seines falschen Schnurrbarts auf der Oberlippe. Nichts konnte verrutschen. Gut so.

Er wartete, hielt etwa zwei Stunden lang die Augen auf, bis er die Frau sah, die er wollte. Sie war mittelgroß, hatte natürliche Titten und ein bäuerlich wirkendes, gesundes Gesicht unter den vierzehn Schichten von Make-up. Sie hatte schulterlanges, blond gefärbtes Haar, an dem sie derzeit von einem gefährlich aussehenden Schwarzen in violetten Hosen und mit sechs Ohrringen in einem Ohr die Straße entlanggezerrt wurde. Für einen empörten Vater hatte er die falsche Hautfarbe, daher vermutete Winters, dass es sich um den Zuhälter des Mädchens handelte. Der Typ in den violetten Hosen riss die Frau an den Haaren zu sich herum und brüllte ihr etwas ins Gesicht, was ihre Augen glasig vor Angst werden ließ. Er holte aus und schlug ihr so hart ins Gesicht, dass ihr Kopf zur Seite flog. Über den Straßenlärm hinweg und durch Winters' geschlossenes Autofenster war ihr Schmerzensschrei zu hören, doch kein Mensch gebot dem Zuhälter Einhalt. Es interessierte niemanden.

Großartig.

Der Typ mit den violetten Hosen ließ ihr Haar los, stieß sie aufs Pflaster und versetzte ihr einen heftigen Tritt in die

Rippen. Sie rollte sich schutzsuchend zusammen, und er trat erneut zu.

Der Mann hatte Stil.

Winters stieg aus dem Wagen und hielt den Violetten zurück.

»Was willst du?«, fragte der Mann und keuchte unter der Anstrengung, seiner Dirne die Flötentöne beizubringen.

»Die da.« Winters deutete auf das schluchzende Mädchen. »Für die ganze Nacht. Sagen Sie mir Ihren Preis.«

13

Asheville
Mittwoch, 14. März, 3:00 Uhr

Als Ross zu Sue Ann Broughton fuhr und ihr den Durchsuchungsbefehl vorlegte, wurde sie kreidebleich, trat beiseite und rang hilflos die Hände. Die Beamten staubten auf der Suche nach Fingerabdrücken alles ein, durchsuchten Schubladen, Schränke, Vitrinen, Matratzen.
Sie fanden drei nicht registrierte Handfeuerwaffen mit dazu gehöriger Munition, vier Theaterkataloge, in denen Perücken und gesichtsverändernde Utensilien angeboten wurden, einen Gürtel, dessen Schnalle rasiermesserscharf geschliffen war, und ein Paar Stiefel auf der hinteren Veranda, überzogen mit etwas, das wie verkrustetes Erbrochenes aussah.
»Was ist das, Miss Broughton?«, fragte Steven und wies mit seinem Bleistift auf die Stiefel.
Sue Ann zögerte und rang die Hände.
»Wir wissen, dass die Stiefel Rob gehören«, sagte Toni sanft. »Ich habe ihn selbst darin gesehen. Oft. Warum sind sie mit Erbrochenem verschmiert?«
Sue Ann Broughton zitterte. »Ähm, Rob hat mich gebeten, sie sauber zu machen.«

»Wann war das?«, fragte Toni.
»Ähm, Montagmorgen.«
Steven verzog das Gesicht und warf den Bleistift in eine Plastiktüte für Beweismittel. Mit dem Ding würde er nie im Leben wieder schreiben. »Und warum haben Sie sie nicht gereinigt?«, fragte Steven unbeteiligt.
»Ähm, ich konnte nicht.«
»Warum nicht, Sue Ann?«, fragte Toni leise drängend.
»Ich hab's versucht, ehrlich, aber mir ist dabei schlecht geworden. Wenn ich den Dingern zu nahe kam, wurde mir schlecht.«
Steven sah, wie Tonis Blick vielsagend zu Sue Anns Körpermitte wanderte, auf die die Frau ihre zitternde Hand gelegt hatte. »Im wievielten Monat sind Sie, Miss Broughton?«
Sue Ann schien vor ihren Augen in sich zusammenzufallen.
»I-im zweiten.« Tränen liefen ihr über die Wangen, und sie schlug die Hände vors Gesicht.
»Weiß Detective Winters davon?«, fragte Steven so sanft, wie es ihm möglich war.
»Nein.« Sie schniefte und wischte sich mit den Handrücken das Gesicht ab. »Ich hab versucht, es ihm zu sagen. Aber er ... er wollte kein Kind mehr.« Behutsam betastete Sue Ann ihr Jochbein, und Steven erinnerte sich klar und deutlich an die verblassenden Reste eines Blutergusses, die Toni und er an dem Abend, als sie Rob suchten, in ihrem Gesicht bemerkt hatten. Steven verspürte den wenig frommen Wunsch, diesem Tier einen kleinen Vorgeschmack seiner eigenen Grausamkeit zu bieten. Denn allein etwas von Winters' Brutalität würde sich als tödlich erweisen.

Toni drückte Sue Ann sanft auf einen Sessel und hockte sich neben sie. »Warum nicht? Warum will er Ihr Baby nicht?«

Sue Ann zuckte mit den Schultern; es war ein mitleiderregender Anblick. »Er will nur seinen Sohn. Robbie.«

Toni legte Sue Ann tröstend eine Hand aufs Knie, nahm sie aber sofort wieder weg, als die Frau zusammenzuckte. »Sue Ann, darf ich mir Ihren Rücken anschauen?«

Sue Ann griff nach den Aufschlägen ihres billigen Morgenmantels und zog ihn sich enger um den Körper, als wollte sie sich in einen Kokon einspinnen. Sie wiegte sich leicht vor und zurück, kniff die Augen zu und schrumpfte in sich zusammen, als wollte sie möglichst wenig Angriffsfläche bieten. »Nein.«

»Bitte«, sagte Toni leise. »Wir können Ihnen helfen, Sue Ann. Sie müssen dieses Leben nicht weiterführen.«

Daraufhin hob Sue Ann den Blick.

Und Steven wusste, dass er diesen Ausdruck äußerster Hoffnungslosigkeit in ihren Augen nie vergessen würde. Denn so groß ihre Angst vor dem Bleiben auch war, Sue Ann Broughtons Angst vor der Flucht war noch größer.

»Gehen Sie doch«, flüsterte sie. »Gehen Sie, und lassen Sie uns in Ruhe.«

Steven ließ sich auf ein Knie nieder. Er musste es noch einmal versuchen. »Miss Broughton, wissen Sie, wo Rob Winters sich aufhält?«

Sie zögerte einen Herzschlag lang. »Nein.«

»Toni!« Der Ruf kam von Detective Lambert, der den Schrank im Schlafzimmer durchsuchte. »Hier ist etwas, das Sie sich unbedingt ansehen sollten.«

Toni deutete auf einen der uniformierten Polizisten. »Geben Sie auf sie Acht. Passen Sie auf, dass sie nichts anfasst.«
Steven folgte Toni auf den Fersen und hätte sie beinahe angerempelt, als sie abrupt vor der Schranktür stehen blieb. Steven riss die Augen auf, als er den Raum sah.
»Gute Arbeit, Jonathan«, bemerkte Toni leise.
Detective Lambert nickte nur. »Schauen Sie sich da mal um. So etwas habe ich noch nie gesehen.«
Steven auch nicht. Der Raum war etwa zwei mal drei Meter groß, die Längsseite war ein einziger Spiegel, der von der Kante eines langgestreckten Frisiertisches bis an die Decke reichte. In der Mitte des Frisiertisches war ein Waschbecken eingelassen.
»Einen Schrank mit fließendem Wasser habe ich noch nie gesehen«, bemerkte Toni tonlos.
»Und so viele Köpfe auch nicht«, fügte Steven hinzu. Es war nur zu wahr. Auf dem Frisiertisch standen zehn Styroporköpfe in Reih und Glied. Fünf trugen Perücken, die anderen fünf waren im Augenblick kahl. Einige der Köpfe hatten Schnurrbärte, andere Vollbärte, Ziegenbärte, Backenbärte. Unter jedem der Köpfe lag ein Plastikbeutel. Steven zog einen Stift aus der Tasche und berührte damit einen der Beutel. Er war glibberig.
»Da ist Watte oder Kochsalzlösung drin. Damit kann er seine Gesichtsform verändern«, erklärte Lambert. Er zuckte mit den Schultern. »Ich spiele im Gemeindetheater mit.«
So sieht er auch aus, dachte Steven. Lambert hatte Ähnlichkeit mit Robert Redford in seinen besten Jahren, obwohl er, wenn überhaupt möglich, noch blonder war. Toni war vor

einen der Styroporköpfe getreten und beugte sich vor, um ein Foto zu betrachten, dass genau hinter dem Kopf ordentlich an die Wand gepinnt war.
»Und sogar mit einem fertigen Porträt als Gebrauchsanweisung«, murmelte Toni. »Oh, mein Gott.«
Steven trat näher heran und studierte jedes einzelne Farbfoto. Jedes zeigte Rob Winters' Gesicht, doch das hätte er nie erkannt, wenn er nicht genau danach gesucht hätte. Er blieb vor dem ersten kahlen Styroporkopf stehen. Der Mann auf dem zugehörigen Foto hatte graues Haar und einen Schnauzbart. »Diese Verkleidung hat er benutzt, als er Schwester Burns aufgesucht hat.«
Toni seufzte. »Ein Suchbefehl reicht nicht mehr aus. Jetzt ist ein Haftbefehl fällig. Verdammt.«

Asheville
Mittwoch, 14. März, 8:00 Uhr

Das Stimmengewirr im Verhörraum des Polizeireviers von Asheville verstummte abrupt, als Ross mit einem Mann in einem schwarzen Anzug eintrat. IA. Jemand vom Dezernat für Innere Angelegenheiten. *Warum ziehen die sich immer wie Bestattungsunternehmer an?*, fragte sich Steven, der hinten im Raum stand und schweigend zusah.
Der schwarze Anzug stieg auf das Podium, und Steven spürte beinahe körperlich die lautlosen Buhrufe und Flüche, die dem IA galten. »Heute um Mitternacht wurde die Fahndung

nach Rob Winters ausgerufen. Heute Morgen um vier Uhr wurde ein Haftbefehl gegen ihn erlassen.«

Wie vorauszusehen war, erfüllte wütendes Gemurmel den Raum.

Na, das ist gut, dachte Steven. *Von wegen: Hallo, wie geht's, auf dem Weg zum Revier ist mir was Komisches passiert.* Nein, er kommt gleich zum Kern der Sache. Der Kerl war bestimmt ein richtiger Partyknüller.

Toni stieg auf das Podium. »Genug«, sagte sie scharf. Das Gemurmel hörte auf. »Wir haben ausreichend Beweise, um gegen Rob Winters Anklage zu erheben wegen ...«, sie hob einen Finger, »... Gewalt in der Ehe ...«, sie hob einen zweiten Finger, »... und Mord ersten Grades.« Sie schloss die Hand zur Faust und senkte sie langsam. »Wenn wir ihn finden, werden wir ihn verhaften und ihm einen fairen Prozess machen, wie es jedem Bürger unseres Landes zusteht.«

Erneut kam wütendes Tuscheln auf. Wieder fuhr Toni Ross verärgert auf. »Genug!« Wieder folgte Schweigen. »Glauben Sie, dass uns das leicht fällt? Dann irren Sie sich. Er ist Polizeibeamter. Er hat einen Eid geschworen, den Menschen dieser Stadt zu dienen und sie zu schützen. Er hat geschworen, dass auch er die Gesetze befolgt.« Sie hielt inne und sah sich um. »Wie wir alle. Es handelt sich hier um eine ganz reguläre Strafverfolgung. Heute um neun Uhr beginnen wir mit der Organisation der Fahndung. Er ist natürlich bewaffnet. In seinem Haus haben wir eine Reihe von Maskierungen gefunden, was bedeutet, dass er in der Lage ist, seine Gesichtszüge drastisch zu verändern.« Sie hob eine Aktenmappe auf. »Wir geben Kopien dieser Fotos aus, die

zeigen, wie unterschiedlich er aussehen kann. Achten Sie nicht auf sein Gesicht. Achten Sie auf seinen Körperbau, auf typische Gesten.« Sie legte eine Pause ein und ließ den Blick über die Versammelten schweifen. »Sie alle sind gute Leute, gute Polizisten. Keiner von uns mag glauben, dass einer aus unseren Reihen solcher Taten fähig ist. Aber es kommt vor. Die Beweislast gegen Rob Winters ist erdrückend. Doch er wird Gerechtigkeit erfahren. Wenn wir ihn finden ...«, sie blickte sich noch einmal im Raum um, »... und wir werden ihn finden, erklären wir ihm seine Rechte und verhaften ihn wie jeden anderen Kriminellen auch. In Handschellen. Noch Fragen?«
Niemand meldete sich.
Sie nickte knapp. »Sie können gehen. Treten Sie Ihren Dienst an.«
Steven zog einen Stuhl nach vorn und stellte ihn für Toni bereit. Toni wartete, bis auch der letzte Beamte den Raum verlassen hatte, bevor sie sich darauf sinken ließ.
»Gut gemacht, Toni«, sagte Steven leise. »Aber so etwas möchten Sie sicher nicht noch einmal tun müssen.«
»Im Leben nicht.« Ross schaute sich um und seufzte. »Sind die Ergebnisse seiner Handy-Überprüfung schon eingetroffen?«
»Noch nicht.« Steven hatte die Überprüfung am Vorabend angefordert, doch bei schnurlosen Telefonen und der damit verbundenen Mobilität dauerte es eine Weile, bis Ergebnisse vorlagen. »Ich habe darum gebeten, sie Ihnen ins Büro zu faxen. Rufen Sie mich bitte an, wenn sie angekommen sind, ja? Ich habe heute Morgen eine Verabredung mit einer alten Klientin des Anwalts Smith. Hoffentlich erinnert sie sich an etwas, das mir hilft, den Mann zu finden.«

Charleston, South Carolina
Mittwoch, 14. März, 18:00 Uhr

»Nehmen Sie Platz, Mr Thatcher.« John Smith bot Steven einen freien Stuhl vor seinem Schreibtisch an. Die Wände seines Büros schmückten ein paar billige Aquarelle aus dem Kaufhaus, ein Poster mit Sehenswürdigkeiten von Charleston, Fingerfarben-Bilder von Kindern, wahrscheinlich seinen eigenen, und, besonders wichtig, sein Diplom von der juristischen Fakultät der Universität von North Carolina. »Wie kann ich Ihnen helfen?«
»Mr Smith, ich bin Special Agent Thatcher vom State Bureau of Investigation in North Carolina.« Er zeigte Smith seine Dienstmarke. Das Gesicht des Mannes errötete. »Ich hoffe, Sie können mir bei einer meiner laufenden Ermittlungen weiterhelfen.«
»Verstehe«, sagte Smith gedehnt, zückte ein besticktes Taschentuch und tupfte sich die Schweißperlen von der Stirn. Steven hoffte für Smiths Mandanten, dass der Anwalt im Gerichtssaal geschickter auftrat. »Bitte, fragen Sie.«
Steven beobachtete, wie Smith sich die Stirn abwischte, und hoffte, dass sein Abscheu ihm nicht deutlich anzusehen war. »Vor neun Jahren haben Sie einen Antrag auf eine einstweilige Verfügung für eine Frau namens Mary Grace Winters bearbeitet. Erinnern Sie sich an diese Frau?«
Smith beschäftigte sich mit seinem Taschentuch, hatte es kaum eingesteckt, als er es auch schon wieder hervorholte, um sich erneut die Stirn abzutupfen. »Man kann wohl nicht von mir erwarten, dass ich mich an all mei-

ne Mandanten von vor so langer Zeit erinnere, Agent Thatcher.«

Steven lehnte sich auf seinem Stuhl zurück. »Könnten Sie in Ihren Akten nachsehen?«

»Ich, äh, ich habe die Akten von Buncombe County nicht hier im Büro. Sie liegen zu Hause in meinem Arbeitszimmer.«

Steven streckte die Beine von sich und kreuzte die Knöchel. »Nun, vielleicht kann ich Ihrem Gedächtnis ein wenig auf die Sprünge helfen, Mr Smith. Mary Grace Winters wandte sich vor neun Jahren mit dem Auftrag an Sie, eine einstweilige Verfügung als Schutzmaßnahme vor ihrem Mann zu beantragen, einem Polizeibeamten aus Asheville. Sie legten den Antrag dem Richter vor, der mehr Informationen verlangte, bevor er einem solchen Antrag gegen einen ortsansässigen Polizeibeamten stattgab. Noch in der gleichen Nacht ›stürzte‹ Mary Grace eine Treppe hinunter und wurde halb gelähmt ins Krankenhaus eingeliefert. Ein paar Wochen später haben Sie Asheville verlassen.«

Smith schluckte und wischte sich mit dem inzwischen feuchten Taschentuch über den Nacken. »Ich erinnere mich verschwommen an die Frau.«

»Warum sind Sie aus Asheville fortgezogen, Mr Smith?«, fragte Steven nicht eben freundlich.

»Ich, äh, die Familie meiner Frau wohnt hier in Charleston. Deshalb beschlossen wir, auch hierher zu ziehen.« Seine Augen wurden schmal. »Wie haben Sie mich gefunden, Agent Thatcher?«

»Ich habe Ihre alten Fälle in den Gerichtsakten nachgeschlagen. Eine Ihrer Mandantinnen, Mrs Clyde Andrews, verklagte ihre Nachbarn, weil deren Cocker Spaniel ihre

geliebten Rosen beschädigt hatte. Sie erinnerte sich daran, Ihr Diplom von der Universität von North Carolina an der Wand gesehen zu haben.« Er lächelte kaum merklich. »Sie ist Dukes-Fan, und deshalb erinnerte sie sich mit beträchtlichem Abscheu an Ihr Diplom. Wie auch immer, nachdem ich Ihre Alma Mater kannte, war es nicht mehr schwer, Sie anhand der Studentenakten ausfindig zu machen.«
»Ausgesprochen einfallsreich, Mr Thatcher.« Smith schluckte unübersehbar. »Allerdings fürchte ich, dass Sie Ihre Zeit verschwenden. Ich kann mich wirklich an nichts erinnern, was für Sie von Bedeutung sein könnte.«
Steven schüttelte den Kopf und rückte seine Krawatte zurecht. »Ich fürchte, damit Sie, Mr Smith, in Ihrem Beruf Erfolg haben können, fehlt es Ihnen an einer wichtigen Eigenschaft.«
»Und welche wäre das wohl?« Smith hob eine Augenbraue, bemüht, cool zu erscheinen, was ihm jedoch kläglich misslang.
»Sie können nicht lügen, Sir. Wir könnten dieses Gespräch auch unter Strafandrohung führen, aber damit würden wir nur höchst überflüssig meine und Ihre Zeit vergeuden. Sie würden vor Gericht entweder die Wahrheit sagen oder genauso ungeschickt einen Meineid leisten, wie Sie mich jetzt belügen. Sie können mir aber auch jetzt die Wahrheit sagen.«
»Ich könnte mich auf meine Schweigepflicht berufen.«
»Das könnten Sie, wenn Ihre Mandantin noch lebte«, fuhr Steven ihn an. Wäre er nicht so wütend und angewidert gewesen, hätte Steven beim Anblick von Smiths schockiertem Gesicht Mitleid mit dem Anwalt aufbringen können. »Noch nichts davon gehört?«, fragte er so emotionslos, wie er eben konnte. »Mary Grace Winters und ihr siebenjähriger Sohn

sind vor sieben Jahren verschwunden. Man vermutete ein Verbrechen, fand aber keinerlei Beweise zur Stützung dieser These. Keine Leichen, kein Auto wurden gefunden, bis vor ein paar Wochen, als der Wagen aus dem Lake Douglas gehoben wurde.«
»Und die Lei-leiche?«, stotterte Smith.
»Wurde immer noch nicht gefunden«, antwortete Steven. »Aber ich glaube, ihr Mann hatte bei ihrem Verschwinden die Hand im Spiel. Ich will einen absolut hieb- und stichfesten Fall von Gewalt in der Ehe vorlegen, und ich glaube, Sie können mir dabei helfen.« Als Smith nichts sagte, fügte Steven leise hinzu: »Wie hat Winters Sie aus Asheville vergrault, Mr Smith?«
Der Mann sagte immer noch nichts, saß nur mit gequälter Miene da und schwitzte.
»Sie haben Kinder?« Steven griff nach einem Familienfoto, das auf seinem Schreibtisch stand, ohne Smiths Gesicht aus den Augen zu lassen. »Für meine Jungs würde ich durch die Hölle gehen.« Er begegnete Smiths Blick. »Zwingen Sie mich nicht zur Strafandrohung, Mr Smith, denn ich würde nicht zögern.« Steven drehte das Foto in den Händen.
Smith stieß hörbar den angehaltenen Atem aus. »Zum Teufel mit Ihnen. Zum Teufel mit Ihnen, weil Sie mich gefunden haben und schuld sind, dass ich mich wie der letzte Dreck fühle.« Er nahm Steven das Foto aus der Hand. »Da, sehen Sie, meine Frau? Sie war im sechsten Monat schwanger mit unserer Tochter, als Mrs Winters das erste Mal zu uns kam. Es hat einen Monat gedauert, bis ich Mrs Winters überzeugt hatte, dass eine Anzeige das Beste wäre, bis sie endlich diese Schutzmaßnahmen beantragte.« Er schüttelte verbittert den

Kopf. »Ich gratulierte ihr zu ihrem Mut. Einen Tag nach der Antragstellung erhielt ich einen Anruf von ihrem Mann. Sie hatte panische Angst vor ihm. Ich, ich war ein grüner Junge, frisch von der Uni und entschlossen, die ganze verdammte Welt zu retten. Winters verlangte, dass ich den Antrag zerriss, und behauptete, dass seine Frau nicht zurechnungsfähig sei und keine eigenen Entscheidungen treffen könne. Ich sagte ihm, dass darüber der Richter befinden müsse, und er lachte nur.«

Smith senkte den Blick auf das Foto von seiner Frau und seinem Sohn. »Er lachte und sagte, seine Frau wäre am Vorabend unglücklich die Treppe hinuntergestürzt. Sie würde die begonnene Arbeit mit mir nicht zu Ende führen können. Und dann sagte er: Ihre hübsche Frau ist schwanger, nicht wahr? Schwangere Frauen sind manchmal so unbeholfen und neigen zu unvermittelten Stürzen. Er sagte ›unvermittelte Stürze‹, genauso. Hat mir eine Heidenangst eingejagt. Er wusste, wo meine Frau arbeitet und dass ihr Geburtshelfer seine Praxis im zweiten Stock des Ärztehauses hatte. Er wusste, wohin sie zur Jazz-Gymnastik ging, verdammt noch mal.«

Smith hob den Blick und sah Steven verzweifelt an. »Ich habe eine Woche lang nicht schlafen können. Dann kam meine Frau eines Tages mit einem verstauchten Knöchel nach Hause. Sagte, auf einer voll gedrängten Rolltreppe hätte jemand sie angerempelt und sie wäre gestolpert. Zum Glück hatte jemand anderes, der weiter unten stand, ihren Sturz auffangen können. Und nein, sie hatte nicht gesehen, wer sie angerempelt hatte. Mag sein, dass es ein Zufall war, aber ich war nicht bereit, ein Risiko einzugehen. Ich habe meiner Frau nichts von Mrs Winters und ihrem Mann erzählt. Ich habe

einfach meinen Laden dichtgemacht und bin hierher gezogen. Schluss, aus, der Fall war für mich erledigt.«
»Abgesehen davon, dass Mrs Winters dann als vermisst gemeldet wurde«, bemerkte Steven tonlos.
»Davon wusste ich nichts, ich schwör's.«
Steven beugte sich vor und nagelte Smith mit seinem Blick fest. »Und wenn doch, hätten Sie ausgesagt?«
Smith blickte auf seine Hände. »Ich weiß nicht.«
Steven blinzelte, gab sich damit zufrieden, nur innerlich die Augen zu verdrehen. »Haben Sie ihre Akte aufbewahrt, Mr Smith?
»Ja. Damals habe ich noch alles dokumentiert.« Er stand auf und ging zu einem Aktenschrank, der aussah, als stammte er aus Regierungsbeständen. »Kopien habe ich in meinem Safe aufbewahrt, für den Fall, dass meiner Frau und meinen Kindern etwas zustoßen sollte.« Er zog einen Aktenordner heraus und schob ihn Steven zu. »Nehmen Sie. Das sind meine Originale. Schicken Sie mir Kopien, wenn Sie mögen. Am liebsten würde ich das Ding nie wiedersehen.«

Asheville
Donnerstag, 15. März, 9:00 Uhr

Steven traf sich zur Frühbesprechung mit Toni Ross in ihrem Büro.
»Die Anrufliste ist gestern Abend eingegangen«, erklärte Toni matt.

»Hat sich daraus irgendetwas ergeben?«, wollte er wissen.
Toni sank auf ihren Stuhl in sich zusammen. Sie sah bedeutend mitgenommener aus als am Tag zuvor, war vor seinen Augen quasi gealtert. Doch Steven entschied, dass er ihr das nicht mitteilen musste.
»Ja«, antwortete sie mit vor Müdigkeit heiserer Stimme. »Nicht unbedingt im Hinblick darauf, wen Winters angerufen hat, sondern vielmehr, wer sich bei ihm gemeldet hat.«
Steven zog sich einen Stuhl heran und setzte sich rittlings darauf. »Na los«, sagte Steven gespannt. »Wer hat unseren Freund angerufen?«
»Ben Jolley.«
»Das überrascht mich kaum.« Steven zuckte mit den Schultern. »Laut Lambert sind Jolley und Winters schon seit langer Zeit dicke Freunde.
»Ja, aber die Anrufe auf Winters' Handy kamen erst, nachdem er als vermisst gemeldet worden war.«
Steven griff nach der Liste und überflog sie noch einmal, glich sie mit seinen Informationen ab, die er noch im Kopf hatte. »Jolley hat Winters etwa eine Stunde, nachdem ich aus Sevier County zurück war, angerufen.« Er blickte zu Toni auf, und sie nickte. »Und dann wieder eine Stunde, nachdem Sie mich haben wissen lassen, dass Sie seinen bezahlten Urlaub aufgehoben haben. Jolley hat Winters verdammt gut auf dem Laufenden gehalten.« Er senkte den Blick wieder auf die Liste. »Aber Winters war in … Chicago, als er den Anruf erhielt.« Verdutzt hob er den Kopf. »Er ist in Chicago?«
Toni nickte. »Soweit ich weiß, ja. Aber ich habe keine Ahnung, warum.«
»Sie haben doch die Polizei in Chicago verständigt?«

»Heute Morgen gegen zwei Uhr.«
»Warum haben Sie mich nicht angerufen?«, wollte Steven wissen.
»Weil ich wusste, dass Sie todmüde von der Fahrt sein würden. Ich dachte, ich lasse Sie lieber schlafen.«
Steven furchte die Stirn. »Wo ist Jolley jetzt?«
Toni fuhr sich mit der Hand über die Augen. »Im Vernehmungsraum 1. Steven, es gibt noch mehr. Das wird Ihnen nicht gefallen. Schauen Sie mal nach, mit wem er am letzten Sonnabend telefoniert hat.«
Er tat es ... und die Angst griff wie eine kalte Faust nach seinem Herzen. Das Blut wollte ihm in den Adern gefrieren. »Oh Gott«, seufzte er, sah auf und begegnete Tonis Blick. »Er war in Raleigh. Er war in der Nähe meiner Kinder.«
Steven stand abrupt auf und fuhr sich mit den Fingern durchs Haar. »Ich muss meine Tante Helen anrufen.«
»Das habe ich schon erledigt«, beruhigte Toni ihn. »Und ich habe Lennie Farrell angerufen. Er lässt Ihr Haus rund um die Uhr überwachen, Ihre Kinder auch, von der Schule bis nach Hause. Er sagt, Sie können den Auftrag niederlegen, wenn Sie lieber zu Hause sein möchten.«
Steven ließ sich zurück auf seinen Stuhl fallen und presste die Fingerspitzen auf die Augen. »Vierundzwanzig Stunden?«
»Ja.«
»Ich rufe meine Tante an und frage sie, was ich tun soll. Zunächst einmal will ich herausfinden, was Winters bis nach Chicago getrieben hat. Könnten Sie Lambert bitten, mir bei der Überprüfung der Fluggesellschaften zu helfen? Nur für den Fall, dass der Bursche in großem Stil zu reisen beliebt.«

»Was hat Ihre Tante gesagt?«
Steven hob den Blick von seinem Laptop. In der vergleichsweise stillen Schwüle des kleinen Konferenzzimmers hatte er gerade seine E-Mails überprüft. Toni stand mit besorgtem Blick an der Tür. »Nichts anderes als das, was ich erwartet habe«, antwortete er. »Dass es ihr und den Jungen gut gehe und dass ich hier mehr zur Ergreifung des Scheißkerls beitragen könnte, als wenn ich Gott weiß wie lange zu Hause herumsitze.«
Toni lächelte. »Sie hat Scheißkerl gesagt?«
Steven lächelte leicht. »Nein, die Bezeichnung stammt von mir. Tante Helen hat ein Wort benutzt, das ich lieber nicht wiederholen möchte. Wissen Sie, ich bin froh, dass Sie hier sind. Ich möchte Ihnen etwas zeigen. Wussten Sie, dass es eine Website über Schutzheilige gibt?«
Toni schüttelte den Kopf. »Nein, aber es wundert mich nicht.«
Er klickte zweimal mit der Maus, den Blick auf den Monitor geheftet, und sah dann Toni an.
»Die heilige Rita von Cascia«, las sie vor. »Die Schutzpatronin der Verzweifelten. Wie Sie schon sagten.«
»Lesen Sie ihre Biografie.«
Toni las und hob dann stirnrunzelnd den Blick. »Es passt alles zusammen. Susan Crenshaw schenkt Mary Grace eine Keramik der Schutzpatronin der Verzweifelten. Diese Heilige war, wie Mary Grace, eine misshandelte Ehefrau. Ritas Mann schlug sie, er starb, Rita ging ins Kloster und nahm den Schleier. Susan wusste das.«
»Toni? Thatcher?«
Steven drehte sich um und sah Detective Lambert an der

Tür stehen, eine Mappe in der Hand. Das hereinströmende Sonnenlicht ließ sein Haar aufleuchten wie einen Heiligenschein. Steven musste sich immer noch innerlich dagegen wehren, Jonathan Lambert einfach nur für einen hübschen Jungen zu halten. Doch es gelang ihm immer besser. Toni Ross betrachtete Lambert als ihre rechte Hand, und Steven hatte inzwischen große Achtung vor ihr.

»Was haben Sie da, Jonathan?«, fragte sie. »Bitte sagen Sie, dass Sie gute Nachrichten bringen. So etwas brauche ich heute dringend.«

Lambert trat in den kleinen Konferenzraum, sein durchtrainierter Körper ließ es gleich noch viel schmaler erscheinen. »Ich habe Robs Festplatte und den Zwischenspeicher seiner Internetdateien überprüft.« Mit einem zufriedenen Lächeln hob er die Mappe. »Höchst interessant.«

»Und?«, fragte Steven. »Nehmen Sie Platz, Lambert. Fühlen Sie sich in meiner kleinen Sauna ganz wie zu Hause.«

Mit einem mitfühlenden Grinsen zog sich Lambert einen Stuhl heran, dann reichte er Steven die Zusammenfassung von Winters' Ausflügen in das Internet. »Bis Montag, den fünften, hat er im Grunde immer dieselben Seiten aufgesucht. Jede Menge Porno-Seiten, jede Menge rassistische Seiten.«

»Welch eine Überraschung«, murmelte Toni.

»Und dann, am fünften, ging er dazu über, Suchmaschinen für Adressen zu nutzen.«

Steven furchte die Stirn. »Wie? Warum das?«

»Er gab Namen ein wie Mary, Mary Grace, Grace, Mary Anne, Mary Beth. Die Nachnamen variierten: Smith, Jones, Summers, Fall, Spring, um nur ein paar zu nennen.«

Steven sah Toni an; seine Brauen bildeten nahezu eine gerade Linie. »Er sucht seine Frau.«
»Warum sollte er sie suchen? Warum sollte er eine Frau suchen, die seit sieben Jahren tot ist?« Tonis Augen blitzten auf. »Es sei denn, er glaubt nicht mehr, dass sie tot ist?«
Steven massierte sich die Schläfen. »Das kann doch nicht sein.«
»Warum sollte er plötzlich annehmen, dass sie lebt?«, überlegte Toni.
»Er hat damit angefangen, nachdem er in Sevier County den Wagen gesehen hatte.« Steven stand auf und schritt in dem kleinen Raum auf und ab. »Es hat irgendwie mit dieser Keramikfigur zu tun.«
Toni schwieg eine ganze Weile. »Laut Schwester Burns hat Mary Grace gesagt, diese Skulptur wäre das erste Geschenk, das sie jemals bekommen hat, stimmt's? Sie muss ihr viel bedeutet haben.«
Steven blieb stehen und sah zum Fenster hinaus. »Sie ist ein Symbol.«
»Freiheit. Unabhängigkeit.«
Steven dachte an die Hoffnungslosigkeit in Sue Ann Broughtons Blick. »Hoffnung.«
»Ziemlich heftige Emotionen.«
Steven nickte, überlegte, schuf die Szene in seinen Gedanken. »Ja. Und für Mary Grace waren diese Emotionen stärker als ihre Angst. Der Wagen ist absichtlich in den See gefahren worden. Stellen Sie es sich mal so vor: Mary Grace findet im Krankenhaus Freunde. Susan Crenshaw gehört dazu. Susan schenkt ihr eine Skulptur, und Mary Grace hütet sie wie ihren Augapfel. Sie wird aus dem Kranken-

haus entlassen, kommt nach Hause, und was macht der Göttergatte?«

»Er zerbricht sie«, antwortete Lambert.

Steven sah ihn an und nickte knapp. »Um Mary Grace zu zerbrechen. Die Keramik war angeschlagen und zusammengeklebt. Sie hat sie geklebt. Hat sie vielleicht versteckt, damit er sie nicht noch einmal zerbrechen konnte. Vandalia hat gesagt, Winters wäre ... aufgewühlt gewesen.«

Toni sog die Wangen ein. »Sie hatte ihn überlistet.«

»Das wird Rob nicht gefallen haben«, bemerkte Lambert trocken.

Toni lächelte schief. »Wohl kaum, wie?«

»Er schäumt vor Wut«, fuhr Steven fort, der ihre Bemerkungen kaum wahrgenommen hatte. »Aber sie hält irgendwie durch. Findet Freunde. Knüpft Kontakte. Jemand hilft ihr zu fliehen.« Er drehte sich um und blickte aus dem Fenster, jedoch ohne etwas anderes zu sehen als das, was er in seiner Vorstellung entwickelte. »Sie fahren den Wagen zum See. Verstehen Sie? Sie besitzt diese Skulptur, ihr ganz privates Symbol der Freiheit. Sie benutzt sie als Pedalhebel, um den Wagen in den See fahren und um alles, was Mary Grace war, hinter sich zu lassen. Sie ist wiedergeboren.« Er hielt inne, fuhr herum und begegnete Tonis Blick. »Sie ist jetzt jemand anderes.«

»Das würde erklären, warum sie ihre Handtasche zurückgelassen hat«, pflichtete Toni ihm bei.

»Und warum Winters mit Variationen ihres Namens im Internet nach ihr sucht«, fügte Lambert hinzu.

Toni runzelte die Stirn. »Aber warum hat sie ihre Gehhilfe zurückgelassen?«

»Ich weiß es nicht«, antwortete Steven, »aber ich möchte wetten, das erfahren wir, sobald wir Mary Grace Winters gefunden haben.«
»Ich habe noch eine Abweichung vom Normalen zu vermelden«, sagte Lambert mit einem leisen Funkeln in den Augen.
»Nun, spannen Sie uns nicht auf die Folter«, erwiderte Steven ungeduldig. Lambert grinste nur.
»Er hat die Gelben Seiten im Internet aufgesucht. Er suchte die University of North Carolina in Charlotte. Den Fachbereich Computertechnik.«
Toni zog die Brauen zusammen. »Warum?«
»Soll ich raten?«, fragte Lambert. »Er brauchte einen Hacker. Jemanden, der in die Personalakten des Asheville General Hospitals einbrechen konnte. Die Website des Krankenhauses war die letzte Seite, die er besucht hatte, bevor er die Universitätssite angesurft hatte. Er hat es unter ›Stellenangebote‹ probiert, aber das hat ihm natürlich nichts gebracht. Vielleicht hat er nach Namen von Angestellten des Krankenhauses gesucht.«
Steven fuhr sich mit der Zunge über die Zähne. »Susan Crenshaw.«
Lambert stand auf. »Ich habe lediglich geraten.«
»Und zwar verdammt gut«, stellte Toni fest. »Ich habe das Gefühl, wir rücken dem Mistkerl allmählich auf den Pelz.«
Steven ließ sich schwer auf seinen Stuhl fallen. »Wenn er in Chicago ist, dann aus dem Grund, weil Mary Grace dort lebt oder jemand, der weiß, wo sie steckt.«
Lambert seufzte. »Kaum zu glauben, dass Rob sich so viel Mühe gibt, sie zu finden.« Er schüttelte den Kopf. »Mein Gott. Er hat diese Krankenschwester umgebracht.«

»Macht«, sagte Steven leise. »Menschen unter seiner Kontrolle zu haben, das ist es, was er braucht. Sie hat ihn überlistet, und damit kann er nicht leben. Und wenn er sie findet, hat er auch den Jungen. Sue Ann sagt, er sei besessen von dem Jungen, so sehr, dass er keine weiteren Kinder haben will. Wir müssen ihn finden.«
Toni straffte die Schultern. »Bevor er sie findet.«

Chicago
Donnerstag, 15. März, 3:00 Uhr

Max saß allein in der ohrenbetäubenden Stille seines Büros und starrte auf den Zettel.
Die ganze Woche über hatte sie ihm Kaffee gekocht, seine Post sortiert und seine Briefe getippt. Sie hatte ihn mit einem »Guten Morgen« begrüßt, sich mit einem »Gute Nacht« verabschiedet, war in jeder Hinsicht die perfekte Sekretärin gewesen. Abgesehen davon, dass sie nicht ein einziges Mal gelächelt hatte. Und schon gar nicht gelacht. Sie hatte sich von seinem Büro fern gehalten, war nach jenem schrecklichen Treffen nur ein einziges Mal hereingekommen, um seine Papiere aufzusammeln und Ordnung auf seinem Schreibtisch zu schaffen.
Er hatte sie dabei ertappt, wie sie ihn mit einem so traurigen Blick ansah, dass es ihm das Herz zerriss. Dann aber hatte es herausfordernd in ihren blauen Augen aufgeblitzt, und sie hatte sich abgewandt. Er wusste, worauf sie wartete. Doch

die Verbitterung war ein treuer, wenn auch verhasster Zeitgenosse geworden. Zwölf Jahre Schmerz waren nicht so einfach auszulöschen. Er hatte es versucht. Herrgott noch mal, und wie er es versucht hatte.
Am Abend nach ihrem heftigen Streit war er, nachdem er sie nach Hause gebracht hatte, auf der Zufahrt zu seinem Haus stehen geblieben und hatte den Pfahl angestarrt, an dem einst das Rückbrett befestigt gewesen war, vor dem er als Kind Basketball gespielt hatte. Er hatte da gestanden und auf den Widerhall der Bälle gelauscht, auf das Ächzen und die Jubelschreie. Auf das Zischen des Netzes, wenn der Ball hindurchglitt. Alles nur Erinnerungen. Alles lange vorbei. Er war da gestanden und hatte vor sich hin gestarrt, bis David ihn schließlich ins Haus zog.
Erst letzte Nacht war er mühsam auf den Dachboden geklettert und hatte die Schachtel mit den Zeitungsausschnitten gesucht, die seine Großmutter mit religiösem Eifer gesammelt hatte. Drei oder vier Artikel hatte er gelesen, als der Schmerz wieder zuschlug, ihn mit aller Wucht traf.
Er fuhr sich mit der Hand über das Gesicht und versuchte, den Kopfschmerz fortzuwischen, allerdings ohne Erfolg. Seit Tagen hatte er nicht mehr ruhig atmen können, hatte er keine Nacht mehr durchschlafen können, hatte er nicht die Energie, sich um irgendetwas zu kümmern. Und obwohl die Märzsonne hinter ihm strahlend hell schien, war die Welt für ihn grau. David redete nicht mit ihm, und Ma drängte ihn unablässig, sich bei Caroline zu entschuldigen.
Am schlimmsten aber waren die Worte, die ihm ständig im Kopf umhergingen, vor allem Carolines Worte. Sie brauchte einen Mann, auf den sie sich verlassen konnte. Er wäre

so verzweifelt gern dieser Mann gewesen. Für sie. Für sich selbst. Aber es tat immer noch weh. Der Verlust seiner Flügel schmerzte noch immer so heftig, dass es ihn innerlich zerbrach.
Und jetzt dies. Er hatte nicht übel Lust, den Zettel zu zerreißen, dennoch starrte er nur auf ihre hastig gekritzelten Worte.

Entschuldige. Ich wollte dich nicht noch tiefer verletzen, als du dich selbst ohnehin schon verletzt hast. Morgen früh liegt meine Kündigung auf deinem Schreibtisch.

Keine Unterschrift und schon gar kein »In Liebe, Caroline«. Mit einem Seufzer der Kapitulation griff er nach dem Telefon.

Chicago
Donnerstag, 15. März, 16:00 Uhr

Winters lag im Hotel auf der klumpigen Matratze und rauchte eine Zigarette, als das Telefon klingelte. Er richtete sich abrupt auf und nahm den Hörer ab. »Ja?«
»Rob, hier ist Ben.«
Fluchend drückte Winters die Zigarette in dem billigen Metallaschenbecher aus. »Was fällt dir ein, mich hier anzurufen? Ist dir nicht klar, dass sie den Anruf abfangen können?«
»Ich bin in einer Telefonzelle. Ich dachte, du müsstest unbedingt das Neueste erfahren.«

»Du hast mir schon gesagt, dass Ross meinen bezahlten Urlaub storniert und mich zurückbefohlen hat. Ich habe dir erklärt, dass ich noch nicht zurückkommen kann.« Er war nahe dran. Verdammt nahe. Noch ein Tag, dann dürfte er die Liste haben.
»Ja, aber jetzt hat sie die Fahndung nach dir ausgeschrieben.«
Jähzorn überfiel ihn mit aller Macht, und er schleuderte das Hoteltelefon gegen den uralten Fernsehapparat. »Fahndung? Als wäre ich ein gewöhnlicher Verbrecher?« Es juckte ihn, seine Finger um Ross' schwarzen Hals zu legen, sie eine Entschuldigung röcheln zu hören, die viel zu wenig war, viel zu spät kam. »Wenn das hier erledigt ist, dann, ich schwöre bei Gott …«
Die Zimmertür öffnete sich, und Angie schlüpfte ins Zimmer. Rob konnte es nicht fassen, dass sich diese Nutte Angie nannte, aber im Grunde war es auch völlig egal.
»Hast du's?«, knurrte er.
Angie nickte und warf mehrere Papierseiten auf das Bett.
»Bingo.« Winters hielt sich sein Handy wieder ans Ohr. »Danke, dass du mich auf dem Laufenden hältst, Ben. Aber ich habe jetzt die gesuchte Information. Bald bin ich wieder zu Hause. Und dann kümmere ich mich um Ross.«
Er brach das Gespräch ab und griff nach der ersten Seite. Darauf stand eine Reihe von Namen. Die Gästeliste von Hanover House in dem Sommer, als Mary Grace seinen Sohn geraubt hatte. Er überflog die Liste zunächst auf der Suche nach Mary Graces Namen und fand nichts. »So viele?«
Angie zuckte mit den Schultern. »In diesem Hanover House wird vielen Frauen geholfen.«
Rob packte Angie an der Bluse und riss ihr Gesicht zu sich

herunter. Die Angst in ihren Augen erregte ihn gewaltig. Er war bereits hart. »Dieses Hanover House ist schuld am Zerbrechen vieler guter Ehen. Der Ehemann ist der Haushaltsvorstand und hat jedes Recht, seine Frau und seine Kinder zu disziplinieren. So steht es schon in der Bibel.« Er schloss seine Finger um ihren Nacken und drückte sie auf die Matratze herab. Angie mochte es grob. »Bis dass der Tod euch scheidet«, zitierte er. »Und bald schon habe ich das Weibsstück gefunden, das mir dieses Versprechen gegeben hat.« *Und dann werde ich Mary Grace aus unserer Ehe entlassen*, fuhr er in Gedanken fort. *Bis dass der Tod uns scheidet, Mary Grace. Wenn du es so willst, kannst du es gern so haben.*
Winters lächelte, wälzte sich über Angie und kniff durch die Bluse hindurch heftig in ihre Brustwarze. Angie wimmerte leise. Er hörte es gern, wenn sie so wimmerte. Bald würde er Mary Grace auch wieder wimmern hören. Er konnte es kaum erwarten. »Erklär mir noch einmal die Umgebung von Hanover House.«
»Es ist ein altes Haus. Abseits von der Straße hat es einen Parkplatz für etwa drei Autos, mehr nicht.«
Er zerrte an den Knöpfen der Bluse, die er bisher noch nie an ihr gesehen hatte. »Woher hast du diese Bluse?«
»Dana hat sie mir gegeben.«
Dana Dupinsky. Angie war am Tag, als sie Hanover House gefunden hatte, zurückgekommen und hatte von Dana erzählt. »Das Obermiststück, das sich überall einmischt.« Er riss ihr die Bluse vom Leibe, kniete sich rittlings über Angie und zerfetzte die Reste der Bluse mit bloßen Händen. »Du nimmst von dieser Frau keine milden Gaben mehr an, Angie. Du arbeitest für mich.«

Sie wich vor ihm zurück. »Ich muss zurück, Rob, sonst wissen sie, dass ich abgehauen bin.«
»Schätzchen, deine Arbeit dort ist erledigt.«
»Aber ...«
Mit dem Handrücken brachte er sie zum Schweigen. »Widersprich mir nicht, Mädchen. Ich habe dich angeheuert, damit du dieses Haus findest und dich dort aufnehmen lässt. Du hast das gut gemacht, so zu tun, als wärst du eine ›misshandelte Frau‹.« Seine Stimme troff vor Hohn, als er die Worte aussprach. »Den Sozialarbeiter zu fragen, wie du nach Hanover House findest, die Freundin zu erfinden, die dir davon erzählt hat – prima Sache. Du bist ins Büro eingedrungen, hast die Akten dieser blöden Dupinsky gefunden. Das war gut. Du hast die Namen aller Frauen besorgt, die vor sieben Jahren durch Hanover House geschleust wurden. Ebenfalls gut gemacht. Und jetzt bringst du deinen Job hier, mit mir, zu Ende.«
»Aber ...«
Er schlug erneut zu, und Blut quoll aus ihrer Lippe. »So dumm bist du doch bestimmt nicht, Angie. Bestimmt nicht.« Er hielt ihre Hände über ihrem Kopf fest und griff nach der Rolle Isolierband, die er speziell für diese Gelegenheit in dem Eisenwarenladen an der Ecke gekauft hatte. Angie sah das Isolierband und riss die Augen auf. Sie schrie und wehrte sich, zerkratzte ihm das Gesicht. Derb fluchend zwang Winters sie zurück auf die Matratze und überwältigte sie mühelos. Er fesselte mit dem Klebeband ihre Handgelenke aneinander. Dann brachte er sie mit einem zwanzig Zentimeter breiten Streifen über dem Mund zum Schweigen. Zuletzt waren ihre Knöchel an der Reihe. Er blickte in

ihr Gesicht, in die geweiteten, schreckerfüllten Augen. Sie schüttelte verzweifelt den Kopf. Tränen rannen aus ihren Augenwinkeln und tropften ihr in die Ohren.

Er lächelte, stand auf, packte einen ihrer Knöchel und fesselte ihn an einen Pfosten am Fußende des Bettes, dann wiederholte er die Prozedur mit dem anderen Knöchel. Mit gespreizten Beinen lag sie da. Weit offen. Er zuckte mit den Schultern und blickte voller Ekel auf sie herab. »Du bist eine Nutte, Angie. Hast du wirklich geglaubt, so etwas würde dir nie passieren?« Er klebte ihre gefesselten Hände an das Gestänge des Kopfendes. Das alles hatte er schon geplant, seit er dieses schmierige, flohverseuchte Hotel betreten hatte. Die Matratze war klumpig, aber das Bettgestell war hervorragend.

Er überließ sie ihren aussichtslosen Befreiungsversuchen, griff nach seinem Handy und tippte die Nummer von Randy Livermore, dem Wunderhacker, ein. »Ich hab hier ein paar Namen, die Sie mit dem Computer der Kraftfahrzeugstelle Illinois abgleichen sollen«, sagte Winters. »Ich faxe Ihnen die Liste in zwanzig Minuten zu. Sie sollen die zugehörigen Adressen und Fotos besorgen. Ach ja, und begrenzen Sie die Suche auf Frauen, die einsachtundfünfzig groß sind.«

Sie konnte ihren Namen ändern, vielleicht auch ihre Haar- und Augenfarbe, aber ihre Größe konnte Mary Grace nicht ändern. Die meisten Menschen kamen nicht mal auf die Idee, darüber falsche Angaben zu machen. »Rufen Sie mich auf meinem Handy an, wenn Sie fertig sind.«

Er beendete das Gespräch und wandte sich Angie zu, die sehr still da lag. Aber sie atmete noch. Das war wichtig. Nur Perverse fickten Frauen, wenn sie schon tot waren.

Asheville
Donnerstag, 15. März, 17:45 Uhr

Als in Ross' Büro das Telefon klingelte, fuhren alle Anwesenden auf ihren Stühlen zusammen.
Ross hob den Hörer ab. »Ross hier.« Sie nickte der Gruppe zu. »Ich schalte auf Mithören.« Sie betätigte die entsprechende Taste. »Sind Sie noch da, Lieutenant Spinelli?«
»Ja. Wer ist bei Ihnen im Zimmer?«
»Detective Lambert und Detective Jolley aus meiner Abteilung, und Special Agent Thatcher vom SBI. Sagen Sie, hat unser Plan geklappt?«
»Nun ... ja und nein.« Spinelli seufzte. »Technisch lief alles wie am Schnürchen. Jolley spricht mit Winters, wir können den Empfänger mit Hilfe der Mobilfunkgesellschaft schneller lokalisieren, weil sie den genauen Zeitpunkt wissen, zu dem sie nach dem Signal suchen müssen, und wir schicken unsere Männer hin.«
»Aber Sie haben Winters trotzdem nicht gestellt.« Steven brauchte gar nicht erst zu fragen.
Spinelli seufzte erneut. »Nein. Wir sind zu spät in dem Hotel eingetroffen. Sein Zimmer war leer, bis auf eines.«
»Und was war das?«, fragte Toni, der die Enttäuschung ins Gesicht geschrieben stand.
Steven sah, wie Ben Jolley sich anspannte. Nachdem Toni ihn wegen seiner Telefonate mit Winters zur Rede gestellt hatte, hatte sich Jolley mit der Fangschaltung einverstanden erklärt, nur um ein für alle Mal die Unschuld seines Freundes zu beweisen. Spinellis Tonfall konnte er

nun entnehmen, dass ihm eine bittere Enttäuschung bevorstand.
»Eine tote Nutte. Hände, Füße und Mund mit Isolierband verklebt. Sie ist sexuell missbraucht worden.«
Jolley wurde blass, Schweißperlen traten auf seine Stirn. »Nein«, flüsterte er heiser.
Toni legte ihre Hand an die Stirn. »Lieber Himmel.«
Jonathan Lambert ließ seinen Kopf in den Nacken fallen und schloss die Augen.
Steven beobachtete, wie Lambert krampfhaft schluckte und um Fassung rang. Ihm wurde klar, wie schwierig die Situation für diese Leute war, entdecken zu müssen, dass ein Mann, an dessen Seite sie jahrelang gearbeitet hatten, zu einem kaltblütigen Mord fähig war. Steven fluchte leise.
»Genickbruch?«
»Ja«, antwortete Spinelli mit harter Stimme. »Ich vermute, Sie erkennen seine Handschrift.«
Steven wandte sich um und betrachtete das Foto der zerschmetterten, aufgeblähten Leiche Susan Crenshaws, und spürte, wie sich ihm der Magen umdrehte. »Genau. Haben Sie greifbare Beweise, die Winters mit der Ermordeten in Verbindung bringen können?«
»Zum Glück, ja. Sie hat ihn ordentlich gekratzt; wir haben Hautpartikel unter ihren Nägeln gefunden. Das Labor kann uns spätestens morgen Ergebnisse vorlegen. Ihre Hilflosigkeit muss ihn so begeistert haben, dass er nicht daran gedacht hat, ihre Nägel zu reinigen. Wir haben seinen Steckbrief und das Foto seiner Frau, das Sie uns geschickt haben, in jedem Revier der Innenstadt ausgehängt. Winters wird noch früh genug einen Fehler machen, und dann haben wir ihn.«

Steven seufzte, als Toni den Hörer aufgelegt hatte. »Der Chips-Effekt.«
»Ja, er kann nicht mehr aufhören«, pflichtete Toni ihm bei. »Beten wir, dass wir Mary Grace bald finden.« Sie blickte zu Ben Jolley hinüber, dessen blasses Gesicht inzwischen eine deutliche Grünfärbung angenommen hatte. Der Mann tat Steven beinahe Leid. »Ist alles in Ordnung, Ben?«
Jolley nickte unsicher. »Ja ...« Er stand auf, sichtlich am ganzen Körper zitternd. »Ich brauche frische Luft.« Er ging zur Tür und drehte sich davor mit gequälter Miene noch einmal um. »Ich wusste es nicht, Toni. Ich schwöre es.« Er schluckte krampfhaft. »Mein Gott«, flüsterte er. »Was hab ich getan?!«

14

Chicago
Donnerstag, 15. März, 18:00 Uhr

Das dumpfe Dröhnen drang in Carolines Ohren, noch bevor sie die Turnhalle betreten hatte. Tom hatte an diesem Abend ein Heimspiel. Die Cheerleader wärmten sich an den Seitenlinien auf, und für einen Augenblick beneidete Caroline sie um ihre Gelenkigkeit, wie sie die Beine hochwerfen und mit der Kraft der Jugend hüpfen und springen konnten. Sie selbst konnte gehen, aber, wie auch Max, nie mehr fliegen. Dafür hatte Rob gesorgt.
»Hi, Miz Stewart!«
Sie zwang ein Lächeln auf ihre Lippen und winkte auf ihrem Weg zur Zuschauertribüne einer Gruppe Pom-Pom-Mädchen in Miniröcken zu. Sie konnten schließlich nichts dafür, dass ihr Urteilsvermögen in Bezug auf Männer gewaltig zu wünschen übrig ließ. Sie konnten nichts dafür, dass Max den ganzen verdammten langen Tag nicht auf ihren Zettel reagiert hatte. Sie hätte gern jemandem die Schuld gegeben, aber letztendlich konnte sie doch nur auf sich selbst mit dem Finger zeigen.
Sie lehnte sich zurück, stützte beide Ellbogen auf die Sitzlehne

und legte den Kopf in den Nacken, um ihre verspannten Muskeln zu dehnen. Sie schüttelte den Kopf und spürte, wie ihr Haar den Sitz streifte. Es war schwer zu glauben, dass beinahe zwei Wochen vergangen waren, seit sie den Kopf gehoben und Max Hunter vor sich gesehen hatte. In nur zwei Wochen hatte ihr Herz sein Inneres nach außen gestülpt, hatte sie zum ersten Mal in ihrem Leben Lust verspürt, hatte sie für ein paar goldene Momente den Mann ihrer Träume in den Armen gehalten.

Wieder schüttelte sie den Kopf. Aber er war ja nicht der Mann ihrer Träume. Er war kein Mann, den sie achten konnte. Sie hatte jedes Wort auf dem Zettel, den sie ihm geschrieben hatte, ernst gemeint. Sie hatte sogar ihren Lebenslauf getippt und mehrere Stellenangebote in der Zeitung markiert. Es würde ihr schwer fallen, Carrington College vor ihrem Examen zu verlassen, aber so eng mit Max Hunter zusammenzuarbeiten, wäre noch schlimmer. Irgendwann würde sie nachgeben und sein Selbstmitleid tolerieren. Sie würde tolerieren, dass er andere oder irgendwelche Umstände für sein Schicksal verantwortlich machte. Und damit würde der Teufelskreis von vorn beginnen.

Doch der Teufelskreis durfte nie wieder beginnen.

»Ich muss mich bei dir bedanken, Schönste.«

Caroline fuhr heftig zusammen, sehr zur Belustigung von Toms Trainer. Er war ein kräftig gebauter Mann und überragte jeden, den sie kannte. Außer Max, natürlich. Wütend verbannte sie die Gedanken an Max aus ihrem Kopf und straffte ihren Körper.

Sie blickte hoch und sah seine schwarzen Augen vor Vergnügen blitzen.

»Nicht, Frank«, warnte sie. »Mach dich nicht über mich lustig. Ich hatte einen beschissenen Tag.«
Er blickte sie fragend an. »Das ist das erste Mal, dass ich so ein Schimpfwort aus deinem Munde höre, Caraline.« Er sprach ihren Namen so gedehnt aus, wie es im tiefsten Mississippi üblich war.
Sie senkte den Kopf. »Entschuldige bitte. Es ist nur ... ach, was soll's.« Sie blickte in sein ruhiges, abwartendes Gesicht. Seit Jahren war er ihr ein guter Freund. Sie hatte Frank und seine Frau kennen gelernt, als sie alle drei sich freiwillig in der Hauptschule des Viertels angemeldet hatten, und Caroline hatte sich rasend gefreut, als Tom in sein Junior-Team aufgenommen wurde. Er war ein wirklich guter Mann. »Wie geht's?«
»Glücklich und froh, wie der Mops im Stroh.« Er grinste, als ihre Lippen zuckten. »Aber ich bin nicht gekommen, um mein persönliches Befinden zu diskutieren. Ich bin gekommen, um mich zu bedanken.«
Caroline furchte die Stirn. »Wofür?«
Franks tiefes Lachen ließ das blanke Holz unter ihren Füßen vibrieren. »Dafür, dass du mir eine Legende geschickt hast, Schönste.« Sanft nahm er ihr Kinn zwischen zwei Finger und richtete ihren Blick auf das andere Ende des Spielfelds. »Er ist ein Geschenk Gottes für uns. Die Jungs sabbern praktisch Pfützen auf ihre Schuhe. Ein Laker. Ich kann es immer noch nicht fassen.«
»Wann ... äh ...«, stotterte Caroline und gab es dann auf.
»Heute. Äh.« Frank hob ihr Kinn an und sah ihr forschend in die Augen. »Du bist überrascht. Du hast wohl nicht geglaubt, dass er kommen würde. Hm. Und warum hattest du

einen so schlimmen Tag, dass du Fäkalwörter benutzt, Cara-line?«
»Halt den Mund, Frank.« Doch ihr Lächeln ließ ihr Gesicht aufstrahlen. »Kommt er gut mit den Jungs zurecht?«
»Oh ja. Und ist er gut zu Cara-line?« Als sie errötete, lachte er dröhnend. »Du brauchst nichts zu sagen, Schätzchen. Dein Gesicht sagt alles. Ich werde ihn an seinem ersten Tag schon nicht übermäßig beanspruchen. Ich pass schon auf, dass noch was für dich übrig bleibt.«
»Ach, hör doch auf.« Mit einem spielerischen Schubs schickte sie Frank weg, dann drehte sie sich um und beobachtete Max. Seit fünfzehn Minuten drillte er die zweite Gruppe, während die erste Gruppe immer wieder patzte, weil alle so fasziniert davon waren, einen Profi in ihrer Mitte zu sehen. Als Aufwärmübung vor einem Spiel war das Training nichts wert, aber Caroline glaubte nicht, dass einer der Jungen sich beklagen würde.
Max hatte Jackett und Krawatte abgelegt und stand da in seinen Straßenschuhen auf dem Spielfeld, die Hemdsärmel bis zum Ellbogen aufgekrempelt. Schweiß rann von seiner Stirn seitlich an den Wangen entlang, und eine schwarze Locke fiel ihm immer wieder in die Stirn. Dunkle Schweißflecken zeichneten sich auf seinem Hemd ab, unter den Achseln und auf dem Rücken.
So unordentlich hatte er noch nie ausgesehen.
Sie begehrte ihn mit einer Wildheit, die ihr den Atem nahm.
Dann hielt er inne, die Hand auf der Schulter eines Jungen, und drehte sich um. Er begegnete ihrem Blick, und das träge Lächeln, das sie inzwischen so liebte, ließ seine Augen aufleuchten und spielte dann um seinen schönen Mund. Und er

zwinkerte ihr zu, einmal nur, bevor er sich wieder den glücklichen Jungen zuwandte, um sie in der Kunst des Freiwurfs zu unterweisen.
Und ganz still und leise, ohne Donner oder Blitz, löste sich alles von selbst. Ein friedliches Gefühl überkam sie, während sie ihn beobachtete. Es war richtig so. Es war für immer. Sie lächelte. Heute Abend würde sie Dana anrufen und sie darum bitten, dass sie aufhörte, Max mit jedem Atemzug zu verfluchen. Doch im Augenblick schwelgte sie in purer Glückseligkeit, in der Zuversicht, den Einen gefunden zu haben. Den Richtigen.

»Zeit zum Schlafengehen, Tom«, sagte Caroline vom Sofa aus zu ihrem Sohn, der zu ihren Füßen hockte.
Der sie bewachte, dachte Max.
»Aber, Mom …«
»Gute Nacht, Tom«, sagte Caroline mit fester Stimme. »Morgen ist ein Schultag.«
Tom stand auf, eindeutig nicht bereit, seine Mutter allein zu lassen. »Gute Nacht, Mom.« Er zögerte und fügte dann leise hinzu: »Gute Nacht, Max.«
Caroline erhob sich von ihrem bequemen Platz in Max' Armbeuge, um Toms blondes Haar zu zausen. Sie musste sich dazu auf die Zehenspitzen erheben.
»Gute Nacht, Tom.« Max rührte sich nicht von seinem Platz auf dem harten, unbequemen Sofa. Er konnte sich nicht rühren. Sein Rücken tat höllisch weh, doch dieser Schmerz war nichts im Vergleich zu dem Pulsieren in seinem ganzen Körper. Wenn er jetzt aufstand, würde Carolines höflich abweisender Sohn eine Lektion in Sachen Blumen und Bienen

erhalten, die er so schnell nicht vergessen dürfte. Max bezweifelte, dass er dadurch Toms Vertrauen gewinnen könnte.
Caroline sah Tom auffordernd an und warf dann einen vielsagenden Blick auf Max.
Tom errötete und trat verlegen von einem Fuß auf den anderen. »Äh, danke, dass du gekommen bist, Max.«
»Kein Problem, Tom. Ich hätte mein Selbstmitleid längst schon überwinden und etwas in der Art tun sollen. Du solltest dich bei deiner Mutter bedanken, denn sie hat mir die Augen geöffnet.«
Die beiden wechselten einen Blick aus identischen blauen, ausdrucksvollen Augen. *Ich trau ihm nicht!*, schrie Toms Blick. *Widersprich mir nicht, junger Mann*, antwortete Carolines streng. »Geh jetzt, Schatz.« Ihr Befehl klang milde, ließ aber dennoch keinen Widerspruch zu. »Mach deine Hausaufgaben und geh dann schlafen.«
Sie blickte Tom nach, als er widerstrebend in sein Zimmer ging, und als die Tür hinter ihm zufiel, ließ sie für einen Augenblick die Schultern sinken. Doch dann hob sie sie unverzüglich wieder und kuschelte sich an Max' Seite. »Tja«, sagte sie und lächelte zu ihm auf.
»Tja.« Er rückte tiefer in die Sofaecke, doch auch in dieser Haltung fand er keine Erleichterung. Die Stunde, die er vor dem Fernseher verbracht hatte, während sie sich in einem weichen blauen Pullover und sehr engen Jeans an ihn schmiegte und ihr misstrauischer Sohn wie ein Wachhund zu ihren Füßen hockte, war eine einzige Qual gewesen.
»Das war wirklich wunderbar.« Ihre Finger spielten in dem kurzen Haar an seiner Schläfe. »Ich bin stolz auf dich.«
»Es war nicht so schwierig, wie ich dachte.« Er schluckte, als

Gefühle aufkamen, die die Lust verdrängten. »Ich habe Frank versprochen, die Jungs bis zum Ende der Saison zu trainieren. Ich werde, ähm ...« Er schluckte wieder. »Ich werde meine Sekretärin anweisen müssen, mir die späten Nachmittage freizuhalten.«

Caroline liebkoste seine Unterlippe. »Das erledige ich gleich morgen früh.«

»Caroline, dieser Zettel. Willst du wirklich kündigen?«

»Möchtest du das?«

»*Nein*. Nein«, wiederholte er leise, als sie zusammenzuckte. »Ich will nicht, dass du gehst.«

Caroline empfand unendliche Erleichterung. Vielleicht wurde doch noch alles gut. »Ich wollte dich auch nicht verlassen.« Das Aufblitzen in seinen verhangenen Augen, die eindringlich auf ihr Gesicht gerichtet waren, entging ihr nicht. »Ich dachte nur, ich könnte nicht bleiben.«

»Du meinst, solange ich mich aufführte wie ein undankbarer, aufgeblasener Mistkerl, der voller Selbstmitleid steckt?«

Sie wurde rot vor Verlegenheit. »Entschuldige bitte. So rede ich gewöhnlich nicht.«

»Aber es war dein Ernst.«

»Ja.«

»Ist es jetzt auch noch dein Ernst?«

»Nein.«

»Gut.« Mit jedem Wort kam er ihr näher, bis sein Mund den ihren fand. Zuerst ganz sanft, als müssten sich ihre Lippen neu kennen lernen. Dann wich er zurück, was ihr einen Seufzer entlockte. »Du hast mir gefehlt.«

»Bist du deswegen heute Abend zum Spiel gekommen?«, fragte sie.

»Zum Teil«, gestand er ein. »Ich glaube, aus eigener Kraft hätte ich das nie geschafft, Caroline. Ich wollte zurückfinden, Fotos anschauen, mich an die Spiele erinnern. Ich konnte es nicht.«
»Du wirst es können.« Sie schob ihre Hände in sein Haar und zog sein Gesicht zu sich heran. »Ich helfe dir.«
»Versprochen?«
»Versprochen.«
Er zwang sich, sich weit genug von ihr zu erheben, um ihr in die Augen sehen zu können. »Ich habe nachgedacht über alles, was du gesagt hast. Über deine Verletzung, wie du wieder Laufen gelernt hast. Was ist damals passiert?«
Nicht jetzt, dachte sie. *Verdirb nicht alles, indem du mich zwingst, jetzt daran zu denken.* Doch er wartete auf eine Antwort, und aus seinen Augen sprachen seine Gefühle. »Es war vor langer Zeit. Das alles ist jetzt nicht mehr wichtig.«
»Was dir passiert ist, ist mir wichtig. Du sprichst nie über deine Vergangenheit. Was ist dir geschehen, Caroline? Warum warst du allein, warum musstest du laufen lernen, ohne einen Menschen, den es kümmerte, ob du lebst oder stirbst? Bitte«, flehte er leise. »Ich muss das wissen.«
»Max …«
»Caroline.« Er strich mit den Lippen über ihren Mund. »Bitte.«
Sein bittendes Flehen ging ihr zu Herzen. »Ich bin eine Treppe hinuntergestürzt. Als ich wieder zu mir kam, war ich im Krankenhaus, teilweise gelähmt. Mein …« Caroline schloss die Augen und suchte verzweifelt nach den richtigen Worten. Sie musste es ihm erzählen, aber jetzt war nicht der richtige Zeitpunkt. Die Nähe war noch so neu, so zerbrechlich.

Wenn er sie nun nicht mehr wollte, nachdem er alles wusste? Er wäre völlig im Recht. Nur ein Dummkopf wäre mit einer Frau zufrieden, die eine solche Last mit sich trug. Als sie die Augen öffnete, stockte ihr der Atem beim Anblick des zärtlichen Ausdrucks der Sorge auf seinem schönen Gesicht. Dem Gesicht eines liebenden Mannes. Das war beinahe mehr, als sie sich erhoffen konnte.
»Mein?«, drängte er sanft.
»Toms Vater hat uns nicht geliebt, Max. Wir waren ihm eher eine Last.« So weit entsprach es der Wahrheit. »Ich kann nicht erwarten, dass du es verstehst. Du hast eine so fürsorgliche Familie. Nicht jeder hat so viel Glück wie du.«
»Er hat dich verlassen, als du verletzt warst?« Max presste die Lippen zu einem dünnen Strich zusammen. Sie spürte, wie sich seine Muskeln vor Wut anspannten.
»So ähnlich. Ich bin wieder gesund geworden, das ist das einzig Wichtige.« *Ich bin davongekommen*, dachte sie bei sich. »Ich bin hierher gekommen. Ich habe dich kennen gelernt.« Sie sah, wie seine Wut verebbte und Zärtlichkeit an ihre Stelle trat.
»Du hast mich kennen gelernt. Das ist das einzig Wichtige. Caroline, ich kann dir nicht sagen …« Seine Stimme drohte zu brechen, und er räusperte sich. »Du hast mir etwas sehr Kostbares gegeben. Meine Selbstachtung.«
Sie schüttelte den Kopf. »Nein, ich habe dir nichts gegeben. Sie war immer da, hat nur darauf gewartet, dass du sie wieder zulässt. Ich habe nur einen kleinen Anstoß dazu gegeben. Ich war so glücklich, als ich dich heute gesehen habe. So stolz.«

»Ich möchte der Mann sein, auf den du dich verlassen kannst.«

Die zärtlichen Worte brachen ihr fast das Herz. »Das möchte ich auch. Ich glaube, du bist dieser Mann.«

»Was macht dich so sicher?«

»Ich …« Er war ihr nahe, so nahe, dass sie das Licht der Lampe in seinen grauen Augen schimmern sah. Zu nahe, als dass sie die Gefühle hätte verbergen können, die ihr wie Neonbuchstaben auf der Brust geschrieben standen. Zu nahe, als dass sie das Flattern ihres Herzens hätte verbergen können. »Ich bin mir sicher. Ich muss …« *Ich muss wissen, ob du dir sicher bist.*

»Was musst du, Caroline?«

»Ich muss wissen, ob du …« *Später. Ich sag's ihm später*, dachte sie und gab dem drängenden Begehren nach, das tief in ihrem Körper lag. »Jetzt musst du mich erst einmal küssen.«

Sie stöhnte auf, als er ihrem Befehl Folge leistete und seinen Körper über sie neigte, bis sie atemlos in die Sofapolster gedrückt dalag. In ihrem Kopf dröhnte es wie eine Brandung, das Echo ihres heftig klopfenden Herzens. Sein Mund war unersättlich, aber ohne eine Spur von Grobheit. Er war abwechselnd zart und wild, stupste, zupfte, schmeckte, bis sie nur noch seufzen konnte. Sie rang erneut nach Luft, als seine Zunge in ihren Mund eindrang, ihn erforschte, sich erneut mit jedem Winkel vertraut machte.

Dann wurde ihr Körper völlig reglos, als seine große Hand besitzergreifend unter ihren weichen Pullover glitt und sich auf ihre Brust legte.

»Max.« Ihre Worte waren halb Protest, halb Jubel.

»Du bist wunderschön«, hauchte er und drückte sanft ihre Brust. »Ich glaube, das habe ich dir noch gar nicht gesagt.«
»Nein.« Es grenzte an ein Wunder, dass sie überhaupt noch atmen konnte, geschweige denn sprechen. Ihre Brust schwoll unter seiner Berührung an, spannte sich. Sie spürte die Baumwolle ihres BHs rau an ihren Brustspitzen, als diese sich hart aufrichteten. Instinktiv bäumte sich ihr Körper auf, sodass auch Max nach Atem ringen musste.
»Es stimmt. Hier.« Er streichelte ihre weiche Wange. »Und deine Augen. Sie haben mich gleich in ihren Bann gezogen, als ich dich das erste Mal sah.« Benommen blickte sie zu ihm auf. »Willst du wissen, was ich sonst noch denke?«, fragte er mit der Spur eines Lächelns, das breiter wurde, als sie einfach nickte. »Dein Mund. Zum Küssen geschaffen.« Er küsste sie liebevoll. »Für mich. Ich habe von dir geträumt, jede Nacht. Und jeder Traum endete auf die gleiche Weise. Mit deinem Haar, ausgebreitet auf meinem Kissen.«
»Max.«
»Sch, küss mich einfach, Caroline.«
Hilflos in die zärtlichen Worte eingesponnen, erwiderte sie seine Küsse. Langsam, gründlich und ein kleines bisschen scheu erforschte sie seinen Mund in verschiedenen Winkeln, experimentierte mit ihrer Zunge, bis sie die richtige Art, ihn zu küssen, herausgefunden hatte. Wieder glitt seine Hand unter ihren Pullover, um ihre Brust zu umfassen, und wieder schwoll sie unter seiner Berührung an. Caroline vergaß die Wirklichkeit, schwebte in einem Traum davon, der so köstlich war, dass sie Angst vorm Aufwachen hatte, Angst hatte, weil es wirklich nur ein Traum sein konnte. Nichts in ihrem Leben war je so schön gewesen.

»Verflucht!«

Aus der höchsten Verzückung gerissen, schlug sie abrupt die Augen auf und sah in sein schmerzverzerrtes Gesicht. »Was ist?«

»Nichts«, murmelte er.

»Dein Rücken«, vermutete Caroline. »Lehn dich zurück, und versuche, dich zu entspannen.«

Sie stemmte ihre Hände fest gegen sein Brustbein und gab ihm den nötigen Schwung, den er brauchte, um die Verspannung in seinem Rücken zu lösen. Er stöhnte, als er sich mit fest geschlossenen Augen zurücklehnte.

»Es tut mir Leid, Max.« Caroline erhob sich neben ihm auf die Knie. »Ich hätte wissen müssen, dass ich dich nicht zu Dingen herausfordern darf, die deinem Rücken schaden.«

Er öffnete ein Auge, umfasste dann blitzschnell ihren Po mit beiden Händen und schwang sie herum, sodass sie rittlings über ihm zu sitzen kam. »Meinem Rücken fehlt nichts. Der Rest von mir ist allerdings im Begriff zu sterben.«

Seine Worte ließ ihre Augen aufleuchten, dann nahmen sie einen belustigten Ausdruck an. »Was du nicht sagst.«

Er hob ihr Gesäß an, und sie fiel gegen seine Brust. »Doch, genau so ist es.«

Es fühlte sich gut an. Besser als gut. »Du bist der Chef«, flüsterte Caroline und spielte mit ihm, wie er es ihr beigebracht hatte, zupfte sacht an seiner Unterlippe, was dazu führte, dass sein Becken sich ihr entgegenwölbte. Ihre Augen schlossen sich fest, als sie eine neue Woge von Gefühlen überschwemmte und ein Kaleidoskop von Farben hinter ihren Lidern explodierte. Der unverkennbare Beweis seiner Erregung stubste fordernd gegen ihre empfindlichste Stelle,

und ein Schauer lief über ihren Körper. Ihre Finger krallten sich in das Sweatshirt, das Max sich nach dem Spiel von Frank geliehen hatte.
»Oh Gott.«
Ihr leiser Seufzer heizte Max' Glut noch heftiger an, und er kämpfte um seine Beherrschung. »Ich will dich, Caroline.« Seine Hände kneteten ihre Pobacken, zogen sie noch enger an seine harte Erektion. »Ich kann es nicht verbergen.« Ihr Körper versteifte sich, und er forschte in ihrem Gesicht, das eine Mischung aus Staunen und Panik zeigte. Er legte die Hände flach auf ihr Kreuz und massierte es leicht. »Ich will es auch nicht verbergen. Ich will, dass du es weißt.« Er spürte, wie ihre Rückenmuskeln anfingen, sich zu entspannen, und stellte verblüfft fest, dass das genauso erotisch war wie ihre Küsse. »Ich will dich. Ich will mit dir schlafen.« Sein Herzschlag geriet ins Stolpern, als sie sich an ihn lehnte, die plötzliche Reibung an seiner Haut war nahezu unerträglich. Er beugte sich vor und flüsterte in ihr Ohr: »Ich möchte in dir sein. Ich möchte deine Lust spüren.«
Sie bebte am ganzen Körper, an ihn geschmiegt, die Arme um seinen Nacken geschlungen, ihre Stirn an seiner. »Schschsch«, machte er. »Lass dir zeigen, wie schön es sein kann.« Seine Hand fuhr unter ihren Pullover, kitzelte ihre Taille, und er spürte die kleinen Schauer, die über ihre Haut jagten. Seine Finger folgten der Linie ihrer Wirbelsäule aufwärts, bis sie den Verschluss ihres BHs erreicht hatten. Eine flinke Bewegung befreite sie von dem einengenden Stoff. Und im nächsten Augenblick ruhte ihr warmes Fleisch in seinen Händen, und die aufgerichteten Brustspitzen drängten gegen seine Handflächen.

Sein Verstand umnebelte sich, dem sprachgewandten Mann fielen keine passenden Worte mehr ein. »Caroline«, hauchte er. Das war keine blumige Poesie, zeigte ihr aber dennoch seine Bewunderung und das Entzücken in seinem Herzen. Caroline wollte etwas sagen, doch alles, was aus ihrer Kehle drang, war ein leises Wimmern. Seine Hände waren warm und hart, gleichzeitig sanft und zärtlich. Seine Daumen erregten sie, jagten ihr kleine Schockwellen über den ganzen Körper. Sie küsste ihn heftig, tief und lange, ergriff selbst die Initiative, genoss sein durch ihre Lippen gedämpftes Stöhnen. Jeder einzelne Nerv in ihrem Körper war wach, vibrierte vor Lust. Sie wollte mehr. Als er seine Hüften anhob, kam sie ihm auf halbem Wege entgegen, presste sich fest an ihn, fühlte das erotische Pochen seiner Erektion zwischen ihren Beinen.

Es war die Ironie des Schicksals, dass es genau dieses Empfinden war, das ihre Vernunft wieder erwachen ließ. Tom war im Zimmer nebenan, und sie war nicht darauf vorbereitet, ihm diese kompromittierende Situation zu erklären. Doch was noch wichtiger war: Sie musste wissen, ob Max bereit war, ihre Vergangenheit zu akzeptieren, bevor sie ihre körperliche Beziehung noch weitergehen ließ. Sie versteifte sich, erhob sich ein wenig, aber nur so viel, um den unglaublichsten körperlichen Kontakt zu unterbrechen, den sie je erlebt hatte.

»Stop. Wir müssen aufhören, Max.«

Mit einem kehligen Stöhnen erstarrte er, bevor er sich in die Polster zurücksinken ließ und den Abstand zwischen ihnen vergrößerte. »Tut mir Leid.« Ihr keuchender Atem übertönte die leisen Geräusche, die aus dem Fernseher kamen.

»Nein, zum Teufel, es tut mir überhaupt nicht Leid. Das wollte ich tun, seit ich dich zum ersten Mal gesehen habe.« Caroline zwang sich, seinen warmen Schoß zu verlassen und sich in sicherer Entfernung neben ihm auf das Sofa zu setzen, die Knie an die Brust gezogen, die Arme um die Knie geschlungen. »Ich nicht.«
Sein Kopf fuhr herum, seine Miene verriet gekränkte Fassungslosigkeit. »Du nicht?«
Sie schüttelte langsam den Kopf, immer noch im Netz ihrer Erregung gefangen. »Das konnte ich nicht. Ich wusste nicht einmal, dass es so etwas gibt.«
Sein Blick wurde eindringlich und besitzergreifend, und sie spürte, wie ihr wieder am ganzen Körper warm wurde. »Warum nicht? Du hast ein Kind. Warum hast du von … alldem hier nichts gewusst?«
Caroline suchte nach einer Antwort. Und sprach sie dann selbst als Frage aus. »Wohin soll uns das alles führen, Max?«
»Heute Abend oder ganz allgemein in unserem Leben?«
Ihr Mund verzog sich schnippisch. »Wohin uns der heutige Abend führt, kann ich erraten. Ich mag ja unerfahren sein, aber ich bin nicht völlig unwissend. Ich habe ein Kind, wie du so scharfsinnig bemerkt hast.« Sie wurde wieder sachlich. »Ganz allgemein in unserem Leben. Wohin?«
Max stemmte sich in eine aufrechte Sitzhaltung und verzog das Gesicht, als er den Druck an dem Reißverschluss seiner Hose spürte, der einfach nicht nachlassen wollte. Sie saß abwehrbereit da und musterte ihn angespannt. Er wollte fragen, wer ihre Seele verletzt, wer diese Traurigkeit in ihren Augen bewirkt hatte. Doch stattdessen sprach er einfach die Wahrheit aus.

»Ich bin im Begriff, mich in dich zu verlieben.« Panik rumorte in seinem Inneren, als er sah, wie Tränen in ihre unvergleichlichen Augen stiegen. »Warum bestürzt dich das so?«
»Es bestürzt mich nicht.« Sie blinzelte, als ihr die Tränen über die Wangen strömten. »Ich habe nur niemals damit gerechnet, dass es so schön sein würde, wenn ich es endlich zum ersten Mal höre.«
Ihre gepresste Stimme tat seinem Herzen weh. Dass eine Frau wie sie diese Worte im ganzen Leben noch nicht gehört haben sollte, war ihm unbegreiflich.
»Niemals, Caroline?«
Sie senkte den Blick. »Niemals.«
Er öffnete die Arme. »Komm zu mir«, sagte er und umschlang sie innig, als sie zurück auf seinen Schoß kroch und die Wange an seine Brust schmiegte. »Hab keine Angst. Du wirst dich daran gewöhnen, diese Worte zu hören.«
»Max?«
»Hm?«
»Ich liebe dich auch.«
Er drückte sie fest an sich und hielt sie in seinen Armen, bis sie nach Luft rang. »Du hast Recht. Es ist wunderschön, diese Worte zu hören.«
Caroline ließ sich umarmen und schwelgte in Glückseligkeit. Sie wollte diesen Augenblick nicht durch den Gedanken daran verderben, was passierte, wenn sie ihm eines Tages die Wahrheit enthüllte.

Asheville
Freitag, 16. März, 9:00 Uhr

Toni stellte ihre Kaffeetasse auf ihrem Schreibtisch ab, der kaum noch eine freie Fläche dafür bot. Ihre Augen waren müde. Steven fragte sich, wie viel Schlaf sie bekommen haben mochte. »Status?«, fragte sie.
Steven blickte zu Lambert hinüber, der ihm mit einer Handbewegung bedeutete, anzufangen. Nachdem er die ganze Nacht lang mit Lambert zusammengearbeitet hatte, war Steven zu der Erkenntnis gelangt, dass der Mann sowohl klug als auch unermüdlich war. Steven wäre gern selbst unermüdlich gewesen und unterdrückte ein Gähnen, das ihm mit Sicherheit den Kiefer ausgehakt hätte. »Wir haben auf dem Parkplatz am Flughafen von Knoxville seinen Lieferwagen gefunden. Er hatte die Kennzeichen ausgetauscht, aber wir haben den Wagen anhand der Fahrzeugnummer am Motorblock eindeutig identifizieren können.«
»Wie nachlässig von ihm«, bemerkte Toni.
Steven nickte. »Er hält sich für überaus klug, aber er hat Fehler gemacht, und wegen solcher Fehler werden wir ihn kriegen. Roger Upton hat am Montagabend einen Flug von Knoxville nach Chicago O'Hare gebucht. Die Verkleidung als Roger ist ziemlich geschickt. Er trug einen Ziegenbart und dichte Koteletten und einen dicken Bierbauch. Eine der Schalterbeamtinnen hat sich an ihn erinnert, weil er sein Ticket direkt am Schalter gekauft hat. Sie sagte, dass die meisten Leute ihre Tickets viel früher kaufen, um Vergüns-

tigungen zu erhalten.« Er und Lambert waren die ganze Nacht auf den Beinen gewesen und hatten Anrufe getätigt, und obwohl sie Winters' Weg verfolgen konnten, waren sie der Verhaftung des Scheißkerls noch keinen Schritt näher gekommen. Steve richtete sich auf und kämpfte gegen die Wellen der Erschöpfung. »Die Dame am Schalter sagte, er wäre wütend geworden, als sie ihn darauf aufmerksam machte, dass sein Koffer zu schwer war, um ihn als Handgepäck mitführen zu können. Er beklagte sich, dass der Koffer Material enthielt, das unerlässlich für seine Geschäfte sei und dass er ohne diesen Koffer nicht würde arbeiten können. Daraufhin schlug sie ihm vor, einen Direktflug zu buchen, weil sein Gepäck dann nicht so oft umgeladen werden müsste, und das tat er dann auch, obwohl der Flug entschieden teurer war als der billigste, der zweimaliges Umsteigen erforderte.« Steven verzog die Lippen. »Das war ihm natürlich scheißegal. Er ließ die Kosten ja von Roger Uptons Kreditkarte abbuchen.«

Toni lachte müde. »Dreist.«

Steven nickte. »Er hat einen Flug erster Klasse gebucht.«

Toni schlürfte ihren Kaffee. »Dreist und arrogant.«

»In Chicago hat er dann einen Wagen gemietet«, setzte Lambert den Bericht fort. »Unter demselben Namen. Die Angestellte bei Avis sagte, er hätte mit ihr geflirtet. Er hat ein großes Oldsmobile gemietet, mit bester Ausstattung. Und er war leicht vergrätzt, als er erfuhr, dass sie keine Cadillacs hatten.«

»Unser Mann hat Stil«, sagte Toni leichthin und beugte sich dann vor, um den Hörer abzunehmen, als das Telefon klingelte. »Ross.« Steven sah, wie sie die Stirn furchte und die

Augen schloss. »Danke ... Nein, ich melde mich bei der Mutter des Jungen, wenn ich diese Angelegenheit weitergegeben habe. Der Captain muss auf die Presse vorbereitet sein, wenn das hier bekannt wird. Ja, richten Sie sich auf eine rasche Analyse ein, wenn ich die Exhumierung bewilligt bekomme.« Sie legte bedächtig den Hörer auf und fuhr sich mit dem Handrücken über das Gesicht.
Exhumierung?, dachte Steven und blickte zu Lambert hinüber, der offenbar genauso wenig informiert war wie er. Diesen Teil des Geschehens hatte Toni für sich behalten. Vielleicht war dies der Strick, der sie in den letzten paar Tagen so heruntergezogen hatte.
»Wer war das, Toni?«, fragte Lambert ruhig.
»Das Labor. Ich hatte eine verflixt böse Vorahnung neulich Abend, als wir Winters' Haus durchsucht haben.
Lambert erstarrte. »In welcher Hinsicht?«, fragte er, und es klang, als wollte er die Antwort lieber nicht hören.
Toni seufzte schwer. »Wegen der Stiefel, die wir auf seiner Veranda gefunden haben. Sue Ann Broughton sagte, Winters habe die Stiefel mitgebracht, als er am Montagmorgen nach Hause kam. Ich habe ihn am späten Sonntagabend noch gesprochen, nachdem ich ihn über seinen Pieper kontaktiert hatte ...« Sie zuckte mit den Schultern. »Ein halbes Dutzend Mal oder so. Er sagte, er wäre mit dem Verhör eines Zeugen beschäftigt, der an einem Überfall auf den Besitzer eines Ladens drüben an der Fifth Street beteiligt war. Der Mann war von einer Bande überfallen und erstochen worden. Wir fahndeten nach Alonzo Jones, dem Bandenführer, und Winters sagte, er wüsste, wo sich Jones versteckt hielt. Am nächsten Tag wurde einer der Jungen, die zusam-

men mit Alonzo auf dem Video des Ladens zu sehen sind, in einer Gasse aufgefunden. Zu Tode geprügelt. Niemand hatte sich was dabei gedacht, die Bandenjungs prügeln sich nun mal. Das kommt vor.«
»Und dann haben Sie die Stiefel gesehen«, bemerkte Steven. Toni nickte. »Ich habe sie ins Labor geschickt, und dort haben sie Haare an den Stiefeln gefunden, Haare von einem Schwarzen.« Sie ließ die Schultern sinken. »Der Junge ist gestern begraben worden.«
Lambert wurde blass. »Er hat einen Jungen zu Tode getreten, um Informationen aus ihm rauszuholen?« Er schüttelte den Kopf. »Ich weiß nicht, warum es immer noch etwas gibt, das mich umhaut. Aber es ist nun mal so.«
Toni schloss die Augen und presste die Lippen zusammen. Ihre Hände ballten sich auf einem Stapel Papierkram zu Fäusten. »Und jetzt muss ich der Mutter des Jungen erklären, dass ihr Sohn womöglich von einem meiner Männer ermordet worden ist«, flüsterte sie heiser.
»Es ist nicht Ihre Schuld, Toni.« Lamberts Stimme war leise und eindringlich. »Sie haben es doch nicht gewusst.«
Toni schüttelte den Kopf. »Ich wusste von Anfang an, dass etwas nicht stimmte.« Sie zuckte ratlos mit den Schultern. »Ich dachte, er wäre einfach nur ein Durchschnittsmann mit den üblichen Vorurteilen.« Sie presste die Finger auf die Lippen. »Wie habe ich das nur übersehen können?«
Lambert warf Steven einen hilflosen Blick zu und schüttelte den Kopf.
Steven nahm Tonis Hand und drückte sie fest. »Weil Sie nicht Gott sind. Ich bin auch nicht Gott. Lambert auch nicht, obwohl er jederzeit als Erzengel Gabriel durchgehen würde.«

»Hey«, wehrte sich Lambert und lächelte schwach.
Steven erwiderte das Lächeln, wurde wieder sachlich und drückte Tonis Hand. »Wir tun jeden Tag, was wir können, Toni. Das wissen Sie.« Er ließ ihre Hand los und erhob sich zu seiner vollen Größe. Die Müdigkeit fiel von ihm ab und machte wilder Entschlossenheit Platz. »Wir kriegen ihn«, versprach er. »Ihm wird ein Fehler unterlaufen. Und dann bringen wir ihn zur Strecke.«

Chicago
Freitag, 16. März, 12:00 Uhr

Dana verschränkte die Arme vor der Brust. »Du musst Max die Wahrheit sagen, Caroline, bevor die Sache mit ihm noch weitergeht.«
Caroline trat nach einem nassen Grasbüschel am Ufer des Ententeichs. Die Seligkeit, die sie am Vorabend in Max' Armen gespürt hatte, war irgendwann zwischen seinem Gute-Nacht-Kuss vor ihrer Haustür und der schlaflosen Nacht verflogen. Sie hatte sich das Schlimmste vorgestellt, sich im Bett von einer Seite auf die andere gewälzt und die Sätze geprobt, die sie ihm sagen musste, damit er die Wahrheit erfuhr. Jedes Mal hatte sie sein Gesicht vor sich gesehen, das sich vor Zorn verschloss, vor Abscheu erblasste. Erschöpfung und Sorge ließen ihre Stimme barsch klingen.
»Erzähl mir lieber mal was Neues.«

»Entschuldige.« Dana drückte Carolines Arm. »Wie kann ich dir nur helfen?«
»Willst du für mich einspringen?«
»Caroline.« Dana schüttelte den Kopf. »Wenn er dich liebt und du ihn liebst, wird sich dadurch, dass du ihm die Wahrheit sagst, überhaupt nichts ändern. Nein, wirklich nicht«, bekräftigte sie, als Caroline ihr einen sarkastischen Blick zuwarf.
»Ich weiß.« Caroline bückte sich, streichelte die Blüte einer Narzisse und wünschte sich, selbst so mutig zu sein wie diese Blume, die den niedrigen Temperaturen trotzte. »Aber mir fehlen die richtigen Worte. Ich weiß nicht, wo ich anfangen soll.«
»Caroline, hör auf, dich selbst zu bemitleiden, trag einen Termin für dich auf seinem Kalender ein und sag's ihm.«
Die Ironie in Carolines Stimme zeigte Wirkung, und Caroline straffte sich. »Gut. Ich tu's.«
»Wann?«
»Morgen.«
»Caro.« Es war dieser Hör-auf-mich-zu-verarschen-Tonfall, den Dana so gut beherrschte.
»Schon gut, schon gut. Ich werde heute wenigstens schon mal den Termin festlegen.«
»Braves Mädchen. Nachdem das nun geklärt ist, könntest du mir noch mal erzählen, wie das war mit seinem Traum von deinem Haar auf seinem Kissen. Ich habe den springenden Punkt nicht mitbekommen.«
Caroline boxte Dana spielerisch gegen die Schulter. »Pass bloß auf, Dupinsky.«
Dana setzte ihre Sonnenbrille auf. »Ich nehme meine Rolle

als Beichtmutter und Briefkastentante so ernst, und trotzdem versagst du mir die Befriedigung meiner lüsternen Neugier. Undank ist der Welt Lohn.« Sie seufzte, und ihre Stimme klang plötzlich müde. »Ich muss zurück zum Haus. Tu's noch heute, Caro.«
»Sobald ich wieder sein Büro betrete. Hey, Dana?«
»Was ist denn jetzt schon wieder?«
»Ist alles in Ordnung mit dir? Dieser Seufzer eben hat mir gar nicht gefallen.«
Dana hob die Schultern. »Es wird schon werden. Gestern ist mal wieder eine Frau davongelaufen. Sie ist erst am Mittwoch bei uns eingetroffen, und jetzt ist sie schon wieder weg.«
Caroline schüttelte den Kopf. »Ich hasse es, wenn sie zu ihren Männern zurückgehen.« Sie sah von ihrer üblichen Schimpftirade ab, als sie Danas hängende Schultern sah. »Wie heißt sie, Schätzchen?«
Dana massierte sich den Nacken, als könnte sie dadurch die Erschöpfung vertreiben. »Angie.«
»Ich werde sie in meine Gebete einschließen.«
Danas Lippen lächelten, doch ihre Augen blieben ernst. »Danke, Schatzi. Und, Caroline, was Max betrifft: Tu's noch *heute*.«
Caroline verdrehte die Augen. »Sagte ich doch.«
»Ja, ja. Dein Wort und sechzig Cent, dafür kann ich mir Schokolade aus dem Automaten ziehen. Bis später, Caroline. Ruf mich an, wenn du mit ihm gesprochen hast.«

Caroline fand Max an seinem Schreibtisch vor, in ein Telefongespräch vertieft. Er sah sie und lächelte. »Ich muss jetzt Schluss machen, Frank.« Er hörte zu und grinste. »Ja, ich

verspreche, dass ich morgen komme, um Punkt zehn. Ich vergesse es nicht. Ich muss jetzt auflegen.«
»Worum ging's denn?«
Max griff nach ihrer Hand und zog Caroline auf seinen Schoß.
»Max!«
Er setzte einen unschuldigen Blick auf. »Ja?«
Sie wehrte sich, doch er hielt sie auf seinem Schoß fest. »Jemand könnte reinkommen.«
»Und?«
»Sch-schließlich arbeite ich für d-dich«, stammelte Caroline und kämpfte gegen die Panik an, die sich in ihr ausbreitete, als sie sich so festgehalten fühlte. Er öffnete die Arme und ließ sie los.
»Dann geh und schließ die Tür.«
Carolines Herzschlag beruhigte sich. Er hatte sie losgelassen. *Das ist doch Max*, ermahnte sich Caroline. *Er ist ein guter Mann*. Dein *guter Mann*. Der Gedanke jagte ihr eine Gänsehaut über den Rücken. Statt aufzustehen schmiegte sie sich fester an ihn. »Gleich.«
Max nahm sie wieder in die Arme. »Ich habe mich schon gefragt, wo du steckst.«
Sie rieb ihre Wange an seiner Schulter, genoss es, ihn schlicht und einfach zu spüren. »Ich habe mich mit Dana unterhalten, am Ententeich. Mmh«, seufzte sie. »Du riechst so gut.«
»Das ist eigentlich mein Text.«
Sie lächelte, rückte noch ein bisschen näher an ihn heran und schnappte nach Luft, als er die Hände unter ihr Gesäß schob und sie enger an sich zog. Dann legte er eine Hand leicht auf ihre Hüfte, sodass er sie ganz umfangen hielt. Nun

fühlte sie sich in keinster Weise mehr bedrängt. Oh nein, ganz und gar nicht. »Was wollte Frank von dir?«
Irgendetwas ist anders, dachte Max. *Anders auf eine gute Art.* Es war das erste Mal, dass sie aus eigenem Antrieb mit ihm schmuste. Die Barrieren, die sie um sich errichtet hatten, schienen allmählich einzustürzen. »Er hat mich gebeten, in einer ziemlich armen Gegend ein Geschicklichkeitstraining zu übernehmen. Morgen früh.«
»Das ist gut ... mh.« Sie beendete den Satz mit einem Schnurren, als er ihr Kinn hob und sich ihrer Lippen bemächtigte, in einem Kuss, von dem er bereits träumte, seit sie am Vorabend ihren Gutenachtkuss beendet hatten. Einen großen Teil der Nacht hatte er wach gelegen und sich nach ihr gesehnt. Er wollte sie in seinem Bett haben, Körper an Körper. Gut, er hatte sie von dem Moment an, als er sie zum ersten Mal sah, in seinem Bett gewollt. Doch jetzt ging es um so viel mehr. Er wollte sie in seinem Haus bei sich haben. Wollte, dass ihr Lächeln das Erste war, was er sah, wenn er jeden Morgen die Augen aufschlug. Wollte ihre Stärke und ihre Zärtlichkeit. Für immer. Er hob den Kopf und blickte in ihr schönes Gesicht, und sein Herz wurde weich.
Er wollte, dass Caroline seine Frau wurde.
Nun, das war aber mal sehr spontan. Oder vielleicht hatte er es nur endlich richtig begriffen.
»Caroline«, flüsterte er, und sie öffnete die Augen. Sie liebte ihn. Sie hatte es am Vorabend ausgesprochen, und jetzt sah er es in ihren Augen. »Ich ...«
Er konnte den Satz nicht zu Ende sprechen, weil sie von einem schrillen Schrei unterbrochen wurden.
»Caroline!«

Caroline fuhr zusammen, wand sich aus Max' Armen und drehte sich zur Tür um.
Dort stand Evie, kreidebleich und zitternd. »Du ...«
Caroline machte drei Schritte auf das Mädchen zu, bevor Evie eine zitternde Hand hob. »Du hast es gewusst«, zischte sie wild. »Du hast gewusst, was ich fühle, und hast dich trotzdem dazwischengedrängt. Ich hasse dich.«
»Evie, bitte.« Caroline trat noch einen Schritt vor, aber Evie wich zurück.
»Ich habe dir vertraut. Ich habe geglaubt, du wärst anders.« Sie schüttelte den Kopf, ihr hübscher Mund verzog sich zu einem gehässigen Grinsen. »Findest du das lustig, Caroline? Niedlich? Dachtest du, ich wäre ein bisschen in meinen Lehrer verknallt? Du bist auch nicht besser als die anderen. Eine billige Schlampe, die ihre Seele verkauft für den erstbesten Mann, der ihr über den Weg läuft.«
Caroline sah sie nur an, schüttelte den Kopf und sagte nichts zu ihrer Verteidigung.
Max erhob sich, und Evie richtete ihren wütenden Blick auf ihn. »Sie. Sie haben sich für mich interessiert. Sie haben mich angesehen, als ob Sie mich wollten!«
»Nein, Evie.«
»Reden Sie keinen Unsinn. Es ist doch wahr.« Evie wirbelte zu Caroline herum und schlug ihr so heftig ins Gesicht, dass Caroline taumelte und zu Boden stürzte.
Mit zwei Schritten war Max bei Caroline, das Gesicht schmerzverzerrt. Er ließ sich auf ein Knie nieder und zog Caroline vom Boden hoch. Er blickte auf und sah, wie Evie Caroline voller Entsetzen anstarrte, die Hand immer noch erhoben, als wäre sie in dieser Haltung versteinert.

»Das reicht jetzt wirklich, Evie«, sagte Max ruhig. »Am Montag zitiere ich Sie zum Dekan. Auf diesem Campus ist Gewalt verboten, in jeder Form. Es gibt nichts, was Gewaltanwendung rechtfertigt.« Sie ließ langsam die Hand sinken und verließ ohne ein weiteres Wort das Büro.

Max hob Carolines Kinn an. Es wunderte ihn nicht, in ihren Augen ungeweinte Tränen schimmern zu sehen. »Es tut mir Leid«, flüsterte er.

»Du hast doch nichts getan.«

»Es tut mir Leid, dass sie *dir* wehgetan hat. Wohin mag sie jetzt gehen?«

Caroline hob den Blick. Tränen liefen über ihre Wangen. »Ich weiß es nicht. Sie kann nirgends hin, außer in Danas Wohnung. Danas Wohnung ist das einzige Zuhause, das sie je hatte.«

»Möchtest du ihr nachgehen?«, fragte er und wischte mit den Daumen die Nässe aus ihrem Gesicht. Evies Hand hatte einen roten Abdruck auf Carolines Wange hinterlassen. Er konnte nur mühsam den Ärger unterdrücken, der bei diesem Anblick in ihm hochkochte. Evie bedeutete Caroline sehr viel, deshalb versuchte er, um Carolines willen die Reaktion des Mädchen zu verstehen, aber er würde nicht zulassen, dass sie Caroline oder irgendjemand anderen von der Belegschaft schlug und ohne eine Bestrafung davonkam.

»Nein, sie wird jetzt nicht mit mir reden wollen. Sie wird wohl zu Dana gehen. Ich muss Dana anrufen und sie vorwarnen.«

»Tu das. Gleich. Aber zuerst ...« Er umfing sie und zog sie in seine Arme. Sie kam bereitwillig zu ihm, wie er erleichtert

feststellte. Er hatte gefürchtet, sie könne sich nach Evies wütenden Bezichtigungen schuldig fühlen. Er hielt sie fest und streichelte sanft über ihren Rücken, bis sie einen zitternden Seufzer ausstieß.
»Ich muss jetzt los.« Sie hob das Gesicht und legte im selben Atemzug die Arme um Max' Nacken. Dann zog sie seinen Kopf zu sich heran und berührte seinen Mund mit ihren Lippen. Es war der erste Kuss, den sie selbst initiierte. Dessen war er sich mehr als deutlich bewusst, vielleicht im Gegensatz zu Caroline. »Was hast du heute Abend vor?«
Er strich mit den Lippen über ihren Mund und genoss das Gefühl. Es war perfekt. »Ich habe gehofft, dass du mit mir essen gehst. Wir könnten gleich nach meinem letzten Seminar aufbrechen.«
Sie schüttelte den Kopf, ohne den Kontakt zu unterbrechen. »Tut mir Leid, ich muss nach Hause und nachsehen, ob Tom alles für seinen Campingausflug vorbereitet hat. Komm zu mir, dann mache ich uns was zu essen«, flüsterte sie an seinen Lippen.
»Komm lieber zu mir. Meine Küche ist größer.« *Mein Bett ist größer*, dachte er, obwohl ihm klar war, dass Intimität an diesem Abend ausgeschlossen war. Nicht, solange ihr Leibwächter da war. Tom vertraute ihm immer noch nicht, aber er würde es schon noch lernen. *Tom wird es lernen müssen*, dachte Max. Sonst würden sich die nächsten fünfzig Jahre ihres Lebens unerträglich gestalten, denn Max war fest entschlossen, die Mutter des Jungen zu heiraten, koste es, was es wolle.
»Gut. Gegen acht Uhr bin ich bei dir.«
Er küsste ihren Mundwinkel. »Ich komme gegen halb sieben zu dir und hole dich ab.«

Sie rückte ein wenig von ihm ab und lächelte unsicher. »Gut. Bring großen Appetit mit.«
»Mach ich.« Er wartete, bis sich die Vorzimmertür draußen geschlossen hatte. »Mach ich.«

Asheville
Freitag, 16. März, 14:30 Uhr

Steven klemmte sich den Telefonhörer zwischen Kinn und Schulter und tippte die letzte Zeile seiner täglichen Mail an Lennie Farrell, während er seinem jüngsten Sohn zuhörte, der ihm eine Gruselgeschichte erster Güte erzählte. Er schickte die E-Mail ab und lehnte sich in seiner kleinen Sauna auf dem Klappstuhl zurück, um die Geschichte genüsslich auszukosten.
»Und was passierte dann?«, fragte Steven. Die Jungen fehlen mir, dachte er und war froh, in ein paar Stunden fürs Wochenende nach Hause fahren zu können. Sein zweitältester Sohn, Matt, gab am nächsten Tag ein Klavierkonzert, und Steven hatte versprochen, es nicht zu versäumen.
»Dann hat Jimmy Heakon auf Ashley Beardson gekotzt.«
Steven musste über das unüberhörbare Entzücken in der Stimme seines Jüngsten schmunzeln. »Tja, so etwas Aufregendes geschieht bestimmt nicht alle Tage auf dem Spielplatz. Ich schätze, Jimmy Heakon geht vorerst keine Wetten mehr ein, dass er lebende Regenwürmer essen kann.«
Nicky kicherte. »Das glaub ich auch nicht.« Eine Pause

folgte, dann fuhr Nicky etwas nüchterner fort: »Daddy, wie lange muss Officer Jacobs mich noch zur Schule bringen?«
Wieder griff die Angst nach seinem Herzen, wie jedes Mal, wenn Steven daran dachte, dass Winters seinen Kleinen in die Finger bekommen könnte. Und der Gedanke überfiel ihn etwa zehn Mal pro Stunde. Aber Gary Jacobs war ein guter Mann, ein Polizist, dem er sein eigenes Leben anvertrauen würde. Und, was noch wichtiger war, auch das seines Kindes. Das war das Einzige, was ihn daran hinderte, zurück nach Raleigh zu flüchten und sich mit seinen Söhnen in einem provisorischen Bunker zu verschanzen. »Bis wir den Mann gefangen haben, der neulich mit dir gesprochen hat, mein Schatz. Wieso? Kannst du Officer Jacobs nicht leiden?«
»Doch, ich glaub schon.« Nickys Stimme klang ein wenig nachdenklich. »Ich möchte nur gern, dass du zu Hause bist, Daddy.«
Steven massierte seine Schläfen, als er spürte, wie sich sein allgegenwärtiger Kopfschmerz leicht verstärkte. Er beschirmte seine Augen mit der flachen Hand, um sie vor dem grellen Licht im Konferenzzimmer zu schützen. »Ich wäre auch gern zu Hause, Schätzchen. Wir sehen uns dann heute Abend.« Er spähte durch seine Finger und sah Toni an der Tür stehen und ihm bedeuten, er möge den Hörer auflegen. »Hey, Nicky, ich ruf dich später noch mal an, ja?«
»Gut, Daddy. Ich hab dich lieb.«
»Ich liebe dich auch, Nicky.« Er legte auf, und Toni trat ein, ein Blatt Papier in der Hand.
»Das war mein Jüngster«, erklärte Steven und wies auf das Telefon. »Was gibt's?«

Sie kam mit einem Leuchten in den Augen näher und legte das Blatt Papier vor ihn auf den Tisch. »Ein Fax mit den neuesten Ergebnissen der Telefonüberprüfung. Winters hat eine Nummer in Charlotte angerufen, gleich nachdem er gestern mit Jolley gesprochen hat.«

Steven richtete sich auf seinem Stuhl auf und zog die Liste mit Winters' Anrufen zu sich heran. »Der Hacker, den er Lamberts Meinung nach kontaktieren wollte?«, fragte er aufgeregt.

»Wollen wir's hoffen.« Sie nahm sich einen Stuhl und rückte nahe genug an Steven heran, um auf die fragliche Telefonnummer deuten zu können. »Das Handy gehört einem gewissen Randall Livermore. Er ist Student an der UNC in Charlotte. Wohnt bei seinen Eltern.«

Steven verspürte ein aufgeregtes Prickeln im Magen, während er die restlichen Telefonnummern überflog. Er löste den Blick nicht von dem Papier. »Ich rufe die Dienststelle in Charlotte-Mecklenburg an und beantrage einen Durchsuchungsbefehl.« Jetzt blickte er auf und begegnete Tonis Lächeln. Zum ersten Mal seit Tagen fühlte er sich siegesgewiss. »Und dann fahre ich nach Charlotte. Das ist es, Toni, ich spür's. Wir kriegen ihn.«

15

Chicago
Freitag, 16. März, 16:00 Uhr

Caroline sah zu, wie Tom Socken in seine Reisetasche stopfte. Sie stand an der Tür zu seinem Zimmer und spürte, wie sich ihr Magen verkrampfte. Die Sorgen um Evie und das bevorstehende Gespräch mit Max waren in diesem Moment zweitrangig. Ihr Sohn brach nun doch noch zu dem Campingausflug auf und würde fünf Tage lang fort sein. Tom hatte sich auf diesen Ausflug gefreut, seit er und seine Freunde in den Weihnachtsferien mit der Planung begonnen hatten. Der Vater eines der Jungen würde sie zu einem See in Wisconsin fahren, wo sie in Zelten schlafen, Fisch zum Frühstück verspeisen und dreimal pro Tag Hotdogs grillen würden, falls das Anglerglück ihnen nicht hold war. Einem Jungen in Toms Alter schadete es bestimmt nicht, wenn er eine Zeit lang dreimal am Tag Hotdogs aß, und über eine Wachstumshemmung brauchte Caroline sich in Toms Fall nun wirklich keine Sorgen zu machen.
Eine gewisse freudige Aufregung lag im Widerstreit mit ihren Ängsten. Ihr Sohn schloss Freundschaften, wagte sich allein ins Leben hinaus, ähnlich wie sie sich bei Max

vorwagte. Schritt für Schritt. Langsam tauchten sie aus der dunklen Wolke auf, in der sie sich so lange verborgen gehalten hatten.

Tom hob den Blick, sah sie dort stehen, und ein glücklicher Ausdruck trat auf sein Gesicht. »Du bist früh zu Hause.«

»Ich habe etwas früher Feierabend gemacht, um mich zu vergewissern, dass du genug Socken hast.« Sie neigte den Kopf auf die Seite. »Und? Hast du genug Socken?«

Tom schenkte ihr sein liebevolles Lächeln. »Ich weiß nicht, Mom. Meinst du, dass zwölf Paar für einen Ausflug von fünf Tagen reichen?«

»Falls es regnet, wirst du froh sein, dass ich dir zu Ersatzsocken geraten habe.«

»Falls es regnet, spielen wir im Zelt Gameboy.«

»Hast du Ersatz-Unterwäsche?«

Er verdrehte theatralisch die Augen. »Zwölf Garnituren.«

Caroline lächelte frech. »Falls dir ein Bär begegnet, wirst du froh sein, Ersatz-Unterwäsche eingepackt zu haben.«

Tom warf den Kopf in den Nacken und lachte.

Unvermittelt spürte Caroline, wie ihr bei seinem Anblick Tränen in die Augen traten. Mit einem Schlag wurde Tom wieder ernst und ging auf sie zu.

»Was ist los, Mom? Wenn du nicht willst, dass ich fahre ...«

»Schschsch.« Caroline legte ihm den Zeigefinger auf die Lippen. »Ich möchte, dass du fährst.«

Er nahm ihre Hand von seinem Gesicht und hielt sie sanft am Handgelenk fest. »Warum weinst du dann?« Toms Miene verfinsterte sich. »Hat Max dich wieder gekränkt?«

»Nein, nein.« Caroline befreite ihre Hand aus seinem Griff und umschlang ihn mit beiden Armen. Beinahe wild erwiderte er die Umarmung und hob sie hoch, sodass ihre Füße in der Luft schwebten. »Mir wird nur klar, dass allmählich alles anders wird«, sagte sie zu der Wand hinter seinem Rücken.

Tom ließ sie los und stellte sie zurück auf den Boden. »Veränderungen sind immer gut, Mom. Das sagst du doch selbst so gern.«

Sie nickte und wischte sich zum zweiten Mal an diesem Tag die Tränen aus dem Gesicht. »Ich weiß. Aber manchmal kann es einem auch Angst machen.« Sie tätschelte Toms Wange. »Anscheinend bin ich im Begriff, eine Beziehung mit Max einzugehen.«

Verlegene Röte stieg Tom in die Wangen, und er biss die Zähne zusammen. »Ich weiß.«

Caroline holte tief Atem. »Und bevor es zu weit geht, muss er es wissen.«

Tom kniff die Augen zusammen, als ihm die Tragweite ihrer Bemerkung klar wurde. »Du willst es ihm *sagen? Mom!*«

»Sprich nicht in diesem Ton mit mir, Tom.« Sie sah ihm fest in die Augen, bis er den Blick auf den abgeschabten Teppich senkte.

»Entschuldige, Mom, aber wir haben einander doch versprochen, mit keinem Menschen darüber zu reden. Mit keinem Menschen«, wiederholte er trotzig.

»Wir haben mit Dana darüber geredet«, erinnerte Caroline ihn ruhig.

»Das war etwas ganz anderes!«, brach es aus Tom heraus. »Wir …«

»Haben ihr vertraut?«, vervollständigte Caroline leise seinen Satz.

Er hob den Blick; seine Augen waren immer noch schmal und zornerfüllt. »Ja.«
»Nun, ich vertraue Max.«
»Ich nicht«, entgegnete Tom mit Nachdruck.
»Warum nicht?«
Er sagte nichts, wandte nur den Blick ab, und Caroline spürte Ärger in sich aufsteigen.
»Weil er mich gekränkt hat?«, forschte sie. »Nun, mein Sohn, meine Gefühle sind meine eigene Sache.« Toms Haltung blieb verkrampft. »Weil du Angst hast, dass er mir etwas antun könnte?«
Ein Muskel auf Toms Wange zuckte. »Er ist jähzornig, Mom.«
»Ja, das weiß ich. Aber noch nie, nicht ein einziges Mal hat er mich anders als sanft angefasst. Selbst als er außer sich war vor Zorn. Was ich«, fügte sie hinzu, »absichtlich herbeigeführt habe.«
»Du kennst ihn erst seit zwei Wochen!«
»Stimmt, aber manchmal weiß man es eben. Auch schon nach zwei Wochen.«
»Wie lange hast du *ihn* gekannt?«, forderte Tom sie ruhig und siegessicher heraus.
Caroline verzog das Gesicht. Das war ein Schlag unter die Gürtellinie. »Das ist nicht das Gleiche. Damals war ich fünfzehn Jahre alt. In etwa so alt, wie du jetzt bist«, schloss sie mit einer bedeutungsvollen Kopfbewegung.
Tom funkelte sie in hilflosem Zorn an. »Du willst mir zu verstehen geben, dass ich nicht weiß, wovon ich rede.«
Ihr Ärger verrauchte. »Nein, Schatz. Ich will nur sagen, dass ich dir sechzehn Jahre an Erfahrung voraushabe. Tom, ich

weiß, dass du Max nicht traust – noch nicht. Aber vertraust du mir?«

Tom zögerte, blickte ihr dann in die Augen und nickte, wenn auch noch trotzig.

»Dann vertrau darauf, dass ich das Richtige tue.« Sie wich dem eindringlichen Blick ihres Sohnes aus und machte sich an den Pokalen auf seiner Kommode zu schaffen. Wahllos griff sie einen davon heraus, drehte ihn um und betrachtete die Unterseite des Sockels, als wären dort Worte von großer Weisheit zu lesen. Sie fand aber keine.

Sie hörte Toms Bettfedern knarren, dann seinen schweren Seufzer.

»Liebst du ihn, Mom?«

Welch eine Frage aus dem Mund eines Vierzehnjährigen. Doch sie verlangte nach einer Antwort. Behutsam stellte sie den Pokal zurück auf seinen Platz und drehte sich zu dem Jungen um, der von Umständen, die außerhalb seiner Kontrolle lagen, gezwungen worden war, schon frühzeitig zum Mann zu reifen. Sie schuldete ihrem Sohn die reine Wahrheit und nichts als die Wahrheit. »Ja.« Er senkte den Blick zu Boden und krallte die Finger in seine Bettdecke. »Er sagt, dass er mich auch liebt«, fügte sie hinzu und sah, wie sich seine Hände allmählich entkrampften.

Endlich hob Tom den Kopf. »Das freut mich.«

Caroline stieß den Atem aus, den sie unbewusst angehalten hatte. »Tatsächlich?«

Er lächelte. Nicht das süße, charmante Lächeln, das er ihr schenkte, wenn er sie zum Lachen bringen oder ihren Ärger vertreiben wollte, sondern ein nüchternes Lächeln, das die Sorge in seinen Augen nicht überdecken konnte. »Ja, tatsächlich. Du hast es verdient, glücklich zu sein, Mom. Du hast es verdient, von jemandem geliebt zu werden, der dir keine Angst einjagt.«

Caroline versuchte, den Kloß in ihrem Hals hinunterzuschlucken, doch er war zu groß. »Ich glaube, dich habe ich gar nicht verdient«, flüsterte sie.

Tom hob eine Braue, und sein charmantes Lächeln kehrte zurück. »Nein, hast du wirklich nicht.«

Sie lachte unter Tränen, griff nach einer seiner kleineren Trophäen und warf sie, ohne Schaden anzurichten, aufs Bett, wo sie mit gedämpftem Aufprall auf dem Kissen landete. »Geh zelten, mein Junge. Und wenn du Bauchschmerzen bekommst, weil du das ganze Wochenende über nichts als Hotdogs gegessen hast, dann beklage dich gefälligst nicht bei mir.«

Chicago
Freitag, 16. März, 17:00 Uhr

Winters zog die gefaxten Seiten aus dem Umschlag, der ihn in seinem anonymen Postfach erwartet hatte, und war hochzufrieden mit Randy Livermores Arbeit. Den Jungen würde er sich merken, für den Fall, dass er einmal einen Geschäftspartner brauchte. Livermore arbeitete schnell, gründlich und diskret.

Winters war jetzt im Besitz einer Liste von Frauen, komplett mit Adressen und Telefonnummern, die vor sieben Jahren

in Hanover House aufgenommen worden waren und die nach den Auskünften des Kraftfahrzeugamts kleiner als einsachtundfünfzig waren. Bis Montag würde er über die zu den Namen gehörigen Fotos verfügen. Randy arbeitete wirklich gewissenhaft. Im Augenblick würde Winters blind weitersuchen, die Namen prüfen und sämtliche Variationen von Mary und Grace gelb markieren. Es gab Dutzende. Mary Anne, Mary Beth, Mary Francis …
Winters hielt inne. Von dem Blatt sprang ihm ein einzelner Name ins Auge.
Mary Grace würde doch nicht …
Vielleicht war es ihr gar nicht bewusst. Vielleicht war es auch so eine Art Freudsche Assoziation.
Höchstwahrscheinlich aber war sie einfach dumm, wie er ja längst wusste.
Winter hob den Namen mit gelbem Marker hervor und betrachtete ihn minutenlang.
Während der ersten dreiundzwanzig Jahre ihres Lebens hatte Mary keinen Fuß über die Grenze von North Carolina hinaus gesetzt …
Möglich war es durchaus.
Caroline Stewart.
Möglich war es.
Er holte seinen Stadtplan von Chicago hervor. Miss Caroline Stewart wohnte nicht allzu weit von hier entfernt.
Winters zündete sich eine Zigarette an und nahm einen tiefen Zug. Sein Puls beschleunigte sich bei dem Gedanken, dass er seiner Beute dicht auf den Fersen war. Robbie hielt sich womöglich ganz in seiner Nähe auf. Bis zur Schlafenszeit würde Winters es genau wissen.

Und wer konnte schon sagen, was dann passierte? Die Schlafenszeit würde er vielleicht zum ersten Mal seit sieben Jahren unter eher ... intimen Bedingungen erleben.
Er warf noch einen Blick auf den hervorgehobenen Namen. Ja, es war durchaus möglich.

Chicago
Freitag, 16. März, 18:30 Uhr

Caroline öffnete die Tür, noch bevor Max hatte anklopfen können. Toms Einlenken hatte ihr eine Bürde von den Schultern genommen, und sie freute sich auf diesen Abend wie auf keinen anderen bisher. »Hi«, sagte sie in dem Wissen, dass es albern klang und dass ihr Lächeln zu breit war, aber das war ihr völlig egal.
Max erwiderte ihr Lächeln. »Hi.« Er betrat die Wohnung und stolperte, als der orangefarbene Kater im Vorbeihuschen seinen Stock streifte, doch er fand rechtzeitig die Balance wieder, um nicht zu stürzen. »Oha. Dein Besucher ist wieder da.«
»Mrs Polasky und ihre Schwester sind heute Morgen nach Daytona gefahren. Ich bin der einzige Mensch im ganzen Haus, der ihm zu fressen gibt.« Sie scheuchte den Kater in die Küche und füllte seinen Napf mit Trockenfutter.
Im Geist bedankte Max sich bei dem alten Bubba, als er Caroline in die Küche folgte und sie über den Napf gebeugt vorfand, ihr Hinterteil verlockend ausgestreckt. Sie trug

hautenge Jeans, die ihm den Mund wässrig machten und seine Finger vor Lust, sie zu berühren, zucken ließen. Er schob die Hände in die Taschen. »Mrs Polasky ist nach Daytona gefahren? Warum?«
Caroline blickte auf, und ihre Augen lachten. »Harley-Wochenende.«
Max' Lippen zuckten. »Erzähl mir nicht, dass diese alten Damen Harley Davidson fahren.«
»Doch. Es stimmt«, erklärte sie. »Ich habe sie mit eigenen Augen gesehen. Sie haben erst mit Fünfundfünfzig damit angefangen. Mrs Polasky sagt, dass sie auf diese Weise jung bleiben, aber ihre Schwester behauptet, sie tun es, um Männer abzuschleppen.«
Max schnaubte. »Ich glaube eher der Schwester.«
Caroline feixte. »Ich auch.« Sie stand auf und wischte sich die Hände an den Jeans ab. »Ich bin fertig.«
Er musterte sie von Kopf bis Fuß und hoffte, dass sie ihm seine Bewunderung vom Gesicht ablesen konnte. »Du siehst wunderschön aus.«
Drei, zwei, eins. Prompt trat eine zarte Röte auf ihre Wangen. »Danke.«
Max gab ihr rasch einen Kuss auf den Mund. Sie hatte sein Kompliment einfach hingenommen. Das bedeutete, dass sie immer größere Fortschritte machten. »Gern geschehen, und ich komme um vor Hunger. Ruf Tom, dann fahren wir alle zusammen zu mir.«
Caroline legte sich den Riemen ihrer Handtasche über die Schulter. »Er ist nicht hier. Hast du vergessen, dass er zelten fährt? Er kommt erst Mittwoch oder Donnerstag wieder nach Hause.«

Jeder Muskel in Max' Körper spannte sich an. »Was?«
Es klang bedeutend barscher, als er beabsichtigt hatte, doch in diesem Augenblick hätte er seine Stimme nicht kontrollieren können, selbst, wenn es um sein Leben gegangen wäre.
Verdutzt blickte sie ihn an. »Er ist mit seinen Freunden zelten gefahren.« Sie legte voller Unbehagen die Stirn in Falten. »Was hast du, Max?«
Er bemühte sich, das Zittern seiner Hand zu unterdrücken, als er ihre Wange streichelte. »Dann sind wir ja allein«, sagte er leise. »Ganz allein.«
Ihre Augen leuchteten auf, als sie den Sinn seiner Worte begriff, und gleichzeitig kam ihre liebenswerte Schüchternheit zum Vorschein. »Sieht ganz so aus.«
Er hob ihr Gesicht an und küsste sie lange und gründlich. Sein Kuss war erfüllt von den vielversprechenden Vorstellungen, was die Nacht mit sich bringen würde.
»Oh weh«, flüsterte sie.
Er berührte sanft ihre Unterlippe, die rot und geschwollen aussah. »Oh weh, oh weh«, neckte er sie und entlockte ihren zitternden Lippen ein scheues Lächeln. »Vergiss nicht, den Kater rauszulassen.«
Sie stand da und sah ihm tief in die Augen, als sei sie im Begriff, eine Entscheidung von größter Bedeutung zu treffen. »Am besten stelle ich den Napf vor die Tür«, sagte sie leise. »Für den Fall, dass ich spät nach Hause komme und er Hunger hat.«
Max hielt ihr die Tür auf. Oder falls sie früh morgens nach Hause kam, so, wie die Dinge standen. »Lass uns gehen.«

Als sie am Fuß der Treppe ankamen, saß Sy Adelman auf seinem gewohnten Platz auf der untersten Stufe. Er schenkte Max einen neugierigen Blick, bevor er Caroline lächelnd begrüßte. »Guten Abend, Caroline.«
»Guten Abend, Mr Adelman«, erwiderte sie, ebenfalls lächelnd.
Der alte Mann sah Max an. »Ich wünsche Ihnen viel Vergnügen. Tun Sie nichts, was ich nicht auch tun würde.«
Caroline lachte. »Und was wäre das wohl, Sy?«
Mr Adelman schmunzelte. »Nicht eben viel.«
Caroline tätschelte seine Halbglatze. »Sie sind ein altes Schlitzohr, Mr Adelman.«
»Ich weiß. Das hält mich jung.«

Die Tür fiel hinter ihnen ins Schloss, und die beiden gingen auf einen silbernen Mercedes zu, der am Straßenrand wartete. Winters runzelte die Stirn und drückte sich tief in den Schatten hinter der Treppe. Er war durch eine Hintertür in das Apartmenthaus geschlichen und hatte darauf gewartet, dass der alte Mann ging, damit er zur Wohnung Nr. 3A gelangen konnte. Stattdessen war die Frau selbst aus 3A herausgekommen, Hand in Hand mit einem ungewöhnlich großen Mann, größer noch als er selbst. Aber lahm. Ein Krüppel mit einem Stock.
Die Frau war Mary Grace. Dessen war er ganz sicher.
Ein bisschen älter, mit braun gefärbtem Haar.
Und sie hinkte nicht.
Winters presste die Zähne aufeinander. Sie war überhaupt nicht verkrüppelt.
Deswegen hatte man ihre Gehhilfe im Auto gefunden. Sie

hatte sie überhaupt nicht mehr gebraucht. Sie war nie lahm gewesen. Langsam kochte die Wut in ihm hoch. Sie hatte ihn belogen. Jede einzelne Schwester, jeder Arzt im Krankenhaus hatte ihn belogen. Alle hatten so getan, als sei sie schwer verletzt. Die arme, arme kleine Mary Grace. Sie war die ganze Zeit über völlig normal gewesen. Sie hatte gelogen. *Und sie hatte ihm den Sohn genommen.*
Der große Mann mit dem Stock öffnete die Beifahrertür für sie, und sie stieg ein und lachte über irgendetwas, das er gesagt hatte. Sie hatte einen Geldonkel. Mary Grace ließ sich wie eine Hure aushalten und war keinen Deut besser als Angie, diese Schlampe. Seine Wut verwandelte sich in zornige Flammen. Er ballte die Fäuste. Mary Grace und dieser Mann gingen wahrscheinlich irgendwohin, um es miteinander zu treiben. Wenn er, Winters, mit ihr fertig war, würde sie den Tag bereuen, an dem sie den Kerl kennen gelernt hatte. Wenn er fertig war, würde sie es bereuen, überhaupt geboren zu sein.
Mit einiger Mühe beherrschte Winters seine Wut und konzentrierte sich wieder auf das Nächstliegende.
Robbie. Sein Sohn war oben in der Wohnung Nr. 3A. Allein. In diesem Augenblick.
Er schlüpfte zur Hintertür hinaus und ging zurück zu seinem Mietwagen, den er in einer Gasse angestellt hatte, öffnete den Kofferraum und entnahm ihm den Overall, den er vorsorglich dort verstaut hatte. Ein Mann in Arbeitskleidung wurde selten beachtet. Der alte Mann auf der Haustreppe würde denken, er wäre der Fernsehmechaniker. Ein kleiner Werkzeugkasten und eine unauffällige braune Perücke vervollständigten seine Tarnung.

Er betrat das Haus durch den Haupteingang und nickte dem alten Mann zu.

»Ein bisschen spät für einen Hausbesuch, wie?«, fragte der Alte und blickte zu ihm auf.

Winters musterte ihn unter gesenkten Lidern. »Ich bin spät dran. Das hier ist mein letzter Einsatz für heute.«

Der Alte blinzelte zu ihm auf. »Von welcher Firma kommen Sie, junger Mann?«

Winters unterdrückte seinen Zorn. Neugieriger alter Scheißer. Er überlegte blitzschnell. »Drei-A-Vertragsgesellschaft.« Er nickte dem Alten kurz zu, stieg die Treppe hinauf und beachtete den alten Knacker nicht, der ihm mit einem Stirnrunzeln über die Schulter hinweg nachschaute.

Erstaunlich schnell hatte Winters Mary Graces Schloss geknackt. Sie war wohl ganz schön vertrauensselig geworden. Das würde sich bald ändern.

Sein Herz klopfte voller Vorfreude, als er die Tür aufstieß und ins Wohnungsinnere spähte.

Es war still. Still wie in einem Grab. Enttäuschung überkam ihn.

Robbie war nicht hier. Aber er war hier gewesen. Langsam durchschritt Winters das kleine Wohnzimmer, und sein Blick fiel auf eine Sammlung Fotos auf einem kleinen Holzregal.

Robbie. Sein Sohn. Winters griff nach dem Foto am äußersten Ende des Regals. Sein Sohn war zu einem Mann herangewachsen. Groß, blond, athletisch und gut aussehend. Robbie war ein attraktiver junger Mann. Stolz ließ seine Brust schwellen, während ihn gleichzeitig der Schmerz wegen der verlorenen Jahre packte. Er griff nach einem

weiteren Foto – Robbie im Basketball-Dress, den Ball lässig unter den Arm geklemmt. Sein Sohn spielte Basketball. Winters runzelte die Stirn. Er hätte Football spielen sollen. Für Robbie war von Anfang an Football vorgesehen gewesen.
Wie ich.
Aber er spielte kein Football. Trotzdem war Winters stolz. Sein Sohn war der beste Spieler des Jahres gewesen ... einmal, zweimal, dreimal; er zählte die Pokale. Dann trat er einen Schritt näher und unterdrückte hastig den Schrei, der aus ihm herausbrechen wollte.
»Tom Stewart«, las er laut mit eisiger Stimme. Sie hatte ihren Namen und den seines Sohnes geändert. Versagte seinem Sohn das Erbe, sogar seinen eigenen Namen. »Dafür wird sie büßen«, flüsterte er.
Er stellte die Trophäe zurück auf ihren Platz, sorgsam darauf bedacht, die dünne Staubschicht auf dem Regal nicht zu verwischen. Er wollte eines der Fotos von seinem Sohn für sich haben und griff in die hinteste Reihe des Regals nach einem, das anscheinend schon seit langer Zeit dort stand. Ein zehnjähriger Junge blickte zu ihm auf, ernst und ohne Lächeln. Robbie war offenbar unglücklich, weil er hier ohne ihn leben musste. Das konnte er an den Augen seines Jungen erkennen. Der Staub, der noch dicker auf dem Bilderrahmen lag als auf dem Regal, verriet ihm zweierlei. Erstens: Mary Grace hatte sich zu einer lausigen Hausfrau zurückentwickelt. Zweitens: Offenbar hatte sie dieses Foto lange nicht mehr angefasst und würde es deshalb nicht vermissen. Er schob es so vorsichtig in seine Tasche, als wäre es aus purem Gold.

Vorsichtig drang er weiter in ihre Wohnung vor und öffnete eine Tür. Das Bad. Shampooflaschen standen auf dem Wannenrand herum. Ein Saustall. Misstrauisch betrachtete er den Rasierapparat über dem Waschbecken. Robbie rasierte sich bereits. Wer hatte ihm das beigebracht? Der große Typ mit dem lahmen Bein? Einer von Mary Graces anderen Männern? Wieder spürte er Zorn in sich aufsteigen. Er hatte so viele von den kleinen Dingen versäumt, während es einem Fremden, irgendeinem Macker seiner verhurten Frau, vergönnt war, seinen Sohn heranwachsen zu sehen.
Er schloss die Badezimmertür und öffnete die Tür zu Robbies Zimmer. Schlichte Decken lagen auf dem Doppelbett, Poster von Michael Jordan bedeckten die Wände. In einer Ecke stand ein Computer, Schulbücher stapelten sich auf dem Schreibtisch. Winters öffnete den Schrank und betrachtete den einzigen dunklen Anzug und die glänzenden schwarzen Schuhe. Große Schuhe. Sein Junge war beinahe erwachsen.
Ein Foto steckte in der oberen Ecke eines alten Spiegels. Ein alter Mann hielt Robbie auf dem Schoß, Robbie hielt einen Luftballon und lächelte breit mit fehlenden Schneidezähnen. Das Foto stammte offenbar aus der Zeit, kurz nachdem Mary Grace ihm den Jungen gestohlen hatte. Er riss das Bild vom Spiegel, drehte es um und las die Worte, die Mary Grace auf die Rückseite geschrieben hatte. *Eli und Tom im Zirkus.* Winters knirschte mit den Zähnen. Ein Fremder war mit seinem Jungen in den Zirkus gegangen, während er selbst nie die Gelegenheit dazu gehabt hatte.
Sein Blick schweifte über eine Kommode, auf der noch mehr Pokale standen. Auf den Möbeln lag zentimeterdick Staub.

Mary Grace ist eine lausige Hausfrau, dachte er wieder. Er musste dafür sorgen, dass sie ... sich besserte. Er wollte sich gerade zur Tür umdrehen, als ihm ein silbernes Aufblitzen auf dem Bett ins Auge stach. Es war ein kleiner Pokal, der auf dem Kissen lag, wo er eindeutig nicht hingehörte. Winters hob ihn wütend hoch und stellte ihn zurück auf seinen Platz auf der Kommode.
Der Junge hatte inzwischen ein paar schlechte Angewohnheiten. Wenn sie wieder zusammen waren, würde es eine Menge für ihn zu tun geben.
Winters schloss die Tür zu Robbies Zimmer genauso sorgfältig wie die Badezimmertür. Sie sollten nicht wissen, dass er hier gewesen war.
Aber bald würden sie es erfahren. Bald.
Winters schob die Tür zu Mary Graces Schlafzimmer auf und blieb wie angewurzelt stehen.
Das Herz hämmerte in seiner Brust, als hätte er einen Geist gesehen.
Da war sie.
Da stand schon wieder diese verdammte Skulptur, gleich neben ihrem Bett. Mit grimmig gefurchter Stirn ging er zum Nachttisch und hob die Keramik auf.
Es war nicht die gleiche Skulptur, wie er bei näherem Hinsehen feststellte. Diesmal war es ein Mann. Aber trotzdem katholisch. Er drehte sie um. »St. Joseph« war auf ein kleines Messingplättchen am Sockel eingraviert. Es war zwar nicht derselbe katholische Heilige, aber seine Bedeutung für Mary Grace war dennoch dieselbe. Die Wut, die er in der Polizeiwerkstatt in Sevier County empfunden hatte, als ihm klar wurde, dass sie diese verdammte Heilige Rita mit ihren

Sprüngen und Rissen zwei Jahre lang aufbewahrt hatte, bevor sie durchbrannte, meldete sich zurück. Sie kochte nicht mehr. Seine Wut war jetzt sehr kalt. Eiskalte Wut war besser, das wusste er genau. Sie schärfte seinen Verstand, half ihm dabei, seine Rache, die überaus süß sein würde, noch besser zu planen.
Die Skulptur bedeutete Unabhängigkeit für Mary Grace. Sie versinnbildlichte ihre Flucht vor ihm. Sie bedeutete die Trennung von seinem Sohn. Winters hob die Keramik hoch und ließ sie von einer Hand in die andere fallen. Sie bestand aus dem gleichen Material wie jene andere. War bestimmt zerbrechlich.
Er ließ die Skulptur zu Boden fallen, doch der Teppich dämpfte ihren Aufprall. Der tönerne Heilige lag unversehrt auf dem Boden und blickte ehrfürchtig zu ihm auf, die Hände zu einem frommen Gebet gefaltet. Verdammt noch mal. Das Ding ging nicht kaputt. Winters hob die Keramik mit einer Hand auf und schlug sie gegen die Kante des Nachttisches. Mary Graces neues Idol zersprang und lag dann in Scherben auf dem Boden.
Prima, dachte er wild. Sollte sie sich fragen und ängstigen, auf welche Weise das Ding zerbrechen konnte.
Sollte sie Angst haben. Sollte sie furchtbare Angst haben.
Er ließ ihre Schlafzimmertür weit offen stehen und ging den schmalen Flur entlang zur Wohnungstür. Mittlerweile war es ihm gleichgültig, ob sie Verdacht schöpfte oder nicht. Seine Hand lag bereits auf dem Türgriff, als jemand auf der anderen Seite der Tür zaghaft klopfte.
»Caroline?«, rief eine Stimme. Eine Mädchenstimme. »Caroline, ich muss mit dir reden.«

Winters fluchte innerlich. Besuch. Dieses Mädchen, der Krüppel und der Alte – in Mary Graces Wohnung ging es zu wie auf einem Hauptbahnhof.

»Caroline, bitte mach auf.« Die Stimme des Mädchens klang flehentlich. »Ich möchte mich entschuldigen.« Sie wartete, klopfte dann erneut. »Ich bleibe hier, bis du aufmachst. Ich habe Bubba bei mir. Er hat Hunger, Caro.«

Winters verdrehte die Augen. Na, großartig. Ein neugieriger alter Mann auf der Treppe und ein weinerliches Mädchen draußen auf dem Flur. Er spähte durch den Spion. Noch besser. Ein weinerliches dünnes Mädchen mit einer hässlichen orangefarbenen Katze auf dem Arm. Er hasste Katzen. Aber er konnte auch nicht die ganze Nacht in der Wohnung bleiben. Irgendwann würde Mary Grace mit dem Typen nach Hause kommen, und dann wollte Winters nicht mehr in der Wohnung sein. Und der alte Mann sollte auch nicht wissen, dass er viel zu lange in der Wohnung war, und womöglich Verdacht schöpfen. Das Letzte, was Winters brauchte, war ein Zusammentreffen mit der Polizei von Chicago.

Scheiß drauf. Er riss die Tür auf und empfand ein perverses Vergnügen, als er sah, wie das Mädchen bei seinem Anblick aufkreischte. Die große, orangefarbene Katze sprang von ihrem Arm und huschte zwischen Winters' Beinen hindurch in die Wohnung, wo sie hinter dem Sofa verschwand.

»Sie ist im Moment nicht zu Hause.«

Das Mädchen schüttelte den Kopf, und ihre Augen waren größer als die eines vom Scheinwerferlicht geblendeten Rehs. Ihre schmale Hand hatte sie auf ihr Herz gepresst. »W-wer sind Sie?«

Winters setzte sein charmantestes Lächeln auf. Sie sah im Grunde gar nicht schlecht aus. Hoch gewachsen und gertenschlank. Wie ein Fohlen. »Ich arbeite für die Grundstücksgesellschaft. Ein Mieter hat wegen eines undichten Wasserhahns angerufen, und ich habe ihn repariert.«
Sie stieß einen erleichterten Seufzer aus. »Ach so. Sie haben mir einen Schrecken eingejagt.« Das Mädchen spähte in die Wohnung. »Und sie ist wirklich nicht zu Hause?«
»Es sei denn, sie hat sich unterm Waschbecken versteckt.« Winters lächelte. »Warum wollen Sie sie sprechen?« Als Freundin von Mary Grace verfügte sie bestimmt über nützliche Informationen für ihn. Zum Beispiel, wo zum Teufel er seinen Sohn finden würde.
Das Mädchen seufzte schwer. »Schon gut. Meine Probleme interessieren Sie bestimmt nicht.«
Winters lehnte sich gegen den Türpfosten. »Sie würden staunen, was mich so alles interessiert«, sagte er, immer noch mit seinem freundlichsten, hilfsbereitesten Lächeln. »Sie sehen aus, als hätten Sie einen schweren Tag hinter sich. Darf ich Sie zu einer Tasse Kaffee einladen?«
Das Mädchen blickte um sich, biss sich auf die Unterlippe, schien zu überlegen und nickte schließlich. »Das ist wohl das netteste Angebot, das ich heute bekommen habe. Ich bin Evie Wilson.« Sie streckte ihm ihre Hand entgegen.
Winters schüttelte sie. »Mike Flanders. Nett, Sie kennen zu lernen, Evie.«

16

Chicago
Freitag, 16. März, 20:30 Uhr

»Du hast mir noch gar nicht erzählt, warum du dich für das Jurastudium entschieden hast.«
Erschrocken hob Caroline den Blick von ihrem Teller. Max' Frage kam aus heiterem Himmel, nachdem ihre Unterhaltung für eine Weile verstummt war und er sie angestarrt hatte, als wollte er bis auf den Grund ihrer Seele schauen. Oder sie zum Nachtisch verschlingen. Sie war nicht sicher, welche Vorstellung sie stärker beunruhigte. Sorgfältig tupfte sie sich mit der Serviette die Lippen ab und zuckte mit den Schultern. »Du wirst mich für hoffnungslos naiv halten.«
Max streckte die Hand aus und legte sie auf ihre. »Dann wäre ich hoffnungslos zynisch.«
Sie sah ihn mit einem kläglichen Lächeln an. »Das bist du ja auch.«
Max grinste. »Aber ich war noch nie so verflixt glücklich darüber, zynisch zu sein.«
»Dana sagt immer, ich wäre der Typ des unbedarften Lieschen Müller.«

Max umfasste ihre Hand. »Das will ich nicht hoffen«, flüsterte er.
Sie legte die Fingerspitzen ihrer anderen Hand an ihre Wange, als sie die Glut aufsteigen fühlte. *Erbarmen.* Allein mit seiner Stimme konnte dieser Mann sie zum Dahinschmelzen bringen wie Butter in der Sonne. Er hob ihre beiden ineinander verschlungenen Hände an seine Lippen und küsste jede ihrer Fingerspitzen einzeln. Es war mehr ein Hauchen als Küssen. Und doch so erotisch, dass sie bis in die Zehenspitzen erbebte.
»Caroline?« Lachen schwang in seiner Stimme mit. »Erzählst du mir von deinem Jurastudium?«
Caroline blinzelte und sah sein Gesicht wieder deutlich vor sich. Er lächelte wie ein Mann, der wusste, dass er am Ziel seiner Wünsche angelangt war. Und irgendwie erregte sie das noch mehr.
»Das Jurastudium«, wiederholte sie und trank einen ziemlich großen Schluck Wein. Er hatte ihn passend zu der Pasta ausgesucht, die sie zubereitet hatte, und ihre Beschämung darüber, dass sie nicht wusste, welcher Wein zu welchem Gericht gereicht wurde, mit einer lässigen Handbewegung abgetan und die Gelegenheit wahrgenommen, sie in dieser Kunst zu unterweisen. Sie furchte leicht die Stirn. Irgendwie war der Unterricht dann in eine ausgedehnte Weinprobe ausgeartet. So viel Wein hatte sie noch nie im Leben getrunken.
»Was hat dein Stirnrunzeln zu bedeuten?«, fragte er und folgte mit einem Finger den Konturen ihrer Lippen.
Caroline hob betont vorwurfsvoll den Blick. »Du hast mich beschwipst gemacht.«

Max warf den Kopf in den Nacken und lachte, und es erinnerte sie daran, wie ihr Sohn früher an diesem Abend auf ganz ähnliche Weise gelacht hatte. Wie viel von der Wärme, die sie erfüllte, auf den Wein und wie viel davon auf die Tatsache zurückzuführen war, dass sie den beiden wichtigsten Männern in ihrem Leben gefiel, hätte sie nicht sagen können.
Und es war ihr auch gleichgültig. Sie schlug spielerisch mit der Serviette nach ihm und stand auf, um ihr Geschirr zur Spüle zu tragen. Hinter sich hörte sie seinen Stuhl scharren. Dann ertönte das dumpfe Aufsetzen seines Stocks, und einen Moment später schlangen sich seine Arme um ihre Taille und zogen sie an sich.
»Entschuldige, Caroline.« Max küsste ihren Scheitel. »Du bist einfach hinreißend in deiner Empörung. Und jetzt erzähl mir von deinem Jurastudium«, wiederholte er.
Sie ließ sich entspannt gegen ihn sinken, genoss das Gefühl seiner Kraft. Sie musste ihm die Wahrheit sagen. Sie hatte sich für das Jurastudium entschieden, um misshandelten Frauen helfen zu können. Es war der perfekte Übergang. Sie würde ihn später nutzen, sagte sie sich, wollte die verspielte Stimmung jetzt nicht zerstören. Später. »Nun, das sind die drei Jahre, während derer man Gesetze und Statuten in der Theorie bearbeitet und ...«
Max stöhnte. »Dann erzähl es mir eben nicht. Glaub nicht, dass es wichtig wäre.« Er hielt sie immer noch umschlungen und wiegte sie kaum merklich in seinen Armen. Er senkte den Kopf und küsste ihr Ohr. »Aber das ist es, weißt du«, flüsterte er ihr ins Ohr.
Ein Schaudern lief über ihren gesamten Körper. Sie drehte

den Kopf gerade genug, um zu spüren, wie seine Lippen ihre Wange streiften. »Was?«, flüsterte sie heiser.
»Wichtig. Du bist mir wichtig.« Er tupfte Küsse an ihrer Kinnlinie entlang. Ihre Gliedmaßen wurden schwer und träge, und sie ließ sich gegen ihn sinken. Seine Armmuskeln spannten sich an, um sie zu stützen, dann glitt seine Hand an ihrem Körper hinauf, um zärtlich ihre Brust zu umfassen. Ihr reflexartiges Luftschnappen bewirkte nur, dass sie sich fester in seine Hand schmiegte, woraufhin er mit seiner zweiten Hand die andere Brust ebenfalls umspannte. Er hielt sie einfach fest, ließ ihr Zeit, sich an seine Inbesitznahme ihres Körpers zu gewöhnen.
Denn etwas anderes war es nicht. Er besaß ihr Herz, und jetzt eroberte er ihren Körper. Und ihr fiel kein einziges Argument ein, warum das nicht gut und richtig sein sollte.
Als seine Daumen über ihre Brustspitzen streichelten, konnte sie überhaupt nicht mehr denken. Ihr Pulsschlag pochte wie tausend Trommeln, jegliches Empfinden konzentrierte sich auf die Stellen, wo er sie berührte. Und wo er sie nicht berührte. Tief in sich spürte sie heißes weibliches Verlangen, und sie drängte sich, Erlösung suchend, fester an ihn.
Er stöhnte an ihr Ohr, tief, herzzerreißend und absolut wunderbar. Ihre Hände glitten an ihrem Körper hinauf, bis sie die seinen bedeckten und sie fester an ihre Brüste pressen konnten, nur um zu erfahren, dass der Drang in ihrem Inneren, der sich zu einem dumpfen Ziehen ausgeweitet hatte, dadurch nicht erleichtert wurde. Blindlings wandte sie den Kopf, suchte seinen warmen Mund und fand ihn.

Seine verzehrenden Küsse erschütterten sie und heizten ihr Begehren an. Eine Hand ließ von ihrer Brust ab und griff in ihr Haar, zog ihren Mund noch näher zu sich heran. Seine Zunge verlangte Einlass, und es kam ihr nicht in den Sinn, ihm diesen elementaren Kontakt zu verweigern. Sie trug ihren Teil bei und streichelte, erforschte seine warme, feuchte Mundhöhle, die nach dem Wein schmeckte, den sie getrunken hatten. Süß und kraftvoll.

Sie griff hinter sich, umfasste mit beiden Händen seinen Nacken und presste sich enger an ihn, war sich nur verschwommen des leisen, sehnsüchtigen Keuchens bewusst, das sich ihrer Kehle entrang.

Er hob den Kopf, und ihr Herz blieb stehen. Seine Augen waren dunkel von unverhohlenem Begehren, sein Mund war nass von ihren Küssen. In der Stille der Küche hörte sie seinen Herzschlag. Langsam drehte er sie in seinen Armen zu sich herum, sodass sie ihm ins Gesicht sehen konnte.

»Caroline, glaubst du mir, dass ich dich liebe?«, flüsterte er mit heiserer, fremder Stimme.

Sie blickte in ihr Herz und fand dort keine lauernden Zweifel. »Ja.«

»Vertraust du mir?«

Sie prüfte ein zweites Mal die Stimme ihres Herzens. Und entdeckte auch diesmal keinerlei Zweifel. »Ja.« Sie hörte nicht, dass das Wort über ihre Lippen kam, doch er war offenbar mit ihrer Antwort zufrieden.

»Dann komm mit.« Er legte beide Hände um ihr Gesicht und liebkoste mit den Daumen zart ihre Wangen. Er küsste sie, langsam und voller Liebe. Die Augenlider. Die Wangen-

knochen. Die Augenwinkel. Alles, bis auf ihre Lippen, und ließ sie zitternd zurück, als er den Kopf hob. »Ich will dir etwas zeigen.«
Er tänzelte um sie herum und drängte sie rücklings zum Türbogen, der seine Küche vom Wohnzimmer trennte.
Caroline schluckte, eine Spur von Angst drängte sich in ihr Bewusstsein. »Was zeigen?«
Er nahm ihr Kinn zwischen Daumen und Zeigefinger und zwang sie sanft, ihm in die Augen zu sehen. Seine andere Hand hielt resolut den Stock fest, während sie Schritt für Schritt zum dunklen Wohnzimmer hinübertaumelten. »Etwas Wunderschönes. Was du willst.«
»I-ich?«
Inzwischen waren sie im Wohnzimmer angelangt, nur noch wenige Schritte von dem überlangen Sofa entfernt, das den Großteil der Wand einnahm. Er lächelte und strich mit den Lippen über ihren Mund. »Ja, d-du.«
Sie hielten inne, als sich die Sofakante in ihre Kniekehlen grub, und er wurde ernst. »Ich verspreche dir, dass wir nichts tun, was du nicht willst. Ich verspreche dir, dass ich aufhöre, wenn du es sagst. Jemand hat dir wehgetan, Caroline. Ich sehe es in deinen Augen, wann immer ich dir sage, dass ich dich liebe oder dass du schön bist. Ich verspreche dir, dass du mir eines Tages glauben wirst, denn ich würde dich niemals belügen. Ich brauche nur ein einziges Versprechen von dir.«
Caroline konnte nur nicken. Ihre Augen waren groß, ihre Zunge war wie gelähmt.
»Du sollst mir versprechen, nicht zu vergessen, wer ich bin. Kannst du mir das versprechen, Caroline?«

Ihre Augen füllten sich mit heißen Tränen, und sie blinzelte sie fort. »Max.«
»Versprichst du es mir?«, beharrte er und wischte die Tränen von ihren Wangen.
»Ich verspreche es«, flüsterte sie.
»Ich wollte ein Feuer im Kamin anzünden, Musik einschalten, alles richtig schön für dich machen«, flüsterte er und streichelte ihr Gesicht.
Bis auf den Boden ihrer Seele gerührt, legte Caroline die Hände um sein Gesicht. Er drückte einen Kuss zuerst in die eine, dann in die andere Handfläche. Sie strich mit den Fingerspitzen an seinem kräftigen Hals entlang und empfand Erregung und Stolz, als er erschauerte. Sie hatte die Macht, diesen starken Mann erschauern zu lassen. Das war ... eine Entdeckung.
Sie schob die Finger in die drahtigen kurzen Haare in seinem Nacken und zog seinen Kopf zu sich herab, küsste ihn mit all der neuen Zuversicht, die sie in sich entdeckt hatte. Ihr Lohn war ein erneutes tiefes, kehliges Stöhnen, das sie innerlich schmelzen ließ. Er übernahm die Führung bei diesem Kuss, bedeckte ihren Mund mit ihren Lippen und ihre Brüste mit seinen Händen. Sie schloss die Augen, und ihre Knie gaben nach, als er sie auf das weiche Sofa herabdrückte.
Sie hörte, wie sein Stock auf dem Teppich aufschlug. Ihr letzter zusammenhängender Gedanke war, dass Max' Sofa größer war als ihr Bett. Dann kam er zu ihr, ließ sich zwischen ihren Beinen nieder und schob seine Hände unter ihren Kopf, um ihr Gesicht zu umfassen.
»Schau mich an«, flüsterte er.
Mit einiger Mühe öffnete sie die Augen. Er war ihr nahe, so

nahe, dass sie jede einzelne Augenwimper erkennen konnte. Er blickte sie so eindringlich an, dass ihr Herz erneut wild zu klopfen begann. »Sag mir, dass du mich liebst, Caroline.«
Sie hob die Hand an seine Wange und spürte, wie er unter der Berührung ihrer Fingerspitzen die Zähne zusammenbiss. »Ich liebe dich, Max.«
Wieder lief ein heftiger Schauer über seinen Körper, er presste die Zähne aufeinander und drängte sein Becken gegen ihres. Seine harte Erektion berührte genau die Stelle, die sich nach ihm sehnte. Sie spürte, wie sich ihre Hüften ihm aus eigenem Antrieb entgegenwölbten.
»Oh Gott«, flüsterte er heiser.
»Was?« Caroline küsste sein Kinn, seine Unterlippe, seine Wange, seinen Hals. Alles, was sie erreichen konnte, während sein Gewicht sie niederdrückte.
»Ich habe das Gefühl, ich könnte schon kommen, wenn du nur deine Hüften anhebst«, raunte ihr Max zu.
Der elektrisierende Schauer, der ihr über den Rücken bis ins Zentrum ihrer Lust lief, ließ sie sich ihm erneut entgegenwölben.
»Hör auf.« Es war eine gezischte Warnung. »Ich will dir so vieles zeigen, Caroline. Ich will unglaubliche Empfindungen in dir wecken. Bring mich nicht dazu, zu früh zu kommen.«
Seine Worte lösten noch mehr in ihr aus als seine Küsse. Sie musste ihm näher sein. Sie öffnete die Schenkel noch weiter, hob die Knie an seine Hüften. So war es besser, aber längst nicht nahe genug. Ihre Kleidung trennte sie immer noch von dem Punkt, der ihren Körper schmelzen ließ. Sie schmiegte sich wieder an ihn und rang nach Luft, als das aus dieser Bewegung entstehende Lustgefühl sie zu übermannen drohte.

»Verdammt, Caroline.« Max drückte sie noch tiefer ins Sofa und verhinderte damit, dass ihn ihre suchenden Hüften um den Verstand brachten. »Ich ...« Er sprach den Gedanken nicht zu Ende, schob die Hände unter ihren Pullover und fand ihre weichen Brüste. Sie bog den Rücken durch, verlangte wild nach mehr, schrie auf, als er es ihr gab, mit einer einzigen raschen Bewegung den Pullover hochschob, den BH herabzog und ihre Brustspitze in den Mund nahm. Wieder keuchte sie auf, flehte ihn mit ihrem ganzen Körper an, mehr zu nehmen. Das tat er, als er mit seiner Zunge über ihre hoch aufgerichteten Brustspitzen fuhr. Ihre Brüste waren noch nie, niemals eine Quelle der Lust für sie gewesen, und was sie jetzt empfand, war so intensiv, dass sie glaubte, daran sterben zu können. Ungeduldig umfasste sie seinen Kopf und zog an ihm, bis er sich, wohlig brummend, der anderen Brust zuwandte. Er hob den Kopf und betrachtete sein Werk: Ihre Brustwarzen reckten sich ihm nass glänzend und hart entgegen.

Er sah ihr in die Augen. »Du bist wunderschön«, sagte er mit rauer Stimme. »Und außerdem hast du viel zu viel an.« Er ergriff ihren Pullover beim Bündchen, zog ihn ihr über den Kopf und warf ihn ... irgendwohin.

Unvermittelt dachte sie an die Narben an ihrem Hals und war dankbar für die Dunkelheit. Sie betete, dass er sie nicht sehen würde. Dann vergaß sie jedoch die Narben, als seine Hände sich am Vorderverschluss ihres BHs zu schaffen machten, wobei seine Fingerknöchel ihre sehnsüchtig aufgerichteten Brustspitzen streiften, bis sie wimmerte.

Er senkte den Kopf, um die Unterseite ihrer Brust zu liebkosen, was ihrem tiefsten Inneren einen Seufzer entlockte.

Er schwelgte, küsste die eine, dann die andere Brust, aufreizend, zärtlich beißend. Niemals schmerzhaft. Er bereitete ihr nichts als Lust. Er sog, trieb sie höher und höher, bis sie wieder den Rücken durchwölbte und sich seinem offenen Mund darbot. Caroline wand sich in den Hüften, hob sich ihm entgegen, um die Entfernung zwischen ihren Körpern auszulöschen. Sie schrie, rief seinen Namen, bettelte um mehr.
Max hob den Kopf und verlagerte sein Gewicht auf eine Seite. »Caroline, sieh mich an.«
Benommen sah sie in sein schönes Gesicht. Und spürte, wie jeder Muskel in ihr zuckte, als er seine Hand auf ihren Schritt legte und die Finger rastlos am Stoff ihrer alten blauen Jeans bewegte, in einem Rhythmus, den sie instinktiv erfasste.
»Möchtest du das?«, fragte er mit so rauer Stimme, dass sie kaum noch zu hören war. Sie nickte und sog die Unterlippe zwischen die Zähne. Er küsste sie, küsste sie heftig. »Komm nicht auf die Idee, mir all diese kleinen Schreie vorzuenthalten, Caroline. Sie stehen mir zu.« Er küsste sie erneut und umfasste sie besitzergreifend. »Ich habe im Bett gelegen und hiervon geträumt. Von dir geträumt. Ich habe von den Lauten geträumt, die du von dir gibst, wenn ich dich liebe. Von all den Dingen, die zu tun du mich bitten würdest. Bitte, Caroline. Ich möchte hören, wie du mich um all die Dinge bittest, die dich zum Schreien bringen.«
»Max.« Sie hob die Hüften an, auf der Suche nach dem Gefühl seiner Hand an ihrer intimsten, geschütztesten Stelle. Er küsste ihren Mund, ihre Brüste, streichelte diese Stelle, bis jede seiner Handbewegungen ihre Hüften vom Sofa

hochschnellen ließ. Sie begehrte ihn. Wollte ihn in sich spüren. Es war wunderschön. Ein Wunder. Sie hätte beinahe den Himmel berührt ...
Und dann hörte er auf. Erneut zwang sie sich mühsam, die Augen zu öffnen. Er starrte mit zusammengepressten Kiefern auf sie herab. »Diese Frage stelle ich dir nur ein einziges Mal. Ich habe dir versprochen aufzuhören, wenn du es willst.«
Caroline griff nach ihm und legte die Hand um seine Erektion unter der Hose. »Hör nicht auf. Bitte nicht.«
Er fluchte leise, erhob sich auf die Knie und zog sich das Hemd aus der Hose. Sie sah voller Ehrfurcht zu, als der schönste Oberkörper, den sie je gesehen hatte, unter dem schlichten weißen Hemd zum Vorschein kam. Breit, mit kräftigen Muskeln, bedeckt mit dichtem, lockigem dunklen Haar. Er nestelte an seinem Manschettenknopf und riss ihn einfach ab. Sein Hemd landete neben dem Sofa auf dem Boden. Caroline richtete sich auf und fuhr mit der Hand über seine breite Brust, durch das drahtige Haar und hielt dann an seinem Hosenknopf inne. Sein Kinn senkte sich langsam auf seine Brust, und sein Gesicht spannte sich an, als er das Gefühl ihrer Hände auf seiner bloßen Haut genoss. Offenbar hatte er darauf gewartet, dass sie genau das tat. Es war neu, unfassbar, dass sie solche Lust auf sein Gesicht zaubern konnte. Mit den Fingerspitzen strich sie über seine Brustbehaarung, die sich zur Taille hin verjüngte.
Sie schob seine Hände fort und hob den Blick. Seine Augen waren offen und sahen sie so eindringlich an, dass sie bis in die Seele hinein erzitterte. Ohne den Blick von seinem Gesicht zu wenden, öffnete sie den Knopf an seinem Hosen-

bund und zog langsam den Reißverschluss herab. Sein Brustkorb weitete sich mit einem tiefen Atemzug, und er wartete.
Caroline schob die Hand unter den elastischen Bund seiner Boxershorts und schloss die Finger um heißes, pulsierendes Fleisch. Der Atem, den er angehalten hatte, entwich seinen Lungen mit einem heftigen Keuchen. »Verlange jetzt bitte nicht, dass wir aufhören«, knurrte er, als sie mit dem Finger sanft an seinem harten Glied auf und ab strich. »Bitte nicht.«
Statt einer Antwort zerrte sie an seiner Hose.
»Gott.« Er stand auf, streifte Hose und Boxershorts herunter und ließ sie unter dem Klimpern von Schlüsseln und Kleingeld zu Boden fallen. Dann ließ er sich auf ein Knie nieder und kramte in der Hosentasche nach dem Kondom, das er vorsorglich eingesteckt hatte. »Halt mal«, flüsterte er und drückte ihr das kleine Päckchen in die Hand.
Die Wirklichkeit holte sie zurück.
Sie starrte auf das Päckchen, versuchte, ihre Panik unter Kontrolle zu halten. Er erwartete, dass sie ihm das Kondom überstreifte. Sie hatte in ihrem ganzen Leben noch keines benutzt. Ihre Sorgen verstärkten sich, als er ihr die Jeans und den Slip auszog. Die kühle Luft auf ihrem erhitzten Körper war wie ein Schock. Sie war ihm ausgeliefert. Hilfloser, als sie je wieder zu sein geglaubt hatte.
Während des exquisiten Vorspiels hatte sie nicht ein einziges Mal daran gedacht, wie schmerzhaft Sex war. Jetzt musste sie aber daran denken.
Jetzt schon.
»Caroline.« Sie wandte sich ab, unfähig, seinem Blick standzuhalten, nun, da der Moment so nahe gerückt war. »Schau

mich an.« Sie tat es, wandte sich jedoch gleich wieder ab. Er nahm ihr das Päckchen aus der Hand; sie hörte, wie die Folie aufriss, spürte, wie das Sofa nachgab, als er sich wieder zwischen ihren Schenkeln niederließ. »Bitte schau mich an.« Sie versuchte, ihm in die Augen zu sehen. Es gelang ihr nicht.

Mit seinem Penis, der sich anfühlte wie ein Eisenstab, stupste er sanft an ihre Öffnung. Sofort verspannte sie sich. Sie konnte nicht anders. »Ich will dich. Gott, ich will dich so sehr.« Er drängte vorwärts, rang nach Luft. »Ich liebe dich, Caroline. Ich will dir niemals wehtun, aber ich begehre dich so sehr, dass ich fürchte zu sterben, falls ich jetzt aufhören muss.« Er schloss ganz fest die Augen. »Soll ich aufhören?«

Sie wünschte es sich verzweifelt, hob aber trotzdem eine Hand an sein Gesicht, wollte es ihm nicht verwehren. Sie würde es überleben. Sie hatte es früher auch überlebt. Aber dieses Mal würde es anders sein. Es würde sich lohnen, ganz gleich, wie weh es tat. Sie liebte ihn. Dadurch würde alles ganz anders sein. Bestimmt.

»Nicht aufhören«, flüsterte sie und wappnete sich gegen das schmerzhafte Eindringen.

Seine Schultern bebten vor Erleichterung. »Ich tue dir nicht weh, das verspreche ich dir.« Er führte sich langsam ein, drängte weiter und weiter. »Entschuldige«, flüsterte er. »Aber du bist so eng.«

Ihr Körper spannte sich an und wich unwillkürlich vor ihm zurück.

»Denk an dein Versprechen, Caroline«, bat er, und seine Stimme war teils heiser, teils süßes Flehen. »Vergiss nicht, dass du an mich denken willst, dass du weißt, wie sehr ich dich liebe. Entspann dich, Caroline. Bitte. Ich möchte dir so gern noch eines zeigen.«

Mit diesen besänftigenden Worten stieß er weiter vor, bis er endlich eins mit ihrem Körper war.

Er war ... in ihr. Und es tat nicht weh.

»Denk daran, dass ich dich liebe.« Er begann, sich vor und zurück zu bewegen, und ihr Körper spürte mehr und mehr, wie die Lust sich regte, die er vorher so mühelos in ihr geweckt hatte. Sie entspannte sich, hob die Knie, um ihn tiefer einzulassen. Sein Stöhnen verriet ihr, dass sie das Richtige getan hatte. Er schob die Hand zwischen ihre Körper und fand genau die Stelle, die sie veranlasste, sich ihm entgegenzuwölben und zu stöhnen. Er stieß vor und zog sich zurück, immer wieder, bis sie wieder zu fliegen begann, höher und höher. Beinahe ...

»*Max.*« Sie packte seine Schultern und biss sich auf die Lippe. Dann ließ sie ihn ihren Schrei hören, als sie endlich zum ersten Mal im Leben den Himmel in seiner ganzen Pracht und Herrlichkeit berührte. Er stöhnte ihren Namen, folgte ihr, sein mächtiger Körper erschauerte und zuckte, als er tief in ihrem Inneren die Erfüllung fand.

Er sank in ihre Arme, und sie hielt ihn, hieß sein Gewicht willkommen, strich mit den Händen über seinen feuchten Rücken. War der Höhepunkt schon überwältigend gewesen – das Nachglühen war fast genauso beglückend. Sie fühlte sich so erfüllt. Es war richtig gewesen. Eine Woge von Emotionen überrollte sie, und sie drückte ihn fester an sich, barg das Gesicht an seiner massiven Schulter. Erst als er sie leise schniefen hörte, hob er den Kopf und sah sie bestürzt an.

»Ich habe dir wehgetan. Himmel, Caroline, es tut mir so Leid.«

Sie schüttelte den Kopf und hoffte, dass er eines Tages alles verstehen würde.

»Nein, nein, Max. Es hat nicht wehgetan.« Zum ersten Mal verstand sie, was Gott vorgesehen hatte. Zum ersten Mal hatte sie sich freiwillig hingegeben. Zum ersten Mal hatte sie die äußerste Lust erfahren. Zum ersten Mal war der alles zerreißende, brennende Schmerz ausgeblieben.

Er sah sie an, versuchte, in ihre Seele zu blicken, während sein Körper noch mit dem ihren verschlungen war. »Wer hat dich so verletzt, Caroline?«

Sie hätte es ihm jetzt sagen können, aber ihr Körper prickelte noch von den Empfindungen, die er in ihr ausgelöst hatte. Jetzt die Erinnerung an *ihn* hier eindringen zu lassen, wäre ihr makaber erschienen.

»Du nicht«, flüsterte sie und schob ihm das Haar aus der Stirn. »Du nicht.«

Chicago
Freitag, 16. März, 22:00 Uhr

Fünf Bier waren nötig gewesen, um das Mädchen aufzulockern, wobei das erste wohl als Gegengift gegen das Koffein des Kaffees, zu dem er sie eingeladen hatte, zu betrachten war. Winters blickte sie über den winzigen Tisch in der vollgestopften Bar hinweg an. Zum Glück hatte sich niemand von dieser ganz eindeutig Minderjährigen den Ausweis zeigen lassen wollen. Jetzt begann das Bier, das sie in sich hineingeschüttet hatte, endlich zu wirken.

»Also, möchten Sie mir erzählen, was Sie heute Abend zur Wohnung Ihrer Freundin geführt hat?«

Evie verdrehte die Augen und stützte das Kinn in die Hand. »Es ist einfach zu peinlich.«

»Das ist doch albern. Was könnte denn wohl so schlimm sein?«

»Es ist schlimm genug«, antwortete sie mürrisch. »Ich habe meine Freundin erwischt, als sie den Typ küsste, von dem ich dachte ...«

»Sie dachten, er interessiere sich für Sie?«

»Ja. Blöd, nicht?«

»Nein, überhaupt nicht«, antwortete er aalglatt. »Und wie heißt dieser Typ?«

Sie runzelte Stirn und trank einen weiteren großen Schluck Bier. »Max.« Sie wischte sich mit dem Handrücken den Mund ab. »Max Hunter. Er ist mein Chef am Carrington College. Oder vielmehr, er war mein Chef.«

Max Hunter. Jetzt hatte der Krüppel einen Namen. Einen Namen, auf den er sich konzentrieren konnte, wenn er seine Rache an seiner ehebrecherischen Frau plante. Er gab seiner Stimme einen leicht ungläubigen Klang. »Er entlässt Sie doch nicht, weil Sie ihn dabei ertappt haben, dass er Ihre Freundin küsste? Das ergibt keinen Sinn.«

»Nein, er schmeißt mich raus, weil ich Caroline eine geknallt habe und weil ich gesagt habe, dass ich sie hasse.«

»Das haben Sie getan?«

Sie senkte den Blick auf die Tischplatte. »Ja. Im selben

Moment hätte ich es gern rückgängig gemacht, aber das ging ja nicht. Sie war so ... so geschockt darüber, dass ich sie einfach so geschlagen hatte.«

Mary Grace geschockt wegen einer kleinen Ohrfeige? In den vergangenen sieben Jahren war sie verweichlicht. Das würde er bald ändern. »Warum haben Sie sie geschlagen?«

»Ich dachte, sie hätte ihn mir weggenommen.« Sie erzitterte. »Gott, wie peinlich.«

»Und ... wie lange geht das schon so, diese Beziehung zwischen Ihrer Freundin und Ihrem Chef?«

Evie zuckte mit den Schultern. »Seit er bei uns ist, schätze ich. Seit zwei Wochen? Es erscheint mir viel länger.«

Zwei Wochen. Diese Ironie des Schicksals entging Winters durchaus nicht. »Wenn er doch Ihr Chef ist, woher kennt Ihre Freundin ihn dann?«

»Caroline ist seine Sekretärin. Ich soll ... ich hätte ihren Job übernehmen sollen, wenn sie ihr Examen bestanden hat. Sie will danach Jura studieren.«

Winters musste sich anstrengen, nicht zu vergessen, welche Rolle er spielte, sonst wäre ihm vor Schreck der Kiefer nach unten geklappt. Mary Grace machte ihr Examen auf dem College? Wollte Jura studieren? Das war unmöglich.

»Vielleicht benutzt sie ihn nur, um durchs Examen zu kommen«, gab er zu bedenken, unfähig, sich vorzustellen, wie sie sonst ein Examen bewältigen könnte.

Evie schüttelte den Kopf. »Oh nein. So etwas würde Caroline niemals tun. Außerdem ist sie so klug, dass sie es gar nicht nötig hätte. Und wenn ich's mir recht überlege, ist Max sowieso der erste Mann, mit dem Caroline sich eingelassen hat, seit ich sie kenne.«

»Und wie lange kennen Sie sie schon?«
Evie hob eine schmale Schulter. »Seit zwei Jahren. Ich habe sie in einem Frauenhaus kennen gelernt. Sie arbeitet dort ehrenamtlich. Ich war weggelaufen.« Ihre Augen füllten sich mit Tränen. »Sie ist der netteste Mensch, den ich kenne. Ich kann es nicht fassen, dass ich sie geschlagen habe. Ich habe so hart zugeschlagen, dass sie zu Boden gestürzt ist. Und ich kann nicht fassen, was ich zu ihr gesagt habe. Sie hat sich nicht einmal gewehrt. Saß nur auf dem Boden und sah mich an.«
Winters betrachtete das Mädchen mit etwas mehr Achtung. Sie hatte Mary Grace zu Boden geschlagen. Nicht schlecht. »Vielleicht, weil es der Wahrheit entsprach. Vielleicht hatte sie ein schlechtes Gewissen.«
»Nein. So hat sie mich nicht angesehen. Es wirkte eher so, als wäre sie schrecklich enttäuscht von mir.« Sie wischte sich die Tränen aus dem Gesicht. »Tom sagt, wenn sie ihn so ansieht, dann ist das für ihn das Allerschlimmste. Da wäre es ihm lieber, sie würde ihn bestrafen, statt ihn so anzusehen.«
Tom Stewart. Der Name auf Robbies Pokalen. »Wer ist Tom?«
»Carolines Sohn. Wir sind befreundet.« Wieder zuckte sie mit der Schulter. »Er ist ein feiner Kerl. Kann sich glücklich schätzen, eine Mutter wie Caroline zu haben, nach allem, was er durchgemacht hat.«
Winters versteifte sich. »Was hat er denn durchgemacht?«
Evie trank ihren Bierkrug leer. »Sein Vater war ein Scheißkerl. Noch schlimmer als meiner.«
Winters grub die Finger in seinen Oberschenkel. »Inwiefern?«
Sie wollte das Kinn in die Hand stützen, verfehlte sie jedoch.

Sie versuchte es noch einmal, mit kaum mehr Erfolg. »Vor allem hasst er seinen Vater, weil er seine Mutter geschlagen hat. Der Schweinehund hat ihr offenbar ein paar schlimme Narben zugefügt, die Caroline niemanden sehen lässt. Tom hasst ihn abgrundtief. Einmal hat er mir sogar erzählt, er wünschte sich, jemand würde seinen Vater umbringen, damit endlich Ruhe wäre.« Sie neigte sich ihm zu und flüsterte laut: »Sein Vater arbeitet irgendwo als Bulle. Das soll ich eigentlich nicht wissen.« Sie beugte sich zurück, schlug die Hand vor den Mund, und in ihre Augen trat ein Ausdruck der Bestürzung, den man nur bei wirklich Betrunkenen beobachten konnte. »Das hätte ich nicht sagen dürfen.«
Winters zwang sich zu einem Lächeln. »Keine Angst. Bei mir ist Ihr Geheimnis gut aufgehoben.« Innerlich verfluchte er Mary Grace auf bitterste Art und Weise. Sie hatte seinem Sohn so viel von ihrem Gift eingeträufelt, dass Robbie ihn hasste. Ihm den Tod wünschte.
Dafür sollte sie teuer bezahlen.
Seine Gedanken jagten. Wenn Robbie ihn hasste, würde der Junge wohl nicht freiwillig mit ihm kommen. Er stellte sich die Größe des Anzugs und der Schuhe vor, die er in Robbies Schrank gesehen hatte. Seinen Sohn zu zwingen, ihn zu begleiten, dürfte nicht so einfach sein. Er war dazu in der Lage, aber der Junge würde eine Szene machen und, sobald er konnte, zurück zu seiner Schlampe von Mutter laufen. Er musste ihn ein für alle Mal von ihrem Schürzenzipfel lösen.
»Und, äh, wo ist Ihr Freund jetzt? Vielleicht kann er Ihnen helfen, mit seiner Mutter wieder ins Reine zu kommen.«
»Wenn er zurückkommt, vielleicht. Er macht einen Campingausflug.« Sie rümpfte die Nase. »Sie zelten.«

Winters setzte ein Lächeln auf. »Männersache.«
»Ja. Aber Mittwoch oder Donnerstag dürfte er zurück sein. Hoffentlich habe ich mich mit Caroline versöhnt, bevor er zurück ist. Tom wird es mir auch übel nehmen, dass ich seine Mutter geschlagen habe.«
»Mittwoch?«, fragte er. Was sie sonst noch gesagt hatte, war gar nicht zu ihm durchgedrungen. »Wegen eines Campingausflugs lässt seine Mutter ihn die Schule schwänzen? Was für eine Mutter ist sie überhaupt?«
Evie zuckte die Achseln, ihre Augen füllten sich mit Tränen. »Eine Mutter, wie ich sie mir immer gewünscht habe. Er hat Frühjahrsferien. Sie hat ihm erst die Erlaubnis gegeben, als er seine Mathenote verbessert hatte. Sie ist die beste Mutter, die ich kenne. Und die beste Freundin.« Die Tränen rannen ihr über die Wangen. »Ich kann es nicht fassen, dass ich sie so angegriffen habe, Mike. Ich kann nicht fassen, dass ich tatsächlich geglaubt habe, Max würde sich für mich interessieren. Männer können mich nicht ausstehen. Gott, am liebsten wäre ich tot.«
Nur mit äußerster Mühe konnte Winters sein Lächeln bewahren. Er tätschelte ihre Hand. »Sie sind ein hübsches Mädchen. Sie finden bestimmt schon bald einen anderen Mann.«
Sie schniefte. »Meinen Sie?«
Nach fünf Bieren war sie vertrauensselig geworden. Noch ein paar mehr, und sie wäre Wachs in seinen Händen. Im Grunde sah sie wirklich nicht übel aus, und womöglich brauchte er sie, damit sie ihm half, Robbie herumzukriegen. Er winkte der Kellnerin. »Noch eine Runde, bitte.«

Chicago
Freitag, 16. März, 23:00 Uhr

»Bleib hier«, flüsterte Max, zog sie enger an sich und spürte ihren runden Po an seinen Hüften. Das kurze Zucken in seinen Lenden legte sich fast unverzüglich wieder. Er war durch und durch befriedigt, glücklicher, als er jemals im Leben gewesen war. Sie war hier, in seinem Bett, ihr Kopf auf seinem Kissen, und jedes Mal, wenn sie sich bewegte, stieg ihm ein Hauch von ihrem Duft in die Nase. Gemeinsam waren sie nach diesem überwältigenden Erlebnis auf dem Sofa die Treppe hinaufgestiegen, hatten sich durch die Dunkelheit getastet und waren in sein Bett getaumelt. Und dann hatten sie sich noch einmal geliebt.
So unglaublich es schien, war das zweite Mal doch noch bemerkenswerter als das erste Mal.
Er stützte sich auf einen Ellbogen und betrachtete ihr Profil, das im trüben Licht, das vom Flur her ins Zimmer fiel, kaum zu erkennen war. Sie hatte die Augen geschlossen, doch auf ihren Lippen lag ein Lächeln. Er strich mit dem Mund über ihre Schläfe. »Bleib heute Nacht bei mir«, bat er noch einmal, und sie seufzte.
»Ja.«
Sein Herz kam zur Ruhe, als er sich in die Kissen sinken ließ und die Arme um ihre Taille schlang. »Ich liebe dich, Caroline.«
»Mhm.« Ihre Stimme klang schläfrig. Überaus sexy. »Ich liebe dich auch.«

Er glaubte, dass sie bereits eingeschlafen war, als sie sich plötzlich auf den Rücken drehte. »Max.«
Er öffnete ein Auge. »Ja?«
»Du hast Frank versprochen, morgen mit ihm dieses Basketballtraining zu machen.«
Verdammt. Er hatte so ausgiebig darüber fantasiert, den ganzen Tag mit ihr im Bett zu verbringen. »Das hatte ich ganz vergessen. Was für ein Glück für mich, dass ich meinen ganz privaten Terminkalender bei mir habe.« Er küsste sie auf die Nasenspitze.
»Da du nie in deinem Terminkalender nachsiehst, solltest du froh sein, dass dieser hier sprechen kann«, erwiderte Caroline schnippisch, doch ihre Lippen lächelten immer noch.
Max lachte leise. »Ich bin froh, dass sie noch sehr viel mehr kann als sprechen.« Drei, zwei, eins. Wie auf Kommando färbten sich ihre Wangen rosig. »Komm einfach mit. Das Training dauert nur zwei Stunden.«
»Ich habe nichts anzuziehen.«
Er grinste. »Du hast mein Hemd.« Und sie trug es zugeknöpft bis an den Hals. Sie hatte es angezogen, bevor sie die Treppe hinaufstiegen waren, und er hatte es zugelassen, in der Absicht, ihre puritanische Keuschheit bei der nächsten Gelegenheit gründlich zu unterwandern. Er wollte sie nackt in seinem Bett. Dann hatte er an den Knöpfen genestelt und ihre helle Haut freigelegt. Nun strich er mit dem Finger an ihrer Kehle entlang, schob dann die Hand unter das Hemd und umfasste ihre Brust. »Kann man sich noch mehr wünschen?«
Sie hob eine Braue. »Vielleicht eine Hose und Unterwäsche?«

»Völlig überflüssig. Verstecken ja alles Wichtige.«
Sie zupfte an einer Haarlocke. »Fährst du mich morgen früh zu meiner Wohnung? Dann ziehe ich mich um und mache Frühstück, bevor wir uns mit Frank treffen.«
»Einverstanden.« Er küsste ihre Nasenspitze, so glücklich, dass er es kaum ertragen konnte. »Lass uns jetzt schlafen.«

17

Charlotte, North Carolina
Sonnabend, 17. März, 8:00 Uhr

Steven streckte der Frau mittleren Alters, die mit verängstigtem Gesicht die Finger in die Ränder ihres Bademantels krallte, seine Dienstmarke entgegen. »Entschuldigen Sie, Madam. Wohnt hier ein Randall Livermore?«
»Ja, aber ...«
»Was ist da los, Laura?«, dröhnte eine Männerstimme aus einem der Zimmer.
»Hier ist jemand von der Polizei«, erklärte sie zaghaft. »Sie fragen nach Randy.« Unverzüglich tauchte der Ehemann an ihrer Seite auf.
»Worum geht's?«, fragte er und stopfte sein Hemd in die Schlafanzughose.
»Gegen ihn liegt ein Durchsuchungsbefehl vor, Sir. Würden Sie bitte zur Seite treten.« Steven drängte sich ins Haus, dicht gefolgt von Detective Marc Rodriguez von die Dienststelle Charlotte-Mecklenburg und von Liz Johnson, der stellvertretenden Bezirksanwältin. Am Kopf der Treppe erschien ein Schatten, hielt inne, fuhr dann herum und flüchtete zurück in eines der Schlafzimmer im Obergeschoss. Doch

Steven hatte ihn längst bemerkt und sprang, zwei Stufen auf einmal nehmend, die Treppe hinauf. Rodriguez folgte ihm auf den Fersen. Zwei weitere Uniformierte setzten ihnen mit gezückten Waffen nach.

»Was, zum Teufel, geht hier vor?«, brüllte Mr Livermore vom Fuß der Treppe her. »Ich rufe meinen Anwalt!«

Steven, Detective Rodriguez und einer der Beamten hatten bereits mit der Durchsuchung begonnen, als Bezirksanwältin Johnson den Raum betrat. Randy Livermores Eltern folgten. Der zweite Beamte stand neben Randy, der in Unterwäsche mit gelangweilter Miene auf dem Bett saß.

Laura Livermore setzte sich neben ihren Sohn aufs Bett und legte ihm den Arm um die Schultern. Ihr Mann stand an der Tür, die Arme krampfhaft vor der Brust verschränkt. »Was, zum Teufel, soll das alles?«, wiederholte er, schon bedeutend weniger großspurig.

»Der Durchsuchungsbefehl ist hieb- und stichfest, Sir«, erklärte Detective Rodriguez ruhig.

Steven warf Rodriguez über die Schulter hinweg einen Blick zu und nickte. Der Durchsuchungsbefehl war hieb- und stichfest. Sie hatten die ganze Nacht darauf gewartet, und ihre Geduld wurde auf eine harte Probe gestellt, als Detective Rodriguez ihn von einem äußerst eigenwilligen Richter erkämpfen musste. Der Richter hatte seine Einwilligung nicht geben wollen und letztendlich nur unter der Bedingung zugestimmt, dass sie nach Gegenständen suchten, die im Zusammenhang mit Winters oder einem seiner anderen Namen standen.

Steven hoffte, dass sie fündig wurden.

Manchmal war Gott gnädig.

»Was ist das?«, fragte Steven und zog aus einem Stapel Bücher einen Umschlug hervor. Er sah die Bezirksanwältin an. »Erfüllt das hier die Bedingungen des Durchsuchungsbefehls?«
Als langjährige Kollegin, die sich oft genug seine Hochachtung verdient hatte, begleitete Bezirksstaatsanwältin Johnson sie, speziell um sicherzustellen, dass sämtliche Ergebnisse dieser Durchsuchung vor Gericht standhielten. Steven war entschlossen, dass Gerechtigkeit geübt werden sollte, wenn sie Winters schnappten, und kein Formfehler durfte sie verhindern.
Johnson zog eine Braue hoch. »Ich würde sagen, ja. Öffnen Sie den Umschlag, Special Agent Thatcher.«
Steven öffnete den Umschlag, der an einen von Winters' Decknamen mit einer Anschrift in Chicago adressiert war. Er hob kurz den Blick und sah, dass Livermores Eltern immer bleicher wurden. Randall selbst gab sich immer noch gelangweilt. Wie gelangweilt er nach ein paar Nächten in Untersuchungshaft aussieht, wird sich noch herausstellen, dachte Steven. Die anderen Insassen würden ihn schon … animieren.
Steven warf den Inhalt des Umschlags auf Randalls Kommode. Mindestens dreißig Seiten kamen zum Vorschein, und jede trug ein Laserdruck-Foto in der Mitte und darunter Namen, Adresse und Telefonnummer der betreffenden Personen. Es waren ausnahmslos Frauen. Steven pfiff scharf durch die Zähne. »Schauen Sie sich das an. Schauen Sie sich das bloß mal an.«
»Fotos«, murmelte Liz Johnson und blickte ihm über die Schulter. »Ist es das, wonach Sie gesucht haben, Steven?«

»Das reicht auf jeden Fall«, antwortete Steven finster. Er sah den Jungen auf dem Bett an, der immer noch in Unterwäsche dort saß. »Woher haben Sie die Namen all dieser Frauen, Randall?«
»Sag kein Wort, Randy«, warnte ihn sein Vater. »Laura, ruf den Anwalt an. Er soll sofort herkommen.«
Steven blätterte durch die Fotos und betrachtete jedes einzelne. Er steckte gerade eines der Bilder hinter den Stapel, als es in seinem Kopf »Klick« machte. »Moment mal.« Langsam nahm Steven das Foto wieder zur Hand, und vor Aufregung lief ihm eine Gänsehaut über den Rücken. Älter. Dunkles Haar. *Dieselben Augen.* »Das ist sie«, sagte er an Detective Rodriguez gewandt. »Wir haben sie gefunden.«
Steven betrachtete das Foto noch einmal, und die Faust, die sein Herz umklammerte, löste sich zum ersten Mal seit zwei Wochen ein wenig. »Und wir haben sie vor ihm gefunden. Ich muss Lieutenant Spinelli in Chicago anrufen und ihm Bescheid geben, damit er ein Team zu ihrer Wohnung schickt und sie warnt. Mary Grace Winters.« Er hielt das Bild der Frau in die Höhe, die sie alle hinters Licht geführt hatte, und las den Namen unter dem Foto vor. »Caroline Stewart.«
Steven drehte sich abrupt um und starrte den jungen Mann auf dem Bett an, der die Vorgänge ohne sichtbare Gefühlsregung verfolgte. Da verlor er die Beherrschung. »Wissen Sie, was Sie getan haben, Mr Livermore?«, wollte er wissen. Er beugte sich vor, kam ihm so nahe, dass er die feinen Äderchen auf den Augäpfeln des Jungen erkennen konnte. »Haben Sie überhaupt eine Ahnung, was Sie getan haben?«
Der Junge schwieg. Er hob nur kaum merklich das Kinn.
»Du kleiner Mistkerl«, sagte Steven leise, ohne Mrs Liver-

mores empörtes Luftschnappen zu beachten. Er hob Mary Grace Winters' Foto hoch. »Sehen Sie sich diese Frau an«, spie er giftig. »Betrachten Sie sie sorgfältig. Denn wenn dieser Frau etwas zustößt, dann sorge ich dafür, dass Sie wegen Beihilfe eines Verbrechens vor Gericht gestellt werden.«
Mr Livermore hieb mit der Faust gegen die Wand, woraufhin alle zusammenfuhren. »Zum letzten Mal, ich will jetzt endlich wissen, was hier gespielt wird«, verlangte er mit hochrotem Gesicht.
Detective Rodriguez trat vor. »Wie es aussieht, hat sich Ihr Sohn neben seinem Studium als Hacker betätigt, Mr Livermore. Er hat für einen gesuchten Verbrecher recherchiert, der die Frau auf dem Foto ausfindig machen will. Wenn wir mit Ihrem Sohn fertig sind, übergeben wir ihn den Regierungsbehörden.« Rodriguez sah Randall an. »Hacken ist ein Verbrechen gegen das Bundesrecht. Das war Ihnen doch klar, oder? Bitte stehen Sie auf.« Rodriguez zückte seine Handschellen. »Randall Livermore, Sie haben das Recht zu schweigen.«

Chicago
Sonnabend, 17. März, 9:30 Uhr

»Max, hör auf«, flüsterte Caroline und schlug seine Hand weg, während sie versuchte, den Schlüssel ins Schloss ihrer Wohnungstür zu schieben. »Es könnte jemand vorbeikommen.«

Ungerührt schob er die Hand unter ihren Pullover. »Nein, es kommt niemand. Mrs Polasky ist in Daytona, nicht wahr? Und Mr Adelman versucht immer noch, sein verschlucktes Gebiss wieder hochzuwürgen, nachdem du heute Morgen, als du nach Hause kamst, zu seiner Bestürzung immer noch dasselbe anhattest wie gestern Abend. Offenbar bleibst du nicht oft über Nacht fort«, fügte er hinzu, doch sie hörte den ernsten fragenden Unterton.

Sie drehte sich zu ihm um und erhob sich auf die Zehenspitzen, um ihm einen Kuss direkt untern sein Ohr auf den Hals zu geben. »Mit dir war es das erste Mal.« Seine heftige Umarmung bestätigte ihr, dass sie Recht hatte. Dieser große, umwerfend gut aussehende Mann war auch verletzlich. »Und jetzt muss ich mich endlich umziehen, sonst kommst du zu spät zu deiner Verabredung mit Frank.«

»Dass wir so spät dran sind, ist deine Schuld«, behauptete Max mit unverschämter Offenheit, als sie endlich den Schlüssel ins Schloss geschoben hatte.

Über die Schulter hinweg funkelte sie ihn an. »Meine Schuld?«

»Deine Schuld.«

Sie öffnete die Tür, trat ein und warf ihre Handtasche aufs Sofa. »Wieso ist es meine Schuld? Du hast angefangen. Nur noch einmal, hast du gesagt. Es dauert ja nur ein paar Minuten, hast du gesagt.«

Sein Lächeln wirkte ein wenig überheblich. »Du hast dich nicht beschwert.«

Caroline lächelte und zog den Mantel aus. »Nein, beklagt habe ich mich wohl nicht.« Das war die Untertreibung des Tages. »Ich bin gleich zurück.« Sie lief in ihr Schlafzimmer,

schlüpfte bereits auf dem Weg aus den Schuhen und zog ihren Pullover aus, während sie über die Schwelle trat.
Sie kleidete sich um, trat vor den Frisiertisch und betrachtete sich im Spiegel. Die Frau, die ihr aus dem Glas entgegenblickte, war eine fröhliche Fremde mit leuchtenden Augen und schimmerndem Teint. Dana hatte gesagt, dass es genauso sein würde. Die letzte Nacht hatte ihr das unglaublichste Erlebnis ihres ganzen Lebens beschert. Und jetzt wusste sie, dass eine einzige Nacht mit Max Hunter ihr nie genügen würde. Sie wollte es noch einmal erleben. Diese intensive Lust, wenn er sie liebte, sie ihn liebte. Wollte sein kehliges Stöhnen hören, wenn er den Höhepunkt erreichte. Aber viel heftiger noch wünschte sie sich die süße Erfüllung, wenn sie hinterher in seinen Armen lag und seinen regelmäßigen Atemzügen lauschte, während er schlief.
Ganz sicher würde er sie bitten, auch heute Nacht bei ihm zu bleiben. Sie wollte es so gern. Sie betrachtete sich im Spiegel und nagte an ihrer Unterlippe. Sie wollte es wirklich furchtbar gern.
Aber gehörte sie zu dieser Art von Frauen?
Caroline stieß einen zitternden Seufzer aus und durchlebte noch einmal das Gefühl zu fliegen, das Max in ihr geweckt hatte. Als wäre sie neugeboren. *Was für eine Art Frau bin ich?*, fragte sie sich und fuhr sich mit der Bürste durch das Haar. Die Antwort war schnell gefunden und brachte die heiße Erinnerung an jede Berührung seines Körpers mit sich. Sie war die Art von Frau, die jede Minute in den Armen ihres Liebsten genoss. Würde sie also auch diese Nacht bei ihm bleiben? Nach gründlicher Überlegung lautete die Antwort ja. Sollte sie dann einfach eine Tasche packen und die Sache

als entschieden betrachten? Ihr Gewissen plagte sie für einen Augenblick. Wenn sie ihren Koffer packte, sah es irgendwie so geplant aus. Sie schürzte die Lippen. Andererseits hätte sie dann die Möglichkeit, sich am nächsten Morgen die Zähne zu putzen.

Und da sie eine praktisch veranlagte Frau war, gab dieses Argument den Ausschlag. Rasch suchte sie ihre Sachen zusammen, legte sie auf das Bett und sah sich nach einer passenden Tasche um. Dann erstarrte sie, ihr Schrei blieb ihr im Halse stecken.

Die Kleidungsstücke in ihrer Hand flatterten zu Boden, während sie stocksteif stehen blieb und starrte.

In der Zeit zurückreiste.

Ihre Küche. Sie waren in ihrer Küche. Sie war so erschöpft, hatte sich mit ihrer Gehhilfe die Stufen zur Veranda hinaufgequält. Sie hasste diese Gehhilfe. Sie hasste Rob, der ihr nicht die Treppe hinaufgeholfen hatte. Doch sie hatte es allein geschafft und stand jetzt keuchend in der Küche, den Blick auf das alte Linoleum geheftet. Sie versuchte, das wilde Herzklopfen unter Kontrolle zu bringen, bevor sie umkippte. »Hol das Gepäck deiner Mama, Sohn«, hatte er mit bedrohlich leiser Stimme gesagt, und Robbie hatte ängstlich gehorcht. Ihr war übel, sie fragte sich, was der perverse Mistkerl ihrem Sohn angetan haben mochte, während sie im Krankenhaus lag und ihn nicht beschützen konnte.

Rob hatte ihre Skulptur der heiligen Rita aus der Tasche geholt, die die Schwestern für sie gepackt hatten. Sie waren so lieb gewesen, die Schwestern. Besonders die beiden, die es begriffen hatten. Die tüchtige Schwester Desmond und die viel jüngere, emotionalere Susan Crenshaw. Die heilige Rita

war ein Geschenk von Susan gewesen. Aber er hasste die Skulptur, genauso, wie er sie hasste und jeden Menschen hasste, der irgendwie Notiz von ihr nahm. Sie rechnete damit, wappnete sich dagegen, griff aber trotzdem nach der Skulptur, als er sie über ihren Kopf hob. Er lachte brutal und schleuderte ihre Kostbarkeit so hart aufs Linoleum, dass sie in Scherben zerfiel. Es war mehr als eine Skulptur. Es war die Verkörperung eines Traums.
Des Traums, der jetzt in Scherben auf dem Boden lag.
Caroline kniete sich auf den Schlafzimmerteppich, hob die Scherben auf und drehte sie in den Händen.
»Caroline, wieso dauert es so lange?«, fragte Max hinter ihr. Sie rührte sich nicht.
Es war unmöglich. Es konnte einfach nicht sein. Panik packte sie mit hartem Klammergriff und presste ihr die Luft aus den Lungen. *Bitte, Gott, nicht.* Die Gebete drehten sich widerhallend in ihrem Kopf. *Lass es nicht wieder so sein wie früher. Mach, dass er es nicht ist.*
Max stand da und beobachtete sie. Er spürte die Verkrampfung in ihrem Körper, erkannte sie an der starren Linie ihres Rückens, als sie dort vorgebeugt auf dem Boden hockte.
»Caroline, was ist passiert?« Als sie kein Wort sagte, spürte er, wie sich ihre Angst auf ihn übertrug. Er ließ sich neben ihr auf ein Knie nieder. Vor ihr auf dem Teppich lagen die Scherben einer zerbrochenen Keramikfigur. Behutsam hob er eine der Scherben auf und sah das fromme Bildnis eines männlichen Gesichts. Eine weitere Scherbe zeigte die gefalteten Hände.
Ein einziger Blick in Carolines Gesicht verriet ihm, dass es sich für sie keineswegs um einen geringfügigen Verlust

handelte. Sie sah aus, als hätte sie einen Geist gesehen, die Angst sprach deutlich aus ihren Augen. Sie hielt die Scherbe so fest umklammert, dass sie ihr in die Hand schnitt und ein kleines Blutrinnsal von ihrer Hand tropfte, doch sie schien es nicht einmal zu bemerken. Behutsam nahm er ihr die Scherbe aus der Hand und erhob sich mit schmerzverzerrtem Gesicht, um ein feuchtes Tuch für ihre Verletzung aus dem Bad zu holen. Als er zurückkam, verharrte sie immer noch stocksteif in der gleichen Haltung, die Hand geöffnet und blutend.
Max kämpfte gegen seine eigene Angst an, nahm sie bei den Schultern und richtete sie auf. Es war ganz einfach, als wäre sie eine Gliederpuppe. Sanft drückte er sie auf die Bettkante.
»Caroline«, sagte er eindringlich, während er ihre Hand abwischte. Er schüttelte sie ein wenig heftiger, als er es normalerweise getan hätte. »Caroline, komm zu dir.« Er schnippte vor ihrem Gesicht mit den Fingern, und sie blinzelte. Sie kam jedoch nicht, wie er erhofft hatte, zu Bewusstsein, sondern hob wie in Zeitlupe den Kopf und sah ihn voller Panik an.
»Er hat sie zerbrochen«, flüsterte sie.
»Wer hat sie zerbrochen?«, fragte er und wischte das trocknende Blut von den Wundrändern.
»Oh Gott.« Es war ein Schrei aus weiter Ferne, jämmerlich und verzweifelt.
Seine eigene Angst gewaltsam unterdrückend, stand Max auf, um einen frischen Lappen zu holen, den er ihr diesmal auf das Gesicht legte und ihn ausdrückte, sodass das Wasser ihr über den Hals und den Nacken lief. Dies bewirkte endlich die von ihm erhoffte Reaktion.

»Caroline.« Er hob ihr Gesicht an, forschte in ihren Augen. »Wo bist du mit deinen Gedanken?«
Sie schloss die Augen und schluckte, war unübersehbar bestürzt. »Entschuldige.«
»Nicht doch. Sag mir, was passiert ist.«
»Ich ... Es ist albern. Kann nur albern sein.« Es klang, als versuchte sie, sich selbst zu überzeugen.
Aus dem Augenwinkel bemerkte er eine Bewegung, und Max fuhr herum, bereit, den Kampf aufzunehmen. Er stieß den Atem aus, als der Kater auf das Bett sprang, es überquerte und sich auf Carolines Kopfkissen niederließ, als wäre es sein Zuhause. Max senkte beschämt die Augen, weil Carolines Angst bewirkt hatte, dass er Monster aus den Schränken springen sah.
Er ließ sich neben ihr nieder. »Es war der Kater, Liebling«, sagte er leise, und sie blickte mit widerstreitenden Gefühlen zu dem Tier hinüber. »Er wird die Figur von deinem Nachttisch geworfen haben. Es ist alles in Ordnung, wirklich.«
Sie entspannte sich ein wenig. »Du hast Recht. Wie dumm von mir.«
Doch als sie versuchte aufzustehen, drückte Max sie zurück aufs Bett. »Warte. Ich möchte wissen, was es war, dass dich quasi in Trance versetzt hat.« Er presste sie zärtlich an sich. »Ich will die Wahrheit wissen, Caroline.«
Ihre Gesicht wurde weiß wie eine Wand. Dann lachte sie ein wenig hysterisch, und das jagte Max einen kalten Schauer über den Rücken. »Ich weiß nicht, ob ich mich noch an die Wahrheit erinnere«, sagte sie.
Max verschränkte die Arme vor der Brust. »Versuch's.«
Sie blickte flüchtig zu ihm auf und leckte sich nervös über

die Lippen. »Ich hatte früher mal eine ähnliche Figur. Vor sehr langer Zeit. Sie hat mir ... viel bedeutet.«
»Woher hattest du sie?«
»Sie war ein Geschenk.«
»Jemand, der dir wichtig war, hat sie dir geschenkt?«
Sie nickte und schloss die Augen. »Eine junge Frau, die für kurze Zeit meine Freundin war.«
Max hatte den Verdacht, dass er ihr jede Einzelheit mühsam aus den Tiefen ihres Gedächtnisses entlocken musste. »Woher kanntest du sie?«
Sie schlug die Augen auf, und jetzt las er eine andere Art von Angst darin. Nicht in weiter Ferne und versunken. Diese bezog sich auf die Gegenwart. Max' Magen krampfte sich zusammen, er hatte Angst zu fragen, warum sie sich immer noch fürchtete. Er hatte Angst, dass er die Antwort nicht würde wissen wollen.
Wieder leckte sie sich über ihre Lippen. »Ich, hm, ich habe dir mal erzählt, dass ich eine Rückenverletzung hatte.«
Max nickte. »Und du hast auch mal gesagt, dass du lange im Krankenhaus gewesen bist.« Seine Feststellung brachte ein wildes Flackern in ihre Augen. »Wie hast du dir diese Rückenverletzung zugezogen, Caroline?«
»Ich, hm, ich, äh ... ich bin eine Treppe hinuntergestürzt.«
Das hatte sie ihm bereits erzählt. Und damals hatte er ihr geglaubt. Jetzt glaubte er ihr nicht mehr.
Sorge überkam ihn, niederdrückend und schrecklich. Irgendetwas entging ihm. Etwas Entscheidendes. Er schloss die Augen, ging in Gedanken jede gespeicherte Erinnerung durch, und dann fiel ihm wieder ein, wie sie zurückgezuckt war und er sie nicht hatte berühren dürfen, damals, als er sie

beim Auspacken des Materialkartons in seinem Büro angetroffen hatte. Da hatte sie Angst vor ihm gehabt. Die Puzzleteile fügten sich zusammen.
Es hat nicht wehgetan. Ihre geflüsterten Worte der letzten Nacht hallten in seinem Kopf wider. Er hatte sie gefragt, wer ihr wehgetan hatte. Er hatte an … seelische Verletzungen gedacht.
Sie nicht. Oh Gott. Sie nicht.
Nein. Sein Magen zog sich schmerzhaft zusammen. Er musste schlucken, um die aufsteigende Übelkeit zu bekämpfen. Aber er hatte die Wahrheit wissen wollen.
Er öffnete die Augen und sah ihren Blick, immer noch voller Angst, auf sein Gesicht geheftet.
Und in ihren Augen sah er die Wahrheit, die kein Mann akzeptieren konnte.
Sie senkte den Blick und wandte sich ab.
»Wann?«, fragte er mit unterdrücktem Zorn in der Stimme.
»Wann ich die Treppe hinuntergefallen bin?«
Verärgert sprang Max auf. *Wütend.* »Gefallen bist du? Bist du auch gegen Türkanten gelaufen, Caroline?«
Beim Ton seiner Stimme und der darin enthaltenen Verurteilung verzog sie das Gesicht, und seine Wut machte schlagartig der Beschämung Platz, mit einer Wucht, die ihn beinahe umwarf. Er ließ sich zurück aufs Bett sinken und barg das Gesicht in den Händen. »Es … tut mir Leid. So habe ich das nicht gemeint.«
Sie legte ihm die Hand aufs Knie. »Ich weiß.«
Er schüttelte den Kopf. »Ich weiß nicht, was ich sagen soll.«
Sie seufzte. »Es war vor langer Zeit, Max.«
»Vor wie langer Zeit?«

»Vor neun Jahren. Mehr oder weniger.«
Max fuhr sich mit beiden Händen übers Gesicht. »Was ist passiert?«
»Er war wütend. Er hat mich gestoßen. Ich stürzte ...« Sie unterbrach sich. »Ich landete am Fuß der Treppe.«
»Mit gebrochenem Rücken.«
»Ja.«
Er beugte sich vor und hob eine Scherbe der Keramikfigur auf. »Und das hier?«
Caroline seufzte erneut. »Im Krankenhaus habe ich eine wunderbare junge Frau kennen gelernt. Sie arbeitete dort während des Sommers als Freiwillige. Wir wurden Freundinnen. Ich hatte noch nie zuvor eine Freundin gehabt. In meinem ganzen Leben nicht«, erklärte sie versonnen. »Sie wusste alles. Irgendwie wusste sie, was mir zugestoßen war.«
»Und?«
»Und ... sie hat mir diese Figur geschenkt als ... ich weiß nicht. Es sollte ein Symbol unserer Freundschaft sein. Für mich war sie viel, viel mehr. Am Tag, als ich aus dem Krankenhaus entlassen wurde, hat er sie ... zerbrochen. Meine Skulptur.«
»Mit Absicht? Warum?«
Sie zuckte mit den Schultern. »Sie symbolisierte Freundlichkeit. Er hasste alles, was mit Freundlichkeit zu tun hatte, jedenfalls in Bezug auf mich. Und als ich dann hierher kam, habe ich mir eine neue gekauft.« Sie hob die Scherbe auf, die zum Kopf des Mannes gehörte. »Den heiligen Josef. Den Schutzheiligen der sozialen Reformen.«
Er blickte in ihr Gesicht, das teilweise hinter ihrem langen Haar verborgen war, da sie den Kopf über die Scherbe in

ihrer Hand geneigt hatte. Er konnte keinen klaren Gedanken fassen. War völlig verwirrt. »Deswegen willst du Jura studieren. Das ist deine eigene soziale Reform.«
»Ja.«
Minutenlang saßen sie schweigend da. Er war ... wie betäubt. Konnte die Wirklichkeit dessen nicht fassen, was er aus ihrem Mund gehört hatte. Später würde der Zorn kommen. Später würde er gegen den Drang kämpfen, den Mistkerl zu suchen, der die Hand gegen sie erhoben hatte, um ihn mit seinen eigenen Händen umzubringen. Später würde er sie in den Arm nehmen, sie zärtlich wiegen und ihr sagen, dass alles wieder gut werden würde. Doch im Augenblick war er einfach nur wie betäubt.
»Wir müssen los, Max«, sagte sie ruhig. »Frank verlässt sich auf dich.«
Er sah sie fassungslos an. »Du erwartest, dass ich ... nachdem ... nach allem ...« Er gab es auf und sah sie hilflos an.
Caroline hielt seinem Blick mit unbeirrbarer Herausforderung stand. »Ich tu's auch. Jeden einzelnen Tag in meinem Leben.«
Max schluckte. Er senkte den Blick auf den Boden, auf das Häufchen von Kleidungsstücken. »Wofür sind die?«
»Ich wollte eine Tasche packen, damit ich heute Nacht bei dir bleiben kann.« Sie hielt inne und räusperte sich. »Soll ich sie wieder in den Schrank räumen?«
Max ließ den Kopf in den Nacken fallen und blickte zur Zimmerdecke empor. Die Kehle wurde ihm so eng, dass er befürchtete, nie wieder richtig durchatmen zu können. »Glaubst du«, fragte er mit gebrochener Stimme, was ihm völlig egal war, »dass es mich *stört?*«

»Stört es dich?«

Er blinzelte, und die Zimmerdecke war wieder klar zu erkennen. »Natürlich stört es mich.« Er wandte sich ihr wieder zu. »Es stört mich, weil es dir angetan wurde. Es stört mich, weil ich dich liebe. Es ist mir nicht gleichgültig, Caroline. Du bist mir wichtig. Du bedeutest mir so viel.« Er sah, wie sich ihre Augen mit Tränen füllten, und der Schmerz traf ihn wie ein Dolchstoß ins Herz, als er begriff, dass sie glaubte, er würde jetzt gehen. Er nahm ihr Gesicht zwischen seine zitternden Hände, schob die Finger in ihr Haar, wiegte ihren Kopf, wie er es getan hatte, als sie sich in der Nacht zuvor geliebt hatten. »Ich liebe dich.«

Sie schmiegte ihre Wange in seine Handfläche, ihr Körper fiel vor Erleichterung in sich zusammen. »Dann lass uns gehen. Eine Horde von starbesessenen Kids wartet auf dich, bereit, vor Begeisterung auf ihre Nike-Schuhe zu sabbern.« Sie stand auf und sammelte die verstreuten Kleidungsstücke vom Boden auf.

»Caroline?«

Sie hielt inne und drückte die Kleider an ihre Brust. »Ja?«

»Später, wenn Franks Training zu Ende ist, möchte ich mit dir zu mir nach Hause fahren und die ganze Geschichte hören.«

Sie nestelte an den Kleidern. »Warum?«

Max stand auf und legte ihr die Hände auf die Schultern. Er beugte sich über sie und küsste sie durch den Pullover auf den Hals. »Weil ich verstehen will.« Er hob ihr Kinn an und küsste sie sanft auf den Mund. »Weil du mir alles bedeutest.«

Chicago
Sonnabend, 17. März, 10:30 Uhr

»Kannst du nicht noch ein bisschen bleiben?«
Winters unterbrach sich beim Zuknöpfen seiner Manschetten und blickte auf den jungen Körper auf dem Bett herab. Mühsam zwang er ein gewinnendes Lächeln auf seine Lippen. »Tut mir Leid, Süße. Ich muss heute arbeiten. Ich komme schon zu spät zu einem Termin wegen eines verstopften Toilettenabflusses und zum Einbau eines Boilers.« In Wahrheit war er wütend auf sich selbst. Er hätte schon vor Stunden in Mary Graces Wohnung sein sollen. Noch nie im Leben hatte er verschlafen. Schuld daran war wahrscheinlich der Stress, der sich in den letzten Tagen in ihm aufgebaut hatte.
Evie zog die Bettdecke über sich und setzte sich auf. Sie rieb sich die Schläfen. »Ich habe entsetzliche Kopfschmerzen.«
Es wunderte ihn, dass sie nicht im Krankenhaus gelandet war. Das Mädchen konnte einen gehörigen Stiefel vertragen. »Nimm ein paar Aspirin.«
Sie nickte müde. »Gute Idee. Ich möchte nicht verkatert sein, wenn Dana nach Hause kommt.«
Winters' Hand hielt mitten in der Bewegung inne. Doch er riss sich schnell wieder zusammen und schob auch den letzten Knopf ins Knopfloch. »Dana?«
Evie drückte die Fingerspitzen auf die Augen. »Dana Dupinsky. Wir wohnen zusammen. Sie und Caroline sind eng befreundet. Dana hat an diesem Wochenende Nachtschicht. Sie wäre wohl stinksauer, wenn sie mich völlig verkatert mit

einem Mann im Bett erwischen würde. Mir bleibt ...«, sie blickte aus zusammengekniffenen Augen auf die Uhr, »... noch eine halbe Stunde Zeit, um zu mir zu kommen.«
Dana Dupinsky teilte sich also die Wohnung mit Evie. Die Welt war doch wirklich ein verdammt kleines Dorf. Vielleicht bot sich ihm eine Gelegenheit, Ms Dupinsky doch noch seinen ganz persönlichen Dank zu übermitteln.
»Und was hast du heute Abend vor, Evie?«
Sie sah ihn aus blutunterlaufenen Augen an. »Weiß nicht. Hast du Lust, was zu unternehmen?«
Winters stopfte sein Hemd in die Hose. »Ich hole dich um acht Uhr ab.«

18

Raleigh, North Carolina
Sonnabend, 17. März, 14:45 Uhr

Stevens Handy klingelte in dem Augenblick, als er in seine Zufahrt einbog. »Thatcher.«
»Steven, hier ist Toni.« Sie war außer Atem. »Ich habe gerade Ihre Nachricht erhalten. Was gibt's?«
»Wo sind Sie, Toni?«, fragte er und stieg aus dem Wagen.
»Ich komme gerade von meiner Tour zurück. Hatten Sie Glück mit Livermore?«
Steven nahm seine Aktentasche vom Rücksitz. »Nein«, antwortete er und zog eine Grimasse. »Rodriguez musste aufgeben, als Livermores Anwalt das Verhör beendet haben wollte. Wir haben nicht mal die Oberfläche angekratzt. Livermore ist ein eiskalter Hund. Ihm ist es scheißegal, was mit diesen Frauen passiert oder warum Winters ihre Adressen haben wollte. Für ihn war's ein Job, sonst nichts.«
»Haben Sie eine psychologische Untersuchung angeordnet?«, fragte Toni, als sich ihr Atem wieder beruhigt hatte.
»Das erledigt das Büro des Bezirksstaatsanwalts. Möchte wetten, sie stufen ihn als Soziopathen ein. Hat überhaupt

kein Gewissen.« Steven schlug die Wagentür entschieden heftiger zu als gewöhnlich. »Mir graut vor solchen Typen. Hey, Cindy Lou«, fügte er hinzu und tätschelte den Kopf des zottigen Schäferhunds der Familie Thatcher.
»Wer ist Cindy Lou?«, fragte Ross leicht belustigt.
»Meine Schäferhündin. Mein Jüngster hat sie nach irgendeiner Comic-Figur getauft.«
»Weihnachtsgeschenk, wie?«
Steven furchte die Stirn, als der Hund auf seine Schuhe sabberte. »Weihnachtsirrtum.« Er drückte das Knie an Cindy Lous Brust und konnte so gerade noch verhindern, dass seine Anzugjacke zwei Pfotenabdrücke von der Größe von Esstellern davontrug.
»Sie sind ein Griesgram, Steven«, sagte Toni und lachte.
»Ich bin ein Mann, der saubere Kleidung mag. Hören Sie, in zwanzig Minuten werde ich beim Klavierkonzert meines Sohnes Matt erwartet. Ich kann jetzt nicht lange reden. Ich wollte Ihnen nur mitteilen, dass ich eine Nachricht von Spinelli in Chicago habe. Er hat heute Morgen eine Einheit zu Caroline Stewarts Wohnung geschickt, aber sie war nicht zu Hause. Sie haben allerdings mit einem Nachbarn gesprochen, mit einem alten Mann, der sagte, Ms Stewart wäre zwanzig Minuten, bevor das Team eintraf, mit einem Mann weggegangen.«
»Sagen Sie jetzt nicht, dass es Rob war, Steven«, sagte Toni mit sorgenschwerer Stimme. »Bitte nicht.«
»Daddy!« Etwas Rotes stürzte auf Steven zu und umschlang seine Beine, und Steven nahm seinen Jüngsten in die Arme, während er das Handy zwischen Schulter und Kinn klemmte.

»Hey, Kleiner.« Er schmatzte einen lauten Kuss auf Nickys Stirn und setzte sich den Jungen auf die Hüfte. »Nein, Toni, Winters war es nicht. Es war ein großer Mann mit einem Gehstock. Der Alte sagt, er hieße Max.«
»Hat Max auch einen Nachnamen?«
»Spinellis Leute haben nachgefragt, aber der Alte sagte, er mischte sich nicht in die Angelegenheiten seiner Nachbarn.« Steven schnaubte. »Von der Chicagoer Behörde weiß ich, dass der Alte praktisch auf der Haustreppe wohnt. Wenn er sich doch nur dieses eine Mal überwunden hätte, sich ein bisschen einzumischen.«
Toni seufzte erleichtert. »Na, dann hat sie ja wenigstens jemanden, der sich um sie kümmert. Ich möchte mir nicht vorstellen, dass sie in irgendeinem schmuddeligen Motel mit Isolierband ans Bett gefesselt liegt.«
»Oder auf dem Grund eines Flusses. Ich muss jetzt aufhören, Toni. Melde mich später.« Steven legte auf, schob das Handy in seine Tasche und hob den kreischenden Nicky auf seine Schultern.
»Daddy, was liegt auf dem Grund eines Flusses?«, fragte Nicky und duckte sich, als sie durch die Eingangstür traten. Steven dachte an Susan Crenshaw und das Leid, das Winters auf seinem Weg zurückließ. Eine neue Welle der Angst erfasste ihn bei der Vorstellung, dass Winters direkt vor seinem Haus gesessen hatte, nur Zentimeter entfernt von seinem geliebten Jüngsten. Dann wandelte sich die Angst zu grimmiger Entschlossenheit. Niemals im Leben würde der Schweinehund seiner Familie zu nahe kommen. Um nichts in der Welt sollten seine Kinder in Angst leben. »Na, dieser riesengroße Catfisch-Opa, der mir vom Haken gegangen ist,

als wir das letzte Mal angeln waren«, antwortete er seinem Sohn. Er schwang Nicky von seinen Schultern und setzte ihn auf die dritte Treppenstufe, sodass ihre Gesichter auf gleicher Höhe waren. »Was meinst du? Wollen wir nach Matts Konzert alle ins Auto steigen und den restlichen Nachmittag mit Angeln verbringen?«
Nicky lachte über das ganze sommersprossige Gesicht. »Echt?«
»Echt.« Steven drängte alle Gedanken an Winters so weit wie möglich beiseite, was leider nicht sehr weit war. »Ich glaube, heute könnte ich Glück haben.«
Nicky sprang auf die Füße. »Genug Glück, um den alten Catfisch-Opa zu fangen?«
Steven streckte die Arme aus, und Nicky sprang hinein. »Noch mehr.« Er drückte Nicky fest an sich. »Viel mehr.«

Chicago
Sonnabend, 17. März, 15:00 Uhr

Winters schlug die Kofferklappe seines Mietwagens zu. Dieser verdammte Alte. Adelman hatte einfach keine Ruhe geben wollen. Musste unbedingt die 3-A-Vertragsgesellschaft überprüfen. Musste ihm an der Tür entgegenkommen und ihm ins Gesicht sagen, dass eine 3-A-Vertragsgesellschaft nicht existierte und dass er zur Polizei gehen würde. Und dass er wusste, dass er während ihrer Abwesenheit in Carolines Wohnung war. Und kein Mensch würde die Frauen in diesem Haus belästigen, schon gar nicht solche, die keinen Mann als Beschützer hatten, wie Caroline.

Caroline. Der Name blieb Winters im Halse stecken. Sie hatte ihm getrotzt. Ihn angelogen. War ihm davongelaufen. Sie hatte ihm den Sohn gestohlen und dessen unausgegorenen Verstand mit Lügen vergiftet. Hatte seinen eigenen Sohn gegen den Vater aufgehetzt. Und jetzt hatte er auch noch erfahren, dass sie ihn betrog. Am Morgen war sie mit diesem Krüppel am Stock nach Hause gekommen. Sie hatte die ganze Nacht mit ihm verbracht, die Hure. Und sie war kurz nach zehn Uhr wieder mit ihm fortgegangen, eine kleine Tasche in der Hand. So viel hatte Adelman ihm noch verraten, bevor er seinen letzten Schnaufer tat.

Winters befingerte den Riss in seinem Overall. Der Alte hatte sich erstaunlich vehement zur Wehr gesetzt. Winters hatte diese Aktion nicht geplant. Sie war eine der unabdingbaren Notwendigkeiten im Leben. Seine vorerst letzte Ruhestätte würde der alte Adelman also im Kofferraum seines Mietwagens finden. Allzu lange konnte er diesen Wagen nicht mehr behalten. Nichts auf der Welt würde ausreichen, um den Gestank zu überdecken, sobald die Verwesung einsetzte.

Winters setzte sich hinter das Steuer seines Mietwagens und fuhr aus der Gasse. Prima Versteck, diese Gasse. Man hätte annehmen können, dass sie extra zu dem Zweck gebaut worden war. Heute brauchte er jedoch nicht hier zu bleiben. Da er jetzt wusste, dass Mary Grace eine Tasche gepackt hatte, war ihm auch klar, dass sie wohl frühestens morgen zurückkommen würde. Er blickte zum Himmel hoch. Der Wetterbericht hatte Regen für den nächsten

Tag angekündigt. Heute war vielleicht seine letzte Chance, vom Sears-Turm aus den Ausblick über Chicago zu genießen.

Er hatte Zeit genug, die Rolle zu wechseln und für ein paar Stunden Tourist zu sein. Mit Evie traf er sich erst um acht Uhr abends. Sein Plan für den Abend enthielt unter anderen den Versuch, Evies Sympathien in Richtung von ›Toms‹ Vater zu lenken. Er war ziemlich optimistisch im Hinblick auf den Erfolg. Morgen würde er dann Mary Grace in den Fingern haben. Fest im Griff. Wenn sein Sohn von seinem Campingausflug zurückkehrte, würde Mary Grace gern bereit sein, alle Lügen, die sie ihm im Lauf der Jahre eingetrichtert hatte, zu widerrufen.

Nächste Woche um diese Zeit würden sie wieder eine glückliche Familie sein.

Na ja, zumindest er und Robbie würden glücklich sein.

Mary Grace sollte nie wieder erfahren, was Glück bedeutete.

Sobald er sie nach Asheville zurückgebracht hatte, würde Mary Grace sich dem Vorwurf der Kindesentführung stellen müssen. Vielleicht musste sie dafür, dass sie seinen Sohn gekidnappt hatte, sogar ins Gefängnis gehen. Aber keine Gefängnisstrafe wäre lang genug, um ihn für die sieben Jahre von Robbies Leben, die sie ihm gestohlen hatte, zu entschädigen. Vielleicht reichte das aber, um sie ein für alle Mal in ihre Schranken zu weisen. Und wenn sie nicht ins Gefängnis musste, würde er sie halt selbst zur Räson bringen müssen. Er senkte den Blick auf seine Hand, die sich unwillkürlich zur Faust ballte. Das würde ihm bestimmt nicht leicht fallen. Die Vorstellung, Mary Grace zu bestrafen, ohne sie zu töten, fiel ihm immer schwerer.

Er fädelte sich in den fließenden Verkehr in Richtung Innenstadt ein. An einem klaren Tag wie diesem würde die Aussicht vom Sears-Turm grandios sein.

Chicago
Sonnabend, 17. März, 17:00 Uhr

Max blickte zum zehnten Mal innerhalb von ebenso vielen Minuten auf seine Armbanduhr. Caroline hielt sich entschieden zu lange im Waschraum auf. Allmählich machte er sich Sorgen. Im Grunde machte er sich schon den ganzen Tag über Sorgen, kämpfte mit seinen Gefühlen – oder mit dem Mangel an Gefühlen. Er war immer noch wie betäubt, wusste nicht, was er denken oder sagen sollte.
Gott. Sie war misshandelt worden. Eine Treppe hinuntergestoßen worden, während der Genesung sich selbst überlassen worden. Da war noch mehr, er wusste es. Alles, was ihr widerfahren war, bevor sie die Treppe hinuntergestoßen wurde, alles, was diese Düsternis in ihren Blick trieb und sie bei jeder plötzlichen Bewegung zusammenzucken ließ.
Max wollte wütend sein. Er wünschte sich einen reinigenden wilden Wutausbruch. Aber er war nur ... betäubt.
Und Caroline war ihm so fern, seit sie an diesem Morgen ihre Wohnung verlassen hatten. Nicht ein einziges Mal hatte sie in irgendeiner Weise die Initiative ergriffen. Hatte kein Gespräch begonnen. Ihn nicht berührt. Zärtlich schon gar nicht. Und der Umstand, dass er sie so begehrte, verur-

sachte ihm ein schlechtes Gewissen. Nun, dachte er, ein schlechtes Gewissen – immerhin etwas. Ein Gefühl. Ein Anfang. Aber wie konnte er ein schlechtes Gewissen haben wegen Dingen, an denen er nicht beteiligt war, und es dann noch in etwas Gutes umwandeln? Etwas, das Caroline genesen lassen könnte?
Er war so verunsichert. Sollte er von sich aus die Initiative ergreifen? Wünschte sie sich seine Berührung? Das hatte er sich schon während des gesamten Vormittags gefragt, sogar als Franks Basketballtraining sich dem erfolgreichen Ende näherte. Den ganzen Nachmittag hatte er verzweifelt überlegt, während er und Caroline ziellos durch Chicago fuhren und nicht wussten, wohin sie gehen sollten. Und jetzt saß er angsterfüllt vor dem leeren Platz in dem Restaurant, in das sie eher zufällig hineingeraten waren. Keiner von beiden hatte sich ausdrücklich für dieses Lokal entschieden. Keiner von ihnen hatte eines der Gerichte gewählt, sondern einfach das erste auf der Speisekarte bestellt.
An diesem Tag hatte er im Grunde überhaupt keine Entscheidungen getroffen. Er hatte sich treiben lassen.
Sein Verstand befreite sich aus dem Nebel, als hinter ihm eine Frau mit vertrauter Stimme sagte: »Ich benötige keinen eigenen Tisch, danke. Ich gehöre zu diesem Herrn.«
Max stellte fest, dass es ihn in keiner Weise überraschte, als Dana Dupinsky sich ihm gegenübersetzte und zu der Kellnerin aufblickte, die ihr offenbar vom Eingang her gefolgt war. »Würden Sie mir bitte ein Glas Wasser mit Zitrone bringen?«
Die Kellnerin blickte Max an, und er nickte. »Sie gehört zu mir.«

Dana lächelte mitfühlend. »Nun, wie geht's?«, fragte sie und zog Carolines Teller zu sich heran.

»Es geht«, antwortete Max vorsichtig.

Dana tunkte eine Fritte in ein Schälchen mit Ketchup und betrachtete eingehend ihr Werk. »Sie hat's Ihnen also erzählt?«, fragte sie, hob den Blick und sah ihn an.

Max wandte sich ab, brachte keine Antwort auf die unausgesprochene Frage in ihren Augen zustande. Er nickte, war im Augenblick nicht fähig zu sprechen. Sein Blick wanderte suchend zum anderen Ende des Restaurants, wo Caroline aus dem Waschraum zurückkommen musste.

»Sie kommt erst in etwa einer Viertelstunde«, klärte Dana ihn leise auf. Dann legte sie das ketchupgetränkte Pommes-Stäbchen auf den Rand von Carolines Teller und machte sich daran, ein weiteres einzutunken. »Sie hat mich gebeten, mit Ihnen zu reden.«

Max blickte sie stirnrunzelnd an. »Ich habe auch nicht angenommen, dass wir uns hier rein zufällig getroffen haben«, erwiderte er, und seine Worte klangen grob vor Sarkasmus.

»Das habe ich auch nicht erwartet. Was wollen Sie also tun?«

Er wagte einen Blick in ihr Gesicht. Sie wirkte verhalten, ihre Augen blickten klar und sachlich. Plötzlich dämmerte es ihm. Dana leitete nicht nur ein Frauenhaus, sie kümmerte sich auch um misshandelte Frauen, war Therapeutin. Sie half Frauen, wieder zu sich zu finden. Gelegentlich zählte sie wohl auch Männer zu ihrer Klientel.

»Sie ist zu Ihnen gekommen«, sagte er. »Sie haben ihr geholfen.«

»Sie ist zu mir gekommen«, bestätigte sie und berichtete

dann: »Sie hat sich selbst geholfen. Was wollen Sie jetzt tun, Max?«
»Ich weiß es nicht«, antwortete er leise. »Ich habe nicht die geringste Ahnung.«
»Gestatten Sie mir dann, Ihnen ein paar Vorschläge zu machen?«
»Unbedingt.« Wie lächerlich, dachte er, und eine Woge der Wut durchbrach seine Benommenheit. Hier saßen sie, tauschten Höflichkeitsfloskeln wie Fremde auf einer bevölkerten Straße aus, und dabei ging es doch um ... Er schluckte und stützte den Kopf auf. ... um ein Thema, das so hässlich und so erbärmlich war, dass man nicht daran denken mochte.
Dana stippte noch eine Fritte in den Ketchup, aß sie aber diesmal und musterte Max, während sie kaute.
»Ich weiß nicht, was ich zu ihr sagen soll«, gestand er. »Den ganzen Tag lang habe ich nur funktioniert wie ein Roboter. Und dann, wenn ich sie ansehe ...«
Sie nickte. »Weiter. Wenn Sie Caroline ansehen, was sehen Sie dann?«
Max hob den Blick zur Decke, ließ ihn über den Tresen und zum Fenster schweifen. Überallhin, nur nicht zu Danas braunen Augen, die anscheinend mehr sahen, als er preisgeben wollte. »Dann sehe ich ...« Er zuckte die Achseln. »Ich weiß nicht. Ich glaube, ich weiß, was ich sehen sollte.«
Dana lächelte. Es war ein unglaublich sanftes Lächeln, dass den Wunsch, zu fluchen und gleichzeitig zu weinen, in ihm weckte. Er tat weder das eine noch das andere, und sie lächelte erneut. »Selbstbeherrschung. Das bewundere ich an Männern. Innerhalb vernünftiger Grenzen, versteht sich.

Max, was meinen Sie, sehen zu müssen, wenn Sie Caroline anschauen?«
»Eine starke Frau, die überlebt hat. Ich sollte sie bewundern.«
Sie hob die Brauen. »Aber?«
Max schloss die Augen. »Das sehe ich nicht. Ich sehe sie am Fuß dieser Kellertreppe liegen. Geschunden und voller Schmerzen.« Seine Lippen zitterten, und er presste sie zusammen. »Voller Angst.«
»Ich vergaß, dass Ihre Vorstellungskraft im Zusammenhang mit Ihrem Spezialthema steht, Geschichte«, fügte sie hinzu, als er die Augen öffnete und sie fragend ansah. »Evie sagt, in Ihren Seminaren lassen Sie die Geschichte lebendig werden. Das könnten Sie nicht, wenn Ihr Bewusstsein Ihnen nicht Bilder malen würde. Manchmal können solche Bilder auch Belastungen sein.«
Max lachte bitter. »Ja. Und?«
»Sie haben Recht. Sie lag da auf dem Kellerboden, geschunden und voller Angst. So hat Tom sie gefunden. Er war es, der den Notarzt gerufen hat.«
Max verzog das Gesicht, sah das Bild allzu deutlich vor seinem inneren Auge. Kein Wunder, dass der Junge sich aufführte wie der Leibwächter seiner Mutter.
Dana legte die Hand auf sein Handgelenk, eine tröstende Berührung. »Aber jetzt liegt sie dort nicht mehr, sie liegt auf keinem Kellerboden.« Sie hob einen Mundwinkel. »Sie hat nicht mal mehr einen Keller.«
Max starrte sie verblüfft an. »Wie ...«
»Kann ich über solche Dinge scherzen?«, beendete sie die Frage für ihn. »Aber Max, was wäre denn die Alternative? Depressionen, die an einem zehren, bis man sich wünscht,

tot zu sein? Wollen Sie wissen, wer mich das Lachen gelehrt hat, als ich dem Schwein von einem Mann, der ihr wehgetan hat, Gewalt antun wollte? Caroline war's. Sie ist vor sieben Jahren in mein Leben getreten, als ich selbst schon jahrelang von meinem brutalen Gatten geschieden war. Ich hatte eine Ausbildung als Therapeutin absolviert, um etwas ausrichten zu können, aber ich war völlig entmutigt. Eines Tages forderte der frühere Leiter von Hanover House mich auf, eine neue Klientin abzuholen. Ich traf Caroline an der Greyhound-Haltestelle, voller Angst, aber wild entschlossen, an der Hand den tapfersten kleinen Jungen, den ich je gesehen habe. Und ich habe seither keinen kennen gelernt, der tapferer ist. Tom bezog seinen Mut von seiner Mutter. Caroline hat mich gelehrt, was wahre Standhaftigkeit ist. Was wahrer Mut ist. Als ich sie traf, trug sie noch ein Korsett als Stützhilfe für ihren Rücken, und sie ist am Stock zur Bushaltestelle gegangen. Wussten Sie das?«
Max schüttelte den Kopf.
»Sie hatte in einem Lager gearbeitet, und wenn sie nach Hause kam, war sie unendlich erschöpft ... Aber für Tom hatte sie immer Zeit. Sie erzählte ihm lustige, hübsche Geschichten, über die er noch lachen konnte, wenn sie längst das Licht ausgeschaltet hatte. Auf diese Weise hat sie durchgehalten. Unbezähmbare Willenskraft, ein Humor wie eine ganze Truppe von Zirkusclowns, mehr Mut als eine Armee von Soldaten. Das ist die Frau, die sie in Ihren Augen sein möchte. So ist die Frau, die sie wirklich ist.«
»Wie lange hat sie mit ihm gelebt?« Die Frage war heraus, bevor er es verhindern konnte, und er konnte nur froh sein, dass Caroline nicht mit am Tisch saß und sie gehört hatte.

Dana zuckte nicht mit der Wimper. »Die Frage müssen Sie Caroline selbst stellen, Max. Ich kann Ihnen sagen, dass Frauen aus vielerlei Gründen bei brutalen Männern bleiben. Viele davon trafen während ihrer Jahre mit Rob wohl auch auf Caroline zu.«

Rob. Der unbändige Hass, der aus einem dunklen Winkel seines Herzens aufkochte, hatte einen Namen.

»Frauen blieben aus diversen Gründen bei ihren Männern«, fuhr Dana fort, und Max sah, wie sie den Blick auf seine Hände senkte, die er unwillkürlich zu Fäusten geballt hatte. Sofort öffnete er sie und legte die Hände flach auf den Tisch. Sie sah ihm wieder in die Augen und nickte. »Gewöhnlich gibt es nur wenige Gründe dafür, dass sie einen solchen Mann verlassen.«

»Ihre Kinder.«

»Das ist der Hauptgrund. In Carolines Fall war von Anfang an ein Kind im Spiel.«

»Sie hat Tom mit sechzehn Jahren bekommen«, erinnerte er sich.

»Ja.« Dana legte ihre Hand über seine. »Max, Sie haben Caroline gesagt, dass Sie sie lieben. Ist das wahr?«

Max nickte, wieder schnürte sich ihm die Kehle zu. »Ja.«

»Dann werden Sie sich zunächst einmal klar machen müssen, dass diese Erkenntnis nicht dazu taugt, fein säuberlich unter »Nicht erinnernswerte Erfahrungen« abgelegt zu werden. Caroline ist mehr als eine frühere Klientin für mich. Sie ist meine beste Freundin. Mehr als alles in der Welt wünsche ich ihr ein normales Leben. Falls Sie der richtige Mann für sie sind, helfe ich Ihnen, diese Sache durchzustehen. Machen Sie eine Therapie, aber nicht allein. Schließen Sie sich

einer Selbsthilfegruppe von Männern an, deren Frauen oder Freundinnen Misshandlung erdulden mussten. Die anderen Gruppenmitglieder werden nicht zulassen, dass Sie sich selbst Leid tun. Niemals.«
Das war ein Vorschlag, der ihm akzeptabel erschien. »Einverstanden.«
»Und zweitens: Wenn Sie sich vorstellen, wie sie geschunden und verängstigt daliegt, malen Sie sich aus, wie sie aufsteht und weggeht. Denn genau das hat sie getan.« Sie griff wieder nach den Pommes frites und betrachtete eine einzelne Fritte so eingehend, als müsste sie ihre nächsten Worte sorgsam abwägen. »Und, Max? Tappen Sie nicht in die Falle, sie wie etwas Zerbrechliches zu behandeln. Schon gar nicht in intimen Situationen.« Sie ließ die Pommes fallen und erhob sich. »Das wäre das Schlimmste, was Sie tun könnten.«

Chicago
Sonnabend, 17. März, 20:00 Uhr

Caroline saß auf dem Sofa, auf dem sie sich vor nicht einmal vierundzwanzig Stunden geliebt hatten, und beobachtete Max, der vor dem Kamin kniete und mit dem alten Feuerhaken, der seinen Großeltern gehört hatte, in dem aufflackernden Flämmchen rührte. Wohin sie auch blickte, überall fand sie Hinweise auf seine Familie und ihren stets weitergereichten Nachlass. Das machte es noch schwieriger, ihm die

Wahrheit zu sagen. Sie hatte so viel mehr zu verlieren, wenn er sie von sich stieß.

»Schön, dass wir so spät im Jahr ein Feuer haben können«, bemerkte Caroline, um das Schweigen zu brechen. Das Schweigen war den ganzen Tag über sehr quälend gewesen. Als sie von ihrem zwanzigminütigen Aufenthalt im Waschraum zurückkam, hatten sie ihr Essen einfach nur auf ihren Tellern hin und her geschoben. Dana war gekommen und hatte mit Max geredet. Caroline musste ihn nicht einmal danach fragen, um es zu wissen. Erstens, weil Dana es ihr versprochen hatte, und zweitens, weil Caroline haufenweise in Ketchup getränkte Pommes frites auf ihrem Teller vorgefunden hatte. Das war typisch für Dana. Schon immer. Besonders, wenn sie nervös oder aufgeregt war.

Max hatte es versucht. Ernsthaft versucht. Aber für einen Mann wie ihn war es ein unglaublicher Schock – für einen Mann, dessen Eltern einander und ihre Kinder unverkennbar und rückhaltlos geliebt hatten. Caroline zögerte, ihm den Rest zu erzählen. Wenn ihn die Misshandlung, von der sie ihm am Vormittag berichtet hatte, bereits dermaßen verstörte, wie würde er erst reagieren, wenn sie ihm den ganzen Rest erzählte, einschließlich der gefälschten Papiere und ihrer nicht geschiedenen Ehe? Und das waren noch die geringsten Probleme.

Max hob den Blick vom Feuer. »Ja, das ist schön. Ich weiß noch, wie unsere Großmutter uns erlaubt hat, bis spät in den Sommer hinein Marshmallows über dem Feuer zu rösten. Wir haben sie in Schokolade getunkt und den Boden damit vollgekleckert.« Verlegen betrachtete er den alten Teppich. »Jetzt wünsche ich mir, wir wären etwas sorgsamer mit

Großmutters Sachen umgegangen.« Er lächelte, doch seine Augen blieben ernst.

Caroline lächelte mit ihm, holte dann tief Luft und klopfte auf den freien Platz neben sich. »Komm, Max, setz dich. Wir müssen reden.«

Er erhob sich langsam, benutzte den Stock, um das Gleichgewicht zu halten. »Ist es so weit?« Er sah ihr in die Augen, als er das Zimmer durchquerte, und sie erkannte die Angst in seinem Blick. Trotzdem setzte er sich neben sie. »Ich bin bereit. Berichte.«

Caroline hob die Hand und streichelte sein festes Kinn. »Du wirst danach anders von mir denken«, setzte sie an, doch dann griff er mit blitzenden Augen abrupt nach ihrem Handgelenk. Er hatte nicht so heftig zugepackt, dass es wehtat, aber trotzdem erschrak sie.

»Und allein dafür schon möchte ich den Schweinehund umbringen, der die Hand gegen dich erhoben hat. Denkst du jetzt anders von mir?«

Caroline blinzelte. »Ich glaube, von dieser Seite habe ich die Sache noch nie betrachtet.«

»Dann tu's. Diese Sache wird uns nämlich beide verändern. Ich schwöre …« Er ließ ihr Handgelenk los und wandte für einen Moment den Blick ab. Sie sah, wie sich sein Adamsapfel bewegte, als er ins Feuer starrte. »Ich schwöre dir, Caroline«, flüsterte er mit brechender Stimme. »Ich weiß nicht, ob ich stark genug bin zuzuhören und dann weiterzumachen, so wie du es schon so lange tust. Den ganzen Tag über wollte ich schon …«

»Den Mond anheulen?«, half Caroline ihm weiter und spürte, wie ihr die Tränen in den Augen brannten.

Er sah sie mit gequältem Blick an, aber sein Mund lächelte. »Ja, so etwas in der Art.«
»Dann tu's. Hier draußen auf dem Lande kann dich im Umkreis von Meilen niemand hören.«
Sein Lächeln verblasste. »Und ich habe mich auch gefragt, ob du vielleicht Angst vor mir hast. Ich bin ein großer, kräftiger Mann und wohne in einer sehr abgelegenen …«
Caroline hielt ihm mit einer Hand den Mund zu, damit er den Satz nicht zu Ende sprach. »Nein. Die Antwort darauf lautet nein. Einmal, als du mich erschreckt hast, hatte ich Angst, aber als ich mich dann erinnerte, dass du es warst und nicht *er*, war es in Ordnung. Ich habe mich nie vor dir gefürchtet, Max. Nie.«
Er schloss die Augen und ließ erleichtert die Schultern sinken. »Ich hatte solche Angst vor der Antwort auf diese Frage.«
»Hast du noch mehr Fragen, bevor ich anfange?«
Er öffnete die Augen und strich mit dem Daumen über ihre Unterlippe. »Ja. Gestern Abend, als wir miteinander geschlafen haben …«
»Es war das erste Mal für mich, Max«, flüsterte sie. »Mein Leben lang hörte ich Leute schwärmen, wie wunderbar es sei, Sex zu haben. Das habe ich nie verstanden, bis ich mit dir geschlafen habe.«
Dieses Mal erreichte sein Lächeln auch seine Augen. »Das musste ich unbedingt wissen.«
Caroline holte tief Atem, lehnte sich ins Polster zurück und lächelte ihn zögernd an. »Ich weiß nicht recht, womit ich beginnen soll.«
»Am besten mit dem Anfang?« Max hob den Arm, damit sie ihren Kopf an seine Schulter lehnen konnte.

Caroline schmiegte sich an ihn. »Das sagt Dana auch immer. Gut.« Sie hielt inne und hoffte auf eine Erleuchtung, aber da keine kam, fing sie einfach an zu erzählen. »Es war einmal, da wurde ich einem Elternpaar geboren, das sich nicht liebte und auch mich nicht liebte. Mein Vater war ein jähzorniger Mann mit großen Fäusten, der meine Mutter und mich regelmäßig schlug. Ich lernte schon früh, dass das beste Versteck, wenn er mal wieder betrunken nach Hause kam, unter der Veranda war.« Sie schüttelte sich bei der Erinnerung. »Dort war es dunkel, und es gab Schlangen, aber es war immer noch besser als das, was mich oben erwartete.« Er hob die Hand und streichelte ihre Wange. Sie legte die Hand über seine Finger und hielt sie dort fest. Das Wissen, dass er bei ihr war, half ihr, die Geschichte zu erzählen, an die sie sich nie wieder erinnern wollte.

»Als ich fünfzehn war, lernte ich einen Footballspieler von der Highschool kennen, der mich zum Essen einlud. Ich wusste damals nicht das Geringste über Sex. Ich wusste nicht, was der junge Mann versuchen würde, nachdem er gesagt hatte, ich wäre hübsch, und ganze ein Dollar fünfzig für meinen Hamburger mit Fritten ausgegeben hatte. Und erst vier Monate später wusste ich, dass ich mit Tom schwanger war. Mein Vater schäumte natürlich vor Wut. Er bestand darauf, dass Rob mich heiratete. Damals gehörte es sich einfach so. So wurde ich schon mit sechzehn Jahren Ehefrau und Mutter. Und eine Schulabbrecherin.« Sie seufzte. »Und ein Punchingball.«

Als sie spürte, wie Max' Körper zusammenzuckte, drückte sie ihm einen Kuss in die Handfläche, die er um ihre Wange gelegt hatte, ließ dann seine Hand los und streichelte über seinen Schenkel. »Seine Name war Rob, und er schlug mich, wenn er getrunken hatte. Manchmal auch, wenn das Haus nicht sauber genug war oder das Essen nicht schmeckte. Ich fand eine Frauenklinik jenseits der Grenze und ging dorthin, wenn er Schaden angerichtet hatte, den ich nicht selbst beheben konnte.«

Max schluckte hörbar. »Was zum Beispiel?«

»Oh, mal sehen«, antwortete sie mit übertriebener Unbekümmertheit. Sie konnte nichts dagegen ausrichten, denn nur so konnte sie es ertragen. »Ein paar Mal war mein Arm gebrochen, weil er ihn mir umgedreht hatte.« Sie schloss die Augen und zählte. »Fünf, vielleicht sechs Mal. Ein, zwei Beinbrüche. Vielleicht auch drei. Einmal hat er mir den Kiefer gebrochen, sodass ich eine Zahnspange tragen musste. Es war nicht leicht, für diese Verletzung eine plausible Erklärung zu finden. Jede Menge Rippenbrüche und Blutergüsse.« Und Verbrennungen und Fleischwunden, dachte sie, aber es war noch bedeutend schwerer, von diesen Verletzungen zu berichten. »Ich habe versucht davonzulaufen.«

»Wirklich?«

Sie tätschelte seinen Schenkel. Sein Tonfall verriet, dass er sie genau das hatte fragen wollen, sich aber nicht traute. »Ja. Als Tom etwa vier Jahre alt war, stellte ich fest, dass ich wieder schwanger war. Rob war außer sich vor Freude. Ich war entsetzt. Ich wollte nicht noch einen Menschen Rob ausliefern. Und ein eher egoistischer Grund war, dass ich mir nicht noch mehr Verantwortung aufbürden wollte, die mich an der Flucht hinderte. Ich wusste, dass ich fort sein musste, bevor das Kind auf der Welt war, denn sonst hätte ich so lange in der Falle gesessen, bis das Baby groß genug war, um allein laufen und still sein zu können, falls ich flüchten musste. Ich wartete endlos auf die passende Gelegenheit, aber es bot sich keine. Mein Stichtag rückte immer näher, und so entschloss ich mich endlich, es einfach zu wagen. Wegzulaufen. Als ich etwa im sechsten Monat war, kratzte ich so viel Geld zusammen, wie ich bekommen konnte, schnallte Tom auf den Rücksitz und fuhr zu meiner Mutter – mein Vater war inzwischen gestorben. Ich hoffte, sie könnte ein bisschen Geld erübrigen, nur so viel, dass ich Tom ernähren konnte, bis ich Hilfe fand. Das erwies sich als ein strategischer Fehler.«

»Was geschah?«

Caroline schüttelte den Kopf. Die Erinnerung war noch immer kristallklar in ihrem Gedächtnis eingeprägt. »Sie hielt mir eine Gardinenpredigt. Sagte, eine Frau gehöre zu ihrem Mann. Ich solle mich bemühen, eine bessere Ehefrau zu sein, damit Rob nicht ständig wütend auf mich war. Und dann ...« Wieder schüttelte sie den Kopf, nach all den Jahren immer noch unfähig zu begreifen, was damals geschah. »Dann rief sie Rob an.«

»Wie bitte?«

Sie blickte in sein fassungsloses Gesicht und schüttelte den Kopf. »Ich konnte es auch nicht glauben. Ich stand unter Schock. Dann packte ich Tom, und wir rannten los. Ich schaffte es fast bis zur Grenze, fast bis zu einem anonymen Frauenhaus, wo Rob mich nicht gefunden hätte.« Sie seufzte. »Wie auch immer. Ich war schon so nahe«, sie zeigte mit zwei Fingern eine winzige Entfernung an, »als ich in den Rückspiegel blickte und das Blaulicht sah. Er hatte mich gefunden.«

Max runzelte die Stirn. »Er hat dir die Polizei auf den Hals gehetzt?«
Caroline runzelte ebenfalls die Stirn, doch dann verstand sie den Grund für seine Verwirrung. »Nein, Max. Rob *war* die Polizei. Er war Bulle.«
Er schloss die Augen, wirkte müde und abgekämpft. »Gott im Himmel.«
»Ja.«
»Es gab also niemanden, der dir hätte helfen können.«
Sie nahm seine große Hand zwischen ihre Hände und konzentrierte sich auf die Linien. »Nein. Im Grunde nicht. An diesem Abend drängte er mich an den Straßenrand und zerrte Tom vom Rücksitz. Er sagte, ich könnte gehen, aber dann hätte ich meinen Sohn bei ihm zurücklassen müssen.« Die Erinnerung schnürte ihr die Kehle zu. »Das Gesicht meines kleinen Jungen werde ich nie vergessen. Er war starr vor Angst. Also ging ich zu ihm zurück.« Sie hob den Kopf, sah, dass er sie anschaute, und suchte seinen Blick, voller Hoffnung, dort Verständnis zu lesen. »Er hatte mein Kind.«
Max strich ihr mit zitternder Hand eine Haarlocke aus dem Gesicht. »Du hast getan, was du tun musstest, um dein Kind zu schützen. Du hättest es nicht allein bei ihm zurücklassen können.«
Sie schüttelte den Kopf. »Nein, das konnte ich nicht. Er …« Sie räusperte sich. »An diesem Abend hat Rob mich die Treppe hinuntergestoßen.«
Er schluckte schwer, sein Adamsapfel hüpfte dabei auf und ab. »Und du hast dir das Rückgrat gebrochen.«
»Nein, zu diesem Zeitpunkt noch nicht. Das passierte erst beim zweiten Mal – als ich endlich den Mut fand, eine einst-

weilige Verfügung zu beantragen. Es war das erste Mal, dass ich die Treppe hinunterstürzte.« Ihr war nicht entgangen, dass sein Gesicht einen angespannten Ausdruck annahm, doch er sprach kein Wort. »Dieses Mal ...« Carolines Lippen zitterten, und ihre Augen füllten sich mit Tränen. Sie fürchtete sich vor der Erinnerung an das damalige Geschehen, eine Erinnerung, die sie stets verdrängt hatte. Doch nun gelang es ihr nicht mehr. »Dieses Mal verlor ich ... ich verlor mein Baby.« Sie blinzelte und spürte, wie ihr heiße Tränen die Wangen hinunterrollten. »Ich fühlte mich so schuldig«, flüsterte sie, überwältigt von der Wucht ihrer verdrängten Emotionen. »Ich hatte das Baby nicht gewollt und ...«
»Dich trifft keine Schuld«, unterbrach er sie barsch. »Du hast die Fehlgeburt ja nicht herbeigeführt.«
Sie lehnte die Stirn an seine Brust und erschauerte wohlig, als er an ihrer Wirbelsäule hinauf bis in ihren Nacken strich. Dann flossen die Tränen wie ein heißer Sturzbach. »Davon habe ich nie jemandem erzählt, Max. Nicht einmal Dana. Ich habe mich so geschämt.« Sie biss die Zähne zusammen, versuchte, das Schluchzen zu unterdrücken, das ihren Körper schüttelte und ihr den Atem nahm. »Ich hatte ein kleines Mädchen. Sie hat ein paar Stunden gelebt und sie hatte alle Fingerchen und Zehen und blondes Haar und ...«
Er zog sie an sich, wiegte sie auf seinem Schoß und drückte sie an seine Brust. »Verdammt, Caroline«, sagte er, und seine Stimme klang heiser. »Dich trifft keine Schuld. Es war der Schweinehund, den du heiraten musstest. Er allein ist schuld. Du nicht.« Er barg das Gesicht in ihrem Haar. »Du nicht. Bitte, weine nicht. Weine doch nicht mehr so, bitte.«

Caroline holte tief Luft, seufzte und rang um ihre Fassung, was ihr kläglich misslang. »Ich durfte sie einmal im Arm halten, bevor sie starb. Sie war so unglaublich winzig.« Sie unterdrückte einen weiteren Schluchzer und legte das Gesicht an seine kräftige Brust. Dann schlang sie die Arme um seinen Nacken, und er hielt sie fest an sich gedrückt, wiegte sie, schob eine Hand über ihren Nacken in ihr Haar und streichelte mit der anderen ihren Rücken. Seine Zärtlichkeiten hatten etwas Verzweifeltes.
Schließlich flocht er die Finger in ihr Haar, zog ganz sanft ihren Kopf zurück und küsste sie. Die Verzweiflung seiner Berührung setzte sich auch in diesem Kuss fort. Er küsste sie, bis sie sich von ihm löste, um Luft zu holen, dann fand er erneut ihre Lippen und küsste sie wieder, um sie ihren Kummer vergessen zu lassen und etwas Neuem Platz zu machen, etwas ... Zärtlichem. Es verzehrte sie, erfüllte sie, bis kein Raum mehr für Kummer oder Erinnerungen blieb. Bis es nur noch Max gab, der sie in seinen Armen hielt, dessen Hände ihren Körper streichelten. Als ihre Zärtlichkeit in Begehren umschlug, schwang sie ein Bein über seinen Schoß und ließ sich rittlings auf ihm nieder, gab sich hemmungslos seinem Kuss hin, der immer leidenschaftlicher wurde.
Bis Max zurückwich. Jeder Atemzug weitete seinen Brustkorb so sehr, dass die Knöpfe von seinem Hemd zu platzen drohten. Caroline hielt inne, die Handflächen auf seine Brust gestützt, und sah vornübergebeugt in sein Gesicht. Jeder ihrer Nerven lag blank. Jeder Muskel vibrierte. Sie war bereit. Himmel, ja, sie war bereit.
Sein Blick bohrte sich in ihren, sein Gesicht wirkte rau im flackernden Schein des Feuers. »Sprich es aus, Caroline.«

Es konnte nur eine Antwort geben. »Ich liebe dich«, flüsterte sie. »Wirklich.«

»Dann lass dich von mir lieben.« Seine Hände glitten an ihrem Rücken herab, umfassten ihr Gesäß, streichelten es, nahmen es in Besitz. Entflammten sie. »Lass dir zeigen, wie man fliegt.«

Caroline glitt von seinem Schoß herunter und blieb vor ihm stehen, verwundert, dass ihre Beine sie noch trugen. Sie beugte sich vor, hob seinen Stock vom Boden auf und reichte ihn Max mit einer Hand, während sie ihm die andere weit geöffnet entgegenstreckte. Er griff danach und erhob sich mit Hilfe des Stocks.

Auf dem Weg ins Schlafzimmer, der von Küssen, Zärtlichkeiten und geflüsterten Worten des Verlangens unterbrochen war, konzentrierte Caroline sich ganz auf Max und ignorierte beharrlich die leise Stimme, die sie daran erinnerte, dass sie ihre Geschichte noch lange nicht zu Ende erzählt hatte.

Raleigh, North Carolina
Sonnabend, 17. März, 21:00 Uhr

»Nein, Helen.« Steven entnahm der Kühlbox den nächsten toten Fisch und trennte säuberlich den Kopf ab. Helen zog eine Grimasse. »Wie sie heißt, interessiert mich nicht.« Er warf den Fischkopf in einen Eimer zu seinen Füßen. Gewöhnlich war dies der geruhsame Ausklang eines erfolgreichen Angeltags, wenn er in seinem verblichenen Gartenstuhl auf der Zufahrt seines Hauses saß und Fische ausnahm. Eigentlich kam Helen nie in seine Nähe, wenn er die Fische ausnahm, und deshalb hatte er sich auf eine kleine Verschnaufpause von ihrer unablässigen Heiratsvermittlung gefreut, mit der sie ihn den ganzen Nachmittag über behelligt hatte. Er war im Begriff gewesen, sie zu dem alten Catfisch-Opa in den Fluss zu werfen, der, wie Winters, einfach nicht zu fassen war.

»Sie heißt Amanda, und sie ist eine sehr nette Frau. Sieh mal, ich weiß doch, dass deine Verabredung mit Suzanna kein voller Erfolg war.«

»Meine Verabredung mit Suzanna war eine einzige Katastrophe.« Und das war die Untertreibung des Tages. Wenn Helen schon darauf bestehen musste, ihn zu verkuppeln, warum präsentierte sie ihm dann nicht wenigstens hin und wieder eine Frau, der der Herrgott ein bisschen Verstand mitgegeben hatte?

»Aber das muss doch nicht heißen, dass du den Frauen völlig fernbleibst. Gottchen, Steven, musst du das unbedingt machen, während ich mit dir rede?«

»Musst du unbedingt mit mir reden, während ich das mache?«, konterte er gereizt, und sie ließ daraufhin die Schultern hängen. Sein Herz schmolz, obwohl er wusste, dass Helen eine größere Verstellungskünstlerin war als die meisten Verbrecher, die er im Lauf der Jahre geschnappt hatte. »Entschuldige, Helen. Ich wollte nicht unhöflich sein, aber du hörst ja einfach nicht auf, mich mit jeder heiratsfähigen Frau in ganz Raleigh verbandeln zu wollen.«

Helen rümpfte die Nase, als Steven den unglückseligen

Fisch ausnahm. Nicht so groß wie der Catfisch-Opa, aber zusammen mit den übrigen Fischen, die er und die Jungs gefangen hatten, reichte es für ein feines Mittagessen morgen nach der Kirche.
»Nicht mit jeder heiratsfähigen«, widersprach Helen spitz, und ihr Gesicht nahm im gelben Schein des Strahlers über dem Garagentor eine leicht grünliche Färbung an. »Nur mit denen, die auch gute Mütter sein würden.«
»Gott im Himmel.« Steven kämpfte um seine Geduld. »Ich bin sehr zufrieden mit dem jetzigen Stand der Dinge.« Er blickte verärgert zu ihr auf und sah enttäuscht, dass seine schlechte Laune offenbar keine Wirkung zeitigte. Mit diesem Blick hatte er Männer wie Kleiderschränke schon zu einem Geständnis gebracht. Helen jedoch wirkte so entschlossen wie eh und je. Zum Teufel mit ihr. »Aber ich werde furchtbar unglücklich, wenn du mir weiterhin gegen meinen Willen irgendwelche Frauen zuschiebst.«
Helen verschränkte die Arme vor der Brust und hob herausfordernd eine graue Augenbraue. »Und was willst du machen, Mr Alleswisser? Vergiss nicht, ich …«
»Ja, ja, ich kenne die ganze Litanei.« Steven stieß gereizt den Atem aus. Jetzt kämpfte sie mit unfairen Mitteln. »Du hast mir die Windeln gewechselt – sogar, wenn sie richtig schmutzig waren –, und du hast mir mit einer Gerte das Fell gegerbt, wenn ich nicht artig war, obwohl du selbst dabei am meisten geweint hast. Helen, bitte.« Er stand auf und blickte auf sie herab, so verzweifelt und flehend, wie er nur konnte. »Ich möchte einfach nur meine Ruhe haben.«
Helen kniff unbeeindruckt die Lippen zusammen. »Wenn du zu lange wartest, wirst du wohl für immer deine Ruhe haben.«

Er verabscheute diesen selbstzufriedenen Ton. »Soll mir sehr recht sein.« Er setzte sich in seinen Gartenstuhl und zog einen weiteren Fisch aus der Kühlbox.
»Um Himmels willen, Steven, ich verstehe nicht, warum du es mir so schwer machst.«
Und wenn es nach mir ginge, würde sie es nie erfahren, dachte er und trennte mit einem glatten Schnitt den Fischkopf ab. Kein Mensch würde es erfahren.
»Schön«, sagte Helen und verzog das Gesicht, als der Fischkopf in den Eimer flog. »Dann langweile dich doch mit dir allein, Steven. Mir soll es recht sein.« Sie drehte sich um und ging auf die Haustür zu. »Es stört sowieso niemanden. Du wirst allmählich zu einem verbitterten Mann, Steven Thatcher«, fügte sie mit zitternder Stimme hinzu. Sie überließ Steven der zweifelhaften Gesellschaft seiner toten Fische und ging ins Haus.
Er hatte sich gerade den letzten Fisch vorgenommen, als sein Handy in seiner Tasche klingelte. »Verdammt«, fluchte er leise, griff nach einem alten Handtuch und wischte sich die Reste der Innereien von den Händen. Egal, im Lauf der Jahre war sein Handy mit Schlimmerem als Fischgedärm in Berührung gekommen. »Thatcher«, bellte er in den Hörer.
»Agent Thatcher, hier ist Detective Rodriguez. Störe ich Sie gerade?«
»Nein.« Steven blickte über die Schulter zurück und sah Helen, die ihn traurig von dem großen Wohnzimmerfenster aus beobachtete. Sein Herz wurde schwer, obwohl er wusste, dass er sich manipulieren ließ. »Doch, eigentlich ja. Meine Hände sind voller Fischinnereien.«

Rodriguez hüstelte. »Ich könnte mir durchaus eine angenehmere Freizeitgestaltung für einen Sonnabend vorstellen.«
»Rufen Sie an, um meine Freizeitgestaltung zu kritisieren, oder haben Sie mir etwas zu sagen, Rodriguez?«, fragte Steven leicht gereizt.
Rodriguez lachte leise. »Ich wollte Sie nur über die Ergebnisse unserer Durchsuchung von Livermores Computer auf den neuesten Stand bringen.«
»Was Gutes?«, fragte Thatcher und kehrte dem Panoramafenster entschlossen den Rücken zu. Sollte Helen doch den ganzen Abend dort stehen, wenn ihr danach war. Er würde trotzdem nicht mit ihrer Amanda oder irgendeiner anderen Heiratskandidatin ausgehen.
»Ja. So ein Pech, dass wir nichts von dem, was wir gefunden haben, gegen ihn verwenden dürfen. Der Durchsuchungsbefehl war viel zu eng gefasst. Aber trotzdem haben wir genug, um Livermore als Winters' Komplizen festzunageln. Er ist tatsächlich in die Personalakten des Asheville General Hospitals eingedrungen. Wir haben eine Akte gefunden, die er runtergeladen hat. Sie enthält die Namen aller Krankenschwestern, die vor neun Jahren dort gearbeitet haben.«
Steven saß aufrecht in seinem Gartenstuhl. »Ausgezeichnet.«
»Wir haben außerdem festgestellt, dass er in das System der Kraftfahrzeugbehörde von Illinois eingebrochen ist und Dutzende von Namen überprüft hat.«
»Nur Frauennamen?«
»Ja. Aber da war noch etwas, das Sie wissen müssen. Livermore hat per Fax eine verkürzte Liste der Frauen mit Namen und Adressen an ein Postfach in Chicago geschickt. Die Namen gehören zu den Fotos, die wir heute Morgen

gefunden haben. Ich habe die Eingangsstelle angerufen und erfahren, das ein Mann von Winters' Körperbau das Fax gestern Nachmittag abgeholt hat. Er hatte einen Ausweis, der auf Mike Flanders lautet. Alles hatte seine Ordnung, und der Angestellte hat sich nichts weiter dabei gedacht.«
Steven schloss die Augen und sah das Foto der Mike-Flanders-Verkleidung vor sich. Einfach, aber äußerst wirkungsvoll. Winters war im Besitz der Adressen. Nicht aber der Fotos. Das war immerhin etwas. Trotzdem ließ ihm irgendetwas keine Ruhe. »Warum war es eine verkürzte Namensliste?«, fragte er.
»Die Frauen auf der kürzeren Liste sind alle zwischen einssechsundfünfzig und einsachtundfünfzig groß. Kein Witz.«
Mary Grace Winters war einsachtundfünfzig groß. »Scheißkerl«, murmelte Steven. »Er kreist seine Beute ein.«
»Und er hat bessere Vorgaben, als wir dachten«, fügte Rodriguez finster hinzu.

19

Chicago
Sonntag, 18. März, 8:00 Uhr

»Guten Morgen.«
Beim Klang von Max' Stimme schlug Caroline die Augen auf und schnupperte. Frühstück. Es duftete herrlich. Sie blinzelte in die helle Morgensonne und erkannte Max, der splitternackt am Bett stand und ein Frühstückstablett auf das Nachttischchen stellte. Aus ihrem Blickwinkel sah sie breite Schultern und ein festes Hinterteil, was ihren Appetit entschieden stärker anregte als die Pfannkuchen mit Sirup, die er auf zwei Tellern aufgestapelt hatte.
Es war eine unglaubliche Nacht gewesen.
Er war ein unglaublicher Mann.
Sie stemmte sich hoch und lehnte sich in die Kissen zurück, wobei sie automatisch die Bettdecke hochzog, um sich zu bedecken. Sie konnte ihre Nacktheit im hellen Tageslicht nicht so unbefangen ausleben wie er offensichtlich die seine. Ihre Finger zupften an ihrem Haar und legten es heimlich so zurecht, dass es seitlich Hals und Nacken verdeckte.
»Du hast mir Frühstück gemacht?«

Max schenkte ihr Kaffee ein. »Schraube deine Hoffnungen nicht zu hoch. Das ist nur eine Pfannkuchenmischung, die meine Mutter zum Sonderpreis ergattert hat. Wahrscheinlich hatte sie ein paar Gutscheine oder so. Ich brauchte nur Wasser dazuzugeben.« Er setzte sich auf die Bettkante, neigte sich über das Tablett und schenkte sich auch einen Kaffee ein.

Caroline fand sein Hemd auf dem Boden vor dem Bett.

»Zieh das jetzt nicht an«, sagte Max leise. Seine Hände hielten noch immer die Kaffeekanne, während er sie ansah. »Ich möchte dich sehen. Bei Tageslicht.«

Caroline nagte verlegen an ihrer Unterlippe. Bei Tageslicht. Bisher hatten sie sich nur bei Nacht geliebt, in der Dunkelheit oder im Schein des Feuers. Sogar gestern Morgen hatte Max die Jalousien geschlossen und das Schlafzimmer im Halbdunkel gelassen. Doch an diesem Morgen waren alle Jalousien hochgezogen und ließen die helle Morgensonne ein. Doch bei Tageslicht waren all ihre Narben deutlich sichtbar. *Aber früher oder später wird er sie sowieso zu sehen bekommen*, sagte sie sich und ließ das Hemd zu Boden fallen.

»Gut, Max.« Trotzdem klemmte sie die Bettdecke unter die Arme und hielt sie fest, als sie ihren Teller entgegennahm. »Das riecht gut. Ich bin wohl viel hungriger, als ich gedacht hatte.«

Er blickte sie neckend an. »Wir haben uns in der vergangenen Nacht auch einen gesunden Appetit geholt.«

Caroline spürte, wie ihre Wangen erröteten, musste aber trotzdem lächeln. »Mag sein.« Er hatte Recht, weiß Gott. Ihr gesamter Körper kribbelte noch von ihrem Liebesspiel.

Muskeln schmerzten, von denen sie gar nicht gewusst hatte, dass es sie gab. Max' Behinderung schränkte seine Beweglichkeit nun wirklich in keiner Weise ein, weder im Bett noch anderswo.
Erbarmen.
Er war ein überaus großzügiger Mann, in vielerlei Hinsicht. Max nippte schmunzelnd an seinem Kaffee. »Wie du manchmal errötest, ist einfach hinreißend.« Er beugte sich vor und legte seine Lippen auf ihre, wobei er fast den Teller von ihren Knien stieß. Dann warf er einen Blick auf den Teller. »Bist du satt geworden?«
Sie hatte noch keinen Bissen gefrühstückt. »Kommt darauf an. Hast du einen besseren Vorschlag als Frühstücken?«
»Mhm«, murmelte er und fuhr mit dem Mund an ihrem Kinn entlang bis zu ihrem Ohr. Ein köstlicher Schauer lief ihr über den Körper. »Offenbar hast du gestern Nacht nicht richtig aufgepasst. Ich muss dir wohl Nachhilfeunterricht geben.«
Sie lächelte und strich über seine frisch rasierte Wange. »Willst du mir noch mehr zeigen?«
Er nahm den Teller von ihrem Schoß und stellte ihn, ohne hinzuschauen, auf den Nachttisch, wo er zum Glück stehen blieb.
»Deine Laken werden ganz feucht und klebrig, wenn du nicht Acht gibst«, warnte sie.
»Ich kann sie waschen«, sagte er leise und drückte sie zurück auf die Matratze, bis sie in sein Gesicht aufblickte. In seinen Augen stand dieser Ausdruck, den sie in den letzten achtundvierzig Stunden so gut kennen gelernt hatte. Er begehrte sie. Schon wieder. Ihr wurde warm am ganzen Körper,

allein durch die Art, wie er sie musterte, so, als wäre sie ... etwas Kostbares.
Er gab ihr das Gefühl, kostbar zu sein. Und plötzlich fielen die aufgestauten Schuldgefühle mit aller Wucht über sie her. Sie war ihm viel mehr Aufrichtigkeit schuldig, als er bisher von ihr bekommen hatte. Sie hatte diese Beziehung viel zu weit gedeihen lassen, ohne ihm von dieser verdammten Heiratsurkunde im Amtsgericht von Buncoombe County, North Carolina, zu berichten. Sie schuldete ihm den Rest ihrer Geschichte, und zwar auf der Stelle.
»Max«, setzte sie an, doch er unterbrach sie mit einem Kuss, der so besitzergreifend war, dass er ihr den Atem raubte. Sie tastete nach seinen Schultern, um ihn zurückzuschieben, um mit ihm reden zu können, doch ihre Hände, diese verräterischen Hände, streichelten stattdessen seinen breiten Rücken. Ihre Handflächen glitten über seine kräftigen Sehnen und Muskeln, was seiner Brust ein grollendes Stöhnen entrang. Seine Lippen lösten sich von ihren, um eine zärtlich hingehauchte Spur von Küssen über ihren Hals zu legen.
Ihr ganzer Körper spannte sich an. Gleich würde er ihre Narben ganz deutlich sehen können. Doch sie hörte keinen schockierten, angeekelten Aufschrei. Er unterbrach sich nicht für den Bruchteil einer Sekunde, während sein Mund ihre Haut zum Erglühen brachte. Er hatte die Narben nicht bemerkt. Und wenn doch, dann stießen sie ihn jedenfalls nicht gar so sehr ab. Sie entspannte sich, gab sich einfach den Empfindungen hin, die er allein durch die Berührung mit seinen Lippen in ihr hervorrief. Ihre Hände wanderten über seinen Körper, erforschten ihn mit der Zuversicht einer

neu entdeckten Freiheit, glitten über seinen Rücken, seine Hüften, seine Pobacken, die sich als Reaktion auf ihre federleichten Zärtlichkeiten sofort zusammenzogen.

Er richtete sich so weit auf, dass er auf sie herabblicken konnte. Die sexuelle Erregung ließ seine Gesichtszüge herb erscheinen. Ohne ein Wort zu sagen, strich er ihr das Haar aus dem Gesicht, so sanft, dass sich ob der schönen Geste, die so im Widerspruch zu seinem Gesichtsausdruck stand, ihre Augen mit Tränen füllten.

Sie ist eine Kostbarkeit, dachte Max, diese Frau, die er in den Armen hielt. Sie gehörte ihm. »Ich liebe dich, Caroline«, sagte er mit rauer Stimme. »Ich glaube, ich habe mein ganzes Leben lang auf dich gewartet.«

Sie blinzelte, und zwei dicke Tränen rannen ihr über das Gesicht. Er wischte sie mit den Daumen ab. »Ich bin froh, dass ich damals nicht gewusst habe, wie schön es sein würde.« Ihre Antwort war ein zittriges Flüstern. »Ich glaube, sonst hätte ich nicht so lange ohne Sex überleben können.«

Sein Herz krampfte sich zusammen. Er gab ihr einen Kuss auf die Stirn. »Ich bin so verdammt froh, dass du überlebt hast.« Dann küsste er ihre Lippen und vertrieb ihre Traurigkeit auf die Art, die er als die effektivste erfahren hatte. So, wie er es für den Rest ihres gemeinsamen Lebens zu tun gedachte. Er küsste sie, bis sich ihre Arme wie von selbst um seinen Nacken legten, bis sie seinen Kuss erwiderte. Aus vollem Herzen, rückhaltlos. Darauf hatte er gewartet.

Jetzt drängte sie sich an ihn, machte ihn verrückt mit der Art, wie ihr Körper den seinen suchte, trotz der Bettdecke, die sie wie einen Schild umklammert hielt.

Es war Zeit, ihr etwas zu sagen. So, wie er es sich in all den Nächten, die er allein in seinem Bett verbringen musste, erträumt hatte. Er hob den Kopf, um die Worte zu sagen, doch ihre Lippen suchten nach mehr, und er küsste sie und drückte sie gleichzeitig in die Kissen hinab.

»Heirate mich, Caroline«, sagte er an ihren Lippen. Und wartete darauf, dass sie ja sagte, wie sie immer ja sagte, wenn er diese Szene in seiner Fantasie durchspielte.

Stattdessen versteifte sich ihr Körper. Wurde starr. Und sein Herz blieb stehen. Er hob den Kopf und sah in ihr aschfahles Gesicht. Ihre blauen Augen waren weit aufgerissen.

Vor Schreck.

»Caroline?«

Sie öffnete den Mund, ihre Lippen formten das Wort Nein, doch kein Laut begleitete diese Zurückweisung. Sie schüttelte den Kopf. Heftig. Entschlossen.

Er versuchte, sich zu beherrschen. Als er diese Szene in Gedanken nüchterner durchgespielt hatte, hatte sie in seiner Vorstellung stets eine Bedenkzeit verlangt. Hatte zu bedenken gegeben, dass es ihr viel zu schnell ginge. Ein striktes Nein hatte er nicht erwartet. Und dieses Erschrecken hatte er ebenfalls nicht erwartet. Nicht von Caroline.

Er löste sich von ihr, war nun genauso verkrampft wie sie. Dann richtete er sich auf und brachte Abstand zwischen sich und Caroline.

»Magst du mir sagen, warum nicht?«

Sie nickte.

»Wirst du es auch laut sagen?«, fügte er hinzu.

Sie fuhr sich mit der Zunge über die Lippen. Richtete sich in eine sitzende Stellung auf und zog die verdammte Bettdecke noch höher. Trotzdem brachte sie nichts hervor, was einer Erklärung gleichgekommen wäre. »Vielleicht noch in diesem Jahrhundert, Caroline?«

Ihre Augen sprühten zornig, und sie presste die Lippen zusammen. Er hatte sie wütend gemacht. Gut so. Denn wütend war er auch.

»Ich mache es dir ein bisschen leichter«, sagte er, schwang die Beine über die Bettkante, stand auf und entnahm einer Schublade ein Paar Boxershorts. Leicht stolpernd legte er den kurzen Weg zu einem Stuhl in der Zimmerecke zurück. Der Zorn brodelte in ihm, und er musste ihn verzweifelt in Schach halten, als er sich setzte, seine Beine in die Boxershorts schob, den Stoff hochzog und gleichzeitig aufstand.

»Machen wir ein Multiple-Choice-Rätsel daraus.« Sein Blick wanderte durch das Zimmer auf der Suche nach seinem Stock, bis er ihn schließlich entdeckte, hinkend darauf zuging und ihn aufhob. »A: Du hast Angst vor mir. Du denkst, ich könnte dir wehtun, wie dein Exmann es getan hat.«

Er kam näher, stützte sich auf seinen Stock und betrachtete sie, wie sie in seinem Bett lag und mit dem Rücken an seinen Kissen lehnte. Sie sah ihn aus schmalen Augen an, die so leuchtend blau wie das Herz einer Gasflamme waren, ihr Blick fest mit dem seinen verankert. »Weiter«, sagte sie leise. »Ich bin begierig darauf, die übrigen Alternativen zu hören.«

Er blieb stehen, wo er war, und sein Ärger ebbte ein wenig ab. Sie war nicht mehr entsetzt, nicht mehr einfach ärgerlich. Sie kochte vor Zorn. Diese Seite hatte er noch nie an ihr gesehen, diese kalte Wut, nicht einmal an dem Abend, als sie in sein Haus gefegt kam und ihn aus dem Sumpf seines Selbstmitleids gerissen hatte. Er setzte sich auf die Bettkante und griff nach ihrer Hand. Doch sie verschränkte die Arme vor der Brust.

»Wie lautet Alternative B in deinem Multiple-Choice-Verfahren, Dr. Hunter?«, fragte sie mit einer täuschend sanften Stimme. »Ich bin ehrlich gespannt.«

Max holte tief Luft. Er war in ein Fettnäpfchen getreten. Jetzt gab es kein Entkommen mehr, er musste die Sache durchziehen. »Dass du mich nicht so sehr liebst, wie du ... mich glauben lässt.«

Sie presste die Lippen aufeinander. »Und Alternative C? Bitte enttäuschen Sie mich nicht, Professor. Es muss einfach eine Alternative C geben, sonst ist das Verfahren nicht fair.«

Max wandte den Blick ab. »Das hier.« Er deutete auf die hässlichen roten Narben an seinem Bein. »Und das.« Er hob den Stock hoch und zuckte zusammen, als sie bitter auflachte. Das Bett bewegte sich, und als er sie wieder ansah, hatte sie sein Hemd angezogen und sich darin eingehüllt wie in einen Bademantel.

»Das sind also die Alternativen?«, fragte sie und begann, ihre Kleider vom Boden aufzusammeln, wo er sie am Vorabend hingeworfen hatte. »Ich bin ein Dummkopf, ich bin eine Lügnerin, oder ich bin eine Heuchlerin.« Sie richtete sich auf und wandte sich ihm mit glänzenden Augen zu, aber nun war keine Wut mehr darin zu sehen, sondern Tränen. »Ich sollte wohl froh sein zu erfahren, was du wirklich von mir hältst, Max, bevor du dumm genug bist, mir einen Heiratsantrag zu machen. Ich entscheide mich für D. Für keine der genannten Alternativen.« Sie ging um das Bett herum auf ihn zu, und jetzt strömten ihr die Tränen nur so über das Gesicht. »Ich wäre dumm, wenn ich glauben würde, du wärst wie Rob. Du bist sanft. Er war brutal und jähzornig. Die einzige Gemeinsamkeit, die mir einfällt, ist die Tatsache, dass ihr beide zu Wutausbrüchen neigt, wenn ihr nicht sofort euren Willen kriegt.« Er senkte den Blick auf das gebogene Ende seines Stocks und wünschte sich von ganzem Herzen, dass er seine Worte zurücknehmen könnte. Aber dazu war es natürlich zu spät.

»Ich wäre eine Lügnerin, wenn ich sagen würde, dass ich dich nicht liebe«, fuhr sie mit brechender Stimme fort. Er konnte den Blick nicht heben. »Denn ich liebe dich. Mehr, als ich je für möglich gehalten hätte. Und ich will dir noch etwas sagen, Max. Rob hat meinen Körper verletzt, aber er hat mir nie, niemals das Herz gebrochen.« Er hörte, wie sie tief einatmete. »Weil ich ihn nie geliebt habe.«

Er stand auf, um ihr zu folgen, als sie zur Tür ging, und hielt inne, als sie sich mit wildem, gekränktem Blick abrupt umdrehte. »Komm mir nicht nach. Fass mich nicht an. Ich will nicht, dass du mich anfasst.« Sie wirbelte mit flatternden Hemdzipfeln herum.

Max hob zum Zeichen seiner Niederlage die Hände. »Caroline, warte. Bitte.«

Sie blieb mit abgewandtem Rücken stehen. »Warum?«

»Es tut mir Leid.«

Widerstrebend drehte sie sich um. »Es tut dir Leid«, wiederholte sie bedächtig. »Das ist nett. Es tut dir Leid, dass du mir vorgeworfen hast, so seicht, so heuchlerisch zu sein, dass ich dich nach deinen Narben beurteile? Hast du

denn nichts von dem gehört, was ich dir gestern Abend erzählt habe? Verdammt noch mal, Max. Denk doch mal für einen Augenblick auch an jemand anderen als an dich.«
Sie wandte ihm den Rücken zu und ließ sein Hemd zu Boden gleiten.
Ihm wurde übel, als hätte ihm jemand einen Schlag in die Magengrube versetzt, und ein bitterer Geschmack in seiner Kehle ließ ihn beinahe würgen. Er sank auf die Bettkante nieder, ohne es recht zu merken. Ihr Rücken …
»Caroline.« Ihr Name entrang sich mühsam seiner Brust. Er fühlte sich, als würden ihm gleichzeitig das Herz und sämtliche Nerven aus dem Leib gerissen. Saß da und war unfähig, sich zu rühren. »Mein Gott.«
»Wollen wir unsere Narben vergleichen, Max?«, fragte sie mit ruhiger Stimme. »Ich schätze, dabei würde ich gewinnen.«

Chicago
Sonntag, 18. März, 9:00 Uhr

Das Klingeln des Telefons riss Winters aus einem angenehmen, leichten Schlaf. Er wälzte sich herum, streckte sich und sah zu, wie Evie mit geschlossenen Augen nach dem Telefon neben ihrem Bett tastete.
Jüngere Frauen hatten durchaus ihre Vorteile.
Wenn sie auch nicht besonders früh aufstanden, waren sie doch zumindest … einfallsreich.

Evie schaffte es, den Hörer ans Ohr zu heben. »Hallo?« Sie hielt inne und runzelte die Stirn. »Sie ist nicht hier. Warte, Caroline! Was ist los?« Wieder folgte eine Pause. »Weil du weinst, deswegen frage ich. Was ist los?«
Winters wurde hellhörig, als der Name fiel. Anscheinend hatte die kleine Mary Grace keinen sehr vergnüglichen Tag gehabt.
»Sie hat gestern Nacht gearbeitet«, sagte Evie. »Sie kommt frühestens in einer Stunde nach Hause.« Sie drehte sich um und warf ihm ein flüchtiges Lächeln zu. »Versuch's über ihren Pieper. Caroline, warte.« Sie rollte sich herum, richtete sich auf und hielt den Hörer mit beiden Händen fest. »Leg nicht auf. Hör zu, wegen Freitag. Ich möchte mich entschuldigen für das, was ich gesagt habe. Ich möchte, dass du mit Max glücklich wirst.« Evie verzog das Gesicht und hielt den Hörer weit von ihrem Ohr ab. Bevor sie auflegte, blickte sie ihn skeptisch an.
»Worum ging's denn?«, fragte Winters mit einem angemessenen Anteil von Interesse in der Stimme.
Evie warf einen letzten ratlosen Blick auf das Telefon und wandte sich dann achselzuckend Winters zu. »Das war Caroline, du weißt schon, die Freundin, mit der ich Streit hatte. Ach ja, natürlich kennst du sie, du hast ja ihren Wasserhahn repariert.« Sie verdrehte die Augen und lachte über sich selbst. »Wie dumm von mir. Wie auch immer, sie sucht jemanden, der sie zu ihrer Wohnung fährt.« Sie verzog die Lippen. »Sie hatte Streit mit Max. Ziemlich heftig, wie mir scheint. Sie hat gesagt, ich könnte ihn gerne haben.« Mit einem Grinsen blickte sie auf ihn herab. »Ein wenig zu spät, wie?«

Winters erwiderte ihr Lächeln, während sein Verstand bereits auf Hochtouren arbeitete. Er musste vor Caroline in ihrer Wohnung sein. Er wollte sie unbedingt dort erwarten. Wenn sie Streit gehabt hatten, würde der große Kerl mit dem Stock nicht bei ihr sein. Das war die Gelegenheit, auf die er gewartet hatte. »Hör zu, Schätzchen, ich muss jetzt gehen. Deine Mitbewohnerin kommt bald nach Hause, und ...« Er wälzte sich aus dem Bett, und sie zog ihn spielerisch zurück.
»Uns bleibt noch eine Stunde, Mike. Mit sechzig ganzen Minuten können wir noch eine Menge anfangen. Außerdem holt Dana Caroline ab und kommt erst nach elf nach Hause. Komm schon, heute ist Sonntag. Sag jetzt nicht, du arbeitest auch am Sonntag.«
Nicht gerade sanft löste Winters ihre Hände von seiner Taille. »Ich muss wirklich gehen, Evie. Ich ruf dich dann später an.« Er stand auf und begann, sich anzukleiden. Sie folgte ihm, nahm seine Jacke von einer Stuhllehne und schlüpfte hinein. Sie war so groß, dass seine Jacke nur knapp ihren nackten Hintern bedeckte. Winters musterte sie mit leiser Bewunderung. »Gib mir meine Jacke, Evie. Ich muss los.«
Sie lächelte frech. »Du musst sie mir schon ausziehen.«
Winters verdrehte die Augen. Das war nicht mehr lustig. »Gib mir die Jacke. Auf der Stelle.« Er griff nach dem Kragen und versuchte, Evie die Jacke auszuziehen. Sie wehrte sich, immer noch spielerisch, hielt jedoch abrupt inne, als etwas Kleines aus der Tasche fiel. Winters versuchte, es aufzuheben, aber sie hatte es gesehen und kam ihm zuvor.

»Was ist das?«, fragte sie und drehte den kleinen, vergoldeten Bilderrahmen in den Händen.

Winters beobachtete sie, schätze ihre Reaktion ein, hoffte für Evie Wilson, dass sie möglichst dumm war. Mittlerweile mochte er sie ganz gern. Und im Bett gehörte sie zu dem Besten, was er seit Monaten gehabt hatte.

Mit zusammengezogenen Brauen blickte sie zu ihm auf. Verdammt. Sie war nicht dumm.

»Das ist ein Foto von Tom Stewart. Du hast es aus Carolines Wohnung gestohlen.« Abscheu trat auf ihr Gesicht. »Oh mein Gott. Du stehst auf Jungen. Oh mein Gott.« Sie betrachtete erneut das Foto und wunderte sich über das kleine Passfoto, dass Winters selbst unter die Ecke des Rahmens geschoben hatte. »Das verstehe ich nicht. Das ist doch Tom vor sehr langer Zeit.« Sie befreite das Passfoto aus dem Rahmen, las das Datum auf der Rückseite und wurde blass. Sie wich einen Schritt zurück. »Oh mein Gott. Du bist …« Ihre Augen waren vor Entsetzen weit aufgerissen, als sie zu ihm aufblickte.

Verdammt. Sie war weiß Gott nicht dumm. Er war schon immer der Meinung gewesen, dass Gott den Verstand an Frauen verschwendet hatte.

Sie bewegte sich rasch auf die Schlafzimmertür zu und war nach wie vor nur mit seiner Jacke bekleidet. Er musste sie ihr ausziehen. Blutflecken ließen sich so schwer auswaschen. Er quetschte ihr Handgelenk, bis sie in die Knie ging.

Interessante Möglichkeiten. Aber er war in Eile. Hatte keine Zeit mehr für ein bisschen Spaß. Auch nicht, wenn das Mädchen einen Mund wie einen Staubsauger hatte. Und den hatte sie tatsächlich.

Weinend sah sie zu ihm auf. »Nicht. Bitte nicht.«
Er zerrte ihr die Jacke vom Leib, bevor er sie auf die Füße stellte. »Tja, Evie, was meinst du wohl, was ich jetzt tue?« Er stieß sie aufs Bett und griff in seine Jackentasche nach dem Drahtknäuel, das er am Abend zuvor auf dem Weg zu Evie gekauft hatte. Adelman war nicht geplant gewesen, und er hatte nicht noch einmal so unvorbereitet sein wollen, wenn er endlich Mary Grace in die Finger bekam.
Und gute Vorbereitungen machten sich immer bezahlt.
Er warf einen Blick auf seine Armbanduhr. Ihm blieb nicht mehr viel Zeit für diese Sache. Am besten brachte er es rasch hinter sich und schloss die Arbeit ab.
Er lächelte auf Evie herab, die ihn mit vor Entsetzen glasigen Augen anstarrte. Winters konnte es kaum erwarten, den gleichen Ausdruck in Mary Graces blauen Augen zu sehen. »Evie, haben deine Eltern dir nicht beigebracht, dass man niemals zu fremden Männern ins Auto steigen darf?«

Chicago
Sonntag, 18. März, 10:00 Uhr

»Was, zum Teufel, ist hier los?«, zischte Dana, als sie die Stufen zu Max' Veranda hinaufstieg. »Warum sitzt du hier in der Kälte? Und was ist passiert?«
Caroline hielt den Blick auf die große Eiche in Max' Garten gerichtet und dachte an das erste Mal, als sie sie gesehen

hatte, an die dummen Träume von kleinen, schwarzhaarigen Kindern, die darum bettelten, in dem Autoreifen schaukeln zu dürfen. »Bring mich einfach nach Hause.«
»Nichts dergleichen werde ich tun. Ich habe gestern mit diesem Mann gesprochen, Caroline. Du bedeutest ihm sehr viel.«
Caroline sprang unvermittelt auf. »Er hält mich für eine Lügnerin und für … oberflächlich!« Sie stieg die Stufen herab und zerrte an der Beifahrertür von Danas alter Schrottmühle. Natürlich hatte Dana als umsichtige geborene Chicagoerin die Türen verriegelt. Caroline riss erneut an der Tür und sah Dana böse an, die starrsinnig auf Max' Veranda stehen blieb.
Max öffnete die Tür und sah sie mit verzweifeltem Blick an. Er hat auch allen Grund dazu, dachte Caroline. »Sie wollte nicht hereinkommen«, erklärte er Dana, und seine Augen baten sie um Hilfe.
Dana seufzte. »Caroline hat ihren Dickkopf? Bitte sag, dass es nicht stimmt. Komm ins Haus, Caro. Wir müssen das, was vorgefallen ist, wieder gerade biegen.«
Caroline lachte bitter. »Sozusagen. Biege gerade, was immer du willst, Dana. Aber lass mich da raus.«
»Ich habe alles vermasselt«, erklärte Max mit leiser Stimme an Dana gewandt.
»Ganz recht«, bestätigte Caroline.
Dana ließ den Blick von Max zu Caroline schweifen und seufzte erneut. »Caro, ich war die ganze Nacht auf den Beinen. Ich habe drei verschiedene Familien von der Bushaltestelle abgeholt. Ich bin müde und kriege meine Tage. Wenn du mich ärgern willst, hast du dir einen verdammt guten

Zeitpunkt dafür ausgesucht.« Sie wandte sich Max zu. »Gehen wir rein. Erzählen Sie mir, was passiert ist.«
Carolines Kiefer klappte herunter, als Danas Verrat ihr ins Bewusstsein drang. »Wie bitte? Das kannst du nicht tun.«
Dana sah sie fest an. »Warum nicht? Es geht nicht immer nur um dich, Caroline. Wenn du jemandem erklärst, dass du ihn liebst, lässt du ihn teilhaben. Schließt du ihn mit ein. Werde endlich erwachsen und komm jetzt ins Haus.«
Caroline sah sie lange an, dann verdrehte sie die Augen zum Himmel. »Wie du meinst.« Das war die Dana, die sie aus Hanover House rausgeworfen und sie angetrieben hatte, ihren Schulabschluss nachzuholen. Das war die Dana, die sie liebte wie eine Schwester. Widerstrebend setzte sie sich in Bewegung. Max hielt ihr die Tür auf, und als sie eintrat, blickte sie ihm ins Gesicht.
In sein müdes, bekümmertes Gesicht.
In ein Gesicht, das mit solcher Zärtlichkeit auf sie herabgeblickt hatte, als er sie die ganze Nacht hindurch geliebt hatte. Das Gesicht, dem sie noch immer nicht die ganze Wahrheit gestanden hatte.
Dana klopfte auf den Küchentisch. »Setzt euch. Hast du Kaffee?«
»Ich koche welchen«, sagte Caroline. »Setz du dich, Dana. Du siehst grauenhaft aus.«
»Danke«, erwiderte Dana trocken. »Ich liebe dich auch. Nimm Platz, Max, und lege deine versauten Karten auf den Tisch.« Es hatte keinen Sinn mehr, ihn noch länger zu siezen.
Max setzte sich und schilderte die Vorfälle des Vormittags, ohne etwas auszulassen. Caroline beobachtete ihn, während

er redete. Sie hatte Recht gehabt. Er hatte nichts mit Rob Winters gemein. Max Hunter war ein guter Mensch. Ein guter Mann, der leider eine nicht auszuräumende vorgefasste Meinung hatte, was seine Behinderung anging. Als er zu Ende geredet hatte, war der Kaffee aufgebrüht. Sie schenkte drei Tassen voll und stellte sie auf den Tisch.

Dana griff nach ihrer Tasse, nahm einen herzhaften Schluck und brummte: »Himmel, ist der stark.«

Caroline setzte sich auf den Stuhl, der am weitesten von Max entfernt stand, und wusste, dass sie in Kürze in den Zeugenstand treten musste. *Ich hätte mich beherrschen sollen*, dachte sie. *Auf diese Art und Weise hätte ich ihm meinen Rücken nicht zeigen dürfen. Ich habe es ja nicht getan, um dem Mann, den ich liebe, eine Wahrheit über mich zu vermitteln. Ich habe es aus Rache getan. Schlicht und einfach aus Rache.* »So, wie du aussiehst, dachte ich, du könntest einen starken Kaffee gebrauchen.« Sie zuckte mit den Schultern. »Ich jedenfalls brauche einen.«

Dana sah sie mit einem Ausdruck der Enttäuschung in den braunen Augen an. Caroline wandte sich ab.

»Du hast es so weit kommen lassen und ihm noch nichts gesagt?«, fragte Dana matt.

Wieder zuckte Caroline mit den Schultern. »Ich war sauer.«

»Du hast dich gedrückt«, schoss Dana zurück und traf damit den Nagel auf den Kopf.

»Was hat sie mir nicht gesagt?«, fragte Max betroffen.

»Sag's ihm.« Dana setzte heftig ihre Tasse ab und zog gerade noch rechtzeitig die Hand zurück, um sie nicht an dem überschwappenden Kaffee zu verbrühen.

Caroline machte Anstalten aufzustehen, um einen Wisch-

lappen zu holen, doch Dana hielt sie am Saum ihres Pullovers zurück und zwang sie, sich wieder zu setzen.
»Bleib sitzen und erzähl ihm die verdammte Geschichte! Ich sage es nicht noch einmal!«
»Was soll sie mir erzählen?«, wollte Max wissen. »Caroline, was geht hier vor?«
Caroline vergrub das Gesicht in den Händen. »Ich weiß nicht, wo ich anfangen soll, Max. Ich bin …« Ihre Stimme zitterte, und sie schluckte. »Ich habe große Angst, es dir zu sagen.«
»Warum?« Seine Stimme klang sanft. »Warum hast du immer noch Angst vor mir?«
Sie senkte die Hände und blickte ihm fest in die Augen. Darauf hatte er ein Recht. »Ich habe keine Angst vor dir. Das habe ich dir bereits erklärt, und es ist die Wahrheit. Ich habe Angst vor dem, was du sagen wirst, wenn du erfährst, warum ich heute Morgen auf deine Bitte, deine Frau zu werden, mit nein geantwortet habe.«
Über den Tisch hinweg ergriff Max ihre Hand. »Sag es mir. Bitte.«
Caroline schloss die Augen. »Ich bin in Wirklichkeit gar nicht brünett.« Warum kam ihr das als Erstes in den Sinn? Sie hätte sich selbst treten mögen, wenn sie gekonnt hätte.
»Das habe ich schon ganz allein herausgefunden«, entgegnete Max trocken. »Ich gehe vielleicht am Stock und schwelge liebend gern in Selbstmitleid, aber ich bin nicht blind, nicht mal im Dunklen.«
Dana räusperte sich. »Das war nicht für meine Ohren bestimmt. Weiter, Caro. Komm zur Sache, bevor ich auf diesem verflixt unbequemen Stuhl einschlafe.«

Max warf Dana einen Blick zu, bevor er wieder Caroline ansah. »Ich habe mich oft gefragt, warum du dein Haar färbst, wenn du doch auf dem Kopf die gleiche hübsche Farbe hast wie ...« Er bremste sich, als Dana sich an ihrem Kaffee verschluckte. »Ich dachte mir, dass du es mir wohl irgendwann verraten würdest.« Er senkte den Blick auf den Tisch. »Ich dachte, so viel Vertrauen hättest du bestimmt zu mir.«
Caroline verzog schmerzlich das Gesicht. »Volltreffer.« Sie sog heftig Luft in ihre Lungen und stieß sie mit einem mächtigen Seufzer wieder aus. »Max, ich bin nicht die Person, für die du mich hältst.«
»Caroline, das stimmt so nicht«, mischte Dana sich ein. »Du bist genau die Person, für die er dich hält.«
Sie warf Dana ein schiefes Lächeln zu. »Das ist Haarspalterei, Dana.« Caroline wandte sich wieder Max zu, dessen Augen schmal und wachsam waren. »Ich habe dir erzählt, dass ich einmal versucht habe, Rob davonzulaufen, und dass er mich die Treppe hinuntergestoßen hat.«
Max nickte. »An dem Abend, als du dein Kind verloren hast.«
Als Dana überrascht nach Luft schnappte, sahen beide zuerst sie und dann wieder einander an.
»Ich habe zugehört, Caroline«, sagte Max ruhig. »Auch, wenn du es nicht geglaubt hast.«
Sie erinnerte sich ihrer Worte. Bereute sie. »Entschuldige, Max. Das hätte ich nicht sagen dürfen. Da hatte ich wohl selbst einen Wutanfall. Das nächste Mal stieß er mich die Treppe hinunter, als ich eine einstweilige Verfügung beantragt hatte. Das brachte mich für drei Monate ins Krankenhaus. Mein Rückgrat war gebrochen, und zuerst waren die

Ärzte nicht sicher, ob ich je wieder laufen könnte.« Sie schloss die Augen. »Rob drohte, falls ich ein Sterbenswörtchen zu irgendwem äußerte, würde er ›ganze Arbeit leisten‹.« Als sie die Augen wieder öffnete, war sein Gesicht kreidebleich. »Ich habe ihm geglaubt. Vor allem, nachdem meine Mutter ihn angerufen hatte, als ich schon einmal versucht hatte, davonzulaufen. Ein paar Monate später kam ihr Wagen von der Straße ab. Er wollte verhindern, dass sie etwas verriet. Als er also von mir verlangte, niemandem etwas zu sagen, verriet ich auch nichts. Aber ich hörte zu. Eine der Schwestern im Krankenhaus hat mir immer wieder geraten wegzugehen, mir Hilfe zu holen. Als ob das so einfach gewesen wäre. Doch eines Tages gab sie mir wirklich brauchbare Informationen. Den Namen von Hanover House, wo ich einen neuen Namen und die nötigen Papiere bekommen würde, um ein neues Leben anzufangen.« Caroline legte ihre Hände auf seine und sah an dem Blick seiner grauen Augen, wie sein scharfer Verstand zu arbeiten begann.

»Drei Monate lag ich in meinem Krankenhausbett und hörte zu und plante meine Flucht. Jeden Morgen, wenn ich aufwachte, sah ich meine Figur der Heiligen Rita und wusste, dass ich kein aussichtsloser Fall war, dass ich eines Tages entkommen und Robbie mitnehmen würde.«

»Robbie?«, fragte Max mit rauer Stimme. Er hob den Blick zu Dana, und Carolines Mut sank. Er konnte sie nicht ansehen. Vielleicht war es besser so.

Dana nickte. »Robbie ist der kleine Junge, den ich an jenem Abend an der Greyhound-Bushaltestelle kennen lernte, der sich an die Hand seiner Mutter klammerte. Tom ist der Junge, der Hanover House verließ. Er ist der Junge, den du heute kennst.« Sie sah Caroline an. »Erzähl den Rest, Schätzchen. Bring es einfach hinter dich.«

Caroline löste den Blick von Max' vergrämtem Gesicht und sah in Danas besorgte Augen. »Ich konnte damals nicht laufen, als ich nach Hause kam. Ich konnte nicht weglaufen. Ich wusste, dass er mich finden würde, wusste, dass ich wegen der Gehhilfe überall auffallen würde.« Sie senkte den Blick auf die Tischplatte. »Er ließ nicht zu, dass ich zur Krankengymnastik ging. Ich hatte es gewusst und habe deshalb den Ärzten aufmerksam zugehört, als ich noch im Krankenhaus war. Ich notierte mir alles, und als ich dann zu Hause war, habe ich die Übungen gemacht, zu denen sie mir geraten haben.«

»Du hast die Reha also selbst in die Hand genommen«, bemerkte Dana leise. »Auch das hast du mir nie erzählt.«

»Ich konnte es nicht noch einmal durchleben. Ich wollte nie wieder daran denken.« Doch sie schloss die Augen und zwang die Erinnerung herbei. »Ich habe mit seinen Hanteln trainiert, wenn er nicht zu Hause war, wurde von Tag zu Tag stärker. Aber ich ließ es ihn nicht wissen. Ich bewegte mich mit der Gehhilfe vorwärts, hielt den verletzten Arm an den Körper gepresst, wie ich es jeden Tag im Krankenhaus getan hatte. Ließ immer wieder Schüsseln fallen und tat so, als stolperte ich. Doch mit jedem Tag wurde ich stärker. Zum Schluss bin ich, wenn er nicht zu Hause war, mit einem Rucksack voller Steine durch die Wohnung marschiert.« Caroline spürte, wie sich ihre Lippen verzogen. Die Erinnerung war so demütigend. »Er war häufig nicht zu Hause, weil er meistens nebenan bei unserer Nachbarin war. Sie war hübscher als ich. Hatte als Frau mehr zu bieten. Ich war

ja nur ein Krüppel.« Sie schluckte heftig. »Er hat mich nur noch selten angefasst, seit er sie hatte. Das war das einzig Gute an der ganzen Sache. Aber dann hat er mich wieder geschlagen. Mir reichte es.« Die vertraute Angst fiel über sie her, aber sie drängte sie zurück. »Keine Sorge, Max. Ich habe ein Jahr, nachdem ich in Chicago ankam, einen Test gemacht. Irgendwie ist es mir gelungen, ohne Infektion davonzukommen.« Sie warf Dana einen Blick zu. »Die Schwester im Krankenhaus sagte, ich könne Gott dafür danken, doch es hat ein Jahr gedauert, bis ich ein bisschen Dankbarkeit in mir auftreiben konnte.«
»Ich denke, Gott hatte Verständnis dafür«, flüsterte Dana. »Ich denke, Er versteht dich.«
Caroline zuckte mit den Schultern. »Mag sein. Wie auch immer, als ich schließlich den mit Steinen gefüllten Rucksack acht Stunden am Tag tragen konnte, wusste ich, dass ich stark genug war. Ich nähte alles Geld, das ich zusammengespart hatte, in mein Hemd ein und holte eines Tages, es war Ende Mai, Robbie von der Schule ab. Zwei Jahre waren vergangen, seit ich im Krankenhaus zu mir gekommen war.«
»Zwei Jahre?«, fragte Max fassungslos.
Wieder zuckte Caroline mit den Schultern. »Ich habe dir schon mal gesagt, dass Reha für Arme das Letzte ist. Und sie dauert viel länger, wenn ein Anfänger am Werk ist.« Sie seufzte. »Ich hatte einen ganz festen Plan. Ich wusste, dass Rob erst am Morgen nach Hause kommen würde, dass er über Nacht bei Holly blieb. Dadurch hatte ich genug Zeit, um nach Tennessee zu fahren und den Wagen verschwinden zu lassen.«

»Wo hast du ihn verschwinden lassen?«, fragte Dana.
Ein zufriedenes Lächeln spielte um Carolines Lippen. »Auf dem Grund eines tiefen Sees, wo niemand ihn jemals finden wird. Die heilige Rita war gut geeignet als Gewicht für das Gaspedal.« Sie hielt inne und genoss eine besonders süße Erinnerung. »Ich sehe es noch vor mir, wie der Wagen aufs Wasser hinausschoss und dann unterging. Es war genauso, wie ich es mir immer erträumt hatte, wenn ich an meine Flucht dachte. Und auch Robbies geschockter Blick, als ich den Rucksack aufschnallte und losmarschierte, war genauso, wie ich es mir vorgestellt hatte.«
»Er war ahnungslos?«, fragte Max.
»Ja. Ich wollte ihn nicht mit noch einem Geheimnis belasten, das seinen Vater misstrauisch machen könnte. Wir gingen zu Fuß nach Gatlinburg in Tennessee. Dort wimmelte es nur so von Touristen, sodass wir nicht auffielen. Drei Busreisen später waren wir in Chicago.«
»Mit einem Zwischenstopp in St. Louis«, ergänzte Dana.
»Warum das?«, fragte Max, den Kopf in die Hände gestützt.
»Um eine Geburtsurkunde zu beschaffen. Das ist so einfach, dass es einem Angst machen kann. Man geht zu einem Friedhof, sucht den Namen eines Kindes mit dem richtigen Geburtsdatum, das als Säugling gestorben ist, begibt sich dann zum Amt und bittet um eine Kopie der Geburtsurkunde. Ich bin stundenlang auf dem Friedhof umhergewandert, auf der Suche nach dem richtigen Namen, dem richtigen Geburtsdatum, bis ich mich schließlich für Caroline entschied.«
»Wie hast du vorher geheißen?« Seine Stimme klang dumpf.
»Mary Grace. Mary Grace Winters.« Sie legte eine Pause ein. »Verstehst du jetzt, Max?«

Er nickte mit gesenktem Kopf. »Ja, ich verstehe. Du bist davongelaufen. Untergetaucht. Und bist nicht geschieden von dem Scheißkerl, der dich jeden Tag deines Lebens terrorisiert hat.« Er hob den Kopf, und seine grauen Augen blickten jetzt wild und sehr lebendig. »Und du bist der Meinung, dass die Ehe mit diesem Monster für dich noch gültig ist, mit einem Monster, das du mit seiner eigenen Waffe hättest erschießen sollen, während es schlief.«

»Er begreift rasch, Caro«, bemerkte Dana. »Und er vertritt die gleiche Meinung wie ich.«

»Dana, bitte.« Caroline drückte seine Hände. »Ich kann dich nicht heiraten, Max.« Ihre Augen brannten, und sie musste sich stark beherrschen, aber sie würde nicht weinen. Nein. An diesem Tag hatte sie schon viel zu viel geweint. »Ich würde nichts lieber tun, als dich zu heiraten. Aber ich kann nicht.«

»Caroline…«, setzte Max an, doch sie schnitt ihm das Wort ab.

»Versuche nicht, mich umzustimmen. Ich liebe dich und bin bereit, alles für dich zu tun, außer dich zu heiraten. Es wäre nicht recht.«

»Es ist nicht recht, dass du dich einem Ungeheuer gegenüber an dein Ehegelöbnis gebunden fühlst, Caroline«, beharrte Max. »Es ist nicht recht, dass du uns die Chance auf unser Glück verwehrst. Sag nicht, du hättest nicht auch davon geträumt, den Rest deines Lebens mit mir zu verbringen.« Er nahm ihre Hände und legte sie um sein Gesicht. »Sag nicht, du hättest nicht davon geträumt, morgens neben mir aufzuwachen. Sag nicht, du hättest nicht von den Kindern geträumt, die wir zusammen haben würden.« Er ließ ihre

Hände los, stand auf und ging um den Tisch herum zu ihr hinüber, wobei er sich an der Tischkante festhielt. Dann packte er sie bei den Schultern, zog sie hoch und zwang sie, ihm in die Augen zu sehen, die stahlgrau vor Entschlossenheit waren. »Eine Familie, Caroline. Eine richtige Familie. *Es ist nicht recht, wenn du uns die Chance, eine normale Familie zu sein, verweigerst.*«

Caroline schloss die Augen, konnte seinen bohrenden Blick nicht mehr ertragen. Wollte den Schmerz nicht sehen, den sie ihm zufügen musste. »Ich habe auch von all diesen Dingen geträumt«, sagte sie mit schwankender Stimme. »Das weißt du doch. Max, bitte versuch, mich zu verstehen. Verlange nicht von mir, dass ich etwas tue, was ich für unrecht halte.«

Max ließ ihre Schultern los und trat zurück.

»Deine Ehrenhaftigkeit ist dir also wichtiger als ich?«

»Nein, das habe ich nicht gesagt.«

»Was hast du dann gesagt?«, stieß er zwischen den Zähnen hervor.

»Sie sagt, dass sie zwar mit dir in Sünde leben würde, dich aber nicht in der Kirche und vor Gott und den Menschen heiraten will«, erklärte Dana mit tonloser Stimme.

Caroline warf ihr einen bösen Blick zu. »Sei still, Dana.«

Max schüttelte den Kopf. »Nein, Caroline. Hat sie Recht? Ist es das, was du mir zu verstehen geben willst?«

Caroline blickte von Max zu Dana und wieder zu Max. »So ist es.«

Max erbleichte. »Ich schätze, dann ist unsere Unterhaltung jetzt beendet.«

Eine weitere Stimme mischte sich ein. Davids Stimme. »Max, warte.«

Alle wandten sich gleichzeitig dem Türbogen zwischen der Küche und der Eingangshalle zu. Caroline verdrehte die Augen. »Du lieber Himmel, David. Machst du es dir etwa zur Angewohnheit, im Flur zu lauern und zu lauschen, wenn ich mein Herz ausschütte?«

David hob die Schultern. »Max hat mich angerufen. Er sagte, er brauchte meine Hilfe. Da bin ich hergekommen.«

»Wie lange stehst du schon da?«, fragte Max hölzern.

»Lange genug. Max, brich diese Entscheidung nicht übers Knie. Bitte.«

Max zuckte mit den Schultern und ließ sich auf einem der Küchenstühle nieder. »Gerade du verlangst doch immer, dass ich spontaner sein soll.«

»Max ...«

Max hob abwehrend die Hand und schloss für einen Moment die Augen. »Es reicht, David. Ich habe genug gehört. Caroline steht fest zu ihrer Überzeugung. Und ich zu meiner. Ich wünsche mir eine Frau, eine Familie. Ich will, dass alles seine Richtigkeit hat, vor Gott und den Menschen. Auch ich habe mein Ehrgefühl.«

»Du willst normal sein«, sagte David leise. »Max, bitte ...«

»Es gibt nichts mehr zu sagen.« Max sah sie an, und Caroline spürte, wie ihr Herz starb. Sie hatte ihm wehgetan. Schlimmer noch, als sie es jemals für möglich gehalten hätte. »Ich will nicht so leben, wie du es verlangst, und du willst nicht auf meine Vorstellungen eingehen. Wir stecken in einer ... Sackgasse.«

Caroline unterdrückte das Schluchzen, das ihr in der Kehle saß. »Das war's dann?«

Max nickte mit verbissener Miene. »Deine Regeln, Caroline.«

»Es tut mir Leid, Max«, flüsterte sie. Sie neigte sich vor, um ihn zum Abschied zu küssen, doch er wandte abrupt das Gesicht zur Seite und entzog sich ihr.
»Geh einfach, Caroline.«

20

Chicago
Sonntag, 18. März, 11:30 Uhr

Dana brachte den Wagen mit quietschenden Reifen zum Stehen und durchbrach damit die Stille, die zwischen ihnen herrschte, seit sie Max' Haus verlassen hatten. »Du bist das dümmste Geschöpf, das Gott zu seinem großen Pech jemals auf diese Erde entlassen hat«, fauchte sie und blickte starr geradeaus durch die Windschutzscheibe.
Caroline zerrte am Türgriff und sprang aus dem Auto, drehte sich dann noch einmal um und beugte sich hinein. Ihr tränennasses Gesicht brannte im kalten Wind, aber sie hatte den Versuch, ihren Weinkrampf zu stoppen, längst aufgegeben. »Und das ist deine professionelle Meinung?«, fragte sie spöttisch mit einer Stimme, die fremd wegen ihrer verstopften Nase klang.
Dana schnitt eine Grimasse. »Nein, das ist meine Meinung als deine beste Freundin. Ich habe wirklich keine Ahnung, warum du dermaßen auf dieser blöden Bigamie herumreitest.«
Caroline kniff die verquollenen Augen zusammen. »Sei still, Dana.«
»Sei du still, Caroline, und hör dir selbst zu. Im Grunde

glaubst du doch gar nicht an diese ganze Geschichte von wegen Bigamie, oder? Glaubst du wirklich, dass du das Gesetz brichst, wenn du Max Hunter heiratest? Dabei ist das mit Sicherheit nicht das erste Mal, dass du ein Gesetz brichst, und bestimmt nicht das letzte Mal. Jedes Mal, wenn du irgendetwas unterschreibst, begehst du eine Fälschung. Jedes Mal, wenn du deinen Sohn »Tom« nennst, begehst du einen Betrug. Tust du im Grunde etwas Ungesetzliches. Aber du tust es, weil die Angst, von deinem Mann aufgespürt zu werden, entschieden größer ist als die Angst vor einer Gefängnisstrafe.« Sie holte tief Luft und schüttelte den Kopf. »Sollten deine Liebe zu Max und der Wunsch, ihn glücklich zu machen, nicht stärker sein als die kleinkarierte Rücksichtnahme auf ein Gesetz, was dir dein Gewissen ausgerechnet jetzt sehr passend nahe legt?«
»Du weichst vom Thema ab, Dana.«
»Nein, überhaupt nicht. Denn diese ganze Bigamie-Sache ist einfach zu bequem. Auf diese Weise kannst du vermeiden, dass man dir wehtut. Auf diese Weise lässt du dir einen Fluchtweg offen. Du brauchst gar nicht den Kopf zu schütteln und es abzustreiten, Caroline. Ich habe Recht, und du weißt es. *Wenn* du Max nicht heiratest und *falls* es dann nicht klappen sollte, kannst du einfach weglaufen, so, wie du vor Rob und Mary Grace weggelaufen bist. So, wie du vor jeder ernsthaften Beziehung weggelaufen bist, seit ich dich kenne.«
Caroline zitterte am ganzen Körper. Danas Worte trafen sie tief. Und ihr Verrat traf sie noch tiefer. Dana war ihr Halt, ihr Fels in der Brandung gewesen. Die Einzige, die an sie glaubte. Und jetzt ... und jetzt ... Sie war wie betäubt, ihr Verstand gelähmt, nicht fähig, einen klaren Gedanken zu

fassen. Ihre Augen schmerzten, ihr Gesicht brannte. Ihr Herz ... Sie spürte es nicht mehr.
»Hau ab, Dana«, sagte sie müde. »Halt einfach den Mund und hau ab.«
Dana schlug gegen das Steuerrad. »Gut, Caroline. Ich halte den Mund und hau ab. Dann brauche ich wenigstens nicht tatenlos zuzusehen, wie du die Chance auf dein Lebensglück, worauf du unbedingt ein Recht hast, einfach wegwirfst.« Dana stieß einen wütenden, enttäuschten Seufzer aus. »Mach die Tür zu, Caroline. Geh rauf in deine Wohnung, und verstecke dich ganz allein vor deiner Angst. Spiel allein die moralisch Überlegene. Und genieß es, solange du kannst. Und du solltest innigst zu Gott beten, dass Max dich noch haben will, wenn du wieder zu Verstand gekommen bist.«
Caroline starrte sie sprachlos an. »Ich fühle mich nicht moralisch überlegen.«
Dana zog in spöttischer Verwunderung die Brauen hoch. »Oh doch, das tust du. Du beurteilst und verdammst jede Frau in Hanover House, die zu ihrem Mann zurückgeht.«
Caroline kniff die Augen zusammen. Ihre Tränen wollten einfach nicht versiegen. »Die sind schwach.«
Dana schüttelte den Kopf. »Sie sind Menschen. Sie haben Angst. *Sie sind nicht du.* Du hast Max verurteilt, weil er nicht zu einem Basketball-Spiel gehen wollte. Weil es ihm wehtat.«
Caroline schüttelte den Kopf, unfähig, die Anschuldigungen aus dem Mund der Frau, der sie mehr als jedem anderen Menschen vertraut hatte, zu begreifen. »Er hat immer anderen die Schuld an seinen Problemen gegeben, hat die Menschen in seiner Umgebung für etwas leiden lassen, das er nicht in den Griff bekam. Er lebte in der Vergangenheit.«

Dana schien sich zu beruhigen, wenngleich sie sich nicht von der Stelle rührte. »Du nicht?«
Erlösende Wut wallte in Caroline auf. »Nein!«
Dana seufzte und legte den Gang ein. »Na schön. Bis später, Mary Grace. Bitte mach die Tür zu.« Sie sah sie bedeutungsvoll an. »Mary Grace.«
»Nenn mich nicht so«, knirschte Caroline zwischen den Zähnen hervor und vergewisserte sich mit einem raschen Blick auf ihre Umgebung, dass niemand in der Nähe war und es gehört hatte.
Dana seufzte erneut, ausgiebig und theatralisch. »Warum nicht? Weil der große böse Ehegatte in den Büschen lauern könnte? Lass es gut sein. Er kommt nicht, um dich zu holen. Du kannst dich ruhig wieder Mary Grace Winters nennen, das geschundenste aller Gewaltopfer.« Sie biss sich auf die Unterlippe, und erst jetzt bemerkte Caroline die Tränen in Danas Augen. »Denn du bist ganz eindeutig nicht die Frau, die ich zu kennen glaubte. Sie hätte jemandem, den sie liebt, niemals so verletzt, wie du Max Hunter verletzt hast. Du bist nicht Caroline.« Sie blinzelte, und die Tränen liefen ihr über die Wangen. »Also mach die Tür zu, Mary Grace. Ich muss nach Hause.«
Wutschäumend schlug Caroline die Tür zu und blickte dem Wagen nach, als Dana davonfuhr.
»Ich bin nicht moralisch überlegen«, sprach sie leise auf die leere Straße hinaus. »Überhaupt nicht.«
Wütend und weinend stieg sie die Treppe zu ihrer Wohnung hinauf und öffnete die Tür. Sie warf den Mantel auf das Sofa, die Handtasche in einen Sessel. Ihre Schlüssel klimperten, als sie sie durch die Küche warf, wo sie klirrend in

der Ecke hinter der Keksdose landeten. Sie öffnete den Kühlschrank und schloss ihn gleich wieder, als der bloße Anblick von etwas Essbarem ihr Übelkeit verursachte.
Sie lehnte die Stirn gegen die Kühlschranktür, schloss die Augen und flüsterte: »Ich laufe nicht weg.« Stimmte das? War diese ›ganze Bigamie-Sache‹ nur Schall und Rauch? Hatte sie sich jemals einen Dreck um die Gesetze von North Carolina geschert? Nein. Die Antwort auf diese Frage lautete eindeutig nein. Sie schaute sich in ihrer Küche um, entdeckte Brotkrümel auf der Arbeitsfläche, ein Messer in der Spüle, Reste des letzten Sandwiches, das Tom vor seinem Aufbruch zum Campingausflug verschlungen hatte. Ihr Sohn war gesund, stark, wohlgenährt. Und in Sicherheit. Dana hatte Recht. Er war in Sicherheit, weil sie, Caroline, den Gedanken an den Betrug ignorierte, den sie begehen musste, um seine Geburtsurkunde, seine Versicherungsnummer zu bekommen. Alles andere war nebensächlich im Vergleich zu dem Anspruch, ihren Sohn in Sicherheit zu wissen. Auch das Gesetz.
Sie war froh, dass Tom sie in ihrem derzeitigen Zustand nicht sah, wenngleich sie seine tröstende Loyalität vermisste. Es bereitete ihr ein schlechtes Gewissen, diese Abhängigkeit von Tom, die Bürde, die sie ihm jahrelang auferlegt hatte. Sie schniefte, um den Schmerz in ihrem Kopf zu bekämpfen, allerdings ohne Erfolg. Mit einem tiefen Seufzer ging sie zum Bad, in der Hoffnung, dass ein nasser Waschlappen ihr Linderung verschaffen könnte.
Sie stieß die Tür zum Badezimmer auf, stützte die Hände auf das Waschbecken und ließ den Kopf hängen. Sie hatte ihm wehgetan. Sie hatte Max in tiefster Seele verletzt. Das hatte sie in seinen Augen gesehen. Dann drangen ihr Danas

Worte ins Bewusstsein zurück. Hatte sie wirklich versucht, davonzulaufen?

Sie drehte das heiße Wasser auf, bis Dampf aus dem Hahn zischte, befeuchtete einen Waschlappen und legte ihn sich über das Gesicht. Es half. Der Schmerz hinter ihren Augen schien ein bisschen nachzulassen, sodass sie wieder etwas klarer denken konnte. Sie entfernte den Waschlappen und betrachtete ihr Gesicht im Spiegel. Die Frau, die sie dort sah, war ihr vertraut, wenngleich es Jahre her war, dass sie sie gut kannte. Die Frau, die sie sah, hatte damals oft geweint. Damals, in den Tagen der Verbrennungen, Knochenbrüche und Blutergüsse. Bevor sie weggelaufen war.

Sie lief immer noch weg. Hier, in der Stille ihrer eigenen Wohnung, konnte sie es sich eingestehen. Sie lief weg, weil sie Angst hatte. Nicht vor Max. Im Leben nicht vor Max. Angst hatte sie aber trotzdem. Und sie hatte ausgerechnet den Mann, den zu lieben sie behauptete, zutiefst verletzt. Ein weiterer Seufzer entrang sich ihrer Kehle, als sie abermals den Waschlappen über ihr Gesicht legte. Er war noch warm. Sie schnupperte. Ihre Nase war nicht mehr ganz so verstopft. Hinter ihren Augen pochte es zwar noch, aber sie hatte nicht mehr das Gefühl, fünf Runden gegen einen Champion geboxt zu haben. Oder gegen Rob.

Sie nahm den Waschlappen vom Gesicht und atmete tief durch. Und dann wurde ihr Körper stocksteif.

Sie roch ... ihn. *Rob.* Dieser aufdringliche Geruch seines Aftershaves. Sie schüttelte sich, starrte auf ihr rotes Gesicht im Spiegel und zog eine Grimasse, in dem Versuch, diese irrationalen Ängste zu verdrängen. *Sei nicht albern*, sagte sie zu ihrem Spiegelbild. *Deine Fantasie spielt dir Streiche,* dachte

sie. *Es liegt daran, dass du jeden einzelnen grausigen Tag mit ihm noch einmal durchlebt hast, seit du den heiligen Josef in Scherben gefunden hast. Dana sagt, er kommt nie wieder, und Dana hat immer Recht, auch wenn sie ein Dickkopf ist.*
»Beruhige dich«, flüsterte sie halblaut und ließ noch einmal heißes Wasser über den Waschlappen laufen. Sie drückte das heiße Tuch auf ihr Gesicht, und das Pochen hinter ihren Augen ließ noch ein bisschen mehr nach.
Der heilige Josef in Scherben. Seit sie am Vortag die zerbrochene Figur gefunden hatte, ließ irgendetwas Unbestimmtes ihr keine Ruhe. Max war der Meinung, Bubba, der Kater, hätte die Skulptur vom Nachttisch geworfen, aber das war unmöglich. Sie hatte Bubba aus der Wohnung gelassen. Bevor sie mit Max aufgebrochen war. *Oder?*
Wieder atmete sie tief durch, bemüht, ihr heftig pochendes Herz zu beruhigen.
Und erstarrte. Die eingesogene Luft blieb in ihren Lungen gefangen. Ihr Magen zog sich zusammen, jeder einzelne Muskel verkrampfte sich schmerzhaft.
Rauch.
Oh mein Gott. Ihr Magen drehte sich um, und sie schluckte den säuerlichen Geschmack herunter.
Zigarettenrauch.
Langsam senkte sie den Waschlappen; ihr Blick wurde starr.
Diesmal hat Dana sich geirrt, dachte sie, die Augen unbeweglich auf die Erscheinung in dem Spiegel gerichtet, die sie lächelnd ansah. Er füllte den Rahmen der Badezimmertür ganz aus, sodass sein Scheitel im Spiegel nicht mal mehr zu sehen war. Er lehnte so lässig am Türpfosten, als lebte er

seit jeher in ihrer Wohnung. Seine große Hand führte die brennende Zigarette zu seinem Mund.

Wie gelähmt sah sie den Rauch der glühenden Zigarette aufsteigen und langsam zur Decke schweben. Eine Erinnerung blitzte vor ihrem inneren Auge auf. Er würde sie damit verbrennen. Das hatte er früher schon häufig getan. Die rote Glut würde sich schmerzhaft in ihr Fleisch brennen, und der scharfe Geruch versengter Haut würde sich mit dem abgestandenen Rauchgeruch vermischen. Und es würde wehtun. Wie betäubt sah sie dem aufsteigenden Rauch nach.

Er sog an seiner Zigarette und blies den Rauch in ihre Richtung, sodass er ihren Kopf umwölkte. Er lächelte, entblößte dabei sein gelbes Gebiss. Sie hatte seine Zähne in ihren Albträumen gesehen, bluttriefende Reißzähne.

Sein Lächeln verzerrte sich zu einem Grinsen, seine Augen blickten sie so berechnend und böse an, dass sie wie hypnotisiert war. Die Augen einer Kobra, dachte sie. Einer Kobra, die im Begriff war zuzuschlagen.

»Schatz, ich bin da«, sang er fröhlich. »Was gibt's zum Abendbrot?«

Chicago
Sonntag, 18. März, Mittag

Todmüde lehnte Dana den Kopf an ihre Wohnungstür. Die Energie, die sie kurzzeitig durch ihren Zorn auf Caroline gewonnen hatte, hatte sich irgendwo zwischen der Straße vor ihrer Wohnung und der Treppe zum zweiten Stock in bloße Enttäuschung verwandelt. Als sie dann auf dem Treppenabsatz zum fünften Stock angekommen war, war ihr schon alles gleichgültig geworden. Sie schüttelte den Kopf, ohne dabei die Stirn von der Stahltür zu lösen. Bei der Erinnerung an die Verzweiflung in Max Hunters Augen ließ sie die Schultern hängen. Caroline war bescheuert. Und egoistisch. Und vielleicht sogar ein bisschen grausam. Dass Caroline starrsinnig war, wusste sie schon lange. Das hatte sie respektiert, sich zu Nutze gemacht, gefördert, denn im Lauf der Jahre war dieser Charakterzug das Instrument gewesen, mit dem sie Caroline dazu bewegen konnte, weiterzumachen, nach ihren Träumen zu greifen.

Aber heute ... Wieder schüttelte Dana den Kopf und kramte nach ihren Schlüsseln. Heute hatte dieser Starrsinn sich nicht mehr als nützliches Instrument erwiesen, sondern war zur Waffe geworden. Sie legte die Hand auf den Türgriff und schob den Schlüssel in den ersten Schlitz. Als der Türgriff sich problemlos drehen ließ, runzelte sie die Stirn. Der Ärger gab ihr die Kraft, in die Wohnung zu stürmen.

»Evie!«, rief sie, hörte die Schärfe in ihrer Stimme und störte sich doch nicht daran. »Du hast vergessen, die Tür zu verriegeln – schon wieder!« Dana schlug die Tür zu, legte rasch die Kette vor und drehte nacheinander die drei Schlösser zu, was ihr ein Gefühl der Sicherheit vermittelte. Bei ihrem Gehalt konnte sie sich eine Wohnung in einer nur annähernd sicheren Gegend nun einmal nicht leisten. Nur die Kette, die drei Riegel, ihr gutes Verhältnis zu den Polizisten dieser Gegend und der kleine Revolver, den sie unter

der Matratze aufbewahrte, gaben ihr endgültig ein Gefühl der Sicherheit.
Evie hatte nicht geantwortet. Dana warf einen Blick auf die Uhr. Dieses Mädchen würde bis in den Nachmittag hinein schlafen, wenn niemand sie weckte. Dana knöpfte im Gehen ihren Mantel auf, während sie zum hinteren Schlafzimmer ging.
»Verdammt noch mal, Evie, wach auf. Du verschläfst dein halbes ...«
Die Worte blieben ihr im Halse stecken, als Dana das Durcheinander in dem Zimmer sah.
»... Leben«, flüsterte sie. »Nein, nein, nein! Mein Gott, Evie!« Sie fiel neben dem Bett auf die Knie, griff mit der einen Hand an den Hals des Mädchens, mit der anderen zum Telefon. Die Finger ihrer Rechten tippten die Notrufnummer ein, während sie mit der Linken verzweifelt nach einem Puls unter dem Draht an Evies Hals suchte.

Asheville
Sonntag, 18. März, 12:30 Uhr

Im Untersuchungsgefängnis ging es vergleichsweise ruhig zu. Ruhiger als an Werktagen und eindeutig ruhiger als der Lärm, den die Horde skandalhungriger Reporter, die sich zur Pressekonferenz im Plenarsaal des Rathauses von Asheville versammelt hatte, verursachte. Steven blickte sich in dem Raum um und entdeckte Lambert, der mit einem

Kopfhörer auf den Ohren konzentriert in seinen Computer tippte. Als Steven näher kam, setzte Lambert den Kopfhörer ab und hob mit einer Grimasse den Blick.

»Ich transkribiere die Aufnahme von Winters' Privattelefon«, erklärte er.

»Und?«

Lambert schüttelte den Kopf und griff nach der Kaffeetasse auf der Ecke seines penibel ordentlichen Schreibtisches. Er trank einen Schluck, zog abermals eine Grimasse und spie den Kaffee zurück in die Tasse. »Bah. Du liebe Zeit. Nur wenn er kalt ist, schmeckt unser Kaffee noch scheußlicher als sonst. Die meisten Anrufe hier stammen von Firmen, die Telefonmarketing betreiben. Allerdings hat Sue Ann ihren Frauenarzt angerufen und einen Termin für eine Vorsorgeuntersuchung vereinbart.« Lambert fuhr sich mit den Fingerspitzen über das Gesicht und streckte sich. Dann wies er auf einen freien Stuhl. »Ich hasse das Transkribieren. Davon bekomme ich höllische Kopfschmerzen. Haben Sie etwas von Spinelli gehört?«

Steven setzte sich und schüttelte den Kopf. »Nichts Neues. Er hat heute Morgen in aller Frühe noch einmal einen Streifenwagen geschickt, aber Caroline Stewart war immer noch nicht zu Hause. Er hat ein paar Nachrichten auf ihrem Anrufbeantworter hinterlassen, gemeldet hat sie sich jedoch noch nicht. Gibt's was Neues von der Autopsie des Jungen?«

Lambert schien in seinem Stuhl zusammenzufallen. »Toni sagt, der Gerichtsmediziner ist sich zu 98 Prozent sicher, dass das Haar an Winters' Stiefeln vom Kopf des Jungen stammt. Das war ja nicht anders zu erwarten, oder?«

»Aber Sie haben gehofft, dass es nicht so wäre.«
»Weiß Gott, ja.« Lambert wandte den Blick ab und starrte den Stadtplan an der Wand an. »Können Sie sich vorstellen, wie es ist, wenn man fünfzehn Jahre mit einem Mann zusammengearbeitet hat und dann erfahren muss, dass er ein Ungeheuer ist?«
Steven überlegte. Er konnte es sich vorstellen, aber auf eine andere Art als Lambert. Um nicht an sein persönliches Ungeheuer denken zu müssen, stand er auf, schenkte zwei Tassen Kaffee ein, ging zurück zu Lamberts Schreibtisch und reichte ihm eine der Tassen.
Lambert lächelte ihm dankbar zu. »Danke.« Er zögerte. »Und danke auch dafür, dass Sie neulich Toni Mut zugesprochen haben. Es war genau das, was sie brauchte.«
Steven zuckte leicht verlegen mit den Schultern. »Es war die Wahrheit.«
»Trotzdem danke.« Erneut breitete sich verlegenes Schweigen zwischen ihnen aus, dann richtete sich Lambert auf seinem Stuhl auf und fuhr sich mit der Hand durch sein goldenes Haar. Zerzauste es. Steven verbiss sich ein Lächeln. Selbst mit zerzaustem Haar hätte der Mann für die *GQ* Modell stehen können, aber irgendwie wirkte er deshalb nicht weniger wie ein Bulle. »Hat Spinelli eine Frau, eine Polizistin, bei Caroline Stewart anrufen lassen?«, fragte Lambert unvermittelt.
»Ich weiß nicht«, antwortete Steven und hätte sich treten mögen, weil er nicht daran gedacht hatte. »Angenommen, sie ist wirklich Mary Grace, dann könnte ein männlicher Polizist ihr Angst machen, wenn man bedenkt, was sie mit Winters hat durchstehen müssen. Falls sie zu Hause ist,

öffnet sie vielleicht nicht einmal die Tür. Und falls Spinelli keine genauen Angaben darüber gemacht hat, weshalb sie ihn zurückrufen soll, meldet sie sich vielleicht überhaupt nicht bei der Chicagoer Polizei.«
»Toni soll sie anrufen«, schlug Lambert vor und grinste. »Sie kann richtig nett sein, wenn sie will.«
»Wenn sie was will?«, fragte Toni hinter ihnen. Steven drehte sich zu ihr um. Sie trug ein konservatives schwarzes Kostüm. Es war Zeit für den Auftritt vor der Presse.
»Ich möchte Sie bitten, nach der Konferenz in Caroline Stewarts Wohnung anzurufen«, sagte Steven. »Vielleicht hört sie auf Sie. Vor einem männlichen Polizisten ist sie schließlich davongelaufen.«
»Mach ich. Aber jetzt haben wir erst einmal einen Termin mit einer Horde ausgehungerter Piranhas.« Sie sah zu Lambert hinüber und grinste ihn an. »Kämmen Sie Ihr Haar, Jonathan. Wir müssen uns jetzt der Meute stellen.« Sie warf Steven einen Blick zu, als Lambert einen Kamm aus einer Schublade seines Schreibtisches zog. »Danke, dass Sie gekommen sind, Steven. In dieser Pressekonferenz geht es um den Mord an dem Jungen, aber wahrscheinlich kommt Mary Grace auch zur Sprache.«
Steven klopfte ihr kumpelhaft auf die Schulter. Er verabscheute Pressekonferenzen fast genauso sehr wie Blinddates.
»Ich kann Ihnen die Lorbeeren doch nicht allein überlassen, Toni. Das wäre nun wirklich nicht gentlemanlike.«

Chicago
Sonntag, 18. März, 13:45 Uhr

Er schlenderte auf und ab, benahm sich ganz wie der Herr im Haus. So hatte Caroline ihn schon vorher erlebt, oft sogar, hatte ihn meistens aus dick geschwollenen Augen beobachtet. Heute war es nicht anders. Ein dumpfes Pochen in ihren Schläfen und an ihrem Hinterkopf bewirkte, dass sie sich nur schwer konzentrieren konnte. Sie befühlte ihren oberen rechten Eckzahn mit der Zunge. Er saß ein bisschen locker. So unauffällig wie möglich bewegte sie den Unterkiefer vor und zurück. Er war nicht gebrochen. Noch nicht.
Rob durchquerte das kleine Wohnzimmer und hielt einen Revolver in der Hand. Damals hatte er sich in mehr oder weniger regelmäßigen Abständen genauso aufgeführt. Er griff dann nach seinem Revolver, den sein Vater ihm vererbt hatte, hielt ihn ihr an den Kopf und – klick – drückte ab. Die Waffe war nie geladen, doch sie war sich dessen nie sicher gewesen. Und er hatte sie dann einfach nur ausgelacht.
Heute war es jedoch anders. Heute hatte er einen langen Schalldämpfer auf den Lauf geschraubt, als ob er plante, die Waffe in einem geschlossenen Raum abzufeuern. In ihrer Wohnung zum Beispiel.
Rob unterbrach seine Wanderung durch den Raum und lächelte sie an.
Sie saß auf dem alten Sofa, und das Blut gefror ihr in den Adern. Sie zog kurz in Erwägung, wegzulaufen, doch dann fiel ihr Blick wieder auf die Waffe in seiner Hand. Vielleicht

würde er sie nicht erschießen, aber bis zur Tür würde sie es niemals schaffen. So viel stand fest.

»Ich muss mich über dich wundern, Mary Grace«, sagte er, und das Lächeln schwang in seiner Stimme mit. »Du hast es geschafft, mich gehörig hinters Licht zu führen. Irgendwann musst du mir mal erzählen, wie du das angestellt hast.« Seine Augen blickten kalt. »Ich möchte mich gern persönlich bei allen bedanken, die dir dabei geholfen haben. Bei all den Leuten, die für dich gelogen haben.« Sein Lächeln verwandelte sich in ein Fletschen seiner gelben Zähne. »Bei all den Ärzten, die gesagt haben, du wärst ein Krüppel, du würdest nie wieder laufen können.« Er musterte sie von oben bis unten. »Damit hast du mich reingelegt. Mit wie vielen von ihnen hast du geschlafen, damit sie bereit waren, für dich zu lügen?« Er hob die Brauen. »Darum kümmern wir uns später, das verspreche ich dir. Jetzt wollen wir zunächst auf die wichtigste Frage zurückkommen.« Er trat einen Schritt vor. »Wo ist Robbie?«

Sie sah zu ihm auf, zwang ihre Lider zu blinzeln, ihre Kehle zu schlucken. Und sagte nichts.

Er trat noch einen Schritt auf sie zu, und seine Füße waren nur noch wenige Zentimeter von ihren entfernt. »Du siehst verändert aus«, bemerkte er. »Dein Haar ist zu dunkel.« Er griff in ihr Haar und riss sie daran hoch. »Schätze, an den Wurzeln ist es noch so blond wie eh und je. Vielleicht sollten wir mal nachsehen.« Er wickelte sich eine Hand voll Haarsträhnen so weit um sein Handgelenk, bis er sie gezwungen hatte, auf Zehenspitzen zu stehen. Tränen traten ihr in die Augen. »*Wo ist mein Sohn?*«

Die Frage hatte er ihr bereits gestellt. Wie oft? Ein Dutzend

Mal? Öfter? Sie hatte sich so tief in sich zurückgezogen, dass sie nicht mehr mitzählte. Schon früher, wenn er hatte wissen wollen, wo sie Robbie versteckt hatte, war sie stumm geblieben, was ihn in Rage brachte, und dann hatte sie den Schmerz gefühlt, wenn er zuschlug. Sie hatte das früher überlebt. Sie würde auch jetzt überleben.

Caroline schloss die Augen, zwang sich zur Ruhe, zwang sich, an etwas anderes zu denken. An irgendetwas. An irgendetwas, das die Wahrheit aus ihrem Bewusstsein verdrängte, damit sie sie nicht unwillkürlich verriet. Der kalte Lauf des Schalldämpfers bohrte sich in ihre Schläfe, und sie verzog das Gesicht.

»Sag's mir, Mary Grace«, schnurrte er mit samtiger Stimme. »Ich weiß, dass du ihn gegen mich aufgehetzt hast. Ich weiß, dass du ihm beigebracht hast, mich zu hassen. Du hast ihn gelehrt, seinen eigenen Vater zu hassen. Wirklich, Mary Grace, das gehört sich einfach nicht. Du sagst mir jetzt, wo er ist.« Er riss an ihrem Haar, und sie schluckte den Aufschrei herunter. »Ich weiß, dass er zeltet. Ich möchte nur wissen, wo.« Er drückte ihr den Schalldämpfer noch härter an den Kopf. »*Sag mir, wo.*«

Caroline hielt die Augen geschlossen, die Lippen versiegelt, das Bewusstsein verschlossen. Und wenn er sie umbrachte, sie würde nichts sagen. Innerlich erzitterte sie, konnte das Bild vor ihrem inneren Auge nicht loswerden, dass Tom ihre Leiche hier auf dem Sofa finden würde. Dass er sie tot vorfinden, in diesem Zustand für alle Zeiten in Erinnerung behalten würde.

»Nein«, flüsterte sie mehr zu sich selbst, als an Rob gerichtet. Tom würde sie so, wie sie als Lebende war, in Erinnerung

behalten. Dana würde ihm helfen. Was auch geschehen mochte, Rob würde ihren Sohn nie in die Finger bekommen. Sie sog scharf den Atem ein, als Rob noch heftiger an ihrem Haar zerrte.
»Du wirst reden. Du wirst es mir schon sagen.« Er zog sie mit einem Ruck an sich und fuhr mit dem Mund über ihr Kinn. Sie schauderte, konnte es aber nicht verhindern. Der kalte Lauf des Revolvers folgte der nassen Spur, die seine Lippen hinterlassen hatten. »Ich habe Möglichkeiten, dich zum Reden zu bringen, Mary Grace. Du magst glauben, dass du sie schon alle kennst, aber da irrst du dich. Die vergangenen Jahre habe ich damit verbracht, meiner Kunst ... den letzten Schliff zu geben.«
In diesem Moment klingelte das Telefon, und Rob hielt inne, noch immer die Hand in ihrem Haar, mit dem er ihren Kopf in den Nacken riss. Ihre Kehle bloßlegte. *Halt die Augen geschlossen*, ermahnte sie sich. Das Telefon hörte nicht auf zu klingeln. *Solange du ihn nicht siehst, kannst du dir einreden, irgendwo anders auf der Welt zu sein. Überall, aber nicht hier.* Das war vor sieben Jahren ihre einzige Rettung gewesen. Sie betete, dass sie noch immer über die Fähigkeit verfügte, ihn im Geiste auszuschalten. Sie war jetzt schon so erschöpft. Endlich sprang der Anrufbeantworter an. »Bitte hinterlassen Sie eine Nachricht.« Es war Elis Stimme. Er hatte die Ansage vor Jahren für sie aufgenommen, schlicht und freundlich, damit niemand auf den Gedanken kam, dass sie eine allein stehende Frau war. Der Signalton folgte.
»Das ist bestimmt wieder dein Geldonkel«, bemerkte Rob und fuhr mit dem Schalldämpfer an ihrem Hals entlang. *Max.* Er wusste von Max. Caroline erstarrte, und Rob lachte. »Er

hat schon zweimal angerufen, während ich auf dich gewartet habe. ›Bitte ruf mich an, Caroline. Es tut mir so Leid, Caroline‹«, imitierte er Max höhnisch. »Wie ich hörte, hattet ihr heute Morgen einen ordentlichen Streit.«
Carolines Gedanken schweiften zu Max, sie dachte an die Verzweiflung in seinem Blick und wusste, dass sie jetzt vielleicht zum letzten Mal seine Stimme hörte.
»Caroline, verdammt noch mal, heb den Hörer ab.«
Unwillkürlich riss Caroline die Augen auf. Es war Danas Stimme, und Dana weinte.
»Um Gottes willen, Caroline, werde endlich erwachsen, und heb den Hörer ab. Ich brauche dich jetzt. Evie ist schwer verletzt. Die Sanitäter haben sie gerade in die Notaufnahme gebracht. Jemand hat sie überfallen, hier, in meiner Wohnung. Verdammt, Caroline, komm zur Notaufnahme, dann treffen wir uns dort. Sie ist ohne Bewusstsein, und die Ärzte wissen nicht, ob sie überlebt.« *Klick*.
Caroline richtete ihren Blick auf Robs Gesicht, sah das Flackern in seinen Augen, aus denen jede Spur von Hohn verschwunden war. Er war wütend, und Carolines Eingeweide krampften sich zusammen. Doch dann lächelte Rob flüchtig, griff fester in ihr Haar und riss sie noch höher.
»Verflucht«, sagte er beinahe im Konversationston. »Ich dachte, ich hätte gründliche Arbeit geleistet. Dieses Mädchen ist viel zäher, als gut für sie ist.«
»Du«, hörte Caroline sich flüstern.
Er nickte, und seine Miene verfinsterte sich. »Ja, ich.« Er sah sie an, und Caroline bekam eine Gänsehaut. »Ich habe ihr die Hände um den Hals gelegt und zugedrückt, bis sie gebettelt hat, ich möge aufhören. Da habe ich aufgehört. Ich habe

ihr die Hände und Füße mit scharfem Draht gefesselt. Sehr fest.« Er zerrte an ihrem Haar. »Ich habe sie geschlagen, bis sie blutete.« Er verzog die Lippen zu einem hässlichen Grinsen und fuhr mit der Mündung des Schalldämpfers an ihrem Hals herab, zwischen ihre Brüste und streichelte mit dem kalten Metall die Unterseite einer Brust. »Willst du wissen, ob ich sie vergewaltigt habe? Das war nicht nötig. Sie war das ganze Wochenende über freiwillig bereit, mit mir zu schlafen.« Er grinste wölfisch, selbstzufrieden. »Aber vergewaltigt habe ich sie dann trotzdem. Ob es ihr wehgetan hat? Oh ja, Mary Grace. Ich habe ihr ordentlich wehgetan. Ob sie geschrien hat? Sie hätte bestimmt geschrien, aber ich habe ihr den Mund mit Isolierband zugeklebt. Dumme Kuh. Dann habe ich diesen dünnen, scharfen Draht genommen und ihn ihr um ihren hübschen Hals gewickelt, bis sie aufhörte zu atmen. Schade, dass ich in solcher Eile war, hierher zu dir zu kommen. Ich habe nachlässig gearbeitet.«
Oh Gott. *Evie.* Schmerz überwältigte sie und der Drang, laut zu weinen.
Doch Rob schüttelte den Kopf. »Keine Sorge, Mary Grace. Falls sie je das Bewusstsein wiedererlangt, wird sie sagen, dass es ein Mann mit lockigem, braunem Haar, einem Oberlippenbart und blauen Augen war.« Er hob die dunklen Brauen und zwinkerte ihr mit seinen braunen Augen zu. »Und der bin ich eindeutig nicht. Sie wird sagen, dass es ein Mann namens Mike Flanders war.« Er schürzte schmollend die Lippen. »So ein Pech. Ich schätze, den Namen sollte ich jetzt besser nicht mehr benutzen. Verflucht, das war meine beste Tarnung.«
Caroline senkte die Lider. Schon vor Jahren hatte er sich mit

der Kunst der Verkleidung beschäftigt. Offenbar hatte er … seiner Kunst den letzten Schliff gegeben. Lieber Gott, die arme Evie.

Rob trat einen Schritt zurück, und sie musste ihm zwangsläufig folgen, immer noch auf Zehenspitzen. Sie hörte, wie er den Revolver mit einem leisen, dumpfen Schlag auf ihren Esstisch legte. Stoff raschelte, als er in seiner Tasche kramte. »Mach die Augen auf, Mary Grace. Zeig mir deine hübschen himmelblauen Augen.« Seine Finger umspannten ihren Hals, und sie rang nach Luft. »Ich sagte: Mach die Augen auf. *Jetzt.* Oder ich vergesse, dass du die Mutter meines Sohnes bist, und behandle dich wie die gottverdammte Hure, die du nun mal bist.«

Entschlossen kniff sie die Augen zu und schaffte es nur knapp, den Schrei zu unterdrücken, als seine Fingerknöchel auf ihre Wange krachten. »Du willst also Schwierigkeiten machen, wie? Kein Problem, Gracie. Überhaupt kein Problem. Könnte sogar sein, dass es …«

Caroline schnappte erneut nach Luft, als sie spürte, wie der Draht in ihre Handgelenke schnitt.

»… so noch mehr Spaß macht«, knurrte er, zog den Draht stramm und fesselte ihr die Hände hinter dem Rücken. Er stieß sie auf den Stuhl, und sie holte Luft, wappnete sich innerlich gegen das Schlimmste, doch sie konnte an nichts anderes denken als daran, dass Max oder Tom sie gefesselt finden könnten. Tot. Er würde sie umbringen. Er hatte kaum noch etwas zu verlieren. »Wo ist mein Sohn?«, fragte er hinter ihrem Rücken. Er legte ihre Hände hinter die Stuhllehne, band sie daran fest und zog den Draht stramm. Sie blieb still, bis er sie abermals schlug, sie mit dem Stuhl zu

Boden stieß. Dieses Mal konnte sie einen leisen Schmerzensschrei nicht unterdrücken. Sie spie das Blut aus, das ihren Mund füllte. Dann lag sie da, unfähig, sich aufzurichten, genauso hilflos wie vor all diesen Jahren.
Nein, nicht hilflos. Hilflos war sie im Grunde nie gewesen. Sie hatte damals überlebt. Sie würde auch dieses Mal überleben. Jemand würde sie finden. Max würde kommen. Sie musste nur durchhalten. Und die Ohren verschließen vor seinen Atemgeräuschen über ihr.
Wieder klingelte das Telefon. Sie machte sich darauf gefasst, Max' Stimme zu hören, wohl wissend, dass es sie schmerzen, ihr aber gleichzeitig etwas geben würde, woran sie sich festhalten konnte. Abermals ertönte die Ansage mit Elis Stimme. Dann folgte der Signalton. Doch dieses Mal meldete sich eine Frauenstimme, die sie noch nie gehört hatte.
»Dies ist eine Nachricht für Caroline Stewart. Mein Name ist Lieutenant Antoinette Ross von der Polizei Asheville, North Carolina.«
»Verfluchte Scheiße«, zischte Rob, und als Caroline die Augen öffnete, sah sie, dass er zitternd vor Wut auf das Telefon starrte.
»Ich suche eine Frau namens Mary Grace Winters und habe Grund zu der Annahme, dass sie bei Ihnen sein könnte«, fuhr Lieutenant Ross' Stimme fort. »Die Polizei von Chicago versucht bereits seit gestern, Sie zu erreichen. Wir befürchten, dass Ihnen von Rob Winters, Mary Graces Ehemann, große Gefahr droht. Er ist bewaffnet und höchst gefährlich, Ms Stewart. Bitte melden Sie sich unverzüglich bei Lieutenant Spinelli in Chicago, auch dann, wenn Sie die gesuchte Frau nicht kennen. Ihr Leben ist in Gefahr. Die Polizei von

Chicago wird Ihnen helfen. Bitte haben Sie keine Angst.« Sie rasselte ein paar Telefonnummern herunter und legte auf.
Rob stand noch eine gestrichene Minute lang da und starrte das Telefon an. Sein Brustkorb hob und senkte sich unter seinen schweren Atemzügen. »Verfluchte *Scheiße*«, knurrte er und hob mit einem Ruck den Stuhl auf. »Ich kann es nicht glauben. Steh auf«, befahl er grob. »Steh auf, hab ich gesagt.«
Caroline sah ihn nur an. Ihre Augen wurden schmal, aber sie sagte nichts. Ihm war irgendwo ein Fehler unterlaufen. Sie waren ihm auf der Spur. Es war nur noch eine Frage der Zeit, bis jemand kam, um sie zu retten.
Rob packte ihren Pullover an der Vorderseite und riss sie auf die Füße.
»Wir können hier nicht bleiben.« Er schnitt den Draht durch, der ihre Hände fesselte, und stieß sie unsanft zur Tür. »Hol deinen Mantel.«

Chicago
Sonntag, 18. März, 18:00 Uhr

»Reizen oder passen, Max«, sagte Peter milde.
Max hob den Blick von den Karten in seiner Hand und sah forschend in die besorgten Mienen rund um den Tisch. »Entschuldige, Peter. Ich bin heute Abend nicht sehr unterhaltsam.« Mit einiger Mühe brachte er ein mattes Lächeln zustande. David hatte ein paar Anrufe getätigt, und unverzüglich hatte seine Familie alle Pläne über den Haufen

geworfen und war ihm zur Hilfe geeilt. »Spielt einfach ohne mich weiter.« Mühsam stand er auf, nahm von seiner sehr ernst wirkenden Mutter den Stock entgegen und schleppte sich in das dunkle Wohnzimmer, wo Caroline und er sich vor nicht einmal achtundvierzig Stunden zum ersten Mal geliebt hatten. Es erschien ihm völlig unmöglich.
Er starrte in den Kamin, roch die kalte Asche, hörte gedämpfte Stimmen aus der Küche. Ohne Zögern, ohne Fragen zu stellen war seine Familie für ihn da. Ohne eine Erklärung von ihm zu erhalten. Er wusste, dass sie sich wunderten. Er wusste, dass David nichts sagen würde. Wie viel seine Familie erfahren sollte, lag in seinem Ermessen.
Er hatte ihnen bisher nur offenbart, dass er und Caroline einen Streit gehabt und dass er überstürzt reagiert hatte.
Dass er überstürzt reagiert hatte, war ihm eine Viertelstunde nach Danas Abfahrt klar geworden. Sie hatte einen bedauernden Blick zurückgeworfen. Offenbar war Caroline noch nicht zu dem gleichen Schluss gekommen. Er hatte es sich nicht anders überlegt, noch lange nicht. Nach wie vor kam für ihn nichts anderes als eine Heirat in Frage. Er liebte diese Frau, Herrgott noch mal. Sie hatte gesagt, dass sie ihn auch liebte. Sie sollten vor dem Gesetz zusammengehören, als Mann und Frau. Er sollte von Gesetzes wegen das Recht haben, sie über den Abendbrottisch hinweg anzulächeln. Sie in seinem Bett haben zu dürfen. Und die Kinder, die sie zusammen bekamen, sollten von Gesetzes wegen seinen Namen tragen. Seinen Namen, verdammt, nicht den irgendeiner Fremden, den sie irgendwo auf einem Grabstein in St. Louis gefunden hatte.
Er hatte nicht falsch gehandelt. Nur überstürzt. Es war ja

nicht so, dass Caroline ihn nicht heiraten wollte. Sie fand nur nicht die Lösung für ein Problem, mit dem sie seit sieben langen Jahren lebte. Eine Viertelstunde, nachdem sie davongefahren war, hatte sich sein Verstand geklärt, war die Kränkung in den Hintergrund getreten, während sein logisches Denkvermögen wieder eingesetzt hatte. Sein von David initiiertes, logisches Denkvermögen, versteht sich. Sein Bruder hatte gewartet, bis Danas Klapperkiste verschwunden war, bevor er sich mit tieftraurigem Blick ihm zugewandt hatte. Und innerhalb von fünfzehn Minuten hatte David seinen Schmerz durchbrochen. Max hatte sich über sein Selbstmitleid hinweggesetzt und erkannt, wie viel Courage Caroline Tag für Tag hatte aufbringen müssen. Aber nicht nur Courage. Er hatte auch die Angst und das Entsetzen begriffen, die ihr sieben Jahre später noch immer zusetzten. Sie glaubte, dass es keinen Ausweg gab, keine Möglichkeit, auf gesetzlichem Wege dem Mistkerl zu entkommen, der ihr gesamtes Leben, seit sie ein Teenager war, mit seiner Brutalität vergiftet hatte.

Ihm war klar, dass sie einen Weg finden mussten, um sie endgültig von ihrem Mann zu befreien, und zwar gemeinsam. Weniger würde nicht ausreichen, damit sie bereit war, ihn zu heiraten. Und etwas anderes als Heiraten war für ihn ausgeschlossen. Er seufzte. Denn tief in seinem Herzen hatte er den wahren Grund für seine schwere Kränkung erkannt. Wenn Caroline ihre Ehe mit dem Mistkerl als gesetzlich bindend betrachtete, bedeutete das, dass sie in ihrem Herzen noch verheiratet war. Noch gebunden war. Noch Teil von *ihm* war. *Nicht von mir*, dachte er und empfand wieder den stechenden Schmerz, der ihn schon während des ganzen

Tages verfolgt hatte. Wenn ihr Ehegelöbnis ihr heilig war, bedeutete das, dass eine Beziehung zwischen ihm und ihr besudelt war. Schmutzig. Er würde mit einer verheirateten Frau zusammenleben, und diese Erkenntnis erschütterte Max mehr als alles andere. Er hatte noch nie mit einer verheirateten Frau geschlafen, nicht einmal in seiner wilden Zeit als Profi-Basketballer.
Jetzt hatte er es getan. Er ließ die Schultern hängen.
Max stellte fest, dass auch er Wert auf seine Integrität legte. Verheiratete Frauen waren tabu. Absolut.
Das Deckenlicht flammte auf, und das vertraute Parfüm, das seine Mutter schon getragen hatte, als er noch ein kleiner Junge war, kitzelte ihn in der Nase. Das Ledersofa knarrte leise, als sie sich setzte. Max rührte sich nicht von der Stelle, auch nicht, als seine Mutter nach seinem Oberarm griff und ihn nah genug an sich heranzog, um ihm einen Kuss auf die unrasierte Wange zu geben. Das Rascheln in seinem Rücken verriet ihm, dass die Gesellschaft sich ins Wohnzimmer verlagert hatte. Endlich drehte er sich um. Da saßen sie in einer Reihe, fünf Augenpaare, die auf sein Gesicht gerichtet waren.
»Wir haben ein Recht zu wissen, was passiert ist«, begann Cathy ohne großartige Vorrede.
»Und komm gar nicht erst auf die Idee, nein zu sagen«, warnte Peter.
Elizabeth zuckte mit den schmalen Schultern. »Es wäre unhöflich, Max.«
»Es ist uns ein Bedürfnis, dir zu helfen, Max«, fügte Peter leise hinzu. »Dieses Mal müssen wir hinter dir stehen.«
Max warf David einen Blick zu, und dieser nickte ihm zu.

»Du kannst uns vertrauen, Max«, sagte seine Mutter milde. »Wir lieben dich. Wir haben dich doch immer geliebt.«
Max holte tief Luft und stieß sie langsam seufzend wieder aus. »Wenn es mein eigenes Geheimnis wäre, würde ich es euch ohne zu zögern anvertrauen. Aber weil es Carolines Geheimnis ist, muss ich jeden Einzelnen von euch bitten, mir sein Wort zu geben, dass nichts von dem, was ich sage, jemals diesen Raum verlässt.« Alle nickten mit ernster Miene. »Nun gut. Falls David so nett ist, mir einen Stuhl aus der Küche zu holen, habe ich euch eine Geschichte zu erzählen.« Er brachte ein kleines Lächeln zustande. »Bitte überlegt mit mir, wie ich mit Caroline auf einen Nenner kommen und uns beide aus diesem Chaos befreien kann.«

21

Chicago
Sonntag, 18. März, 18:30 Uhr

Beim nächsten Mal, Tom«, versprach Barry, als der Van seines Vaters vor Toms Wohnung anhielt.
Tom versetzte seinem besten Freund einen Boxhieb gegen die Schulter, fest entschlossen, sich die Enttäuschung über die vorzeitige Heimkehr nicht anmerken zu lassen. »Klar doch. Dein Vater wird doch hoffentlich wieder gesund?«
Nach einem Blick auf seinen Vater, der sich mit aschfahlem Gesicht auf dem Beifahrersitz krümmte, zog Barry eine Grimasse. »Klar. Mom kümmert sich um ihn, und dann ist er bald wieder gesund und munter, vielleicht« – wieder verzog er das Gesicht – »nächste Woche. Ich bin froh, dass wir diese Hotdogs nicht gegessen haben.«
Tom nickte. »Ja, und ich bin froh, dass deine Mom unseren Campingplatz gefunden hat. Das nächste Mal nehmen wir Leuchtpistolen und Notfunkgeräte mit.«
Barry grinste. »Das nächste Mal überprüfen wir das Haltbarkeitsdatum auf den Hotdogs«, flüsterte er.
»Ich habe das sehr wohl gehört«, stöhnte sein Vater.

»Ich hätte gedacht, dass sich diese Dinger ewig halten, Mr Grant«, sagte Tom voller Mitgefühl. »Ich hoffe, dass es Ihnen bald wieder besser geht.« Er öffnete die Schiebetür des Vans. »Danke fürs Abholen, Mrs Grant.«
Tom warf sich seine Reisetasche über die Schulter, winkte noch einmal zurück und nahm die Eingangstreppe mit einem einzigen Sprung. »Hi, Mr A…« Er blieb verwundert stehen. Sy Adelman zu begrüßen war für ihn so selbstverständlich wie zu atmen. Zum ersten Mal, seit Tom denken konnte, saß der alte Mann nicht auf seinem Platz auf der untersten Treppenstufe. Tom beschloss, nach ihm zu sehen, sobald er sein Gepäck abgestellt hatte. Alte Menschen stürzten manchmal und konnten dann nicht wieder aufstehen, wenngleich ihm Mr Adelman nie wie ein typischer alter Mann vorgekommen war.
Tom furchte die Stirn, als der Sicherheitsriegel sich nicht aufschließen ließ. Er war bereits aufgeschlossen. Tom würde ein Wörtchen mit seiner Mutter reden müssen. Ihr Verstand setzte offenbar manchmal aus, seit Max Hunter in ihr Leben getreten war. Wenn sie vergaß, die Tür zu verriegeln, war das praktisch eine Aufforderung für die Straßengangs der Umgebung, in die Wohnung einzubrechen.
In der Wohnung war es still, gespenstisch still. *Mom ist wahrscheinlich bei Max*, dachte Tom und war sich immer noch nicht sicher, ob er dem Mann trauen konnte. Aber seine Mutter sagte, dass sie ihn liebte, und das musste zunächst einmal reichen. Er konnte zumindest einigermaßen sicher sein, dass seine Mom bei Max Hunter gut aufhoben war. Selbst wenn der Mann wütend wurde, hob er nicht Fäuste.

Das hatte Mom gesagt, und Dana hatte es bestätigt. Danas Meinung war ihm sehr wichtig. Er ließ seine Tasche auf den Boden fallen und ging in die Küche. Vier Stunden mit dem würgenden Mr Grant in einem Auto hatten ihm und Barry so ziemlich den Appetit genommen. Jetzt lehnte er sich an den Küchentresen und verschlang zwei Hähnchenkeulen, bevor er nach der Keksdose griff.

Er wunderte sich über das silbrige Aufblitzen und Klimpern eines Schlüsselbundes, als er die Dose aufhob. Die Schlüssel seiner Mutter. Sie verließ das Haus nie ohne ihre Schlüssel. Seine kurzen Nackenhaare sträubten sich, und er schaute sich wachsam um, als stünde der Schwarze Mann direkt hinter ihm. Leise holte er seinen Baseball-Schläger aus dem Dielenschrank und schlich den Flur entlang.

Das Bad ... Er spähte hinein, bevor er den Duschvorhang zur Seite schob. Leer.

Das Schlafzimmer seiner Mutter ... Er warf einen Blick hinein. Leer. Dann fuhr er einen Schritt zurück, als er die Scherben der Josefsfigur auf dem Boden sah. Die Jahre spulten zurück und lösten sich in Nebel auf.

»Oh Gott«, flüsterte er, und sein Herz hämmerte gegen seine Rippen. »Nein, Gott, bitte nicht.« Er zwang sich weiterzugehen und hob eine der Scherben vom Bett auf. »Mom?«, rief er verhalten. »Mom, bist du zu Hause?« Er trat neben die Schranktür, bevor er sie ruckartig aufriss. Der Schrank war leer. Er nahm kaum wahr, dass er einen schweren Seufzer der Erleichterung ausstieß.

Der letzte Raum war sein eigenes Schlafzimmer. Das Blut rauschte ihm in den Ohren. Seine Handflächen waren schweißnass. Er wischte erst die eine, dann die andere an seiner Jeans ab und umfasste den Baseballschläger fester. Vorsichtig öffnete er die Tür und blieb wie vom Donner gerührt stehen. Sein Bett war gemacht, die Decke so straff gespannt, dass er eine Münze darauf hätte hüpfen lassen können. Er machte sein Bett nie. Überhaupt nie. Seit dem Tag, an dem sie davongelaufen waren, nicht mehr, weil es *ihm* immer so wichtig gewesen war. Auf diese Weise zeigte Tom *ihm* eine lange Nase. Der Anblick des mit militärischer Präzision gemachten Betts holte ihn zurück in ein kleines Haus, weit weg von Chicago, und sein eigener Puls dröhnte ihm noch lauter in den Ohren. Mit einem Gefühl der Übelkeit im Magen schaute sich Tom in seinem Zimmer um. Die alten Pokale auf seiner Kommode fielen ihm ins Auge. Er trat einen Schritt vor, und der Baseballschläger entglitt seiner plötzlich erschlaffenden Hand. Die Pokale waren neu geordnet. Nach dem Datum. Sie waren gereinigt und poliert worden. Sie fingen das Licht ein und glänzten wie Silber.

»Oh Gott.« Er hörte sich selbst wimmern, schloss die Augen und betete, es möge nur ein Albtraum sein. Wünschte sich, sein Raum wäre wieder unaufgeräumt wie immer, sobald er die Augen aufschlug.

Vergebens.

Er war hier gewesen. Hier, in dieser Wohnung, in der seine Mutter sich so sicher gefühlt hatte.

Mom.

»Ich hätte sie nicht allein lassen dürfen«, flüsterte er und lief zum Esstisch. Plötzlich blieb er wie angewurzelt stehen. Der Deckel eines Mayonnaiseglases lag auf dem Tisch unter dem Fenster. Ihre Mutter benutzte den Tisch, um ihre

Petunien in die Sonne zu stellen. Die Petunien lagen auf dem Boden, der Keramiktopf in Scherben. Er brauchte nicht nachzusehen, was sich in dem Deckel befand.
In der stillen Wohnung hörte er das Echo seines krampfhaften Schluckens.
In dem Deckel häuften sich Zigarettenkippen.
Und neben den Petunien war der Teppich blutverschmiert.

Chicago
Sonntag, 18. März, 19:00 Uhr

Stille hatte sich in dem ganzen Raum ausgebreitet, während Max' Familie versuchte, die Wahrheit zu begreifen, die er selbst noch immer nicht voll akzeptiert hatte. Cathy saß auf dem Sofa, den Kopf in die Polster zurückgelehnt, die Augen geschlossen, und schluckte immer wieder. Elizabeth weinte hemmungslos. David hockte auf der Sofakante, das Kinn auf ein Knie gestützt, das er an die Brust gezogen hatte, und versicherte Max mit stummen Blicken seiner vollen Unterstützung.
Ma ergriff als Erste das Wort. »Oh Max«, flüsterte sie mit tränenerstickter Stimme. »Das arme Mädchen. Welch furchtbare Angst muss sie ausgestanden haben.«
Peter räusperte sich. »Wir werden einen Anwalt hinzuziehen. Ich kenne einen, dem wir vertrauen können.«
Diese Ankündigung hatte eine Flut von Kommentaren zur Folge, und Max schluckte. Seine Augen brannten. Der be-

dingungslose Beistand seiner Familie war etwas unverhofft Kostbares inmitten dieser Hölle. Reue wegen der verschwendeten Jahre schnürten ihm das Herz ab, und das gewiss nicht zum ersten Mal.
Er hob eine Hand, und das Stimmengewirr verstummte.
»Caroline muss ihr Einverständnis dazu geben.«
»Nun, dann ruf sie an, Max«, befahl seine Mutter.
»Sie geht nicht ans Telefon, Ma«, erklärte David leise.
Phoebe stand auf, die Hände in die Hüften gestützt. »Wieso bist du dann noch hier?«, fragte sie barsch. »Steig in dein schickes deutsches Auto und hol sie her.«
Ein Lächeln spielte um Max' Lippen. »Warum bin ich nicht selbst auf die Idee gekommen?«
Phoebe Hunter verdrehte die Augen. »Und ich habe nicht einmal einen Doktortitel. Sag ihr, sie soll ihre Sachen packen und herkommen, Junge. Sag ihr, dass sie in unserer Familie herzlich willkommen ist.« Sie trat an den Sessel, in dem er saß, und strich ihm das Haar aus der Stirn. »Sag ihr, dass ich ihr meinen Jungen von Herzen gern gebe«, fügte sie mit einem heiseren Flüstern hinzu. Diese überaus zärtliche Liebkosung riss die letzte Barriere des Widerstands nieder, und Max schmiegte die Wange in ihre Handfläche, brauchte dringend den Trost, den nur eine Mutter spenden konnte. Es störte ihn nicht, dass die gesamte Familie seine Tränen sah, die ihm über die Wangen strömten.
»Er hat ihr wehgetan, Ma«, flüsterte er gequält. »Sie hat Narben ...« Er schüttelte sich und gab dem leisen Druck der mütterlichen Hand nach, als Phoebe ihn an ihre Brust zog. »Himmel, Ma. Ich schäme mich so.«

»Warum, Max?«, flüsterte sie an seinem Scheitel.
»Ich habe ihr vorgeworfen, sie würde mich wegen meiner Narben nicht heiraten wollen. Daraufhin hat sie mir ihre gezeigt.«
Sie streichelte seinen Kopf. »So holt man jemanden auf den Boden der Tatsachen zurück, Max. Ich würde sagen, es war höchste Zeit.«
Es war unglaublich, aber ein grollendes Lachen stieg aus seiner Brust auf. »Kein Pardon, Ma?«
Sie hob sein Gesicht an und wischte mit der Manschette ihrer Bluse die Tränen ab. Max fragte sich, wie oft in seinem Leben sie diese Geste ausgeführt haben mochte. »Willst du etwa ein Pardon, mein Sohn?«
Max schüttelte den Kopf. »Nein.« Er schloss die Augen, als ein neuer Ansturm von Gefühlen ihm die Fassung rauben wollte. »Kein Pardon, Ma.«
Wieder strich sie ihm die Haare aus der Stirn, und er erinnerte sich an die Abende, wenn sie es beim Zubettbringen genauso gemacht hatte. Er wurde plötzlich ganz ruhig, wartete wohl wissend, was als Nächstes kommen würde.
»Ich liebe dich, Max«, erklärte sie unumwunden.
»Ich liebe dich auch, Ma.«
Sie zog ihn auf die Füße und drückte ihm den Knauf seines Stocks in die Hand. »Geh, hol sie, Max. Hol sie nach Hause.«
Peter brachte ihm seinen Mantel, und David stand wartend an der Tür und warf seinen Schlüssel von einer Hand in die andere.
»Ich begleite dich«, erklärte David. »Vielleicht ist ja ihre Freundin bei ihr.« Er grinste, als Max spöttisch die Brauen

hob. »Ich habe keinen Ring an ihrer Hand bemerkt, und du kannst sie nicht beide haben.« David zwinkerte Peter zu. »Sie hat Beine bis zum Kinn.«
Peter lachte und öffnete die Tür, als das Telefon zu klingeln begann. »Fahrt los. Ich kümmere mich um das Telefon.«
Sie hatten die Zufahrt bereits erreicht, als Peter auf der Veranda erschien, das schnurlose Telefon in einer Hand, während er mit der anderen wild winkte. Er sah sehr besorgt aus. »Warte, Max! Ich glaube, diesen Anruf solltest du annehmen. Es ist Carolines Sohn. Er ist völlig außer sich.«

Chicago
Sonntag, 18. März, 20:00 Uhr

Max schloss die Augen und war keines klaren Gedankens mehr fähig.
»Es ist nicht deine Schuld, Max«, sagte David, den Blick auf die Straße gerichtet, den Fuß bleischwer auf dem Gaspedal des Mercedes. »Es ist nicht deine Schuld.«
»Ich hätte sie nicht einfach gehen lassen dürfen. Ich hätte dafür sorgen müssen, dass sie sicher nach Hause kommt.«
»Das ist absurd. Caroline nützt es nichts, wenn du dich jetzt mit solchen Gedanken quälst. Für sie ist es wichtig, dass du einen klaren Kopf bewahrst, damit du dich um Tom kümmern kannst.«
Tom. Max schluckte seine Angst herunter, während Mitleid

mit Carolines Sohn ihn erfasste. Lieber Himmel, was hatte der Junge in der vergangenen Stunde durchstehen müssen.
»Wann sind wir da?« Sie rasten in Richtung Polizeiwache, um Lieutenant Spinelli zu treffen.
»In zwanzig Minuten. Was genau hat dieser Polizist gesagt? Dieser Spinelli. Was hat er gesagt?«
Max rieb sich über das Gesicht. »Er sagte, sie hätten Winters' Spur bis nach Chicago verfolgt. Seit zwei Wochen sucht er schon nach Caroline. Sie arbeiten mit der Polizei in Asheville zusammen.«
»In North Carolina?«
»Ja. Dort ist Caroline aufgewachsen. Lieutenant Spinelli hat mir versichert, dass sie jemanden zu Tom schicken, der ihn zur Polizeiwache bringt.«
»Was ist mit dem Mädchen?«
»Evie? Die Ärzte meinen, dass ihr Zustand immer noch kritisch ist. Sie haben versucht, Dana aufzuspüren, damit sie mich benachrichtigt.«
David schüttelte den Kopf. »Zufall?«
»Daran glaubt Spinelli nicht. Er hat nicht gesagt, warum nicht, nur, dass er mich auf der Polizeiwache erwartet.«
Wie auf ein Stichwort klingelte sein Handy. Für einen Augenblick lähmte ihn die Angst, dass die Polizei schlechte Nachrichten über Caroline haben könnte. Er zwang sich, die Rufannahmetaste zu drücken. »Hallo?«
»Max? Hier ist Dana. Tut mir Leid, dass ich dich wegen Evie nicht früher angerufen habe. Ich konnte nicht mehr klar denken.«
Er räusperte sich. »Wie geht es ihr?«
Dana seufzte. »Sie ist noch immer nicht bei Bewusstsein,

aber sie hält durch. Ich kann das alles nicht glauben, Max. Ich kann nicht fassen, dass jemand in meine Wohnung eingebrochen ist und ihr das angetan hat.«
»Dana, ich muss dir etwas sagen.«
Eine kurze Pause entstand. »Was denn?«
Max atmete tief ein. »Caroline ist fort. Die Polizei sagt, ihr Mann hat irgendwie herausgefunden, dass sie in Chicago lebt. Er ist ...« Seine Stimme brach. »Er hat sie in seiner Gewalt, Dana.«
»Mein Gott, nein. Oh Gott, Max.«
Max presste die Fingerknöchel an seine Lippen, während David ihm tröstend über den Arm strich. »Tom hat Blutspuren in der Wohnung gefunden.«
»Nein.« Danas herzzerreißendes Schluchzen ertönte aus dem Telefon, und Max' Herz krampfte sich noch mehr zusammen.
»Dana, sie ... die Polizei ... Sie vermuten, dass Carolines Mann auch Evie so misshandelt hat.«
»Nein, Max. *Nein.*«
»Doch, Dana.«
»Aber ... Oh Gott, Max.« Danas Stimme klang hysterisch. »Der Mann, der Evie überfallen hat, hat sie vergewaltigt.«
Max' Magen zog sich zusammen. »Bist du dir sicher?«
»Sie könnte sterben, Max«, flüsterte Dana. »Sie hat innere Blutungen. Er war ... brutal.«
Sie schwiegen beide eine Weile ins Telefon, verbunden durch ihre gemeinsame Angst. Dieses Ungeheuer hatte Caroline in seiner Gewalt. Er war ... zu allem fähig. Max' Fantasie führte ihm Bilder vor Augen, die ihm Übelkeit verursachten und Schweißperlen auf seine Stirn treten ließen. Er

schob die Gedanken zur Seite, all diese verdrehten, perversen Ausgeburten seiner Einbildung. Er hatte jetzt keine Zeit, auf diese Weise an Caroline zu denken. Er musste sich ein scharfes, klares Denkvermögen bewahren. Um zu planen. Eine Möglichkeit zu finden, sie zurückzubekommen. »Dana, würdest du mit der Polizei reden? Sie benötigen alle Informationen über den Mann, die sie nur bekommen können.« Die Bilder kehrten zurück, kristallklar und furchtbar. »Wir ...« Er erstickte fast an seinen Worten. »Wir müssen sie finden.«
»Sag ihnen, dass ich komme«, antwortete Dana rau. »Ich werde da sein.«

Chicago
Sonntag, 18. März, 20:30 Uhr

Max und David wurden in ein kleines Konferenzzimmer geführt, in dem ein Detective in einem zerknitterten braunen Anzug in der Ecke saß, während Tom auf und ab schritt. Als sie eintraten, blieb Tom stehen und blickte sie an. Max wusste nicht, was er sagen sollte, als er die Verzweiflung im Blick des Jungen erkannte. Tom sah Caroline so unglaublich ähnlich. Max zögerte einen Moment, dann ging er zu dem Jungen hin und nahm ihn fest in die Arme.
Toms Rücken blieb einen Moment lang starr, aber dann war es, als würde ein Damm brechen. Heftige, herzzerreißende Schluchzer drangen aus seiner Brust, und sein Körper

zitterte unter der Anstrengung, den Tränenstrom zurückzuhalten. Max streichelte seinen Rücken, wusste nicht, was er sagen sollte, um die Angst des Jungen zu beschwichtigen. Und seine eigene Angst.
»Wir finden sie, Tom«, flüsterte er in dem verzweifelten Wunsch, seinen eigenen Worten Glauben schenken zu können.
»Das alles ist meine Schuld.« Auf diese Selbstanklage folgte eine Reihe kleiner Schluchzer, als sich Tom darum bemühte, nicht vollends die Beherrschung zu verlieren.
»Nein, es ist nicht deine Schuld.« Max drückte Toms Schultern und wartete, bis der Junge ihm ins Gesicht schauen konnte. »Es ist nicht deine Schuld.« Tom presste trotzig die Lippen aufeinander, und in diesem Augenblick war seine Ähnlichkeit zu Caroline so deutlich, dass Max es kaum ertragen konnte. »Wie könnte es deine Schuld sein, Tom?«
»Ich hätte sie nicht allein lassen dürfen. Ich hätte nicht zelten fahren sollen.«
Max umfasste Toms Schultern und schüttelte ihn sanft. »Sie wollte, dass du diesen Ausflug machst. Sie hat es mir gesagt. Ich hätte sie bis zur Tür bringen und in jedem Schrank nachsehen sollen. Wenn jemand Schuld hat, dann bin ich es. Ich hätte besser auf sie Acht geben müssen.«
»Ich würde sagen, Schuld hat der elende Schweinehund, den du unglücklicherweise als deinen Vater bezeichnen musst«, sagte David offen. Er lehnte am Türpfosten, die Arme locker vor der Brust verschränkt. Äußerlich war er der Inbegriff der Ruhe, doch Max spürte seine Wut hinter der gelassenen Fassade.

»Ich würde sagen, das ist der klügste Spruch, den ich heute Abend gehört habe«, brummte der Detective.

Max und Tom fuhren mit wütender Miene herum, dann wischte sich Tom die Tränen an seinem Ärmel ab.

»Er ist nicht mein Vater«, knurrte Tom zwischen zusammengebissenen Zähnen hervor. »Unglücklicherweise hat er seine DNA zu meinem Entstehen beigetragen. Sonst nichts.«

»Ich nehme alles zurück.« David setzte sich an den Tisch und rückte einen weiteren Stuhl zurecht. »Setz dich, Tom. Du auch, Max. Ich schätze, uns steht eine lange Nacht bevor.«

Der Lieutenant erhob sich und streckte eine Hand aus. »Murphy. Spinelli ist mein Lieutenant. Er wird gleich hier sein.« Max reichte ihm die Hand und setzte sich auf den Stuhl, den David ihm angeboten hatte. Tom blieb stehen, und Murphy zuckte mit den Schultern und nahm dann ebenfalls Platz. »Ich benötige ein paar Informationen von dir, Junge.« Er schlug einen Notizblock auf. »Wann hast du deinen Vater zum letzten Mal gesehen?« Er sah auf und begegnete Toms aufgewühltem Blick. »Ich meine den Mann mit der DNA.«

Tom lehnte sich gegen die Wand und schob die Hände in die Hosentaschen. »Um halb acht Uhr morgens am 30. Mai des Jahres, als ich sieben Jahre alt war.«

»Warum hast du ihn seitdem nicht mehr gesehen?«

»Wir haben uns vor ihm versteckt. Warum kommt er jetzt? Warum sucht er ausgerechnet jetzt, nach so langer Zeit, doch noch nach uns?«, wollte Tom wissen.

»Die Frage musst du Lieutenant Spinelli stellen, Junge.«

»Und wann wird der hier sein?«, fragte Tom, die Hände auf die Hüften gestützt.

»Er ist schon da.« Ein stämmiger Mann mit einem graumelierten Schnauzbart tauchte an der Tür auf. »Ich bin Spinelli. Und du bist sicher Tom. Sind Sie Dr. Hunter?«

Max erhob sich halb von seinem Stuhl, um Spinelli die Hand zu schütteln, und sein Puls begann erneut zu rasen, als die Angst ihn wieder packte. »Ja, der bin ich, und das ist mein Bruder, David Hunter. Was für Nachrichten bringen Sie? Wo ist Caroline?«

Spinelli seufzte. »Wir wissen es nicht, Dr. Hunter, aber wir glauben, dass sie tatsächlich bei Winters ist. Tom, wo befindet sich der Wagen, mit dem ihr vor sieben Jahren weggefahren seid?«

Tom erstarrte. »Wir haben ihn verschwinden lassen. In einem See in Tennessee. Wieso?« Seine Augen weiteten sich, als er begriff. »Sie haben ihn gefunden. Das war der Grund, warum er angefangen hat, nach uns zu suchen.«

»Ich fürchte, so ist es, mein Junge. Seit etwa zwei Wochen sucht Winters nach deiner Mutter. Bisher wird angenommen, dass er im Verlauf seiner Suche drei Menschen umgebracht hat.«

Tom zog einen Stuhl heran und setzte sich mit aschfahlem Gesicht. »Aber …«

Max legte seine Hand über Toms, sein Herz raste und setzte dann wieder aus. Drei Menschen. Der Mistkerl hatte drei Menschen umgebracht. *Und er hat Caroline in seiner Gewalt.* Oh Gott. *Bitte.* »Evie Wilson? Ist sie etwa …«

Spinelli schüttelte den Kopf. »Sie lebt noch. Wir haben ein

paar Anhaltspunkte. Vor ein paar Stunden ist an einer Raststätte im Norden von Indiana sein Mietwagen gefunden worden.«
»Und Sie sind ganz sicher?«, fragte Max und beugte sich gespannt auf seinem Stuhl nach vorn.
Spinelli nickte. »Ja.« Dann blickte er Tom mit ernster Aufmerksamkeit an. »Wir haben die Leiche eines alten Mannes im Kofferraum gefunden, Tom. Ein Weißer, Halbglatze, Bart, etwa fünfundsiebzig Jahre alt.«
Toms Kinn zitterte. »Mr Adelman. Er hat nicht auf der Treppe gesessen. Ich wollte nachsehen, ob etwas mit ihm nicht stimmt. Ich dachte, er könnte gestürzt sein und sich verletzt haben. Ich hab's vergessen, als ich feststellte, dass Mom nicht da war.«
Wieder nickte Spinelli. »Das entspricht der Beschreibung des älteren Herrn, mit dem meine Leute gestern Morgen gesprochen haben. Wir haben noch etwas gefunden, etwas, das uns ein bisschen mehr Mut macht. Deine Mom ist sehr einfallsreich, Tom. Anscheinend haben sie an einer Tankstelle außerhalb von Lexington in Kentucky Halt gemacht. Deine Mom hat in einer Toilettenkabine eine Nachricht hinterlassen, in der Klopapierrolle. Hat ihren Namen angegeben, dass Rob Winters sie entführt hat und dass derjenige, der die Nachricht findet, sich bei mir melden soll. Und es hat sich jemand gemeldet.«
Toms Schlucken war deutlich zu hören. »Er fährt nach Süden. Zurück nach North Carolina.«
»Das habe ich auch angenommen, aber jetzt sind wir ein bisschen verwirrt. Wir arbeiten mit Special Agent Thatcher und Lieutenant Ross in Asheville zusammen. Sie sind

davon überzeugt, dass er es auf dich abgesehen hat, nicht auf deine Mom. Dass er besessen ist von dem Gedanken, dich zu finden. Weißt du, wohin er sie verschleppen könnte, Tom?«

Tom wog nachdenklich den Kopf. »Keine Ahnung. Zu sich nach Hause.«

»Das wird überwacht. Und er wird es wissen. Fällt dir irgendetwas anderes ein?«

Mit dem Ausdruck hilfloser Verzweiflung schüttelte Tom den Kopf.

Max blickte auf seine Uhr. »Wie weit ist es bis Asheville?«

»Max«, setzte David an und hob dann zustimmend die Schultern. »Fahren wir.«

Spinelli zog die Stirn in Falten. »Wahrscheinlich ist es sinnlos, Ihnen zu sagen, dass Sie uns hier nützlicher sein würden? Das dachte ich mir.« Er griff nach Murphys Notizblock und kritzelte einen Namen und eine Telefonnummer aufs Papier. »Melden Sie sich bei Special Agent Thatcher. Er leitet die Ermittlungen in diesem Fall in Asheville.«

»In diesem Fall?«, fragte Tom. »Was für ein Fall?«

Spinellis Schurrbartspitzen senkten sich. »Vor zwei Wochen wurde die Sache neu aufgerollt, als Mordfall. Mord an dir, junger Mann. Sieh zu, dass es nicht wahr wird. Mach keine Dummheiten, okay?«

Tom nahm das Blatt Papier und faltete es säuberlich dreimal. »Fahren wir, Max.«

Max schüttelte nachdrücklich den Kopf. »Ausgeschlossen. Auf gar keinen Fall lasse ich zu, dass du Chicago verlässt. Deine Mutter reißt mir den Kopf ab, wenn ich dich in Gefahr bringe.«

Tom stand auf. Er war immer noch erschreckend blass, legte aber eine Haltung und eine entschlossene Würde an den Tag, die weit über sein Alter hinausging. »Mit jeder Minute, die wir mit Streit vergeuden, könnten wir Asheville schon ein Stück näher gekommen sein.« Er reichte Spinelli die Hand. »Danke für Ihre Hilfe, Sir. Sehen Sie vielleicht eine Möglichkeit, Mr Adelmans Begräbnis hinauszuzögern, bis meine Mom und ich zurück sind? Er war wie ein Familienmitglied für uns. Und er hatte niemanden außer uns.«

Spinelli schüttelte Tom mit respektvoller Miene die Hand. »Ich tue, was ich kann, Tom. Fahren Sie alle bitte vorsichtig, und grüßen Sie Thatcher und Ross von mir.«

Asheville
Montag, 19. März, 7:00 Uhr

Der Morgen war still und dunkel, kurz vor Anbruch der Dämmerung. Die einzigen Geräusche, die Winters vernahm, waren das Trommeln seiner eigenen Finger auf dem Steuerrad und das leise Summen seines Polizei-Scanners, während er auf der Suche nach Sue Ann die Straße im Auge behielt. Dass sie kommen würde, stand für ihn außer Frage. Ob sie allein kam, würde sich noch herausstellen.

Er benötigte Bargeld. Seine Kreditkarten waren alle gesperrt. Alle, auch die, die auf seine Decknamen lauteten. Er presste die Lippen zusammen, er war stinkwütend. Sie wussten es, kannten seine Tarnungen. Sie waren in seinem Haus gewesen, hatten in seinen Sachen gestöbert. Thatcher war die treibende Kraft, davon war er überzeugt. Thatcher würde dafür bezahlen. Und Ross ebenfalls.

Er streckte die Hand aus, um den Polizeifunk lauter zu drehen. In diesem Augenblick kam Sue Anns zerbeulter Chevy in Sicht. Winters duckte sich in dem schmutzigen weißen Lieferwagen, den er sich an der Grenze zwischen West Virginia und North Carolina besorgt hatte. Unterwegs hatte er zweimal die Wagen gewechselt. Es hatte die Fahrt ein wenig verzögert, war jedoch eine wichtige Ablenkung. Sue Anns Chevy bog auf den Parkplatz des Kaufhauses ein, wo sie auf seinen Befehl hin auf ihn warten sollte. Er warf einen raschen Blick nach hinten in den Lieferwagen und begegnete Mary Graces starren Augen. Seine Wut erreichte den Siedepunkt. Es hatte ihn überrascht, wie sie seinem Blick standhielt und sich weigerte, sich unterzuordnen. Sie hatte sich verändert, und er hatte sich getäuscht, als er meinte, sie ohne Schwierigkeiten seinem Willen unterwerfen zu können. Kein Problem. Sie hielt sich für stark. Mary Grace glaubte doch tatsächlich, sie wäre ihm gewachsen. Er lächelte kalt und genoss den Anblick, wie sich ihr Kehlkopf unter dem Isolierband, mit dem er ihr halbes Gesicht verklebt hatte, beim Schlucken bewegte.

Er würde bekommen, was er von ihr wollte.

Er hatte seine Methoden. Er lächelte bei dem Gedanken an all diese Methoden.

Winters richtete seine Aufmerksamkeit wieder auf den Parkplatz, wo Sue Ann aus dem Wagen stieg und wie befohlen in das Kaufhaus ging. Ein paar Minuten später kam sie mit einer

Tasse Kaffee wieder heraus, genauso, wie er sie angewiesen hatte. Er horchte auf den Polizeifunk.
Durch das statische Knistern hindurch hörte er die Bestätigung seines Verdachts. Es wurde gemeldet, dass die Überwachte am Treffpunkt angelangt war. Sie hatten gewusst, dass Sue Ann kommen würde. Entweder hatte Sue Ann ihn verraten, oder sie hatten sein Privattelefon angezapft. Sue Ann würde es nie wagen, das Maul aufzumachen, davon konnte er definitiv ausgehen. Abgesehen davon, dass sie dumm wie Bohnenstroh war, hatte das Weibsstück auch überhaupt keinen Mumm, wenn man sie erst einmal ordentlich in ihre Schranken gewiesen hatte.
Nein, der Verrat hatte innerhalb der Polizei stattgefunden. Seine früheren Kumpel, Männer, mit den er jahrelang zusammengearbeitet hatte. Männer, die er in zahllosen Einsätzen gegen das Verbrechen in der ganzen Stadt unterstützt hatte.
Sie warteten auf ihn, wollten ihn einlochen wie einen ganz gewöhnlichen Drogenkriminellen auf der Straße. Ross war die treibende Kraft. Er war ganz sicher. Doch seine Kameraden folgten ihrem Befehl. Sie waren nicht mehr länger seine Kumpel. Angewidert legte Winters den Rückwärtsgang ein und verließ seinen Beobachtungsposten, einen halben Block entfernt von dem Kaufhaus, vor dem Sue Ann warten würde, bis sie zum Verhör in Gewahrsam genommen wurde.
Er fuhr weiter, bis er weit entfernt von dem Supermarkt und seinem eigenen Haus zu einem verlassenen Haus gelangte, bog in die Zufahrt ein, kurbelte das Seitenfenster herab und griff in den Briefkasten. Und lächelte. Er zog einen

Umschlag heraus, der prall gefüllt mit Bargeld war, das Sue Ann dem Safe in seinem Haus entnommen hatte. Sie hatte ihrem schlitzäugigen Neffen Geld dafür gegeben, dass er den Umschlag in diesen abgelegenen Briefkasten deponierte. *Braves Mädchen*, dachte er und zählte das Geld. Es musste erst einmal reichen.

»Wir fahren aufs Land, Mary Grace«, rief er nach hinten. »Ich würde sagen, in westliche Richtung. Du bist schon sehr lange nicht mehr in der Hütte gewesen.«

Caroline gestattete sich, für einen kurzen Moment die Augen zu schließen, als ein Teil ihrer Hoffnung aus ihrem Herzen wich. *Die Hütte*. Sie lag weit entfernt, abgelegen. Und sie war Robs Geheimversteck. Sie hatte Robs Vater gehört, einem gemeinen, skrupellosen Mann. Nach seinem Tod hatte Rob sie geerbt. Rob hatte sie nur ein paarmal mitgenommen in die Hütte. Gewöhnlich suchte er sie allein auf.

Niemand würde sie dort vermuten. Niemand würde wissen, wo sie zu finden war. Sie musste versuchen, aus eigener Kraft zu entkommen.

Nein, nicht allein. Jetzt nicht mehr. Da war noch jemand, an den sie denken, den sie beschützen musste.

Caroline öffnete die Augen und spähte in das trübe, graue Dämmerlicht hinter ihr im Lieferwagen. Große Augen starrten sie aus einem kleinen Gesichtchen an. Über dem silbernen Isolierband, das das halbe Gesicht bedeckte, war ein schmaler Streifen sommersprossiger Haut zu sehen. Zerzaustes rotes Haar stand in alle Richtungen ab. Er trug noch seinen Spiderman-Pyjama. Der Junge war aus dem Bett gerissen worden, Winters hatte ihm den Mund zugeklebt und

ihn an Händen und Füßen gefesselt. Caroline hatte keine Ahnung, wer der Junge war und warum Rob durch die Entführung des Jungen so guter Dinge war.
Sie drehte sich so, dass sie mit ihrem gefesselten Fuß sein Beinchen streicheln konnte. Verzweifelt bewegte er sein Bein der Berührung entgegen, dann blinzelte er, und Tränen strömten über sein kleines Gesicht.

22

Asheville
Montag, 19. März, 9:00 Uhr

Was, zum Teufel, soll das?«, brauste David auf, als er sah, dass schon wieder eine Straße in der Innenstadt von Asheville von einer Menschenmenge blockiert war, die Protestsprüche skandierten. Es war der reinste Aufruhr, beinahe schon ein ausgewachsenes Chaos. David steuerte Max' Mercedes im Schneckentempo durch die verstopften Straßen. Einige Leute hielten Transparente hoch, auf denen sie die Brutalität der Polizei anklagten. Fast alle Gesichter waren schwarz. Und jedes einzelne war hart und zornig.
Max zog sein Handy aus der Tasche und gab die Nummer ein, unter der er Special Agent Thatcher während der Nacht jede zweite Stunde angerufen hatte. »Wir sind noch zwei Häuserblocks von der Polizeiwache entfernt, Thatcher, aber wir kommen nicht durch. Hier auf den Straßen herrscht ein Aufruhr, verdammt noch mal.«
»Ich weiß«, erwiderte Thatcher knapp. »Ich schicke Ihnen einen Streifenwagen entgegen, der Sie den Rest der Strecke eskortiert. Haben Sie schon etwas gegessen?«

»Nein.« Max wandte sich zum Rücksitz um. »Hast du Hunger, Tom?«
Tom löste den Blick nicht von den Menschenmassen auf der Straße. »Nein.«
»Aber du musst essen, Junge«, mahnte David sanft.
»Ich würde lieber kotzen«, entgegnete Tom bitter, während er sich immer noch auf die Szene vor dem Fenster konzentrierte.
»Nein, aber wir brauchen nichts, danke«, sagte Max ins Handy und erklärte Thatcher, wo sie zur Zeit feststeckten.
Fünf Minuten später tauchte ein Streifenwagen auf und bahnte sich einen Weg durch die in Sprechchören brüllende Menge. Mit Blaulicht wurden David, Max und Tom zum Parkplatz der Polizeiwache geleitet. Max schälte sich aus dem Beifahrersitz und unterdrückte ein Stöhnen. Seine Hüfte schmerzte, sein Schädel dröhnte, und ein stechender Schmerz schoss durch seine Wirbelsäule. Sie hatten sich entschieden, mit dem Auto zu fahren, da der erste Flug von Chicago erst nach halb elf in Asheville gelandet wäre. Anderthalb Stunden früher in Asheville anzukommen entschädigte ihn für jede Minute des Schmerzes, dem er während der zwölfstündigen Fahrt ausgesetzt war. Hinter ihm stieg Tom aus und reichte ihm wortlos seinen Stock.
Während der Fahrt hatte er kaum ein Wort mit dem Jungen gewechselt. Jetzt umfasste er Toms Schulter, und gemeinsam stiegen die beiden die Treppe hinauf. Tom verlangsamte seinen Schritt aus Rücksicht auf Max' Schwierigkeiten. David lief ihnen voraus und hielt ihnen die Tür auf.
»Wo finden wir Special Agent Thatcher?«, fragte Max den uniformierten Beamten am Empfangspult. Die Situation

erschien ihm irgendwie surreal. Sich vorzustellen, dass vor knapp vierundzwanzig Stunden sein Leben noch nahezu perfekt gewesen war. Er hatte Caroline in den Armen gehalten, sein Heiratsantrag war noch ein schöner Traum gewesen. Und jetzt ... Er schüttelte den Kopf, ließ nicht zu, dass die entsetzlichen Bilder in sein Bewusstsein drangen. Caroline brauchte ihn bei klarem Verstand. Tom brauchte ihn ebenfalls.
Er würde sich erst gehen lassen, wenn Caroline wieder in seinen Armen, in Sicherheit, war. Wenn. *Falls.*
»Oben«, antwortete der Beamte und musterte die Gruppe, insbesondere Tom, mit unverhohlenem Interesse. Sein Blick registrierte Max' Stock. »Der Aufzug befindet sich da rechts.«
Ein leises Stimmengewirr war zu hören, als sich die Lifttüren öffneten, das sofort aufhörte, als sie den Raum betraten. Max bemerkte die neugierigen Blicke, die Tom folgten, als sie das Büro durchquerten, und ihm wurde bewusst, das viele dieser Polizisten Tom vor sieben Jahren gesucht und geglaubt hatten, er wäre tot oder sei entführt worden.
Drei Gestalten tauchten aus einem Büro am Ende des Durchgangs auf, zwei große, breitschultrige Männer, einer rothaarig, der andere blond. Zwischen ihnen stand eine Frau und sah ihm voller Mitgefühl in die Augen.
Der Rothaarige trat vor und streckte die rechte Hand aus. »Ich bin Special Agent Thatcher vom State Bureau of Investigation. Das sind Lieutenant Ross und Detective Lambert.« Er sah Max an; sein Blick verriet Überraschung. »Lakers?« Max nickte. »In einem anderen Leben. Haben Sie Caroline gefunden?«

Thatcher schüttelte den Kopf. »Nein, aber wir haben Winters' derzeitige Freundin aufgegriffen.« Aus den Augenwinkeln sah er Tom an. »Tut mir Leid, mein Junge. Du bist sicher ...«
Tom kniff die Lippen zusammen. »Tom Stewart.«
Beim Klang von Toms grimmiger Stimme hob Thatcher eine Braue. »Gut. Dann also Tom. Winters' Freundin heißt Sue Ann Broughton. Sie ist ...« Wieder warf Thatcher Tom einen Blick zu. »Sie ist schwanger von Winters, aber er weiß es nicht. Sie weigert sich, uns zu sagen, wo er sich aufhält, obwohl er sich bei ihr gemeldet und heute Morgen ein Treffen mit ihr vereinbart hatte.«
Tom erstarrte. »Er ist also hier?«
Thatcher seufzte. »Er war hier. Er muss gewusst haben, dass wir Sue Ann überwachten, denn er ist uns durch die Maschen gegangen.«
David trat an ein Fenster, das auf die Straße hinausging, und blickte auf die wütende Menge, die sich gefährlich rasch zu einem rasenden Mob zu entwickeln drohte. »Was hat dieser Aufruhr zu bedeuten?«
Lieutenant Ross trat vor. »Während unserer Ermittlungen im Fall des Verschwindens von Mary Grace und Robbie ...« Sie blickte ernst in Toms Richtung und wehrte so seinen Protest ab. »So lagen die Dinge nun einmal zwei Wochen lang, mein Junge. Wie auch immer, während der Ermittlungen in deinem Fall sind wir auf Beweise gestoßen, dass dein Vater beim Verhör eines jungen afroamerikanischen Verdächtigen unangemessene Gewalt angewandt hat.« Sie sah Tom eindringlich an. »Der Verdächtige wurde tot aufgefunden.«

Toms Lippen verzogen sich verächtlich. »Nur einer?«
Ross war verblüfft. »Was soll das heißen?«
»Zunächst einmal ist er nicht mein Vater, Lieutenant Ross. Zweitens hat er getrunken. Und wenn er getrunken hatte, wurde er redselig. Ich war damals noch klein, aber ich weiß, dass er getötet hat.« Tom kniff die Augen zusammen und ließ den Blick von Ross zu Thatcher und zu Lambert wandern, der immer noch still etwas abseits stand. »Was unternehmen Sie, um ihn zu finden? Was unternehmen Sie, um sicherzugehen, dass er meine Mutter nicht umbringt?«
Thatcher setzte sich auf die Kante eines Schreibtischs. »Wir wissen nicht, wohin er sie verschleppt hat. Bitte versuch, dich zu erinnern, wohin er sich verkrochen haben könnte.«
Tom fuhr sich mit einer Hand durch das kurze, blonde Haar. »Ich war sieben Jahre alt«, sagte er mit kaum beherrschter Wut. »Ich kann Ihnen nur das sagen, was ich bereits Spinelli gesagt habe …«
Thatcher hob eine Hand. »Ich habe schon mit Spinelli gesprochen. Er hat sich sehr beeindruckt über dein reifes Auftreten geäußert. Das möchte ich jetzt selbst sehen. Ich brauche deine Hilfe, Tom. Ich will deine Mutter lebend finden, genauso wie du. Ich möchte, dass du mit mir in euer früheres Haus kommst, uns hilfst, nach Dingen zu suchen, die uns einen Hinweis darauf geben, wohin dein Va… – wohin Winters verschwunden sein könnte.«
Tom wurde blass, holte tief Luft und blickte zu Max auf. »Ich kann nicht dahin zurück, Max«, flüsterte er. »Das kann ich nicht.«
Es schnürte Max das Herz ab, denn er wusste ja, was Tom und Caroline in jenem Haus durchlitten hatten. Er griff nach

Toms Oberarm und drückte ihn fest. »Ich lass dich nicht allein, Tom. Das verspreche ich dir.«
Tom senkte das Kinn auf die Brust, straffte dann jedoch Schultern und Rücken. »Gut, gehen wir.«
Thatcher wandte sich an Lieutenant Ross. »Können Sie Jonathan entbehren? Ich weiß, Sie müssen hier bleiben, um die da draußen ...« Er deutete auf das Fenster.
Ross schaute zum Fenster und nickte. »Gehen Sie. Aber rufen Sie mich an, wenn Sie etwas finden.«

Asheville
Montag, 19. März, 10:00 Uhr

»Geht's ihm einigermaßen gut?«, flüsterte David.
Max beobachtete Tom, der wie in Trance in dem kleinen Wohnzimmer umherging, Nippes und Fotos berührte, hier eine Vase, dort einen Pokal. Woran erinnerte er sich? Welche Horrorbilder bedrängten ihn? »Nein«, antwortete Max leise. »Ganz und gar nicht.« Er sah Thatcher und Lambert an der Haustür stehen. »Ich wünschte, er müsste das nicht tun, David.«
David zuckte voller Unbehagen mit den Schultern. »Aber deswegen ist er mitgekommen. Er will uns helfen, seine Mutter zu finden.«
Max' Herz klopfte ihm bis zum Hals hinauf. »*Ich* will seine Mutter finden«, flüsterte er heiser, als Tom sich in einen Sessel fallen ließ und das Foto eines kleinen Jungen um-

klammerte, der eine Reihe aufgefädelter Fische hochhielt. Max hob ein anderes Foto auf und sah eine ernste halbwüchsige Caroline mit einem lächelnden Kleinkind im Arm. Ihre ausdrucksvollen Augen wirkten verhuscht und ängstlich. Die Wirklichkeit traf ihn mit voller Wucht, und mit ihr eine Angst, die so gewaltig war, dass ihm die Knie weich wurden. Hier hatte sie gewohnt. Hier hatte er sie gequält. Möglicherweise quälte er sie in diesem Augenblick. Vielleicht tat er ihr das an, was er auch all diesen anderen Frauen angetan hatte.

Vielleicht war sie tot.

Zitternd erreichte Max mit einiger Mühe den nächsten Sessel, ließ sich hineinsinken und barg das Gesicht in den Händen. Die letzten Worte, die sie von ihm gehört hatte, waren: Geh einfach. Verzweifelt wünschte er, dass er sie zurücknehmen könnte.

»Wir müssen sie finden, David.« Max' Stimme brach. »Ich kann nicht ...«

»Da war diese Hütte«, sagte Tom plötzlich.

Max hob den Kopf und sah Tom, der mit geistesabwesendem Gesichtsausdruck immer noch das Foto umklammerte. »Was hast du gesagt?«

Tom schien sich von der Vergangenheit loszureißen. Er wandte sich mit wachem Blick Thatcher und Lambert zu. »Da war diese Hütte, oben in den Bergen. Ein paarmal hat er mich dorthin mitgenommen. Manchmal sind wir auf die Jagd gegangen.« Bei der Erinnerung an diese Ausflüge verzog er das Gesicht. »Ich habe die Jagd gehasst.« Plötzlich wurde seine Stimme ganz dünn, sie klang wie die eines kleinen Jungen. »Ich fand es scheußlich, das Reh umzubringen.

Ich habe ihn angefleht, die Mutter des Kitzes nicht zu töten.« Tom schluckte. »Er hat mich ausgelacht. Hat gesagt, ich sollte mich nicht anstellen wie eine alberne Tunte.« Wieder schluckte er hörbar. »Ein bisschen Blut würde mich abhärten, hat er gemeint.« Er schwieg einen Moment, und für Max geriet eine Welt aus den Fugen, während er betete, dass Tom sich an etwas, an irgendetwas erinnerte, das sie zu Caroline führte. »Manchmal sind wir auch angeln gegangen.« Tom hob das Foto hoch, sodass alle es sehen konnten. Der kleine Robbie Winters starrte ihnen ohne ein Lächeln von dem Bild entgegen und hielt eine Schnur mit aufgefädelten Fischen weit von sich. »Das hier war an meinem fünften Geburtstag. Ich hatte nichts gefangen. Das da sind seine Fische. Er hat sie gefangen und wollte, dass ich sie halte.« Er schloss die Augen. »Er sagte, ich könnte wenigstens so tun, als wäre ich ein Mann. Manchmal, wenn er zur Hütte ging …« Er hielt inne, seine Lippen bewegten sich, doch er brachte keinen Laut hervor. Er räusperte sich. »Manchmal ist er zur Hütte gegangen, nachdem er …« Er stand auf und kehrte der Gruppe, die ihn gebannt ansah, den Rücken zu. »Manchmal, wenn er meine Mutter verprügelt hatte, ist er für ein paar Tage abgehauen, in die Hütte. Er wollte sie nicht sehen, sagte er dann. Sie wäre … hässlich. Unnütz. Dann ging er, und ich habe mir jedes Mal gewünscht, dass er niemals wieder zurückkommen würde.« Er ließ die Schultern hängen. »Aber er ist immer wieder zurückgekommen«, flüsterte er mit brechender Stimme. »Immer wieder.«

»Weißt du, wo diese Hütte ist, Tom?« fragte Thatcher, und vor Anspannung klang seine Stimme barsch.

Tom blieb stocksteif sitzen, er schien den Atem anzuhalten. Max wartete, in der Hoffnung, dass Tom ja sagte und sie führte. Doch Tom schüttelte den Kopf.
»Nein«, antwortete er leise. Viel zu leise. »Es war ein weiter Weg dorthin, so viel weiß ich noch. Aber ich erinnere mich nicht daran, wo diese Hütte ist.«
Max' Magen drohte sich umzudrehen. Winters war irgendwo da draußen, und sie wussten nicht, wo. Genau in diesem Augenblick fügte er Caroline womöglich grausame Schmerzen zu. Seine Hände ballten sich zu Fäusten. Er war ratlos, konnte nichts tun. Verdammt noch mal.
Tom drehte sich um, begegnete Max' Blick, und in seinen Augen standen Schuldbewusstsein und Angst. »Es tut mir so Leid, Max«, flüsterte er mit einer so kindlichen Stimme, dass Max' Herz von neuem brach. »Es tut mir so Leid. Er hat meine Mom, und ich kann sie nicht finden. Max, bitte, unternimm etwas. Er wird sie umbringen.« Die letzten Worte kamen erstickt, kaum hörbar, doch sie rissen Max hoch.
Max stand auf, streckte seine Hand aus und hätte beinahe vor Schmerz aufgeschrien, als Tom sie mit solcher Kraft drückte, dass die Gelenke knackten. Er zog Tom leicht zu sich heran, und dann warf sich Carolines Sohn in seine Umarmung. »Entschuldige, Max«, weinte Tom, während Max ihn sanft wiegte. »Ich habe versprochen, sie zu beschützen, und ich habe versagt.«
»Schschsch.« Max tätschelte seinen Rücken und bat David mit einem Blick um Hilfe. Sein Bruder nickte nur, und Max begriff, dass die Worte nur von ihm kommen konnten. Er überlegte schwer, fand sie und zwang sich, selbst daran zu

glauben. »Es ist doch nicht deine Schuld, Tom. Deine Mutter ist eine starke Frau. Sie hat ihn schon vorher überlebt. Sie ist stark, vergiss das nicht.« Max richtete den Blick auf Thatcher, der immer noch mit düsterer Miene an der Tür stand. »Tun Sie was«, sagte Max ruhig. Es war keine Bitte.

Thatchers Kiefer spannte sich. »Besorgen Sie eine Aufstellung vom gesamten Grundbesitz Winters' und seiner Familienmitglieder«, wies er Lambert an. Sein Handy klingelte, und er zog es aus der Tasche. »Dann rufen Sie Toni an und sagen ihr, dass wir eine Spur haben.« Er hielt sich das Handy ans Ohr. »Toni? Wir haben gerade…«

Max sah, wie alle Farbe aus Thatchers Gesicht wich. Sein Herz setzte aus, und Tom löste sich von ihm, als er spürte, dass etwas geschehen war.

»Was ist passiert?«, wollte Max wissen. Tom wurde noch blasser.

Thatcher sagte nichts. Es war, als hätte sein Verstand völlig ausgesetzt.

Lambert schüttelte ihn. »Thatcher, was ist los?« Er nahm ihm das Handy aus der Hand. »Toni, was ist los?« Jetzt erbleichte Lambert ebenfalls. »Nein. Wann? Und die größeren Jungen?« Er schloss die Augen. »Ich dachte, das Haus würde rund um die Uhr überwacht.« Er rang sichtlich um Fassung. »Toni, Tom Stewart erinnert sich an eine Hütte. Können Sie überprüfen, ob Winters Grundbesitz in den Bergen hat?« Er beendete das Gespräch, zog Thatcher zum Sofa und zwang ihn, sich zu setzen. An Tom und Max gerichtet, sagte er: »Agent Thatchers sechsjähriger Sohn ist als vermisst gemeldet. Jemand hat den Kleinen aus dem Bett gerissen und Stevens Tante eine Beruhigungsspritze verpasst. Seine großen Jungs haben beim Aufwachen festgestellt, dass der Junge fort ist und der diensthabende Wachtposten tot vor der Hintertür liegt. Winters hat letzte Woche vor Stevens Haus mit seinem Kleinen geredet.« Lambert packte unsanft Thatchers Kinn und zwang ihn aufzublicken. »Wir finden ihn, Steven, wir finden ihn, bevor er deinem Sohn ein Haar krümmen kann.«

Thatcher blinzelte, sein Gesicht war wie versteinert. »Er hat seinen eigenen Sohn gequält, Jonathan. Was hindert ihn daran, meinem Kleinen was anzutun?«

Eine ganze Weile sagte niemand ein Wort. Dann räusperte sich David. »Wir müssen diese Hütte finden«, sagte David ruhig. »Ob die Freundin weiß, wo er ist?«

»Wenn sie es weiß, wollte sie es uns besser sagen«, knirschte Steven und ballte die Hände zu Fäusten.

Lambert schüttelte den Kopf. »Nein, Steven. *Du* bist jetzt nicht in der Verfassung, mit ihr zu reden. Fahr zurück zur Wache; ich rede mit Sue Ann.« Sein Gesicht war todernst. »Wir finden ihn, Steven. Und wir holen Nicky zurück.«

»Ich will mit dieser Freundin von ihm sprechen«, sagte Tom, und seine Stimme klang wieder fest und kräftig. »Ich muss mit ihr sprechen, Detective Lambert. Bitte.«

Lambert nickte. »Ist in Ordnung. Tom, du und die Hunters, ihr kommt mit mir. Steven, ich lass dich am Bahnhof raus und bringe die anderen zum Gerichtsgebäude, damit sie Miss Broughton sprechen können.«

Western North Carolina
Montag, 19. März, 10:30 Uhr

Caroline ließ sich schwer auf den harten, schmutzigen Boden zurücksinken. Ein pochender Schmerz wütete in ihrem Kopf, doch die Tränen, die ihr die Kehle verengten, hielt sie wohlbedacht zurück. Wenn sie weinte, würde sich ihre Nase so verstopfen, und sie würde nicht mehr atmen können, da ihr Mund immer noch mit dem dicken, silbernen Isolierband verklebt war. Sie atmete durch die Nase ein und unterdrückte das Husten. Mit jedem Atemzug drang Staub in ihre Lungen. Und jeder Atemzug war eine Qual.
Sie wälzte sich herum und spähte durch die kleine Staubwolke, die sie aufgrund ihrer Bewegung aufgewirbelt hatte und die jetzt wieder auf sie niedersank. Er atmete noch, der kleine Junge ohne Namen. Wahrscheinlich hatte er die gleichen Atemprobleme wie sie, aber er hatte noch immer keinen Ton von sich gegeben, seit sie in diesem Höllenloch angekommen waren, das Rob als sein Shangri-La betrachtete.
Rob schlief im Augenblick. Nach der Fahrt von Chicago nach Asheville, über Raleigh und weiter zu der Hütte in den Bergen war er müde. Aber trotzdem hatte er noch genug Energie aufgebracht, um mit ihrer »Rückerziehung«, wie er es nannte, zu beginnen. Sie sollte alles Schlechte, was sie je über ihn gesagt hatte, zurücknehmen. Sollte seinem Sohn erklären, dass sie gelogen hatte. Sie habe gefälligst der Polizei zu versichern, dass er niemals die Hand gegen sie erhoben hatte, und sie würde der Polizei gestehen müssen, dass sie

seinen Sohn geraubt hatte, durchgebrannt war und für nur zwanzig Dollar pro Kunde herumgehurt hatte.

Der Polizei versichern, dass er nie die Hand gegen sie erhoben hatte ... Darüber hätte Caroline gelächelt, wenn nicht ihre Lippen wegen des verfluchten Isolierbands unbeweglich gewesen wären. Von Herzen gern würde sie der Polizei erklären, dass er nie die Hand gegen sie erhoben hatte. Sie würde dasitzen, dem Bezirksstaatsanwalt direkt in die Augen blicken und behaupten, dass sie nie ein blaues Auge oder eine aufgeplatzte Lippe gehabt hätte. Dann würde sie erleben, wie der Staatsanwalt mit Schock und Abscheu ihr Gesicht, ihr grün und blau und blutig geschlagenes Gesicht betrachtete. Rob verlor allmählich jeglichen Sinn für die Realität. Er vergaß, dass sie zumindest ein unverletztes Gesicht würde vorzeigen müssen, um ihn gegen den Verdacht der Misshandlung zu verteidigen. Doch das hatte er in den letzten paar Stunden ziemlich oft vergessen. Ihre Rippen schmerzten von den Tritten seiner spitzen Stiefel.

Früher oder später würde es ihm einfallen, aber bis dahin bedeutete jeder Bluterguss mindestens zwei weitere Tage, bevor er aus seinem Versteck kriechen und verlangen konnte, dass sie die geforderten Lügen aussprach. Zwei weitere Tage, bevor er sein Versteck verlassen und Tom finden konnte. Zwei weitere Tage für Tom, um sich zu verstecken. Caroline betrachtete die kleine Gestalt, die in Embryohaltung zusammengerollt in der Ecke des schmutzigen Raums lag. Zwei weitere Tage, an denen sich die Familie des Jungen, wer immer sie sein mochte, um ihn sorgen musste.

Sie seufzte, stieß die Luft durch die Nase aus, wollte nicht an den seelischen Schaden denken, der dem Kind bereits zugefügt worden war, und konnte es doch nicht verhindern. Er war aus seinem Bett gerissen, wie ein Tier gefesselt worden und hatte wiederholt zusehen müssen, wie sie jedes Mal, wenn sie auf Robs Forderungen hin trotzig den Kopf schüttelte, verprügelt wurde. Kein Wunder, dass er sich in diese Haltung zusammengerollt hatte. Es tat einem Kind weh, wenn es zusehen musste, wie einem anderen Menschen Verletzungen zugefügt wurden. Tom würde auch nie wieder normal und unbefangen sein, nachdem er jahrelang mit ansehen musste, wie sie unter Rob zu leiden hatte. Sie selbst würde auch nie wieder normal und unbefangen sein, nachdem sie gesehen hatte, wie ihr Vater ihre Mutter verprügelte. Während Caroline dort am Boden lag und ihre Kräfte sammelte, überlegte sie, ob ihre Strategie klug war. Vielleicht sollte sie Robs Forderungen nachkommen, und sei es nur wegen des kleinen Jungen, dessen Namen sie nicht kannte. Sie musste darüber nachdenken.
Zunächst einmal standen ihnen zwei, drei Tage in diesem Niemandsland bevor. Im Augenblick hatten sie ein paar Stunden Ruhe. Rob schlief; sie hörte sein Schnarchen laut durch die dünne Wand hindurch, die das vordere Zimmer von seinem Schlafraum mit dem wackligen Bett trennte.
Ein paar Stunden würden reichen müssen.

Asheville
Montag, 19. März, 11:00 Uhr

Am Aufzug traf Toni auf Steven. Ihre Miene war entschlossen. »Die Fahndung läuft, Steven. Ich habe Hubschrauber-Suchtrupps und eine Mannschaft losgeschickt, nach der Hütte zu suchen. Wir finden deinen Sohn.«
Steven brachte nur ein knappes Nicken zustande und folgte Toni in ihr Büro. Seine Nerven waren völlig betäubt und empfindungslos. Sein Kleiner. Dieses Schwein hatte seinen Kleinen geraubt. Er sah sich im Dienstraum um und sah, dass die Augen aller Beamten voller Mitgefühl auf ihn gerichtet waren.
Sie glaubten, dass Winter der Verbrecher war.
Endlich.
Der Mistkerl musste erst seinen Sohn entführen, damit diese Arschlöcher endlich erkannten, was doch schon längst klar auf der Hand lag. Ihre mitleidigen Blicke, die zu spät kamen, waren es, die ihn schließlich ausrasten ließen. Wut schoss in ihm hoch, und er blieb stehen. Er blickte jedem einzelnen Mann direkt in die Augen, jedem einzelnen Mann, der ihm vor zwei Wochen noch mit offener Feindseligkeit und mit Misstrauen begegnet war, weil er die unfassbare Unverschämtheit besaß, einen ihrer geschätzten Kollegen der Misshandlung seiner Ehefrau zu bezichtigen. Sie kannten Winters. Sie kannten seine Frau. Sie mussten doch etwas gesehen haben.
Irgendjemand musste doch *irgendetwas* gesehen haben.
»Ihr scheinheiligen Mistkerle, jeder Einzelne von euch«, stieß Steven hervor.

Toni zog ihn am Arm. »Steven, jetzt ist weder die Zeit noch der …«
Steven schüttelte ihre Hand ab und wandte sich den Polizisten zu. »Ihr habt ihn gesehen. Ihr habt ihn bei der Arbeit gesehen. Ihr kanntet seine Frau. Ihr müsst doch gesehen haben, wenn sie im Winter eine Sonnenbrille und im Sommer eine langärmelige Bluse trug.« Er fuhr herum und funkelte einen Detective an, dessen Namensschild ihn als G. West auswies. »Sie, West. Haben Sie Mary Grace Winters gekannt?«
West senkte den Blick. »Ja.«
»Haben Sie sie jemals mit Blutergüssen gesehen?«
West hob den Blick, und Steven las Schuldbewusstsein in seinen Augen. »Ja. Rob sagte, sie wäre tollpatschig.«
»Und Sie haben ihm geglaubt«, sagte Steven mit beißendem Hohn. »Sie haben ihm geglaubt, nicht wahr?«
West sah zu Boden. »Ja.«
»Dann trifft Sie genauso viel Schuld«, zischte Steven. Er ließ seinen zornigen Blick durch den Raum schweifen, doch keiner der Männer konnte ihm in die Augen sehen. »Sie alle sind schuldig. Und was wollen Sie dagegen unternehmen?« Nur mühsam gelang es ihm, nicht völlig die Beherrschung zu verlieren. »Weil Sie damals nichts unternommen haben, hat er vielleicht drei Menschen, vielleicht auch mehr umgebracht. Weil Sie damals nichts unternommen haben, ist seine Frau ihm jetzt wieder ausgeliefert.« Er schlug mit der flachen Hand auf einen Schreibtisch, was den Beamten dahinter zusammenfahren ließ. »Und *mein* Sohn ist ihm ausgeliefert, verdammt.« Seine Stimme brach, aber das war ihm vollkommen egal. »Sagen Sie mir, *was Sie dagegen unternehmen wollen?*«

Niemand äußerte ein Wort, und Steven ließ verzweifelt und geschlagen den Kopf hängen.
»Kommen Sie, Steven«, drängte Toni mit sanfter Stimme.
»Moment.«
Steven drehte sich um und sah einen der Detectives zitternd neben seinem Schreibtisch stehen. Es war Crowley, der Detective, der den betrunkenen Ben Jolley an Stevens erstem Tag in Asheville nach Hause gefahren hatte. Vor zwei Wochen. Als sein Kleiner noch in Sicherheit und Winters nur der Name auf einer Akte gewesen war. »Was denn, Crowley?«
»Sie haben Recht.« Crowley holte tief Luft. »Größtenteils. Ich habe Mary Grace gekannt und auch Robbie. Ich habe geglaubt, Rob zu kennen. Ich habe mich geirrt. Ich wusste, dass Rob ein grober Kerl ist und beim Verhör ganz schön brutal sein konnte, aber ich hätte nie geglaubt, dass er zu einem kaltblütigen Mord fähig wäre. Ich habe Mary Grace nie mit Blutergüssen gesehen, aber, ehrlich gesagt, ich habe auch nicht hingeschaut. Ich hätte nie vermutet, dass Rob so ...«
Steven wartete.
»... böse sein könnte«, beendete Crowley den Satz mit einem leichten Schulterzucken. Um ihn herum nickten ein paar Köpfe. »Damals habe ich nicht geholfen, weil ich von nichts wusste. Jetzt weiß ich Bescheid. Ich war nie mit Rob in seiner Hütte. So gut kannte ich ihn nicht. Aber Jolley war dort.«
Stevens Nackenhaare sträubten sich. Er sah zu Ben Jolleys leerem Schreibtisch hinüber. »Wo ist er?«
»Zu Hause«, erklärte Toni. »Er hat Urlaub genommen, nachdem Spinelli die tote Prostituierte gefunden hatte. Er

brauchte Zeit, um das alles zu verarbeiten, und ich habe ihm die Zeit gewährt. Er wird noch früh genug seine Disziplinarstrafe erhalten.« Sie deutete auf Crowley. »Jim, holen Sie ihn her. Falls er eine Straßenkarte besitzt, bringen Sie sie mit.«
Crowley erhob sich und zog seine Jacke an. »Ich werde ihn vermutlich zunächst ausnüchtern müssen. Ich habe ihn gestern Abend in der *Two Point Tavern* gesehen, so betrunken, dass er nicht mehr stehen konnte. Ich musste ihn nach Hause fahren.«
Toni schürzte die Lippen. »Dann geben Sie ihm Kaffee zu trinken, bis er nüchtern ist. Aber schaffen Sie ihn so schnell wie möglich her.« Sie wandte sich Steven zu. »Ihre Tante hat aus dem Krankenhaus in Raleigh angerufen. Sie sagt, es ginge ihr gut, und Sie sollen sich um sie keine Sorgen machen und sich darauf konzentrieren, Nicky zu finden.«
Erstaunlicherweise brachte Steven ein kleines Lächeln zustande. »Eine tolle Frau, meine Tante Helen.«

Asheville
Montag, 19. März, 11:15 Uhr

»Miss Broughton«, bat Max mit flehender Stimme. Er hätte die Frau am liebsten gepackt und die Wahrheit aus ihr herausgeschüttelt, und es kümmerte ihn beinahe nicht mehr, dass auch sie ein Opfer von Winters war. Er schlug mit der Faust auf die abgenutzte Tischplatte im Verhörraum des Gerichtsgebäudes ein. »Wenn Sie einen Funken Anstand im Leibe haben, sagen Sie uns, wo er sich versteckt. Um Gottes willen – *wo ist diese Hütte?*«

Sue Ann Broughton saß am Verhörtisch, das Haar zerzaust und fettig, den Blick auf die Tischplatte geheftet. Sie sah niemanden an.

»Ich will einen Anwalt«, flüsterte sie kaum hörbar.

Detective Lambert schüttelte den Kopf. »Sie sind ja nicht verhaftet worden, Miss Broughton. Es steht Ihnen frei, auf eigene Kosten einen Anwalt hinzuziehen, aber ich bin nicht verpflichtet, Ihnen einen Anwalt zu stellen, solange man Sie nicht verhaftet hat.«

Sue Ann hob müde den Blick. »Warum kann ich dann nicht nach Hause gehen?«

Lambert verzog keine Miene. »Weil Sie als Hauptzeugin zur Verfügung stehen müssen. Das habe ich Ihnen nun schon mehrfach erklärt.« Er stützte lässig den Ellbogen auf den Tisch. »Ich kann Sie allerdings der Beihilfe und Deckung eines Verdächtigen anklagen.«

»Rob hat diese Frauen nicht umgebracht«, protestierte sie, doch die Worte entstammten eher ihrer Angst als ihrer wahren Überzeugung. »Er hat es nicht getan.«

Lambert blickte sie lediglich skeptisch an. »Hat er Ihnen das gesagt?«

Sue Ann funkelte ihn böse an. »Das wissen Sie doch. Sie haben unser Telefon angezapft. Nur so konnten Sie wissen, dass ich mich heute Morgen mit ihm treffen wollte.«

Lambert hob die Schultern. »Dann ist Ihnen auch bekannt, dass wir von der Geldübergabe wissen. Sie haben ihm Bargeld gebracht, damit er weiter flüchten konnte. Das ist Beihilfe zu einem Verbrechen.« Er behielt Sue Ann scharf im

Auge, und in Max erwachte ein kleiner Funken Hoffnung. Vielleicht schaffte Lambert es, Sue Ann weich zu kochen. Vielleicht würde Sue Ann ihnen verraten, wo sie Caroline finden konnten. »Also, Sue Ann, Sie wollen doch nicht, dass Ihr Kind im Gefängnis zur Welt kommt?«
Sue Ann wurde blass. »Nein. Sie können mich nicht ins Gefängnis stecken.« Ihre Hand legte sich instinktiv auf ihren Leib. »Das können Sie nicht tun.«
Wieder zuckte Lambert mit den Schultern. »Ich nicht, aber eine Jury kann das und wird es tun. Das Risiko würde ich an Ihrer Stelle nicht gern eingehen. Sie können mir also entweder sagen, was ich wissen will, oder ich wende mich mit dem, was ich weiß, an den Bezirksstaatsanwalt. Sie haben die Wahl.« Lambert brach ab und beobachtete das wechselnde Mienenspiel auf Sue Anns Gesicht, als die Frau mit sich selbst und mit ihrer Angst vor Winters kämpfte.
Max sah aus den Augenwinkeln, wie sich Tom mit aschfahlem Gesicht vorbeugte.
»Miss Broughton.« Toms Stimme klang rau. »Sie bekommen ein Kind.« Er räusperte sich. »Möchten Sie, dass dieses Kind mit einem Vater leben muss, der es quält und ihm wehtut?«
Sue Ann schüttelte den Kopf. Tränen glitzerten in ihren Augen. »Rob würde niemals einem Kind etwas antun.«
Tom schüttelte den Kopf. »Oh nein, Madam. Da täuschen Sie sich.« Langsam stand er auf und begann, sein Hemd aufzuknöpfen. »Er schlägt Sie, nicht wahr? Ich weiß, dass er es tut.« Seine Stimme war jetzt monoton. »Er hat meine Mutter geschlagen.« Er öffnete ein paar weitere Knöpfe. »Er

hat mich geschlagen. Oh ja«, beharrte Tom, als Sue Ann energisch den Kopf schüttelte. »Er hat mich mit seinen Fäusten geschlagen und mich mit seinen Stiefeln getreten.« Tom schluckte, zog sein Hemd aus dem Hosenbund und legte die feinen blonden Haare frei, die auf seiner Brust zu sprießen begannen. Wieder wurde sich Max Toms Jugend und gleichzeitig seiner Reife bewusst. »Aber es wurde noch schlimmer, Sue Ann.« Er zog einen Arm aus dem Ärmel. »Eines Tages hat er meine Mutter gegen die Wand gestoßen, und sie war bewusstlos. Er wollte sie treten, und ich habe mich über sie gelegt.« Er wandte den Blick nicht von Sue Anns Gesicht. »Ich war sechs Jahre alt und hatte nur den einen Gedanken: Ich musste meine Mutter beschützen. Sie war behindert und benutzte eine Gehhilfe. Er war im Begriff, ihr die Rippen einzutreten.« Tom hob den Arm. »Sehen Sie genau hin, Sue Ann.«

Max sah hin, und beinahe hätte sich ihm der Magen umgedreht. Narben, blass und rund, zogen sich in regelmäßigen Abständen über Toms Arminnenseite, etwa fünf Zentimeter unterhalb der Schulter ab seiner Achselhöhle.

Sue Ann wurde blass und senkte den Blick auf die Tischplatte.

»Ich habe gesagt, Sie sollen genau hinschauen, Sue Ann«, fuhr Tom sie in gebieterischem Tonfall an. Sue Ann hob den Kopf, Tränen des Grauens in den Augen. »Von diesen Narben weiß meine Mom nichts. Ich verstecke sie seit Jahren. Wenn sie davon wüsste, würde sie sich hassen, und das will ich nicht. Aber hören Sie gut zu, Sue Ann. Der Mann, den Sie decken, hat mich mit einer Zigarette verbrannt, als ich versucht habe, meine Mutter zu beschützen. Ich war sechs

Jahre alt. Glauben Sie wirklich, dass er Ihr Kind mit mehr Achtung behandeln wird?«

Zitternd ließ Sue Ann wieder den Kopf hängen, und eine lange, quälende Minute verstrich, während sie sich hin und her wiegte und die Arme über dem Leib verschränkt hielt, als könnte sie so ihr ungeborenes Kind beschützen. Endlich hob sie den Blick, und Max sah, dass sie bereit war aufzugeben. »Nein«, flüsterte sie heiser. »Geben Sie mir einen Stift. Ich zeichne Ihnen eine Karte, so gut ich es kann.«

Lambert stand auf und klopfte an das Spiegelfenster. Ein Beamter in Uniform erschien an der Tür, während Lambert sich herabbeugte und etwas auf seinen Notizblock schrieb. Er riss das Blatt ab, und an der Perforierung rieselten kleine Schnipsel zu Boden. »Geben Sie das hier Lieutenant Ross. Ich brauche Verstärkung für den Tatort.« Er wandte sich Max und Tom zu. »Ich fürchte, Sie werden hier bleiben müssen.«

Tom schüttelte den Kopf. »Nein, wir kommen mit. Möglicherweise bin ich der Einzige, der zu ihm durchdringen kann – wenn er wirklich so davon besessen ist, mich zu finden, wie alle sagen.«

Max erhob sich und griff nach seinem Stock. »Während wir hier noch diskutieren, könnten wir Winters' Verhaftung schon ein Stück näher sein. Bitte, Detective Lambert, wir wollen nicht noch mehr Zeit verschwenden.«

Lambert warf ihnen einen festen Blick zu und neigte dann leicht den Kopf. »Fahren wir. Aber tun Sie nichts, was mich diese Entscheidung bereuen lässt. Wenn wir dort sind, bleiben Sie im Auto.«

Western North Carolina
Montag, 19. März, 11:30 Uhr

Sie hatte die Sache sozusagen selbst in die Hand genommen. Einen ersten Schritt gemacht, um die Beweglichkeit ihrer Hände wiederzuerlangen. Als Werkzeug diente die zackige Kante eines Fensterrahmens aus Aluminium. Sie verbrauchte kostbare Minuten, um sich windend dorthin zu rollen. Dann hatte es noch länger gedauert, bis sie sich so positioniert hatte, dass sie den Draht, der ihr die Hände auf den Rücken fesselte, über die scharfe Kante scheuern konnte. Während sie sich so leise wie möglich abmühte, drehte sich der kleine Junge um, öffnete die Augen und verfolgte jede ihrer Bewegungen. Caroline atmete tief durch die Nase ein und zwinkerte behutsam mit dem Auge, das nicht völlig zugeschwollen war, um dem Kind ein wenig Hoffnung zu machen.

Er zwinkerte zurück, und sie stellte fest, dass auch ihr das Hoffnung gab. Sie scheuerte den Draht noch energischer an der Kante entlang, fand einen Rhythmus und hatte endlich Erfolg.

Der Draht riss. Ihre Hände waren frei.

Zitternd riss sie das Isolierband von ihrem Mund, schöpfte tief Atem und füllte ihre Lungen mit der muffigen Luft, die ihr süßer erschien als ein klarer Frühlingstag. Das Isolierband bewahrte sie auf und kroch zu dem Kind hinüber, dessen Augen vor Anspannung blitzten. Behutsam zog sie ihm das Isolierband vom Mund. Auch er holte tief Luft.

»Wer bist du, Schätzchen?«, flüsterte Caroline.

»Nicky. Nicky Thatcher«, flüsterte er zurück. »Mein Daddy ist Polizist.«

Caroline warf einen Blick auf die Tür zwischen den beiden Räumen der Hütte und fragte sich, welche Rolle der Vater des Jungen in diesem Albtraum spielte, was er getan haben mochte, um dem Zorn des schrecklichen Rob Winters als Zielscheibe zu dienen. Fragte sich, ob der Vater des Jungen ein guter oder ein schlechter Bulle war. Im Grunde war es unwichtig. Den Kleinen zu befreien, das war jetzt die Hauptsache. »Bist du ein mutiger Junge, Nicky?« Er nickte sachlich. »Pass auf, dann möchte ich, dass du Folgendes tust.«

23

Interstate 40 Richtung Blowing Rock, NC
Montag, 19. März, 12:30 Uhr

Wie weit ist es noch?«, fragte Steven mit gepresster Stimme. Wenn er die Zähne nicht fest zusammenbiss, würden sie erbärmlich klappern. Es kümmerte ihn schon lange nicht mehr, ob jemand seine Zähne klappern hörte, aber irgendwie hatte er das Gefühl, dass es ihm den Rest geben würde, wenn er selbst es hörte.
»Noch eine halbe Stunde«, antwortete Jolley mit leicht schleppender Stimme. Detective Crowley hatte sich eine Stunde lang bemüht, ihn nüchtern zu bekommen, damit er bei etwas klarerem Verstand war, wenn sie sich Winters' Hütte näherten.
Ross warf ihm vom Fahrersitz aus einen Blick zu, die Gesichtszüge scharf gezeichnet vor Missbilligung und Sorge.
»Wenn wir dort sind, bleiben Sie im Wagen. Ich meine es ernst, Steven. Bis wir Ihren Sohn gefunden haben, sind Sie von diesem Fall suspendiert.«
»Sie können mich nicht von diesem Fall suspendieren, Toni«, erwiderte Steven fest, wohl wissend, dass sie ihm nur helfen wollte.

Ross schürzte die Lippen. Natürlich hatte er Recht. »Geben Sie Ben noch eine Tasse Kaffee, Jim. Innerhalb der nächsten halben Stunde will ich ihn zurechnungsfähig haben.«
Crowley schenkte ihm noch eine Tasse von dem Kaffee ein, der so stark war, dass er Tote hätte erwecken können. »Trink aus, Ben.«

Western North Carolina
Montag, 19. März, 12:45 Uhr

Caroline hob ruckartig den Kopf, als sie ein dumpfes Poltern aus dem Schlafzimmer hörte. Er war aufgewacht. Verdammt. Sie blickte in Nicky Thatchers weit aufgerissene, angsterfüllte braune Augen. Er hatte es auch gehört.
Eine Minute blieb ihr noch. Nicht genug, um fertig zu werden, schon gar nicht, da ihre eigenen Füße noch gefesselt waren. Und wenn Rob sie so fand, würde er noch wütender werden. Sie wehrte sich gegen das Schaudern, als sie an die Bestrafung dachte, die unvermeidlich folgen würde.
Sie beugte die geschwollenen Finger, begutachtete ihre Arbeit und überzeugte sich, dass sie den Draht genug gelockert hatte, damit Nicky seine Hände befreien konnte. Die Fesseln an seinen Füßen hatte sie bereits gelöst, und nun wand sie den Draht so um seine Knöchel, dass sie aus einer Entfernung von ein paar Schritten wie gefesselt aussahen. Sie hob das Isolierband auf, das sie Nicky vom Mund gezogen hatte,

und der kleine Junge schüttelte wild den Kopf. Erbarmungswürdig.

»Nein«, flüsterte er, und seine Augen füllten sich mit Tränen. »Bitte nicht. Ich kann damit nicht atmen.«

Caroline warf einen Blick über die Schulter, als dumpfe Schritte hörbar wurden. Panik trieb ihr einen kalten Schauer über den Rücken, und sie schüttelte sich. »Er kommt, Schätzchen. Ich muss dir den Mund wieder zukleben, aber ich mache es nur ganz locker.« Sie legte das Band leicht über sein Gesicht und bedeckte seine zitternden Lippen. Flüchtig streichelte sie seine tränennasse Wange. »Siehst du, so bleibt Platz genug zum Atmen. Leg dich jetzt hin und tu so, als würdest du schlafen. Halte die Augen geschlossen. Ganz gleich, was mit mir geschieht, schau nicht hin. Tu so, als wärst du woanders, zum Beispiel in Disney World. Warst du schon mal dort?« Er nickte zaghaft. »Dann stell dir vor, du wärst in deinem Lieblingskarussell. Und wenn er mich mitnimmt, streif die Fesseln ab, schleich dich raus und tu, was ich dir gesagt habe. Hast du mich verstanden?«

Er nickte, blinzelte tapfer die Tränen fort, und Carolines Herz zog sich zusammen. »Du bist ein mutiger Junge. Ich werde deinem Daddy ganz bestimmt erzählen, wie mutig du warst. Jetzt muss ich dich allein lassen. Ich muss mich beeilen.« Sie strich ihm über den Rotschopf. »Nur Mut, Nicky.«

Sie hatte es gerade bis zum Fenster geschafft, als die Tür sich öffnete und Rob auftauchte, mit blutunterlaufenen Augen, zerzaustem Haar und dunklem Stoppelbart. Seine roten Augen weiteten sich, dann kniff er sie zusammen. »Du kleines

Miststück.« Er lachte leise. »Versuchst wohl zu flüchten?« Er durchquerte den Raum und packte ihren Arm. Lächelte, als sie das Gesicht verzog. »Du hältst dich wohl für ziemlich schlau, wie? Allerdings muss ich zugeben, dass du schlauer bist, als ich dachte.« Er griff in ihr Haar und riss ihr den Kopf in den Nacken und legte ihren Hals frei. »Aber lass dir das nicht zu Kopfe steigen, Mary Grace. Ich hatte gedacht, du wärst dümmer als Brot. Nun, vielleicht so dumm wie Brot. Dein mieser Fluchtversuch beweist nur mal wieder, wie wenig du die Folgen deines Handelns überdenkst.« Er krallte die Finger fester in ihr Haar. »Denn natürlich hat dein Handeln Konsequenzen.«

Sie sagte nichts. Bemühte sich um eine völlig ausdruckslose Miene. Wieder riss er an ihrem Haar, und sie verzog das Gesicht. Befriedigt fletschte er seine gelben Zähne. Dann, als hätte er sich jetzt erst an die Gegenwart des Jungen erinnert, warf Rob den Kopf nach links und sah Nicky an. Eine Sekunde später gestattete sich Caroline einen Blick in dieselbe Richtung und verbarg ihre Erleichterung, als der kleine Junge reglos in seiner Embryohaltung zusammengerollt liegen blieb. Rob entspannte sich und wandte sich wieder Caroline zu.

»Du kannst nicht in alle Ewigkeit schweigen«, flüsterte er mit samtiger Stimme. »An irgendeinem Punkt wirst du mit mir reden.« Er fuhr ihr mit dem Finger über die Kehle und zwischen ihre Brüste. Sie konnte nicht anders, konnte das angewiderte Schaudern nicht verhindern. Wieder lächelte er, ein grauenhafter Anblick. »Meine Frau.«

Ohne ein weiteres Wort packte er sie um die Taille, hob sie hoch und trug sie unter dem Arm wie einen Sack Kartoffeln.

Mit wenigen Schritten erreichte er das Schlafzimmer. Ein Fußtritt, und die Tür fiel hinter ihm ins Schloss.
Das Herz schlug ihr bis in den Hals, und sie versuchte, ihre Angst zu bezwingen. Das Wissen um das, was jetzt kommen würde, machte es umso schrecklicher. Er würde sie vergewaltigen, wie er Evie vergewaltigt hatte. Wie er sie unzählige Mal während ihrer Ehe vergewaltigt hatte. Es würde wehtun. Sie würde sich besudelt fühlen, beschämt. Ihrer Persönlichkeit beraubt.
Es würde schmerzen. *Oh Gott*, betete sie innerlich, *bitte mach, dass ich nicht schreie. Bitte mach, dass der kleine Junge da drinnen nicht noch schlimmer traumatisiert wird, als er es ohnehin schon ist. Bitte mach, dass ich nicht schreie, gib Rob nicht die Befriedigung zu sehen, dass er sein Ziel erreicht hat. Bitte.*
Ihr Körper prallte auf die dünne Matratze, auf die Rob sie geworfen hatte, und an der linken Hüfte spürte sie schmerzhaft das Bettgestell, als wäre nichts vorhanden, was den Aufprall hätte dämmen können.
Max. Sie sah sein Gesicht hinter ihren fest geschlossenen Lidern, und es war beinahe mehr, als sie ertragen konnte. Wo war er? Wusste er überhaupt, dass sie fort war? Und selbst, wenn ihr die Flucht gelingen sollte, würde er sie nach alldem noch haben wollen? Sie würde das, was jetzt geschah, überleben, aber konnte Max es verkraften?
»Mach die Augen auf, Mary Grace.« Robs Stimme klang atemlos, angestrengt. Neben ihr senkte sich die Matratze, als er sich setzte. Ihr Magen revoltierte, und sie hielt die Augen fest geschlossen. Der Schlag seines Handrücken gegen ihr Kinn kam eigentlich nicht überraschend, aber trotzdem zuckte sie unter dem Schmerz zusammen und wich vor ihm

zurück. »Du bist immer noch meine Frau«, fauchte er, legte die Hand um ihr Kinn und quetschte ihre Wangen. »So oder so wirst du schon aufhören, mir Widerstand zu leisten.«
Er drückte ihren Kopf zurück auf die Matratze, und Caroline zwang eine völlige Leere in ihr Bewusstsein.

Lambert stoppte den Wagen. Vor ihnen lag eine unbefestigte Straße, die von der schlecht gepflasterten Landstraße abzweigte. Links der Einfahrt zu dem Weg befand sich eine hohe Böschung, genauso, wie Sue Ann es ihnen geschildert hatte.
Max warf über seine Schulter hinweg einen Blick auf Tom, dessen blaue Augen konzentriert zwischen den Bäumen nach einem Hinweis auf seine Mutter suchten. Nach irgendeinem Lebenszeichen. Davids Hand lag, stummen Trost gewährend, auf Toms Rücken. Max räusperte sich. »Erkennst du die Gegend wieder, Tom?«
Tom nickte, ohne den Blick vom Fenster zu wenden. »Ich weiß noch, dass ich auf diesen Felsen geklettert bin. Ich wollte es nicht.« Er presste die Lippen zusammen. »Er sagte, ich müsste es tun. Um zu beweisen, dass ich kein Muttersöhnchen bin. Ich wäre beinahe abgestürzt.« Er neigte den Kopf. »Der Felsen ist nicht so groß wie in meiner Erinnerung. Ich möchte wissen, ob *er* noch so groß ist. Und ob er wohl weiß, dass ich nicht mehr so klein bin wie damals«, schloss er, und seine junge Stimme klang dabei hart und tonlos.
Max hatte gedacht, dass es ihm mit der Zeit leichter fallen würde, Toms Erinnerungen zu verkraften, doch jede einzelne ging ihm durch Mark und Bein. Jede einzelne Erinnerung war ein Schlag, der Caroline getroffen hatte, während sie auf

den rechten Zeitpunkt für die Flucht vor diesem Scheiß-Ungeheuer wartete. Wie sie es wahrscheinlich auch in diesem Augenblick tat. Ihm wurde bewusst, dass der Wagen angehalten hatte. »Worauf warten Sie, Detective?«
Lambert blickte geradeaus auf die Hütte, die zwischen den Bäumen kaum zu sehen war. In diesem Teil des Landes herrschte bereits Frühling, und überall sprossen junge grüne Blätter. Wir haben Glück, dachte Max. Ein paar Wochen später wäre die Hütte von der Hauptstraße aus inmitten der grünen Bäume nicht mehr zu sehen gewesen. Sie hätten vorbeifahren und sie übersehen können.
Lambert rückte überflüssigerweise die dunkle Sonnenbrille zurecht, die seine Augen verbarg. »Ich überlege, ob ich ihn wissen lassen soll, dass ich hier bin«, antwortete er und warf einen Blick auf seine Uhr. »Und ich frage mich, wo die Verstärkung bleibt. Mein Lieutenant hätte schon längst mit einem halben Dutzend Streifenwagen hier sein sollen.«
»Caroline ist da drinnen«, sagte Max gepresst. »Er kann ihr in diesem Moment Gott weiß was antun. Sie müssen jetzt handeln.«
Lambert drehte sich ihm zu und setzte umständlich die Sonnenbrille ab. Seine Augen waren scharf, hellwach, aber frei von dem angstvollen Drängen, das Max in seinem Inneren spürte. »Ich muss mich an die Regeln halten, Dr. Hunter«, sagte er ruhig.
Max explodierte, als ihn die Angst zu überwältigen drohte. »Scheiß auf die Regeln! Ihre Regeln können Sie sich meinetwegen in den ...«
Lambert hob eine Hand. »Ich weiß, was Sie sagen wollen, aber bitte verstehen Sie auch mich. Unsere Regeln bestehen

nicht ohne Grund. Falls ich schlecht vorbereitet in die Hütte gehe, könnte es passieren, dass Mary Grace oder Agent Thatchers Sohn Schaden nehmen oder noch schlimmer. Dann hätte er eine zusätzliche Geisel, und wo stünden wir dann? Sie müssen die Ruhe bewahren, oder ich muss Sie zur Zurückhaltung zwingen. Um der beiden unschuldigen Menschen da drinnen willen, werden Sie sich zurückhalten?«
Max biss die Zähne so heftig zusammen, dass es schmerzte. »Ja.«
»Gut.« Er stieg aus dem Wagen. »Bleiben Sie hier, und machen Sie um Gottes willen keine Dummheiten. Ich will mir nicht auch noch um Sie Sorgen machen müssen.«
Max wartete, bis Lambert zwischen den Bäumen verschwunden war, bevor er seinen Gurt löste. Er hatte ja Verständnis für alle möglichen Regeln und für Lamberts Mahnung, die Ruhe zu bewahren, aber dort in der Hütte war Caroline und litt, und er wusste, was er zu tun hatte. »David, du bleibst mit Tom hier. Und wenn du ihn festbinden musst.«
Er drehte sich auf seinem Sitz um und fing Toms wütenden Blick auf, nicht anders, als er es erwartet hatte. »Deine Mutter muss dich wohlbehalten und in Sicherheit wissen. Bitte, Tom, wenn du deine Mutter liebst, bleibst du hier bei David.«
Toms Augen blitzten in einer Mischung aus Wut und Hass und Angst. »Und was ist mit dir?«
Max umfasste den Knauf seines Stocks. *Was ist mit mir? Ich liebe sie, mehr als ...* Er schluckte den Kloß hinunter, der ihm in der Kehle hing. *Ich liebe sie zu sehr, als dass ich sie noch eine Minute länger in der Gewalt dieser Bestie lassen könnte.* »Falls mir

etwas zustößt, sorge dafür, sage ihr unbedingt, dass die ganzen Gesetzesfragen für mich bedeutungslos sind. Sag ihr, ich hätte alles dafür gegeben, um wenigstens noch einen Tag mit ihr zu erleben. Kannst du dir das merken?«

Tom starrte ihn eine endlose Sekunde lang an, schüttelte den Kopf und zerrte am Türgriff. Er hörte erst auf, als David den Arm um ihn legte und ihn festhielt. Wütend versuchte Tom, sich aus Davids Griff zu befreien, doch David gab nicht nach. »*Lass mich los!* Da drinnen ist meine *Mutter!*«

Max reichte nach hinten und fasste nach Toms Kinn, das er so lange zwischen Daumen und Zeigefinger festhielt, bis der Junge sich beruhigte und ihn ansah. »Glaubst du denn im Ernst, du könntest ihn überreden, sie in Ruhe zu lassen? Überleg doch mal, Tom. Er hat getötet. Er wird sie nicht einfach gehen lassen, weil du auftauchst und es verlangst. Vielmehr wird er dich benutzen, um deine Mutter zu zwingen, das zu tun, was er will. Das Wissen, dass du auf deinem Campingausflug in Sicherheit und außerhalb seiner Reichweite bist, ist das Einzige, was sie im Augenblick hat, um durchhalten zu können. Gib ihm nicht noch eine Geisel in die Hand, die er gegen sie einsetzen kann.« Er umfasste Toms Kinn noch fester. »Versprichst du mir das?«

Toms Augen schossen wütende Blitze auf Max ab, aber letztendlich antwortete er doch mit einem knappen Nicken. »Versprochen.«

»Max, warte.«

Die Hand bereits am Türgriff, hielt Max inne. Er blickte in Davids besorgtes Gesicht.

»Ich gehe«, sagte David, der Tom immer noch im Arm hielt,

allerdings nicht mehr so fest, weil er ihn nun lieber trösten als bändigen wollte. »Das Terrain ist sehr unwegsam.«
Max' Herz zog sich zusammen. Sein kleiner Bruder kam ihm wieder einmal zur Hilfe. »Danke, David, aber diesen Kampf muss ich selbst ausfechten. Caroline gehört mir. Ich muss sie zurückbekommen.«

Winters blickte auf sie herab, am ganzen Körper zitternd vor Wut. Ein dünner Blutfaden rann von ihrer Unterlippe über ihr Kinn. Er würde sie schon noch Gehorsam lehren. Oh ja.
Sie war seine Frau, verdammt noch mal. Sie hatte ihm zu gehorchen, seinen Befehlen zu folgen. Seine Hand zitterte, als er sie in die Tasche schob und den Blick von ihren Augen löste. Es waren die Augen einer Fremden, nicht die seiner Frau. Sie trotzten ihm. Hatten keine Angst vor ihm. Er wandte den Blick ab und ballte zornig die Fäuste. Er konnte nicht an sich herabschauen, konnte nicht der Tatsache ins Auge sehen, dass er …
Zum ersten Mal in seinem Leben hatte er es nicht gekonnt. Alles war ihre Schuld.
Er war steif gewesen. Bereit. Bereit, in sie hineinzustoßen, bereit, sie dafür zu bestrafen, dass sie ihn zum Narren gehalten hatte. Dass sie ihm seinen Jungen gestohlen hatte. Bereit zu nehmen, was ihm zustand. Nach dem Gesetz. Und moralisch. Dann hatte sie ihn angesehen, mit … Verachtung. Mit eisiger, bitterer Verachtung.
Und dann hatte er es nicht mehr tun können.
Er hatte sich einigermaßen an ihrem hässlichen Gesicht gerächt. Kein Wunder, dass er nicht konnte. Auf diese Weise

sagte ihm sein Körper, dass sie einfach zu hässlich war. Sie war schon immer hässlich gewesen.

Ihr entschlüpfte ein leiser Ton, und er sah ihr wieder ins Gesicht. Ihre Lippen formten sich zu einem Lächeln, obwohl sie bluteten.

Sie lachte ihn aus.

Er ballte die Hände zu Fäusten und holte zum Schlag aus, sah, wie das Lächeln schwand und ihre blauen Augen blitzten – triumphierend. Er senkte die Faust, kniff die Augen zusammen. Das Miststück hatte den Verstand verloren. Sie forderte ihn auf, sie zu schlagen. Forderte ihn auf, ihr Gesicht mit seiner Faust zu zeichnen.

Ihr Gesicht zu zeichnen.

Dann dämmerte ihm die Erkenntnis, und mit ihr die Verachtung für seine eigene Nachlässigkeit.

Sie sah ihn an, hatte die Brauen über den Augen, die er mit den Fäusten blau geschlagen hatte, hochgezogen. Ihr Kiefer war ein einziger großer, schwarzer Bluterguss, die Oberlippe dick geschwollen und blutverkrustet, die Unterlippe blutete noch immer.

Es würde mindestens eine Woche vergehen, bis er sie in der Öffentlichkeit vorführen konnte.

Mindestens noch eine Woche, bis er seinen Ruf wiederherstellen und Ross loswerden konnte.

Verdammt noch mal. Was hatte er sich überhaupt dabei gedacht, ihr Gesicht derartig zu malträtieren?

Er holte tief Luft. Jetzt durfte er nicht die Beherrschung verlieren. Beherrschung und Gewitztheit – dadurch war er unerreichbar für Ross und ihre armseligen Ermittler. Er hatte keine Spuren hinterlassen, die ihn mit einer der Leichen

in Verbindung bringen könnten, nicht einmal dann, wenn irgendwer schlau genug wäre, danach zu suchen. Und niemand würde nach solchen Spuren suchen. Bei Evie Wilson hatte er ein Kondom benutzt. Er hatte eine Nutte aufgegabelt, die niemand vermissen würde, und niemand hatte ihn mit dem alten Mann zusammen gesehen. Und was die anderen betraf ... Er zwang sich zu einem Schulterzucken, und die Geste gab ihm seine Zuversicht zurück.
Niemand würde davon erfahren. Niemand käme je auf die Idee, dass er Susan Dingsbums von der Brücke in den Fluss Tar gestürzt hatte. Crenshaw. Susan Crenshaw hieß sie. Er durfte die Einzelheiten nicht vergessen. Durch seine Erinnerung an alle Einzelheiten war er Ross überlegen. Durch die Erinnerung an alle Einzelheiten würde er seinen Jungen zurückbekommen und Mary Grace der Strafe zuführen, die sie verdient hatte.
Sie beobachtete ihn, ihr Blick folgte jeder seiner Bewegungen. Er würde nicht zulassen, dass sie ihn ins Wanken brachte, dass sie ihn dazu brachte, sein Ziel aus den Augen zu verlieren. Er würde nicht nach ihren Regeln spielen. Sie musste seinen Regeln folgen. Sie würde verlieren. Er würde gewinnen. Er gewann immer.
»Du magst dich ja für ziemlich klug halten, Mary Grace«, sagte er mit einem leichten Lächeln, das breiter wurde, als ihr wachsamer, verachtungsvoller Blick flackerte. »Aber ich bin klüger. Vergiss das nie. Ich muss in die Stadt. Ich werde eine Weile fort sein.« Er griff in seine Jackentasche und zog das zur Neige gehende Drahtknäuel heraus. »Hände hoch.« Er warf ihr ein höhnisches Lächeln zu. »Bitte.«
Caroline vermied es, die Tür anzusehen, die das schmutzige

Schlafzimmer von dem noch schmutzigeren vorderen Raum trennte. Sie musste ihn hier halten, ihn ablenken, damit Nicky die Möglichkeit hatte zu fliehen. Sie hoffte, dass Nicky ein ebenso gehorsames wie mutiges Kind war. Sie hoffte, dass er bereits draußen und unterwegs war, wie sie es ihm befohlen hatte.

Rob war schließlich doch noch klar geworden, dass es seinem unmittelbaren Ziel nicht zuträglich war, wenn er sie ins Gesicht schlug. Er hatte es schneller begriffen, als sie angenommen hatte. Sie durfte ihn nicht unterschätzen, denn das könnte ihren Tod bedeuten. Es könnte Nickys Tod sein. Es könnte für Tom lebenslänglich mit einem brutalen, sadistischen Ungeheuer bedeuten.

»Nein.« Ihre Stimme war heiser, weil sie lange nicht gesprochen und nichts getrunken hatte. Sie krampfte die Hände zusammen und hielt sie hoch, wohl wissend, dass sie damit höchstens fünf oder zehn Sekunden gewann. Rob schob ihre Hände grob in die gewünschte Haltung. Nun gut, fünf Sekunden. Der Draht schnitt tief in ihr wundes Fleisch. Sie biss sich auf die Lippe, um nicht das Gesicht zu verziehen. Er hatte sie wenigstens nicht vergewaltigt. Noch nicht. Sie hatte ein bisschen Zeit gewonnen.

Er schleuderte sie zurück auf die Matratze, aus der sich eine feine Staubwolke erhob und dann wieder niederlegte.

»Du wirst keinen Erfolg haben, weißt du?«, sagte sie, als er einen Schritt auf die Tür zuging. »Diese Polizistin, Ross. Sie ist dir auf der Spur. Die Polizei in Chicago wird wissen, dass du mich gekidnappt hast.« Sie betete, dass sie in diesem Punkt Recht haben möge, dass irgendwer eine der Nachrichten gefunden hatte, die sie auf dem Weg von Chicago hierher in schmutzigen Toiletten hinterlassen hatte.

Robs Augen sprühten Funken. »Die Polizei in Chicago weiß nicht, wo ihr eigener Kopf ist, und was Ross betrifft – sie wird nicht mehr lange hier sein.«

Caroline schluckte, bemüht, ihre Mundhöhle so weit anzufeuchten, dass ihre Stimme nicht wie die eines armseligen Frosches krächzte. »Das ist gut, Rob. Sehr gut. Die Polizei in Chicago besteht aus tapsigen Idioten, weil du es so willst, und Ross willst du umbringen, um sie dir aus dem Weg zu räumen. Schön, dass du glaubst, die Welt richtete sich nach deinen Anordnungen.« Trotz ihres wunden Rachens brachte sie einen Tonfall beißenden Spotts zustande. »Du kannst sie alle umbringen, aber das bringt dich meinem Sohn keinen Schritt näher.«

Das reichte. Sein Gesicht lief rot an, und er ballte die eine Hand zur Faust, während er sie mit der anderen am Kragen packte und vom Bett hochriss. »Du kleines Miststück. Du hinterhältige Hure. Er ist mein Sohn – *mein Sohn* – und du wirst dafür bezahlen, dass du ihn mir genommen hast.« Er schleppte sie zu einem Stuhl mit einer geraden Lehne und stieß sie darauf. Mit ihren gefesselten Händen und Füßen geriet sie ins Stolpern. Er hob ihre gebundenen Hände über die Stuhllehne und drückte sie herab, bis Caroline vor Schmerzen in den Schultern ein leises Wimmern entschlüpfte. »Du hältst dich für so klug, mit deinen Seminaren an der Universität und deinem tollen Diplom.« Er packte sie an den Schultern und schüttelte sie. Heftig. Er schüttelte sie, bis es ihr in den Ohren dröhnte und ein neuer Schmerz in ihrem Kopf zu wühlen begann. Bis ihr tatsächlich die Zähne klapperten.

Dann hörte er auf. Und lachte. Trotz ihrer Bemühungen um ein sicheres Auftreten gefror ihr das Blut in den Adern. Rob hob die Hände und legte sie über ihren Mund und ihre Nase. Instinkt und Selbsterhaltungstrieb ließen sie nach Luft ringen, doch er zog ihren Kopf zurück an seine Brust und hielt sie eisern fest. Schnitt ihr die Luft ab.

»Treib keine Spielchen mit mir, Mary Grace«, schnurrte er an ihrem Ohr. »Meine Regeln würden dir nicht gefallen. Das kann ich dir garantieren.« Er zog sie an sich, drückte ihren Hinterkopf an seinen harten Oberkörper, was sie daran erinnerte, wie stark und mächtig er war. Sie zwang sich zur Ruhe, doch das Zimmer begann, sich um sie zu drehen, und vor ihren Augen schwammen grelle Lichtpunkte.

Da ließ er sie los, und sie sog in tiefen Zügen die Luft ein. »Du wirst tun, was ich sage. Du wirst einen Weg finden, mir meinen Sohn zurückzugeben. Du wirst einen Weg finden, all den Schaden, den du angerichtet hast, zu beheben.« Er strich mit den Fingerspitzen an ihrem Hals entlang. »Stell dir nur vor. Dann sind wir wieder eine Familie.« Seine Stimme verhöhnte sie. »Wir machen Picknicks und spielen jeden Mittwoch Scrabble.« Seine Hand legte sich noch einmal fest über ihren Mund und ihre Nase, und diesmal wehrte sie sich, versuchte, sich zu befreien, versuchte verzweifelt, zu atmen.

In dem Moment, als die Lichtpunkte zu tanzen begannen, ließ er wieder locker. Sie sank zurück und rang nach Luft wie eine Ertrinkende. Immer noch hinter ihr stehend, tippte er mit dem Finger auf ihr Kinn. »Keine Spuren, Mary Grace. Das kann ich immer und immer wieder tun, und es bleibt nicht die geringste Spur auf deiner Haut. Du wirst dich be-

reit erklären, der Polizei und der ganzen Welt einzugestehen, dass du mir den Sohn genommen hast und als Mutter nicht geeignet bist.«
»Nein.« Caroline spie das Wort heraus. »Nicht, solange ich noch atme. Und wenn du mich umbringst, wirst du Tom nie dazu bringen, dass er dir glaubt.«
Seine Hände schlossen sich um ihren Hals. »Robbie. Er heißt Robbie.«
Etwas tief in ihrem Inneren drängte sie, es auf die Spitze zu treiben, ihn immer weiter herauszufordern. »Er heißt Tom. Robbie wird er nie wieder sein. Ganz gleich, was du mit mir anstellst. Er hasst dich. Er verabscheut dich.« Caroline sog den Atem ein und wartete darauf, dass die Hände sich fest um ihren Hals schlossen. »Nie, nie wieder wird er dein Sohn sein. Du hast jegliches Recht auf ihn verwirkt.«
Seine Hände drückten zu, doch sie bekam noch Luft. Wenn auch nur knapp. »Ich bin sein Vater. Jedes Gericht wird mir das alleinige Erziehungsrecht zugestehen.«
»Bevor oder nachdem du wegen Kidnapping und Körperverletzung verurteilt wirst?«
Er drückte fester zu, und Caroline würgte, keuchte auf, als er den Griff wieder lockerte. »Sie werden mich überhaupt nicht verurteilen«, sagte er direkt an ihrem Ohr. »Du hast Kontakt zu mir aufgenommen, und wir haben uns in Chicago getroffen. Ich habe dir gefehlt, du hattest ein schlechtes Gewissen wegen der langen Jahre der Trennung. Du hast mich gebeten, dir das Hurenleben zu verzeihen, das du jahrelang geführt hast. Ich habe dir verziehen.«
Der Druck auf ihrer Luftröhre ließ sie erneut keuchen. »Weil ich dich so sehr liebe, Mary Grace«, fuhr er fort. »Du

bist freiwillig mit mir gegangen. Du hast dir zweite Flitterwochen gewünscht.«
Beinahe hätte Caroline ihn mit der Frage gereizt, wie er den kleinen Jungen erklären wollte, den er gekidnappt hatte, doch sie konnte sich noch rechtzeitig bremsen. Rob schien Nicky gelegentlich zu vergessen – jetzt und vorhin, als er sie beim Fenster geschnappt und als er sie bei ihrer Ankunft von der Ladefläche des Lieferwagens gezerrt hatte. Beinahe hätte er Nicky ganz allein dort zurückgelassen. Falls Nicky die Flucht gelungen war, wollte sie jetzt nicht Robs Aufmerksamkeit auf ihn lenken.
»Ich hatte nicht mal erste Flitterwochen«, erwiderte Caroline und versagte sich jeden Blick in Richtung Tür.
Wieder legte er ihr seine Hand über Mund und Nase. »Du denkst, du bist so schlau. Aber du vergisst immer wieder, dass ich noch viel schlauer bin.« Er riss ihren Kopf zurück, und das Zimmer begann, sich zu drehen. Ihre Lungen brannten, standen in Flammen. Dann beugte er sich vor und flüsterte ihr etwas ins Ohr. Zwei Worte nur, eine Nummer und einen Namen, und sie verlor die Kontrolle. Ihre Zuversicht war dahin.
Rob kannte die Adresse von Hanover House.

Schwer auf seinen Stock gestützt ging Max in Richtung Osten zur nächstgelegenen Hausseite. Der Boden war weich. Hier hatte es kürzlich geregnet. Sein Stock bohrte sich tief in den roten Matsch. Endlich erreichte er die Hütte, lehnte sich gegen die Wand und lauschte am Fenster. Er hörte eine Stimme. Eine Männerstimme, barsch und laut. Er rückte näher, nah genug, um durchs Fenster zu spähen.

Sein Herz setzte aus.

Da war sie, an einen Stuhl gefesselt, ihr Rücken war ihm zugewandt. Ihm kam die Galle hoch, dann packte ihn die Angst. Ein Mann geriet in sein Blickfeld, sein Mund bewegte sich, sein Gesichtsausdruck war ... tollwütig. Winters.

Starr vor Schrecken sah Max zu, wie Winters die Hände um Carolines Hals legte. Er sah den Revolver, der in Winters' Hosenbund steckte. Max war unbewaffnet. Wo, zum Teufel, steckte Lambert?

Max sah, wie Caroline den Kopf schüttelte, und sosehr er auch lauschte, er konnte ihre Stimme nicht hören.

Winters' große Hände schlossen sich fest um Carolines Hals. *Er erwürgte sie.* Der Schweinehund hatte sie gefesselt, und jetzt wollte er sie erwürgen. Seine Gedanken überschlugen sich auf der Suche nach einer Lösung, die Caroline nicht einer noch größeren Gefahr aussetzen würde.

Dann neigte sich Winters plötzlich dicht über Caroline, und Max streckte die Hand nach dem Fenster aus. Er hatte keinen anderen Gedanken als den, Winters anzufallen. Dem Schwein jeden einzelnen Knochen in den Händen zu brechen, weil er ihr ein Haar gekrümmt hatte.

Mitten in der Bewegung hielt Max inne. Winters redete jetzt wieder, aber seine Hände lagen noch immer auf ihrem Mund. Er erstickte sie. Verzweifelt stand Max da und musste zusehen, wusste, dass das leiseste Geräusch Winters veranlassen könnte, den Revolver zu ziehen und ... abzudrücken. Max beobachtete und lauschte, hoffte, ihn überrumpeln zu können.

»Hanover House«, sagte Winters, und Max fuhr ein Schreck durch die Knochen. Winters wusste von dem Frauenhaus.

»Da ist es hübsch, habe ich mir sagen lassen. Wie heißt noch gleich die Leiterin? Dana, das ist ihr Name. Tolle Beine. Möchte wetten, dass sie wie ein Champion reiten kann.« Seine Lippen verzogen sich zu einem grausamen Lächeln, als Caroline sich erfolglos gegen ihn zur Wehr setzte. »Das hat dir nicht gefallen? Ihr wird's auch nicht gefallen, dafür garantiere ich. Sie wird es sich gut überlegen, ob sie noch einmal Frauen hilft, Vätern die Kinder zu nehmen. Hanover House. Diese Information wird jedem betroffenen Ehemann ziemlich viel wert sein.«

Er gab Carolines Mund frei, und ihr Kopf fiel kraftlos zurück. Max konnte sehen, wie sie nach Luft rang. Abermals legte Winters die Hände um ihren Hals. »Stell dir nur vor, Gracie, Schätzchen. All diese Mütter, die Kinder. Sie glauben, sie wären in Sicherheit. Willst du mit einer solchen Last auf deinem Gewissen weiterleben?«

Max sah, wie sie unendlich erschöpft den Kopf schüttelte.

»Dann bist du also bereit zu … kooperieren?«

Caroline sank in sich zusammen. Konnte sie ihm gehorchen? Konnte sie vor aller Welt versichern, er hätte sie nie angerührt? Natürlich konnte sie. Sonst setzte sie die Sicherheit von Hanover House aufs Spiel, wo unschuldige Frauen und Kinder sich aus panischer Angst vor Ungeheuern wie Rob Winters verkrochen. Sie durfte ihm keine Macht über Hanover House gewähren, denn dieser Ort musste geheim bleiben, verteidigt werden. Das war wichtiger als ihre eigene Sicherheit, als ihr Leben.

Sie zögerte, rang mit sich und mit ihren tief verinnerlichten Werten, als er ihr Mund und Nase zuhielt und wieder helle Lichtpunkte durch das Zimmer tanzten. Ja, der Schutz der

Bewohner von Hanover House hatte sogar Vorrang vor Toms Leben. Sie betete, dass ihr Sohn sie verstehen möge, dass er Unterschlupf bei einem seiner zahlreichen Freunde finden würde, die sie im Lauf der Jahre gefunden hatten. Sie betete darum, dass Tom ihr eines Tages verzeihen würde. Schließlich nickte sie, und Rob ließ von ihr ab.

»Ehrenwort?«, fragte er mit abscheulich triumphierender Stimme.

Sie nickte, so erschöpft, dass sie nicht einmal mehr nach Luft ringen konnte. Sie atmete langsam, hörte ihre Lungen pfeifen, als die Luft langsam ein- und wieder ausströmte. Rob ließ ihren Kopf los, und dieser fiel nach vorn, als habe er einer Marionette die Fäden abgerissen.

Er hatte gewonnen. Ihr wurde schlecht, und sie wehrte sich gegen die Übelkeit, die sie nun von innen zu ersticken drohte.

»Sag es laut, Mary Grace«, verlangte er, ging um sie herum und sah ihr ins Gesicht. »Du wirst mit mir zusammenarbeiten. Wirst du mir gehorchen?«

Ihr Mund öffnete sich, doch es kam kein Ton über ihre Lippen. Er packte ihren Kopf und presste ihren Schädel zwischen seinen großen Händen zusammen. Der Druck war beinahe unerträglich.

»Sag's laut, Mary Grace«, knurrte er. »Ich will es aus deinem verlogenen Schandmaul hören.«

Wieder öffnete sie den Mund, brachte aber nur ein leises Wimmern zustande.

Ein lauter Ruf zerriss die Stille über den Bergen, und mit einer einzigen Bewegung ließ Winters Carolines Kopf los und fuhr herum.

»*Winters!* Ich weiß, dass Sie da drinnen sind! Schicken Sie meinen Sohn heraus. *Unversehrt. Auf der Stelle.*«
Caroline schlug die Augen auf und sah, wie Rob nach dem Revolver griff und blass wurde.
»Thatcher«, knurrte er. »Du Scheißkerl.«

24

S teven, verdammt!« Toni stürzte ihm nach, als er sich zitternd vor der Hütte aufbaute, nachdem er soeben Winters mit seinen wütenden Schreien herausgefordert hatte.
»Was, zum Teufel, soll das?«
»Ich hole mir meinen Sohn zurück«, sagte Steven laut.
Toni packte ihn und zerrte ihn zurück unter die Bäume. »So geht das nicht, Steven. Wollen Sie, dass er Nicky etwas antut? Was haben Sie sich dabei gedacht?«
Steven ließ den Kopf hängen und versuchte, sein wild klopfendes Herz zu beruhigen. »Ich habe nur an meinen Sohn dort in der Hütte gedacht.« Die Verzweiflung machte ihn rasend. So nah. Sein Kleiner war ihm so nah, nur knapp fünfzig Meter von ihm entfernt. »Ich denke an das, was Winters in jeder Minute, die mein Sohn da drinnen gefangen ist, tun könnte.« Seine Stimme zitterte. »Oh Gott, Toni, er hält meinen Kleinen da drinnen gefangen, und ich weiß nicht einmal, ob er noch lebt.«
Toni schüttelte ihn heftig, und Steven hob ruckartig den

Kopf und blinzelte überrascht. Sie starrte ihn mit kalter Entschlossenheit in den Augen an. »Reißen Sie sich zusammen, Steven.« Sie blickte zu Detective Crowley hinüber, der das bewaldete Gebiet links der Hütte durchsuchte, und warf einen Blick auf ihre Uhr. »Wo, zum Teufel, ist der Vermittler, der die Geiseln befreien soll?« Sie spähte zwischen die Bäume. »Und wo steckt bloß Jonathan?«
»Und Hunter«, fügte Crowley hinzu, der sich ihnen von hinten genähert hatte.
»Er ist im Wagen«, sagte Toni, ohne den Blick von der Hütte zu lösen. »Mit dem Jungen.«
»Nein, dort ist David, sein Bruder. Neben der Hütte habe ich Fußabdrücke und Spuren von einem Stock im Matsch gefunden. Max Hunter ist in der Hütte.«
Toni stieß einen Seufzer aus. »Scheiße.«

Er würde hineingehen. Seine Hüfte würde von dem Einstieg über das Fensterbrett schmerzen, aber er war fest entschlossen, in das Innere der Hütte zu gelangen. Und ohne Caroline würde er sie nicht wieder verlassen. Max biss die Zähne zusammen, schwang sein gesundes Bein über das Sims, legte eine Pause ein und zog dann das andere Bein nach. Mit einem dumpfen Aufprall landeten seine Füße auf dem Boden, kurz darauf hatte er das Gleichgewicht wiedergefunden. Caroline bewegte ruckartig den Kopf, um hinter sich blicken zu können, aber ohne Erfolg.
Innerhalb von zwei Sekunden war Max bei ihr und strich ihr mit zärtlicher Hand über das Haar, spürte, wie sie unter der Berührung ängstlich zusammenzuckte. Er verfluchte Rob Winters, wünschte ihn in die tiefste Hölle, dort, wo es am

grausamsten und schmerzhaftesten war. Er kniete sich auf den Boden, beugte sich vor und zog ein Taschenmesser aus der Hosentasche.
»Ich bin bei dir. Ich liebe dich«, hauchte er an ihr Ohr, woraufhin sie sich gegen die Stuhllehne sinken ließ und ihren Kopf an seine Schulter lehnte. In Windeseile hatte er sie von dem Draht befreit, der ihre Hände fesselte, und sie kippte seitlich um. Er fing sie mit einem Arm auf und zerschnitt mit der anderen Hand ihre Fußfesseln. Dann blickte er in ihr Gesicht und musste ein Würgen bekämpfen. Die Hand, die das Messer hielt, ballte sich zur Faust, umfasste das Messer, als wäre es ein Dolch, und einen Augenblick lang stellte er sich vor, Winters das Herz aus dem blutenden Leib zu schneiden.
Ihr Gesicht ...
Er hatte es blutig geschlagen, hatte ihr Kratz- und Schnittwunden zugefügt.
Er hatte ihr Schmerzen zugefügt. *Oh Gott.*
»Caroline«, flüsterte er mit heftig klopfendem Herzen.
Sie schloss die Augen, doch ihm war die Beschämung darin nicht entgangen.
»Es tut mir Leid.« Sie formte die Worte mit den Lippen, es gelang ihr nicht, ihrer wunden Kehle einen Ton zu entringen.
Die Wut raste so wild in ihm, dass er unter dem gewaltigen Ansturm seiner Gefühle die Augen schloss.
»Du bist trotzdem schön«, flüsterte er und strich sanft mit den Fingerspitzen über eine unverletzte Stelle an ihrer Schläfe. »Ich liebe dich.«
Sie fiel vornüber, ließ sich von ihm halten. Er blieb auf den

Knien hocken, umschlang sie mit den Armen und ließ sie behutsam zu Boden gleiten. Ihre Hand, ihre arme, geschundene Hand hob sich und umfasste seinen Nacken, zog seinen Kopf zu sich herunter, bis sein Ohr ihre Lippen berührte.
»Tom?«
»Ihm geht's gut. Er ist bei David.«
Erleichterung machte sich in ihrem Körper breit. Sie zog Max wieder zu sich heran. »Kein Telefon hier. Wir können keine Hilfe rufen.«
Max schüttelte den Kopf. »Keine Angst. Ich habe einen Polizeibeamten mitgebracht.«
Sie ließ erleichtert die Schultern sinken. »Danke.« Sie versuchte zu lächeln und zuckte vor Schmerzen zusammen.
Winters war ein toter Mann. Max wusste nicht, woher er diese Gewissheit nahm, aber er war sich vollkommen sicher. Er holte tief Luft, zweifelnd, ob er die Antwort auf seine nächste Frage wissen wollte.
»Hat er … Hat er …?« Er brach ab.
Caroline schüttelte den Kopf ein wenig in beide Richtungen. »Er hat es versucht. Er konnte nicht.«
Die Erleichterung haute ihn nahezu um. »Kannst du laufen?«, flüsterte er.
Sie atmete tief durch und bewegte die Finger, um die Durchblutung anzuregen. »Meine Füße«, flüsterte sie. »Sie waren seit gestern gefesselt.«
Max ergriff einen Fuß und begann, ihn kräftig zu massieren. »Wir müssen uns beeilen.«
»Max?«
Er hob den Blick, ohne die Massage zu unterbrechen. »Was denn, Liebling?«

»Der kleine Junge. Nicky. Geht's ihm gut?«
Max schüttelte den Kopf und ergriff ihren anderen Fuß. »Ich weiß es nicht, Caroline. Detective Lambert ist der Meinung, er wäre noch hier in der Hütte.«
»Ich kann ihn nicht hier zurücklassen, Max«, flüsterte sie. Als er zu ihr aufsah, war ihr Blick klar und entschlossen. »Er ist noch so klein. Höchstens sechs Jahre alt.«
Max seufzte und bemühte sich, die Durchblutung ihrer Füße weiter anzuregen. »Ich bringe dich zuerst hier raus, dann kümmere ich mich um Nicky.«
Sie nahm seine Hand und unterbrach ihn bei seinem Tun. »Versprichst du es? Ich muss wissen, dass er in Sicherheit ist.«
Max sah sie an. Nun war keine Beschämung mehr in ihren Augen zu lesen, sondern die Willenskraft, von der Dana gesprochen hatte. Sie war eine Frau, die um ihr Leben gelaufen war, um ihr eigenes Kind zu retten. Sie konnte auch ein fremdes nicht im Stich lassen. Sonst wäre sie nicht Caroline gewesen. »Ich verspreche es, Liebling. Jetzt müssen wir uns beeilen.«
»Verdammt noch mal, runter!«
Tonis Warnung erfolgte einen Sekundenbruchteil, nachdem die splitternde Baumrinde auf Stevens Kopf prasselte. Er hockte sich nieder, ein dünner Baum war seine einzige Deckung.
»Er geht aufs Ganze, Steven«, flüsterte Toni, die sich neben ihn duckte. Sie legte sich auf den Bauch und zog ihre Waffe aus dem Schulterhalfter. »Danke, dass Sie ihn über unsere Anwesenheit informiert haben«, fügte sie sarkastisch hinzu. Steven folgte ihrem Beispiel und legte sich flach auf den

Boden. Sie hatte Recht. Sie hatte hundertprozentig Recht. Er hatte die Sache vermasselt, und sein Sohn und eine unschuldige Frau mussten jetzt womöglich darunter leiden. »Es tut mir Leid, Toni«, sagte er in aufrichtiger Demut. »Sie haben Recht. Was sollen wir jetzt tun?«

Toni hob den Kopf ein wenig und funkelte ihn an. »Wir – das bedeutet: Sie und ich – tun gar nichts. *Ich* werde versuchen, ihn zum Rauskommen zu bewegen. Gott steh uns bei, falls er von dem Aufruhr in der Stadt weiß. Wenn ja, müssen wir uns womöglich auf seine Forderung über freies Geleit über die Landesgrenzen gefasst machen.« Toni seufzte leise. »Und Sie wissen, dass wir uns darauf nicht einlassen werden, nicht wahr, Steven?«

Steven nickte niedergeschlagen, und sein Kopf fühlte sich bleischwer an. »Ich weiß.« Er legte den Kopf auf den Boden und spürte, wie sich ein Stein in seine Wange bohrte, doch das kümmerte ihn nicht. »Was habe ich mir nur dabei gedacht, Toni?«

Sie klopfte ihm auf den Rücken. »Sie haben überhaupt nicht gedacht. Sie waren ein verzweifelter Vater, der spontan reagiert hat. Es war mein Fehler. Ich hätte Sie nicht mitnehmen dürfen.«

»Ich dachte, ich könnte der Herr der Lage bleiben.« Mein Gott, was würde sein Fehler ihn kosten? Wenn Nicky nun gar nicht mehr aus der Hütte herauskam? Eine Woge der Angst überrollte ihn, so heftig, dass sein gesamter Körper bebte.

»Wir alle glauben, wir könnten Herr der Lage sein, bis es uns persönlich trifft.« Toni warf einen Blick über die Schulter. »Jim?«

Steven beugte sich etwas vor und sah Jim Crowley hinter einem Baum ganz in der Nähe hocken, das Gewehr lag völlig ruhig in seinen Händen. Nicht das geringste Zittern. Seine Miene war hart, doch in seinen Augen las er Verständnis. »Ich gebe Ihnen Deckung, Toni.«
»Sie haben Ihre Weste an, Jim?«
»Ja, Madam. Sie auch?«
»Ja.« Toni verlagerte ihr Gewicht auf die Knie, sorgsam darauf bedacht, im Schutz des Baumes zu bleiben. »Winters! Hören Sie mich?«
Ein weiterer Schuss peitschte auf, und noch mehr Baumrinde rieselte herab. Toni warf sich zurück und presste sich wieder flach an den Boden. »Er kann mich hören. Geben Sie mir den Lautsprecher, Jim. Ich stehe nicht noch einmal auf.«
Jim reichte ihr das Gerät hinüber, und Toni suchte, den Lautsprecher in einer Hand, eine bessere Position auf dem schlammigen Boden. »Rob, hören Sie zu.« Ein sirrendes Geräusch erfüllte die Luft, und Steven spannte die Muskeln an, in Erwartung der nächsten Kugel, die hoffentlich wieder den Baum traf. Die letzte war knapp fünfzig Zentimeter oberhalb des Erdbodens eingeschlagen. Winters feuerte keine Warnschüsse ab. Er war bereit zu töten. An diesem Morgen hatte er bereits einen Polizisten umgebracht – Gary Jacobs, den Beamten, der sein Heim, seine Familie bewacht hatte. Winters würde auch sie alle, ohne mit der Wimper zu zucken, töten.
»Ich weiß, dass Sie den kleinen Thatcher in Ihrer Gewalt haben«, fuhr Toni fort. Ihre Stimme klang so beschwichtigend, wie es durch den Lautsprecher eben möglich war. »Sie wissen so gut wie ich, dass Sie nichts gewinnen, wenn Sie

den Jungen festhalten. Lassen Sie ihn gehen, Rob, und auch Ihre Frau. Sie wissen, dass ich Ihnen Strafmilderung zusagen kann, wenn Sie sich kooperativ zeigen.«

»Fahr zur Hölle, Ross!« Die Antwort wurde von einem weiteren scharfen Knall begleitet. Der Einschlag erfolgte diesmal noch näher, und wieder regnete es Rinde. »Das nächste Mal ziele ich nicht auf den verdammten Baum. Wenn ihr nicht allesamt binnen fünf Minuten verschwunden seid, kriegt der Junge die nächste Kugel ab.«

Angst und Wut vermischten sich in Stevens Kopf, und er sah nur noch seinen Kleinen vor sich, der verängstigt in einer Ecke der Hütte kauerte. »Nicky«, hörte er sich mit rauer, heiserer Stimme flüstern. Tonis Hand legte sich auf seinen Rücken und drückte ihn nieder, doch wieder hatte ihn das blanke Entsetzen fest im Griff. Seine Angst und die Liebe zu seinem Sohn waren so übermächtig, dass sie ihn hochrissen, auf die Beine zerrten, und Tonis Hand, die an seiner Jacke zog, wurde zu einer nebensächlichen Randerscheinung.

»Ich bin's, den Sie wollen, Winters«, sagte er laut und mit klarer Stimme. »Ich komme freiwillig zu Ihnen, wenn Sie meinen Sohn gehen lassen.«

Das Lachen, das ihm als Antwort entgegenhallte, war kaum mehr als das Keckern eines Verrückten. »Tritt ins Licht«, verlangte Winters. »Unbewaffnet.«

Ohne zu zögern, zog Steven seine Waffe aus dem Halfter und warf sie von sich, weit genug, um Winters zu zeigen, dass er gehorchte, aber auch so weit, dass Toni sie ergreifen konnte, sollte sich die Notwendigkeit ergeben. Er hatte sich wieder unter Kontrolle, so glaubte er zumindest. Er trat einen Schritt vor. »Ich will meinen Sohn sehen, Winters. Zeigen Sie ihn mir.«

Er sah, dass sich hinter dem zerbrochenen Fenster ein Schatten bewegte, dann blitzte Metall auf, und ein Knall dröhnte in seinen Ohren. Die Kugel traf ihn mit solcher Wucht in die Brust, dass er rückwärts umfiel und ein brennendes Prickeln spürte, das von seinem Herzen bis unter seinen Arm ging. Es nahm ihm den Atem, raubte ihm fast die Besinnung. Er hörte, wie Toni in seine Richtung robbte, doch er winkte sie zurück. »Die Weste«, brachte er mühsam hervor. Die kugelsichere Weste. Aus Regierungsbeständen, Gott sei's gedankt. Er würde einen gewaltigen Bluterguss davontragen, aber …

»*Daddy! Mein Daddy!*«

Der schrille Schrei brach aus dem Wald rechts der Hütte hervor.

»Nicky.« Steven wälzte sich mühsam auf den Bauch und erhob sich auf die Ellbogen. Dann sah er seinen Kleinen tränenüberströmt aus dem Wald laufen und Jonathan Lambert, der ihm dicht auf den Fersen folgte.

Lamberts Schrei schien über die gesamte Lichtung zu hallen. »Nicky, *nein!*« Nicky hatte die Lichtung zur Hälfte überquert, als das Klirren von splitterndem Glas ertönte. Eine Gestalt stürzte hinter Steven aus dem Wald hervor und begrub Nickys Körper unter sich, als ein weiterer Schuss aufpeitschte.

Darauf folgte eine gespenstische Stille, selbst die Vögel waren verstummt. Sogar das Flüstern des Windes schien sich gelegt zu haben.

Tonis Stimme war die erste, die die Stille durchbrach, erschüttert, voller Panik. »Oh Gott. Ben ist getroffen. *Los jetzt!*«

Caroline konnte sich bewegen, wenn auch nur mit äußerster Mühe. Als der erste Schuss fiel, zog Max sie auf die Füße und drängte sie vorwärts, zog sie auf ihren geschwollenen, wunden Füßen mit sich.

Er hatte sie unter Aufbietung all seiner Kraft auf das Fensterbrett gehoben, als das Klicken eines Abzugs sie beide erstarren ließ. Max drehte sich langsam um und schützte Caroline mit seinem Körper. Ein großer, kräftiger Mann stand unter der Tür, einen Revolver in der Hand, die Augen kalt wie Eis. In seiner Wange zuckte ein Muskel.

Das also war Rob Winters.

Das also war das Gesicht eines Ungeheuers.

Einen Augenblick lang sagte keiner von ihnen ein Wort, dann raunte Max leise: »Geh, Caroline.«

Winters' Revolver zielte direkt auf Max' Herz. Zielsicher und ohne zu zittern. »Sie geht nirgends hin.«

»Caroline, Liebling, geh.«

»Ich lasse dich nicht mit ihm allein.«

Max knirschte mit den Zähnen. »Caroline, widersprich mir nicht ausgerechnet jetzt. Hol Ross oder Thatcher. Hol die Polizei zur Hilfe.«

Rob lachte leise, und das Geräusch jagte Max eine Gänsehaut über den Rücken. »Thatcher ist tot, und Ross hat offenbar alle Hände voll damit zu tun, das Chaos aufzuräumen, dass ich da draußen angerichtet habe. Also bin ich wohl der einzige Polizist, der zur Verfügung steht.« Er kam ein paar Schritte näher, und Caroline versuchte, sich vor Max zu drängen. Doch Max hielt sie eisern fest und wunderte sich über die Kraft, die sie immer noch aufbrachte.

»Sie sind ein verdammter Satan«, sagte Max kalt. »Also fahren Sie zur Hölle.«
»Und bist du Manns genug, um mich dahinzuschicken?«
»Max, lass dich nicht von ihm reizen«, flehte Caroline hinter ihm. Ihre Stimme war schon etwas lauter, klang aber immer noch rau und heiser. »Er bringt dich um.«
Rob neigte den Kopf und setzte eine traurige Miene auf. »Och, Gracie, jetzt hast du mir die ganze Überraschung verdorben.« Er straffte sich und wurde wieder sachlich. »Rüber in die Ecke. Dr. Krüppel und ich haben Geschäftliches zu besprechen.«
»Raus hier, Caroline«, knurrte Max zwischen zusammengebissenen Zähnen hervor. »Solange ich dich noch schützen kann.«
Rob lachte. »Er weiß nämlich genau, dass er keine ganze Runde mit mir durchsteht.«
Max änderte unvermittelt seine Strategie, starrte den Mistkerl ungerührt an und hoffte, dass die ausbleibende Reaktion ihn wütend machte und er sich zu einem Fehler hinreißen lassen würde. Max versuchte, gelangweilt dreinzuschauen, wusste jedoch, dass er wegen des Zorns, der in ihm brodelte, bestenfalls eine verachtungsvolle Miene zustande brachte.
Es wirkte. Im nächsten Augenblick griff Winters an, und Max schob Caroline aus dem Weg und sprang selbst ein Stück zur Seite. Winters prallte gegen das offene Fenster und geriet aus dem Gleichgewicht. Für einen kurzen Augenblick klemmte sein Oberkörper im Fensterrahmen, und seine Füße hatten den Kontakt zum Boden verloren.
Max hob die Hände und ließ sie ineinander verschränkt mit aller Macht auf Winters' Rücken niedersausen. Die Luft

wich hörbar aus Winters' Lungen, und Max griff nach seiner fleischigen Hand mit der Waffe. Die langen Jahre im Rollstuhl und der Umstand, dass er am Stock ging, hatten seinen Händen überdurchschnittliche Kraft verliehen. Unter seinem quetschenden Griff löste sich der Revolver aus Winters' kraftloser Hand und fiel durch das Fenster auf den schlammigen Boden.
Wie ein Pfeil raste ein elektrisierender Stromstoß durch seinen Körper. Doch das Hochgefühl hielt nicht lange vor, denn Winters erholte sich rasch und stieß sich am Fensterrahmen ab. In der nächsten Sekunde prallte Max' Kopf gegen die Wand, als Winters' Faust mit einem mächtigen Kinnhaken seinen Kiefer traf.
»Du Scheißkerl«, fauchte Rob, warf sich auf ihn, und beide stürzten zu Boden.
Max wälzte sich zur Seite und entkam mit knapper Not einem Tritt in die Rippen. Er blickte hastig nach rechts und sah Caroline mit weit aufgerissenen Augen erstarrt in der Ecke kauern. »Caroline, lauf! Nichts wie raus ...« Winters' nächster Hieb traf ihn voll in die Rippen.
Max keuchte auf vor Schmerz und kam dann auf die Knie. Es gelang ihm, Winters mehrere Boxhiebe ans Kinn zu versetzen, sodass der kräftige Mann hintenüberfiel. Max war zwar größer, aber Winters verfügte über zwei gesunde Beine und den Körperbau eines Lkw. Und wie ein solcher bäumte er sich nun auf und stürzte sich auf seinen Gegner. Max blieb eine knappe Sekunde, um sich gegen den Aufprall zu wappnen, bevor Winters ihn mit seinem ganzen Gewicht in der Magengrube traf. Aufstöhnend brach Max zusammen. Schwer atmend kam Winters auf die Füße. Sein Stiefel traf

Max im Rücken. »Das ist dafür, dass du mit meiner verdammten *Frau* geschlafen hast.« Instinktiv wälzte sich Max auf die Seite, um seinen Rücken zu schützen, doch nun war der vordere Teil seines Oberkörpers den Angriffen ausgesetzt. Der nächste Tritt traf seine Schulter, die daraufhin vor Schmerz explodierte, der sich vibrierend in seinem Arm fortsetzte. »Das ist dafür, dass du meinen *Sohn gestohlen hast!*« Keuchend richtete Rob sich auf und stemmte seine Fäuste in die Hüften.

Max lag still, versuchte, den Schmerz auszuschalten, seinen nächsten Schritt zu planen. Er war nicht sicher, ob er sich überhaupt noch bewegen konnte. Er sah, wie Winters sich vorbeugte, die großen Fäuste auf die Knie gestützt. Diese Hände, die nicht nur Carolines Gesicht zerschlagen, sondern ihr auch wieder Angst vor ihm eingebläut hatten. Seine Wut kehrte zurück, und zum ersten Mal in seinem Leben begriff Max, was es hieß, blind vor glühendem Hass zu sein. Dieser Hass beflügelte sein weiteres Vorgehen, sodass er sich ohne nachzudenken mit seinem ganzen Körpergewicht gegen Winters' Knie warf. Sein Gegner stürzte rücklings zu Boden und wälzte sich mit einem wütenden Aufschrei herum. Dann schaffte er es, sich rittlings über Max zu werfen, ihm die Daumen auf die Kehle zu legen und ihm die Luft abzudrücken.

Max wehrte sich mit einem erstickten Keuchen, doch Winters drückte ihn unerbittlich auf den schmutzigen Boden. Der Raum begann, sich zu drehen und zu schwanken. Plötzlich ertönte eine heisere Stimme dicht hinter ihm.

»Du verdammter Schweinehund!«

Caroline.

Max zwang sich, die Augen zu öffnen, und sah, dass Caroline endlich aus ihrer Schocklähmung erwacht war. Doch zu seinem großen Entsetzen krallte sie sich an Winters' Rücken fest und versuchte, den schweren Mann von Max herunterzuziehen. Winters schlug mit einer Hand nach ihr, als wäre sie nichts weiter als ein lästiges Insekt, woraufhin Caroline anderthalb Meter durch die Luft geschleudert wurde und an der Wand direkt unter dem Fenster zu Boden ging.

Sie rappelte sich mühsam auf und konnte den Blick nicht von Robs Händen wenden, die immer noch Max' Hals umklammerten. *Er bringt ihn um*, dachte sie. *Er bringt ihn um. Er tötet Max.*

»Nein!«, brach es aus ihrer wunden Kehle heraus, und sie schaute sich verzweifelt auf der Suche nach einer Waffe in dem Raum um. Ihr Blick fiel auf Max' Stock unter dem Bett, und im nächsten Moment lag er in ihren Händen.

»*Nein!*« Sie ließ den Stock mit aller Macht auf Robs Kopf niedersausen. *Krack*. Sie spürte die Wucht des Schlages bis in ihre Oberarme, hörte seinen wütenden Fluch, als ihr das Blut im Kopf rauschte.

»*Nein!*« Wie eine Ertrinkende rang sie noch Luft, und es gelang ihr, abermals auszuholen und zuzuschlagen. *Krack*. Und noch einmal. *Krack*. »Du wirst mein Leben nicht zerstören!« Und noch einmal. *Krack*. »Du wirst meinen Sohn nicht anrühren.« Jetzt schluchzte sie wild, und jeder Schlag, den sie ausführte, kam aus tiefstem Herzen. »Du wirst mich nicht mehr anrühren.« *Krack. Krack. Krack.*

»Caroline! Caroline, hör auf. Um Himmels willen, du bringst ihn um!«

Max' Hand packte den Stock, bevor sie ihn wieder auf Rob

Winters niedersausen lassen konnte, ihre Blicke begegneten sich und hielten einander fest. »Es ist vorbei, Caroline«, sagte er so sanft er konnte. »Es ist ausgestanden.«
Es war tatsächlich vorbei. Winters lag vor ihren Füßen. Zwar atmete er noch, doch hatte er schon nach dem dritten Stockschlag aufgehört, Max zu würgen. Danach hatte sie bestimmt noch viermal zugeschlagen, denn Max hatte eine Weile gebraucht, um seine Lungen wieder mit Luft zu füllen und auf die Füße zu kommen. Plötzlich wurde ihm bewusst, dass er nicht wollte, dass Caroline ihn umbrachte, wenngleich Winters ein ausgemachter Scheißkerl war, verdorben bis in die Tiefe seiner bösen Seele. Max wollte nicht, dass Caroline bis zum Ende ihrer Tage mit dieser Tat leben musste. Selbstverteidigung war eine Sache, einen bewusstlosen Mann mit Schlägen zu traktieren, eine andere. Aber sie hatte noch nicht auf den Boden geblickt, hatte noch nicht Winters' blutüberströmten Kopf auf dem Teppich gesehen und wusste noch nicht, was sie getan hatte. Ihr Blick war vernebelt, die Wirklichkeit war noch nicht auf sie eindrungen.
»Du rührst mich nicht an«, flüsterte sie. »Du rührst mich nie wieder an.« Sie ließ den Stock fallen, schlang die Arme um ihren geschundenen Leib und wiegte sich hin und her. »Du rührst mich nicht mehr an.«
Ihr rhythmisches Flüstern brach ihm das Herz. Max zog sie an sich und legte ihren Kopf behutsam an seine unverletzte Schulter. »Nein, Liebling, er rührt dich nie wieder an.«
Sie stand da, in seinen Armen, zitterte, wiegte sich und hielt immer noch ihren Leib umschlungen. Er streichelte ihr Haar, das schmutzig, verklebt und blutverkrustet war, doch er streichelte es, als wäre es kostbarster Nerz. »Ich liebe dich.«

Sie rührte sich nicht, hatte sich durch die Auswirkungen des Schocks ganz in sich selbst zurückgezogen.

»Caroline, Liebling, schau mich an.« Er hob ihr Kinn leicht an und forschte in ihren Augen nach einem Zeichen des Erkennens. Und er fand es auf Anhieb, was ihm ein erleichtertes Seufzen entlockte. Sie blinzelte matt. Und sah dann zu Boden.

»Oh mein Gott.« Sie blickte Max wieder an, wilde Angst stand ihr in den Augen. »Ich habe ihn umgebracht.«

»Nein, nein«, beschwichtigte er. »Er ist nicht tot. Er atmet, siehst du?«

Müde hob Caroline eine Hand an ihre Stirn. »Mein Kopf tut weh.«

Er küsste ihren Scheitel. »Kein Wunder.«

»Du bist gekommen.«

»Das wusstest du doch«, sagte er leise und strich mit den Händen sanft an ihren Armen entlang, bemüht, ihr nicht wehzutun, aber auch getrieben von dem verzweifelten Wunsch, sie zu berühren, sich zu vergewissern, dass sie lebte. Dass er sie zurückbekommen hatte.

Caroline lehnte sich gegen ihn und fand Trost in seiner Stärke. Er war bei ihr. Er war hier, hielt sie in den Armen. Allein dieser Gedanke hielt sie aufrecht. Sie atmete tief durch, sog seinen Duft ein, der holzig und warm war. *Max.* Der Duft beruhigte ihren rasenden Puls. Sie nickte, ohne den stechenden Schmerz zu beachten, der durch die Reibung an seinem Hemd auf ihren Wangen brannte. »Ich wusste, dass du kommen würdest, aber ich habe nicht mehr daran geglaubt, dass du herausfinden könntest, wo ich bin, dass ich nicht mehr in Chicago bin.« Ihre Stimme zitterte. »Ich dachte, ich müsste aus eigener Kraft einen Fluchtweg finden.«

Max legte unendlich behutsam die Finger auf ihren Rücken und zog sie sanft an sich. Ihr Rücken schmerzte, doch es hätte sie noch mehr geschmerzt, auf seine tröstliche Berührung verzichten zu müssen, und deshalb sagte sie nichts, wollte ihn nur spüren. »Du warst nicht allein«, flüsterte er in ihr Haar. »Du musst nie wieder allein sein. Ich verspreche es dir.«
»Mom!«
Caroline riss den Kopf zur Seite und sah zu ihrer Bestürzung Tom mit blassem, ausgezehrtem Gesicht an der Tür stehen. Sie hob das Kinn und sah Max vorwurfsvoll an. »Du hast gesagt, dass er bei David in Sicherheit wäre!«
»Er war in Sicherheit. Draußen im Wagen bei David.« Max half Caroline, sich auf das Bett niederzulassen, wo sie sitzen blieb, während er zu Tom hinüberhinkte, der gelähmt vor Schock noch immer an derselben Stelle stand. »Tom! Tom, hör mir zu. Sie ist gerettet.« Er schüttelte Tom heftig, und die Augen des Jungen wurden wieder klar.
»Er ist tot«, flüsterte Tom.
»Nein, er ist nicht tot. Deine Mutter hat ihn nicht umgebracht«, entgegnete Max mit fester Stimme. Er taumelte, als Tom ihn von sich stieß, um neben der geschundenen Gestalt am Boden auf die Knie zu sinken.
»Tom!« Caroline ließ sich vom Bett auf den Boden gleiten und schleppte sich zu Tom, als ihr Sohn die Hände in Winters' Hemd krallte und den Bewusstlosen hochzerrte.
»Wach auf«, knurrte Tom und schüttelte Winters' reglosen Körper. »Wach auf, damit ich dich eigenhändig umbringen kann.« Dann ließ er Winters' Hemd los und schlug ihn mit einem mächtigen Fausthieb gegen das Kinn, so hart, dass

auch ein unverletzter Mann zu Boden gegangen wäre. Winters wurde zurückgeschleudert, ein leises Stöhnen drang über seine geschwollenen Lippen. Tom warf sich über ihn und hieb unablässig auf seinen Körper ein, während Caroline versuchte, ihn zurückzuhalten. Es war aussichtslos.
»Hör auf, Tom, hör auf! Max, hilf mir!«
Max hatte sich mühsam auf sie zubewegt und war in diesem Augenblick zur Stelle. Mit beiden Händen packte er Toms Schultern und riss ihn mit aller Macht zurück. Plötzlich griffen zwei weitere Hände nach seiner Hüfte und zogen ihn von Winters fort.
»Nein, Tom.« Es war David. »So nicht. Nicht auf *seine* Weise.«
Tom warf sich zurück, prallte gegen Max' Oberkörper, und beide stürzten zu Boden. Der Junge kämpfte wild, schlug mit den Fäusten um sich und keilte mit den Füßen aus, doch Max hielt seinen Oberkörper fest umklammert, während David seine Füße im Griff hielt, bis Tom endlich ruhiger wurde.
David wälzte sich zur Seite, und Max beugte sich über Tom. Schweiß tropfte von seiner Stirn auf das Gesicht des Jungen.
»Herrgott noch mal, Tom.« Aus den Augenwinkeln nahm Max ein silbriges Aufblitzen wahr, wandte den Kopf und sah Lieutenant Ross mit gezogener Waffe an der Tür stehen. Mit einem raschen Blick hatte sie die Szene erfasst. Ihre Augen waren auf Winters' verkrümmte, blutige Gestalt gerichtet. Sie sah Max an und nickte. Dann ließ sie die Waffe sinken, doch ihre Finger lagen immer noch um den Abzug der schussbereiten Waffe.
Für einen Moment waren schwere Atemzüge das einzige

Geräusch im Raum, dann entfuhr Tom ein ersticktes Schluchzen.
Caroline schob Max sanft zur Seite und nahm Tom in die Arme. »Alles ist gut, Schatz. Ist ja gut.« Sie wiegte Tom in ihrem Arm und murmelte besänftigende Worte.
»Ich will, dass er tot ist. Bitte, Mom, bitte.« Toms Schluchzen war kaum zu hören. »Bitte, Mama.«
»Das will ich auch, Schätzchen«, flüsterte Caroline, und der Singsang ihrer Worte bekam etwas Hypnotisches. »Ich auch.« Sie fing Max' Blick auf und sah ihn ratlos an.
»Er hat darauf bestanden mitzukommen, Caroline«, erklärte Max leise. »Ich habe es nicht fertig gebracht, es ihm zu verbieten.« Max fuhr sich mit gespreizten Fingern durch sein Haar. »Er konnte sich an diese Hütte erinnern. Ohne ihn hätten wir dich nie gefunden.«
Ihre geschwollenen Augen füllten sich mit Tränen, die zwischen ihren Wimpern hervorquollen. »Ach, Schätzchen.« Sie legte die Wange auf Toms Scheitel und drückte den Jungen an sich. »Du hast es geschafft. Du hast mir das Leben gerettet.«
Toms Schluchzen hatte sich beruhigt, trotzdem ließ er sich weiterhin von seiner Mutter wiegen. »Ich wollte ihn schon immer umbringen. Jedes Mal, wenn er dich angefasst hat, habe ich davon geträumt, ihn umzubringen.« Er hob den Kopf, schluckte und strich mit einer zärtlichen Geste über das zerschlagene Gesicht seiner Mutter. »Jedes Mal, wenn er dein Gesicht so zugerichtet hat. Es tut mir Leid, Mama. Es tut mir so Leid, dass wir nicht rechtzeitig hier waren.« Er warf einen bitterbösen Blick auf Winters' bewusstlose Gestalt. »Ich möchte ihn immer noch umbringen, für all die

Male, die er dir wehgetan hat.« Wieder strich er mit dem Handrücken behutsam über die Wange seiner Mutter. Bei seinen nächsten Worten klang seine junge Stimme hart und kalt. Erwachsen. »Aber umbringen könnte ich ihn nur einmal. Dadurch hätte ich keine Genugtuung für die tausend anderen Male. Ich werde mich mit dem Wissen zufrieden geben müssen, dass jeder Sträfling im Knast erfährt, dass er ein dreckiger, brutaler Bulle ist.« Er holte tief Luft und stieß einen Seufzer aus. »Und ich hoffe, dass, wenn sie es erfahren, sie nichts von ihm übrig lassen, das sich in eine Plastiktüte zu kratzen lohnte.«
Caroline starrte ihren Sohn an, als wäre er ein Fremder. »Ich habe nicht gewusst, dass dein Hass auf ihn so groß ist.«
»Aber er hat dir doch wehgetan.«
So schlicht diese Worte auch waren, sie enthielten doch den ganzen emotionalen Aufruhr, den der Junge vierzehn Jahre lang mit sich geschleppt hatte.
Max schloss die Augen und ließ das Kinn auf die Brust sinken. Er war nicht mehr länger fähig, die Bilder aus seinem Bewusstsein zu vertreiben, die Bilder einer jüngeren Caroline, die diesem Ungeheuer ausgeliefert gewesen war, während ihr kleiner Sohn alles hatte mit ansehen müssen, während er innerlich vor Wut schäumte und einen Hass entwickelte, der so mächtig war ... Max stiegen brennend heiße Tränen in die Augen, die er still vergoss.
Dann spürte er eine Hand auf seinem Rücken und hob den Kopf.
»Max.« David erhob sich auf die Knie. »Bist du schlimm verletzt?«
Max öffnete die Augen, blinzelte heftig und erkannte David

durch den Tränenschleier hindurch. »Caroline muss ins Krankenhaus gebracht werden«, meinte er und fügte hinzu: »Ich muss wahrscheinlich auch den einen oder anderen Knochen röntgen lassen.« Er warf einen Blick zu Tom hinüber, der reglos dasaß und Carolines Hand hielt, während sie sich mit schmerzenden Gliedern an das Bett lehnte. »Außerdem befürchte ich, dass wir alle etwas therapeutische Betreuung gebrauchen könnten.«
»Ich kümmere mich darum«, versprach David mit unsicherer Stimme.
Max griff nach Davids Hemd. Erst jetzt fiel ihm auf, dass sowohl das Hemd seines Bruders als auch die Bluse von Lieutenant Ross blutgetränkt waren. »Thatcher?«
David schüttelte den Kopf. »Er lebt. Winters hat ihn in die Brust getroffen, aber Thatcher trug zum Glück eine kugelsichere Weste.«
»Gott sei Dank.«
David blickte ihn ernst an. »Aber einer der Detectives ist lebensgefährlich verletzt worden. Winters hat ihn in die Seite geschossen, als der Mann Thatchers kleinen Jungen schützen wollte. Der Kerl hat eine Menge Blut verloren.«
Caroline schloss erschöpft die Augen. »Hier gibt es weit und breit kein Krankenhaus.«
David nickte. »Detective Lambert und ich haben ihn auf den Rücksitz eines Streifenwagens gelegt. Die Jungs sind erst vor ein paar Minuten zur Verstärkung gekommen.«
»Großartiges Timing«, bemerkte Max sarkastisch. »Wo haben die so lange gesteckt?«
Lieutenant Ross trat vor. »Sie haben die Abzweigung übersehen, sich verfahren und dann in den Bergen keinen Funk-

kontakt mehr gehabt. Aber jetzt sind sie hier und bringen Detective Jolley irgendwohin, wo ein Hubschrauber landen kann, um ihn dann nach Asheville zu fliegen. Sie sind vor wenigen Minuten abgefahren.« Sie senkte den Blick auf Winters. »Was ist mit ihm?«
Max presste die Lippen zusammen. »Er lebt.«
»Du hast ihn übel zugerichtet, Max.« David gab sich nicht die geringste Mühe, den Stolz in seinem Tonfall zu unterdrücken.
»Ich habe nur ein paar Boxhiebe verteilen können. Den Rest hat Caroline erledigt.«
Ross blickte Caroline mit unverhohlener Bewunderung an. »Nicht schlecht.«
»Oha.« David stand auf und durchquerte den Raum, um Max' Stock aufzuheben. »Gute Arbeit, Caroline.« Dann betrachtete er den blutigen, gesprungenen Knauf des Stocks. »Ironie des Schicksals, wie?«
Max hob die Augenbraue, die nicht schmerzte. »Die poetische Gerechtigkeit bei dieser Sache ist auch mir nicht entgangen.«
David schüttelte den Kopf. »Warum kannst du mir nicht einfach mir ›ja‹ antworten, Max?« Dann wurde er unvermittelt wieder ernst. »Danke, Caroline.«
Caroline versuchte, sich aufzurappeln, gab dann jedoch auf und ließ es zu, dass David sie aufhob und auf die Füße stellte. »Wofür?«
»Dafür, dass du ihn nicht im Stich gelassen hast.«
Sie hielt immer noch seine Unterarme umfasst, lehnte nun den Kopf an Davids Brust und sagte: »Ich werde ihn nie im Stich lassen.«

David streckte eine Hand nach Tom aus, der sie ergriff und sich mühelos erhob. Mit vereinten Kräften halfen sie dann Max auf die Beine.
Max warf noch einen Blick auf Winters, dann nahm er Carolines Hand. »Komm, lass uns gehen. Ich möchte keine Minute länger mit ihm im selben Raum zubringen.« Er reckte mit eiskalter Miene das Kinn vor. »Ich würde von Herzen gern ganze Arbeit leisten und zu Ende bringen, was du angefangen hast, mehr, als ich ...« Er zuckte mit den Schultern, brachte die Worte nicht über die Lippen.
»Das hat er auch einmal gesagt«, bemerkte Caroline und rührte sich nicht vom Fleck. »Als er mich die Treppe hintergestoßen hat und mich dann im Krankenhaus besuchte. Damals sagte er, dass er beim nächsten Mal ganze Arbeit leisten würde.« Sie holte tief Luft und verzog vor Schmerzen das Gesicht. Dann blickte sie in Max' finsteres Gesicht. »Danke, dass du mich aufgehalten hast. Mit dem Wissen, dass ich so bin wie er, hätte ich nicht leben können.«
Max wandte den Blick ab. Auf seiner Wange zuckte ein Muskel. »Du könntest niemals so sein wie er.«
Caroline hob eine zitternde Hand und strich besänftigend über seine Wange. »Ich weiß. Vom Verstand her weiß ich es. Aber es sind diese furchtbaren Gedanken des Herzens, die mitten in der Nacht die Oberhand gewinnen. Ich habe mich dafür gehasst, dass ich mich nicht gewehrt habe, obwohl ich eigentlich wusste, dass ich es gar nicht konnte. Dass er größer, stärker war als ich. Er hatte die Macht, hatte alle Trümpfe in der Hand gehalten. Es hat mich nie daran gehindert, mitten in der Nacht zu denken, dass ich mich hätte wehren müssen.«

Max schluckte. Caroline sah, wie er um Fassung rang. »Aber jetzt hast du dich gewehrt.«
Sie verzog die Lippen zu einem winzigen Lächeln, so weit es ihr ohne allzu große Schmerzen überhaupt möglich war. Doch nachdem es nun ausgestanden war, nachdem das Adrenalin in ihren Adern versickerte, drängte sich die Realität in ihr Bewusstsein zurück. Sie musste Max Stärke zeigen, damit er sie nicht für das verprügelte, erbarmungswürdige Wrack hielt, das sie dem Aussehen nach mit Sicherheit war. Doch so wichtig ihre Stärke für Max auch war, noch wichtiger war es, um ihrer selbst willen stark zu sein. Das war Teil des Genesungsprozesses. Zur Wiedererlangung ihrer Selbstachtung. Ihres Selbstbewusstseins.
Sie bedachte Robs bewusstlose Gestalt mit einem vielsagenden Blick und zog eine Grimasse. »Das habe ich, weiß Gott.«
Es funktionierte, und Max lächelte ebenfalls. Ein erster Schritt auf dem Weg in Richtung Normalität, wenngleich das Lächeln nicht den gequälten Ausdruck aus seinen Augen vertrieb. Sie hob den Stock auf und reichte ihn Max.
Max fuhr zurück, als wäre der Stock eine lebendige Schlange. »Den will ich nicht mehr. Ich besorge mir einen neuen.«
Caroline betrachtete den Stock eingehend. Dann warf sie ihn auf den Teppich, sodass er neben Robs reglosem Körper liegen blieb. Mit einer theatralischen Geste sagte sie: »Betrachte das als unsere Scheidung.«
Max schnaubte verdutzt, und Caroline wandte sich ihm zu. Sie versuchte, ihm mit dem am wenigsten geschwollenen Auge zuzuzwinkern. »Das wollte ich schon immer mal sagen.«
Max schüttelte den Kopf. »Gehen wir, Caro.« Gemeinsam

verließen sie das Zimmer. David stützte Max, damit er ohne Stock auf seinen eigenen Füßen nach draußen gehen konnte, Tom stützte seine Mutter.
Caroline blieb vor Lieutenant Ross stehen. »Ich bin Caroline Stewart.«
Ross musterte eindringlich Carolines Gesicht. »Tatsächlich, das sind Sie.« Sie sagte es mit abschließender Endgültigkeit.
Caroline blickte über die Schulter zurück auf Winters, der in einer Lache seines eigenen Blutes lag. »Er ist bewusstlos. Das habe ich getan. Ich bin gern bereit, eine Aussage zu machen, wann immer Sie wollen.«
Ross neigte den Kopf und musterte sie noch immer. »Ich bin gespannt auf die ganze Geschichte, Ms Stewart, aber zunächst einmal werden wir Sie in ein Krankenhaus bringen.«

25

Asheville
Montag, 19. März, 17:00 Uhr

Sie hatten Glück.« Der Tonfall der Krankenschwester war barsch, doch ihre Hände waren sanft, als sie die Verletzungen in Carolines Gesicht behandelte. »Sie beide haben überlebt.«
Caroline blickte zu Max hinüber. Er presste die Lippen zusammen, sein Gesicht war bleich unter den Bartstoppeln. Er ertrug es nicht, sie leiden zu sehen. Aber die Schwester hatte Recht. Sie hatten Glück, am Leben zu sein. Andere hatten nicht so viel Glück gehabt. Behutsam hatte Max ihr von den Menschen berichtet, die Rob auf der Suche nach ihr umgebracht hatte, einschließlich Sy Adelman.
Sie war noch immer wie betäubt. Der liebe alte Mr Adelman. Den halben Weg von Chicago bis Asheville hatte seine Leiche mit ihr im selben Auto gelegen, und sie hatte es nicht gewusst. Sie schauderte, keineswegs zum ersten Mal, seit sie die Hütte verlassen hatte. Und dann Evie. Ihr Bewusstsein weigerte sich noch immer, diesen gemeinen, sinnlosen Überfall auf ihre Freundin zu begreifen. Und all die anderen. So viel zerstörtes Leben.

»Ms Stewart?« Die Schwester musterte sie mit einem besorgten Blick. »Hören Sie mich? Es ist vorbei. Sie leben.«
Caroline brachte ein schwaches Lächeln zustande und zuckte zusammen, als ihre Lippe brannte. Die Schwester glaubte offenbar, sie stünde unter Schock. Vielleicht hatte sie Recht. »Ich weiß. Ich musste nur gerade an all diese Menschen denken, die nicht mehr am Leben sind.«
»Nicht, Mom. Denk jetzt nicht daran.« Tom saß auf einem Stuhl in der Ecke und verfolgte jede Bewegung der Krankenschwester. Er war Caroline nicht von der Seite gewichen. Die Sorge um ihren Gesundheitszustand hatte seinem Gesicht einen Ausdruck verliehen, den kein Kind jemals tragen sollte. Aber ihr Sohn war kein Kind mehr. Nach diesem Wochenende war die Kindheit für ihn endgültig vorbei.
Trotzdem konnte sie nicht umhin, die Verluste zu betrauern, die unglaubliche Verschwendung von Leben. »Ich muss daran denken, Tom. Ich kann dem Gedanken an die Toten nicht ausweichen.« Sie zuckte zusammen, als die Schwester einen Bluterguss berührte, dann zwang sie sich, an die Lebenden zu denken. »Wie geht es Detective Jolley?«
»Er ist im OP«, antwortete die Schwester und betupfte Carolines Lippe. »Es geht um Leben und Tod.« Sie sah Caroline in die Augen. »Wir beten für ihn.«
Caroline holte tief Luft, was ihr ziemliche Schmerzen bereitete. Zwei ihrer Rippen waren gebrochen, von denen eine um Haaresbreite ihre Lunge punktiert hätte. »Ich auch. Wie geht's dem kleinen Jungen? Nicky Thatcher?«
»Gut«, antwortete jemand mit tiefer Stimme, die heiser und etwas unsicher klang.

Caroline drehte sich um und sah einen hoch gewachsenen Mann mit hellrotem Haar und großen, braunen Augen im Türrahmen des Erste-Hilfe-Raums stehen und ihn völlig ausfüllen. Mit einem ungeduldigen *Ts, ts* drehte die Schwester Carolines Kopf wieder zu sich herum. »Sie sind Nickys Daddy«, sagte Caroline zur Wand.

»Woher wissen Sie das?« Er war eingetreten, stand jetzt links von ihr, sodass sie ihn gerade eben aus den Augenwinkeln sehen konnte.

»Er hat Ihre Augen. Er ist ein tapferer Junge, Special Agent Thatcher.«

»Ich weiß.« Thatchers Stimme zitterte, dann räusperte er sich. »Er hat mir erzählt, wie Sie ihm die Fesseln abgenommen und ihm gesagt haben, er solle sich an der Straße verstecken.«

»Dann hat er also getan, was ich ihm gesagt habe?«

»Ja.«

»Gut. Zum Schluss war ich nicht sicher, ob er noch in der Hütte war oder nicht.«

»Er ist weggelaufen. Er sagt, dass er losgelaufen ist, als Winters Sie hinüber in das andere Zimmer geholt hatte. Ihre Füße wären noch gefesselt gewesen, weil Sie zuerst seine Fesseln gelöst hatten. Detective Lambert hat ihn im Gebüsch versteckt gefunden und wollte ihn zu uns bringen, als Winters anfing zu schießen. Sie ...« Thatcher räusperte sich abermals. »Sie haben ihm wahrscheinlich das Leben gerettet. Jetzt ist er oben auf der Kinderstation und spielt mit einer Sozialarbeiterin, die offenbar der Meinung ist, dass er alles erstaunlich gut überstanden hat. Im Augenblick zumindest. Wir werden auch später die Augen nach Hinweisen auf

Probleme offen halten. Er möchte Sie sehen, sobald Sie Besuch empfangen können. Er möchte beweisen, dass ich nicht Recht habe.«

Aus Neugier wandte Caroline wieder den Kopf. »In welcher Hinsicht? Autsch«, beschwerte sie sich bei der Schwester, als diese erneut ihr Gesicht zu sich drehte.

»Dann halten Sie doch still«, sagte die Schwester barsch, doch dann trat ein Lächeln in ihre Augen. »Oder es gibt keinen Lolli.«

Caroline zog einen Mundwinkel hoch, dankbar für den Versuch der Schwester, die Stimmung zu heben. »In welcher Hinsicht sollen Sie nicht Recht haben, Agent Thatcher?«, wiederholte sie ihre Frage.

»Nicky sagt, Sie seien sein Schutzengel. Er will mir beweisen, dass Sie nicht von dieser Welt sind.«

Caroline wurde warm ums Herz; die Fantasie des kleinen Jungen nahm ihrem eigenen betäubenden Kummer etwas von seiner Schärfe. »Es tut mir Leid, ihn enttäuschen zu müssen. Ich würde ihn gern besuchen, wenn meine private Florence Nightingale hier ihre Rekonstruktionsarbeit beendet hat.«

»Ich bin fertig. Ich bin fertig. Ist sie immer so schwierig?«, fragte die Schwester, an Max gewandt.

Max strich Caroline über das Haar. »Ja. Ja, das ist sie.« Vorsichtig ließ er sich auf der Bettkante nieder, als die Schwester den gedrängt vollen kleinen Behandlungsraum verließ. »Ich hatte noch gar keine Gelegenheit, Ihnen zu danken, Agent Thatcher.«

Thatcher zuckte nur andeutungsweise mit den Schultern. »Das ist mein Beruf.« Er forschte aufmerksam in Carolines

Gesicht. »Ich weiß nicht, wie ich Sie ansprechen soll. Für mich waren Sie zwei Wochen lang Mary Grace.«
Caroline legte ihre Hand über Max', die jetzt auf ihrer Schulter ruhte. »Ich bin Caroline Stewart. Selbst, wenn ich es wollte, könnte ich nie wieder Mary Grace sein.«
Thatcher nickte mit nüchterner Miene. »Das kann ich mir vorstellen. Wenn Sie bereit sind, würde ich Ihnen gern ein paar Fragen stellen.«
Caroline sah ihn an und erwiderte seinen nüchternen Blick. »Lieutenant Ross hat meine Aussage schon. Rob wollte, dass ich ihm Tom überlasse. Er wollte, dass ich öffentlich versichere, dass er uns angeblich nie angerührt hat. Dass ich durchgebrannt wäre, weil ich einen anderen Mann hatte, dass ich ihn betrogen hätte. Dass ich als Mutter ungeeignet sei.« Max äußerte etwas Unverständliches, und Caroline tätschelte seine Hand. »Er war in meiner Wohnung in Chicago, als Dana aus dem Krankenhaus anrief, um mir zu sagen, dass Evie … überfallen worden war.« Sie schluckte und schob das Bild beiseite. »Er hatte keine Angst, dass Evie ihn identifizieren könnte, weil er sich eines anderen Namens und einer Maske bedient hatte. Es ärgerte ihn nur, dass er diese Tarnung nicht mehr benutzen konnte.«
»Er wusste nicht, dass wir seine Masken entdeckt hatten«, bemerkte Thatcher.
»Wahrscheinlich nicht. Wir haben ein paarmal den Wagen gewechselt. Zweimal. Ich wusste nicht, dass Sys Leiche im Kofferraum des ersten lag.« Sie zwang sich zur Ruhe. Sie hatte das Gespräch mit Lieutenant Ross überstanden, ohne zusammenzubrechen. Doch wenngleich Ross auch sehr nett zu ihr gewesen war, hatte sie sie doch nicht so angesehen, wie

Thatcher es nun tat, mit Augen, so freundlich und eindringlich, dass ihr die Tränen kommen wollten. »Hm, ein paar Stunden vor Sonnenaufgang hat er dann noch einmal den Wagen gewechselt. Der letzte war der weiße Lieferwagen, den Sie an der Hütte sichergestellt haben. Ich saß gefesselt auf dem Rücksitz, als wir noch einmal anhielten. Ich dachte, er wollte noch einmal den Wagen wechseln, doch dann öffnete er die Hintertür und schob Nicky in den Laderaum. Er hat ihm nichts getan, abgesehen davon, dass er ihn gefesselt hatte. Ich habe jedenfalls nichts dergleichen gesehen.«

Thatcher schloss die Augen, sein Brustkorb hob sich in stummer Erleichterung. Als er die Augen wieder öffnete, hatte er seine Fassung wiedergefunden. »Danke.«

»Keine Ursache. Im Lauf des Tages hat er Nicky immer öfter vergessen. Zwar ist er ihm zwischenzeitlich urplötzlich wieder eingefallen, aber nur, um dann erneut in Vergessenheit zu geraten. Ich habe mich gefragt, wie er Nickys Entführung erklären wollte, wenn er mich doch zwang, aller Welt zu erklären, dass er der perfekte Ehemann und Vater sei, doch zu dem Zeitpunkt glaubte ich, dass Nicky längst entwischt war, und ich wollte Robs Aufmerksamkeit nicht unnötig auf ihn lenken. Ehrlich gesagt, glaube ich, dass er am Schluss nicht mehr ganz bei Verstand war. Anscheinend machte er sich nicht die geringsten Gedanken oder Sorgen wegen des Polizisten, den er erschossen hat. Ich bin nicht mal sicher, ob er sich überhaupt an die Tat erinnerte«, schloss sie und lehnte sich gegen Max, völlig erschöpft von der zweiten Schilderung der Einzelheiten.

Thatcher biss die Zähne zusammen. »Ich hoffe, dass die

Geschworenen das Argument nicht davon abhält, ihn zur Todesstrafe zu verurteilen.«

Caroline warf einen Seitenblick auf Tom, um zu sehen, ob Thatchers Worte irgendwelche Auswirkungen auf ihren Sohn hatten. Seine Miene schien unverändert zu bleiben. Sie war immer noch finster. Und wütend. Dazu hatte er wohl jedes Recht. Sie unterdrückte einen Seufzer und wandte sich wieder Thatcher zu. »Wie geht es Detective Jolley wirklich?«

Thatcher sah sie nicht an. »Kann sein, dass er stirbt.«

Er fühlte sich schuldig, das war deutlich zu erkennen. »Aber nicht Ihretwegen«, sagte Caroline leise.

Thatchers schönes Gesicht zuckte. »Da kann ich Ihnen nicht zustimmen. Ich habe versucht, meinen Sohn zu retten. Alles andere, jeder andere war mir egal.« Er schloss die Augen. »Auch Sie, Caroline Stewart.«

»Und?« Caroline brachte ein Lächeln zustande, als er überrascht die Augen aufriss, in denen immer noch die Schuldgefühle lagen. »Sie haben also nur an Ihren Sohn gedacht. Das habe ich vor sieben Jahren, als ich die Flucht ergriff, auch getan.« Ihr Lächeln erstarb, als ihre Gedanken auf das Schuldgefühl trafen, das ihre eigene Seele quälte. »Damals habe ich den Ausweg eines Feiglings gewählt, Agent Thatcher.«

»Caroline ...«, fiel Max ihr ins Wort.

Caroline schüttelte den Kopf und schloss die Augen, da schon die geringste Bewegung ihr Schmerzen bereitete. Doch sofort schlug sie die Augen wieder auf, um nicht noch mehr Bilder ertragen zu müssen, die ihren Verstand heimsuchten. »Weil ich vor sieben Jahren nur an meinen Sohn und an mich gedacht habe, konnte Rob sich weiterhin frei bewegen.

Wie viele Menschen mussten sterben, weil ich nichts unternommen habe? Susan Crenshaws Baby wird ohne Mutter aufwachsen. Dieser Polizeibeamte, der Ihr Haus bewacht hat. Wie ich hörte, hat er kleine Kinder.« Ein Schluchzen erstickte ihre Stimme. »Ihr Vater kommt nie wieder nach Hause, weil ich Rob davonkommen ließ. Ich werde niemals ...«
Sie spürte, wie die Tränen über ihre Wangen liefen, machte jedoch keine Anstalten, sie wegzuwischen. Max tupfte mit einem Papiertüchlein behutsam ihr Gesicht ab. »Ich hatte Angst, dass er mich finden könnte. Mir etwas antun könnte. Dana sagte, es ging nicht immer nur um mich. Ich wollte, das wäre mir klar geworden, bevor all diese Menschen sterben mussten.«
Ein sonderbarer Laut entschlüpfte Thatchers Kehle. »Ich wollte, ich hätte in die Zukunft blicken können. Toni Ross wünscht sich, sie hätte erkannt, was für ein gefährlicher Mensch Winters war. Ben Jolley wünscht sich, er hätte Ihnen vor Jahren geholfen, als er den Verdacht hatte, dass Winters Sie grün und blau schlägt. Gabe Farrell wünscht sich, er hätte sich vor Jahren mehr Mühe gegeben, Beweismaterial gegen Rob Winters zusammenzutragen. Fazit: Sie haben es nicht wissen können. Und Sie haben es ja versucht. Sie haben versucht, an die Öffentlichkeit zu gehen, als Sie diese einstweilige Verfügung beantragten. Geben Sie sich selbst jetzt nicht die Schuld.«
Sie sah ihn lange an und wünschte sich verzweifelt, dass sie sich seine Worte zu Herzen nehmen könnte. »Ein Teil von mir sagt, dass Sie Recht haben, aber ich kann einfach nicht aufhören, daran zu denken, wie viele Leben Rob zerstört hat. Mein Freund, Sy Adelman, ist tot, weil er mich mochte.

Und meine Freundin Evie ...« Carolines Stimme verstummte unter dem verheerenden Ansturm ihrer Gefühle. »Sie wacht vielleicht nie wieder auf.«

»Sie ist bereits aufgewacht, Caroline.« David erschien an der Tür, zwängte sich an einer Konsole mit blinkenden Lämpchen vorbei und blieb neben Thatcher stehen.

Caroline ließ sich gegen Max sinken. »Gott sei Dank.«

David nickte. »Amen. Ich habe gerade mit Dana gesprochen. Es hat über eine Stunde gedauert, bis ich den richtigen Anschluss hatte. Dana schlief im Wartezimmer für Besucher, als sie sie fanden. Ich habe ihr gesagt, dass du gerettet bist.« David berührte durch das Laken hindurch Carolines Zehenspitze. »Ein paar Minuten lang brachte sie kein Wort hervor, Caroline, so sehr hat sie geweint. Ich soll dir sagen, dass alles, was sie zu dir gesagt hat, ihr so Leid tut. Sie hatte Angst, du könntest sterben, während diese harten Worte noch zwischen euch standen.«

Caroline schloss die Augen und erinnerte sich an den Schmerz, den Danas Worte ihr zugefügt hatten. Und an den noch größeren Schmerz, als ihr klar wurde, dass ihre beste Freundin doch so Recht gehabt hatte. »Sie soll sich nicht entschuldigen«, sagte sie mit heiserer Stimme. »Sie hatte Recht, wie immer. Aber wie geht es Evie?«

»Dana sagte, Evie sei vor etwa drei Stunden aufgewacht. Ihre lebenserhaltenden Funktionen sind gut, wenngleich sie sich noch zusätzlichen Operationen unterziehen muss. Das Ausmaß ihrer Verletzungen ist noch nicht bekannt, auch nicht, wie lange sie im Krankenhaus bleiben muss. Sie ...« David seufzte. »Sie kann sich an nichts, was den Mordanschlag betrifft, erinnern.«

»Das ist wohl das Beste für sie«, flüsterte Max. »Sie wird sich erinnern, wenn sie dazu bereit ist. Wir werden für sie da sein, wenn es so weit ist.«

Tom erhob sich unvermittelt von seinem Stuhl, beugte sich vor und drückte Carolines Hand. »Mom, ist es in Ordnung, wenn ich dich kurz allein lasse?«

Sie drehte den Kopf, so weit ihr Hals es zuließ, und sah aus den Augenwinkeln die Hälfte seines Gesichts. »Klar, Schatz. David, würdest du Tom etwas zu essen besorgen?«

Tom schüttelte den Kopf. »David, wir treffen uns in zehn Minuten in der Cafeteria. Ich muss zuerst mit Agent Thatcher reden. Haben Sie ein paar Minuten Zeit für mich, Sir?«

Caroline sah, wie Thatcher ihren Sohn nachdenklich musterte. »Klar, Tom. Gehen wir.«

Steven folgte dem Jungen, der für ihn Robbie Winters gewesen war und der nun zielstrebig zum Ende des Flurs schritt. Tom Stewart war mit seinen vierzehn Jahren schon genauso groß wie Steven. In ein paar Jahren würde der Junge kräftiger und genauso groß und breit sein wie sein Vater. Stevens Wangenmuskeln spannten sich bei dem Gedanken an Rob Winters an, der ironischerweise zur Zeit in dem an Ben Jolleys angrenzenden Operationssaal lag. Ben Jolley wurde Rob Winters' Kugel aus der Bauchhöhle operiert, während aus Winters' Gehirn Knochenfragmente seines zertrümmerten Schädels entfernt wurden. Caroline Stewart hatte Rob Winters mit Hunters Stock den Schädel und die Jochbeine eingeschlagen. Ihn erfüllte eine grimmige Befriedigung, und er gab sich nicht die geringste Mühe, dieses Gefühl zu verdrängen.

Tom blieb an einem Fenster stehen und blickte nach draußen. Steven wartete; er ahnte, was den Jungen beschäftigte. Tom biss die Zähne zusammen und starrte düster aus dem Fenster. »Wo ist er jetzt?«
»Dein Vater?«
Toms Hände ballten sich zu Fäusten. »Er ist nicht mein Vater. Wo ist er?«
Steven zögerte. »Im Augenblick wird er operiert. Falls du ihn sehen willst – halte ich das für keine gute Idee.«
»Ich will ihn nicht sehen. Bringen Sie ihn ins Gefängnis?«
Steven nickte bedächtig. »Unter Vorbehalt der Ergebnisse des Verhörs, ja.«
Eine Minute verstrich, und Steven wartete.
»Werden Sie seine Identität geheim halten?«, wollte Tom schließlich wissen. Er sprach leise. Zu leise.
Steven überlegte nur einen Augenblick. »Nein.«
»Dann schafft er es nicht einmal bis zur Gerichtsverhandlung, nicht wahr, Sir?« Toms Stimme klang auf trügerische Weise sanft und stand im krassen Gegensatz zu der starren Haltung seiner Schultern.
Steven fühlte sich durch die Andeutung des Jungen in die Defensive gedrängt. In erster Linie, weil ihm der gleiche Gedanke im Kopf herumspukte, seit Jonathan Lambert dem bewusstlosen, blutüberströmten Winters die Handschellen angelegt hatte. »Es ist die Pflicht der Polizei, jeden in Gewahrsam genommenen Delinquenten zu schützen, ganz gleich, wer er ist oder was er getan hat.«
»Danach habe ich nicht gefragt, Sir.«
Steven blickte lange und eindringlich auf Toms starren Rücken, dann schüttelte er den Kopf. Wenn überhaupt

jemand ein Recht auf die Wahrheit hatte, dann waren es dieser junge Mann und seine Mutter. »Wenn die Gefängnisinsassen erst einmal herausgefunden haben, dass er vor zwei Wochen diesen Jungen zu Tode geprügelt hat? Dann wahrscheinlich nicht.«

Tom entspannte sich sichtlich. »Gut.« Er drehte sich um und sah Steven in die Augen, und Steven erschrak über die kalte Abgeklärtheit in seinem Blick. »Ich hoffe, dass Detective Jolley wieder gesund wird, Sir, und dass Ihr kleiner Sohn nach allem, was heute passiert ist, nicht mit allzu vielen Problemen zu kämpfen hat. Und falls *er* vor Gericht gestellt wird, kommen wir zurück und sagen gegen ihn aus.« Er bot ihm die Hand.

»Danke, Tom.« Steven schüttelte dem Jungen die Hand, als wäre er ein Erwachsener. »Dir und deiner Mutter wünsche ich ebenfalls gute Genesung.«

Tom sah ihm fest in die Augen. »Ich danke Ihnen im Namen meiner Mutter für die guten Wünsche. Mir fehlt nichts.«

Steven blickte Tom nach, als dieser zur Cafeteria ging. Sein Gang war eindeutig beschwingt, und Steven spürte, wie ihn selbst die Trauer einhüllte, unvermittelt und überwältigend. »Doch, dir fehlt was, Junge«, flüsterte er. »Dir fehlt ganz eindeutig etwas. Für lange Zeit wird keiner von uns behaupten können, dass ihm nichts fehlt.«

Mit einem Seufzer machte Steven kehrt und strebte dem Wartezimmer der Chirurgie zu, um sich ein letztes Mal nach Ben Jolley zu erkundigen, bevor er seinen Sohn nach Hause brachte. Jolley hatte für seine Beihilfe zu Rob Winters' Verbrechen Absolution gesucht, indem er sich selbst als menschlichen Schild zum Einsatz brachte. Nicky war gerettet. Steven hoffte, dass Ben Jolley überlebte, um die gewünschte Absolution zu erhalten.

Caroline war auf die Station verlegt worden, wo sie noch einen Tag zur Beobachtung bleiben musste. Die Schwester sorgte für ihr Wohlbefinden, bot an, einen Stock aus den Krankenhausbeständen für Max aufzutreiben, und verabschiedete sich dann.
Sie waren zum ersten Mal allein seit … seit gestern Morgen, stellte Max verblüfft fest. In einem Zeitraum von sechsunddreißig Stunden hatte sich seine Welt grundlegend verändert. Er wusste nicht, was er sagen sollte. Fand keine passenden Worte.
Er saß auf der Kante des Krankenhausbettes und hielt Carolines Hand. Caroline ruhte, in die Kissen zurückgelehnt, die Augen geschlossen, und mit jedem ruhigen Atemzug hob und senkte sich ihre Brust. Noch vor wenigen Stunden war er nicht sicher gewesen, ob er jemals wieder sehen würde, wie sie atmete. Ihr Gesicht war noch immer grün und blau gefärbt, doch die Schwellungen an Kinn und Lippen klangen bereits ab. Er fand nicht die passenden Worte, und deshalb sagte er, was ihm einfach und richtig erschien.
»Ich liebe dich, Caroline«, flüsterte er, nicht sicher, ob sie wach war.
Ihre Lippen formten sich zu einem Lächeln, und ihre Augen öffneten sich, waren immer noch von dem unglaublichen Blau, das er schon im ersten Augenblick ihres Kennenlernens unvergesslich gefunden hatte. »Ich liebe dich auch.«
Er zögerte. »Können wir jetzt reden?«
Sie senkte den Blick auf die Bettdecke, hob dann doch noch

den Kopf und sah ihm in die Augen. »Ja.« Sie war nervös. Es brach ihm fast das Herz.

»Caroline, ich ...« Die Worte wollten ihm einfach nicht über die Lippen kommen, und er wandte den Blick ab und hoffte auf eine göttliche Eingebung.

»Es tut mir Leid, Max«, sagte Caroline leise und wurde sehr still.

Er wandte ihr so rasch den Kopf zu, dass es schmerzte, doch darauf achtete er nicht weiter. Etwas in ihrem Tonfall machte ihm Angst. »Warum?«

»Es tut mir Leid, dass ich dir wehgetan habe.« Sie drückte sich tiefer in die Kissen und schloss die Augen. Er sah, wie sie schluckte und sich mit der Zunge über die Lippen fuhr. »Ich weiß, dass ich dich verletzt habe, als ich deinen Heiratsantrag ablehnte. Dana sagte, ich könnte mich glücklich schätzen, wenn du mich noch haben willst, falls ich irgendwann zu Verstand komme.« Sie schluckte wieder. »Ich weiß, dass du mich liebst. Ich weiß, dass du hierher geeilt bist, um mich zu retten. Aber nachdem sich die Wogen nun geglättet haben, begreife ich auch, dass du vielleicht noch wütend auf mich bist. Du sollst wissen, dass ich, schon als ich zurück in meiner Wohnung war, verstanden habe, dass ich dich zurückgestoßen habe, weil ich Angst hatte, und dafür habe ich mich gehasst. Ich wollte, ich hätte nur noch einen Tag zur Verfügung gehabt ... nur noch eine Stunde, um dich anzurufen und dir sagen zu können, dass ich dich heiraten will. Dass es mir Leid tut und dass ich dumm war. Dass ich mein altes Leben wirklich in der Vergangenheit zurückgelassen habe und bedingungslos zu dir gehöre. Jetzt ...« Sie seufzte, und ihre Augen blieben dabei geschlossen. »Jetzt werde ich mich offiziell von Rob scheiden lassen. Jeder in Chicago wird wissen, wer ich war. Jeder hier in Asheville wird wissen, wer ich jetzt bin.« Sie schlug die Augen auf, und Max' Herz zog sich beim Anblick des Schmerzes in ihnen zusammen. »Aber du wirst nie mit letzter Sicherheit wissen, was ich getan hätte. Jedes Mal, wenn du mich ansiehst, wirst du dich fragen, ob ich mich trotz meiner dummen Angst für dich entschieden hätte.«

Max schluckte. Dass sie sich solche Gedanken machte, nach allem, was sie durchgestanden hatte. »Gleich, nachdem du fort warst, war mir klar, dass ich überstürzt gehandelt hatte, Caroline.« Er drückte ihre Hände zärtlich fester. »Es war nicht mein Fehler, mir ein Leben mit dir zu wünschen, ein legal verbrieftes Leben mit ehelichen Kindern. Aber es war ein Fehler, dich zwingen zu wollen, obwohl du solche Angst hattest.« Er löste eine Hand und streichelte zärtlich die unverletzte Seite ihres Kinns. »Du hattest jeden Grund, in Angst und Schrecken vor ihm zu leben, Caroline. Ich habe nicht bedacht, was du durchgemacht hast, habe in dem Augenblick nur an meinen eigenen Schmerz gedacht. Ich beschloss, einen Schritt zurückzugehen und sämtliche Möglichkeiten zur Lösung unseres Problems zu erwägen und uns beiden zu geben, was wir brauchen.« Er ergriff ihre Hand, sehnte sich verzweifelt danach, sie zu berühren. »Ich habe meiner Familie alles gesagt.«

Ihre Augen weiteten sich. »Das hast du getan?«

»Ja. Sie wollen uns helfen. Sie alle haben mir versichert, dass sie alles tun würden, was nötig ist, damit du nie wieder Angst vor ihm haben musst. Peter kennt einen Anwalt, dem du vertrauen kannst.«

Ihr traten Tränen in die Augen, und sie blinzelte. »Wer ist er?«
Max lächelte, als er sich an die herzliche Atmosphäre im Kreis seiner Familie erinnerte, an diesen Moment, den er nie vergessen würde. »Er selbst.« Er spürte einen Kloß im Hals, als er an seine Mutter dachte und an das, was sie gesagt hatte. »Ma sagte, ich soll dich aus deiner Wohnung holen, du wärst willkommen in unserer Familie.« Nun liefen auch ihm die Tränen über die Wangen. »Und dass sie dir ihren Jungen von Herzen gibt.«
»Max ...« Ihre Stimme brach.
»Und dann«, fuhr er fort und konnte sich nicht mehr zurückhalten, »wollte David mich gerade zu deiner Wohnung fahren, als Tom anrief und sagte, dass du fort wärst. Ich dachte, mir würde das Herz stehen bleiben. Ich dachte, ich würde dich nie wiedersehen.« Er schloss fest die Augen, schlug sie jedoch wieder auf, als Caroline sich vorneigte und ihm mit zitternden Händen die Tränen von den Wangen wischte. Ihre Augen befanden sich nun dicht vor seinen, und er sah sie eindringlich an, sagte sich, dass sie lebte, dass es ausgestanden war. »Ich hatte solche Angst, Caroline«, flüsterte er mit zitternder Stimme. Er musste den Blick abwenden. »Ich hatte solche Angst vor dem, was er dir antun könnte. Dass du mit dem Gedanken, ich wäre immer noch böse auf dich, sterben könntest. Mit dem Gedanken, ich hätte dich nicht genug geliebt.«
»Das habe ich nicht gedacht«, flüsterte sie bewegt zurück. »Ich lebe. Und ich habe nicht ein einziges Mal daran gedacht ...« Sie nahm sein Gesicht zwischen die Hände und drehte es sanft, bis er sie wieder ansehen musste. »Ich habe

nicht ein einziges Mal gedacht, du würdest mich nicht lieben. Ich wusste, ich hätte dir nicht so wehtun können, wenn du mich nicht so sehr lieben würdest.«

Ein Schauer lief ihm bei der Berührung ihrer Hände über den Rücken. Dann wandte er den Kopf, dass er die Innenflächen küssen konnte, erst die eine, dann die andere. »Was tun wir jetzt?«, fragte er mit rauer Stimme.

Sie lächelte, und ihr Grübchen erschien. »Tja, jetzt«, sagte sie gedehnt. »Deine Mama sagt, dass sie mir ihren Sohn von Herzen gern gibt?«

Er nickte und spürte, wie auch auf seine Lippen ein Lächeln trat.

Carolines Blick wurde übermütig. »Hat sie gesagt, welchen?«

Sein überraschtes Auflachen erfüllte das stille Krankenzimmer. »Wie bitte?«

»Nun«, argumentierte Caroline, während sie sein Gesicht noch zwischen den Händen hielt. »Peter ist vergeben. Bleiben noch Söhne Nummer zwei und drei.« Sie neigte leicht den Kopf und furchte in gespielter Konzentration die Stirn. »Welchen soll ich nehmen? Beide sehen gut aus …« Sie verstummte, als er mit einer federleichten Berührung seinen Mund auf ihre Lippen legte, und ein leises, perlendes Lachen entschlüpfte ihr.

Er hob den Kopf und sah in ihre lachenden Augen, während sie mit der Zungenspitze über eine wunde Stelle auf ihrer Lippe fuhr. »Das hatte ich wohl verdient«, meinte sie.

»Das hast du«, bestätigte er mit gespielter Strenge, obwohl er dabei grinste. Ihr Blick wurde ernst, und seine Fröhlichkeit verschwand. »Heirate mich, Caroline.«

»Ja.« Ihr Lächeln blühte wieder auf, und trotz ihres geschundenen Gesichts trat ein Strahlen in ihre Augen. Sie zog seinen Kopf zu sich herab und küsste ihn leicht auf den Mund. »Ich liebe dich.«
Er lehnte seine Stirn an ihre, sein Herz hatte den wahren Frieden gefunden. »Lass uns nach Hause fahren, Caroline.«

26

Chicago
Sonntag, 22. April, 15:00 Uhr

»Geschafft!«
Toms Mund verzog sich zu einer angewiderten Grimasse, als Peter und einer seiner Söhne einander gratulierten, weil Peter an Tom vorbei einen Korb geworfen hatte. Max legte Tom voller Verständnis die Hand auf die Schulter. Sie spielten schon seit einer Stunde auf dem Basketball-Feld, das er vor ein paar Wochen am Ende der Zufahrt wieder hergerichtet hatte. Doch Toms Gedanken waren nicht auf das Spiel konzentriert. Keiner von ihnen beiden hatte sich darauf konzentrieren können. Max fragte sich, ob er jemals wieder ruhig würde atmen können, wenn Caroline sich nicht in demselben Raum, in seiner Reichweite befand. Nach ihrer Rückkehr aus Asheville war er ihr tagelang nicht von der Seite gewichen, hatte sich nie um mehr als eine Armeslänge von ihr entfernt. Oft wachte er mitten in der Nacht auf, von Albträumen geschüttelt. Wenn sie schlief, lauschte er auf ihren Atem, ließ zärtlich eine Haarlocke durch seine Finger gleiten, tat alles Mögliche, um sich zu vergewissern, dass es ihr gut ging. Doch meistens lag sie bereits

wach da, von ihren eigenen Albträumen aus dem Schlaf gerissen. Oft genug sah er sie dann aus dem Schlafzimmerfenster starren, in Gedanken weit, weit weg.
Die Tage waren entschieden besser als die Nächte.
An diesem sonnigen Sonntagnachmittag war Max' Familie in sein Haus eingefallen, angeblich, um ein Picknick zu veranstalten. Er wusste es besser. Auf diese Weise wollte seine Familie ihm, Caroline und Tom beistehen. Die Zahl der Tage, an denen nicht wenigstens einer von ihnen ›rein zufällig in der Nähe‹ war, belief sich auf eine so kleine Summe, dass es sich nicht zu zählen lohnte. Sie brachten Lebensmittel, Zeitschriften, kleinen Schnickschnack mit, wovon sie ebenfalls rein zufällig zu viel gekauft hatten.
Max und Caroline brauchten in den Wochen nach ihrer Rückkehr aus Asheville keinen Finger zu rühren. Ma und die Mädchen nahmen ihnen jegliche Arbeit, wie Kochen und Putzen, ab. Cathy bügelte sogar seine Boxershorts.
Es hätte lästig werden können, wenn nicht aus jeder kleinen Geste so viel Liebe gesprochen hätte. Jeder wollte helfen. Niemand wusste, was er sagen sollte. Also sagten sie nichts, sondern wimmelten einfach nur um seine neue kleine Familie herum und ließen nicht zu, dass sie zusammenbrachen.
Seine neue kleine Familie. Allein der Gedanke lockerte ein wenig die Anspannung, die noch nicht ganz von ihm abgefallen war.
Der Psychologe hatte ihm versichert, dass das mit der Zeit geschehen würde. Max fragte nicht mehr, wann es endlich so weit war. Es würde geschehen, wenn der Zeitpunkt gekommen war, und keinen Tag früher. Er musste sich in Geduld üben, die aus einer Sinnlosigkeit entstanden war,

und das war eine gute Lektion für ihn. Es gab tatsächliche Dinge, die sich seiner Kontrolle entzogen.
Wie schnell seine kleine Familie wieder zu einem normalen Leben zurückfinden würde, war eines dieser Dinge.
Ein paar Wochen nach ihrer Rückkehr begann sich die Situation zu verbessern, nämlich als sie Carolines und Toms Habseligkeiten aus der alten Wohnung in Max' Haus transportierten und nichts zurückließen aus einem Blutfleck auf dem Teppich im Esszimmer. Dana tauchte am folgenden Abend mit einem Päckchen Haarentfärber auf, und eine halbe Stunde später war Caroline blond. Die Farbe stand ihr gut, wie er fand, als er sie vom Garten aus betrachtete. Sie saß mit seinen Schwestern und Peters Frau an dem alten Picknicktisch über alte Braut-Magazine gebeugt, die Cathy auf dem Flohmarkt erstanden hatte. Unter Lachen und Scherzen planten seine Mutter und seine Schwestern höchst erfolgreich seine Hochzeit. Caroline lehnte sich einfach zurück und ließ sie gewähren, zufrieden damit, sich mitreißen zu lassen.
In diesem Moment hob sie den Blick, als hätte sie gespürt, dass er sie ansah, und lächelte. Es war ein auffordernds und zugleich dankbares Lächeln. Zuerst hatte ihn ihre Dankbarkeit verärgert, er hatte sie nicht akzeptieren wollen, weil er der Meinung war, er hätte bei weitem nicht genug für sie getan. Doch allmählich hatte er verstanden, dass ihre Dankbarkeit so vielen Dingen galt, die er selbst gar nicht richtig wahrnahm – Teil seiner Familie zu sein, frei zu sein, jeden Morgen aufzuwachen in dem Wissen, dass sie endlich in Sicherheit war.
Cathy stupste Carolines Schulter an, um sie auf etwas in

einer der Zeitschriften aufmerksam zu machen, und Caroline lachte laut auf. Der Klang ihrer fröhlichen Stimme drang zu ihm hinüber. Sie schüttelte heftig den Kopf, und ihr Haar, das nun erst seit kurzem blond war, umwehte ihr Gesicht.

Der goldfarbene Haarton passte zu ihr. Er umrahmte ihr Gesicht, betonte ihren feinen Porzellanteint und ließ ihre Augen in einem noch intensiveren Blau erscheinen. Ließ noch deutlicher hervortreten, dass Tom ihr Sohn war.

»Ich glaube, sie versuchen, uns aus dem Konzept zu bringen, Phil«, sagte Peter, der hinter ihm stand, mit trockenem Ton zu seinem Sohn. »Wir haben sie mit unserem Geschick und unserer Schnelligkeit eingeschüchtert.«

Max wandte sich seinem Bruder zu und hob mit spöttischer Miene eine Augenbraue. »Es steht zwanzig zu zwei für uns. Letzte Woche haben wir euch vierzig zu null geschlagen. Ich glaube kaum, dass du unsere Hilfe brauchst, um euer Geschick und eure Schnelligkeit zu gefährden.« Er blickte zu Tom hinüber, dessen Blick immer noch fest auf seine Mutter gerichtet war. »Magst du weiterspielen?«

Tom seufzte. »Ich habe heute keine rechte Lust dazu.« Er drehte sich zu Peters Sohn um. »Tut mir Leid, Phil. Anscheinend kann ich mich einfach nicht konzentrieren.«

Phil warf den Ball in die Luft und fing ihn mit einer Hand auf. »Kein Problem. Hast du Hunger?«

Tom zwang sich zu einem Grinsen. »Essen kann ich immer.«

Gemeinsam gingen die Jungen zurück zum Haus, und Max wartete, bis sie außer Hörweite waren, bevor er sich einen Seufzer gestattete. »Tom ist traurig, weil Evie heute eigentlich kommen wollte«, sagte er leise. »Aber sie hat es sich in letzter Minute anders überlegt. Sie kann uns nicht unter die Augen treten, sagt sie.«

Peter betrachtete die um den Tisch versammelten Frauen und schüttelte den Kopf. »Sie hat nicht den geringsten Grund, sich zu schämen, aber ich glaube, ich verstehe, warum sie meint, sich schämen zu müssen.«

Max presste die Lippen zusammen und sah, wie Caroline auf eine Seite der Zeitschrift deutete. »Letzte Woche hat sie endlich zugelassen, dass Caroline sie besucht.« Max schluckte. »Als Caroline nach Hause kam, ist sie gleich zu Bett gegangen. Sie hat zwei Stunden lang geweint.«

»Dann war es noch schlimmer, als sie befürchtet hatte?«

Max nickte, seine Kehle war wie zugeschnürt. »Evie wird niemals Kinder bekommen können. Ihr Gesicht ist entstellt. Er hat ihr sämtliche Knochen der rechten Hand gebrochen, und sie wird sie wahrscheinlich nie wieder richtig benutzen können. Aber was das Schlimmste ist: Sie gibt sich selbst die Schuld.«

Peter schwieg einen Moment lang. »Warum?«

Max seufzte abermals. »Bevor Winters über sie herfiel, hat er sie gefragt, ob ihre Eltern ihr denn nicht beigebracht hätten, dass sie nicht zu fremden Männern ins Auto steigen darf.«

Peters Gesicht verzerrte sich. »Dieses Schwein.«

»Wer?« David kam von der Straße, wo er seinen Wagen abgestellt hatte, über die Zufahrt auf sie zu, einen Beutel Holzkohle über die Schulter geworfen.

Max hob nur knapp die Brauen, und David stimmte in das allgemeine Seufzen ein. »Mein wahnsinniger Lieblings-Mörder«, sagte David und ließ den Sack Holzkohle zu

Boden fallen. Er schaute sich um. »Evie ist wohl nicht gekommen, oder?«
Max schüttelte den Kopf. »Nein.«
David blickte sich immer noch um, als suchte er etwas. Oder jemanden. »Dana hat es sich schon gedacht.«
Peter war überrascht. »Du hast mit Dana gesprochen? Mit Carolines Freundin Dana?« Er furchte die Stirn. »Sprich es nicht aus. Erzähl mir bloß nichts«, fügte er finster hinzu. »Ich will es gar nicht wissen.«
Davids Lippen verzogen sich zu einem Grinsen. »Es ist nicht das, was du denkst. Wir sind Freunde, und das ist die reine Wahrheit.«
Max nickte. »Er sagt dir ausnahmsweise mal die Wahrheit. Vor ein paar Wochen hat er uns beim Umzug des Frauenhauses geholfen. Seitdem ist er ein äußerst gern gesehener Gast.«
»Ich habe auch ihr Auto repariert.« Davids Tonfall klang selbstzufrieden.
Peter stöhnte laut auf. »Ihr seid Freunde, gut, aber du stellst schon mal die Weichen, für alle Fälle.«
David grinste. »Der kluge Mann sorgt vor. Und das hat mir keiner meiner großen Brüder beigebracht.«
Max lachte leise. »Sei jetzt still und hilf mir, den Grill anzuzünden. Ma fragte sich schon, wo du so lange mit der Holzkohle bleibst.«
Und wie auf ein Stichwort erschien Ma an der Hintertür, das schnurlose Telefon in der Hand.
»Hier hast du deine Holzkohle, Ma«, rief David.
Phoebe sah zu ihnen hinüber. Ihr sonst so fröhliches Gesicht wirkte ernst. »Stell sie einfach beim Grill ab, Davy. Der

Anruf ist für Caroline, Max. Sie sollte ihn besser im Haus annehmen. Und du solltest bei ihr sein.«
Die eben noch so gelöste Atmosphäre schwand, und Max spürte, wie sein Herz heftig pochte. »Wer ist es, Ma?«
»Special Agent Thatcher.«

Caroline lehnte den Kopf zurück an das Sofapolster und war keiner Regung mehr fähig. Wie betäubt saß sie mit einem Gefühl der Übelkeit einfach nur da. Niemals hätte sie es sich träumen lassen, bei der Nachricht von Rob Winters' Tod so zu empfinden. Agent Thatcher hatte darauf bestanden, ihr die Nachricht persönlich zu überbringen, und es nicht zugelassen, dass die Verwaltung sie anrief, nachdem Winters an diesem Morgen tot in der Toilette aufgefunden worden war. Toms Wunsch war offenbar in Erfüllung gegangen. Die anderen Häftlinge hatten Rob weiß Gott nicht mit offenen Armen willkommen geheißen, nachdem sie erfahren hatten, dass er diesen jungen Schwarzen in Asheville zu Tode geprügelt hatte. Ihr Magen revoltierte bei dem Gedanken daran, wie viele andere Leben Rob außerdem noch ausgelöscht hatte, Leben, von denen niemand je erfahren würde. Morde, von denen keiner etwas ahnte.
Er hatte den höchsten Preis für seine Taten bezahlt. Caroline fragte sich benommen, ob dieser Preis hoch genug war. *Nein*, dachte sie in Gedanken an das unaussprechliche Leid, das er Evie zugefügt hatte. Der Verlust seines erbärmlichen Lebens war nicht annähernd genug.
»Ich kann es nicht glauben«, flüsterte sie. »Ich kann es einfach nicht glauben.«
Max ergriff ihre Hand und drückte sie einmal sanft, um sie

dann ganz festzuhalten. »Es ist vorbei, Caroline. Er kann dir nie wieder ein Haar krümmen.«
»Ist er tot?«, fragte Tom vom Türbogen her, der das Wohnzimmer von der Küche trennte. Hochaufgerichtet und breitbeinig stand er da, die Arme vor der Brust verschränkt. Er war kräftiger geworden, breitschultriger, insgesamt größer. Caroline drehte den Kopf und sah ihm in die Augen. In seine kalten, harten Augen. Seine Lippen waren zu einem schmalen Strich zusammengepresst. »Tom.«
»Ich habe dich etwas gefragt, Mom. Ist er tot?« Er sprach jedes einzelne Wort mit besonderer Betonung aus.
Caroline verkrampfte innerlich aus Angst vor seiner Reaktion. Aus Angst, er könnte jubeln und triumphierend die Faust in die Luft recken. Sie wollte nicht, dass er weinte, nicht mal, dass er trauerte. Aber sie wollte auch nicht, dass er den Verlust eines weiteren Lebens feierte. »Ja«, antwortete sie ruhig.
Er ließ die Schultern hängen, rührte sich aber ansonsten nicht vom Fleck. Seine Hände umklammerten seine Oberarme, und seine trotzige Haltung wandelte sich zu einer trostbedürftigen. Sein Kopf sank nach vorn, bis sein Kinn die Brust berührte.
Max erhob sich mühevoll und wandte sich mit besorgtem Blick an Tom. »Tom?«
Caroline hob den Blick und spürte heiße Tränen in den Augen. Max war genauso besorgt um die emotionale Gesundheit ihres Sohns wie sie selbst. Sie griff nach seiner Hand, und er umfasste sie, ohne den Blick von Toms niedergeschlagener Gestalt zu lösen.
»Tom, sag was«, bat Caroline mit bemüht ruhiger Stimme.

Ohne den Kopf zu heben, ergriff Tom das Wort. »Ich will so gern glücklich darüber sein, Mom.« Er schob die Schultern nach vorn und hielt den Kopf weiterhin gesenkt. »Verdammt noch mal.« Seine Stimme brach. »Ich wusste, dass er sterben würde. Ich wusste es. Ich habe davon geträumt, dem Glückspilz die Hand zu schütteln, der ihn in der Luft zerfetzte. Aber jetzt kann ich es nicht. Ich will glücklich sein, weil er tot ist. Aber ich kann es nicht.«

Caroline blinzelte, und ihr Blick klärte sich. Toms Schultern bebten, doch er blieb immer noch wie angewurzelt unter dem Türbogen stehen. Isoliert und so furchtbar allein. Sie drückte Max' Hand, ging zu ihrem Sohn, umarmte ihn und zog seinen Kopf an ihre Schulter.

»Wie fühlst du dich dann?«, flüsterte sie. »Sag mir, wie du dich fühlst.«

Toms gesamter Körper erschauerte, als er einen schweren Seufzer ausstieß. »Ich bin so ... *sauer*.«

Caroline strich ihm tröstend über das Haar. »Sauer?«

Tom nickte, sein Gesicht war an ihrem Hals begraben. »Ich bin so ... sauer, dass er der war ... der er war.«

Caroline verstand seine Gefühle. »Weil er nicht der war, den du dir gewünscht hast?«

Wieder nickte er. »Und ich bin sauer auf mich selbst.«

Caroline hörte Max herankommen. Er legte die Arme um sie und ihren Sohn.

»Sauer, weil du es nicht fertig bringst, glücklich über seinen Tod zu sein?«, fragte Max sanft. »Weil du im Augenblick glaubst, kein ganzer Mann zu sein, weil du so empfindest?«

Tom hob den Kopf von Carolines Schulter und sah Max

mit einer Mischung aus Staunen und Dankbarkeit an. »Woher ...?«
»Weil du der Sohn deiner Mutter bist«, antwortete Max schlicht. »Glücklich sein wäre im Moment einfach, aber nicht unbedingt richtig. Du hast darauf bestanden, dass er nicht dein Vater war. Der war er auch nicht. Um ein Vater zu sein, reicht es nicht, seine DNA zu spenden. Und um ein Mann zu sein, braucht es mehr als brutale Gewalt und den Pseudo-Mut eines Actionhelden aus Hollywood. Aber ich bin nicht sicher, ob du weißt, was es braucht. Liebe und Mitgefühl, Opferbereitschaft, Geduld und Anstand gehören dazu. Mein Vater verfügte über diese Eigenschaften.« Er hielt inne, und Caroline spürte, wie er zitternd Luft holte. »Möchtest du wissen, was ich im Moment empfinde?«
Tom hob leicht den Kopf und nickte kaum merklich.
Max legte den Arm fest um Caroline. »Ehrlich gesagt, ich bin erleichtert. Erleichtert, weil er nicht mehr ausbrechen und uns noch einmal aufspüren kann. In den letzten sechs Wochen habe ich so viele schlaflose Stunden mit der Sorge verbracht, dass er ausbrechen und zurückkommen könnte, um deiner Mutter und dir etwas anzutun. Ich hatte Angst, dass wir für den Rest unseres Lebens immer ängstliche Blicke über die Schultern werfen und damit rechnen müssten, dass er plötzlich hinter einem Baum hervorspringt. Außerdem bin ich traurig – besser gesagt, es bricht mir das Herz –, wenn ich daran denke, dass du nie einen Vater wie den meinen erlebt hast. Männer wie mein Vater sind unglaublich selten, glaube ich. Ich wollte, ich könnte wenigstens halb so gut sein wie er. Aber irgendwie bist du, obwohl du nie das Privileg genossen hast, einen Vater wie meinen zu haben,

trotz allem, was du hast durchmachen müssen, mehr Mann als die meisten Männer, die ich kenne. Aber vor allem bin ich stolz auf dich, Tom. Wenn du mein leiblicher Sohn wärst, könnte ich nicht stolzer auf dich sein.«

Carolines Tränen flossen jetzt ungehemmt. Sie legte den Kopf in den Nacken, um in Max' Gesicht sehen zu können. Mitleid stand in seinem Blick und ließ sein sonst so hartes Kinn weicher erscheinen, und sie wusste, dass sie ihn niemals mehr lieben würde als in diesem Moment. Max senkte den Blick, fing den ihren auf und lächelte, dieses zärtliche, liebe Lächeln, das ihr das Herz aufgehen ließ.

Irgendwer räusperte sich, und alle drei drehten sich gleichzeitig zur Küchentür um. David lehnte am Türrahmen, die anderen standen direkt hinter ihm.

»Ich lausche nicht im Flur. Das hier ist die Küche«, protestierte David, bevor Caroline auch nur ein Wort sagen konnte, und es hatte den gewünschten Effekt. Sie lachte, wenngleich es eher wie ein Schluckauf klang.

Phoebe drängte sich nach vorn. Ihre Augen waren feucht, wirkten aber auch herausfordernd. »Max, ich habe euch in all diesen Wochen nicht belästigen wollen, aber ich würde Caroline gern ein paar Fragen stellen.«

Tom trat zur Seite und lächelte leise, als Phoebe ihm den Arm um die Taille legte und ihn an sich zog. Caroline wischte sich die Tränen von den Wangen. Ihre Hände zitterten immer noch. Max legte von hinten die Arme um ihre Taille und drückte sie fest an seinen starken Körper. »Ja, Phoebe? Was für eine Frage?«

»Es sind mehrere. Nummer eins: Wie hast du früher geheißen?«

Caroline blinzelte. Kein Mitglied von Max' Familie hatte seit ihrer Rückkehr irgendwelche Fragen gestellt, und sie verstand nicht recht, warum Phoebe ausgerechnet in diesem Moment in ihr Privatleben eindringen wollte. »Mary Grace.«

»Mary Grace.« Phoebe sprach den Namen aus, als wollte sie ihn sich auf der Zunge zergehen lassen. »Passend, würde ich sagen. Wirst du deine Tochter Grace nennen, falls du mit einer gesegnet wirst?«

Caroline blinzelte erneut. »Das hatte ich bereits in Erwägung gezogen.« Es entsprach der Wahrheit. Sie drehte sich so weit herum, dass sie Max ansehen konnte. »Falls es dir recht ist?«

Max verzog keine Miene. »Es ist mir recht. Ma, was soll das?«

»Ich bin noch nicht fertig, mein Sohn. Wirst du diesen Jungen adoptieren, Max?«

Max fuhr zusammen, und wieder drehte Caroline sich in der Taille und sah ihn an. Er zog die Brauen unter der gefurchten Stirn zusammen. Und er wurde rot! Caroline hatte Max noch nie erröten gesehen, und der Anblick war fesselnd. »Darüber haben wir noch nicht gesprochen, Ma. Jetzt ist nicht der richtige Zeitpunkt...«

»Das Leben ist zu kurz, um so viel zu grübeln, wie du es tust, Max. Eigentlich hatte ich geglaubt, du hättest es inzwischen begriffen. Tom, möchtest du von meinem Sohn hier adoptiert werden?«

Toms Lippen zuckten. Er mochte Phoebe, das hatte Caroline schon herausgefunden. Er mochte ihre Mischung aus Spott und großmütterlicher Zärtlichkeit. Im Augenblick

gefiel ihm ganz besonders, wie Phoebe ihren Hünen von einem Sohn herunterputzte, als wäre er nicht älter als der kleine Petey. »Ja, Madam.«
»›Madam‹, sagte der Junge«, begeisterte sich Phoebe an niemanden speziell gewandt. »Peter, kannst du die Papiere fertig machen?«
»Ja, Ma«, antwortete Peter unbefangen, als könnte er sich einen Widerspruch überhaupt nicht vorstellen. »Ich mache mich gleich morgen in aller Frühe an die Arbeit.«
»Also, Caroline, wenn du schon ein Kind mit meinem Sohn planst ...«
Max erstickte fast an einem Hustenanfall.
»... und wenn dein Sohn bald von meinem Sohn adoptiert wird ...«
David lachte amüsiert in seiner Küchenecke.
»... und da du im Augenblick offenbar nicht verheiratet bist ...«
Ein perlendes Lachen stieg aus Carolines Brust auf. »Nächsten Sonnabend, Phoebe. Ich heirate deinen Sohn nächsten Sonnabend.«
Phoebe grinste verhalten. »Ich rufe Pater Divven an. Er wird euch unverzüglich trauen, allein schon, um zu verhindern, dass ihr noch länger in Sünde lebt. Tom, komm mit. Ich muss eine halbe Kuh grillen, und unser David hat noch nicht mal die Grillkohle angezündet.«
»Ja, Madam.« Tom warf einen Blick über die Schulter zurück. Die Traurigkeit war aus seinen Augen gewichen, wenigstens für eine Weile. Er lächelte. Es war zwar nur ein klägliches Verziehen der Lippen, aber es reichte. Zunächst einmal.

Einer nach dem anderen verließen die Geschwister die kleine Küche, und auf diesem nicht eben taktvollen Rückzug bedachte jeder Caroline und Max mit Glückwünschen, Umarmungen und Küssen. Schließlich blieb nur noch David zurück.
Nach kurzem Zögern ergriff David nüchtern und sachlich das Wort. »In einem Punkt irrst du dich, Max.«
Max blickte ihn fragend an. »Und zwar?«
David wandte sich ab, aber Caroline entging dennoch nicht, dass Tränen in seinen Augen glitzerten. »Dad war ungewöhnlich, das stimmt, aber nicht einzigartig. Du bist sein Sohn, und ich weiß, er wäre heute genauso stolz auf dich, wie ich es bin.« Er verließ hastig die Küche, ohne ein weiteres Wort zu sagen.
Caroline stieß den angehaltenen Atem aus und blickte zu Max auf, der sichtlich gerührt war.
»Das war lieb, Max.«
Er schluckte. »Ja.« Lächelnd sah er ihr in die Augen, fand seine Fassung wieder. »Nächsten Sonnabend? Ich dachte, wir wären übereingekommen zu warten, bis du die Hochzeit so ausrichten kannst, wie du sie dir vorstellst, mit Brautkleid und Hochzeitstorte mit zwei kleinen Gestalten obendrauf, die uns kein bisschen ähnlich sehen.«
Caroline erhob sich auf die Zehenspitzen und gab ihm einen Kuss auf das Kinn. »Das Leben ist zu kurz, um so viel zu grübeln, Max. Cathy kann einen Kuchen aus einer Backmischung zusammenrühren, und ich brauche kein Kleid, an dem wochenlang herumgeschneidert werden muss. Deine Mutter hat Recht. Es ist höchste Zeit, dass unser Leben weitergeht, meinst du nicht auch?«

Er sah ihr in die Augen – in ihre schönen blauen, ausdrucksvollen Augen, die schon im ersten Augenblick ihres Kennenlernens sein Herz bewegt hatten – und wurde überrollt von einer Woge so gewaltiger Liebe, dass ihm die Knie weich wurden. Die freche Bemerkung, die ihm auf der Zunge lag, war vergessen, ersetzt durch die drei Worte, die er an jedem Tag ihres restlichen Lebens aussprechen wollte.

»Ich liebe dich, Caroline«, flüsterte er eindringlich und mit zitternder Stimme, und er sah, wie ihr Gesichtsausdruck weich wurde, ihre Augen sich mit Tränen füllten. »Ich verspreche dir, dass ich dich glücklich mache. Ich verspreche dir, dass du nie wieder Angst haben wirst.«

Sie schluckte und legte ihre zitternde Hand an seine Wange. »Ich liebe dich, Max. Ich verspreche dir, deine Frau zu sein. Ich verspreche dir, dass wir eine Familie sein werden.«

Er zog ihre Hand an seine Lippen und küsste die Innenfläche, dann jeden einzelnen Finger, um sie dann in die Arme zu ziehen und ihren Mund zu küssen, lange und innig, bis sie sich seufzend an ihn schmiegte. »Können wir gleich damit anfangen?«, flüsterte er an ihrem Haar.

Sie blickte lächelnd zu ihm auf. »Womit?«, fragte sie, obwohl ihre Augen verrieten, dass sie die Antwort kannte.

Er grinste sie an. »Eine Familie zu gründen«, sagte er und zählte innerlich leise mit: *drei, zwei, eins*. Ihre Wangen röteten sich, und sie warf einen Blick über ihre Schulter.

»Deine Mutter ist hier, Max.«

»Meine Mutter hat insgesamt neun Kinder bekommen. Meine Mutter weiß, wie man das macht.«

Carolines Lachen erfüllte den Raum. Erfüllte sein Herz mit

Frohsinn. »Der Sohn deiner Mutter kann noch bis nach dem Mittagessen warten«, neckte sie ihn.

»Versprochen?«, fragte er, blickte ihr in die Augen und sah dort mit glücklicher Vorfreude den Rest seines Lebens vor sich liegen.

Ihre Augen waren sanft und streichelten ihn mit ihren Blicken. »Ich verspreche es dir, Max.«

Für meine Freundinnen, die Opfer von Misshandlungen sind – danke, dass ihr mir eure verborgensten Gedanken und Ängste mitgeteilt und mir erklärt habt, was ihr durch euer Leiden lernen musstet und auf welche Weise ihr stärker geworden seid. Danke für euren Mut und dafür, dass ihr mir eure Herzen geöffnet habt.